OS ROBÔS DA ALVORADA

OS ROBÔS DA ALVORADA

TRADUÇÃO
ALINE STORTO PEREIRA

ALEPH

OS ROBÔS DA ALVORADA

TÍTULO ORIGINAL:
The robots of dawn

COPIDESQUE:
Opus Editorial

REVISÃO:
Entrelinhas Editorial
Hebe Ester Lucas

CAPA:
Giovanna Cianelli

PROJETO GRÁFICO E DIAGRAMAÇÃO:
Desenho Editorial

ILUSTRAÇÃO:
Stephen Youll

DIREÇÃO EXECUTIVA:
Betty Fromer

DIREÇÃO EDITORIAL:
Adriano Fromer Piazzi

DIREÇÃO DE CONTEÚDO:
Luciana Fracchetta

EDITORIAL:
Daniel Lameira
Andréa Bergamaschi
Renato Ritto
Débora Dutra Vieira

COMUNICAÇÃO:
Nathália Bergocce

COMERCIAL:
Giovani das Graças
Lidiana Pessoa
Roberta Saraiva
Gustavo Mendonça
Pâmela Ferreira

FINANCEIRO:
Roberta Martins
Sandro Hannes

COPYRIGHT © 1983 BY NIGHTFALL, INC
COPYRIGHT © EDITORA ALEPH, 2015

(EDIÇÃO EM LÍNGUA PORTUGUESA PARA O BRASIL)
TODOS OS DIREITOS RESERVADOS.
PROIBIDA A REPRODUÇÃO, NO TODO OU EM PARTE, ATRAVÉS DE QUAISQUER MEIOS.
PUBLICADO MEDIANTE ACORDO COM DOUBLEDAY, UM SELO DA THE KNOPF DOUBLEDAY PUBLISHING GROUP, UMA DIVISÃO DA RANDOM HOUSE INC.

EDITORA ALEPH

Rua Tabapuã, 81 - cj. 134
04533-010 – São Paulo – SP – Brasil
Tel.: [55 11] 3743-3202
www.editoraaleph.com.br

DADOS INTERNACIONAIS DE CATALOGAÇÃO NA PUBLICAÇÃO (CIP)
(CÂMARA BRASILEIRA DO LIVRO, SP, BRASIL)
ELABORADO POR VAGNER RODOLFO DA SILVA - CRB-8/9410

A832r Asimov, Isaac
Os robôs da alvorada / Isaac Asimov ;
traduzido por Aline Storto Pereira. – 2. ed. -
São Paulo : Aleph, 2020.
544 p.

Tradução de: The robots of dawn.
ISBN 978-85-7657-460-6

1. Literatura americana. 2. Ficção científica. I. Pereira, Aline Storto.
II. Título.

2019-1160
CDD-813.0876
CDU 821.111(73)-3

ÍNDICES PARA CATÁLOGO SISTEMÁTICO:
1. Literatura americana : Ficção científica 813.0876
2. Literatura americana : Ficção científica 821.111(73)-3

Dedicado a Marvin Minsky e Joseph F. Engelberger,
que são o melhor exemplo (respectivamente)
da teoria e da prática da robótica.

SUMÁRIO

		Introdução	9
1	•	Baley	19
2	•	Daneel	51
3	•	Giskard	79
4	•	Fastolfe	103
5	•	Daneel e Giskard	129
6	•	Gladia	171
7	•	Outra vez Fastolfe	207
8	•	Fastolfe e Vasilia	237
9	•	Vasilia	263
10	•	Outra vez Vasilia	289
11	•	Gremionis	309
12	•	Outra vez Gremionis	331
13	•	Amadiro	361
14	•	Outra vez Amadiro	383
15	•	Outra vez Daneel e Giskard	417
16	•	Outra vez Gladia	445
17	•	O presidente	463
18	•	Outra vez o presidente	493
19	•	Outra vez Baley	519

INTRODUÇÃO

A história por trás dos romances de robôs

O meu caso de amor com robôs como escritor começou em 10 de maio de 1939; entretanto, como *leitor* de ficção científica, começou ainda mais cedo.

Afinal, os robôs não eram nenhuma novidade na ficção científica, nem mesmo em 1939. Seres humanos mecânicos podem ser encontrados em mitos e lendas da antiguidade e medievais; já a palavra "robô" apareceu originalmente na peça *R.U.R.*, de Karl Čapek, a qual foi encenada pela primeira vez em 1921, na Checoslováquia, mas que logo foi traduzida para muitos idiomas. R.U.R. significa "Rossum's Universal Robots" [Robôs Universais de Rossum]. Rossum, um industrial inglês, produziu seres humanos artificiais para fazer todo o trabalho mundano e libertar a humanidade para uma vida de ócio criativo. (O termo "robô" vem de uma palavra checa que significa "trabalho compulsório".) Embora Rossum tivesse boas intenções, as coisas não funcionaram como ele tinha planejado: os robôs se rebelaram e a espécie humana foi destruída.

Talvez não seja nenhuma surpresa que um avanço tecnológico, imaginado em 1921, fosse visto como a causa de tamanho desastre. Lembre-se de que não fazia muito tempo que a Primeira Guerra Mundial, com seus tanques, aviões e gases venenosos, havia acabado e mostrado às pessoas "o lado negro da força", para usar a terminologia de *Star Wars*.

R.U.R. acrescentou sua visão sombria àquela proporcionada pela obra ainda mais famosa *Frankenstein*, na qual a criação de outro tipo de ser humano artificial também acabou em desastre, embora em uma escala mais limitada. Seguindo esses exemplos, tornou-se muito comum, nas décadas de 1920 e 1930, retratar os robôs como inventos perigosos que invariavelmente destruiriam seus criadores. A moral dessas histórias apontava, repetidas vezes, que "há coisas que o Homem não deve saber".

No entanto, mesmo quando eu era jovem, não conseguia acreditar que, se o conhecimento oferecesse perigo, a solução seria a ignorância. Sempre me pareceu que a solução tinha que ser a sabedoria. Não se devia deixar de olhar para o perigo; ao contrário, devia-se aprender a lidar cautelosamente com ele.

Afinal, para começar, esse tem sido o desafio desde que certo grupo de primatas tornou-se humano. *Qualquer* avanço tecnológico pode ser perigoso. O fogo era perigoso no princípio, assim como (e até mais) a fala – e ambos ainda são perigosos nos dias de hoje –, mas os seres humanos não seriam humanos sem eles.

De qualquer forma, sem saber ao certo o que me desagradava quanto às histórias de robôs que eu lia, eu esperava por algo melhor, e encontrei na edição de dezembro de 1938 da revista *Astounding Science Fiction*. Essa edição continha "Helen O'Loy", de Lester del Rey, uma história na qual um robô era retratado de modo compassivo. Aquela era, acredito, apenas a segunda história de del Rey, mas me tornei seu fã incondicional desde aquele momento. (Por favor, não digam isso a ele. Ele nunca deve saber.)

Quase na mesma época, na edição de janeiro de 1939 da *Amazing Stories*, Eando Binder retratou um robô simpático em "I, Robot". Essa era a mais fraca das duas histórias, mas de novo eu vibrei. Comecei a ter uma vaga sensação de que queria escrever uma história na qual um robô seria retratado afetuosamente. E em 10 de maio de 1939, comecei essa história. Esse trabalho demorou duas semanas, pois, naquela época, eu demorava algum tempo para escrever uma história.

Eu a intitulei "Robbie" e era sobre uma babá robô que era amada pela criança de quem cuidava e temida pela mãe. No entanto, Fred Pohl (que tinha 19 anos na época e cuja produção se igualou à minha ano a ano desde então) era mais sábio do que eu. Quando ele leu a história, disse que John Campbell, o todo--poderoso editor da *Astounding*, não a aceitaria porque se parecia demais com "Helen O'Loy". Ele estava certo. Campbell a rejeitou exatamente por esse motivo.

No entanto, Fred tornou-se editor de duas novas revistas pouco tempo depois, e *ele* aceitou "Robbie" em 25 de março de 1940. Ela foi publicada na edição de setembro de 1940 da *Super--Science Stories*, embora seu título tivesse sido alterado para "Strange Playfellow". (Fred tinha o horrível hábito de mudar títulos, quase sempre para algo pior. A história apareceu muitas vezes depois, mas sempre com o título original.)

Naquela época, não me agradava vender minhas histórias a qualquer editor a não ser Campbell, então tentei escrever outra história de robôs após algum tempo. Discuti a ideia com ele primeiro, para me certificar de que ele não a rejeitaria por nenhum outro motivo a não ser uma redação inadequada, e aí escrevi "Reason", na qual um robô se tornava religioso, por assim dizer.

Campbell a comprou em 22 de novembro de 1940 e ela foi publicada na edição de abril de 1941 da revista. Era a terceira vez que eu vendia um conto para ele e a primeira que ele o aceitava exatamente como eu o apresentara, sem pedir uma revisão. Fiquei tão animado que logo escrevi minha terceira história de robôs, sobre um robô que lia mentes, a qual intitulei de "Liar!" e a qual Campbell também aceitou e que foi publicada na edição de maio de 1941. Eu tinha duas histórias de robôs em duas edições sucessivas. Depois disso, não pretendia parar. Eu tinha uma série nas mãos.

Eu tinha mais do que isso. Em 23 de dezembro de 1940, quando estava discutindo minha ideia sobre um robô que lia mentes com Campbell, vimo-nos analisando as regras que regiam o comportamento dos robôs. Parecia-me que os robôs eram inventos da engenharia que deveriam ter salvaguardas incorporadas, e então nós dois começamos a dar um formato verbal para essas salvaguardas. Elas se tornaram as "Três Leis da Robótica".

Primeiro, elaborei a forma final das Três Leis, e as usei explicitamente no meu quarto conto de robôs, "Runaround", que foi publicado na edição de março de 1942 da *Astounding*. As Três Leis apareceram pela primeira vez na página 100 daquela edição. Verifiquei isso, pois a página onde elas aparecem nessa edição é, que eu saiba, a primeira vez que a palavra "robótica" é usada na história mundial.

Continuei escrevendo mais quatro histórias de robôs para a *Astounding* na década de 1940. Eram elas: "Catch That Rabbit", "Escape" (a qual Campbell intitulou de "Paradoxical Escape" porque, dois anos antes, ele tinha publicado uma história cujo título era "Escape"), "Evidence" e "The Evitable Conflict". Foram publicadas, respectivamente, nas edições de fevereiro de 1944, agosto de 1945, setembro de 1946 e junho de 1950 da *Astounding*.

Em 1950, editoras importantes, notadamente a Doubleday and Company, estavam começando a publicar livros de ficção científica. Em janeiro de 1950, a Doubleday publicou meu primeiro livro, o romance de ficção científica *Pedra no céu*, e eu estava trabalhando duro em um segundo romance.

Ocorreu a Fred Pohl, que foi meu agente por um breve período naquela época, que talvez fosse possível organizar um livro com as minhas histórias de robôs. A Doubleday não estava interessada em coletâneas de contos naquele momento, mas uma editora bem pequena, a Gnome Press, estava.

Em 8 de junho de 1950, a coletânea foi entregue à Gnome Press, e o título que eu dei a ela foi *Mind and Iron* [Mente e Ferro]. O editor negou com a cabeça.

– Vamos chamá-la de *Eu, Robô* – ele disse.

– Não podemos – eu disse. – Eando Binder escreveu um conto com esse título dez anos atrás.

– Quem se importa? – disse o editor (embora essa seja uma versão editada do que ele realmente disse) e, constrangido, eu permiti que ele me persuadisse. *Eu, Robô* foi o meu segundo livro, publicado no fim de 1950.

O livro continha oito histórias de robôs da *Astounding*, cuja ordem tinha sido reorganizada para tornar a progressão mais lógica. Além disso, incluí "Robbie", minha primeira história, porque eu gostava dela apesar da rejeição de Campbell.

Eu tinha escrito outras três histórias de robôs na década de 1940 que Campbell tinha rejeitado ou que nunca tinha visto, mas elas não seguiam a mesma linha de progressão das histórias, então as deixei de fora. Entretanto, essas e outras histórias de robôs escritas nas décadas que se seguiram a *Eu, Robô* foram incluídas em coletâneas posteriores – todas elas, sem exceção, foram incluídas em *The Complete Robot*, publicada pela Doubleday em 1982.

Eu, Robô não causou grande impacto quando da sua publicação, mas vendeu lenta e regularmente ano após ano. Em meia década, havia sido publicada uma tiragem para as Forças Armadas, uma versão capa dura mais barata, uma edição britânica e outra alemã (minha primeira publicação em língua estrangeira). Em 1956, a coletânea foi até mesmo impressa em formato de livro de bolso pela New American Library.

O único problema era que a Gnome Press mal conseguia sobreviver e nunca chegou a me dar demonstrações financeiras semestrais ou pagamentos. (Isso incluía meus três livros da série *Fundação*, que a Gnome Press também tinha publicado.)

Em 1961, a Doubleday tomou conhecimento do fato de que a Gnome Press estava tendo problemas e entrou em acordo para adquirir os direitos de *Eu, Robô* (e dos livros da série *Fundação* também). A partir daquele momento, as vendas dos livros melhoraram. De fato, *Eu, Robô* continua em circulação desde que foi publicado pela primeira vez. Já faz 33 anos. Em 1981, foi vendido para o cinema, embora nenhum filme tenha sido feito ainda. Que eu saiba, também foi publicado em dezoito línguas estrangeiras diferentes, inclusive em russo e hebraico.

Mas estou me adiantando demais nesta história.

Voltemos a 1952, momento em que *Eu, Robô* caminhava a passos lentos como livro da Gnome Press e não havia sinal de que ele seria um sucesso.

Naquela época, novas e excelentes revistas de ficção científica tinham surgido e o gênero estava em um de seus *booms* periódicos. *The Magazine of Fantasy and Science Fiction* surgiu em 1949, e *Galaxy Science Fiction*, em 1950. Com isso, John Campbell perdeu seu monopólio do gênero, e a "Era de Ouro" da década de 1940 acabou.

Comecei a escrever para Horace Gold, o editor da *Galaxy*, com certo alívio. Por um período de oito anos, eu tinha escrito exclusivamente para Campbell e tinha chegado a sentir que era um escritor de um editor só e que, se algo acontecesse a ele, eu estaria acabado. O êxito em vender algo para Gold aliviou minha preocupação quanto a isso. Gold até publicou meu segundo romance em fascículos, *The Stars, Like Dust...*, embora ele tenha alterado o título para *Tyrann*, que eu achei horrível.

Gold tampouco era meu único novo editor. Vendi uma história de robô para Howard Browne, editor da *Amazing* durante um breve período no qual se tentou que ela fosse uma revista de qualidade. A história, intitulada "Satisfaction Guaranteed", foi publicada na edição de abril de 1951.

Mas essa foi uma exceção. De modo geral, eu não tinha intenção de escrever mais histórias de robôs àquela altura. A publicação de *Eu, Robô* parecia ter trazido aquela parte da minha carreira literária ao seu encerramento natural, e eu ia seguir adiante.

No entanto, Gold, tendo publicado um livro meu em fascículos, estava disposto a tentar fazer isso de novo, sobretudo porque Campbell tinha aceitado publicar desta mesma maneira um novo romance que eu tinha escrito, *The Currents of Space*.

Em 19 de abril de 1952, Gold e eu estávamos falando sobre um novo romance que deveria ser publicado na *Galaxy*. Ele sugeriu que fosse um romance de robôs. Meneei a cabeça de maneira veemente. Meus robôs tinham aparecido apenas em contos e eu não tinha certeza de que poderia escrever um romance inteiro baseado neles.

— É claro que consegue — Gold sugeriu. — Que tal um mundo superpovoado no qual os robôs estão tomando os empregos dos humanos?

— Depressivo demais — respondi. — Não tenho certeza se quero trabalhar com uma história de tema sociológico difícil.

— Faça do seu jeito. Você gosta de mistérios. Coloque um assassinato nesse mundo e faça com que um detetive o resolva com um parceiro robô. Se o detetive não resolvê-lo, o robô o substituirá.

Isso acendeu uma chama. Campbell tinha dito muitas vezes que um mistério de ficção científica era um contrassenso; que os avanços da tecnologia poderiam ser usados para tirar os detetives de apuros de um modo injusto e que, portanto, os leitores seriam ludibriados.

Sentei-me para escrever uma clássica história de mistério que não fosse ludibriar o leitor — mas que ainda fosse uma verdadeira história de ficção científica. O resultado foi *As Cavernas de Aço*.

A história foi publicada na *Galaxy* em três partes nas edições de outubro, novembro e dezembro de 1953 e, em 1954, foi publicada pela Doubleday como meu décimo primeiro livro.

Não há dúvida de que *As Cavernas de Aço* é meu livro de maior sucesso até hoje. Ele vendeu mais do que qualquer um dos meus livros anteriores; recebeu cartas mais simpáticas dos leitores; e (a maior prova de todas) a Doubleday abriu os braços para mim com mais entusiasmo do que nunca. Até aquele momento, eles me pediam esboços e capítulos antes de me dar os contratos, mas depois disso eu os conseguia simplesmente dizendo que ia escrever outro livro.

De fato, *As Cavernas de Aço* obteve tanto sucesso, que era inevitável que eu escrevesse uma sequência. Creio que eu a teria começado sem demora, se não tivesse acabado de começar a escrever livros de divulgação científica e descoberto que adorava fazer isso. Na verdade, somente em outubro de 1955 comecei *O Sol Desvelado*.

Uma vez começada, a escrita do livro fluiu. De certa forma, ele contrabalançava os livros anteriores. *As Cavernas de Aço* se passava na Terra, um mundo com muitos humanos e poucos robôs, enquanto *O Sol Desvelado* se passava em Solaria, um mundo com poucos humanos e muitos robôs. Além disso, embora geralmente meus livros sejam desprovidos de romance, coloquei uma discreta história de amor em *O Sol Desvelado*.

Eu estava muito satisfeito com a sequência e, no fundo, pensava que era ainda melhor do que *As Cavernas de Aço*, mas o que deveria fazer com ela? Eu estava um tanto afastado de Campbell, que tinha se dedicado a um ramo de pseudociência chamado dianética e tinha se interessado por discos voadores, psiônica e vários outros assuntos questionáveis. Por outro lado, eu devia muito a ele e me sentia culpado de publicar sobretudo com Gold, que tinha lançado consecutivamente dois de meus livros em fascículos. Mas como ele não tinha nada a ver com o planejamento de *O Sol Desvelado*, eu podia fazer com ele o que quisesse.

Portanto, ofereci o romance a Campbell, e ele o aceitou sem demora. Foi publicado em três partes nas edições de outubro, novembro e dezembro de 1956 da *Astounding*, e Campbell não mudou meu título. Em 1957, foi publicado pela Doubleday como meu vigésimo livro.

Esse livro vendeu tão bem quanto *As Cavernas de Aço*, se não mais, e a Doubleday logo ressaltou que eu não podia parar por ali. Eu teria que escrever um terceiro livro e fazer uma trilogia, do mesmo modo como os meus três livros da série *Fundação* formavam uma trilogia.

Eu estava totalmente de acordo. Eu tinha uma vaga ideia do enredo do terceiro livro e tinha um título – *The Bounds of Infinity*.

Em julho de 1958, minha família estava passando três semanas de férias em uma casa na praia em Marshfield, Massachusetts, e eu tinha planejado trabalhar e escrever um pedaço considerável do novo romance ali. O cenário seria Aurora, onde o equilíbrio entre humanos e robôs não pesaria nem para o lado dos humanos, como em *As Cavernas de Aço*, nem para o lado dos robôs, como em *O Sol Desvelado*. Além disso, o romance apareceria com muito mais força.

Eu estava pronto – e, no entanto, algo estava errado. Gradualmente, eu tinha passado a me interessar mais por não ficção na década de 1950 e, pela primeira vez, comecei a escrever um romance que não fluía. Quatro capítulos depois, meus esforços desvaneceram e eu desisti. Decidi que, no fundo, sentia que não conseguiria trabalhar no romance, não conseguiria equilibrar a mescla entre humanos e robôs de maneira adequada e uniforme.

Por 25 anos, o livro continuou assim. *As Cavernas de Aço* e *O Sol Desvelado* nunca desapareceram ou ficaram esgotados. Foram publicados juntos em *The Robot Novels* e com uma série de contos em *The Rest of the Robots*, além de várias edições em brochura.

Portanto, por 25 anos, os leitores tiveram esses dois romances à disposição para ler e, suponho eu, para se divertir. Como consequência, muitos me escreveram pedindo um terceiro romance.

Nas convenções, faziam esse pedido diretamente. Ela tornou-se o pedido mais inevitável que eu receberia (exceto pelo pedido por um quarto romance da *Fundação*).

Toda vez que me perguntavam se eu pretendia escrever um terceiro romance de robôs, eu respondia:

— Sim, algum dia, então rezem para que eu tenha uma vida longa.

De certa forma, eu sentia que devia fazer isso, mas, com o passar dos anos, eu tinha cada vez mais certeza de que não conseguiria trabalhar com ele e estava cada vez mais convencido de que um terceiro romance nunca seria escrito.

Entretanto, em março de 1983, apresentei à Doubleday o "tão esperado" terceiro romance de robôs. Ele não tem relação nenhuma com aquela tentativa malfadada de 1958 e seu título é *Os Robôs da Alvorada*. A Doubleday o publicou em outubro de 1983.

— Isaac Asimov
Nova York

① BALEY

1

Elijah Baley se viu à sombra de uma árvore e murmurou para si: "Eu sabia. Estou suando".

Ele parou, endireitou-se, limpou o suor da testa com o dorso da mão e depois olhou friamente para as gotículas de umidade que estavam nela.

— *Odeio* suar — disse ele para ninguém, livrando-se do suor como se fosse uma lei cósmica. E mais uma vez se irritou com o Universo por ter criado algo ao mesmo tempo essencial e desagradável.

Ninguém *jamais* transpirava (a não ser que quisesse, é claro) na Cidade, onde a temperatura e a umidade eram totalmente controladas e nunca era necessário para o corpo se esforçar, produzindo mais calor do que era possível eliminar.

Isso é que era civilizado.

Baley olhou para o campo, onde um grupo de homens e mulheres dispersos estava mais ou menos sob sua responsabilidade. Eram, em sua maioria, jovens nos últimos anos da adolescência, mas havia algumas pessoas de meia-idade como ele. Estavam capinando desajeitadamente e fazendo várias outras coisas para as quais os robôs tinham sido projetados... e que poderiam realizar com muito mais eficiência se não tivessem recebido ordens para ficar de lado e esperar enquanto os seres humanos praticavam com obstinação.

Havia nuvens no céu e o Sol, naquele momento, estava se escondendo atrás de uma delas. Ele olhou para cima, indeciso. Por um lado, significava que o calor emanado pelo Sol (e o suor) diminuiria. Por outro lado, havia alguma chance de chover? Esse era o problema com a Área Externa. Hesitava-se eternamente entre alternativas desagradáveis.

Baley sempre ficava impressionado com o fato de que uma nuvem relativamente pequena pudesse cobrir o Sol por completo, deixando a Terra na penumbra de um lado ao outro do horizonte e, ainda assim, a maior parte do céu permanecesse azul.

Ele estava debaixo da copa frondosa da árvore (um tipo primitivo de parede e teto, sendo a solidez do tronco algo reconfortante ao toque) e olhou de novo para o grupo, examinando-o. Uma vez por semana eles saíam, fossem quais fossem as condições climáticas.

Eles estavam conseguindo recrutas, também. Era definitivamente um grupo mais numeroso do que aqueles poucos corajosos que tinham começado a se aventurar na Área Externa. O governo da Cidade, se não era de fato um parceiro nessa empreitada, era benevolente o bastante para não criar obstáculo.

No horizonte à direita de Baley – direção leste, como era possível saber a partir da posição do Sol no final de tarde – ele podia ver as várias torres arredondadas da Cidade, encerrando tudo o que fazia a vida valer a pena. Ele também via um pequeno vulto que estava longe demais para ser distinguido.

Pelo modo como se movimentava e por outras indicações sutis demais para descrever, Baley tinha certeza de que era um robô, mas isso não o surpreendia. A superfície da Terra, afora as Cidades, era território dos robôs, não dos seres humanos – exceto por aqueles poucos, como ele, que sonhavam com as estrelas.

Automaticamente, seus olhos se voltaram para os sonhadores que capinavam, passando de um ao outro. Ele sabia identificar e dizer o nome de cada um. Todos trabalhando, todos aprendendo a suportar a Área Externa e... ele franziu as sobrancelhas e murmurou:

— Onde está Bentley?

— Estou aqui, pai — disse outra voz, ressoando por trás dele com uma exuberância um tanto ofegante.

Baley se virou.

— Não *faça* isso, Ben

— Não fazer o quê?

— Chegar de mansinho e me pegar de surpresa. Já é bem difícil tentar manter o equilíbrio na Área Externa sem ter que me preocupar também com o inesperado.

— Eu não estava tentando pegá-lo de surpresa. É difícil fazer muito barulho andando na grama. Não dá para evitar. Mas você não acha que deveria voltar, pai? Faz duas horas que está aqui fora e acho que já foi o bastante.

— Por quê? Porque eu tenho 45 anos e você é um garotinho de 19? Você acha que precisa cuidar do seu pai decrépito, é isso?

— Sim, acho que é isso. E uma dose de trabalho de investigação bem-feito da sua parte também. Você acertou na mosca — retrucou Ben.

O rapaz abriu um sorriso largo. Seu rosto era redondo, seus olhos brilhavam. Ele tinha muito de Jessie, pensou Baley, tinha muito da mãe. Havia poucos traços do rosto longilíneo e solene do pai.

E, no entanto, Ben tinha o mesmo modo de pensar de Baley. Ele podia, por vezes, assumir um ar de profunda solenidade, enrugando a testa, o que deixava claro que sua origem era perfeitamente legítima.

— Eu estou me saindo bem — disse Baley.

— Você está, pai. É o melhor entre nós, considerando...

— Considerando o quê?

— A sua idade, é claro. E não estou esquecendo que foi você que começou isto.

— Entretanto, eu o vi buscando abrigo debaixo da árvore e pensei: "Bom, talvez o velho esteja cansado".

— Você vai ver quem é o "velho" – disse Baley. O robô que ele havia vislumbrado na direção da Cidade agora estava perto o suficiente para ser visto com clareza, mas Baley não deu importância a ele.

— Faz sentido ficar debaixo de uma árvore de tempos em tempos, quando a luz do Sol está forte demais. Temos que aprender a fazer uso das vantagens da Área Externa, bem como a suportar suas desvantagens. E lá vem o Sol saindo de trás daquela nuvem.

— Sim, ele vai sair... Bem, então você não quer voltar?

— Eu consigo aguentar. Uma vez por semana, tenho uma tarde de folga e passo esse tempo aqui. É um privilégio que adquiri com a minha classificação C-7.

— Não é uma questão de privilégio, pai. A questão é ficar exausto.

— Eu estou bem, estou dizendo.

— Claro. E quando você chegar em casa, vai direto para o quarto para ficar no escuro.

— É o antídoto natural para o excesso de claridade.

— E a mamãe fica preocupada.

— Bom, deixe que ela se preocupe. Vai fazer bem a ela. Além do mais, o que há de errado em estar aqui fora? A pior parte é *suar*, mas preciso me acostumar com isso. Não posso escapar. Quando comecei, não conseguia me afastar tanto assim da Cidade sem ter que voltar... e você era o único que estava comigo. Agora veja quantos nós reunimos e até onde consigo chegar sem ter problemas. Também consigo trabalhar bastante. Posso ficar aqui mais uma hora. Moleza. Estou lhe dizendo, Ben, faria bem à sua mãe vir aqui fora.

— Quem? A mamãe? Você deve estar brincando.

— Receio que não. Quando chegar a hora de partir, não poderei ir junto... porque ela não irá.

— E você vai ficar feliz de não ir. Não se engane, pai. Isso não vai acontecer por um bom tempo... e, se você não está velho demais agora, estará velho demais quando chegar a hora. Vai ser um negócio para jovens.

— Sabe — disse Baley, semicerrando o punho —, você se mostra tão perspicaz com essa história de "jovens". Você já esteve fora da Terra? Alguma daquelas pessoas no campo já esteve fora da Terra? *Eu* já. Há dois anos. Isso foi antes de eu passar por esta aclimatização... e sobrevivi.

— Eu sei, pai, mas isso foi por pouco tempo, e no exercício de suas funções, e cuidaram de você em uma sociedade já existente. Não é a mesma coisa.

— *Era* a mesma coisa — insistiu Baley com teimosia, sabendo, no fundo, que não era. — E não vai demorar muito até podermos partir. Se eu conseguisse permissão para ir a Aurora, poderíamos pôr esse plano em marcha.

— Esqueça. Isso não vai acontecer assim tão facilmente.

— Precisamos tentar. O governo não vai nos deixar ir sem que Aurora nos dê o sinal verde. É o maior e mais forte dos Mundos Siderais, e quando Aurora diz alguma coisa...

— É uma ordem. Eu sei. Todos nós já conversamos sobre isso um milhão de vezes. Mas você não precisa ir até lá para conseguir a permissão. Existe uma coisa chamada hipertransmissor. Você pode falar com eles daqui. Eu já disse isso um monte de vezes.

— Não é a mesma coisa. Vamos precisar de contato cara a cara e eu já disse isso um monte de vezes.

— De qualquer forma — disse Ben —, não estamos prontos.

— Não estamos prontos porque a Terra não quer nos dar as naves. Os Siderais darão, assim como nos darão a ajuda técnica necessária.

— Quanta confiança! Por que os Siderais fariam isso? Quando eles começaram a ter simpatia por nós, terráqueos de vida breve?
— Se eu pudesse falar com eles...
Ben deu uma risada.
— Qual é, pai. Você só quer ir para Aurora para ver aquela mulher de novo.
Baley franziu as sobrancelhas, que pairavam acima de seus olhos profundos.
— Mulher? Por Josafá, Ben, do que é que você está falando?
— Ora essa, pai, cá entre nós... não direi nenhuma palavra para a mamãe, mas o que aconteceu com aquela mulher em Solaria? Eu já tenho idade suficiente. Pode me contar.
— Que mulher em Solaria?
— Como pode olhar para mim e negar que conhece a mulher que todos na Terra viram na dramatização via hiperonda? Gladia Delmarre. Aquela mulher!
— Não aconteceu nada. Aquela coisa que fizeram via hiperonda é um absurdo. Eu já lhe disse um milhão de vezes. Ela não tinha aquela aparência. Eu não tinha aquela aparência. Foi tudo inventado e você sabe que aquilo foi produzido apesar dos meus protestos, só porque o governo pensou que assim a Terra seria bem-vista pelos Siderais. E não vá dizer nada que tenha outras implicações à sua mãe.
— Eu nem pensaria em fazer isso. Entretanto, essa tal Gladia foi para Aurora e você ainda quer ir para lá também.
— Está tentando me dizer que sinceramente acredita que o motivo pelo qual eu quero ir a Aurora... Ah, por Josafá!
O filho do detetive levantou as sobrancelhas.
— O que foi?
— O robô. É R. Gerônimo.
— Quem?
— Um dos robôs mensageiros do nosso departamento. E ele está aqui fora, no espaço aberto! Eu estou de folga e deixei meu

receptor de mensagens em casa de propósito porque não queria que eles me achassem. É um privilégio da categoria C-7 e, no entanto, eles mandam um robô me chamar.

— Como sabe que ele está vindo atrás de você, pai?

— Por simples dedução. Primeiro: não há mais ninguém aqui que tenha ligação com o Departamento de Polícia; segundo: aquela coisa miserável está vindo bem na minha direção. Por conta disso, deduzo que quer falar comigo. Eu deveria ir para o outro lado da árvore e ficar lá.

— Não é uma parede, pai. O robô pode andar em volta da árvore.

— Mestre Baley — gritou o robô —, tenho uma mensagem para o senhor. Querem que vá à Sede do Departamento.

O robô parou, esperou e disse outra vez:

— Mestre Baley, tenho uma mensagem para o senhor. Querem que vá à Sede do Departamento.

— Eu ouvi e entendi — respondeu Baley em um tom de voz inexpressivo. Ele tinha de dizer isso ou o robô repetiria a frase diversas vezes.

Baley franziu um pouco as sobrancelhas enquanto examinava o robô. Era um modelo novo, um pouco mais humaniforme do que os modelos antigos. Fora desembalado e ativado havia apenas um mês e com certo grau de ostentação. O governo estava sempre tentando fazer alguma coisa — qualquer coisa — que pudesse ocasionar maior aceitação quanto aos robôs.

Sua superfície era acinzentada e opaca, e era um tanto resistente ao toque (talvez como couro macio). A expressão facial, apesar de ser, em grande parte, imutável, não tinha um ar tão idiota quanto o da maioria dos robôs. Mas, na verdade, ele era mentalmente tão idiota quanto todo o resto. Por um momento, Baley pensou em R. Daneel Olivaw, o robô Sideral que participara de dois casos de investigação com ele, um na Terra e um em Solaria, e que ele encontrara pela última vez quando Daneel o consultara sobre um caso de imagem espelhada. Daneel era um robô tão humano que Baley podia tratá-lo como amigo e, ainda por cima, sentir sua falta, mesmo agora. Se todos os robôs fossem assim...

— Este é meu dia de folga, rapaz — disse Baley. — Não é necessário que eu vá à Sede.

R. Gerônimo fez uma pausa. Havia uma vibração mínima em suas mãos. Baley notou isso e estava ciente de que significava que havia certo conflito nas vias positrônicas do robô. Os autômatos tinham que obedecer aos seres humanos, mas era muito comum dois seres humanos requererem dois tipos diferentes de obediência. O robô fez uma escolha.

— É seu dia de folga, mestre — disse ele. — Querem que o senhor vá à Sede.

— Se eles querem que você vá, pai... — disse Ben, preocupado.

Baley encolheu os ombros.

— Não se deixe enganar, Ben. Se eles quisessem mesmo que eu fosse, teriam mandado um carro fechado e, provavelmente, teriam utilizado um voluntário humano em vez de ordenar que um robô fizesse essa caminhada... e me irritasse com uma de suas mensagens.

Ben chacoalhou a cabeça.

— Acho que não, pai. Eles não tinham como saber onde você estava nem quanto tempo levariam para encontrá-lo. Acho que eles não iam querer mandar um humano a uma procura incerta.

— Você acha? Bom, vamos ver qual é a intensidade dessa ordem. — Voltando-se para o robô, disse: — R. Gerônimo, volte para a Sede e diga que eu vou para o trabalho às 9 horas. — E depois acrescentou, ríspido: — Volte para lá! Isto é uma ordem!

O robô hesitou de forma perceptível, depois virou-se, afastou-se, virou-se de novo, tentou voltar em direção a Baley e, por fim, ficou parado em um lugar, seu corpo todo vibrando.

Baley entendeu do que se tratava e murmurou para Ben:

— Talvez eu tenha que ir. Por Josafá!

O que estava perturbando o robô era o que os roboticistas chamavam de equipotencial de contradição em segundo grau. Obediência era a Segunda Lei e. R. Gerônimo estava agora sofrendo por conta de duas ordens contraditórias e quase idênticas. A população em geral chamava isso de bloqueio robótico, ou, com mais frequência, de robloqueio, para abreviar.

O robô voltou aos poucos. Sua ordem original era a mais forte, mas não muito mais, de modo que sua fala soava mal articulada.

— Mestre, avisaram-me de que o senhor poderia responder isso. Nesse caso, eu deveria dizer... — ele fez uma pausa, e depois acrescentou com uma voz rouca: — Eu deveria dizer, se o senhor estivesse sozinho...

Baley fez um breve aceno de cabeça para o filho e Ben não esperou. Ele sabia quando seu pai era pai e quando era um policial. Ben se afastou, apressado.

Por um instante, Baley, irritado, brincou com a ideia de fortalecer sua ordem e tornar o robloqueio mais intenso, mas isso com certeza causaria o tipo de dano que exigiria análise positrônica e reprogramação. O custo disso seria deduzido de seu salário, o que poderia facilmente chegar aos vencimentos de um ano.

— Retiro minha ordem — disse ele. — O que mandaram você dizer?

A voz de R. Gerônimo ficou clara de imediato.

— Mandaram-me dizer que querem falar com o senhor a respeito de Aurora.

Baley virou-se na direção de Ben e gritou:

— Deixe que eles fiquem no campo mais meia hora e depois diga que eu quero que eles voltem. Preciso ir agora.

E, enquanto se afastava com largas passadas, Baley disse com petulância ao robô:

— Por que eles não mandaram você dizer isso logo de cara? E por que não o programaram para usar um carro, de modo que eu não precisasse andar?

Ele sabia muito bem por que isso não fora feito. Qualquer acidente envolvendo um carro dirigido por um robô desencadearia novos protestos antirrobôs.

Ele não afrouxou o passo. Tinham que andar dois quilômetros antes de chegar à parede da Cidade e, depois disso, teriam de enfrentar um trânsito intenso para chegar à Sede do Departamento. Aurora? Que tipo de crise estava surgindo agora?

2

Baley demorou meia hora para chegar à entrada da Cidade e ficou tenso por conta do que suspeitava estar por vir. Talvez, talvez... não acontecesse desta vez.

Ele chegou ao terreno plano que dividia a Área Externa e a Cidade, a parede que separava o caos da civilização. Ele pôs a mão em um painel e surgiu uma abertura. Como de costume, não esperou que a passagem se abrisse por completo, mas esgueirou-se quando ficou larga o suficiente. R. Gerônimo o seguiu.

A sentinela de plantão olhou perplexa, como sempre fazia quando alguém entrava vindo da Área Externa. Toda vez havia a mesma expressão de incredulidade, o mesmo estado de alerta, a mesma mão posta de repente sobre o desintegrador, o mesmo semblante de incerteza.

Carrancudo, Baley mostrou o cartão de identidade e a sentinela o cumprimentou. A porta se fechou quando ele passou... e aconteceu.

Baley estava dentro da Cidade. As paredes se fechavam ao seu redor e a Cidade se tornava o Universo. Ele mergulhara de novo no ruído e no cheiro eternos e infinitos das pessoas e das máquinas que logo se desvaneceriam sob o limiar da consciência; na suave e indireta luz artificial que não se parecia em nada com o brilho parcial e variável da Área Externa, com seus tons verdes, marrons, azuis e brancos, interpostos por vermelhos e amarelos. Aqui não havia vento irregular, não havia calor nem frio, nem ameaçava chover; em vez disso, havia a silenciosa permanência de imperceptíveis correntes de ar que mantinham tudo fresco. Aqui se experimentava uma combinação de temperatura e umidade tão perfeitamente adaptada ao homem, que passava despercebida.

Trêmulo, Baley respirou profundamente e alegrou-se ao perceber que estava em casa e a salvo, cercado por aquilo que era conhecido e reconhecível.

Era isso o que acontecia sempre. Outra vez ele aceitava a Cidade como um útero e voltava para ela com alívio e satisfação. Ele sabia que esse útero era o lugar de onde a humanidade deveria emergir e nascer. Por que ele sempre se sentia tão confortável?

Seria sempre assim? Será que, embora pudesse fazer inúmeras pessoas saírem da Cidade, deixarem a Terra e irem para as estrelas, ele próprio não conseguiria, enfim, partir também? Será que ele sempre se sentiria em casa apenas na Cidade?

Ele cerrou o punho, mas era inútil pensar sobre isso.

— Trouxeram-no até aqui de carro, rapaz? — perguntou ele ao robô.

— Sim, mestre.

— Onde está o carro agora?

— Não sei, mestre.

Baley se virou para a sentinela.

— Policial, este robô foi trazido a este local há duas horas. O que aconteceu com o carro que o trouxe?

— Senhor, meu turno começou há menos de uma hora.

Na verdade, era bobagem perguntar. Quem estava no carro não sabia quanto tempo ia demorar para o robô encontrá-lo, então não ia esperar. Baley sentiu, por um breve instante, o impulso de pedir um carro, mas eles lhe diriam que pegasse a via expressa; seria mais rápido.

O único motivo pelo qual ele hesitava era R. Gerônimo. Baley não queria a companhia dele na via expressa e, no entanto, não podia esperar que o robô voltasse à Sede do Departamento passando por multidões hostis.

Não que houvesse escolha. O Comissário sem dúvida não estava disposto a tornar as coisas fáceis para ele, e ficaria irritado se Baley não estivesse de prontidão, fosse seu dia de folga ou não.

– Por aqui, rapaz – disse o detetive.

A Cidade cobria uma área de mais de 5 mil quilômetros quadrados e tinha mais de quatrocentos quilômetros de via expressa, além de centenas de quilômetros de vias afluentes, para atender seus bem mais de vinte milhões de habitantes. Havia oito níveis dessa intrincada rede de movimentação e centenas de entroncamentos de variados níveis de complexidade.

Como investigador, esperava-se que Baley conhecesse todas elas... e ele conhecia. Se o colocassem de olhos vendados em qualquer esquina da Cidade e tirassem a venda, ele chegaria a qualquer outro ponto que fosse designado de forma impecável.

Então não havia dúvida de que sabia como chegar à Sede. Entretanto, havia oito trajetos razoáveis que podia usar, e ele hesitou por um instante quanto a qual deles estaria menos cheio àquela hora.

Só por um instante. Depois ele tomou uma decisão e disse:
– Venha comigo, rapaz.

Dócil, o robô o seguiu de perto.

Eles passaram para uma via afluente próxima e Baley agarrou uma das barras verticais: branca, quente e texturizada para oferecer uma boa aderência. Baley não queria se sentar; eles não ficariam ali por muito tempo. O robô esperara um pequeno gesto do detetive antes de colocar a mão na mesma barra. R. Gerônimo poderia muito bem permanecer sem apoio – não teria sido difícil manter o equilíbrio –, mas Baley não queria correr o risco de eles se separarem. Ele era responsável pelo robô e não queria se arriscar a ter de ressarcir os cofres da Cidade caso acontecesse alguma coisa com R. Gerônimo.

Havia algumas pessoas a bordo da via afluente, e os olhos de cada uma delas se voltaram curiosos – o que era inevitável – para o robô. Um a um, Baley percebeu esses relances. O investigador tinha uma expressão de autoridade, e os olhares que ele vislumbrava se desviavam de maneira constrangida.

Baley fez outro gesto quando desceu da via de acesso. Ela tinha chegado às faixas agora, e estava se movendo na mesma velocidade da faixa mais próxima, de modo que não era necessário que ela desacelerasse. Baley passou para aquela faixa mais próxima e sentiu o vento fustigando-o quando já não estavam mais protegidos por um resguardo de plástico.

Ele se inclinou em direção ao vento com a facilidade de um longo período de prática, levantando um braço à altura dos olhos para quebrar sua força. Ele desceu pelas faixas em direção à interseção com a via expressa e depois começou a subir, a caminho da faixa de alta velocidade que bordejava essa via.

Baley ouviu a voz de um adolescente gritando "robô!" (ele também havia sido adolescente um dia) e sabia exatamente o que aconteceria. Um grupo de jovens – dois ou três ou meia dúzia – se deslocaria em massa para cima e para baixo pelas faixas e, de algum modo, faria o robô tropeçar e ele cairia lá embaixo com estrondo. Depois, se o caso chegasse a ser julgado por um tribunal, qualquer adolescente levado em custódia alegaria que o robô colidira com ele e era uma ameaça nas faixas... e com certeza o deixariam ir.

Em primeiro lugar, o robô não poderia se defender; em segundo, não poderia testemunhar.

Baley se movimentou com rapidez e ficou entre o primeiro dos adolescentes e o robô. Ele passou para uma faixa mais rápida ao lado, levantou o braço mais para o alto, como que para se adaptar ao aumento da velocidade do vento e, de alguma maneira, o jovem perdeu o rumo e foi parar em uma faixa mais lenta, fato para o qual ele não estava preparado. Ele gritou "ei!" com violência enquanto se estatelava. Os outros pararam, avaliaram rapidamente a situação e se afastaram.

— Para a via expressa, rapaz — disse Baley.

O robô hesitou por um instante. Não era permitida a presença de robôs desacompanhados na via expressa. Entretanto, Baley dera uma ordem firme, e ele subiu nela. O detetive foi logo atrás, o que aliviou a pressão sobre o robô.

Baley se movimentava de forma brusca por entre a multidão que estava em pé, forçando R. Gerônimo a seguir à sua frente e subindo para o nível superior, onde havia menos gente. Ele se agarrou a uma barra e pôs o pé sobre o pé do robô com firmeza, encarando outra vez todos os olhares.

Quinze quilômetros e meio o trouxeram à parada final na Sede do Departamento de Polícia, e ele desceu. R. Gerônimo desceu com ele. Não tinham sequer tocado no robô, não tinham feito nenhum arranhão. Baley o devolveu na entrada e pegou um recibo. Verificou com cuidado a data, o horário, o número de série do robô, e depois colocou o recibo na carteira. Antes que o dia terminasse, ele verificaria e confirmaria se a transação fora registrada no computador.

Agora ia ver o Comissário... e ele conhecia o Comissário. Qualquer falha por parte de Baley seria um motivo conveniente para um rebaixamento de posto. Ele era um homem rigoroso, o Comissário. Ele considerava os triunfos passados de Baley uma ofensa pessoal.

3

O Comissário era Wilson Roth. Ele estava no cargo havia dois anos e meio, desde que Julius Enderby se demitira, quando o furor provocado pelo assassinato de um Sideral arrefeceu e a exoneração pôde ser feita com segurança.

Baley nunca se conformou com a mudança. Julius, com todas as suas falhas, fora tanto seu amigo quanto seu superior; Roth era apenas seu superior. Ele não era sequer da Cidade. Não desta Cidade. Tinham-no trazido de fora.

Roth não era nem extraordinariamente alto nem extraordinariamente gordo. No entanto, sua cabeça era grande, e parecia ter sido colocada sobre um pescoço um pouquinho inclinado em relação ao torso. Isso fazia com que parecesse pesado: de corpo pesado e de cabeça pesada. Ele tinha até pálpebras pesadas, obstruindo um pouco seus olhos.

Qualquer um pensaria que o Comissário vivia com sono, mas ele nunca deixava nada passar despercebido. Baley descobrira isso pouco tempo depois que Roth assumira o escritório. Ele não tinha nenhuma ilusão de que Roth gostava dele. E tinha menos ilusão ainda de que ele próprio gostava de Roth.

Roth não era petulante ao falar – nunca era –, mas suas palavras tampouco expressavam satisfação.

– Baley, por que é tão difícil encontrá-lo? – perguntou ele.

– É minha tarde de folga, Comissário – respondeu Baley em um tom de voz cuidadosamente respeitoso.

– Sim, o seu privilégio da categoria C-7. Você já ouviu falar em comunicador via onda, não ouviu? Algo que recebe mensagens oficiais? Você está sujeito a ser chamado, mesmo durante sua folga.

– Sei muito bem disso, Comissário, mas não há mais nenhuma regulamentação quanto ao uso de comunicador via onda. Podemos ser encontrados sem ele.

– Sim, dentro da Cidade, mas você estava na Área Externa... ou estou enganado?

– Não, não está, Comissário. Eu estava na Área Externa. As normas não declaram que, em uma situação dessas, eu deva levar um comunicador.

— Você se esconde atrás do sentido literal do estatuto, não é?
— Sim, Comissário — disse Baley em um tom calmo.

O Comissário levantou-se, um homem poderoso e vagamente ameaçador, e sentou-se à mesa. A janela para a Área Externa, a qual Enderby instalara, fora fechada há muito tempo e recebera uma camada de tinta por cima. Na sala fechada (mais quente e confortável por conta disso), o Comissário parecia maior.

— Acho que você, Baley, confia na gratidão da Terra — disse ele, sem alterar o tom de voz.

— Eu confio em fazer o meu trabalho, Comissário, da melhor forma que puder e de acordo com as normas.

— E na gratidão da Terra quando você distorce o espírito dessas normas.

Baley não disse nada em resposta.

— Considera-se que você fez um bom trabalho no caso de assassinato de Sarton, há três anos.

— Obrigado, Comissário — disse Baley. — Acho que o desmantelamento da Vila Sideral foi uma consequência.

— Foi... e esse foi um fato aplaudido por toda a Terra. Também se considera que fez um bom trabalho em Solaria, há dois anos, e, antes que você me lembre disso, o resultado foi uma revisão nos termos dos tratados comerciais com os Mundos Siderais, ocasionando uma vantagem considerável para a Terra.

— Acredito que isso esteja nos registros, senhor.

— Como consequência, você é visto como um herói.

— Eu nunca tive essa pretensão.

— Você recebeu duas promoções, após cada um dos casos. Fizeram até uma dramatização em hiperonda baseada nos eventos em Solaria.

— Que foi produzida sem a minha permissão e contra a minha vontade, Comissário.

— E que, não obstante, tornou-o um tipo de herói.

Baley encolheu os ombros.

— Mas você não fez nada de importante em um período de quase dois anos — continuou o Comissário, após ter esperado alguns segundos por um comentário.

— É natural que a Terra pergunte o que eu tenho feito por ela ultimamente.

— Exato. É provável que ela pergunte. Ela sabe que você é o líder desta nova mania de aventurar-se na Área Externa, de mexer com terra e fingir que é um robô.

— Isso é permitido.

— Nem tudo que é permitido é admirado. Talvez haja mais pessoas que pensem em você como um excêntrico do que como um herói.

— Talvez essa opinião esteja mais de acordo com a minha visão sobre mim mesmo — disse Baley.

— O público tem memória notadamente curta. O lado heroico está se desvanecendo rapidamente em relação ao lado excêntrico, no seu caso, de modo que, se você cometer um erro, estará em sérios apuros. A reputação com a qual você conta...

— Com todo o respeito, Comissário, eu não conto com ela.

— A reputação com a qual o Departamento de Polícia sente que você conta não o salvará, e eu tampouco poderei salvá-lo.

Por um instante, a sombra de um sorriso pareceu passar pelas austeras feições de Baley.

— Eu não ia querer que o senhor arriscasse seu cargo em uma tentativa maluca de me salvar, Comissário.

Wilson Roth encolheu os ombros e deu um sorriso tão sombrio e passageiro quanto o de Baley.

— Não precisa se preocupar com isso.

— Então por que está me dizendo tudo isso, Comissário?

— Para alertá-lo. Não estou tentando destruí-lo, entende, só estou lhe dando um alerta. Vão envolvê-lo em uma questão muito delicada, na qual você pode facilmente cometer um erro, e estou avisando que não deve fazer isso.

Nesse ponto, o rosto de Roth relaxou, exibindo um inconfundível sorriso.

Baley não sorriu de volta.

– O senhor pode me dizer qual é essa questão muito delicada? – perguntou ele.

– Eu não sei.

– Ela envolve Aurora?

– R. Gerônimo foi instruído a lhe dizer que envolvia, se fosse necessário, mas eu não sei nada sobre isso.

– Então como pode me dizer, Comissário, que se trata de uma questão muito delicada?

– Ora, Baley, você é quem investiga mistérios. O que traz um membro do Departamento de Justiça da Terra à Cidade quando poderiam muito bem ter pedido para você ir a Washington, como aconteceu há dois anos em relação ao incidente em Solaria? E o que faz o representante da Justiça franzir as sobrancelhas, parecer mal-humorado e ficar impaciente com o fato de que você não foi encontrado de imediato? Sua decisão de ficar inacessível foi um erro, um erro que não foi, de modo algum, responsabilidade minha. Talvez não seja algo fatal em si, mas acho que você começou com o pé esquerdo.

– Seja como for, o senhor está me atrasando ainda mais – comentou Baley, franzindo o cenho.

– Na verdade, não. O oficial do Departamento de Justiça está fazendo uma refeição leve... você conhece as regalias extras que o pessoal dos Departamentos Terrestres concede a si mesmo. O funcionário virá ao nosso encontro quando terminar. Já transmitiram a notícia de sua chegada, então é só continuar esperando, como estou fazendo.

Baley esperou. Ele sabia, na época, que, embora o drama em hiperonda – que lhe fora imposto contra a sua vontade – pudesse ter ajudado a posição da Terra, ele fora sua ruína pessoal no Departamento. O drama o retratara em formato tridimensional, contrastando com o formato bidimensional da organização, e o tornara um homem marcado.

Ele alcançara uma classificação melhor e conseguira mais privilégios, mas isso também aumentara a hostilidade do Departamento contra si. E, quanto mais alto ele chegasse, mais facilmente se espatifaria se caísse.

Se ele cometesse um erro...

4

O oficial do Departamento de Justiça entrou, olhou em volta de forma casual, andou até o outro lado da mesa de Roth e sentou-se. Como indivíduo de classificação mais alta, o oficial se comportou de maneira adequada. Roth calmamente se sentou em outra cadeira.

Baley permaneceu de pé, esforçando-se para não demonstrar surpresa.

Roth poderia tê-lo avisado, mas não avisou. Era evidente que ele escolhera suas palavras de propósito, de modo a não dar nenhuma pista.

O oficial era uma mulher.

Não havia nenhum motivo para que não fosse. Qualquer oficial poderia ser mulher. O secretário-geral poderia ser mulher. Havia mulheres na corporação de polícia, até mesmo uma com patente de capitã.

Mas o caso era que, sem aviso, não se esperava por isso em nenhuma situação específica. Houve momentos na história em que um número considerável de mulheres assumiu cargos administrativos. Baley sabia disso; ele sabia muito de história. Mas este não era um desses momentos.

Ela era bastante alta e se sentou na cadeira em uma postura bem ereta. Seu uniforme não era muito diferente do uniforme de um homem, nem o seu corte de cabelo, nem nenhum adorno em seu rosto. O que revelava seu gênero de imediato eram os seios, cuja proeminência ela não tentou esconder.

Ela tinha em torno de 40 anos, suas feições eram regulares e suavemente esculpidas. Ela se mantivera atraente com a chegada da meia-idade, sem ter, no entanto, nenhum fio grisalho no cabelo escuro.

— O senhor é o investigador Elijah Baley, Classificação C-7 — disse ela. Era uma afirmação, não uma pergunta.

— Sim, senhora — respondeu Baley mesmo assim.

— Sou a subsecretária Lavinia Demachek. O senhor não se parece muito com o personagem daquele drama em hiperonda que fizeram a seu respeito.

Baley ouvia isso com muita frequência.

— Eles não conseguiriam atrair um grande público se me retratassem como eu sou, senhora — disse Baley secamente.

— Não tenho certeza disso. O senhor parece mais forte do que aquele ator com cara de bebê que eles usaram.

Baley hesitou por mais ou menos um segundo e decidiu correr o risco... ou talvez tivesse sentido que não conseguiria resistir à oportunidade.

— A senhora tem bom gosto — disse ele de forma solene.

Ela deu risada e Baley soltou a respiração de maneira bem suave.

— Gosto de pensar que tenho — comentou ela. — Mas que história é essa de me deixar esperando?

— Não fui informado de que a senhora viria, e era meu dia de folga.

— Que o senhor passa na Área Externa, pelo que fiquei sabendo.

— Sim, senhora.

— O senhor é um daqueles lunáticos, como eu diria se não tivesse bom gosto. Em vez disso, deixe-me perguntar se o senhor é um daqueles entusiastas.

— Sim, senhora.

— O senhor espera emigrar algum dia e fundar novos mundos na imensidão da Galáxia?
— Talvez eu não, senhora. Pode ser que esteja velho demais, mas...
— Quantos anos o senhor tem?
— Quarenta e cinco, senhora.
— O senhor parece ter 45. Na verdade, eu também tenho 45.
— Não parece, senhora.
— Pareço mais velha ou mais jovem? — Ela começou a rir de novo, e depois acrescentou: — Mas vamos parar de brincadeiras. Está insinuando que sou velha demais para ser uma pioneira?
— Ninguém pode ser um pioneiro em nossa sociedade sem treinar a permanência na Área Externa. O treinamento funciona melhor com os mais jovens. Meu filho, espero eu, algum dia estará em outro mundo.
— É mesmo? Claro que o senhor sabe que a Galáxia pertence aos Mundos Siderais.
— Há apenas cinquenta desses mundos, senhora. Na Galáxia, há milhões de mundos habitáveis, ou que podem tornar-se habitáveis, e que provavelmente não possuem vida inteligente nativa.
— Sim, mas nenhuma nave pode sair da Terra sem a permissão dos Siderais.
— Essa permissão pode ser dada, senhora.
— Não compartilho de seu otimismo, sr. Baley.
— Falei com os Siderais que...
— Sei que falou — disse Demachek. — Meu superior é Albert Minnim, que o enviou a Solaria há dois anos. — Ela se permitiu mostrar uma leve curva nos lábios. — Um ator o representou em um papel pequeno naquele drama em hiperonda, um ator que se parecia bastante com ele, se bem me lembro. Minnim não ficou nada satisfeito, como bem me lembro.
— Eu solicitei ao subsecretário Minnim... — disse Baley, mudando de assunto.

— Ele foi promovido, sabe.

Baley entendia, nos mínimos detalhes, a importância da graduação na classificação.

— Qual é o novo título dele, senhora?

— Vice-secretário.

— Obrigado. Eu solicitei ao vice-secretário Minnim que pedisse permissão para eu visitar Aurora para tratar dessa questão.

— Quando?

— Não foi muito tempo depois que voltei de Solaria. Renovei o pedido duas vezes desde então.

— Mas não recebeu uma resposta favorável?

— Não, senhora.

— Está surpreso?

— Estou desapontado, senhora.

— Não há motivo para isso. — Ela se recostou um pouquinho na cadeira. — Nossa relação com os Mundos Siderais é muito delicada. O senhor pode achar que suas duas façanhas investigativas amenizaram a situação... e amenizaram. Aquele horrível drama em hiperonda também ajudou. Entretanto, no todo, essa ajuda foi deste tamanho — ela colocou o polegar bem perto do indicador — em um âmbito deste — e ela afastou bastante as mãos.

— Nessas circunstâncias — continuou ela —, nós mal podíamos correr o risco de enviá-lo a Aurora, o mais importante Mundo Sideral, e de talvez vê-lo fazer algo que pudesse criar um conflito interestelar.

Os olhos de Baley cruzaram com os dela.

— Eu estive em Solaria e não causei nenhum dano. Pelo contrário.

— Sim, eu sei, mas o senhor esteve lá a pedido dos Siderais, o que está a parsecs de distância de estar lá a pedido nosso. O senhor não pode deixar de entender isso.

Baley ficou em silêncio.

Ela deu uma fungada leve e previsível e disse:

— A situação piorou desde que os seus pedidos foram entregues ao vice-secretário... e corretamente ignorados por ele. A situação ficou particularmente pior neste último mês.

— Esse é o motivo desta reunião, senhora?

— O senhor está impaciente? — Ela se dirigiu a ele sardonicamente, com uma entonação de quem fala com um superior. — O senhor está me mandando ir direto ao assunto?

— Não, senhora.

— Está sim, com certeza. E por que não? Está ficando maçante. Deixe-me introduzir o assunto perguntando-lhe se conhece o dr. Han Fastolfe.

— Encontrei-o uma vez, há quase três anos, naquilo que era então a Vila Sideral — respondeu Baley com cuidado.

— O senhor gostou dele, creio eu.

— Ele era amigável... para um Sideral.

Ela deu outra fungada.

— Imagino que sim. O senhor sabe que ele tem sido uma força política importante em Aurora nos últimos dois anos?

— Ouvi dizer de um... um antigo parceiro que o dr. Fastolfe fazia parte do governo.

— De R. Daneel Olivaw, seu amigo robô Sideral?

— Meu ex-parceiro, senhora.

— Foi na ocasião em que o senhor resolveu um probleminha relativo a dois matemáticos a bordo de uma nave Sideral?

Baley aquiesceu.

— Sim, senhora.

— Nós nos mantemos informados, sabe. O dr. Han Fastolfe tem sido mais ou menos a luz a guiar o governo de Aurora por dois anos, uma figura importante na Legislatura Mundial do planeta, e tem se falado nele inclusive como um possível futuro presidente... O presidente é a coisa mais próxima de um diretor executivo que os auroreanos têm, entende?

— Sim, senhora — respondeu Baley, perguntando-se quando ela chegaria à questão delicada sobre a qual o comissário havia falado. Demachek parecia não ter pressa.

— Fastolfe é um moderado — disse ela. — É assim que ele se autodenomina. Ele acha que Aurora, e os outros Mundos Siderais em geral, foram longe demais na direção em que seguiram, bem como o senhor talvez ache que nós, na Terra, fomos longe demais na direção em que seguimos. Ele quer voltar a um estágio com menos robôs, a uma renovação mais rápida das gerações, e a uma aliança e amizade com a Terra. Naturalmente, nós o apoiamos, mas de modo muito discreto. Se demonstrássemos nossa simpatia de maneira muito aberta, isso poderia ser o beijo da morte para ele.

— Creio que ele apoiaria a exploração da Terra e a colonização de outros mundos — disse Baley.

— Também creio. Sou da opinião de que ele disse o mesmo sobre o senhor.

— Sim, senhora, quando nos encontramos.

Demachek juntou as pontas dos dedos e encostou-os no queixo.

— O senhor acha que ele representa a opinião pública nos Mundos Siderais?

— Não sei, senhora.

— Receio que não represente. Aqueles que o apoiam não são entusiastas. Aqueles que são contrários a ele formam uma legião ardorosa. Foram apenas suas habilidades políticas e sua simpatia pessoal que o mantiveram tão próximo das posições de poder quanto ele está agora. Sua maior fraqueza, claro, é sua afinidade com a Terra. Isso é usado contra ele com frequência e influencia muitos que compartilhariam do ponto de vista do doutor em todos os outros aspectos. Se o senhor fosse enviado para Aurora, qualquer erro que cometesse ajudaria a fortalecer o sentimento anti-Terra e, portanto, o enfraqueceria de uma forma possivelmente fatal. A Terra simplesmente não pode correr esse risco.

— Entendo — murmurou Baley.

— Fastolfe está disposto a correr o risco. Foi ele que organizou a sua ida a Solaria em um momento em que o poder político dele mal tinha começado, e em que ele estava muito vulnerável. Mas a única coisa que Fastolfe tem a perder é seu poder pessoal, ao passo que nós temos que nos preocupar com o bem-estar de oito bilhões de terráqueos. É isso que torna a presente situação política quase insuportavelmente delicada.

Ela fez uma pausa e, por fim, Baley viu-se forçado a fazer aquela pergunta.

— A qual situação a senhora se refere?

— Parece que Fastolfe se envolveu em um escândalo sério e sem precedentes — respondeu Demachek. — Se ele for inábil, é possível que enfrente uma destruição política em questão de semanas. Se ele tiver uma inteligência sobre-humana, talvez dure alguns meses. Mais cedo ou mais tarde, ele pode ser destruído como força política em Aurora... e isso seria um verdadeiro desastre para a Terra, entende?

— Posso perguntar do que ele está sendo acusado? Corrupção? Traição?

— Não é algo simples assim. Em todo caso, sua integridade pessoal não é contestada nem pelos seus inimigos.

— Um crime passional, então? Um assassinato?

— Não é bem um assassinato.

— Não entendo, senhora.

— Há seres humanos em Aurora, sr. Baley. E há robôs também, a maioria dos quais é meio parecida com os nossos, não muito mais avançados no geral. No entanto, há alguns robôs humaniformes, tão humaniformes que podem ser confundidos com humanos.

Baley aquiesceu.

— Sei muito bem disso.

— Imagino que destruir um robô humaniforme não seja exatamente um assassinato no sentido exato da palavra.

Baley se inclinou para a frente com os olhos arregalados.

— Por Josafá, mulher! — gritou ele. — Pare com esse joguinho. A senhora está me dizendo que o dr. Fastolfe matou R. Daneel?

Roth se pôs de pé e parecia estar prestes a avançar em Baley, mas a subsecretária Demachek fez um gesto para que ele recuasse. Ela parecia imperturbável.

— Dadas as circunstâncias, eu perdoo o seu desrespeito, Baley — disse ela. — Não, R. Daneel não foi morto. Ele não é o único robô humaniforme em Aurora. Outro robô desse tipo, não R. Daneel, foi morto, se quiser usar o termo de forma ampla. Para ser mais exata, sua mente foi totalmente destruída; causaram-lhe um robloqueio permanente e irreversível.

— E estão dizendo que o dr. Fastolfe fez isso? — perguntou Baley.

— Os inimigos dele estão dizendo que sim. Os extremistas, que querem que apenas os Siderais se espalhem pela Galáxia e que os terráqueos desapareçam do Universo, estão dizendo que sim. Se esses extremistas conseguirem, com suas manobras, convocar outra eleição nas próximas semanas, com certeza ganharão o controle total do governo, com resultados incalculáveis.

— Por que esse robloqueio é tão importante politicamente? Eu não entendo.

— Eu não sei ao certo — disse Demachek. — Não vou fingir que compreendo a política de Aurora. Pelo que entendi, os humaniformes estavam envolvidos de alguma forma nos planos dos extremistas, e essa destruição os deixou furiosos. — Ela torceu o nariz. — Acho a política deles muito confusa e só vou induzi-lo ao erro se tentar interpretar isso.

Baley se esforçou para se controlar sob o olhar direto e franco da subsecretária.

— Por que estou aqui? — perguntou ele em voz baixa.

— Por causa de Fastolfe. Uma vez você foi ao espaço a fim de solucionar um assassinato e foi bem-sucedido. Fastolfe quer que tente de novo. Você deve ir a Aurora e descobrir quem foi o responsável pelo robloqueio. O doutor acha que essa é a única chance que ele tem de fazer os extremistas recuarem.

— Não sou roboticista. Não sei nada sobre Aurora.

— Você também não sabia nada sobre Solaria e, no entanto, conseguiu. A questão, Baley, é que nós estamos tão ávidos por descobrir o que de fato aconteceu quanto Fastolfe. Não queremos que ele seja arruinado. Se ele for, a Terra será submetida a um tipo de hostilidade desses extremistas Siderais que provavelmente será maior do que qualquer coisa que já tenhamos vivenciado. Não queremos que isso aconteça.

— Não posso assumir essa responsabilidade, senhora. É uma tarefa...

— Quase *impossível*. Sabemos disso, mas não temos escolha. Fastolfe insiste... e por trás dele, no momento, está o governo auroreano. Se você se recusar a ir ou se nós nos recusarmos a deixar que vá, teremos que enfrentar a fúria de Aurora. Se você for e se sair bem, estaremos salvos e você será recompensado de maneira apropriada.

— E se eu for... e falhar?

— Faremos o que estiver ao nosso alcance para que a culpa recaia sobre você, e não sobre a Terra.

— Em outras palavras, a pele do mundo oficial será salva.

— Um modo mais gentil de explicar isso é que você será lançado às feras na esperança de que a Terra não sofra muito — disse Demachek. — Um homem não é um preço muito alto a ser pago pelo nosso planeta.

— Parece-me que eu poderia muito bem não ir, já que tenho certeza de que vou falhar.

— Você sabe melhor do que ninguém que não pode fazer isso — comentou Demachek em voz baixa. — Aurora solicitou a sua presença e você não pode se recusar. E por que se recusaria? Há dois anos vem tentando ir a Aurora e sentindo-se amargurado por não ter conseguido permissão.

— Eu queria ir em paz para chegar a um acordo sobre a ajuda para a colonização de outros mundos, não para...

— Você ainda pode tentar conseguir ajuda para o seu sonho de colonizar outros mundos, Baley. Afinal, suponha que se saia bem. É possível, apesar de tudo. Nesse caso, o dr. Fastolfe lhe deverá um favor e pode ser que faça bem mais por você do que jamais teria feito em outras circunstâncias. E nós lhe seremos suficientemente gratos a ponto de ajudá-lo. Não vale a pena correr o risco, mesmo que seja grande? Por menores que sejam suas chances se você for, elas são nulas se não for. Pense nisso, Baley, mas, por favor, não demore muito.

Baley apertou os lábios e, enfim, percebendo que não havia alternativa, disse:

— Quanto tempo eu tenho para...

— Venha — disse Demachek calmamente. — Eu não havia dito que não temos escolha nem tempo? Você parte — ela olhou para o mostrador que tinha no pulso — em pouco menos de seis horas.

5

O espaçoporto ficava a leste da Cidade em um Setor quase deserto que era, a rigor, Área Externa. Isso era atenuado pelo fato de que as bilheterias e as salas de espera ficavam, de fato, na Cidade, e de que a aproximação à nave propriamente dita era feita por meio de um veículo que seguia por um caminho coberto. Por tradição, todas as decolagens ocorriam à noite, de modo que um manto de escuridão abrandava ainda mais o efeito da Área Externa.

O espaçoporto não era muito movimentado, considerando a natureza populosa da Terra. Os terráqueos muito raramente saíam do planeta, e o tráfego consistia inteiramente de atividade comercial organizada por robôs e Siderais.

Elijah Baley, esperando a nave ficar pronta para embarque, já se sentia desconectado da Terra.

Bentley se sentara com ele, e seguiu-se um silêncio melancólico entre pai e filho. Enfim, Ben disse:

– Eu achei que a mamãe não fosse querer vir.

Baley assentiu.

– Também achei que não. Eu me lembro de como ela ficou quando fui para Solaria. Isto não é diferente.

– Você conseguiu acalmá-la?

– Fiz o que pude, Ben. Ela acha que estou fadado a sofrer um acidente com a espaçonave ou que os Siderais vão me matar assim que eu chegar a Aurora.

– Você voltou de Solaria.

– Isso só a deixa menos disposta a correr o risco de me perder uma segunda vez. Sua mãe acha que a sorte vai terminar. Mas ela vai acabar se conformando. Ajude-me com isso, Ben. Passe algum tempo com ela e, o que quer que você faça, não fale sobre partir para colonizar um novo planeta. Isso é o que a incomoda na verdade, sabe. Sua mãe acha que você vai deixá-la um ano destes. Ela sabe que não poderá ir e que nunca o verá de novo.

–Talvez ela não veja – disse Ben. – Pode ser que seja desse jeito.

– Talvez você possa lidar mais facilmente com isso, mas ela não pode; então não discuta enquanto eu estiver fora. Tudo bem?

– Tudo bem... Acho que ela está um pouco chateada por causa de Gladia.

Baley levantou os olhos de modo brusco.

– Você esteve...

– Eu não disse uma palavra. Mas ela também viu aquela coisa em hiperonda, entende, e sabe que Gladia está em Aurora.

– O que é que tem isso? É um planeta grande. Você acha que Gladia Delmarre vai estar me esperando no espaçoporto? Por Josafá, Ben, sua mãe não sabe que aquela porcaria em hiperonda era ficção a maior parte do tempo?

Ben mudou de assunto com um esforço perceptível.

– Parece engraçado... você sentado aqui sem nenhum tipo de bagagem.

– Estou sentado aqui e já estou levando coisas demais. Tenho as roupas que estou usando, não tenho? Eles vão se livrar dela assim que eu estiver a bordo. E lá irão elas... ser quimicamente tratadas e depois jogadas no espaço. Depois disso, vão me dar um guarda-roupa totalmente novo, assim que eu mesmo tiver sido fumigado, desinfetado e polido por dentro e por fora. Já passei por isso antes.

Seguiu-se outro período de silêncio e Ben disse:

– Sabe, pai... – e parou de repente. Ele tentou de novo: – Sabe, pai... – e o resultado não foi melhor.

Baley olhou para ele fixamente.

– O que está tentando me dizer, Ben?

– Pai, eu me sinto o maior idiota dizendo isso, mas acho que devo dizer. Você não faz o gênero de herói. Nem mesmo eu pensei que fizesse. Você é um cara legal e o melhor pai que poderia haver, mas não faz o gênero de herói.

Baley resmungou.

– No entanto – disse Ben –, quando paramos para pensar nisso, foi você que fez a Vila Sideral sumir do mapa; foi você que trouxe Aurora para o nosso lado; foi você que começou todo esse projeto de colonizar outros mundos. Pai, você fez mais pela Terra do que todos os membros do governo juntos. Então, por que não é mais valorizado?

– Porque não faço o gênero de herói – disse Baley – e porque me empurraram esse estúpido drama em hiperonda goela abaixo. Ele tornou cada homem no Departamento um inimigo, perturbou a sua mãe e me rendeu uma reputação à qual não consigo corresponder. – O sinalizador de pulso emitiu um sinal de luz e ele se levantou. – Preciso ir agora, Ben.

— Eu sei. Mas o que quero dizer, pai, é que *eu* lhe dou valor. E, desta vez, quando você voltar, todos vão lhe dar valor, não apenas eu.

Baley ficou todo derretido. Ele fez um rápido aceno de cabeça, pôs a mão no ombro do filho e murmurou:

— Obrigado. Cuide-se, e cuide da sua mãe, enquanto eu estiver fora.

Ele se afastou sem olhar para trás. Baley dissera a Ben que estava indo a Aurora para discutir o projeto de colonização. Se isso fosse verdade, ele *poderia* voltar triunfante. Mas, do jeito como eram as coisas...

Ele pensou: "Vou voltar em desgraça... se é que vou voltar".

2   DANEEL

6

Baley estava em uma espaçonave pela terceira vez, e o fato de terem se passado dois anos não apagara, de modo algum, sua lembrança das duas primeiras experiências. Ele sabia exatamente o que esperar.

Haveria o isolamento: ninguém o veria nem teria qualquer ligação com ele, exceto (talvez) um robô. Haveria tratamentos médicos constantes: a fumigação e a descontaminação. (Não havia outra maneira de dizer isso.) Haveria a tentativa de prepará-lo para se aproximar dos Siderais, indivíduos tão cuidadosos quanto às doenças, que pensavam que os terráqueos eram depósitos ambulantes de numerosas infecções.

No entanto, haveria diferenças também. Desta vez, ele não teria tanto medo do processo. Com certeza, a sensação de perda por ter saído do útero seria menos atroz.

Ele estaria preparado para ambientes mais amplos. Desta vez, dizia a si mesmo com ousadia (mas, apesar de tudo, com um pequeno nó no estômago), talvez fosse até capaz de insistir que o deixassem ver o espaço.

"Seria diferente das fotografias do céu à noite, como era visto da Área Externa?", ele se perguntava.

Baley se lembrava da primeira vez que vira a cúpula de um planetário (estando seguramente dentro da Cidade, claro). Isso não lhe dera a sensação de estar na Área Externa, não lhe causara desconforto algum.

Então houve duas ocasiões – não, três – em que ele saíra ao espaço aberto à noite e vira estrelas reais na verdadeira cúpula do céu. Isso fora bem menos impressionante do que a cúpula do planetário, mas soprava um vento frio em cada uma das vezes e havia uma sensação de distância, o que tornava o céu aberto mais assustador do que a cúpula... porém, menos assustador do que visto durante o dia, pois a escuridão era uma reconfortante parede à sua volta.

Nesse caso, a visão das estrelas por meio de uma janela da espaçonave seria mais parecida com a do planetário ou com a do céu do planeta Terra à noite? Ou seria uma sensação completamente diferente?

Ele se concentrou nisso como que para apagar a ideia de deixar Jessie, Ben e a Cidade.

Com nada menos do que uma bravata, ele recusou o carro e insistiu em percorrer a pé a curta distância do portão até a aeronave na companhia do robô que viera buscá-lo. No final das contas, tratava-se apenas de uma arcada recoberta.

A passagem era ligeiramente recurvada e ele olhou para trás enquanto ainda podia ver o filho na outra ponta. Baley levantou a mão de forma casual, como se estivesse pegando a via expressa para Trenton, e Ben agitou loucamente os braços, com dois dedos de cada mão levantados e separados, formando o antigo símbolo de vitória.

Vitória? Um gesto inútil, Baley estava certo disso.

Ele pensou em outra coisa que pudesse servir para ocupá-lo. Como seria embarcar em uma espaçonave durante o dia, com o brilho do Sol refletindo no metal e sendo ele próprio e todos os outros que iam embarcar expostos à Área Externa? Qual seria a sensação de tornar-se totalmente ciente de um minúsculo mundo cilíndrico, um mundo que ia se desconectar de outro infinitamente maior ao qual estava conectado de forma provisória, e que então se perderia em uma Área Externa infinitamente maior do que qualquer Área Externa na Terra, até que, depois de um trecho de um Nada sem fim, ele encontraria...

Com ar circunspecto, manteve um passo constante, não se permitindo transparecer nenhuma expressão... ou, pelo menos, era o que ele pensava. Entretanto, o robô a seu lado o interrompeu.

– O senhor está doente? – Não disse "mestre", apenas "senhor". Era um robô auroreano.

– Estou bem, rapaz – disse Baley com a voz rouca. – Continue.

Ele seguiu olhando para o chão e não levantou os olhos de novo até chegar à própria nave, que se erguia bem alta diante dele.

Uma nave auroreana!

Ele tinha certeza disso. Delineada por uma luz quente, ela era mais alta, mais graciosa e, ainda assim, mais poderosa do que qualquer nave solariana.

Baley entrou e a comparação continuava favorecendo Aurora. Sua cabine era maior do que as cabines em que estivera dois anos antes: mais luxuosa e mais confortável.

Ele sabia exatamente o que esperar e tirou todas as roupas sem hesitar. (Talvez fossem ser desintegradas por uma tocha de plasma. Com certeza, ele não as receberia de volta quando voltasse para a Terra... se é que voltaria. Não as recebera da primeira vez.)

Ele não receberia nenhuma roupa nova até ter passado por um minucioso processo que incluía banho, exames, medicamentos e injeções. Ele quase saudou amavelmente aqueles procedimentos humilhantes que lhe foram impostos. Afinal, serviam para manter sua mente distante do que estava acontecendo. Ele mal percebeu a aceleração inicial e quase não teve tempo para pensar no momento em que saiu da Terra e entrou no espaço.

Quando tinha enfim se vestido de novo, Baley examinou com tristeza o resultado em um espelho. O material, o que quer que fosse, era macio, refletor e mudava de cor ao menor desvio de ângulo. As pernas das calças cobriam seus tornozelos, que eram, por sua vez, envolvidos pela parte de cima de sapatos que se moldavam suavemente aos seus pés. As mangas da blusa eram estreitas nos pulsos, e suas mãos estavam cobertas por luvas finas e transparentes. A blusa era fechada até o pescoço e tinha um capuz que podia, se ele quisesse, cobrir sua cabeça. Ele estava todo coberto não para o próprio conforto, ele sabia, mas para reduzir o risco que oferecia aos Siderais. Ele pensou, enquanto olhava para a roupa, que deveria se sentir desconfortavelmente vedado, desconfortavelmente quente e desconfortavelmente suado. Mas não. Para seu grande alívio, ele não estava sequer transpirando. Então fez uma dedução racional.

– Rapaz, estas são roupas com temperatura controlada? – perguntou ele ao robô que o acompanhara e ainda estava com ele.

– De fato são, senhor. É uma roupa adequada a qualquer condição climática e é considerada um item muito desejável – disse o robô. – Também é excessivamente cara. Poucos em Aurora podem usá-la.

– É mesmo? Por Josafá!

Ele fitou o robô. Parecia um modelo bastante primitivo, não muito diferente dos modelos da Terra, na verdade. Ainda assim, havia certa sutileza de expressão que os modelos da Terra não tinham. O robô podia mudar a fisionomia de modo limitado, por exemplo, e tinha dado um leve sorriso quando apontou que Baley recebera algo que poucos em Aurora podiam ter.

A estrutura do seu corpo se assemelhava ao metal e, no entanto, tinha a aparência de algo entrelaçado, de algo que se movia de forma suave, algo com cores que combinavam e contrastavam de forma agradável. Em suma, a menos que se olhasse de forma atenta e contínua, o robô, embora com certeza não fosse humaniforme, parecia estar vestido.

– Como devo chamá-lo, rapaz? – perguntou Baley.

– Eu sou Giskard, senhor.

— R. Giskard?
— Se o senhor preferir assim.
— Há uma biblioteca nesta nave?
— Sim, senhor.
— Você pode me trazer livro-filmes sobre Aurora?
— De que tipo, senhor?
— História, ciência política, geografia... qualquer coisa que me permita saber algo sobre o planeta.
— Sim, senhor.
— E um visualizador.
— Sim, senhor.

O robô saiu pela porta dupla e Baley fez um aceno grave de cabeça para si mesmo. Em sua viagem a Solaria, jamais lhe ocorrera passar esse período de tempo inútil, que era a travessia do espaço, aprendendo algo útil. Ele progredira um bocado nos últimos dois anos. Tentou abrir a porta por onde o robô acabara de passar. Estava trancada e não cedia nem um pouco. Ele teria ficado muito surpreso se encontrasse qualquer coisa diferente disso.

Baley investigou o quarto. Havia uma tela de hiperonda. Ele mexeu nos controles de forma indolente e foi surpreendido por uma música na maior altura; por fim, conseguiu diminuir o volume e ouviu, insatisfeito. Os instrumentos da orquestra pareciam vagamente distorcidos.

Ele tocou outros botões e enfim conseguiu mudar a imagem. O que ele estava vendo era um jogo de futebol espacial que, sem dúvida, ocorria em condições de gravidade zero. A bola voava em linha reta e os jogadores (demasiados em ambos os lados, com aletas nas costas, nos cotovelos e nos joelhos que deviam servir para controlar o movimento) planavam em graciosos movimentos circulares. Os estranhos movimentos deixaram Baley tonto. Ele se inclinou para a frente e tinha acabado de encontrar e usar o botão de desligar quando ouviu a porta se abrir.

Ele se virou e, como pensou que certamente veria R. Giskard, notou a princípio apenas se tratar de alguém que não era R. Giskard. Demorou um ou dois segundos para perceber que estava vendo uma forma perfeitamente humana parada mais atrás de maneira inexpressiva, com um rosto largo, maçãs do rosto salientes e cabelo acobreado, alguém que vestia uma roupa de corte e tons conservadores.

– Por Josafá! – disse Baley em um tom de voz quase sufocado.

– Parceiro Elijah – disse o outro, dando um passo à frente, com um sorriso leve e grave no rosto.

– Daneel! – gritou Baley, envolvendo o robô com os braços e dando-lhe um abraço apertado. – Daneel!

7

Baley continuou abraçado a Daneel, o único objeto familiar na nave, o único laço forte com o passado. Ele se agarrou a Daneel em um rompante de alívio e afeição.

E então, pouco a pouco, colocou seus pensamentos em ordem e entendeu que não estava abraçando Daneel, mas sim R. Daneel, Robô Daneel Olivaw. Ele estava abraçando um robô e o robô também o abraçava de leve, permitindo-se ser abraçado, julgando que aquele ato dava prazer a um ser humano e tolerando aquela atitude porque os potenciais positrônicos de seu cérebro o impossibilitavam de repelir o abraço e assim causar decepção e constrangimento ao ser humano. A insuperável Primeira Lei da Robótica declara: "Um robô não pode ferir um ser humano..."; repelir um gesto de amizade feriria o humano.

Aos poucos, a fim de não mostrar nenhum traço de sua própria decepção, Baley foi se soltando. Ele ainda deu um último aperto em cada braço do robô, de modo que parecesse não haver nenhuma vergonha em desfazer o abraço.

— Eu não o via, Daneel, desde que você trouxe aquela nave para a Terra com os dois matemáticos — disse Baley. — Você se lembra?

— Por certo, parceiro Elijah. É um prazer vê-lo.

— Você sente emoções, hein? — comentou Baley em tom de brincadeira.

— Não posso dizer que sinto em nenhum sentido humano, parceiro Elijah. Entretanto, posso dizer que vê-lo parece fazer meus pensamentos fluírem com mais facilidade, que a atração gravitacional exercida sobre o meu corpo parece agredir os meus sentidos com menos insistência e que há outras mudanças que consigo identificar. Imagino que o que eu sinto corresponda, grosso modo, ao que talvez você sinta quando sente prazer.

Baley aquiesceu.

— O que quer que sinta quando me vê, velho parceiro, e que seja preferível ao estado em que fica quando não me vê, está bom para mim... se é que entende o que estou dizendo. Mas por que você está aqui?

— Quando Giskard Reventlov anunciou que você estava... — R. Daneel fez uma pausa.

— Purificado? — perguntou Baley ironicamente.

— Descontaminado — respondeu R. Daneel —, então achei apropriado entrar.

— Tem certeza de que, em outras circunstâncias, você não teria medo de se infectar?

— De modo algum, parceiro Elijah, mas os outros na nave poderiam ficar relutantes quanto a deixar que eu me aproximasse deles. As pessoas de Aurora são sensíveis à possibilidade de infecção, às vezes a um ponto que vai além da estimativa racional das probabilidades.

— Entendo, mas eu não estava perguntando por que você está aqui neste momento. Eu queria saber por que você está aqui na nave?

— O dr. Fastolfe, de cuja equipe eu faço parte, instruiu-me a embarcar na nave que fora enviada para buscá-lo por vários motivos. Ele achou desejável que você tivesse, de imediato, alguma coisa conhecida naquilo que ele tinha certeza de que seria uma missão difícil para você.

— Isso foi gentil da parte dele. Obrigado.

R. Daneel se curvou um pouco em sinal de gratidão.

— O dr. Fastolfe também achou que este encontro — e fez uma pausa — me traria sensações apropriadas.

— Prazer, você quer dizer, Daneel.

— Já que tenho permissão para usar o termo, sim. E, como terceiro e mais importante motivo...

A porta se abriu de novo nesse momento e R. Giskard entrou. Baley virou a cabeça em sua direção e sentiu uma onda de desprazer. Não havia dúvidas de que R. Giskard era um robô e sua presença realçava, de certa forma, a natureza robótica de Daneel (R. Daneel, de repente pensou Baley, outra vez), embora fosse bem superior ao outro. Baley não queria que a natureza robótica de Daneel fosse realçada; ele não queria ser humilhado por sua incapacidade de vê-lo como nada menos que um ser humano com um jeito um pouco afetado de se expressar.

— O que foi, rapaz? — perguntou ele, impaciente.

— Eu trouxe os livro-filmes que o senhor queria ver, e o visualizador — respondeu R. Giskard.

— Bem, coloque-os aí. Coloque-os aí. E não precisa ficar. Daneel estará aqui comigo.

— Sim, senhor. — Os olhos do robô (levemente brilhantes, notou Baley, em contraste com os de Daneel, que não brilhavam) voltaram-se rapidamente para R. Daneel, como se esperasse ordens de um ser superior.

— Seria apropriado, amigo Giskard, ficar do lado de fora da porta — disse R. Daneel em voz baixa.

— Farei isso, amigo Daneel — redarguiu R. Giskard.

Ele saiu e Baley perguntou, descontente:

— Por que ele tem que ficar do lado de fora da porta? Eu sou um prisioneiro?

— No sentido de que não lhe seria permitido misturar-se com a tripulação da nave no decorrer desta viagem — disse Daneel —, lamento ser forçado a dizer que você é, de fato, um prisioneiro. No entanto, não é esse o motivo da presença de Giskard. E devo dizer-lhe, a esta altura, que seria aconselhável, parceiro Elijah, não chamar Giskard ou a nenhum outro robô de "rapaz".

Baley franziu as sobrancelhas.

— Ele fica ressentido com a expressão?

— Giskard não fica ressentido com nenhuma ação de um ser humano. A questão é que "rapaz" não é o termo habitual para se dirigir a robôs em Aurora, e não seria aconselhável criar atrito com os auroreanos enfatizando sem querer seu lugar de origem por meio de hábitos de fala que não são essenciais.

— Como me dirijo a ele, então?

— Como se dirige a mim: usando seu nome de identificação. Trata-se, no final das contas, de um simples som indicando a pessoa a quem você está se dirigindo em especial... e por que um som deveria ser preferível a outro? É apenas uma questão de convenção. Também é de costume em Aurora se referir a um robô como "ele", ou às vezes "ela", e não como "isso". Além do mais, não é habitual, em Aurora, usar a inicial R., exceto em circunstâncias formais em que o nome inteiro do robô é a forma apropriada... e mesmo nessas ocasiões a inicial é deixada de lado hoje em dia.

— Nesse caso, Daneel (Baley reprimiu o súbito impulso de dizer "R. Daneel"), como vocês fazem a distinção entre robôs e seres humanos?

— A distinção costuma ser evidente, parceiro Elijah. Parece não haver necessidade de enfatizá-la de maneira desnecessária. Pelo menos esse é o ponto de vista auroreano, e, já que pediu filmes sobre Aurora para Giskard, presumo que queira se familiarizar com as coisas do planeta para ajudar na missão que assumiu.

— Na missão que jogaram nas minhas costas, sim. E se a distinção entre robô e ser humano *não* for evidente, Daneel? Como no seu caso.
— Se assim for, por que fazer a distinção, salvo se a situação torná-la essencial?
Baley respirou fundo. Seria difícil se adaptar a essa farsa auroreana de que os robôs não existiam.
— Mas então, se Giskard não está aqui para manter-me prisioneiro, por que aquilo... ele está do lado de fora da porta? – perguntou Baley.
— Isso está de acordo com as instruções do dr. Fastolfe, parceiro Elijah. Giskard deve protegê-lo.
— Proteger-me? Do quê?... Ou de quem?
— O dr. Fastolfe não foi exato nesse ponto, parceiro Elijah. Mesmo assim, como os sentimentos humanos estão exaltados por conta do caso de Jander Panell...
— Jander Panell?
— O robô cuja utilidade foi interrompida.
— Em outras palavras, o robô que foi morto?
— Morto, parceiro Elijah, é um termo que costuma ser aplicado aos seres humanos.
— Mas em Aurora eles evitam a distinção entre robôs e seres humanos, não evitam?
— De fato, evitam! Contudo, a possibilidade de distinção ou não distinção no caso específico de fim do funcionamento nunca foi levantada... não que eu saiba. Não sei quais são as regras nesse caso.

Baley refletiu sobre o assunto. Era uma questão sem importância, era puramente uma questão de semântica. No entanto, ele queria sondar o modo de pensar dos auroreanos. Caso contrário, não chegaria a lugar algum.

— Um ser humano que está funcionando está vivo – disse ele de modo vagaroso. – Se essa vida é violentamente tirada pela ação proposital de outro ser humano, chamamos isso de "assassinato" ou "homicídio". Por algum motivo, "assassinato" é a palavra mais forte. Ao testemunhar de repente uma tentativa violenta de tirar a vida de um ser humano, uma pessoa gritaria "assassinato!". É improvável que gritasse "homicídio!". Essa palavra é mais formal e menos emocional.

– Não entendo a distinção que você está fazendo, parceiro Elijah – disse Daneel. – Já que tanto "assassinato" quanto "homicídio" são usadas para representar o ato violento de tirar a vida de um ser humano, as duas palavras deveriam ser intercambiáveis. Então, onde está a distinção?

– Entre essas duas palavras, uma delas, quando dita em voz alta, fará o sangue gelar na veia de um ser humano com mais eficiência do que a outra, Daneel.

– Por quê?

– Conotações e associações; o efeito sutil, não o do significado do dicionário, mas o de anos de uso; a natureza das frases e as condições e os eventos em que se vivenciou o uso de uma palavra em comparação ao uso da outra.

– Não há nada sobre isso em minha programação – disse Daneel com um curioso tom de impotência pairando sobre a aparente falta de emoção com a qual ele disse a frase (a mesma falta de emoção com a qual ele dizia tudo).

– Você aceita a minha palavra quanto a isso, Daneel? – perguntou Baley.

Sem demora, como se tivessem acabado de lhe apresentar a solução de um enigma, Daneel disse:

– Sem dúvida.

– Então, poderíamos dizer que um robô que está funcionando está vivo – continuou Baley. – Muitos poderiam se recusar a usar a palavra de modo tão amplo, mas nós somos livres para criar definições que nos convenham se isso for útil. É fácil considerar um robô em funcionamento como estando vivo, e seria desnecessariamente complicado tentar inventar uma palavra nova para essa condição ou evitar o uso de uma palavra familiar. *Você*, por exemplo, Daneel, está vivo, não está?

– Estou funcionando! – disse Daneel de forma lenta e com ênfase.

– Deixe disso. Se um esquilo está vivo, ou um inseto, ou uma árvore, ou uma folha de grama, por que não você? Eu jamais me lembraria de dizer (ou de pensar) que estou vivo e que você, por sua vez, está apenas funcionando; sobretudo se vou viver por algum tempo em Aurora, onde devo tentar não fazer distinções desnecessárias entre um robô e mim mesmo. Portanto, eu lhe digo que nós dois estamos vivos e lhe peço para acreditar na minha palavra.

– Eu acredito, parceiro Elijah.

– E, no entanto, podemos dizer que tirar uma vida robótica pela ação violenta e proposital de um ser humano também é "assassinato"? Poderíamos hesitar. Se o crime é o mesmo, a punição deveria ser a mesma, mas isso seria certo? Se a punição pelo assassinato de um ser humano é a morte, um ser humano que pôs fim a um robô deveria mesmo ser executado?

– A punição para um assassino é Sonda Psíquica, parceiro Elijah, seguida da construção de uma nova personalidade. É a estrutura pessoal da mente que cometeu o crime, não a vida do corpo.

– E qual é a punição, em Aurora, para alguém que põe fim ao funcionamento de um robô de forma violenta?

– Não sei, parceiro Elijah. Que eu saiba, esse tipo de incidente nunca ocorreu em Aurora.

– Suponho que a punição não seria a Sonda Psíquica – disse Baley. – Que tal "roboticídio"?

– Roboticídio?

– Como termo para descrever o assassinato de um robô?

– Mas e o verbo derivado do substantivo, parceiro Elijah? – perguntou Daneel. – Nunca se diz "homicidar"; portanto, não seria apropriado dizer "roboticidar".

— Você tem razão. Teríamos que dizer "assassinar" em ambos os casos.

— Mas assassinar se aplica especificamente a seres humanos. Não se assassina um animal, por exemplo.

— Verdade. E não é possível sequer assassinar um ser humano acidentalmente, apenas de propósito. O termo mais geral é "matar". Ele pode ser aplicado tanto à morte acidental quanto ao assassinato proposital, e se aplica tanto a animais quanto a seres humanos. Mesmo uma árvore pode ser morta por doença, então por que um robô não pode ser morto, hein, Daneel?

— Os seres humanos, os outros animais e também as plantas, parceiro Elijah, são todos seres vivos — disse Daneel. — Um robô é um artefato criado por humanos, da mesma forma que esse visualizador. Um artefato pode ser "destruído", "danificado", "demolido" e assim por diante. Ele nunca é "morto".

— Não obstante, Daneel, vou dizer "morto". Jander Panell foi morto.

— Por que uma diferença em uma palavra faria diferença para a coisa descrita? — perguntou Daneel.

— Uma rosa, com qualquer outro nome, ainda assim teria o mesmo perfume.* É isso, Daneel?

Daneel fez uma pausa e depois disse:

— Não estou certo do que quer dizer o perfume de uma rosa, mas, se uma rosa for, na Terra, a flor comum a que se chama de rosa em Aurora, e se por "perfume" você quer dizer uma propriedade que pode ser detectada, sentida e medida por seres humanos, então, sem dúvida, chamá-la por qualquer outra combinação de sons (contando que todo o resto se mantivesse igual) não afetaria nem seu perfume nem suas outras propriedades intrínsecas.

---

* No original, "That which we call a rose by any other name would smell as sweet", citação de uma fala da obra *Romeu e Julieta*, de William Shakespeare, em que Julieta argumenta que não importa que Romeu seja de uma família inimiga. (N. de T.)

– É verdade. E, no entanto, mudanças no nome resultam em mudanças na percepção no que se refere aos seres humanos.
– Não entendo por quê, parceiro Elijah.
– Porque os seres humanos costumam ser ilógicos, Daneel. Não é uma característica admirável.

Baley afundou-se ainda mais na cadeira e mexeu com o visualizador, permitindo, por alguns minutos, que sua mente se recolhesse. A conversa com Daneel em si fora útil, pois, enquanto Baley brincava com a questão das palavras, ele conseguiu esquecer que estava no espaço, que a nave avançava até atingir um ponto distante o suficiente dos centros de massa do Sistema Solar para fazer o Salto pelo hiperespaço, que em pouco tempo ele estaria a vários milhões de quilômetros de distância da Terra e, não muito depois, a vários anos-luz da Terra.

Mais importante ainda, era possível chegar a conclusões positivas. Estava claro que a conversa de Daneel sobre os auroreanos não distinguirem entre robôs e seres humanos era enganosa. Os auroreanos podiam virtuosamente suprimir a inicial "R.", o uso do termo "rapaz" para se dirigir a um robô e o uso de "isso" como pronome de costume, mas, pela resistência de Daneel em empregar a mesma palavra para o ato violento de tirar a vida de um robô e de um ser humano – uma resistência inerente à sua programação, que, por sua vez, era uma consequência natural das suposições auroreanas sobre como Daneel deveria se comportar –, chegava-se à conclusão de que essas mudanças eram apenas superficiais. No fundo, os auroreanos tinham uma crença tão firme quanto a dos terráqueos de que os robôs eram máquinas infinitamente inferiores aos seres humanos.

Isso significava que seu formidável dever de encontrar uma solução útil para a crise (se é que isso era possível) não seria prejudicado por pelo menos uma impressão equivocada sobre a sociedade auroreana.

Baley perguntava-se se deveria interrogar Giskard a fim de confirmar as conclusões a que chegara a partir da conversa com

Daneel... e, sem hesitar muito, decidiu não fazê-lo. A mente simples e nada sutil de Giskard não seria de utilidade alguma. Ele diria "sim, senhor" e "não, senhor" do começo ao fim. Seria como interrogar uma gravação.

Bem, nesse caso, decidiu Baley, ele continuaria com Daneel, que pelo menos era capaz de responder de uma forma próxima à sutileza.

– Daneel, levemos em consideração o caso de Jander Panell, que presumo, pelo que você disse até agora, seja o primeiro caso de roboticídio na história de Aurora – disse ele. – Pelo que entendi, o ser humano responsável (o assassino) é desconhecido.

– Assumindo-se que um ser humano foi o responsável – disse Daneel –, então sua identidade é desconhecida. Você está certo quanto a isso, parceiro Elijah.

– E quanto ao motivo? Por que Jander Panell foi morto?

– Tampouco se sabe isso.

– Mas Jander Panell era um robô humaniforme, um robô como você, e não, por exemplo, como R. Gis... quero dizer, Giskard.

– Correto. Jander era um robô humaniforme como eu.

– Não seria, então, um caso de roboticídio não intencional?

– Não entendo, parceiro Elijah.

– O assassino não poderia ter pensado que esse tal de Jander era um ser humano? A intenção dele não poderia ter sido de homicídio, em vez de roboticídio? – perguntou Baley, um pouco impaciente.

Daneel chacoalhou a cabeça lentamente.

– Os robôs humaniformes têm uma aparência bem humana, parceiro Elijah, até nos pelos e poros da pele. Nossa voz é totalmente natural, podemos realizar os movimentos próprios do ato de comer e assim por diante. No entanto, em nosso comportamento há diferenças perceptíveis. Essas diferenças podem diminuir com o tempo e com o refinamento da técnica, mas ainda assim são muitas. Você e outros terráqueos que não estão acostumados com os robôs humaniformes podem não notar com facilidade essas diferenças, mas os auroreanos notariam. Nenhum auroreano confundiria Jander, ou a mim, com um ser humano, nem por um segundo.

— Algum Sideral que não fosse auroreano poderia cometer esse erro?

— Acho que não — hesitou Daneel. — Não estou falando com base em observação pessoal ou em conhecimento direto e programado, mas minha programação me permite saber que todos os Mundos Siderais são tão intimamente familiarizados com os robôs quanto Aurora. Alguns, como Solaria, até mais. Portanto, eu deduzo que nenhum Sideral deixaria de notar a distinção entre humano e robô.

— Há robôs humaniformes em outros Mundos Siderais?

— Não, parceiro Elijah, eles existem apenas em Aurora até o momento.

— Então outros Siderais não estariam intimamente familiarizados com robôs humaniformes e poderiam muito bem deixar de notar as distinções e confundi-los com seres humanos.

— Não acho que isso seja provável. Mesmo os robôs humaniformes se comportarão segundo um padrão robótico definido que qualquer Sideral reconheceria.

— E sem dúvida há Siderais que não são tão inteligentes, nem tão experientes nem tão maduros quanto a maioria. Há crianças Siderais, ao menos, que deixariam de notar a distinção.

— Ficou evidente, parceiro Elijah, que o... roboticídio... não foi cometido por uma pessoa pouco inteligente, ou inexperiente, ou jovem. Totalmente evidente.

— Estamos eliminando possibilidades. Bom. Se nenhum Sideral deixaria de perceber a distinção, que tal um terráqueo? É possível que...

— Parceiro Elijah, quando você chegar a Aurora, será o primeiro terráqueo a pôr os pés no planeta desde que o período da colonização original terminou. Todos os auroreanos vivos no momento nasceram em Aurora ou, em alguns poucos casos, em outros Mundos Siderais.

— O primeiro terráqueo — murmurou Baley. — Sinto-me honrado. Não seria possível um terráqueo estar em Aurora sem que os auroreanos soubessem?

— Não! — retrucou Daneel com simples certeza.

— Seu conhecimento, Daneel, pode não ser absoluto.

— Não! — repetiu-se a resposta em um tom exatamente semelhante ao da primeira.

— Concluímos, então — disse Baley encolhendo os ombros —, que o roboticídio foi proposital e nada mais.

— Esta é a conclusão que tínhamos desde o princípio.

— Aqueles auroreanos que chegaram a essa conclusão desde o princípio tinham, para começar, todas as informações. Eu estou recebendo essas informações agora pela primeira vez — comentou Baley.

— Não era minha intenção que meu comentário tivesse um sentido pejorativo, parceiro Elijah. Tenho conhecimento suficiente para não fazer pouco-caso de suas habilidades.

— Obrigado, Daneel. Sei que não houve nenhum desdém intencional em seu comentário. Você disse há pouco que o roboticídio não foi cometido por uma pessoa pouco inteligente, inexperiente ou jovem, e que se tem certeza absoluta quanto a isso. Vamos refletir sobre o seu comentário...

Baley sabia que estava seguindo pelo caminho mais longo. Era necessário. Considerando sua falta de entendimento sobre os costumes auroreanos e sobre seu modo de pensar, ele não podia se dar ao luxo de fazer suposições e pular etapas. Se estivesse lidando com um ser humano inteligente desse modo, era provável que essa pessoa ficasse impaciente e deixasse escapar informações... e, de quebra, considerasse Baley um idiota. Entretanto, Daneel, sendo um robô, o seguiria nesse percurso sinuoso com total paciência.

Esse era um tipo de comportamento que revelava a identidade de Daneel como robô, por mais humaniforme que ele fosse. Um auroreano poderia ser capaz de perceber que ele era um robô a partir de uma simples resposta a uma simples pergunta. Daneel estava certo quanto às sutis distinções.

— Seria possível excluir as crianças, talvez também a maioria das mulheres e dos muitos homens adultos supondo que o método de roboticídio envolvesse muita força... que a cabeça de Jander tivesse sido atingida por um golpe violento ou que seu peito tivesse sido esmagado — disse Baley. — Isso seria difícil, imagino eu, para qualquer indivíduo que não fosse um ser humano particularmente grande e forte. — Com base no que Demachek disse na Terra, Baley sabia que esse não era o modo como ocorrera o roboticídio, mas como ele poderia saber se ela própria não estava enganada?

— Isso não seria possível, de modo algum, para nenhum ser humano — retrucou Daneel.

— Por que não?

— Com certeza, parceiro Elijah, você sabe que o esqueleto robótico é feito de metal e é muito mais forte do que o osso humano. Nossos movimentos são acionados com mais potência, são mais rápidos e controlados de forma mais delicada. A Terceira Lei da Robótica declara: "Um robô deve proteger a própria existência". Um robô poderia esquivar-se com facilidade do ataque de um ser humano. Poderia imobilizar o ser humano mais forte. Também é improvável que um robô seja pego desprevenido. Sempre notamos a presença de seres humanos. Caso contrário, não poderíamos cumprir nossa função.

— Deixe disso, Daneel. A Terceira Lei declara: "Um robô deve proteger sua própria existência, desde que tal proteção não entre em conflito com a Primeira ou com a Segunda Lei". A Segunda Lei declara: "Um robô deve obedecer às ordens dadas por seres humanos, exceto nos casos em que tais ordens entrem em conflito com a Primeira Lei". E a Primeira Lei declara: "Um robô não pode ferir um ser humano ou, por inação, permitir que um ser humano venha a ser ferido". Um ser humano poderia ordenar que um robô se autodestruísse... e o robô então usaria sua força para esmagar a própria cabeça. E, se um ser humano atacasse um robô, esse robô não poderia esquivar-se sem machucar o ser humano, o que infringiria a Primeira Lei – disse Baley.

– Você está pensando nos robôs da Terra, imagino eu – disse Daneel. – Em Aurora, ou em qualquer dos Mundos Siderais, os robôs são tidos em mais alta conta do que na Terra e são, em geral, mais complexos, versáteis e valiosos. A Terceira Lei é nitidamente mais forte se comparada à Segunda Lei nos Mundos Siderais. Uma ordem de autodestruição seria questionada e teria que haver um motivo verdadeiramente legítimo para que ela fosse executada: um perigo claro e patente. E, ao esquivar-se de um ataque, a Primeira Lei não seria infringida, pois os robôs auroreanos são hábeis o bastante para imobilizar um ser humano sem machucá-lo.

– No entanto, suponha que um ser humano afirmasse que, a menos que o robô se autodestruísse, ele (o ser humano) seria destruído? Nesse caso, o robô não se autodestruiria?

– Um robô auroreano com certeza questionaria uma simples afirmação nesse sentido. Teria que haver uma nítida evidência da possível destruição de um ser humano.

– Não seria possível que um ser humano fosse sutil o bastante para dispor as coisas de tal modo que parecesse aos olhos do robô que o ser humano estava de fato em grande perigo? Seria essa a perspicácia exigida que o faz excluir os pouco inteligentes, os inexperientes e os jovens?

– Não, parceiro Elijah, não seria – respondeu Daneel.

– Há algum erro no meu raciocínio?

– Nenhum.

— Então o erro pode estar na minha suposição de que Jander Panell foi fisicamente danificado. Na realidade, ele não foi. Certo?

— Sim, parceiro Elijah.

(Isso significava que Demachek estava bem informada, pensou Baley.)

— Nesse caso, Daneel, a mente de Jander foi danificada. Um robloqueio! Total e irreversível!

— Robloqueio?

— Abreviação de bloqueio robótico, a suspensão permanente do funcionamento das vias positrônicas.

— Nós não usamos o termo "robloqueio" em Aurora, parceiro Elijah.

— De que vocês chamam?

— Nós chamamos de paralisação mental.

— De qualquer maneira, é o mesmo fenômeno que está sendo descrito.

— Seria sensato usar a nossa expressão, parceiro Elijah, ou os auroreanos com quem você for falar poderão não entender; isso pode dificultar a conversa. Você afirmou há pouco que palavras distintas podem fazer a diferença.

— Muito bem. Eu usarei "paralisação mental". Uma coisa dessas poderia acontecer de forma espontânea?

— Sim, mas as chances são infinitesimalmente pequenas, dizem os roboticistas. Sendo um robô humaniforme, eu posso dizer que nunca vivenciei nenhum efeito que pudesse sequer chegar perto de ser uma paralisação mental.

— Então é preciso supor que um ser humano tramou, de propósito, uma situação na qual ocorreria uma paralisação mental.

— É exatamente isso o que aqueles que se opõem ao dr. Fastolfe defendem, parceiro Elijah.

— E como isso exigiria conhecimento em robótica, experiência e habilidade, pessoas pouco inteligentes, inexperientes ou jovens não podem ter sido responsáveis.

— Esse é o raciocínio normal, parceiro Elijah.

— Seria possível até fazer uma lista dos seres humanos com habilidade suficiente em Aurora, e assim estabelecer um grupo de suspeitos que poderia não ser muito grande.

— Na verdade, isso já foi feito, parceiro Elijah.

— E qual é o tamanho da lista?

— A lista mais longa a ser sugerida contém apenas um nome.

Foi a vez de Baley fazer uma pausa. Ele franziu as sobrancelhas com raiva e disse furiosamente:

— Apenas um nome?

— Apenas um nome, parceiro Elijah — disse Daneel em voz baixa. — Essa é a opinião do dr. Han Fastolfe, que é o maior teórico da área de robótica em Aurora.

— Mas então qual é o mistério nisso tudo? Qual é esse nome?

— Bem, é o do dr. Fastolfe, claro. Acabo de afirmar que ele é o maior teórico em robótica de Aurora e, na opinião profissional do dr. Fastolfe, ele mesmo é o único que poderia ter levado Jander a uma total paralisação mental sem deixar qualquer traço do processo. Entretanto, o dr. Fastolfe também afirma não tê-lo feito.

— Mas que ninguém mais poderia tê-lo feito?

— De fato, parceiro Elijah. Aí está o mistério.

— E se o dr. Fastolfe... — Baley fez uma pausa. Não faria sentido perguntar a Daneel se o dr. Fastolfe estava mentindo ou se, de algum modo, estava enganado; ou pedir sua opinião sobre o fato de que ninguém além do doutor poderia ter feito aquilo nem sobre a afirmação dele de que não o fizera. Daneel fora programado por Fastolfe e não havia nenhuma chance de que a programação incluísse a capacidade de duvidar do programador.

Baley disse, portanto, da forma mais branda possível:

— Vou pensar sobre isso, Daneel, e conversaremos de novo.

— Muito bem, parceiro Elijah. De qualquer modo, é hora de dormir. Visto que é possível que a pressão dos eventos em Aurora o force a ter um horário irregular, seria prudente aproveitar a oportunidade para dormir agora. Vou mostrar a você como se prepara um leito e como lidar com a roupa de cama.

— Obrigado, Daneel — murmurou Baley. Ele não tinha nenhuma ilusão de que o sono viria com facilidade. Ele estava sendo enviado para Aurora com o propósito específico de demonstrar que Fastolfe era inocente no caso de roboticídio — e o sucesso nessa missão era necessário para a continuada segurança da Terra e (muito menos importante, mas igualmente claro para o coração de Baley) para a continuada prosperidade da carreira dele —; no entanto, mesmo antes de chegar a Aurora, ele descobrira que Fastolfe havia virtualmente confessado o crime.

8

Por fim, Baley dormiu, depois que Daneel demonstrou como diminuir a intensidade do campo que servia como uma espécie de pseudogravidade. Isso não era uma verdadeira antigravidade e consumia tanta energia que o processo só podia ser usado em horários restritos e em raras circunstâncias.

Daneel não era programado para conseguir explicar o modo como isso funcionava e, se tivesse explicado, Baley tinha certeza de que não teria entendido. Felizmente, era possível mexer nos controles sem que se entendesse a justificativa científica.

— A intensidade do campo não pode ser reduzida a zero... pelo menos não com estes controles — disse Daneel. — De qualquer maneira, dormir sob condição de gravidade zero não é confortável; não, com certeza, para os que não têm experiência em viagens espaciais. É preciso uma gravidade baixa o suficiente para dar à pessoa a sensação de se libertar da pressão do próprio peso, mas alta o bastante para manter uma orientação de cima para baixo. O nível varia de indivíduo a indivíduo. A maioria das pessoas se sentiria mais confortável com a mínima intensidade permitida pelo controle, mas pode ser que, na primeira vez, você queira uma intensidade maior, de modo que possa manter a familiaridade da sensação de peso em maior grau. Apenas experimente diferentes níveis e encontre um que seja adequado.

Perdido na novidade da sensação, Baley sentiu a mente distanciar-se do problema da afirmação/negação de Fastolfe, mesmo quando seu corpo se distanciava do estado de vigília. Talvez as duas coisas fossem um só processo.

Ele sonhou que estava na Terra (claro), deslocando-se ao longo de uma via expressa, mas não em um dos assentos. Em vez disso, ele estava flutuando em paralelo à faixa de alta velocidade, um pouco acima da cabeça das pessoas que estavam em movimento e um pouco adiantado em relação a elas. Nenhuma das pessoas que estavam de pé parecia surpresa; nenhuma delas olhava para ele. Era uma sensação bastante agradável, da qual ele sentiu falta ao acordar.

Após o café da manhã no dia seguinte...

Seria mesmo o período da manhã? Poderia haver manhã – ou qualquer outro período do dia – no espaço?

Evidentemente, não poderia. Ele pensou por um tempo e decidiu que definiria a manhã como o período depois do despertar, definiria desjejum como a refeição feita depois de acordar, e abandonaria uma divisão específica da passagem do tempo como sendo algo sem importância objetiva. Para ele, pelo menos, se não para a nave.

Então, depois do café da manhã no dia seguinte, ele examinou as páginas de notícias que lhe ofereceram por tempo suficiente apenas para ver que elas não diziam nada sobre o roboticídio em Aurora, e então voltou sua atenção para aqueles livro-filmes que Giskard lhe trouxera no dia (período em que estivera acordado?) anterior.

Ele escolheu aqueles cujos títulos pareciam históricos e, depois de verificar vários deles apressadamente, concluiu que

Giskard lhe trouxera filmes para adolescentes. Eles tinham muitas ilustrações e eram escritos de forma simples. Baley se perguntava se era assim que o robô avaliava sua inteligência... ou talvez suas necessidades. Depois de pensar um pouco, concluiu que Giskard, em sua inocência robótica, tinha feito boas escolhas e que não havia motivo para se manifestar quanto a um possível insulto.

Baley se aquietou para se concentrar melhor e logo percebeu que Daneel estava vendo o livro-filme com ele. Curiosidade real? Ou era só para manter seus olhos ocupados? Daneel não pediu nenhuma vez para repetir uma página. Nem parou para fazer uma pergunta. Presumivelmente, ele apenas aceitava o que lia com uma confiança robótica e não se dava ao luxo de ter dúvida nem curiosidade.

Baley não fez nenhuma pergunta a Daneel sobre o que estava lendo, embora tivesse pedido instruções sobre o funcionamento do mecanismo de impressão do visualizador auroreano, que ele não conhecia.

De vez em quando, Baley parava para usar o pequeno cômodo contíguo ao quarto, que podia ser usado para as várias funções fisiológicas; um cômodo tão particular que era chamado de "o Privativo"– com a letra maiúscula sempre subentendida – tanto na Terra quanto em Aurora, como Baley descobriu quando Daneel se referiu a ele. Era grande o suficiente para uma pessoa só... o que o tornava desconcertante para um morador da Cidade acostumado a enormes filas de mictórios, assentos excretórios, pias e chuveiros.

Ao ver os livro-filmes, Baley não tentou memorizar detalhes. Ele não tinha a intenção de se tornar especialista em sociedade auroreana, nem a de passar em uma prova de colegial sobre o assunto. Em vez disso, ele queria se familiarizar com ela.

Ele percebeu, por exemplo, mesmo em meio à postura hagiográfica dos historiadores que escreviam para jovens, que os pioneiros auroreanos – os fundadores, os terráqueos que vieram a Aurora pela primeira vez para a colonização nos primórdios da viagem interestelar – eram exatamente o que se esperava de um terráqueo. Sua política, suas desavenças, cada faceta do seu comportamento tinha características do modo de ser dos terráqueos; o que aconteceu em Aurora foi, de certa forma, semelhante aos eventos que ocorreram quando os setores relativamente vazios da Terra foram colonizados 2 mil anos antes.

É claro que os auroreanos não encontraram nenhuma forma de vida inteligente com a qual lutar, nenhum organismo vivo para confundir os invasores da Terra com questões quanto ao tratamento, fosse ele humano ou cruel. Na verdade, não havia nenhuma forma pequenina e preciosa de vida. Então o planeta foi rapidamente colonizado pelos seres humanos, por suas plantas e animais domésticos, e pelos parasitas e outros organismos que foram acidentalmente trazidos junto. E, claro, os colonizadores trouxeram robôs consigo.

Em pouco tempo, os primeiros auroreanos tiveram a sensação de que o planeta lhes pertencia, já que caíra do céu em suas mãos sem qualquer senso de competição, e chamaram o planeta de Nova Terra, em princípio. Isso era natural, uma vez que se tratava do primeiro planeta extrassolar – o primeiro Mundo Sideral – a ser colonizado. Era o primeiro fruto da viagem interestelar, o primeiro amanhecer de uma incomensurável nova era. Contudo, eles rapidamente cortaram o cordão umbilical e chamaram o planeta de Aurora em homenagem à deusa romana da alvorada.

Era o Mundo da Alvorada. E, então, os primeiros colonizadores deliberadamente se proclamaram os progenitores de uma nova raça. Toda a prévia história humana era uma Noite escura, e apenas para os auroreanos nesse novo mundo o Dia estava por fim se aproximando.

Era esse grande feito, esse grande louvor próprio que se fazia sentir em todos os detalhes: todos os nomes, datas, vencedores, vencidos. Era o essencial.

Outros mundos foram colonizados, alguns pela Terra, outros por Aurora, mas Baley não prestou atenção a isso nem a nenhum detalhe. Ele procurava os traços gerais e notou as duas grandes mudanças que ocorreram e que distanciaram os auroreanos ainda mais de suas origens terráqueas. Essas mudanças foram, em primeiro lugar, a crescente integração de robôs a cada faceta da vida, e, em segundo lugar, o aumento da longevidade.

Conforme os robôs se tornavam mais avançados e versáteis, os auroreanos se tornavam mais dependentes deles. Mas essa dependência nunca fugiu ao controle. Não como no mundo de Solaria, lembrava Baley, no qual um pequeno número de seres humanos se prendia ao útero coletivo de muitos, muitos robôs. Aurora não era assim.

E, no entanto, se tornaram mais dependentes.

Vendo as coisas do modo como estava vendo, em busca de um entendimento intuitivo – de tendência e caráter geral –, cada passo no desenvolvimento da interação humano-robô parecia depender da dependência. Até o modo como se alcançara um consenso quanto aos direitos robóticos – o abandono gradual do que Daneel chamaria de "distinções desnecessárias" – era um sinal de dependência. Para Baley, não parecia que os auroreanos estavam se tornando mais humanos em sua atitude por gostar de oferecer um tratamento humano, mas que estavam negando a natureza robótica dos objetos a fim de eliminar o desconforto de ter que reconhecer o fato de que os seres humanos eram dependentes de objetos dotados de inteligência artificial.

Quanto à extensa longevidade, ela fora acompanhada por uma desaceleração do ritmo da história. Os altos e baixos se atenuaram. Havia uma crescente continuidade e um crescente consenso.

Não havia dúvidas de que a história que ele estava acompanhando ficava menos interessante conforme prosseguia; ela se tornava quase soporífica. Para aqueles que viviam essa experiência, isso devia ser bom. A história era interessante na medida em que era catastrófica, e, embora pudesse ser algo muito fascinante de se ver em livro-filmes, era horrível de se viver.

Seguramente, a vida pessoal ainda era atraente para a ampla maioria dos auroreanos, e, se a interação coletiva se tornara tranquila, quem se importaria? Se o Mundo da Alvorada tinha um calmo Dia ensolarado, quem naquele mundo clamaria por uma tempestade?

A certa altura em sua análise dos livro-filmes, Baley teve uma sensação indescritível. Se tivesse sido forçado a tentar descrevê-la, ele teria dito que era a de uma inversão momentânea. Era como se o tivessem virado do avesso – e depois desvirado ao que ele era – em uma pequena fração de segundo.

Fora tão momentânea que ele quase não percebera, ignorando-a como se tivesse sido um soluço mínimo dentro de si.

Foi talvez só um minuto depois, examinando de repente o que sentira em retrospectiva, que ele se lembrara da sensação como algo que vivenciara duas vezes: uma na viagem a Solaria e outra no retorno daquele planeta à Terra.

Era o "Salto", a passagem pelo hiperespaço, que, em um intervalo no qual não existia tempo nem espaço, impelia a nave a parsecs de distância e vencia o limite da velocidade da luz do Universo. (Não havia nenhum mistério nas palavras, já que a nave apenas saía do Universo e atravessava algo que não envolvia limite de velocidade. No entanto, tratava-se de um mistério total quanto ao conceito, pois não havia como explicar o que era o hiperespaço, a não ser que se fizesse uso de símbolos matemáticos que, de qualquer forma, não poderiam ser traduzidos a nada que fosse compreensível.)

Se se aceitava o fato de que os seres humanos haviam aprendido a manipular o hiperespaço sem entender aquilo que manipulavam, então o efeito era claro. Em um instante, a nave estivera a microparsecs de distância da Terra e, no instante seguinte, estava a microparsecs de distância de Aurora.

Idealmente, o Salto não demorava nada – literalmente nada –, e, se fosse realizado com perfeita suavidade, não haveria, não poderia haver nenhuma sensação biológica sequer. Entretanto, os físicos afirmavam que uma suavidade perfeita requeria energia infinita, de modo que havia sempre um "tempo efetivo" que não era bem o que se podia chamar de nada, embora pudesse ser um período tão curto quanto desejado. Era isso que causava essa sensação estranha e essencialmente inofensiva de inversão.

A súbita percepção de que ele estava muito longe da Terra e muito perto de Aurora deixou Baley com vontade de ver o Mundo Sideral.

Em parte, era o desejo de observar um lugar onde moravam pessoas. Em parte, era uma curiosidade natural de ver algo que ocupava seus pensamentos por causa dos livro-filmes que andara estudando.

Giskard entrou bem nesse momento com a refeição do meio, entre o momento de acordar e o de dormir (chamem de "almoço"), e disse:

– Estamos nos aproximando de Aurora, mas o senhor não poderá observar o planeta da ponte de comando. Em todo caso, não haveria nada para ver. O sol de Aurora é apenas uma estrela brilhante e levará vários dias até estarmos perto o suficiente para ver o planeta em detalhes. – Depois ele acrescentou, como que após uma reflexão tardia: – Tampouco o senhor poderá observá-lo da ponte de comando nesse outro momento.

Baley se sentiu estranhamente envergonhado. Ao que parecia, supunha-se que ele ia querer observar e essa vontade foi simplesmente reprimida. Sua presença como observador não era desejada.

– Muito bem, Giskard – ele disse e o robô saiu.

Baley acompanhou-o com os olhos de modo sombrio. Quantas outras restrições lhe seriam impostas? Por mais improvável que fosse a conclusão de sua tarefa, ele se perguntava de quantas maneiras diferentes os auroreanos conspirariam para torná-la impossível.

③ GISKARD

9

Baley se virou e disse:

— Daneel, me incomoda ter que continuar sendo um prisioneiro aqui só porque os auroreanos a bordo desta nave temem que eu seja uma fonte de infecção. Isso é pura superstição. Já fui tratado.

— Não é por causa do medo dos auroreanos que lhe pediram que permanecesse em sua cabine, parceiro Elijah — retrucou Daneel.

— Não? Por que outro motivo?

— Talvez se lembre de que, quando nos encontramos nesta nave pela primeira vez, você perguntou por que eu tinha sido enviado para acompanhá-lo. Eu disse que era para lhe proporcionar alguma coisa familiar, como um apoio, e para me agradar. Eu estava prestes a lhe contar o terceiro motivo quando Giskard nos interrompeu trazendo-lhe o visualizador e os livro-filmes... e depois começamos uma discussão sobre roboticídio.

— E você nunca me contou o terceiro motivo. Qual é?

— Bem, parceiro Elijah, é simplesmente para que eu possa ajudar a protegê-lo.

— Contra o quê?

— Estranhos sentimentos foram provocados pelo incidente que concordamos chamar de roboticídio. Você foi chamado a vir a Aurora para ajudar a provar a inocência do dr. Fastolfe. E o drama em hiperonda...

— Por Josafá, Daneel! — disse Baley, ofendido. — Eles viram aquela coisa em Aurora também?

— O drama foi visto em todos os Mundos Siderais, parceiro Elijah. Foi um programa muito popular e deixou bem claro que você é um investigador extraordinário.

— De modo que quem quer que esteja por trás do roboticídio pode muito bem ter um medo exagerado daquilo que talvez eu possa realizar e esse alguém poderia, portanto, correr um grande risco para impedir minha chegada... ou para me matar.

— O dr. Fastolfe está convencido de que não há ninguém por trás do roboticídio, uma vez que nenhum outro ser humano além dele mesmo poderia ter feito isso — disse Daneel em um tom calmo. — Foi um acontecimento puramente fortuito, na opinião do dr. Fastolfe. Entretanto, há aqueles que estão tentando capitalizar em cima desse fato e seria do interesse deles impedi-lo de conseguir essas provas. Por essa razão, você deve ser protegido.

Baley deu alguns passos apressados em direção a uma parede do quarto e depois de volta para a outra, como que para acelerar o processo de reflexão movimentando o corpo. De certo modo, ele não tinha a sensação de perigo pessoal.

— Daneel, quantos robôs humaniformes existem ao todo em Aurora? — perguntou ele.

— Quer dizer agora que Jander não funciona mais?

— Sim, agora que Jander está morto.

— Um, parceiro Elijah.

Baley olhou para Daneel em estado de choque e moveu os lábios em silêncio: Um?

– Deixe-me entender isso, Daneel – disse ele por fim. – Você é o único robô humaniforme em Aurora?
– Ou em qualquer outro mundo, parceiro Elijah. Pensei que soubesse disso. Eu fui o protótipo e depois Jander foi construído. Desde então, o dr. Fastolfe se recusou a construir outro desses robôs e ninguém mais tem a habilidade para fazê-lo.
– Mas, nesse caso, já que um dos dois robôs humaniformes foi morto, não ocorreu ao dr. Fastolfe que o robô humaniforme restante... você, Daneel, poderia estar em perigo?
– Ele reconhece essa possibilidade. Mas a chance de que o acontecimento fantasticamente improvável de uma paralisação mental aconteça uma segunda vez é remota. Entretanto, ele sente que poderia haver uma possibilidade de acontecer outra desventura. Isso, creio eu, contribuiu um pouco para que ele me mandasse para a Terra a fim de buscá-lo. A viagem me manteve longe de Aurora por mais ou menos uma semana.
– E isso agora o torna um prisioneiro tanto quanto eu, não é, Daneel?
– Eu sou um prisioneiro – respondeu Daneel com seriedade – apenas no sentido de que esperam que eu não saia deste quarto, parceiro Elijah.
– Em que outro sentido uma pessoa pode ser um prisioneira?
– No sentido de que uma pessoa tão restringida em seus movimentos se ressente dessa restrição. Todo aprisionamento implica o fato de ser involuntário. Eu entendo bem o motivo de estar aqui e concordo com essa necessidade.
– *Você* concorda – resmungou Baley. – Eu não. Sou um prisioneiro em todos os sentidos. E, de qualquer forma, o que é que nos mantém seguros aqui?
– Em primeiro lugar, parceiro Elijah, Giskard está de guarda lá fora.
– Ele é inteligente o bastante para esse trabalho?

— Ele entende inteiramente as ordens que lhe são dadas. É resistente e forte, e percebe a importância de seu dever.

— Quer dizer que ele está preparado para ser destruído para nos proteger?

— Sim, claro, do mesmo modo que eu estou preparado para ser destruído para protegê-lo.

Baley se sentiu envergonhado.

— Você não se ressente da situação em que pode ser forçado a desistir de sua existência por mim? — inquiriu Baley.

— É a minha programação, parceiro Elijah — respondeu Daneel em um tom de voz que parecia serenar —, mas, de certo modo, parece-me que, mesmo que não fosse essa a minha programação, salvá-lo tornaria a perda da minha própria existência algo trivial em comparação à perda da sua.

Baley não pôde resistir. Ele estendeu a mão e fechou-a, dando um aperto firme na de Daneel.

— Obrigado, parceiro Daneel, mas, por favor, não permita que isso aconteça. Não desejo a perda da sua existência. Parece-me que a preservação da minha seria uma compensação inadequada.

Baley ficou impressionado ao descobrir que estava falando sério. Ficou levemente horrorizado ao perceber que estaria pronto para arriscar a vida por um robô. Não, não por um robô. Por Daneel.

10

Giskard entrou sem avisar. Baley começara a aceitar isso. O robô, sendo responsável por sua guarda, tinha de poder ir e vir quando quisesse. E Giskard era *apenas* um robô, aos olhos de Baley, por mais que fosse tratado como "ele" e por mais que não se pronunciasse o "R.". Baley achava que, se estivesse se coçando, enfiando o dedo no nariz ou ocupado com qualquer função biológica complicada, Giskard ficaria indiferente, neutro e incapaz de reagir de qualquer forma que não fosse arquivando a memória em algum banco de dados interno.

Isso fazia de Giskard mera peça de mobília, e Baley não se sentiu constrangido em sua presença. Não que Giskard tivesse alguma vez entrado em uma hora inconveniente, pensou o investigador de maneira despreocupada.

Giskard trouxe consigo um pequeno objeto em forma de cubo.

– Senhor, suponho que ainda queira observar Aurora daqui do espaço.

Baley começou. Sem dúvida, Daneel notara a irritação do parceiro, deduzira sua causa e decidira lidar com a situação dessa forma. Fazer com que Giskard resolvesse as coisas e apresentasse a solução como ideia surgida de sua mente simplória era um toque de delicadeza da parte de Daneel. Isso livraria Baley da necessidade de expressar gratidão. Pelo menos era o que Daneel pensaria.

Na verdade, de acordo com o seu modo de pensar, Baley ficara mais irritado por ser desnecessariamente impedido de ver Aurora do que por ser mantido preso em geral. Baley estava se afligindo por não poder avistar o planeta havia dois dias, desde que passaram pelo Salto. Então ele se virou para Daneel e disse:

– Obrigado, meu amigo.

– Foi ideia de Giskard – disse Daneel.

– Sim, é claro – disse Baley dando um sorrisinho. – Eu o agradeço também. O que é isso, Giskard?

– É um astrossimulador, senhor. Ele funciona, em sua essência, como o receptor de um aparelho de comunicação tridimensional e está conectado à sala com vista para o planeta. Se me permite acrescentar...

– Sim.

– O senhor não vai achar a vista particularmente entusiasmante. Eu não gostaria que ficasse desapontado à toa.

— Vou tentar não esperar muito dela, Giskard. Em todo caso, não vou responsabilizá-lo por nenhum desapontamento que possa ter.

— Obrigado, senhor. Devo voltar ao meu posto, mas Daneel poderá ajudá-lo com o aparelho se surgir algum problema.

Ele saiu e Baley se voltou para Daneel com um ar de aprovação.

— Achei que Giskard fez um trabalho muito bom. Ele pode ser um modelo simples, mas é bem-feito.

— Ele também é criação do dr. Fastolfe, parceiro Elijah... Este astrossimulador é independente e autorregulável. Uma vez focado em Aurora, só é preciso tocar o controle que fica na extremidade. Isso o fará funcionar e você não precisa fazer mais nada. Quer ligá-lo você mesmo?

Baley encolheu os ombros.

— Não é necessário. Você pode fazer isso.

— Pois bem.

Daneel colocara o cubo em cima da mesa que Baley usara para ver os livro-filmes.

— Isto — disse ele, indicando um pequeno retângulo que tinha na mão — é o controle, parceiro Elijah. Você só precisa tocá-lo nas pontas desta maneira e então pressionar um pouco para ligar o mecanismo... e depois pressionar de novo para desligá-lo.

Daneel pressionou uma das extremidades do controle e Baley deu um grito abafado.

Baley esperava que o cubo se iluminasse e mostrasse uma representação holográfica de um campo estelar. Não foi o que aconteceu. Em vez disso, Baley viu-se no espaço — *no espaço* — com estrelas brilhantes inabaláveis por todos os lados.

Isso durou apenas um instante e depois tudo voltou a ser o que era: a sala e, dentro dela, Baley, Daneel e o cubo.

— Sinto muito, parceiro Elijah — disse Daneel. — Eu o desliguei assim que entendi que você estava sentindo desconforto. Não percebi que você não estava preparado para o evento.

— Então me prepare. O que aconteceu?

— O astrossimulador trabalha diretamente com o centro visual do cérebro humano. Não é possível distinguir a impressão que ele deixa e a realidade tridimensional. É um dispositivo relativamente recente e até agora só foi usado para cenários astronômicos, que apresentam, afinal de contas, poucos detalhes.

— Você também viu aquilo, Daneel?

— Sim, mas muito mal e sem o realismo que um ser humano experimenta. Eu vejo um tênue esboço de um cenário sobreposto aos conteúdos ainda nítidos do quarto, mas me explicaram que os seres humanos veem só o cenário. Sem dúvida, quando o cérebro de seres como eu forem ainda mais afinados e ajustados...

Baley recobrara o equilíbrio.

— A questão, Daneel, é que eu não tinha consciência de mais *nada*. Eu não tinha consciência de mim mesmo. Não via minhas mãos nem sentia onde elas estavam. Eu me senti como se fosse um espírito sem corpo ou... fosse... como imagino que me sentiria se estivesse morto mas tivesse uma existência consciente em algum tipo de vida imaterial pós-morte.

— Entendo agora por que você acharia essa experiência perturbadora.

— Na verdade, eu a achei *muito* perturbadora.

— Sinto muito, parceiro Elijah. Devo pedir a Giskard que leve isso embora.

— Não. Estou preparado agora. Dê-me esse cubo. Vou conseguir desligá-lo, mesmo não estando consciente da existência das minhas mãos?

— Ele vai ficar pendurado na sua mão, de modo que você não vai deixá-lo cair, parceiro Elijah. Ouvi do dr. Fastolfe, que vivenciou esse fenômeno, que a pressão é aplicada automaticamente quando o ser humano que está segurando o aparelho deseja desligá-lo. É um fenômeno automático baseado na manipulação do nervo, como é o caso da própria visão. Pelo menos, é assim que funciona com os auroreanos e eu imagino...

— Que os terráqueos sejam semelhantes o bastante aos auroreanos, fisiologicamente, para que o processo funcione conosco também. Pois bem, dê-me o controle, que eu vou tentar.

Com uma leve contração interna, Baley apertou a extremidade do controle e viu-se no espaço outra vez. Agora, ele estava esperando por isso e, tendo descoberto que conseguia respirar sem dificuldade e que não se sentia, de forma alguma, como se estivesse imerso no vácuo, esforçou-se para aceitar tudo como uma ilusão visual. Respirando de maneira estertorosa (talvez para se convencer de que estava de fato respirando), ele olhava em todas as direções com curiosidade.

Percebendo, de repente, que estava ouvindo sua respiração raspando ao passar pelo nariz, ele disse:

— Você consegue me ouvir, Daneel?

Ele ouviu a própria voz... um pouco distante, um pouco artificial... mas ele a ouviu.

E depois ouviu a voz de Daneel, diferente o bastante para que se pudesse notar.

— Sim, consigo — disse Daneel. — E você deveria conseguir ouvir a minha, parceiro Elijah. Os sentidos visual e sinestésico sofrem interferência por conta de uma ilusão de realidade, mas o sentido auditivo continua intocado. Em grande parte, pelo menos.

— Bem, eu só vejo estrelas... isto é, estrelas comuns. Aurora tem um sol. Suponho que estamos perto o suficiente de Aurora para avistar seu sol como uma estrela consideravelmente mais brilhante que as outras.

— Brilhante demais, parceiro Elijah. Ela foi apagada; caso contrário, você poderia sofrer dano na retina.

— Então, onde está o planeta Aurora?

— Está vendo a constelação de Órion?

— Sim, estou. Quer dizer que nós ainda vemos a constelação do modo como a vemos no céu da Terra, como no planetário da Cidade?

— Quase do mesmo modo. No que se refere às distâncias estelares, não estamos longe da Terra e do Sistema Solar do qual ela faz parte, de forma que os dois planetas têm em comum a vista das estrelas no céu. O sol de Aurora é conhecido na Terra como Tau Ceti, e está a apenas 3,67 parsecs de distância de lá. Bem, se você imaginar uma linha entre Betelgeuse e a estrela do meio do cinturão de Órion e continuar essa linha por um pouco mais do que essa distância, a estrela de brilho mediano é na verdade o planeta Aurora. Ele vai ficar cada vez mais inconfundível durante os próximos dias, conforme nos aproximarmos dele com rapidez.

Sério, Baley olhou para o planeta. Era apenas um objeto brilhante em forma de estrela. Não havia nenhuma flecha luminosa se acendendo e se apagando para indicá-lo. Não havia nenhuma inscrição com letras cuidadosamente impressas em forma de arco em cima dele.

— Onde está o Sol? A estrela da Terra, quero dizer — perguntou Baley.

— Está na constelação de Virgem, visto de Aurora. É uma estrela de segunda magnitude. Infelizmente, o astrossimulador que temos não está informatizado de maneira adequada e não seria fácil apontar o Sol para você. De qualquer forma, ele pareceria ser apenas uma estrela, uma estrela bem comum.

— Deixe pra lá — disse Baley. — Vou desligar essa coisa agora. Se eu tiver algum problema... me ajude.

Ele não teve nenhum problema. O aparelho desligou assim que ele pensou em desligá-lo e ele ficou piscando à luz repentinamente irritante do quarto.

Foi só nesse momento, em que ele voltara aos seus sentidos normais, que lhe ocorreu que, durante alguns minutos, parecera-lhe que estava lá fora no espaço, sem nenhum tipo de parede protetora e, no entanto, aquilo não lhe provocara uma de suas crises de agorafobia terrestre. Ele se sentira muito confortável, tendo aceitado a própria não existência.

Essa ideia o intrigou e tirou, por algum tempo, sua atenção dos livro-filmes a que estava assistindo.

De tempos em tempos, ele voltava ao astrossimulador e dava outra olhada no espaço do modo como era visto do lado de fora da espaçonave, sem que ele estivesse presente em algum lugar (ao que parecia). Às vezes, era só por um instante, para assegurar-se de que o vazio infinito ainda não o fazia sentir desconforto. Às vezes, ele se via perdido no padrão das estrelas e começava a contá-las de forma preguiçosa ou a formar figuras geométricas, deleitando-se com a habilidade de fazer algo que, na Terra, ele nunca teria conseguido fazer porque o crescente mal-estar da agorafobia logo teria dominado todo o resto.

No final das contas, ficou bastante claro que Aurora estava se iluminando. Em pouco tempo, tornou-se fácil detectar o planeta entre os outros pontos de luz, depois ficou inconfundível e, por fim, inevitável. Começou como uma minúscula fatia de luz e, em seguida, cresceu rapidamente e começou a mostrar fases.

O planeta era quase um exato semicírculo de luz quando Baley notou a existência de fases.

Baley perguntou e Daneel respondeu:

— Estamos nos aproximando do lado de fora do plano orbital, parceiro Elijah. O polo sul de Aurora fica mais ou menos no centro do disco, um pouco mais para o lado da metade iluminada. É primavera no hemisfério sul.

— De acordo com o material que tenho lido, o eixo de Aurora tem um ângulo de 16 graus — disse Baley. Em sua ansiedade para chegar aos auroreanos, ele dera uma olhada por alto na descrição física do planeta, mas se lembrava disso.

— Sim, parceiro Elijah. Nós entraremos por fim na órbita ao redor de Aurora e as fases, então, vão mudar rapidamente. Aurora gira mais rápido do que a Terra...

— É um dia de vinte e duas horas. Sim.

— Um dia de 22,3 horas tradicionais. O dia auroreano é dividido em dez horas auroreanas, sendo cada hora dividida em cem minutos auroreanos, os quais são, por sua vez, divididos em cem segundos auroreanos. Assim, um segundo auroreano é mais ou menos igual a 0,8 segundo da Terra.

— É a isso que os livros se referem quando mencionam horas métricas, minutos métricos e assim por diante?

— Sim. Foi difícil, em princípio, persuadir os auroreanos a deixar as unidades de tempo com as quais estavam acostumados e o uso de ambos os sistemas: o padrão e o métrico. Com o tempo, claro, o sistema métrico prevaleceu. Nos dias de hoje, falamos apenas em horas, minutos e segundos, mas referindo-nos invariavelmente às versões decimais. O mesmo sistema foi adotado em todos os Mundos Siderais, apesar de que, em outros mundos, ele não se enquadra na rotação natural do planeta. Cada planeta também usa um sistema local, claro.

— Como a Terra.

— Sim, parceiro Elijah, mas a Terra usa *só* as unidades de tempo padrão originais. Isso prejudica os Mundos Siderais no que concerne ao comércio, mas eles permitem que a Terra faça isso do seu jeito.

— Não por amizade, suponho eu. Acho que eles querem enfatizar a diferença com relação à Terra. Como o sistema decimal se encaixa no ano? Afinal de contas, Aurora deve ter um período natural de translação ao redor do Sol que controla o ciclo de suas estações. Como isso é medido?

— Aurora gira em torno de seu sol em 373,5 dias auroreanos ou em cerca de 0,95 ano da Terra. Essa não é considerada uma questão vital em termos de cronologia. Aurora admite trinta de seus dias como sendo um mês, e dez meses como um ano métrico. O ano métrico é mais ou menos igual a 0,8 ano sazonal ou mais ou menos três quartos de um ano terrestre. A relação é diferente em cada mundo, claro. Em geral, refere-se a um período de dez dias como um decimês. Todos os Mundos Siderais usam esse sistema — comentou Daneel.

— Sem dúvida deve haver algum modo conveniente de seguir o ciclo das estações.

— Cada mundo tem seu ano sazonal também, mas ele é pouco levado em consideração. Por computador, uma pessoa pode descobrir a posição de qualquer dia — do passado ou do presente — no ano sazonal se, por qualquer motivo, quiser essa informação. E isso é válido para qualquer mundo, onde a conversão de e para os dias locais também é perfeitamente possível. E, claro, parceiro Elijah, qualquer robô pode fazer a mesma coisa e orientar as atividades humanas em que o ano sazonal ou o horário local sejam relevantes. A vantagem das unidades metrificadas é que proporcionam à humanidade uma cronometria unificada que envolve pouco mais do que mudanças em escala decimal.

Baley se sentia incomodado com o fato de que nenhum dos livro-filmes que ele vira deixasse isso claro. Mas então, com seu conhecimento sobre a história da Terra, ele sabia que, a certa altura, o mês lunar fora a chave para o calendário e que chegara o momento em que, para facilitar a cronometria, o mês lunar acabou sendo ignorado e nunca sentiram falta dele. No entanto, se ele tivesse dado livros sobre a Terra a um estranho, é muito provável que esse estranho não encontrasse qualquer menção ao mês lunar ou a nenhuma mudança histórica nos calendários. As datas teriam sido apresentadas sem nenhuma explicação.

O que mais seria apresentado sem explicação?

Então, até que ponto ele poderia confiar no conhecimento que estava adquirindo? Ele teria de fazer perguntas constantemente, não poderia dar nada como certo.

Haveria tantas ocasiões para deixar passar batido as coisas óbvias, tantas chances para interpretar mal, tantas formas de seguir o caminho errado.

11

Aurora enchia o campo de visão de Baley agora, quando ele usava o astrossimulador, e se parecia com a Terra. (Baley nunca vira a Terra daquele jeito, mas havia fotografias nos livros de astronomia e ele as conhecia.)

Bem, o que Baley viu em Aurora foram os mesmos padrões de nuvens, o mesmo relance de áreas desérticas, as mesmas grandes faixas de dia e noite, o mesmo padrão de luz cintilante em toda a extensão do hemisfério noturno, tal como as fotografias apresentavam o globo terrestre.

Baley observava, extasiado, e pensou: E se, por algum motivo, ele tivesse sido levado ao espaço, ciente de que estava sendo trazido a Aurora e, na verdade, estivesse sendo levado de volta para a Terra por algum motivo... algum misterioso e insano motivo? Como ele poderia distinguir antes de aterrissar?

Havia alguma razão para suspeitar? Daneel lhe dissera cautelosamente que as constelações eram as mesmas no céu dos dois planetas, mas isso não seria natural em planetas que girassem em torno de estrelas próximas? No geral, a aparência dos dois planetas, vista do espaço, era idêntica, mas isso não seria de se esperar se ambos fossem habitáveis e confortavelmente adequados à vida humana?

Havia alguma razão para supor a existência de uma trapaça implausível? Qual seria seu propósito? E, no entanto, por que o fariam de modo a parecer implausível e inútil? Se houvesse um motivo óbvio para fazer uma coisa dessas, ele teria percebido de imediato.

Seria Daneel um cúmplice em toda essa conspiração? Sem dúvida que não, se ele fosse um ser humano. Mas ele era apenas um robô. Não haveria um meio de mandá-lo se comportar de forma apropriada?

Não era possível chegar a uma decisão. Baley se viu observando o planeta em busca de contornos continentais que reconhecesse como terrestres ou não terrestres. Essa seria a prova mais convincente... mas ela não funcionou.

Os vislumbres que iam e vinham vagamente em meio às nuvens não serviam de nada para ele. Baley não tinha conhecimento suficiente sobre a geografia da Terra. O que ele conhecia bem na Terra eram suas Cidades subterrâneas, suas cavernas de aço.

Os trechos do litoral que ele via não lhe eram familiares... se era Aurora ou a Terra, ele não sabia.

E, de qualquer forma, por que essa incerteza? Quando fora a Solaria, jamais duvidara de seu local de destino, jamais suspeitara de que pudessem estar levando-o de volta à Terra. Ah, mas naquela época ele fora enviado a uma missão definida na qual havia uma chance razoável de sucesso. Agora ele sentia que não havia chance alguma.

Talvez fosse o caso, então, de que ele *quisesse* ser mandado de volta para a Terra e estivesse criando uma falsa conspiração em sua mente, de modo que pudesse imaginar que isso era possível.

A incerteza em sua mente tinha ganhado vida própria. Ele não conseguia esquecer. Ele se viu observando Aurora quase com uma intensidade louca, incapaz de voltar para a cabine/realidade. Aurora estava se movendo, girando lentamente... Ele observara por tempo suficiente para saber disso. Enquanto estivera vendo o espaço, tudo parecera estar parado, como um cenário pintado, um padrão silencioso e estático de pontos de luz, incluindo mais tarde um pequeno semicírculo. Era a falta de movimento que lhe possibilitava não ter agorafobia?

Mas agora ele conseguia ver Aurora se movendo e percebeu que a nave estava descendo em espiral, na última etapa antes de aterrissar. As nuvens estavam subindo... Não, não eram as nuvens; a nave estava descendo em espiral. A *nave* estava se movendo.*Ele* estava se movendo. De repente, Baley se deu conta da própria existência. Ele estava despencando em meio às nuvens. Estava caindo sem proteção alguma por aquele ar rarefeito em direção ao chão sólido.

Sentiu a garganta apertada; estava ficando muito difícil respirar. Ele disse a si mesmo, em desespero: "Você está em um espaço fechado. As paredes da nave estão à sua volta".

Mas ele não sentia parede alguma.

Ele pensou: "Mesmo sem levar as paredes em consideração, você ainda está em um local fechado. Está recoberto por sua pele".

Mas ele não sentia pele alguma.

A sensação era pior do que a de uma simples nudez... ele era uma personalidade desacompanhada, a essência da identidade totalmente descoberta, um ponto vivo, uma singularidade cercada por um mundo aberto e infinito, e estava caindo.

Ele queria bloquear a vista, comprimir o pulso sobre a extremidade do controle, mas nada acontecia.

Suas terminações nervosas estavam tão anormais, que a contração automática ativada por um esforço de vontade não funcionava. Ele não tinha vontade. Seus olhos não se fechavam, seu pulso não podia se contrair. Ele fora pego e hipnotizado pelo terror, estava assustado a ponto de não conseguir se mexer.

Tudo o que ele sentia diante de si eram as nuvens, brancas... não exatamente brancas... quase brancas... com um matiz de laranja dourado... E tudo ficou cinza... e ele estava se afogando. Não conseguia respirar. Ele se esforçava desesperadamente para abrir a garganta, para pedir ajuda a Daneel... Ele não conseguia emitir nenhum som.

12

Baley estava respirando como se tivesse acabado de cruzar a linha ao final de uma longa corrida. A cabine estava inclinada e havia uma superfície dura sob seu cotovelo esquerdo.

Ele percebeu que estava no chão.

Giskard estava de joelhos ao seu lado, sua mão de robô (firme, mas um pouco fria) fechada, segurando o pulso direito de Baley. A porta da cabine, que Baley podia ver logo por trás do ombro de Giskard, estava entreaberta.

Sem ter perguntado, Baley sabia o que tinha acontecido. Giskard pegara aquela impotente mão humana e a apertara sobre a extremidade do controle para encerrar a astrossimulação. Caso contrário...

Daneel estava lá também, seu rosto próximo ao de Baley, com uma expressão que poderia muito bem ser de dor.

— Você não disse nada, parceiro Elijah — disse Daneel. — Se eu tivesse percebido antes o seu desconforto...

Baley tentou gesticular, mostrando que entendia, que aquilo não importava. Ele ainda não conseguia falar.

Os dois robôs esperaram até Baley fazer um vago movimento para se levantar. Braços o apoiaram de imediato, levantando-o. Colocaram-no em uma cadeira e Giskard levou gentilmente o controle para longe dele.

— Vamos aterrissar logo — disse Giskard. — O senhor não vai precisar mais do astrossimulador, creio eu.

— Em todo caso, é melhor tirá-lo daqui — acrescentou Daneel em um tom sério.

— Esperem! — disse Baley. Sua voz era um sussurro rouco e ele não tinha certeza de que haviam distinguido a palavra. Ele respirou fundo, limpou fracamente a garganta e disse outra vez: — Esperem! — e depois continuou: — Giskard.

Giskard virou-se.

— Senhor?

Ele não falou de pronto. Agora que Giskard sabia que Baley queria falar com ele, o robô esperaria um bom tempo, indefinidamente talvez. Baley tentava se recompor. Com agorafobia ou não, ele ainda não estava seguro quanto ao seu destino. Já se sentira assim antes e a sensação podia muito bem ter intensificado a agorafobia.

Ele tinha de descobrir. Giskard não mentiria. Um robô não podia mentir... a menos que tivesse sido cuidadosamente instruído a fazê-lo. E por que instruir Giskard? Daneel é que era seu acompanhante, que devia ficar perto dele o tempo todo. Se fosse preciso mentir, isso seria responsabilidade de Daneel. Giskard apenas buscava e carregava coisas, apenas guardava a porta. Com certeza, não havia a necessidade de instruí-*lo* cuidadosamente na rede de mentiras.

— Giskard! — disse Baley em um tom de voz quase normal agora.

— Senhor?

— Estamos prestes a aterrissar, certo?

— Em pouco menos de duas horas, senhor.

Isso significava duas horas métricas, pensou Baley. Mais de duas horas de verdade? Não importava. Isso só causaria confusão. Deixe para lá.

— Diga-me agora mesmo o nome do planeta no qual estamos prestes a aterrissar — disse Baley da forma mais incisiva que pôde.

Um ser humano, se respondesse, o faria após uma pausa... e o faria com um ar de considerável surpresa.

Giskard respondeu de pronto, com uma afirmação monótona e sem inflexão de voz:

— É Aurora, senhor.

— Como sabe?

— É o nosso destino. E também não poderia ser a Terra, por exemplo, já que o sol de Aurora, Tau Ceti, tem apenas 90% da massa do Sol da Terra. Tau Ceti é um pouco mais frio, portanto, e sua luz tem uma distinta coloração alaranjada aos olhos inexperientes e desacostumados da Terra. O senhor pode já ter visto a cor característica do sol de Aurora no reflexo da parte superior do grupo de nuvens. O senhor com certeza a notará quando surgir a paisagem... até seus olhos se acostumarem a ela.

Os olhos de Baley se desviaram do rosto impassível de Giskard. Ele *notara* a cor diferente, pensou Baley, e não dera importância àquilo. Um grande erro.

— Pode ir, Giskard.

— Sim, senhor.

Baley voltou-se para Daneel com amargura.

— Fiz papel de bobo, Daneel.

— Deduzo que você estava se perguntando se nós o estávamos enganando e levando-o a algum lugar que não fosse Aurora. Você tinha alguma razão para suspeitar disso, parceiro Elijah?

— Nenhuma. Pode ter sido o resultado do desconforto acarretado pela agorafobia subliminar. Observando o espaço aparentemente parado, não senti nenhum mal-estar perceptível, mas ele pode ter ficado em estado latente, criando um desconforto crescente.

— A culpa foi nossa, parceiro Elijah. Sabendo que você não gosta de espaços abertos, foi errado submetê-lo à astrossimulação ou então, ao fazê-lo, não supervisioná-lo de perto.

Baley chacoalhou a cabeça, irritado.

— Não diga isso, Daneel. Já estou sendo suficientemente supervisionado de perto. A pergunta em minha mente é se vão me supervisionar muito de perto em Aurora.

— Parceiro Elijah, parece-me que será difícil permitir que você tenha acesso livre a Aurora e aos auroreanos — redarguiu Daneel.

— No entanto, é justamente a isso que eu devo ter acesso. Se for para eu descobrir a verdade por trás desse caso de roboticídio, devo ter liberdade para procurar informações *in loco*... e com as pessoas envolvidas.

A essa altura, Baley tinha voltado ao normal, embora se sentisse um pouco cansado. Com certa vergonha, a experiência intensa que ele vivenciara o deixara com um desejo ardente de fumar cachimbo, vício de que ele pensava ter se livrado por completo há mais de um ano. Ele podia sentir o gosto e o cheiro da fumaça do tabaco passando pela garganta e pelo nariz.

Ele sabia que teria de se contentar com a lembrança. Em Aurora, ele não poderia fumar em nenhuma circunstância. Não havia tabaco em nenhum dos Mundos Siderais e, para começar, se ele tivesse levado um pouco, teria sido confiscado e destruído.

– Parceiro Elijah, isso deve ser discutido com o dr. Fastolfe quando aterrissarmos – disse Daneel. – Não tenho autoridade para tomar decisões a esse respeito.

– Sei disso, Daneel, mas como falar com Fastolfe? Por meio de um equivalente ao astrossimulador? Tendo os controles na minha mão?

– De modo algum, parceiro Elijah. Você conversará com ele cara a cara. O dr. Fastolfe pretende encontrá-lo no espaçoporto.

13

Baley ficou atento aos ruídos da aterrissagem. Ele não sabia de que sons poderia se tratar, claro. Ele não conhecia os mecanismos da nave, quantos homens e mulheres levava, o que eles teriam de fazer durante o processo de aterrissagem, que tipo de barulho estaria envolvido.

Gritos? Ruídos surdos? Uma tênue vibração?

Ele não ouviu nada.

– Você parece estar tenso, parceiro Elijah – comentou Daneel.

– Eu preferiria que você não esperasse para me contar sobre qualquer desconforto que possa estar sentindo. Devo ajudá-lo no exato momento em que, por alguma razão, não estiver bem.

Havia uma leve ênfase na palavra "devo".

Baley pensou de forma distraída: ele é guiado pela Primeira Lei. Com certeza ele sofreu, a seu modo, tanto quanto eu sofri, a meu modo, quando tive um colapso que ele não previu a tempo.

Um desequilíbrio proibido nos potenciais positrônicos pode não ter significado para mim, mas pode causar nele o mesmo desconforto e a mesma reação que uma dor aguda provocaria em mim.

Ele continuou pensando: Como posso saber o que existe dentro da pseudopele e da pseudoconsciência de um robô? E, do mesmo modo, como Daneel pode saber o que existe dentro de mim?

E então, sentindo remorso por ter pensado em Daneel como um robô, Baley olhou nos brandos olhos do outro (quando ele começara a pensar na expressão de Daneel como sendo branda?) e disse:

– Eu lhe contaria sobre qualquer desconforto de imediato. Não estou sentindo nada. Estou apenas tentando ouvir algum barulho que possa indicar o progresso do procedimento de aterrissagem, parceiro Daneel.

– Obrigado, parceiro Elijah – disse Daneel em um tom sério. Ele inclinou um pouco a cabeça e continuou: – Não deve haver nenhum desconforto na aterrissagem. Você vai sentir uma aceleração, mas ela deve ser mínima, pois esta cabine vai ceder um pouco, de certo modo, na direção da aceleração. A temperatura pode subir, mas não mais do que dois graus Celsius. Quanto aos efeitos sonoros, pode haver um leve chiado quando passarmos pela atmosfera espessa. Alguma dessas coisas vai perturbá-lo?

– Acho que não. O que me perturba é não ter liberdade para participar da aterrissagem. Eu gostaria de saber sobre essas coisas. Não quero ficar preso e ser impedido de viver essa experiência.

– Você já descobriu, parceiro Elijah, que a natureza da experiência não é apropriada para o seu temperamento.

— E como vou superar isso, Daneel? — perguntou ele com tenacidade. — Isso não é motivo suficiente para me manter aqui!

— Parceiro Elijah, eu já expliquei que nós o mantemos aqui para a sua própria segurança.

Baley chacoalhou a cabeça em um sinal claro de revolta.

— Pensei sobre isso e digo que é bobagem. Minhas chances de esclarecer essa bagunça são tão pequenas, com todas as restrições que estão me impondo e com a dificuldade que eu terei em entender qualquer coisa em Aurora, que não acho que alguém em juízo perfeito se daria ao trabalho de tentar me impedir. E se o fizesse, por que me atacaria pessoalmente? Por que não sabotar a nave? Se nos imaginamos enfrentando vilões sem limites, eles deveriam pensar que uma nave — e as pessoas dentro dela... e você, e Giskard... e eu, claro — é um preço baixo a se pagar.

— Na verdade, isso já foi levado em consideração, parceiro Elijah. A nave foi cuidadosamente examinada. Qualquer sinal de sabotagem seria detectado.

— Você tem certeza? Absoluta?

— Não se pode ter certeza absoluta de nada nesse tipo de situação. Entretanto, Giskard e eu nos sentimos tranquilos com a ideia de que o grau de certeza era bem alto e que podíamos prosseguir com uma expectativa mínima de desastre.

— E se estiverem errados?

Algo semelhante a um pequeno sinal de espasmo passou pelo rosto de Daneel, como se estivesse sendo levado a considerar algo que interferisse no bom funcionamento das vias positrônicas do seu cérebro.

— Mas não estávamos errados — disse ele.

— Você não pode dizer isso. Estamos prestes a aterrissar e este é, sem dúvida, o momento de perigo. Na verdade, a esta altura não há necessidade de sabotar a nave. Meu risco pessoal é maior agora... neste exato instante. Não posso me esconder nesta cabine se vou desembarcar em Aurora. Vou ter que passar pela nave e me colocar ao alcance dos outros. Vocês tomaram precauções para manter a aterrissagem segura? (Ele estava sendo mesquinho... criticando Daneel de forma desnecessária porque estava irritado com o longo período de prisão... e com a indignidade do momento de seu colapso.)

— Tomamos, parceiro Elijah — disse Daneel em tom calmo.

— E, a propósito, nós aterrissamos. Estamos agora na superfície de Aurora.

Por um instante, Baley ficou perplexo. Ele olhava em volta com um ar desvairado, mas é claro que não havia nada para ser visto exceto um quarto fechado. Ele não sentira nem vira nada do que Daneel descrevera. Nem um pouco de aceleração, ou calor, ou chiado do ar. Ou será que Daneel mencionara de propósito a questão do risco pessoal outra vez a fim de garantir que ele não pensasse em outras coisas perturbadoras, porém menores?

— E ainda assim há a questão do desembarque da nave — acrescentou Baley. — Como vou fazer isso sem ficar vulnerável a possíveis inimigos?

Daneel andou até uma parede e tocou um ponto dela. A parede de pronto se abriu em duas, as duas metades se afastando. Baley se viu olhando para um longo cilindro, um túnel.

Giskard havia entrado na cabine naquele momento, vindo do outro lado, e disse:

— Senhor, nós três passaremos pelo tubo de saída. Outros o estão observando do lado de fora. O dr. Fastolfe está esperando na outra extremidade do tubo.

— Tomamos todas as precauções — disse Daneel.

— Minhas desculpas, Daneel... Giskard — murmurou Baley. Ele entrou no tubo com tristeza. Todo o esforço para garantir que as precauções tivessem sido tomadas também lhe assegurava que aquelas precauções eram necessárias.

Baley gostava de pensar que não era covarde, mas ele estava em um planeta estranho, sem poder distinguir entre amigos e inimigos, sem poder encontrar conforto em nada que fosse familiar (exceto, claro, por Daneel). Nos instantes cruciais, pensou com um calafrio, ele não teria um espaço fechado para aquecê-lo e trazer-lhe alívio.

4 FASTOLFE

14

O dr. Han Fastolfe, de fato, estava esperando... e sorrindo. Ele era alto e magro, tinha cabelo castanho-claro, não muito grosso, e havia, sem dúvida, suas orelhas. Era das orelhas que Baley se lembraria, mesmo três anos depois. Orelhas grandes saindo de sua cabeça, dando-lhe uma aparência vagamente engraçada, uma simplicidade agradável. Eram as orelhas que faziam Baley sorrir, em vez das boas-vindas de Fastolfe.

Baley se perguntou por um breve instante se a tecnologia médica auroreana não incluía a pequena cirurgia plástica necessária para corrigir o aspecto desajeitado daquelas orelhas. Mas podia ser que Fastolfe gostasse da aparência delas como o próprio Baley (para sua surpresa) gostava. Há um ponto a favor de um rosto que fazia as pessoas sorrirem.

Talvez Fastolfe valorizasse o fato de gostarem dele à primeira vista. Ou será que ele achava útil ser subestimado? Ou apenas diferente?

– Investigador Elijah Baley – disse Fastolfe. – Eu me lembro bem do senhor, embora insista em imaginá-lo como tendo o rosto do ator que o representou.

O rosto de Baley ficou carrancudo.

— Aquela dramatização em hiperonda me persegue, dr. Fastolfe. Se eu soubesse aonde poderia ir para fugir dela...

— A lugar algum — redarguiu Fastolfe com cordialidade. — Pelo menos não literalmente. Então, se não gosta dela, vamos eliminá-la das nossas conversas agora mesmo. Nunca mais eu a mencionarei. Combinado?

— Obrigado. — Com uma rapidez calculada, ele estendeu a mão a Fastolfe.

Houve uma hesitação perceptível por parte de Fastolfe. Então ele pegou a mão de Baley, segurando-a com cautela (e não por muito tempo), e disse:

— Devo supor que o senhor não é um saco ambulante de infecções, sr. Baley.

E depois, olhando as próprias mãos com pesar, Fastolfe acrescentou:

— Devo admitir, no entanto, que as minhas mãos receberam uma película inerte, que não é muito confortável. Sou uma criatura dos medos irracionais da minha sociedade.

Baley deu de ombros.

— Todos nós somos. Eu não aprecio a ideia de estar na Área Externa... ao ar livre, quero dizer. Aliás, não aprecio ter tido que vir para Aurora nas circunstâncias em que me encontro.

— Compreendo, sr. Baley. Um carro fechado está esperando pelo senhor aqui; quando chegarmos à minha residência, daremos o nosso melhor para continuar mantendo-o resguardado.

— Obrigado, mas, ao longo de minha permanência em Aurora, acho que terei de sair à Área Externa às vezes. Estou preparado para isso... tanto quanto possível.

— Entendo, mas vamos forçá-lo a se expor à Área Externa apenas quando for necessário. Este não é o caso agora; então, por favor, aceite seguir de carro.

O carro estava esperando à sombra do túnel e não havia quase nenhum sinal da Área Externa ao passar deste último para o primeiro. Baley percebia que atrás dele estavam tanto Daneel quanto Giskard, os dois com aparências bem diferentes, mas idênticos na postura séria de espera... e ambos com uma paciência infinita.

Fastolfe abriu a porta de trás e disse:

— Por favor, entre.

Baley entrou. Daneel entrou atrás dele de forma rápida e suave, enquanto Giskard fez o mesmo do outro lado, de forma praticamente simultânea, no que quase parecia um movimento de dança bem coreografado. Baley se viu espremido entre os dois, mas não de maneira sufocante. Na verdade, ele acolheu com agrado a ideia de que, entre ele e a Área Externa, em ambos os lados, havia a densidade de um corpo robótico.

Mas não havia Área Externa. Fastolfe passou para o banco da frente e, quando as portas se fecharam após sua passagem, as janelas foram encobertas e uma suave luz artificial se espalhou pelo interior.

— Eu não costumo dirigir deste jeito, sr. Baley — disse Fastolfe —, mas não me importo muito e pode ser que o senhor ache mais confortável. O carro é totalmente computadorizado, sabe aonde vai e sabe lidar com quaisquer obstruções e emergências. Nós não precisamos interferir de forma alguma.

Sentiu-se uma levíssima aceleração e depois uma vaga sensação de movimento que mal se podia notar.

— Este é um trecho seguro, sr. Baley — comentou Fastolfe. — Eu tive o considerável trabalho de me certificar de que o menor número possível de pessoas soubesse que o senhor estaria neste carro, e com certeza o senhor não será detectado dentro dele. A viagem de carro (que, a propósito, é impulsionado por jatos, de modo que se trata, na verdade, de um aerofólio) não demorará muito, mas, se quiser, pode aproveitar a oportunidade para descansar. O senhor está seguro agora.

— O senhor fala como se pensasse que estou em perigo — retrucou Baley. — Eu fui protegido a tal ponto que me tornei um prisioneiro na nave... e agora de novo. — Baley olhou ao redor, observando o pequeno espaço fechado do interior do carro, dentro do qual ele estava cercado por molduras de metal e vidro opacificado, sem falar da moldura metálica dos dois robôs.

Fastolfe deu uma ligeira risada.

— Estou exagerando, eu sei, mas os ânimos estão exaltados em Aurora. O senhor chega aqui em um momento de crise para nós, e prefiro parecer tolo por exagerar a correr o terrível risco de ser descuidado.

— Acho que o senhor entende, dr. Fastolfe, que o meu fracasso aqui seria um duro golpe para a Terra — disse Baley.

— Compreendo muito bem. Estou tão determinado quanto o senhor a evitar que fracasse. Acredite.

— Eu acredito. Além do mais, o meu fracasso aqui, por qualquer motivo que seja, também significará a minha ruína pessoal e profissional na Terra.

Fastolfe se virou em seu assento para olhar para Baley com uma expressão de choque.

— É mesmo? Isso seria injustificado.

Baley encolheu os ombros.

— Concordo, mas é o que vai acontecer. Eu me tornarei o alvo evidente para um governo terrestre desesperado.

— Não pensei nisso quando pedi pelo senhor, sr. Baley. Pode ter certeza de que farei o que puder. Embora, com toda a sinceridade — ele desviou o olhar —, isso será muito pouco se nós perdermos.

— Sei disso — concordou Baley, friamente. Ele se recostou no estofamento macio e fechou os olhos. O movimento do carro se limitava a um balanço suave e calmo, mas Baley não dormiu. Em vez disso, refletiu profundamente... sem qualquer garantia.

15

Baley tampouco experimentou a Área Externa ao término da viagem. Quando saiu do aerofólio, ele se viu em uma garagem subterrânea, e um pequeno elevador acabou levando-o ao térreo.

Ele foi levado a uma sala iluminada pela luz do dia; quando passou pelos raios diretos do sol (sim, levemente alaranjados), Baley se afastou um pouco.

Fastolfe percebeu.

— As janelas não podem ser opacificadas, embora eu possa escurecê-las — disse ele. — Farei isso se quiser. Na verdade, eu deveria ter pensado nisso...

— Não é necessário — respondeu Baley de forma brusca. — Eu vou me sentar de costas para elas. Devo me acostumar.

— Como quiser, mas me avise se, em qualquer momento, o senhor começar a se sentir muito desconfortável. Sr. Baley, agora é o fim da manhã nesta parte de Aurora. Não sei que horário seguia na nave. Se o senhor estiver acordado há muitas horas e gostar de dormir, podemos providenciar isso. Se o senhor estiver bem-disposto, mas sem fome, não precisa comer. Contudo, se o senhor achar que consegue, está convidado a almoçar comigo daqui a pouco.

— Na realidade, isso combinaria bem com o horário que eu estava seguindo.

— Excelente. Devo lembrá-lo de que o nosso dia é aproximadamente 7% menor do que o da Terra. Isso não deve lhe causar muita dificuldade quanto ao seu biorritmo, mas, se causar, tentaremos nos ajustar às suas necessidades.

— Obrigado.

— Por fim... não faço ideia de quais são as suas preferências quanto à comida.

— Posso comer qualquer coisa que coloquem na minha frente.

— Apesar disso, não me sentirei ofendido se algo não parecer... saboroso.

— Obrigado.

— E o senhor não se importa se Daneel e Giskard se juntarem a nós?

Baley deu um ligeiro sorriso.

— Eles vão comer também?

Fastolfe não sorriu de volta.

— Não, mas quero que eles estejam com o senhor o tempo todo — respondeu o doutor, sério.

— Ainda estou em perigo? Até mesmo aqui?

— Não confio totalmente em nada. Nem mesmo aqui.

Um robô entrou.

— Senhor, o almoço está servido.

Fastolfe aquiesceu.

— Muito bem, Faber. Estaremos à mesa em alguns instantes.

— Quantos robôs o senhor tem? — perguntou Baley.

— Alguns. Nós não chegamos ao nível solariano de 10 mil robôs por ser humano, mas eu tenho mais do que a média: 57. A casa é grande e me serve de escritório e oficina. Além disso, minha esposa (quando tenho uma) deve ter espaço suficiente para ficar isolada do meu trabalho em uma ala separada, e deve ser servida de forma independente.

— Bem, com 57 robôs, imagino que possa dispensar dois. Eu me sinto menos culpado pelo fato de o senhor ter mandado Daneel e Giskard me acompanharem a Aurora.

— Não foi uma escolha fortuita, posso garantir, sr. Baley. Giskard é meu mordomo e meu braço direito. Ele tem estado comigo durante toda a minha vida adulta.

— No entanto, o senhor o mandou nessa viagem para me buscar. Sinto-me honrado — disse Baley.

— É uma medida de sua importância, sr. Baley. Giskard é o mais confiável dos meus robôs, forte e robusto.

Baley piscou os olhos em direção a, Daneel e Fastolfe acrescentou:

— Não incluo meu amigo Daneel nesses cálculos. Ele não é meu serviçal, e sim uma façanha da qual tenho a fraqueza de me sentir extremamente orgulhoso. Ele é o primeiro do seu tipo, e embora o dr. Roj Nemennuh Sarton tenha sido seu projetista e modelo, o homem que...

Ele fez uma delicada pausa, mas Baley aquiesceu de modo brusco e disse:

— Eu entendo.

Não era preciso que a frase fosse terminada com a referência ao assassinato do dr. Sarton na Terra.

— Embora o dr. Sarton tenha supervisionado a construção em si — continuou Fastolfe —, foram os meus cálculos teóricos que tornaram Daneel possível.

Fastolfe sorriu para Daneel, que fez uma mesura em agradecimento.

— Havia Jander também — comentou Baley.

— Sim. — Fastolfe chacoalhou a cabeça e pareceu abatido. — Talvez eu devesse tê-lo mantido comigo, como faço com Daneel. Mas ele *era* meu segundo robô humaniforme e isso faz diferença. Daneel é que é meu primogênito, por assim dizer... é um caso especial.

— E agora o senhor não constrói mais robôs humaniformes?

— Não mais. Mas venha — disse Fastolfe, esfregando as mãos. — Precisamos almoçar. Eu não acho, sr. Baley, que na Terra a população esteja acostumada ao que posso chamar de comida natural. Vamos ter salada de camarão servida com pão e queijo, leite, se quiser, ou qualquer variedade de sucos de fruta. É tudo muito simples. Sorvete de sobremesa.

— Todos são pratos terráqueos tradicionais que, em sua forma original, agora, apenas existem na literatura antiga da Terra — disse Baley.

— Nada disso é muito comum aqui em Aurora, mas achei que não fazia sentido sujeitá-lo à nossa versão de boa gastronomia, que envolve variedades auroreanas de comidas e temperos. O senhor teria que adquirir esse gosto.

Ele se levantou.

— Por favor, venha comigo, sr. Baley. Seremos só os dois e não vamos fazer cerimônia nem rituais desnecessários para o almoço.

— Obrigado. Aceito isso como um gesto de gentileza. Mitiguei o tédio da viagem até aqui assistindo a materiais relacionados a Aurora e sei que a boa educação requer, para um almoço cerimonial, muitos detalhes dos quais eu teria receio.

— O senhor não precisa ter receio.

— Podemos deixar a cerimônia de lado a ponto de falar de negócios durante a refeição, dr. Fastolfe? — perguntou Baley. — Não devo perder tempo desnecessariamente.

— Concordo com esse ponto de vista. De fato, falaremos sobre negócios e imagino que possa confiar no senhor quanto a não dizer nada sobre esse deslize a ninguém. Eu não gostaria de ser expulso da sociedade educada. — Ele deu uma risadinha e depois acrescentou: — Mas eu não deveria rir. Não é engraçado. Perder tempo em si pode ser mais do que um inconveniente. Poderia muito bem ser fatal.

16

O cômodo de onde Baley saíra era do tipo sóbrio: várias cadeiras, uma cômoda com gavetas, algo que parecia um piano, mas que tinha chaves de instrumento de sopro no lugar das teclas, alguns desenhos abstratos nas paredes que pareciam tremeluzir sob a luz. O piso era um tabuleiro macio de vários tons de marrom, talvez projetado para lembrar madeira e, embora brilhasse com alguns pontos de destaque, como se tivesse sido encerado há pouco, ele não parecia escorregadio.

A sala de jantar, embora tivesse o mesmo piso, não tinha mais nada em comum com o ambiente anterior. Era uma sala comprida e retangular, excessivamente decorada. Ela tinha seis grandes mesas quadradas que eram, evidentemente, módulos que podiam ser montados de várias formas. Havia um bar ao longo de uma parede pequena, com reluzentes garrafas de várias cores enfileiradas diante de um espelho curvo que parecia conferir uma extensão quase infinita à sala que refletia. Ao longo da outra parede pequena havia quatro nichos, e em cada qual um robô esperava.

Ambas as paredes compridas eram revestidas de mosaicos cujas cores mudavam lentamente. Um deles retratava cenas de um planeta, embora Baley não pudesse dizer se era Aurora ou algo totalmente imaginário. Em uma extremidade, havia uma plantação de trigo (ou algo do tipo) repleta de complicadas máquinas agrícolas, todas controladas por robôs. Conforme se passavam os olhos por toda a extensão da parede, a plantação dava lugar a moradias humanas dispersas, tornando-se, na outra extremidade, o que Baley achava que era a versão auroreana de uma Cidade.

A outra parede comprida era astronômica. Um planeta, em tons de azul e branco, iluminado por um sol distante, refletia luz de tal modo que nem examinando de perto seria possível deixar de pensar que ele girava devagar. As estrelas que o rodeavam – algumas tênues, algumas brilhantes – também pareciam estar mudando seus padrões, embora parecessem imóveis quando olhadas de maneira fixa e concentrada a partir de algum agrupamento pequeno.

Baley achou tudo confuso e desagradável.

– É uma obra de arte, sr. Baley – disse Fastolfe. – É cara demais para valer a pena, mas Fanya queria comprá-la. Fanya é minha atual companheira.

– Ela vai se juntar a nós, dr. Fastolfe?

— Não, sr. Baley. Como eu disse, seremos só nós dois. Enquanto isso, pedi a ela que permanecesse em seus próprios aposentos. Não quero submetê-la a esse nosso problema. O senhor entende, assim espero.

— Sim, claro.

— Venha. Por favor, sente-se.

Uma das mesas estava arrumada com pratos, taças e talheres refinados, nem todos conhecidos por Baley. No centro havia um cilindro comprido, um tanto pontiagudo que parecia ser um gigantesco peão de xadrez feito de um material cinzento e rochoso.

Quando se sentou, Baley não pôde resistir e esticou o braço, tocando-o com um dos dedos.

Fastolfe sorriu.

— É um porta-tempero. Ele tem controles simples que podem ser usados para colocar uma quantidade fixa de qualquer um dos doze condimentos diferentes em qualquer parte do prato. Para fazer isso de maneira apropriada, é preciso pegá-lo e realizar alguns movimentos complexos que não têm significado específico, mas que são muito valorizados por auroreanos elegantes como símbolo da graciosidade e da delicadeza com que as refeições deveriam ser servidas. Quando era mais jovem, eu conseguia, com o polegar e dois dedos, fazer a tripla genuflexão e liberar o sal quando o porta-tempero batia na palma da minha mão. Eu corria um grande risco de esmagar o crânio do meu convidado. Espero que não se importe se eu não tentar esse truque.

— Eu o encorajo a não tentar, dr. Fastolfe.

Um robô colocou a salada na mesa, outro trouxe uma bandeja com sucos de fruta, um terceiro trouxe o pão e o queijo e um quarto robô arrumou os guardanapos. Todos os quatro trabalhavam em estreita coordenação, aproximando-se e afastando-se sem colisões nem sinais de dificuldade. Baley os observava, perplexo.

Eles terminaram, sem nenhum sinal aparente de terem combinado de antemão, um em cada lado da mesa. Eles deram um passo atrás em uníssono, viraram-se em uníssono e voltaram para os nichos na parede na outra extremidade da sala. Baley notou, de repente, a presença de Daneel e de Giskard na sala também. Ele não os havia visto entrar. Eles esperavam em dois nichos que, de alguma forma, tinham aparecido na parede que retratava a plantação de trigo. Daneel era o que estava mais próximo.

— Agora que eles se foram... — começou Fastolfe. Ele fez uma pausa e chacoalhou a cabeça lentamente para fazer uma conclusão pesarosa. — Mas eles não se foram. Em geral, é costume que os robôs saiam antes que o almoço comece de fato. Os robôs não comem, ao contrário dos seres humanos. Portanto, faz sentido que aqueles que comem o façam e que aqueles que não comem saiam. E acabou se tornando mais um ritual. Seria impensável comer antes de os robôs saírem. Entretanto, neste caso...

— Eles não saíram — completou Baley.

— Não. Achei que a segurança era mais importante do que a etiqueta, e achei que, não sendo auroreano, o senhor não se importaria.

Baley esperou Fastolfe começar. Fastolfe levantou um garfo, e Baley fez o mesmo. Fastolfe usou o talher com movimentos lentos, de maneira a permitir que Baley visse exatamente o que ele estava fazendo.

Baley mordeu um camarão com cautela e achou delicioso. Ele reconheceu o gosto, que era como a massa de camarão produzida na Terra, mas muito mais sutil e saboroso. Mastigou devagar e, por um instante, apesar de sua ansiedade por continuar com a investigação enquanto comia, achou impensável fazer outra coisa a não ser dar toda a atenção ao almoço.

Na verdade, foi Fastolfe quem tomou a iniciativa.

— Não deveríamos começar a falar sobre o problema, sr. Baley?

Baley sentiu-se corar um pouco.

— Sim. Sem dúvida. Desculpe-me. Sua comida auroreana me pegou de surpresa, de modo que me foi difícil pensar em qualquer outra coisa. O problema, dr. Fastolfe, é uma criação sua, não é?

— Por que diz isso?
— Alguém cometeu um roboticídio agindo de uma maneira que requer muito conhecimento... segundo me disseram.
— Roboticídio? Um termo engraçado. — Fastolfe sorriu.
— Claro que eu entendo o que o senhor quer dizer com isso. Disseram-lhe a verdade: o modo de agir envolve um *enorme* conhecimento.
— E só o senhor tem o conhecimento para cometê-lo... segundo me disseram.
— Disseram-lhe a verdade quanto a esse ponto também.
— E até o senhor mesmo admite... na verdade, insiste... que apenas o senhor poderia ter causado uma paralisia mental em Jander.
— Sustento o que é, afinal de contas, a verdade, sr. Baley. Mentir não me ajudaria em nada, mesmo se conseguisse fazê-lo. O fato de que eu sou o roboticista teórico mais proeminente de todos os Cinquenta Mundos é notório.
— Apesar disso, dr. Fastolfe, o segundo melhor roboticista teórico de todos os mundos... ou o terceiro melhor, ou mesmo o décimo quinto melhor... não poderia ter a habilidade necessária para realizar esse ato? Somente o melhor de todos teria, de fato, a habilidade exigida?
— Na minha opinião, é realmente necessária toda a habilidade do melhor — respondeu Fastolfe em um tom calmo. — Na verdade, de novo, na minha opinião, eu mesmo só poderia realizar essa tarefa se estivesse em um bom dia. Lembre-se de que os grandes gênios da robótica, inclusive eu, trabalharam especificamente para projetar cérebros positrônicos aos quais *não* se pudesse causar uma paralisia mental.
— O senhor tem certeza disso? Certeza absoluta?
— Absoluta.
— E o senhor declarou isso publicamente?
— É claro. Houve uma investigação pública, meu caro terráqueo. Fizeram-me as perguntas que o senhor está me fazendo e

eu respondi com sinceridade. É um costume auroreano proceder assim.

– No momento, não questiono se o senhor estava convencido de que respondia com sinceridade – prosseguiu Baley. – Mas o senhor não poderia ter se deixado levar por um orgulho natural de si mesmo? Isso também poderia ser tipicamente auroreano, não poderia?

– Quer dizer que, em minha ânsia por ser considerado o melhor, eu me colocaria deliberadamente em uma situação na qual todos seriam forçados a concluir que eu teria causado uma paralisia cerebral em Jander?

– De certo modo, eu imagino que o senhor ficaria satisfeito em ver seu status político e social destruído, contanto que a sua reputação científica permanecesse intacta.

– Entendo. O senhor tem uma forma interessante de pensar, sr. Baley. Isso não teria passado pela minha cabeça. Se eu tivesse uma escolha entre admitir que sou o segundo melhor e admitir que sou culpado de um roboticídio (para usar a sua expressão), o senhor acha que eu conscientemente aceitaria este último.

– Não, dr. Fastolfe, não quero colocar a questão de uma maneira tão simplista. Será que o senhor não está se enganando ao pensar que é o maior de todos os roboticistas e que é incomparável, agarrando-se a isso a qualquer preço, porque o senhor consciente... ou inconscientemente, dr. Fastolfe... percebe que, na verdade, está sendo superado (ou já foi superado) por outros?

Fastolfe deu risada, mas havia um quê de irritação nela.

– Não é esse o caso, sr. Baley. O senhor está errado.

– Pense, dr. Fastolfe! Tem certeza de que a genialidade de nenhum dos seus colegas roboticistas pode chegar perto da sua?

– Há apenas alguns que são capazes de lidar com robôs humaniformes. A construção de Daneel praticamente criou uma nova profissão, para a qual não há sequer um nome... humaniformicistas, talvez. Dos roboticistas teóricos em Aurora, nenhum, a não ser eu mesmo, entende o funcionamento do cérebro positrônico de Daneel. O dr. Sarton entendia, mas ele está morto... e não entendia tão bem quanto eu. A teoria básica é *minha*.

— Ela pode ter sido sua no início, mas com certeza o senhor não pode esperar manter propriedade exclusiva sobre ela. Ninguém aprendeu a teoria?

Fastolfe chacoalhou a cabeça com firmeza.

— Ninguém. Eu não ensinei a ninguém e duvido que qualquer outro roboticista vivo tenha desenvolvido a teoria por conta própria.

— Será que não haveria um jovem brilhante — perguntou Baley com uma ponta de irritação —, recém-saído da universidade, que seja mais inteligente do que se percebe até agora, que...

— *Não*, sr. Baley, não. Eu teria conhecido esse jovem. Ele teria passado pelos meus laboratórios. Teria trabalhado comigo. De momento, não existe um jovem assim. Algum dia haverá um, talvez muitos. No momento, *nenhum*!

— Se o senhor morrer, então, a nova ciência morre com o senhor?

— Eu tenho apenas 165 anos de idade. Em anos métricos, claro; então são apenas 124 anos terráqueos, mais ou menos. Ainda sou bastante jovem para os padrões auroreanos e não há nenhum motivo médico para que minha vida deva ser considerada sequer na metade. Não é muito raro chegar aos 400 anos... anos métricos. Ainda há muito tempo para ensinar.

Eles haviam terminado de comer, mas nenhum dos homens fez qualquer movimento para deixar a mesa. Tampouco um dos robôs se aproximou para limpá-la. Era como se estivessem paralisados pela intensidade do fluxo da conversa.

Baley estreitou os olhos.

— Dr. Fastolfe, há dois anos estive em Solaria — disse ele. — Lá fiquei com a clara impressão de que os solarianos eram, de uma forma geral, os roboticistas mais qualificados de todos os mundos.

— De uma forma geral, é provável que seja verdade.

— E nenhum deles poderia ter cometido aquele ato?
— Nenhum, sr. Baley. A habilidade deles se refere a robôs que, na melhor das hipóteses, não são mais avançados do que o meu pobre e confiável Giskard. Os solarianos não sabem nada sobre a construção de robôs humaniformes.
— Como o senhor pode ter certeza disso?
— Já que esteve em Solaria, sr. Baley, o senhor sabe muito bem que os solarianos só conseguem chegar perto uns dos outros com muita dificuldade, que eles interagem através de imagens tridimensionais... exceto quando o contato sexual é absolutamente necessário. O senhor acha que algum deles sonharia em projetar um robô de aparência tão humana que pudesse ativar suas neuroses? Tendo robôs tão parecidos com seres humanos, eles evitariam tanto a possibilidade de se aproximar que não poderiam fazer bom uso deles.
— Será que um solariano aqui ou ali não poderia mostrar uma tolerância surpreendente quanto ao corpo humano? Como o senhor pode ter certeza?
— Mesmo que um solariano pudesse fazê-lo, coisa que eu não nego, não há ninguém de Solaria em Aurora este ano.
— Ninguém?
— Ninguém! Eles não gostam de ser forçados a ter contato pessoal, mesmo com auroreanos, e, exceto por conta dos negócios mais urgentes, nenhum virá aqui... ou irá a qualquer outro mundo. Mesmo no caso de um negócio urgente, eles não se aproximarão mais do que da órbita, e desse ponto negociarão conosco por meio de comunicação eletrônica.
— Nesse caso, se o senhor é, real e literalmente, a única pessoa em todos os mundos que poderia ter feito aquilo, o senhor *matou* Jander? — perguntou Baley.
— Não posso acreditar que Daneel não lhe contou que eu neguei o fato — respondeu Fastolfe.
— Ele me contou, mas eu quero ouvir isso *do senhor*.

Fastolfe cruzou os braços e franziu as sobrancelhas.
— Então eu vou lhe dizer. Eu *não* fiz aquilo – disse ele entredentes.

Baley chacoalhou a cabeça.
— Imagino que o senhor acredita nessa afirmação.
— Eu acredito. E com toda a sinceridade. Estou dizendo a verdade. Eu *não* matei Jander.
— Mas, se o senhor não fez isso, e se ninguém mais poderia ter feito, então... mas espere. Talvez eu esteja fazendo uma suposição injustificada. Jander está mesmo morto ou eu fui trazido aqui sob falso pretexto?
— O robô foi mesmo destruído. Será possível mostrá-lo ao senhor, se a Legislatura não impedir meu acesso a ele antes de o dia terminar... coisa que, acho, eles não vão fazer.
— Nesse caso, se o senhor não fez isso, e se ninguém poderia ter feito, e se o robô está mesmo morto... quem cometeu o crime?

Fastolfe deu um suspiro.
— Tenho certeza de que Daneel lhe contou o que afirmei na investigação... mas o senhor quer ouvir da minha boca.
— Isso mesmo, dr. Fastolfe.
— Pois bem, *ninguém* cometeu o crime. Foi um evento espontâneo no fluxo positrônico ao longo das vias cerebrais que desencadeou a paralisação mental em Jander.
— É provável que isso tenha acontecido?
— Não, não é. É extremamente improvável... mas, se eu não sou o responsável, então é a única coisa que poderia ter acontecido.
— Não seria possível argumentar que há uma chance maior de o senhor estar mentindo do que de uma paralisação mental ter ocorrido?
— Muitos *argumentam* que sim. Mas eu sei que *não* cometi o crime, então o evento espontâneo é a única possibilidade que resta.
— E o senhor fez com que me trouxessem até aqui para mostrar...para *provar* que o evento espontâneo aconteceu de fato?

— Sim.
— Mas como é que se pode provar um evento espontâneo? Ao que me parece, só provando que ele ocorreu é que eu consigo salvar o senhor, a Terra e a mim mesmo.
— Em ordem crescente de importância, sr. Baley?
Baley parecia irritado.
— Bom, nesse caso, o senhor, eu e a Terra.
— Acho que, depois de muito pensar, cheguei à conclusão de que não há meio de se obter tal prova — disse Fastolfe.

17

Baley olhou para Fastolfe, horrorizado.
— Não há meio?
— Não há meio. Nenhum. — E então, em um momento de aparente abstração, ele pegou o porta-tempero e disse: — Sabe, estou curioso para ver se ainda consigo fazer a tripla genuflexão.
Ele jogou o porta-tempero para o alto com um movimento calculado do pulso. O objeto girou no ar e, quando desceu, Fastolfe aparou a ponta estreita com a lateral da palma da mão direita (o polegar para baixo). O porta-tempero subiu um pouco, oscilou e foi pego com a lateral da palma da mão esquerda; subiu de novo, no sentido contrário, e foi pego com a lateral da palma direita e depois, de novo, com a da palma esquerda. Depois dessa terceira genuflexão, o objeto foi levantado com força suficiente para dar um novo giro no ar. Fastolfe o aparou no pulso direito, tendo a mão esquerda por perto com a palma virada para cima. Assim que o porta-tempero foi detido, Fastolfe mostrou a mão esquerda, na qual havia uma fina pitada de sal.. E disse:
— É uma exibição infantil para a mente científica, e o esforço é totalmente desproporcional à finalidade, que é, claro, uma pitada de sal, mas o bom anfitrião auroreano sente orgulho de poder

fazer uma exibição. Há pessoas habilidosas que conseguem manter o porta-tempero no ar por um minuto e meio, movimentando as mãos quase mais do que o olho consegue acompanhar.

Fastolfe acrescentou ainda, pensativo:

— É claro que Daneel consegue realizar esses malabarismos com muito mais habilidade e rapidez do que qualquer ser humano. Eu testei esse tipo de capacidade nele para verificar o funcionamento de suas vias positrônicas, mas seria muito errado fazê-lo mostrar esse talento em público. Isso humilharia de forma desnecessária os temperistas humanos (como são chamados popularmente, entende, embora você não vá encontrar o termo nos dicionários).

Baley resmungou.

Fastolfe deu um suspiro.

— Mas devemos voltar aos negócios.

— O senhor me buscou a vários parsecs de distância com esse propósito.

— De fato, eu busquei. Continuemos!

— Havia algum motivo para essa exibição sua, dr. Fastolfe? — perguntou Baley.

— Bem, parece que chegamos a um impasse — respondeu Fastolfe. — Eu o trouxe aqui para fazer algo que não pode ser feito. A expressão do seu rosto foi bastante eloquente e, para dizer a verdade, eu tampouco me sentia otimista. Pareceu-me, portanto, que dar um tempo para respirar podia nos ser útil. E agora... vamos continuar.

— Com a tarefa impossível?

— Por que seria impossível para o senhor, sr. Baley? Sua reputação é a de alguém que consegue o impossível.

— O drama em hiperonda? O senhor acredita naquela distorção ridícula do que aconteceu em Solária?

— Não tenho nenhuma outra esperança — respondeu Fastolfe, abrindo os braços.

— E eu não tenho escolha — disse Baley. — Devo continuar tentando; não posso voltar para a Terra fracassado. Deixaram isso bem claro. Diga-me, dr. Fastolfe, como poderiam ter matado Jander? Que tipo de manipulação mental teria sido necessária?

— Sr. Baley, não sei como poderia explicar isso, mesmo para outro roboticista (coisa que o senhor certamente não é), e mesmo que eu estivesse pronto para publicar a minha teoria (o que certamente não estou). Entretanto, deixe-me ver se consigo explicar alguma coisa. O senhor sabe, claro, que os robôs foram inventados na Terra.

— Trata-se muito pouco de robótica na Terra...

— O forte preconceito contra robôs existente na Terra é bem conhecido nos Mundos Siderais.

— Mas a origem terráquea dos robôs é clara para qualquer pessoa na Terra que pense sobre o assunto. Sabe-se muito bem que a viagem hiperespacial foi desenvolvida com a ajuda de robôs, e uma vez que os Mundos Siderais não poderiam ter sido colonizados sem a viagem hiperespacial, sabe-se, consequentemente, que existiam robôs antes que a colonização acontecesse e enquanto a Terra ainda era o único planeta habitado. Portanto, os robôs foram inventados na Terra por terráqueos.

— E, no entanto, a Terra não sente orgulho disso, não é?

— Não discutimos esse assunto — respondeu Baley de maneira sucinta.

— E os terráqueos não sabem nada sobre Susan Calvin?

— Eu encontrei o nome dela em alguns livros antigos. Ela estava entre os pioneiros da robótica.

— Isso é tudo o que o senhor sabe sobre ela?

Baley fez um gesto de pouco-caso e respondeu:

— Imagino que eu poderia descobrir mais se procurasse nos arquivos, mas não tive oportunidade de fazer isso.

— Que estranho! — comentou Fastolfe. — Ela é uma semideusa para todos os Siderais, a tal ponto que, imagino, poucos Siderais entre os não roboticistas pensem nela como uma terráquea. Pareceria uma profanação. Eles se recusariam a acreditar se lhes fosse dito que ela morreu depois de ter vivido pouco mais de 100 anos métricos. E, no entanto, o senhor a conhece apenas como uma pioneira.

— Ela tem algo a ver com tudo isso, dr. Fastolfe?

— Não diretamente, mas, de certa forma, sim. O senhor deve entender que inúmeras lendas cercam o nome dela. Sem dúvida, a maioria das histórias é falsa, mas estão ligadas a ela mesmo assim. Uma das lendas mais famosas, e uma das mais improváveis, refere-se a um robô fabricado naquele tempo primitivo que, por meio de algum acidente nas linhas de produção, desenvolveu habilidades telepáticas...

— O quê?

— Uma lenda! Eu lhe disse que era uma lenda... e que, sem dúvida, era falsa. Veja bem, existe alguma razão teórica para supor que isso seria possível, embora ninguém tenha apresentado um projeto plausível que pudesse sequer começar a incorporar tal habilidade. Que isso pudesse ter aparecido em cérebros positrônico simples e rudimentares como os da era pré-hiperespacial é totalmente impensável. É por isso que temos certeza de que essa história em particular é invenção. Mas, em todo caso, deixe-me continuar, pois a lenda tem uma moral.

— Claro, continue.

— O robô, de acordo com a história, podia ler mentes. E quando lhe faziam perguntas, ele lia a mente do inquiridor e respondia o que essa pessoa queria ouvir. A Primeira Lei da Robótica afirma, de modo bastante claro, que um robô não pode ferir um ser humano ou, por inação, permitir que um ser humano venha a ser ferido, mas, para os robôs, isso significa, em geral, um dano físico. Um robô que pode ler mentes, no entanto, com certeza decidiria que decepção, raiva ou qualquer emoção violenta deixaria infeliz o ser humano que as sentisse, e o robô interpretaria a estimulação de tais emoções como "dano". Então, se um robô telepata soubesse que a verdade poderia decepcionar ou enraivecer um inquiridor, ou fazê-lo sentir inveja ou tristeza, ele contaria uma mentira agradável.

— Sim, claro.

— Então o robô mentiu para a própria Susan Calvin. As mentiras não podiam continuar por muito mais tempo, pois pessoas diferentes ouviram coisas diferentes que não apenas eram inconsistentes entre si, mas não eram fundamentadas na crescente evidência da realidade, sabe? Susan Calvin descobriu que ele mentira para ela e percebeu que aquelas mentiras tinham-na colocado em uma situação consideravelmente embaraçosa. Aquilo que a teria decepcionado um pouco no início representava, agora, devido a falsas esperanças, uma decepção insuportável... O senhor nunca ouviu a história?

— Eu lhe dou minha palavra.

— Espantoso! No entanto, ela com certeza não foi inventada em Aurora, pois é igualmente conhecida em todos os mundos. De qualquer modo, Calvin se vingou. Ela mostrou ao robô que, quer ele contasse a verdade ou uma mentira, ele feriria seu interlocutor da mesma forma. Ele não conseguiria obedecer à Primeira Lei qualquer que fosse a atitude que tomasse. O robô, ao entender isso, foi forçado a se refugiar em uma paralisação total. Se preferir uma descrição mais expressiva, suas vias positrônicas queimaram. Seu cérebro foi irremediavelmente destruído. A lenda também diz que a última palavra de Calvin para o robô destruído foi "mentiroso!".

— E presumo que algo assim aconteceu com Jander Panell — disse Baley. — Ele foi confrontado com uma contradição e seu cérebro queimou?

— É o que *parece* ter acontecido, embora isso não seja tão fácil de ocasionar como teria sido na época de Susan Calvin. Talvez por conta da lenda, os roboticistas sempre tomaram cuidado para dificultar ao máximo o surgimento de contradições. Conforme a teoria dos cérebros positrônicos se tornava mais refinada, e a concepção do cérebro positrônico, ainda mais intricada, sistemas cada vez mais bem-sucedidos foram inventados para que as situações que pudessem surgir se enquadrassem na não igualdade, de modo que qualquer atitude que fosse tomada fosse sempre interpretada como obediência à Primeira Lei.

– Bem, então não se pode queimar o cérebro de um robô. É isso o que o senhor está dizendo? Porque, se for, o que aconteceu com Jander?

– *Não* é o que eu estou dizendo. Os sistemas cada vez mais bem-sucedidos de que eu falo nunca são *totalmente* bem-sucedidos. Não podem ser. Não importa quão refinado e intricado um cérebro seja, sempre há alguma maneira de estabelecer uma contradição. Essa é uma verdade fundamental da matemática. Continuará sendo impossível, até o fim dos tempos, produzir um cérebro tão refinado e intricado a ponto de reduzir a chance de contradição a zero. Nunca se chegará a zero. Entretanto, criaram-se sistemas tão próximos de zero, que ocasionar uma paralisação mental por meio de uma contradição adequada exigiria um profundo conhecimento do cérebro positrônico em questão... e *isso* exigiria um teórico inteligente.

– Como o senhor, dr. Fastolfe?

– Como eu. No caso dos robôs humaniformes, *só* eu.

– Ou ninguém mais – disse Baley em um tom bem irônico.

– Ou ninguém mais. Exatamente – disse Fastolfe, ignorando a ironia. – Os robôs humaniformes têm cérebro... e corpo, devo acrescentar... construídos em uma imitação intencional do corpo humano. Os cérebros positrônicos são extraordinariamente delicados e apresentam um pouco da fragilidade do cérebro humano, como era de se esperar. Do mesmo modo que um ser humano pode ter um derrame por conta de um evento fortuito dentro do cérebro e sem a intervenção de qualquer ação externa, um cérebro humaniforme também poderia, por obra do acaso... pelo movimento ocasional e incerto dos pósitrons... entrar em estado de paralisação mental.

– O senhor pode provar isso, dr. Fastolfe?

— Posso demonstrar matematicamente, mas, daqueles que conseguiriam entender os cálculos, nem todos concordariam que o raciocínio é válido. Ele envolve certas suposições minhas que não se encaixam no modo de pensar mais aceito em robótica.

— E qual é a probabilidade de uma paralisação mental espontânea?

— Considerando um número grande de robôs humaniformes, digamos cem mil, haveria uma chance, em igual proporção, de que um deles pudesse passar por uma paralisação mental espontânea ao longo de um tempo médio de vida auroreana. E, no entanto, poderia acontecer muito antes, como aconteceu com Jander, embora, nesse caso, a probabilidade fosse mínima.

— Mas veja bem, dr. Fastolfe, mesmo que o senhor fosse provar de forma conclusiva que uma paralisação mental espontânea *poderia* ocorrer nos robôs em geral, isso não seria o mesmo que provar que algo assim aconteceu particularmente com Jander naquele momento em particular.

— Não — admitiu Fastolfe —, o senhor está certo.

— O senhor, o maior especialista em robótica, não pode provar isso no caso específico de Jander.

— O senhor está certo outra vez.

— Então o que o senhor espera que eu faça, quando não sei nada sobre robótica?

— Não é necessário *provar* nada. Com certeza, seria suficiente apresentar uma sugestão engenhosa que tornasse a paralisação mental espontânea plausível para o público em geral.

— Como, por exemplo...

— Eu não sei.

— Tem certeza de que não sabe, dr. Fastolfe? — perguntou Baley em um tom áspero.

— O que quer dizer? Acabei de dizer que não sei.

— Deixe-me chamar a atenção para uma coisa. Suponho que os auroreanos em geral saibam que eu vim para o planeta com o propósito de lidar com esse problema. Seria difícil conseguir me trazer aqui em segredo, considerando que sou terráqueo e aqui é Aurora.

— Sim, com certeza, e eu não tentei fazer isso. Consultei o presidente da Legislatura e o convenci a me autorizar a trazê-lo para cá. Foi desse modo que consegui que o julgamento fosse adiado. O senhor terá uma chance de resolver o mistério antes de eu ser julgado. Duvido que eles vão adiar por muito tempo.

— Eu repito, então: os auroreanos em geral sabem que estou aqui e imagino que sabem exatamente por que estou aqui, que eu devo resolver o enigma da morte de Jander.

— Claro. Que outra razão poderia haver?

— E a partir do momento que embarquei na nave que me trouxe até aqui, o senhor me manteve sob guarda constante e cerrada por conta do risco de que seus inimigos pudessem tentar me eliminar, achando eles que eu fosse algum tipo de prodígio que pudesse resolver o enigma de tal modo a colocá-lo do lado vitorioso, ainda que contra todas as probabilidades.

— Sim, acho que isso é possível.

— E suponha que alguém que não quer ver o enigma solucionado nem o senhor, dr. Fastolfe, absolvido, conseguisse me matar, de fato. Isso não colocaria a opinião pública a seu favor? Será que as pessoas não concluiriam que, na verdade, seus inimigos o consideravam inocente, caso contrário não temeriam tanto a investigação a ponto de quererem me matar?

— É uma linha de raciocínio um tanto complicada, sr. Baley. Suponho que, se explorada de forma apropriada, a sua morte poderia ser usada com esse propósito, mas isso não vai acontecer. O senhor está sob proteção e não será morto.

— Mas *por que* me proteger, dr. Fastolfe? Por que não deixar que eles me matem e usar a minha morte para vencer?

— Porque eu prefiro que o senhor continue vivo e que consiga realmente provar minha inocência.

— Mas com certeza o senhor sabe que eu *não posso* provar a sua inocência — disse Baley.

— Talvez possa. O senhor tem todo o incentivo para isso. O bem-estar da Terra depende de seu êxito e, segundo o senhor me disse, sua carreira também.

— De que serve o incentivo? Se o senhor me mandasse voar batendo os braços e me dissesse que, se eu falhasse, eu seria prontamente morto por meio de uma lenta tortura e que a Terra seria destruída, junto com toda a sua população, eu teria um incentivo enorme para bater as asas e voar... e, no entanto, ainda seria incapaz de fazê-lo.

— Sei que as chances são pequenas — disse Fastolfe em tom de preocupação.

— O senhor sabe que elas não existem — retrucou Baley com violência — e que apenas a minha morte pode salvá-lo.

— Então não vou ser salvo, pois estou zelando para que meus inimigos não se aproximem do senhor.

— Mas *o senhor* pode se aproximar de mim.

— O quê?

— Passou-me pela cabeça, dr. Fastolfe, que o senhor mesmo poderia me matar fazendo parecer que seus inimigos tivessem cometido tal ato; que o senhor usaria, então, minha morte contra eles... e que é por isso que o senhor me trouxe para Aurora.

Por um instante, Fastolfe olhou para Baley com uma espécie de expressão de surpresa moderada e depois, em um excesso de ira tanto repentino quanto extremo, ele enrubesceu e contorceu o rosto, soltando um rosnado. Pegou o porta-tempero da mesa, levantou-o e desceu o braço para atirá-lo em Baley.

E Baley, totalmente pego de surpresa, mal conseguiu se agachar contra a cadeira.

5   DANEEL E GISKARD

18

Se Fastolfe agira com rapidez, Daneel reagira ainda mais rápido.

Para Baley, que tinha quase se esquecido da existência do parceiro, pareceu uma vaga investida, um som confuso, e então Daneel estava ao lado de Fastolfe, segurando o porta-tempero e dizendo:

— Espero, dr. Fastolfe, não tê-lo machucado de forma alguma.

Baley percebeu, de um modo meio atordoado, que Giskard não estava longe de Fastolfe, do outro lado, e que todos os quatro robôs que aguardavam na parede do fundo avançaram quase que até a mesa da sala de jantar.

Um pouco ofegante e com o cabelo bem desgrenhado, Fastolfe disse:

— Não, Daneel. Na verdade, você fez muito bem. — Ele ergueu a voz. — Todos vocês fizeram bem, mas, lembrem-se, não devem permitir que nada retarde seu passo, nem mesmo o fato de eu estar envolvido.

Ele deu uma leve risada e sentou-se outra vez, ajeitando o cabelo com a mão.

— Desculpe-me por tê-lo assustado, sr. Baley, mas achei que a demonstração poderia ser mais convincente do que qualquer palavra que eu dissesse — disse ele.

Baley, cujo ato de se encolher fora puramente uma questão de reflexo, afrouxou o colarinho e disse, com um toque de rouquidão na voz:

— Acho que eu esperava por palavras, mas concordo que a demonstração foi convincente. Fiquei contente que Daneel estivesse perto o bastante para desarmá-lo.

— Todos eles estavam perto o bastante para me desarmar, mas Daneel era o mais próximo e me alcançou primeiro. Ele chegou até mim rápido o suficiente para agir com gentileza. Se ele estivesse mais longe, talvez precisasse torcer o meu braço ou até me derrubar.

— Ele teria chegado a tanto?

— Sr. Baley, eu dei instruções para que o senhor fosse protegido e eu *sei* dar instruções — disse Fastolfe. — Eles não teriam hesitado em salvá-lo, mesmo se a alternativa fosse me machucar. Claro que eles teriam se esforçado para causar o mínimo dano, como fez Daneel. A única coisa que ele prejudicou foi a minha dignidade e o alinho do meu cabelo. E meus dedos estão formigando um pouco. — Fastolfe os esticava com pesar.

Baley respirou fundo, tentando se recuperar daquele curto período de confusão.

— Daneel não teria me protegido mesmo que o senhor não tivesse dado essa instrução específica? — perguntou ele.

— Sem dúvida. Ele teria que fazê-lo. Entretanto, o senhor não deve pensar que a reação robótica é um simples sim ou não, para cima ou para baixo, dentro ou fora. É um erro que os leigos costumam cometer. Há a questão da velocidade da reação. Minhas instruções com relação ao senhor foram expressas de tal modo que o potencial estabelecido nos robôs da minha residência, inclusive em Daneel, seja excepcionalmente alto; na verdade, tão alto quanto eu consigo torná-lo. Portanto, a reação a algo que o coloca em perigo claro e imediato é extraordinariamente rápida.

Eu sabia que seria e foi por essa razão que pude atacá-lo com tanta rapidez, sabendo que eu poderia fazer uma demonstração *muito* convincente de minha incapacidade de feri-lo.

– Sim, mas eu não o agradeço de todo por isso.

– Ah, eu tinha total confiança em meus robôs, especialmente em Daneel. No entanto, ocorreu-me, um pouco tarde demais, que, se eu não tivesse soltado o porta-tempero de imediato, ele poderia, contra a sua vontade (ou ao equivalente robótico de vontade), ter quebrado meu pulso.

– Ocorreu-me que o senhor correu um risco tolo – comentou Baley.

– Isso me ocorreu também... depois do acontecido. Se o senhor tivesse se preparado para atirar o porta-tempero em mim, Daneel teria barrado seu movimento de pronto, mas não exatamente com a mesma velocidade, pois ele não recebeu nenhuma instrução especial quanto à minha segurança. Posso acreditar que ele teria sido rápido o bastante para me salvar, mas não tenho certeza... e eu preferiria não colocar essa questão à prova. – Fastolfe sorriu com bom humor.

– E se um explosivo fosse lançado de um veículo aéreo e atingisse a casa? – perguntou Baley.

– Ou se um raio gama fosse disparado em nós a partir do topo de uma das colinas próximas? Meus robôs não representam uma proteção infinita, mas atentados terroristas radicais desse tipo são extremamente improváveis aqui em Aurora. Sugiro que não nos preocupemos com eles.

– Não quero me preocupar com eles. Na verdade, eu não suspeitava seriamente que o senhor representasse um perigo para mim, dr. Fastolfe, mas precisava eliminar por completo essa possibilidade se eu fosse continuar com isso. Podemos prosseguir agora.

— Sim, podemos — disse Fastolfe. — Apesar dessa distração adicional e muito dramática, nós ainda temos o problema de provar que a paralisação mental de Jander foi espontânea.

Mas Baley percebera a presença de Daneel, voltou-se para ele naquele momento e disse, preocupado:

— Daneel, é doloroso para você que tratemos desse assunto?

Daneel, que colocara o porta-tempero em uma das mesas vazias mais distantes, disse:

— Parceiro Elijah, eu preferiria que o amigo Jander ainda estivesse funcionando, mas, já que ele não está e que não é possível restaurar seu funcionamento adequado, o melhor a ser feito é tomar medidas para evitar incidentes semelhantes no futuro. Como a conversa agora tem em vista esse propósito, ela me agrada em vez de me causar dor.

— Pois bem, só para resolver outra questão, Daneel, *você* acredita que o dr. Fastolfe seja responsável pela morte do seu companheiro robô, Jander? O senhor me permite fazer essa pergunta, dr. Fastolfe?

Fastolfe fez um gesto de aprovação e Daneel disse:

— O dr. Fastolfe afirmou que não foi o responsável, então, evidentemente, ele não foi.

— Você não tem dúvida quanto a isso, Daneel?

— Nenhuma, parceiro Elijah.

Fastolfe parecia estar achando graça.

— O senhor está interrogando um robô, sr. Baley.

— Sei disso, mas não consigo pensar em Daneel como robô, e então fiz a pergunta.

— As respostas dele não teriam validade perante qualquer Junta de Investigação. Seus potenciais positrônicos o obrigam a acreditar em mim.

— Eu não participo de uma Junta de Investigação, dr. Fastolfe, e estou limpando o caminho. Deixe-me voltar para onde estava. Ou o senhor queimou o cérebro de Jander ou foi uma circunstância aleatória. O senhor me assegura que eu não posso provar que foi uma circunstância aleatória, e isso me deixa apenas a tarefa de refutar qualquer ação de sua parte. Em outras palavras, se eu puder mostrar que é *impossível* o senhor ter matado Jander, a circunstância aleatória é a única alternativa que resta.

— E como o senhor vai fazer isso?

— É uma questão de meios, oportunidade e motivo. O senhor tinha os meios para matar Jander: a habilidade teórica para manipulá-lo de tal modo que terminasse em um estado de paralisação mental. Mas o senhor teve a oportunidade? Ele era seu robô, no sentido de que o senhor projetou as vias do cérebro dele e supervisionou sua construção, mas ele estava, de fato, em sua posse no momento da paralisação mental?

— Na verdade, não. Ele estava em posse de outra pessoa.

— Por quanto tempo?

— Em torno de oito meses... ou pouco mais da metade de um dos seus anos.

— Ah. É um fato interessante. O senhor estava com ele, ou perto dele, no momento de sua destruição? O senhor poderia ter se aproximado dele? Em suma, podemos provar o fato de que o senhor estava tão longe, ou tão afastado dele, que não seria sensato supor que o senhor pudesse ter feito tal coisa no momento em que se presume que ela ocorreu?

— Acho que isso é impossível — disse Fastolfe. — Há um intervalo bastante grande durante o qual o ato poderia ter sido cometido. Não existem mudanças robóticas após a destruição que sejam equivalentes ao *rigor mortis* ou à decomposição em um ser humano. Só podemos dizer que, em dado momento, sabia-se que Jander estava funcionando e, em outro momento, sabia-se que ele não estava funcionando. Entre os dois houve um intervalo de umas oito horas. Para esse período, eu não tenho álibi.

— Nenhum? O que o senhor estava fazendo durante esse tempo, dr. Fastolfe?

— Eu estava aqui, em minha residência.
— Talvez seus robôs tivessem notado que o senhor estava aqui e pudessem testemunhar.
— Com certeza eles notaram, mas não podem testemunhar no sentido jurídico, e naquele dia Fanya estava cuidando dos próprios negócios.
— A propósito, Fanya tem conhecimento de robótica?

Fastolfe se permitiu dar um sorriso forçado.

— Ela sabe menos que o senhor. Além do quê, nada disso importa.

— Por que não?

A paciência de Fastolfe estava chegando ao limite.

— Meu caro sr. Baley, esse não foi um caso de agressão física que envolvia proximidade, como meu recente pretenso ataque contra o senhor. O que aconteceu com Jander não requeria presença física. Na realidade, embora não se encontrasse em minha residência, Jander não estava distante geograficamente, mas isso não teria importância nem mesmo se ele estivesse do outro lado de Aurora. Eu sempre poderia entrar em contato com ele por meios eletrônicos e poderia, a partir de minhas ordens e das reações que eu pudesse obter, causar-lhe uma paralisação mental. O passo crucial não exigiria muito em termos de tempo, necessariamente...

— É um processo rápido, então? Um processo que alguém poderia conduzir por acaso, enquanto pretendesse fazer alguma coisa perfeitamente rotineira? — perguntou Baley de pronto.

— Não! — respondeu Fastolfe. — Pelo amor de Aurora, terráqueo, deixe-me falar. Eu já lhe disse que não é esse o caso. Causar uma paralisação mental em Jander envolveria um processo longo, complicado e tortuoso, exigindo grande conhecimento e inteligência, e não poderia ser feito acidentalmente por *ninguém* sem que fosse uma coincidência incrível e de longa duração. Haveria uma chance muito menor de um avanço acidental por esse caminho complexo ao extremo do que por uma paralisação mental espontânea, se meu raciocínio matemático fosse simplesmente aceito. Entretanto, se *eu* quisesse causar uma paralisação mental – continuou Fastolfe –, eu poderia produzir mudanças e reações com cautela, pouco a pouco, durante semanas, meses, e mesmo anos, até trazer Jander ao ponto exato de destruição. E em nenhum momento desse processo ele mostraria qualquer sinal de estar à beira da catástrofe, do mesmo modo como o senhor poderia chegar cada vez mais perto de um precipício no escuro e, no entanto, não sentir nenhuma perda de firmeza ao pisar o chão, mesmo ao chegar bem na beirada. Porém, uma vez tendo-o trazido à beirada, à borda do precipício, um simples comentário meu o faria cair. É este último passo que não demoraria mais que um instante. Entende?

Baley apertou os lábios. Não serviria de nada tentar disfarçar seu desapontamento.

– Em suma, então, o senhor teve a oportunidade.

– *Qualquer um* teria tido a oportunidade. Qualquer um em Aurora, contanto que tivesse a habilidade necessária.

– E o senhor é o único que tem a habilidade necessária.

– Acho que sim.

– O que nos leva ao motivo, dr. Fastolfe.

– Ah.

– E é aí que nós poderíamos conseguir um bom argumento de defesa. Esses robôs humaniformes são seus. São baseados em sua teoria e o senhor esteve envolvido em cada passo de sua construção, mesmo que o dr. Sarton tenha supervisionado esse trabalho. Eles existem por sua causa e *somente* por isso. O senhor falou sobre Daneel como o "primogênito". Eles são suas criações, seus filhos, seu presente para a humanidade, seu passe para a imortalidade. – Baley sentiu que estava ficando eloquente e, por um instante, imaginou que se dirigia a uma Junta de Investigação. – Pela Terra, ou melhor, por Aurora... por Aurora, que motivos o senhor teria para arruinar sua obra? Por que destruiria uma vida que produziu por um milagre do trabalho mental? Fastolfe parecia se divertir, embora estivesse com um ar triste.

— Bem, sr. Baley, o senhor não sabe nada sobre isso. Como pode saber que minha teoria é o resultado de um milagre do trabalho mental? Poderia ter sido uma continuação tediosa de uma equação que qualquer um poderia ter obtido, mas que ninguém havia se incomodado em fazer antes de mim.

— Acho que não — disse Baley, fazendo um esforço para se acalmar. — Se ninguém, além do senhor, consegue entender o cérebro humaniforme bem o bastante para destruí-lo, então é provável que ninguém, além do senhor, consiga entendê-lo bem o bastante para criá-lo. O senhor poderia negar isso?

Fastolfe chacoalhou a cabeça.

— Não, não vou negar isso. E, no entanto, sr. Baley — a expressão de seu rosto ficou mais sombria do que estivera desde que se encontraram —, sua cuidadosa análise só está conseguindo deixar as coisas bem piores para mim. Já decidimos que sou o único com os meios e a oportunidade. Na realidade, eu também tinha um motivo, o melhor motivo do mundo, e meus inimigos sabem disso. Então, pela Terra, para citá-lo... ou por Aurora, ou por qualquer outro lugar... como vamos provar que eu não cometi o crime?

19

O rosto de Baley se contorceu, franzindo furiosamente as sobrancelhas. Ele se afastou, apressado, em direção ao canto da sala, como se buscasse um espaço fechado. Então se virou de repente e disse, de forma brusca:

— Dr. Fastolfe, parece-me que o senhor está sentindo algum tipo de satisfação em me frustrar.

Fastolfe encolheu os ombros.

– Satisfação nenhuma. Eu estou apenas lhe apresentando o problema como ele é. O pobre Jander teve uma morte robótica por conta da pura incerteza do fluxo positrônico. Como eu sei que não tive nada a ver com isso, sei que é assim que deve ter sido. Contudo, ninguém mais pode ter certeza de que sou inocente, e todas as evidências indiretas apontam para mim... e isso deve ser encarado de forma direta ao decidir o que fazer, se é que vamos fazer algo.

– Pois bem, vamos investigar seu motivo – disse Baley. – O que lhe parece um poderoso motivo pode não ser tão forte assim.

– Duvido. Não sou tolo, sr. Baley.

– Talvez o senhor também não saiba avaliar a si mesmo e os seus motivos. As pessoas costumam não saber. O senhor pode estar dramatizando por alguma razão.

– Acho que não.

– Então me diga qual é o seu motivo. Qual é? Diga-me!

– Não tão rápido, sr. Baley. Não é fácil explicar. O senhor poderia ir lá fora comigo?

Baley deu uma olhada rápida em direção à janela.

– Lá fora?

O sol estava mais baixo no céu e a sala recebia mais luz solar por conta disso. Ele hesitou e depois disse em um tom mais alto do que o necessário:

– Sim, eu vou.

– Excelente – disse Fastolfe. E então acrescentou, em um tom de amabilidade: – Mas talvez o senhor queira visitar o Privativo primeiro.

Baley pensou por um instante. Ele não sentia nenhuma urgência imediata, mas não sabia o que o aguardava na Área Externa, por quanto tempo esperava-se que ele ficasse lá, que instalações haveria ou não no lugar. Sobretudo, ele não conhecia os costumes auroreanos a esse respeito e não conseguia se lembrar de nada dos livro-filmes consultados na nave que servisse para esclarecê-lo sobre o assunto. Seria mais seguro, talvez, concordar com o que quer que o anfitrião sugerisse.

— Obrigado — disse ele —, é conveniente que eu vá.

Fastolfe aquiesceu.

— Daneel — disse ele —, mostre o Privativo dos Visitantes para o sr. Baley.

— Parceiro Elijah, queira vir comigo — disse Daneel.

— Sinto muito, Daneel, que você não tenha participado da conversa entre mim e o dr. Fastolfe — disse Baley quando eles entraram juntos no cômodo seguinte.

— Não teria sido apropriado, parceiro Elijah. Quando você me fez uma pergunta direta, eu respondi, mas não fui convidado a participar inteiramente.

— Eu teria feito o convite, Daneel, se não me sentisse tolhido pela minha posição de convidado. Pensei que seria errado tomar a iniciativa a esse respeito.

— Eu entendo. Este é o Privativo dos Visitantes, parceiro Elijah. Se ele estiver desocupado, a porta se abrirá quando sua mão tocar em qualquer parte dela.

Baley não entrou. Ele parou, pensativo, e depois disse:

— Se você *tivesse* sido convidado a falar, Daneel, teria dito alguma coisa? Algum comentário que desejaria ter feito? Eu apreciaria ter a sua opinião, meu amigo.

— Um comentário que eu gostaria de fazer é sobre a afirmação do dr. Fastolfe de que ele tinha um excelente motivo para interromper o funcionamento de Jander; foi algo inesperado para mim — disse Daneel em seu habitual tom de voz sério. — Entretanto, qualquer que seja o motivo que ele afirme ter, você poderia perguntar por que ele não teria o mesmo motivo para causar uma paralisação mental em mim. Se forem capazes de acreditar que ele teve um motivo para deixar Jander inoperante, por que o mesmo motivo não se aplicaria a mim? Tenho curiosidade em saber.

Baley olhou para Daneel de forma brusca, procurando automaticamente por uma expressão em um rosto que não era dado ao descontrole.

— Você se sente inseguro, Daneel? Você sente que o dr. Fastolfe representa um perigo para você? — perguntou ele.

— Pela Terceira Lei, devo proteger minha própria existência, mas eu não me oporia ao dr. Fastolfe, nem a nenhum outro ser humano, se fosse necessário, na opinião deles, pôr fim à minha existência. Essa é a Segunda Lei. No entanto, eu sei que sou muito valioso, tanto em termos de investimento de recursos e tempo, quanto em termos de importância científica. Portanto, seria necessário me explicar com cuidado as razões para a necessidade de se pôr termo à minha existência. O dr. Fastolfe nunca me disse nada... *Nunca*, parceiro Elijah... ficou parecendo que ele tinha tal coisa em mente. Não acredito que ele tenha em mente, nem de longe, acabar com a minha existência, nem que ele tivesse pensado em acabar com a de Jander. Um fluxo positrônico aleatório deve ter destruído Jander e pode algum dia me destruir. Sempre há um pouco de acaso no Universo — disse Daneel.

— Isso é o que você diz, é o que Fastolfe diz, e eu acredito... — disse Baley —, mas a dificuldade está em persuadir as pessoas em geral a aceitar esse ponto de vista sobre a questão. — Ele se virou melancolicamente para a porta do Privativo e disse: — Você vai entrar comigo, Daneel?

A expressão no rosto de Daneel deu a entender que ele estava achando graça.

— É elogioso, parceiro Elijah, ser confundido com um humano — a esse ponto. Eu não preciso, é claro.

— Claro. Mas você pode entrar mesmo assim.

— Não seria apropriado eu entrar. Não é habitual os robôs entrarem no Privativo. O interior desse cômodo é de uso exclusivamente humano. Além do mais, esse Privativo é para uma pessoa só.

— Para uma pessoa! — Por um instante, Baley ficou chocado. Mas se recuperou. Outros mundos, outros costumes! E ele não se lembrava de esse fato ter sido descrito nos livro-filmes. — Então foi isso o que você quis dizer quando mencionou que a porta se abriria apenas se o Privativo estivesse desocupado — disse ele. — E se estiver ocupado, o que acontecerá?

— A porta *não* se abrirá com um toque pelo lado de fora, claro, e a sua privacidade ficará protegida. Naturalmente, ela abrirá com um toque pelo lado de dentro.

— E se um visitante desmaiasse, tivesse um derrame ou um ataque cardíaco enquanto estivesse lá e não pudesse tocar a porta pelo lado de dentro? Isso não significaria que ninguém poderia entrar para ajudá-lo?

— Há meios emergenciais de se abrir a porta, parceiro Elijah, se for aconselhável. — Depois acrescentou, com uma perturbação evidente: — Você acha que algo do tipo vai acontecer?

— Não, claro que não. Só estou curioso.

— Vou ficar bem diante da porta — disse Daneel, preocupado.

— Se eu ouvi-lo chamar, parceiro Elijah, vou tomar uma atitude.

— Duvido que terá de fazer isso. — Baley tocou a porta de modo casual e de leve, com as costas da mão, e ela se abriu de imediato. Ele esperou um ou dois segundos para ver se ela ia se fechar. Não se fechou. Ele entrou e depois a porta se fechou de pronto.

Enquanto a porta estava aberta, o Privativo parecera um cômodo que cumpria inteiramente seu propósito. Uma pia, uma cabine (presumivelmente equipada com algum dispositivo para banho), uma banheira e, muito provavelmente, uma porta holandesa translúcida com um vaso sanitário atrás dela. Havia vários aparelhos que ele não reconhecia. Baley supôs que se destinavam ao cumprimento dos serviços pessoais de um tipo ou de outro.

O investigador teve poucas chances de estudar qualquer uma das peças, pois, em um instante, tudo desapareceu e ele ficou pensando se o que vira havia de fato estado lá ou se os aparelhos pareceram existir porque eram o que ele esperava ver.

Conforme a porta se fechava, o cômodo ficava mais escuro, pois não havia janela. Quando se fechou por completo, o lugar se iluminou de novo, mas nada do que ele vira reapareceu. Era dia e ele estava na Área Externa... pelo menos era o que parecia.

Acima havia um céu aberto, com nuvens passando por ele de uma maneira regular o suficiente para parecer evidentemente irreal. Por todos os lados havia uma extensão de folhagens que se mexia de forma igualmente repetitiva.

Baley sentiu o familiar frio na barriga que surgia sempre que ele se encontrava na Área Externa... mas ele *não* estava na Área Externa. Ele entrara em um cômodo sem janela. Tinha de ser um truque de iluminação. Ele olhou direto para a frente e fez o pé avançar devagar. Ele estendeu as mãos adiante. Devagar. Olhando intensamente.

Suas mãos tocaram a parede lisa. Ele seguiu a planeza da parede de um lado e de outro. Tocou o que vira tratar-se de uma pia naquele primeiro momento de visão e, guiado pelas mãos, ele conseguiu vê-la agora... de forma bem vaga contra a opressora sensação de luz.

Baley deparou com a torneira, mas dela não saía água; seguiu a curvatura da torneira até o começo e não encontrou nada equivalente aos familiares misturadores que controlam o fluxo da água. Ele descobriu uma faixa oblonga cuja leve aspereza a distinguia da parede ao seu redor. Conforme deslizava o dedo pela faixa, ele foi pressionando-a de leve, de maneira experimental, e de pronto as folhagens, que se estendiam além da superfície ao longo da qual seus dedos lhe diziam que existia uma parede, foram divididas por um riacho de água que caía rapidamente do alto, em jorros ruidosos, em direção aos seus pés.

Baley pulou para trás em uma reação automática, mas a água sumia antes de alcançar seus pés. Ela não parava de fluir, mas não chegava ao chão. Ele estendeu a mão. Não era água, e sim uma ilusão lumínica de água. Ela não molhava sua mão; ele não sentia nada. Mas seus olhos resistiam teimosamente à evidência. Eles viam água.

Ele seguiu o riacho até o alto e acabou chegando a algo que *era* água: um regato menor que saía da torneira. Ela era fria. Seus dedos encontraram a faixa oblonga de novo e fizeram experiências, pressionando aqui e ali. A temperatura mudou rapidamente e Baley encontrou o ponto que deixava a água tépida o suficiente.

Ele não encontrou nenhum sabonete. De modo um tanto relutante, começou a esfregar as mãos, que não estavam ensaboadas, sob algo que parecia uma fonte natural e que deveria estar ensopando-o da cabeça aos pés, mas que não estava. E como se o mecanismo pudesse ler sua mente, ou, o que era mais provável, como se fosse orientado pelo ato de esfregar as mãos, sentiu uma crescente presença de sabonete na água, enquanto a fonte que ele via/não via fazia bolhas e transformava-se em espuma.

Ainda relutante, ele se inclinou em direção à pia e esfregou o rosto com a mesma água com sabão. Ele sentiu os pelos da barba, mas sabia que não era possível transformar o equipamento desse cômodo em um barbeador sem instruções.

Baley terminou e colocou as mãos impensadamente debaixo d'água. Como fizera parar a água com sabão? Ele não teve que perguntar. Presumivelmente, suas mãos, que não estavam mais se esfregando nem esfregando o rosto, controlaram isso. A água perdeu aquela qualidade viscosa de sabonete e suas mãos foram enxaguadas. Ele molhou o rosto (sem esfregar) e a água tampouco tinha sabão. Sem o auxílio da visão e com a inépcia de quem não estava acostumado ao processo, ele conseguira ensopar a camisa.

Toalhas? Papel?

Ele se afastou, com os olhos fechados e colocando a cabeça mais para a frente a fim de evitar que caísse mais água na roupa.

Afastar-se era, aparentemente, a ação essencial, pois ele sentiu o fluxo de uma corrente de ar quente. Baley colocou o rosto na direção da corrente de ar e depois as mãos.

Ele abriu os olhos e percebeu que a fonte não estava mais jorrando. Usou as mãos e se deu conta de que não conseguia sentir água de verdade.

O frio na barriga se transformara em irritação havia muito tempo. Ele reconhecia que os Privativos variavam enormemente de mundo para mundo, mas, de certo modo, essa besteira de simular a Área Externa estava indo longe demais.

Na Terra, o Privativo era uma enorme câmara comunitária restrita a um sexo, com cubículos particulares para os quais cada pessoa tinha uma chave. Em Solaria, entrava-se em um Privativo por um corredor estreito anexo a um dos lados de uma casa, como se os solarianos esperassem que o recinto não fosse considerado parte de sua residência. No entanto, nos dois mundos, embora fossem diferentes de todas as formas possíveis, os Privativos eram claramente definidos e a função de tudo o que havia dentro deles não poderia ser confundida. Por que deveria haver, em Aurora, essa elaborada simulação de rusticidade que mascarava por completo todas as partes do Privativo?

Por quê?

Fosse como fosse, sua irritação deixou pouco espaço emocional para que ele sentisse incômodo com a imagem que simulava a Área Externa. Ele seguiu na direção em que se lembrava de ter visto a porta holandesa translúcida.

Não era a direção certa. Ele só conseguiu encontrá-la seguindo vagarosamente a parede, após ter resvalado várias partes de seu corpo contra algumas protuberâncias.

Por fim, Baley se viu urinando na ilusão constituída de um pequeno lago que não parecia estar recebendo o fluxo de forma apropriada. Seus joelhos lhe diziam que estava mirando corretamente entre os lados do que ele supôs ser um mictório, e ele disse a si mesmo que, se estivesse usando o receptáculo incorreto ou errando a mira, a culpa não era sua.

Por um instante, depois de ter terminado, considerou a possibilidade de encontrar a pia de novo para lavar as mãos uma última vez, mas decidiu não fazê-lo. Ele simplesmente não conseguiria encarar a busca e aquela falsa cachoeira.

Em vez disso, Baley encontrou, às apalpadelas, a porta por onde entrara, mas ele não sabia que a havia encontrado até que um toque de sua mão a fez abrir. A luz desapareceu de imediato e o brilho normal e não ilusório do dia o envolveu.

Daneel o estava esperando, junto com Fastolfe e Giskard.

– O senhor demorou quase vinte minutos – disse Fastolfe. – Estávamos começando a nos preocupar.

Baley sentiu-se tomado de raiva.

– Eu tive dificuldades com as suas ilusões ridículas – disse ele de um modo rigorosamente controlado.

Fastolfe franziu os lábios e ergueu as sobrancelhas em um silencioso "ooh!".

– Há um interruptor, bem ao lado da porta, que controla a ilusão. Ele pode diminuí-la e permitir que a realidade seja vista através da representação... ou pode eliminá-la por completo, se desejar – disse ele.

– Não me disseram isso. Todos os seus Privativos são assim?

– Não. No geral, os Privativos em Aurora possuem qualidades ilusórias, mas a natureza da ilusão varia de acordo com o indivíduo. A simulação de folhagens naturais me agrada e eu vario seus detalhes de tempos em tempos. Uma pessoa pode se cansar de tudo, sabe, depois de um tempo. Há quem utilize ilusões eróticas, mas isso não me agrada. Claro, quando se está familiarizado com os Privativos, as ilusões não oferecem dificuldades. Os cômodos são padronizados e sabe-se onde tudo está. Não é pior do que andar por um lugar conhecido no escuro. Mas me diga, sr. Baley, por que o senhor não saiu e pediu instruções?

— Porque eu não quis — disse Baley. — Admito que fiquei extremamente irritado por conta das ilusões, mas eu as aceitei. Afinal de contas, foi Daneel quem me conduziu ao Privativo e ele não me deu qualquer instrução ou aviso. Sem dúvida, ele teria me instruído em detalhes se o tivessem deixado fazer o que quisesse, pois, do contrário, ele com certeza teria previsto algum dano a mim. Portanto, tive de supor que o senhor o havia instruído cuidadosamente para não me avisar, e já que eu, de fato, não esperava que o senhor me pregasse uma peça, tive de supor que o senhor tinha um propósito sério para fazer isso.

— Ah?

— Afinal, o senhor havia me pedido para ir para a Área Externa e, quando eu concordei, o senhor de pronto me perguntou se eu queria ir ao Privativo. Cheguei à conclusão de que o propósito de me mandar a um cômodo com uma ilusão de Área Externa era ver se eu conseguiria suportá-la... ou se eu sairia correndo, em pânico. Se pudesse suportá-la, seria possível acreditar que eu daria conta da coisa em si. Bem, eu a suportei. Estou um pouco molhado, obrigado, mas isso secará logo.

— O senhor é uma pessoa que pensa de forma racional, sr. Baley — disse Fastolfe. — Peço desculpas pela natureza do teste e pelo desconforto que lhe causei. Eu só quis evitar a possibilidade de um desconforto bem maior. O senhor ainda quer ir para lá comigo?

— Não apenas quero, dr. Fastolfe. Eu insisto.

20

Eles passaram pelo corredor com Daneel e Giskard logo atrás.

— Espero que não se importe se os robôs nos acompanharem. Os auroreanos não vão a lugar algum sem ao menos um robô de prontidão, e, no seu caso em especial, devo insistir que Daneel e Giskard estejam com o senhor o tempo todo — disse Fastolfe, tagarelando.

Ele abriu a porta e Baley tentou se manter firme diante do impacto da luz do sol e do vento, sem falar do cheiro incomum e sutilmente estranho da terra de Aurora.

Fastolfe ficou de um lado e Giskard saiu primeiro. O robô olhou atentamente ao redor por alguns instantes. Tinha-se a impressão de que todos os seus sentidos estavam intensamente envolvidos. Giskard olhou para trás e Daneel se juntou a ele e fez o mesmo.

– Deixe-os por um instante, sr. Baley – disse Fastolfe –, e eles nos dirão quando acharem que é seguro para nós sairmos. Deixe-me aproveitar a oportunidade de me desculpar outra vez pela brincadeira infeliz que eu fiz com o senhor em relação ao Privativo. Eu lhe asseguro que nós saberíamos se o senhor tivesse algum problema... seus vários sinais vitais estavam sendo gravados. Estou muito satisfeito, embora não esteja inteiramente surpreso, de que o senhor tenha entendido meu propósito. – Ele sorriu e, com uma hesitação quase imperceptível, colocou a mão no ombro esquerdo de Baley e lhe deu um aperto amigável.

Baley manteve a postura ereta.

– O senhor parece ter se esquecido de sua brincadeira infeliz anterior: o seu ataque contra mim com o porta-tempero. Se o senhor me assegurar que agora vamos lidar um com o outro de maneira franca e honesta, considerarei que essas questões tiveram uma intenção justa.

– Combinado!

– É seguro sair agora? – Baley olhou para o ponto mais distante que Giskard e Daneel haviam atingido e onde haviam se separado, um seguindo para a direita e o outro para a esquerda, ainda observando e tentando detectar algo.

– Ainda não. Eles vão checar ao redor da propriedade toda. Daneel me disse que o senhor o convidou para entrar no Privativo. O senhor estava falando sério?

– Sim. Eu sabia que ele não precisava, mas achei que seria falta de educação excluí-lo. Eu não sabia ao certo qual era o costume auroreano a esse respeito, apesar de toda a leitura que fiz sobre este planeta.

— Suponho que essa não seja uma das coisas que os auroreanos achem necessário mencionar, e é claro que não se pode esperar que os livros façam qualquer tentativa de preparar visitantes terráqueos quanto a esses assuntos...

— Devido ao fato de que há tão poucos visitantes terráqueos?

— Exato. A questão, claro, é que os robôs nunca visitam os Privativos. É o único lugar onde os seres humanos podem prescindir deles. Suponho que haja um sentimento entre as pessoas de que elas devam se ver livres de seus robôs em alguns momentos e em alguns lugares.

— E, no entanto, quando Daneel esteve na Terra na ocasião da morte do dr. Sarton, há três anos, eu tentei mantê-lo fora do Privativo Comunitário dizendo-lhe que ele não precisava. Ainda assim, ele insistiu em entrar — disse Baley.

— E com razão. Naquela ocasião, ele havia recebido instruções estritas para não dar nenhuma indicação de que não era humano, por motivos de que o senhor se lembra bem. Entretanto, aqui em Aurora... Ah, eles terminaram.

Os robôs estavam vindo em direção à porta e Daneel indicou com um gesto que eles podiam sair.

Fastolfe estendeu o braço para barrar Baley.

— Se o senhor não se importar, sr. Baley, vou sair primeiro. Conte pacientemente até cem e então se junte a nós.

21

Baley, tendo contado até cem, deu um passo firme à frente e caminhou até Fastolfe. Seu rosto talvez se mostrasse duro demais, suas mandíbulas talvez estivessem cerradas demais, suas costas, retas demais.

Ele olhou ao redor. O cenário não era muito diferente daquele que fora apresentado no Privativo. Talvez Fastolfe tivesse usado o próprio terreno como modelo. Havia verde por toda parte e de certo lugar descia um riacho vindo de um declive. Talvez fosse artificial, mas não era uma ilusão. A água era real. Ele pôde sentir as gotículas quando passou por perto.

Havia, de certo modo, uma mansidão em tudo aquilo. Pelo pouco que conhecia, a Área Externa da Terra parecia a Baley mais selvagem e mais grandiosamente bela.

— Venha por aqui. Olhe lá! – disse Fastolfe, tocando de leve o braço de Baley e fazendo um gesto com a mão.

Um espaço entre duas árvores revelou uma área coberta por gramado.

Pela primeira vez, houve uma sensação de distância, e no horizonte via-se uma habitação: uma casa baixa, ampla e tão verde que quase se fundia com a paisagem.

— Esta é uma área residencial – disse Fastolfe. – Pode não parecer aos seus olhos, uma vez que está acostumado com as enormes colmeias da Terra, mas nós estamos na cidade auroreana de Eos, que é, na verdade, o centro administrativo do planeta. Há 20 mil humanos vivendo aqui, o que a torna a maior cidade não só de Aurora, mas também de todos os Mundos Siderais. Há tantas pessoas em Eos quanto em todo o planeta de Solaria – disse Fastolfe com orgulho.

— Quantos robôs, dr. Fastolfe?

— Nesta área? Talvez 100 mil. No planeta como um todo, há cinquenta robôs para cada ser humano em média, não 10 mil, como em Solaria. A maioria dos nossos robôs fica em nossas fazendas, em nossas minas, em nossas fábricas, no espaço. Na verdade, sofremos de escassez de robôs, particularmente de robôs domésticos. A maioria dos auroreanos utiliza dois ou três robôs com essa finalidade, alguns utilizam apenas um. Ainda assim, não queremos seguir os passos de Solaria.

— Quantos seres humanos são desprovidos de robô doméstico?
— Nenhum. Isso não seria do interesse público. Se, por qualquer motivo, um ser humano não pudesse comprar um robô, ele ou ela receberia um que seria mantido, se necessário, com dinheiro público.
— O que acontece quando a população aumenta? Mais robôs são acrescentados?

Fastolfe chacoalhou a cabeça.

— A população não aumenta. A população de Aurora é de 200 milhões e tem se mantido estável por três séculos. É o número desejado. Com certeza, o senhor leu isso nos livro-filmes que consultou.

— Sim, eu li – admitiu Baley –, mas achei difícil acreditar.

— Asseguro-lhe que é verdade. Isso dá a cada um de nós uma propriedade ampla, um espaço amplo, uma privacidade ampla e uma ampla cota dos recursos do planeta. Não há nem tantas pessoas como na Terra, nem tão poucas como em Solaria. — Ele estendeu o braço para que Baley pudesse pegá-lo, de modo que continuassem caminhando.

— O que o senhor vê – prosseguiu Fastolfe – é um mundo inofensivo. É isso o que eu queria lhe mostrar, sr. Baley.

— Não há nenhum perigo nele?

— Sempre há *um pouco* de perigo. Nós temos tempestades, deslizamentos de pedra, terremotos, nevascas, avalanches, um ou dois vulcões... A morte acidental nunca pode ser totalmente eliminada. E há até os sentimentos violentos de pessoas furiosas ou invejosas, as loucuras dos imaturos e a insensatez das pessoas sem visão. Contudo, essas coisas são transtornos menores e não afetam muito o sossego civilizado que repousa em nosso mundo.

Fastolfe parecia refletir sobre suas últimas palavras por um instante, depois suspirou e disse:

— Eu não ia querer que fosse de outra forma, mas tenho certas restrições intelectuais. Trouxemos para Aurora apenas aquelas plantas e animais que achamos que seriam úteis, decorativos ou ambos. Fizemos o melhor que pudemos para eliminar qualquer coisa que consideramos erva daninha, parasitas ou mesmo algo que fosse inferior ao padrão. Selecionamos seres humanos fortes, saudáveis e atraentes de acordo com o nosso ponto de vista, é claro. Nós tentamos... mas o senhor está sorrindo, sr. Baley.

Baley não sorrira. Seus lábios haviam apenas se contorcido.

– Não, não – disse ele. – Não há motivos para sorrir.

– Há sim, pois eu sei tão bem quanto o senhor que não sou atraente para os padrões auroreanos. O problema é que não podemos controlar por completo as combinações genéticas e as influências intrauterinas. Hoje em dia, claro, com os bebês de proveta se tornando mais comuns (embora eu espere que nunca se tornem tão comuns quanto em Solaria), eu seria eliminado no último estágio fetal.

– Nesse caso, dr. Fastolfe, os mundos teriam perdido um grande teórico roboticista.

– Perfeitamente certo – retrucou Fastolfe, sem nenhum constrangimento visível –, mas os mundos nunca ficariam sabendo disso, não é? Em todo caso, nós nos esforçamos para estabelecer um equilíbrio ecológico muito simples, mas completamente viável, um clima ameno, um solo fértil e recursos distribuídos de forma tão equilibrada quanto possível. O resultado é um mundo que produz tudo de que precisamos e que, se me permite personificá-lo, é atencioso para com os nossos desejos. Devo lhe contar qual é o ideal pelo qual lutamos?

– Por favor, conte – respondeu Baley.

– Nós nos esforçamos para criar um planeta que, considerado como um todo, obedece às Três Leis da Robótica. Um planeta que não faz nada para ferir os seres humanos, nem por ação nem por omissão. Um planeta que faz o que queremos que faça, contanto que não peçamos para ferir seres humanos. E um planeta que se protege, exceto em momentos e lugares em que deve nos servir ou nos salvar mesmo pagando o preço de prejudicar a si mesmo. Em nenhum lugar, nem na Terra nem em nenhum outro Mundo Sideral, isso chega tão perto de ser verdadeiro quanto aqui em Aurora.

— Os terráqueos também desejaram isso, mas há muito tempo nos tornamos numerosos demais e, em nossos dias de ignorância, causamos danos demais ao planeta para conseguir fazer muito por ele agora — disse Baley com tristeza. — Mas e quanto às formas de vida nativas de Aurora? Com certeza vocês não vieram a um planeta morto.

— O senhor sabe que não, se viu os livro-filmes sobre a nossa história — respondeu Fastolfe. — Aurora tinha vegetação e vida animal quando chegamos... e uma atmosfera de nitrogênio e oxigênio. Pode-se dizer o mesmo sobre todos os cinquenta Mundos Siderais. O estranho é que, em todos os casos, as formas de vida eram poucas e não muito variadas. Nem eram particularmente obstinadas em manter o controle do planeta. Nós assumimos o comando, por assim dizer, sem lutar... e o que resta da vida nativa está em nossos aquários, em nossos zoológicos e em algumas áreas de vegetação original cuidadosamente mantidas. Na verdade, não entendemos por que os planetas com vida encontrados pelos seres humanos têm apresentado uma biodiversidade tão pobre; por que só a Terra tem exibido seres vivos tão variados, abundantes e intensamente persistentes que preenchem todos os nichos ambientais; e por que só a Terra desenvolveu qualquer sinal de inteligência que fosse.

— Talvez seja coincidência, talvez seja o infortúnio de uma exploração incompleta. Conhecemos tão poucos planetas até agora — disse Baley.

— Admito que essa deva ser a explicação mais provável — disse Fastolfe. — Em algum lugar pode haver um equilíbrio ecológico tão complexo quanto o da Terra. Em algum lugar pode haver vida inteligente e uma civilização tecnológica. No entanto, a vida e a inteligência da Terra se espalharam a parsecs de distância em todas as direções. Se há vida e inteligência em outro lugar, por que eles não se espalharam também... e por que não nos encontramos?

– Até onde sabemos, isso poderia acontecer amanhã.

– Poderia. E, se esse encontro é iminente, é mais um motivo pelo qual não deveríamos ficar esperando passivamente. Pois estamos nos tornando passivos, sr. Baley. Nenhum novo Mundo Sideral foi colonizado em dois séculos e meio. Nossos mundos são tão seguros, tão agradáveis, que não queremos sair deles. Veja bem, este mundo foi colonizado originalmente porque a Terra se tornara tão desagradável que os riscos e perigos de mundos novos e desabitados pareciam preferíveis à situação terráquea. Quando os nossos cinquenta Mundos Siderais já estavam desenvolvidos, sendo Solaria o último deles, não restava nenhum impulso, nenhuma necessidade de ir a outro lugar. E a Terra, por sua vez, recuara para dentro de suas cavernas de aço. O fim. *Finis.*

– O senhor não está falando sério.

– E se continuarmos como estamos? E se continuarmos sossegados, confortáveis e imóveis? Sim, estou falando sério. A humanidade deve ampliar o seu alcance de algum modo se quiser continuar a prosperar. Um dos métodos de expansão é através do espaço, por meio de um movimento pioneiro constante em direção a outros mundos. Se não fizermos isso, outra civilização que esteja passando por essa expansão chegará até nós e nós não conseguiremos fazer frente ao seu dinamismo.

– O senhor espera uma guerra espacial... como um daqueles dramas em hiperonda do tipo "atire em todo mundo"?

– Não, duvido que isso seria necessário. Uma civilização que está se expandindo pelo espaço não precisará dos nossos poucos mundos, e é provável que seja intelectualmente avançada demais para sentir necessidade de conquistar a hegemonia por estes lados com violência. Entretanto, se nós estivermos cercados por uma civilização mais interessada e mais vibrante, vamos definhar com o simples poder da comparação; nós morreremos quando percebermos o que nos tornamos e o potencial que desperdiçamos.

Claro que poderíamos substituir essa por outras expansões: uma expansão do conhecimento científico ou do vigor cultural, por exemplo. Temo, contudo, que essas expansões não possam ser separadas. Abrir mão de uma seria abrir mão de todas. Nós com certeza estamos desistindo de todas. Nós vivemos tempo demais; nos sentimos demasiado confortáveis.

— Na Terra, pensamos nos Siderais como os todo-poderosos, como inteiramente confiantes — disse Baley. — Não posso acreditar que estou ouvindo isso do senhor.

— O senhor não ouvirá isso de nenhum outro Sideral. Meus pontos de vista não estão em voga. Outros os achariam intoleráveis e eu não falo com os auroreanos sobre essas coisas com muita frequência. Em vez disso, falo apenas sobre um novo impulso para continuar colonizando, sem expressar meus medos das catástrofes que resultarão se abandonarmos a colonização. Quanto a isso, pelo menos, estou ganhando. Aurora está levando seriamente em consideração, até com entusiasmo, uma nova era de exploração e colonização.

— O senhor diz isso sem nenhum entusiasmo aparente — comentou Baley. — O que há de errado?

— É que estamos chegando perto do meu motivo para destruir Jander Panell.

Fastolfe fez uma pausa, chacoalhou a cabeça, e depois continuou:

— Eu gostaria, sr. Baley, de poder entender melhor os seres humanos. Passei seis décadas estudando as complexidades do cérebro positrônico e espero passar mais quinze ou vinte anos trabalhando nesse problema. Durante esse tempo, eu mal consegui tocar o problema do cérebro *humano*, que é muito mais intricado. Existem Leis da Humânica, como existem Leis da Robótica? Quantas Leis da Humânica poderia haver e como elas podem ser expressas matematicamente? Eu não sei. Mas talvez chegue o dia em que alguém elabore as Leis da Humânica e então possa prever os traços gerais do futuro; e possa *saber* o que poderia estar reservado para a humanidade, em vez de apenas adivinhar, como estou fazendo; e *saber* como agir para melhorar as coisas, em vez de apenas fazer especulações. Às vezes, sonho em fundar uma ciência matemática que imagino como "psico-história", mas sei que não consigo e temo que ninguém conseguirá.

Ele parou.

Baley esperou, e depois disse, em um tom de voz suave:

— E o seu motivo para a destruição de Jander Panell, dr. Fastolfe?

Fastolfe não pareceu ouvir a pergunta. Fosse como fosse, ele não respondeu. Em vez disso, disse:

— Daneel e Giskard estão mostrando com gestos que o caminho está livre. Diga-me, sr. Baley, o senhor se importaria de andar comigo até mais adiante?

— Para onde?

— Em direção a uma propriedade vizinha. Naquela direção, do outro lado do gramado. O espaço aberto o incomodaria?

Baley pressionou os lábios e olhou naquela direção como que tentando medir seus efeitos.

— Acredito que eu conseguiria suportar. Não prevejo problemas.

Giskard, que estava próximo o bastante para ouvir, chegou então mais perto, seus olhos não mostraram nenhum brilho à luz do dia. Se sua voz não tinha a emoção humana, suas palavras marcavam sua preocupação:

— Senhor, posso lembrá-lo de que, na viagem para cá, o senhor sofreu um sério desconforto na descida da nave ao planeta?

Baley se virou para encará-lo. Independentemente do que sentisse em relação a Daneel, qualquer que fosse a simpatia referente a uma parceria anterior que pudesse disfarçar sua atitude quanto aos robôs, nada disso estava presente aqui. O modelo mais primitivo que era Giskard parecia-lhe nitidamente repulsivo. Ele se esforçou para lutar contra um vestígio de raiva que sentia e disse:

— Eu fui imprudente a bordo da nave, rapaz, porque estava muito curioso. Deparei com uma visão que nunca tinha vivenciado e não tive tempo para me adaptar. Isto é diferente.

— O senhor sente algum desconforto agora? Pode me assegurar que não sente?

— Se eu sinto ou não — disse Baley com firmeza (lembrando-se de que o robô estava desamparadamente sob o controle da Primeira Lei, e tentando ser educado com um pedaço de metal que, afinal de contas, tinha o bem-estar de um humano como única preocupação) —, não importa. Tenho um dever a cumprir e isso não poderá ser feito se eu for me esconder em lugares fechados.

— Um dever? — disse Giskard como se não tivesse sido programado para entender a palavra.

Baley deu uma rápida olhada em direção a Fastolfe, mas o cientista estava quieto em seu lugar e não fez nenhuma menção de intervir. Ele parecia estar ouvindo de forma absorta, como se examinasse a reação de determinado robô a uma nova situação e comparando-a com relações, variantes, constantes e equações diferenciais que apenas ele entendia.

Pelo menos foi o que Baley pensou. Ele se sentiu irritado por fazer parte de uma observação daquele tipo e perguntou (talvez de um modo demasiado ríspido, ele sabia):

— Você sabe o que significa "dever"?

— É aquilo que deve ser feito, senhor — respondeu Giskard.

— O seu dever é obedecer às Leis da Robótica. E os seres humanos também têm suas leis, que devem ser obedecidas, como o seu mestre, dr. Fastolfe, estava dizendo agora mesmo. Eu devo fazer aquilo que fui designado a fazer. É importante.

— Mas sair a um espaço aberto quando o senhor não...

— Não obstante, isso deve ser feito. Pode ser que algum dia meu filho vá a outro planeta, um planeta bem menos confortável do que este, e se exponha à Área Externa pelo resto da vida. E, se eu pudesse, iria com ele.

— Mas por que o senhor faria isso?

— Eu lhe disse. Considero isso meu dever.

— Senhor, não posso desobedecer às Leis. O senhor pode desobedecer às suas? Pois devo encorajá-lo a...

— Posso escolher não cumprir meu dever, mas decido não fazer isso... e esse é, às vezes, o impulso mais forte, Giskard.

Seguiu-se um momento de silêncio e depois Giskard perguntou:

— Se eu conseguisse persuadi-lo a não andar em espaços abertos, isso lhe causaria algum dano?

— Causaria, na medida em que, então, eu sentiria ter falhado no cumprimento do meu dever.

— Um dano maior do que qualquer desconforto que o senhor pudesse sentir em um lugar aberto?

— Muito maior.

— Obrigado por explicar isso, senhor — disse Giskard, e Baley imaginou haver um ar de satisfação no rosto preponderantemente inexpressivo do robô. (A tendência humana de personificar era incontrolável.)

Giskard afastou-se e agora era o dr. Fastolfe quem falava.

— Isso foi interessante, sr. Baley. Giskard precisava de instruções antes de conseguir entender como organizar a reação positrônica potencial às Três Leis, ou melhor, como esses potenciais iam se organizar à luz da situação. Agora ele sabe como se comportar.

— Notei que Daneel não fez nenhuma pergunta — comentou Baley.

— Daneel o conhece — redarguiu Fastolfe. — Ele esteve com o senhor na Terra e em Solaria. Mas venha... vamos caminhar? Vamos devagar. Olhe ao redor com cautela e, se em algum momento, quiser descansar, esperar ou mesmo voltar, confio no fato de que o senhor me avisará.

— Eu avisarei, mas qual é o propósito desta caminhada? Já que prevê um possível desconforto de minha parte, o senhor não pode estar sugerindo isso em vão.

— Não estou — disse Fastolfe. — Acho que o senhor vai querer ver o corpo inerte de Jander.

— Por uma questão de formalidade, sim, mas acho que isso não vai me dizer nada.

— Estou certo disso, mas depois o senhor também poderá ter a oportunidade de interrogar a pessoa que, na época da tragédia, era praticamente a dona de Jander. Com certeza o senhor gostaria de conversar com outro ser humano que não eu a respeito dessa questão.

22

Fastolfe se moveu devagar, arrancando a folha de um arbusto pelo qual ele passara, dobrando-a e mordiscando-a.

Baley olhou para ele com curiosidade, perguntando-se como os Siderais podiam colocar algo que não fora tratado, que não fora aquecido e mesmo que não fora lavado na boca, quando tinham tanto medo de infecções. Ele lembrou que Aurora era livre (*completamente* livre?) de micro-organismos patogênicos, mas achou a ação repugnante de qualquer forma. A repugnância não tinha de ter uma base racional, pensou ele de maneira defensiva... e, de repente, se viu prestes a desculpar a atitude dos Siderais em relação aos terráqueos.

Ele recuou! Aquilo era diferente! Havia seres humanos envolvidos!

Giskard estava na frente, avançando pelo lado direito. Daneel seguia atrás e pelo lado esquerdo. O sol alaranjado de Aurora (Baley mal notava o tom alaranjado agora) aquecia suas costas com uma temperatura moderada, sem aquele calor febril que tinha o Sol da Terra no verão (mas como era o clima e qual era a estação naquela parte de Aurora naquele exato momento?).

A grama ou o que quer que fosse (parecia grama) era um pouco mais reta e macia do que ele se lembrava em relação à Terra, e o chão era duro, como se não tivesse chovido há algum tempo.

Eles estavam caminhando em direção à casa logo acima, presumivelmente a casa da quase dona de Jander.

Baley podia ouvir o farfalhar de algum animal na grama do lado direito, o súbito chilreio de um pássaro em algum lugar em uma árvore que ficara para trás, a pequena algazarra indefinível de insetos por toda parte. Esses eram animais, ele disse a si mesmo, cujos ancestrais um dia viveram na Terra. Eles não tinham como saber que aquele pedaço de terra em que viviam não era tudo o que existia... voltando por todo o sempre ao passado. Mesmo as árvores e a grama tinham surgido a partir de outras árvores e gramas que um dia cresceram na Terra.

Apenas os seres humanos podiam viver nesse mundo e saber que não eram autóctones, e sim que se originaram dos terráqueos... e, no entanto, será que os Siderais sabiam mesmo desse fato ou simplesmente apagaram isso da mente? Será que chegaria, talvez, o dia em que eles não saberiam de nada disso? Em que não se lembrariam de que mundo vieram ou se havia um mundo de origem?

– Dr. Fastolfe – disse ele de repente, em parte para interromper a linha de pensamento que lhe pareceu estar se tornando opressiva –, o senhor ainda não me contou qual é o seu motivo para destruir Jander.

– Verdade! Não contei! Bem, por que acha, sr. Baley, que eu me empenhei em elaborar a base teórica para os cérebros positrônicos dos robôs humaniformes?

– Não sei dizer.

– Bem, pense. A tarefa é projetar um cérebro robótico tão semelhante ao humano quanto possível, e isso exigiria, ao que parece, certa incursão no âmbito do poético. — Ele fez uma pausa e seu sorrisinho se transformou em um sorriso de orelha a orelha.

— Sabe, sempre incomoda alguns de meus colegas quando eu lhes digo isso, se uma conclusão não for poeticamente equilibrada, não pode ser cientificamente verdadeira. Eles me dizem que não sabem o que isso quer dizer.

— Acho que também não sei — disse Baley.

— Mas eu sei o que significa. Não sei explicar, mas sinto a explicação sem ser capaz de expressá-la em palavras, e pode ser que seja esse o motivo pelo qual alcancei os resultados que os meus colegas não alcançaram. No entanto, estou começando a falar com muita pompa, o que é um bom sinal de que devo começar a ser mais prosaico. Imitar um cérebro humano quando não se sabe quase nada sobre o funcionamento de um cérebro humano requer um salto intuitivo... algo que me parece poesia. E o mesmo salto intuitivo que daria o cérebro positrônico humaniforme deveria, sem dúvida, dar-me novo acesso a conhecimentos sobre o próprio cérebro humano. Esta era a minha crença: a de que, por meio da humaniformidade, eu poderia dar ao menos um pequeno passo em direção à psico-história da qual lhe falei.

— Entendo.

— E se eu conseguisse elaborar uma estrutura teórica que envolvesse um cérebro positrônico humaniforme, precisaria de um corpo humaniforme no qual colocá-lo. O cérebro não existe por si só, entende? Ele interage com o corpo, de modo que um cérebro humaniforme em um corpo não humaniforme poderia se tornar, até certo ponto, inumano.

— O senhor tem certeza disso?

— Sim. O senhor só precisa comparar Daneel e Giskard.

— Então Daneel foi construído como um dispositivo experimental para favorecer a compreensão do cérebro humano?

— É isso mesmo. Trabalhei durante duas décadas nessa tarefa com Sarton. Houve várias falhas que tiveram que ser descartadas.

Daneel foi o primeiro caso de verdadeiro êxito e, claro, eu fiquei com ele para estudos posteriores... e – ele deu um sorriso torto, como se estivesse admitindo algo ridículo – por afeição. Afinal, Daneel consegue entender a noção de dever humano, enquanto Giskard, com todas as suas virtudes, tem dificuldade de entendê-la. O senhor viu.

– E o período que Daneel passou comigo na Terra há três anos foi a primeira tarefa atribuída a ele?

– A primeira tarefa importante, sim. Quando Sarton foi assassinado, precisávamos de algo que fosse um robô e que pudesse resistir às doenças infecciosas da Terra e que, no entanto, parecesse um homem para evitar o preconceito antirrobô dos terráqueos.

– É uma coincidência espantosa que Daneel estivesse à disposição naquele momento.

– Ah? O senhor acredita em coincidências? Tenho a sensação de que, toda vez que surge um acontecimento tão revolucionário quanto o robô humaniforme, apresenta-se uma tarefa que exija seu uso. Tarefas semelhantes provavelmente tinham se apresentado com frequência durante todos aqueles anos em que Daneel não existia... e, porque Daneel não existia, outras soluções e dispositivos tiveram que ser usados.

– E o seu esforço teve êxito, dr. Fastolfe? O senhor entende o cérebro humano melhor agora do que entendia antes?

Fastolfe caminhava cada vez mais devagar e Baley estava acompanhando seu ritmo. Agora eles estavam parados, mais ou menos no meio do caminho entre a propriedade de Fastolfe e aquela à qual se dirigiam. Era o ponto mais difícil para Baley, já que estava igualmente distante de um lugar protegido em ambas as direções, mas ele lutou contra o crescente desconforto, determinado a não provocar Giskard. Ele não queria, por conta de algum movimento ou protesto, ou mesmo de uma expressão, despertar em Giskard o desejo inconveniente de salvá-lo. Ele não queria ser pego e carregado até um abrigo.

Fastolfe não mostrava nenhum sinal de que entendia a dificuldade de Baley.

— Não há dúvidas de que se alcançaram avanços em mentologia. Ainda restam grandes problemas e talvez eles continuem a existir sempre, mas houve progresso. No entanto...

— No entanto?

— No entanto, Aurora não está satisfeita com um estudo puramente teórico do cérebro humano. Foram propostos usos para os robôs humaniformes que eu não aprovo.

— Tal como o uso na Terra.

— Não, aquele foi um experimento breve que eu aprovei e com o qual fiquei até fascinado. Daneel poderia enganar os terráqueos? Provou-se que podia, embora, claro, os olhos dos terráqueos não sejam muito aguçados para robôs. Daneel não pode enganar os olhos dos auroreanos, embora eu me atreva a dizer que os futuros robôs humaniformes poderiam ser aperfeiçoados a ponto de enganá-los. Contudo, há outras tarefas que foram propostas.

— Tais como?

Fastolfe olhava para o horizonte de modo pensativo.

— Eu lhe disse que este mundo é seguro. Quando iniciei o movimento para encorajar um novo período de exploração e colonização, não era nos auroreanos superconfortáveis, ou nos Siderais em geral, que eu buscava liderança. Pensei que deveríamos encorajar os terráqueos a tomar a iniciativa. Com seu mundo horrendo (minhas desculpas) e um período curto de vida, eles têm tão pouco a perder, que achei que certamente acolheriam a oportunidade, sobretudo se ajudássemos com tecnologia. Falei sobre isso com o senhor quando o vi na Terra há três anos. O senhor se lembra? — Ele olhou para Baley de soslaio.

— Eu me lembro muito bem — disse Baley, imperturbável.

— Na verdade, o senhor suscitou uma linha de pensamento em mim que resultou, na Terra, em um pequeno movimento nesse sentido.

— É mesmo? Imaginei que não seria fácil. Há a questão da claustrofilia dos terráqueos, o fato de não gostarem de sair de seus espaços fechados.
— Estamos lutando contra isso, dr. Fastolfe. Nossa organização está planejando viajar pelo espaço. Meu filho lidera o movimento e espero que chegue o dia em que ele deixará a Terra à frente de uma expedição para colonizar um novo mundo. Se nós recebermos, de fato, a ajuda tecnológica de que o senhor fala... — Baley deixou a frase incompleta.
— Se nós fornecêssemos as naves, o senhor quer dizer?
— E outros equipamentos. Sim, dr. Fastolfe.
— Há algumas dificuldades. Muitos auroreanos não querem que os terráqueos saiam e colonizem novos mundos. Eles temem a rápida propagação da cultura terráquea, suas Cidades em forma de colmeia, seu caos. — Inquieto, ele perguntou: — Por que estamos parados aqui, eu me pergunto? Vamos continuar.

Ele deu alguns passos devagar e disse:
— Tenho defendido que as coisas não se dariam assim, que os colonizadores da Terra não seriam terráqueos no estilo clássico. Eles não ficariam fechados dentro das Cidades. Chegando a um mundo novo, eles seriam como os Pais auroreanos que para cá vieram; desenvolveriam um equilíbrio ecológico viável e suas atitudes seriam mais parecidas com as dos auroreanos do que com as dos terráqueos.
— Será que eles não desenvolveriam todas as fraquezas que o senhor vê na cultura Sideral, dr. Fastolfe?
— Talvez não. Eles aprenderiam com os nossos erros. Mas isso é em tese, pois surgiu algo que torna esse argumento irrelevante.
— E o que seria?
— Bem, o robô humaniforme. Veja bem, existem aqueles que veem o robô humaniforme como o colonizador ideal. São eles que podem construir os novos mundos.

— O senhor sempre teve robôs — disse Baley —, e quer dizer que essa ideia nunca foi apresentada antes?

— Ah, foi sim, mas sempre foi algo evidentemente impraticável. Não se poderia esperar que robôs não humaniformes comuns, voltados a construir um mundo ajustado a seu próprio eu não humaniforme, sem supervisão humana imediata, dominassem e construíssem um mundo adequado ao corpo e à mente mais delicados dos seres humanos.

— Com certeza o mundo que eles construiriam serviria como uma razoável primeira aproximação.

— Sim, com certeza, sr. Baley. Todavia, é um sinal da decadência auroreana o fato de haver uma sensação predominante entre o nosso povo de que uma primeira aproximação razoável não é razoavelmente suficiente. Por outro lado, um grupo de robôs humaniformes, tão semelhantes ao corpo e à mente dos seres humanos quanto possível, conseguiria construir um mundo que, sendo adequado a eles, seria também, inevitavelmente, adequado aos auroreanos. O senhor consegue seguir o meu raciocínio?

— Totalmente.

— Eles construiriam tão bem este mundo, entende, que quando terminassem e os auroreanos estivessem enfim dispostos a partir, nossos seres humanos sairiam de uma Aurora e entrariam em outra. Os auroreanos nunca teriam saído de casa; eles simplesmente teriam outra casa mais nova, exatamente como a anterior, na qual poderiam continuar sua decadência. O senhor consegue seguir esse raciocínio também?

— Entendo seu ponto de vista, mas presumo que os auroreanos não entendem.

— Talvez não entendam. Acho que posso discutir a questão de maneira eficaz, se a oposição não me arruinar politicamente por meio desse problema da destruição de Jander. O senhor compreende o motivo atribuído a mim? Presume-se que eu tenha iniciado um programa de destruição de robôs humaniformes em vez de permitir que eles sejam usados para colonizar outros planetas. Pelo menos é o que dizem os meus inimigos.

Agora foi Baley quem parou de andar. Ele lançou um olhar pensativo a Fastolfe e disse:

— O senhor entende, dr. Fastolfe, que é do interesse da Terra que o seu ponto de vista obtenha uma vitória esmagadora?

— E do seu interesse também, sr. Baley.

— E do meu. Mas, se eu me colocar de lado por um instante, continua sendo vital para o meu mundo que o nosso povo seja autorizado e encorajado a explorar a Galáxia e que receba ajuda; que nós mantenhamos tantos dos nossos hábitos quanto nos sintamos confortáveis para manter; que não sejamos condenados ao aprisionamento na Terra para sempre, uma vez que lá só podemos perecer.

— Alguns, penso eu, insistirão em permanecer aprisionados — disse Fastolfe.

— Claro. Talvez quase todos façam isso. Entretanto, pelo menos alguns de nós (tantos quanto possível) escaparão se lhes for permitido. Portanto, é meu dever, não apenas como representante da lei de uma grande fração da humanidade, mas também como terráqueo, pura e simplesmente, ajudá-lo a limpar o seu nome, seja o senhor culpado ou inocente. Apesar disso, só posso me lançar sinceramente nessa tarefa se eu souber que, na verdade, as acusações contra o senhor são injustificadas.

— Claro! Eu entendo.

— Então, à luz do que o senhor me disse sobre o motivo que lhe atribuem, garanta-me mais uma vez que não fez uma coisa dessas.

— Sr. Baley, entendo perfeitamente que o senhor não tem escolha quanto a essa questão — disse Fastolfe. — Tenho consciência de que posso lhe dizer que sou culpado sem ser punido e de que o senhor ainda se veria obrigado, pela natureza das suas necessidades e das do seu mundo, a trabalhar comigo para esconder esse fato. Na verdade, se eu fosse mesmo culpado, eu me sentiria forçado a lhe contar, de modo que o senhor pudesse levar esse fato em consideração e, sabendo da verdade, trabalhasse da maneira mais eficiente para me salvar... e para salvar a si mesmo. Mas não posso fazer isso, porque o fato é que sou inocente. Por mais que as aparências estejam contra mim, eu não destruí Jander. Nunca me passou pela cabeça uma coisa dessas.

– Nunca?

Fastolfe deu um sorriso triste.

– Ah, eu devo ter pensado uma ou duas vezes que Aurora estaria melhor se eu nunca tivesse elaborado os engenhosos conceitos que levaram ao desenvolvimento do cérebro positrônico humaniforme... ou que estaria melhor se esses cérebros se mostrassem instáveis e facilmente sujeitos a paralisações mentais. Mas esses foram pensamentos fugazes. Nem por um segundo eu contemplei a possibilidade de causar a destruição de Jander por esse motivo.

– Então precisamos eliminar esse motivo que lhe é atribuído por seus inimigos.

– Ótimo. Mas como?

– Poderíamos mostrar que isso não tem serventia alguma. Que bem faria destruir Jander? Mais robôs humaniformes podem ser construídos. Milhares. Milhões.

– Temo que não seja bem assim, sr. Baley. Nenhum poderia ser construído. Só eu sei projetá-los e, enquanto a colonização feita por robôs for um destino possível, eu me recuso a construí-los. Jander se foi e só sobrou Daneel.

– Outros descobrirão o segredo.

Fastolfe empinou o nariz.

– Eu gostaria de ver um roboticista capaz de fazer isso. Meus inimigos criaram um Instituto de Robótica com o único propósito de entender os métodos por trás da construção de um robô humaniforme, mas eles não vão conseguir. Com certeza não conseguiram até agora e eu sei que não vão conseguir.

Baley franziu as sobrancelhas.

— Se o senhor é o único homem que conhece o segredo dos robôs humaniformes, e se seus inimigos estão desesperados para descobri-lo, será que eles não vão tentar tirar isso do senhor?

— Claro. Ameaçando minha vida política, talvez forjando algum tipo de punição que me proíba de trabalhar na área, acabando assim com a minha vida profissional também; de tal forma esperam me fazer concordar em partilhar meu segredo. Eles podem até convencer a Legislatura a me obrigar a compartilhar o segredo sob pena de confisco de bens, prisão... e quem sabe o que mais. Entretanto, estou decidido a me submeter a qualquer coisa... qualquer coisa... menos ceder. Mas não quero ter que fazer isso, entende?

— Eles sabem de sua determinação em resistir?

— Espero que sim. Deixei isso bastante claro. Presumo que eles achem que estou blefando, que não estou falando sério. Mas eu estou.

— Mas, se eles acreditassem no senhor, poderiam tomar medidas mais severas.

— O que o senhor quer dizer?

— Roubar os seus papéis. Sequestrá-lo. Torturá-lo.

Fastolfe deu uma ruidosa risada e Baley enrubesceu.

— Odeio parecer um drama em hiperonda, mas o senhor levou isso em consideração? — perguntou ele.

— Sr. Baley, em primeiro lugar, meus robôs podem me proteger — respondeu Fastolfe. — Seria necessária uma guerra em grande escala para me capturar ou se apossar do meu trabalho. Em segundo lugar, mesmo que eles conseguissem de alguma forma, nenhum dos roboticistas que se opõem a mim suportaria reconhecer, com todas as letras, que a única maneira de obter o segredo do cérebro positrônico humaniforme é roubando-o ou tirando-o de mim à força. Sua reputação profissional ficaria completamente arruinada. Em terceiro lugar, nunca se ouviu falar dessas coisas em Aurora. O menor sinal de um atentado antiprofissional contra mim colocaria a Legislatura *e* a opinião pública a meu favor de imediato.

— É mesmo? — murmurou Baley, maldizendo silenciosamente o fato de ter que trabalhar com uma cultura cujos detalhes ele simplesmente não entendia.

— Sim. Acredite no que eu digo. Gostaria que eles tentassem algo melodramático assim. Gostaria que eles fossem tão incrivelmente estúpidos a ponto de fazer isso. Na verdade, sr. Baley, eu queria poder persuadi-lo a ir vê-los, tentar conquistar sua confiança e convencê-los a organizar um ataque contra a minha propriedade ou a armar uma emboscada para mim em uma estrada vazia... ou qualquer dessas coisas que, suponho eu, sejam comuns na Terra.

— Não acho que isso faria o meu estilo — disse Baley, sem graça.

— Também acho que não, por isso não tenho a intenção de colocar em prática essa vontade. E, acredite em mim, isso é uma pena, pois, se não conseguirmos persuadi-los a tentar o método suicida do uso da força, eles continuarão a fazer algo muito melhor do ponto de vista deles. Vão me destruir com base em falsidades.

— Quais falsidades?

— Não é só a destruição de um robô que eles atribuem a mim. Isso já é ruim o bastante e poderia não ser necessário fazer mais nada. Estão insinuando (por enquanto é só uma insinuação) que a morte de Jander é um mero experimento meu, um experimento perigoso e bem-sucedido. Insinuam que estou desenvolvendo um sistema para destruir cérebros humaniformes com rapidez e eficiência, de modo que, quando meus inimigos *criarem* os próprios robôs humaniformes, eu, junto com membros do meu partido, poderei destruir todos eles, impedindo, dessa forma, que Aurora colonize novos mundos e deixando a Galáxia para os meus colaboradores terráqueos.

— Com certeza, não há nem um pouco de verdade nisso.

— Claro que não. Eu lhe disse que eram mentiras. E, além disso, mentiras ridículas. Um método de destruição desses não é sequer teoricamente possível e as pessoas do Instituto de Robótica não estão prestes a criar os próprios robôs humaniformes. Não poderia me dar ao luxo de me deleitar com uma destruição em massa nem se quisesse. Eu *não poderia*.

— E essas insinuações não sucumbem à própria inconsistência?

— Infelizmente, talvez não sucumbam a tempo. Pode ser uma grande bobagem, mas isso provavelmente durará tempo o bastante para colocar a opinião pública contra mim a ponto de influenciar número suficiente de votos na Legislatura para me derrotar. No final das contas, tudo será reconhecido como um disparate, mas então já será tarde. E, por favor, atente para o fato de que a Terra está sendo usada como bode expiatório nisso. A acusação de que estou trabalhando a favor da Terra é poderosa e muitos escolherão acreditar nesse emaranhado todo, indo contra o próprio bom senso, por sua aversão à Terra e aos terráqueos.

— O senhor está me dizendo que está sendo fomentado um ressentimento ativo contra a Terra — disse Baley.

— Exatamente, sr. Baley — redarguiu o dr. Fastolfe. — A situação piora para mim, e para a Terra, a cada dia, e temos muito pouco tempo.

— Mas não existe uma maneira de acabar com essa história de vez? — Baley, em desespero, decidiu que era hora de recorrer ao argumento de Daneel. — Se o senhor estivesse mesmo ansioso para testar um método a fim de destruir um robô humaniforme, por que procurá-lo em outra propriedade, um robô com o qual poderia ser inconveniente fazer experimentos? O senhor tinha Daneel em sua residência. Ele estava por perto e era conveniente. O experimento não teria sido realizado nele se houvesse um fundo de verdade nesse rumor?

— Não, não — respondeu Fastolfe. — Eu não conseguiria fazer ninguém acreditar nisso. Daneel foi meu primeiro êxito, meu triunfo. Eu não o destruiria sob nenhuma circunstância. Naturalmente, eu voltaria minha atenção para Jander. Todos veriam isso e eu seria tolo de tentar persuadi-los de que faria mais sentido sacrificar Daneel.

Eles estavam andando de novo, quase chegando ao seu destino. Baley estava em silêncio profundo, com uma expressão taciturna.

— Como se sente, sr. Baley? — perguntou Fastolfe.

— Se o senhor se refere ao fato de eu estar na Área Externa, eu não havia sequer percebido — respondeu Baley em voz baixa. — Se o senhor se refere ao nosso dilema, acho que estou tão perto de desistir quanto possa sem me colocar em uma câmara ultrassônica que dissolve cérebros. — Depois acrescentou, furioso: — Por que o senhor mandou me buscar, dr. Fastolfe? Por que me deu este trabalho? O que lhe fiz para ser tratado assim?

— Na verdade — disse Fastolfe —, em primeiro lugar, a ideia não foi minha, e eu só posso alegar que estava em desespero.

— Bem, e de quem foi a ideia?

— Foi a pessoa que possui esta propriedade quem sugeriu a princípio... e eu não tinha ideia melhor.

— A pessoa que possui esta propriedade? Por que ele...

— Ela.

— Bem, então, por que ela sugeriria algo do tipo?

— Ah! Eu não expliquei que ela o conhece, expliquei, sr. Baley? Lá está ela, esperando por nós agora.

Baley levantou os olhos, perplexo.

— Por Josafá! — murmurou ele.

6   GLADIA

23

— Eu sabia que quando o encontrasse de novo, Elijah, essas seriam as primeiras palavras que ouviria — disse a jovem mulher que os encarava, com um sorriso pálido.

Baley fitou-a. Ela tinha mudado. Seu cabelo estava mais curto e a expressão de seu rosto estava ainda mais apreensiva agora do que havia estado dois anos antes, e, de certo modo, parecia ter envelhecido mais de dois anos. No entanto, ela ainda era, inconfundivelmente, Gladia. Ainda era o mesmo rosto triangular, com as maçãs salientes e o queixo pequeno. Ela ainda era baixa, ainda era magra, ainda tinha um ar vagamente infantil.

Ele sonhara com ela com frequência — embora não de uma forma explicitamente erótica — depois de voltar à Terra. Seus sonhos eram sempre histórias sobre não conseguir alcançá-la. Ela sempre estava lá, um pouco distante para se conversar com facilidade. Ela nunca ouvia quando ele a chamava. Ela nunca se aproximava quando ele chegava perto.

Não era difícil entender por que os sonhos eram como eram. Ela era nativa de Solaria e, como tal, supunha-se que raramente experimentava a presença física de outras pessoas.

Elijah era proibido para ela porque era humano... e, além disso (claro), porque era da Terra. Embora as exigências do caso de assassinato que ele investigava na época os forçasse a se encontrar, ao longo de seu relacionamento ela se manteve completamente coberta quando estiveram fisicamente juntos, a fim de impedir um contato real. E, no entanto, em seu último encontro, desafiando o bom senso, ela tocara seu rosto com a mão descoberta por um breve instante. Ela devia saber que, como consequência, poderia ter se infectado. Ele estimava ainda mais aquele toque, pois cada aspecto da educação que ela recebera se somava para torná-lo algo impensável.

Os sonhos se desvaneceram com o tempo.

– Era *você* que possuía o... – disse Baley de forma estúpida.

Ele fez uma pausa e Gladia terminou a frase para ele:

– O robô. E, dois anos atrás, era eu que possuía o marido. Tudo o que toco é destruído.

Sem saber ao certo o que estava fazendo, Baley levantou o braço para colocar a mão no rosto. Gladia pareceu não notar.

– Você veio me resgatar da primeira vez. Perdoe-me, mas tive que chamá-lo de novo – disse ela. – Entre, Elijah. Entre, dr. Fastolfe.

Fastolfe deu um passo para trás a fim de deixar que Baley entrasse primeiro e entrou em seguida. Atrás de Fastolfe entraram Daneel e Giskard... os quais, com a humildade característica dos robôs, colocaram-se em nichos desocupados em lados opostos do recinto e permaneceram ali em silêncio, de costas para a parede.

Por um momento, pareceu que Gladia os trataria com a indiferença com a qual os seres humanos costumavam tratar os robôs. Entretanto, depois de olhar de relance para Daneel, ela se virou e disse para Fastolfe com a voz um pouco embargada:

– Aquele ali. Por favor. Peça para ele sair.

– Daneel? – disse Fastolfe com um leve gesto de surpresa.

– Ele se parece... se parece demais com Jander!

Fastolfe virou-se para olhar Daneel e uma expressão evidente de pesar passou pelo seu rosto por um instante.

– Claro, minha cara. Perdoe-me. Eu não pensei nisso. – E acrescentou, dirigindo-se ao robô: – Daneel, vá para outro cômodo e fique lá enquanto estamos aqui.

Sem dizer uma palavra, Daneel saiu.

Gladia olhou de relance para Giskard, como que para julgar se ele também era parecido demais com Jander, e virou-se, encolhendo de leve os ombros.

– Alguém gostaria de comer ou beber alguma coisa? Tenho uma bebida de coco excelente, fresca e gelada – ofereceu ela.

– Não, Gladia – respondeu Fastolfe. – Eu apenas trouxe o sr. Baley aqui como prometi que faria. Não vou ficar por muito tempo.

– Eu gostaria de tomar um copo de água – disse Baley. – E então não vou mais incomodá-la.

Gladia ergueu uma das mãos. Sem dúvida, ela estava sendo observada, pois dali a pouco um robô entrou silenciosamente com um copo de água em uma bandeja e um pratinho com o que pareciam ser bolachas com um pingo rosado em cada uma.

Baley não pôde deixar de pegar uma, apesar de não saber ao certo o que era aquilo. Tinha de ser algo originário da Terra, pois não podia acreditar que, em Aurora, ele, ou qualquer outra pessoa, comeria uma porção da escassa fauna e flora nativa, nem de qualquer coisa sintética. Não obstante, os tipos de alimento criados a partir de comidas terráqueas originais poderiam mudar com o tempo, ou por meio de um refinamento proposital ou pela ação de um ambiente estranho... e Fastolfe *dissera*, durante o almoço, que muito da dieta auroreana era um gosto adquirido.

Ele teve uma surpresa agradável. O gosto era ácido e picante, mas ele achou delicioso e pegou outra bolacha quase que de imediato. Disse "obrigado" para o robô (que não se oporia a ficar ali indefinidamente) e pegou o prato inteiro, junto com o copo de água.

O robô foi embora.

Era fim de tarde agora e a luz avermelhada do sol entrava pelas janelas do lado oeste. Baley tinha a impressão de que essa casa era menor do que a de Fastolfe, mas pareceria mais alegre se a figura triste de Gladia ali no meio não provocasse um efeito desanimador.

Isso podia ser a imaginação de Baley, claro. Em todo caso, a alegria lhe parecia impossível em qualquer estrutura que pretendesse abrigar e proteger seres humanos e que, no entanto, permanecesse exposta à Área Externa além de cada uma de suas paredes. Nenhuma parede tinha, pensou ele, o calor da vida humana do outro lado. Não se podia buscar companhia e senso de comunidade em nenhuma direção. Através de cada parede externa, de todos os lados, de cima a baixo, havia um mundo inanimado. Frio! Frio!

E o frio invadiu a memória de Baley quando ele pensou de novo sobre o dilema no qual se encontrava. (Por um instante, o choque de encontrar Gladia outra vez havia afastado isso de sua mente.)

— Venha — disse ela. — Sente-se, Elijah. Perdoe-me por não estar sendo eu mesma. Eu sou, pela segunda vez, o centro de uma comoção planetária.... e a primeira vez foi mais que suficiente.

— Eu entendo, Gladia. Por favor, não se desculpe — disse Baley.

— E quanto a você, caro doutor, por favor, não sinta que precisa ir embora.

— Bem... — Fastolfe olhou para a faixa que marcava a hora na parede. — Vou ficar um pouquinho, mas depois, minha cara, há um trabalho a ser feito mesmo que os céus caiam. Sobretudo porque devo aguardar um futuro no qual posso ser impedido de fazer qualquer trabalho que seja.

Gladia deu várias piscadas rápidas, como que para conter as lágrimas.

— Eu sei, dr. Fastolfe. Você está com problemas por causa do... do que aconteceu aqui, e pareço não ter tempo para pensar em nada exceto no meu próprio... desconforto.

— Vou fazer o melhor que puder para cuidar do meu problema, Gladia, e não há necessidade de você se sentir culpada quanto a essa questão. Talvez o sr. Baley possa ajudar a nós dois.

Baley pressionou os lábios um contra o outro ao ouvir isso, e então disse em um tom sério:

— Eu não sabia que você estava envolvida de alguma forma nesse caso, Gladia.

— Quem mais estaria? – perguntou ela com um suspiro.

— Você está… estava de posse de Jander Panell?

— Não exatamente de posse. O dr. Fastolfe o emprestou para mim.

— Você estava com ele quando… – Baley hesitou pensando em alguma maneira de expressar aquilo.

— Morreu? Não poderíamos dizer morreu? Não, eu não estava. E antes que você pergunte, não havia mais ninguém na casa naquele momento. Eu estava sozinha. Eu geralmente estou sozinha. Quase sempre. É a minha criação solariana, você deve se lembrar. Claro que não é obrigatório. Vocês dois estão aqui e eu não me importo… muito.

— E você estava definitivamente sozinha quando Jander morreu? Tem certeza?

— Eu disse que sim – respondeu Gladia, parecendo um pouco irritada. – Não, deixe pra lá, Elijah. Sei que você precisa que tudo seja repetido mais de uma vez. Eu *estava* sozinha. Mesmo.

— Mas havia robôs presentes.

— Sim, claro. Quando digo "sozinha", quero dizer que não havia nenhum outro ser humano presente.

— Quantos robôs você tem, Gladia? Sem contar Jander.

Gladia fez uma pausa como que para fazer as contas em pensamento.

— Vinte – disse ela, por fim. – Cinco na casa e quinze ao redor da propriedade. Os robôs transitam livremente entre a minha casa e a do dr. Fastolfe também, de modo que nem sempre é possível saber, quando se vê um robô rapidamente em qualquer uma das propriedades, se é um dos meus ou um dos dele.

— Ah — disse Baley —, e uma vez que o dr. Fastolfe tem 57 robôs em sua propriedade, isso significa que, se juntarmos as duas, há 77 robôs disponíveis no total. Há outras propriedades cujos robôs podem se misturar aos seus de maneira indistinta?

— Não há nenhuma outra propriedade próxima o bastante para tornar isso viável — respondeu Fastolfe. — Nem a prática de misturar os robôs é encorajada de fato. Gladia e eu somos um caso especial porque ela não é auroreana e porque eu assumi... responsabilidade por ela.

— Mesmo assim. Setenta e sete robôs — disse Baley.

— Sim — disse Fastolfe —, mas por que o senhor está discutindo esse aspecto?

— Porque isso quer dizer que se pode ter qualquer um dos 77 objetos em movimento, cada um deles com uma forma vagamente humana à qual se está acostumado a ver de soslaio e à qual não se prestaria especial atenção — disse Baley. — Não é possível, Gladia, que, se um ser humano entrasse na casa, por qualquer motivo, você mal notaria? Seria mais um objeto se movimentando, com uma forma vagamente humana, e você não prestaria atenção.

Fastolfe deu uma risadinha abafada e Gladia, sem sorrir, chacoalhou a cabeça.

— Elijah — disse ela —, dá para perceber que você é um terráqueo. Você imagina que qualquer ser humano, mesmo o dr. Fastolfe, poderia se aproximar da minha casa sem que eu fosse informada sobre esse fato pelos robôs? Eu poderia ignorar um vulto se mexendo, supondo se tratar de um robô, mas nenhum robô ignoraria. Eu estava esperando por vocês agora há pouco quando chegaram, mas isso aconteceu porque meus robôs me informaram que vocês estavam se aproximando. Não, não, quando Jander morreu, não havia nenhum outro ser humano na casa.

— Além de você?

— Além de mim. Do mesmo modo como não havia ninguém na casa além de mim quando meu marido foi morto.

— Há uma diferença, Gladia — interrompeu Fastolfe. — Seu marido foi morto com um instrumento contundente. A presença física do assassino era necessária, e, se você fosse a única pessoa presente, isso seria uma coisa séria. Neste caso, deixaram Jander inoperante por meio de um programa de fala sutil. A presença física não foi necessária. A sua presença aqui por si só não quer dizer nada, em especial porque você não sabe bloquear a mente de um robô humaniforme.

Ambos se viraram a fim de olhar para Baley, Fastolfe com uma expressão zombeteira no rosto e Gladia com uma expressão triste. (Irritava Baley o fato de que Fastolfe, cujo futuro era tão sombrio quanto o do próprio detetive, mesmo assim parecesse encarar isso com humor. O que havia naquela situação que levasse alguém a rir como um idiota?, pensou o investigador, taciturnamente.)

— Não saber pode não significar nada — disse Baley, devagar.

— Uma pessoa pode não saber como chegar a certo lugar e, apesar disso, pode acabar chegando lá enquanto caminha às cegas. Uma pessoa poderia conversar com Jander e, de forma inconsciente, puxar o gatilho da paralisação mental.

— E quais são as chances de isso acontecer? — perguntou Fastolfe.

— O senhor é o especialista, dr. Fastolfe, e imagino que vá me dizer que elas são muito pequenas.

— Incrivelmente pequenas. Uma pessoa pode não saber como chegar a certo lugar, mas, se o único caminho for marcado por uma série de cordas estendidas em direções que variam de maneira brusca, quais são as chances de chegar lá andando aleatoriamente com os olhos vendados?

As mãos de Gladia se agitavam ao extremo. Ela cerrou os punhos, como que para mantê-las paradas, e pousou-as nos joelhos.

— Eu não fiz isso, seja acidente ou não. Eu não estava com ele quando aconteceu. *Não estava*. Falei com ele de manhã. Ele estava bem, perfeitamente normal. Horas mais tarde, quando o chamei, não respondeu. Fui à sua procura e ele estava no lugar de costume e parecia normal. O problema é que ele não respondia. Não esboçava reação alguma. Nunca mais reagiu desde então.

— É possível que você tenha dito a Jander, muito de passagem, algo que lhe tenha causado uma paralisação mental logo depois de você tê-lo deixado... uma hora mais tarde, talvez?

— Impossível, sr. Baley — interrompeu Fastolfe. — Se for ocorrer uma paralisação mental, ela acontece de uma vez. Por favor, não aborreça Gladia desse modo. Ela é incapaz de causar uma paralisação mental de propósito, e é impensável que fosse causá-la de forma acidental.

— Não é impensável que a paralisação tenha sido causada pelo fluxo positrônico aleatório, como o senhor diz que deve ter ocorrido?

— Não tão impensável.

— Ambas as alternativas são extremamente improváveis. Qual é a diferença quanto ao que é impensável?

— Uma diferença enorme. Imagino que uma paralisação mental causada por fluxo positrônico aleatório poderia acontecer numa probabilidade de 1 em 10^{12}; a probabilidade do desenvolvimento de um padrão acidental é de 1 em 10^{100}. Isso é apenas uma estimativa, mas é uma estimativa razoável. A diferença é maior do que aquela entre um único elétron e o Universo inteiro... e é a favor do fluxo positrônico.

Seguiu-se um momento de silêncio.

— Dr. Fastolfe, o senhor disse antes que não podia ficar por muito tempo — disse Baley.

— Já fiquei tempo demais.

— Ótimo. Então o senhor vai embora agora?

Fastolfe começou a se levantar e disse:

— Por quê?

— Porque quero falar com Gladia a sós.
— Para aborrecê-la?
— Devo interrogá-la sem a sua interferência. Nossa situação é séria demais para nos preocuparmos com boas maneiras.
— Não tenho medo do sr. Baley, caro doutor — disse Gladia.
— Meus robôs me protegerão se a falta de modos dele se tornar excessiva — acrescentou ela em um tom melancólico.

Fastolfe deu um sorriso e disse:
— Muito bem, Gladia.

Ele se levantou e estendeu a mão para ela. Ela apertou a mão do cientista por um breve instante.

— Gostaria que Giskard permanecesse aqui por medida de proteção geral... e Daneel continuará no cômodo ao lado, se não se importar — disse ele. — Você poderia me emprestar um dos seus próprios robôs para me acompanhar de volta à minha propriedade?

— Com certeza — respondeu Gladia, levantando os braços. — Acredito que você conheça Pandion.

— Mas é claro! Um acompanhante robusto e confiável. — Ele saiu com o robô seguindo-o de perto.

Baley esperou observando Gladia, estudando-a. Ela estava sentada, com o olhar fixo nas mãos frouxamente cruzadas em seu colo.

Baley estava certo de que ela tinha algo mais a dizer. Como poderia persuadi-la a falar, ele não sabia, mas tinha certeza de mais uma coisa. Enquanto Fastolfe estivesse lá, ela não contaria toda a verdade.

24

Enfim, Gladia levantou os olhos, seu rosto parecendo o de uma menininha.
— Como você está, Elijah? Como se sente? — perguntou ela em voz baixa.

— Razoavelmente bem, Gladia.
— O dr. Fastolfe disse que o traria até aqui caminhando pelo espaço aberto, e que cuidaria para que você esperasse um pouco se as coisas ficassem ruins — disse ela.
— Ah? Por que isso? Por diversão?
— Não, Elijah. Eu havia contado a ele como você reagia a espaços abertos. Você se lembra de quando desmaiou e caiu no lago?

Elijah chacoalhou a cabeça rapidamente. Ele não podia negar aquele acontecimento e a lembrança que tinha dele, mas tampouco aprovava que ela o mencionasse.

— Não sou mais daquele jeito. Eu melhorei — disse ele, mal-humorado.

— Mas o dr. Fastolfe disse que ia fazer um teste com você. Correu tudo bem?

— Correu suficientemente bem. Eu não desmaiei. — Ele se lembrou do episódio a bordo da espaçonave quando se aproximava de Aurora e rangeu os dentes de leve. Aquilo era diferente e não havia motivo para discutir a questão.

— Como devo chamá-la aqui? Como devo me dirigir a você? — perguntou ele, mudando de assunto de propósito.

— Você estava me chamando de Gladia.

— Talvez seja inapropriado. Eu poderia dizer sra. Delmarre, mas pode ser que você...

Ela arquejou e o interrompeu de forma brusca.

— Não usei esse nome desde que cheguei aqui. Por favor, não me chame assim.

— Como os auroreanos a chamam, então?

— Eles dizem Gladia Solaria, mas isso é só uma indicação de que sou estrangeira, e também não quero isso. Sou apenas Gladia. Um nome. Não é um nome auroreano e duvido que haja outra Gladia neste planeta, de modo que é suficiente. Vou continuar a chamá-lo de Elijah, se não se importar.

— Não me importo.

— Gostaria de servir-lhe um chá — disse Gladia.

Era uma afirmação e Baley aquiesceu.

— Não sabia que os Siderais bebiam chá — comentou ele.

— Não é o chá da Terra. É um agradável extrato de planta, mas que não é considerado prejudicial de modo algum. Nós o chamamos de chá.

Ela levantou o braço e Baley notou que a manga se tornava justa no pulso e se prolongava em finas luvas cor de pele. Ela ainda expunha o mínimo da superfície da pele em sua presença. Ela ainda minimizava a chance de uma infecção.

O braço dela continuou erguido por um instante e, depois de mais alguns instantes, apareceu um robô com uma bandeja. Ele era claramente ainda mais primitivo que Giskard, mas distribuiu com suavidade as xícaras, os pequenos sanduíches e a porção de confeitos. Ele serviu o chá com verdadeira graça.

— Como você faz isso? — perguntou Baley, com curiosidade.

— Faço o quê, Elijah?

— Você levanta o braço quando quer alguma coisa e os robôs sempre sabem o que é. Como esse aí sabia que você queria que o chá fosse servido?

— Não é difícil. Toda vez que levanto meu braço, ele distorce um pequeno campo eletromagnético que perpassa continuamente toda a sala. Posições levemente diferentes da minha mão e dos meus dedos produzem diferentes distorções e meus robôs podem interpretá-las como ordens. Eu só uso isso para ordens simples: Venha aqui! Traga chá! e assim por diante.

— Não observei o dr. Fastolfe usando esse sistema na propriedade dele.

— Não é de fato auroreano. É nosso sistema em Solaria e estou acostumada com ele. Além do mais, eu sempre tomo chá nesse horário. Borgraf já espera por isso.

— Este é Borgraf? — Baley olhou para o robô com algum interesse, consciente de que apenas olhara para ele de relance antes. A familiaridade estava em pouco tempo gerando indiferença. Mais um dia e ele já não notaria os robôs. Eles flutuariam ao seu redor sem ser vistos e pareceria que os afazeres domésticos se realizavam sozinhos. Não obstante, ele não queria deixar de notá-los. Ele queria que eles deixassem de estar lá.

— Gladia, quero ficar a sós com você — disse ele. — Não quero que nem os robôs fiquem. Giskard, junte-se a Daneel. Você pode ficar de guarda estando lá.

— Sim, senhor — disse Giskard, recobrando o estado de consciência e a capacidade de reação ao ouvir seu nome.

Gladia parecia achar um pouco de graça.

— Vocês, terráqueos, são tão estranhos. Sei que têm robôs na Terra, mas não parecem saber lidar com eles. Você expressa suas ordens como se estivesse *latindo*, como se eles fossem surdos.

Ela se virou para Borgraf e disse, em voz baixa:

— Borgraf, nenhum de vocês deve entrar na sala até ser chamados. Não nos interrompam por nada que não seja uma emergência clara e patente.

— Sim, senhora — disse Borgraf. Ele deu um passo para trás, olhou de relance para a mesa como que verificando se havia se esquecido de alguma coisa, virou-se e saiu.

Baley, por sua vez, achou graça. A voz de Gladia fora suave, mas o tom fora tão duro como o de um sargento-general se dirigindo a um recruta. Mas por que ele deveria estar surpreso? Ele sabia há muito tempo que era mais fácil ver a loucura dos outros do que as próprias loucuras.

— Agora estamos a sós, Elijah — disse Gladia. — Até os robôs saíram.

— Você não tem medo de estar sozinha comigo? — perguntou Baley.

Ela chacoalhou a cabeça lentamente.

— Por que eu deveria ter? Um braço erguido, um gesto, um grito perplexo e vários robôs estariam de pronto aqui. Ninguém em qualquer Mundo Sideral tem motivo para temer outro ser humano. Aqui não é a Terra. Em todo caso, por que a pergunta?

— Porque existe o medo de outras coisas que não o contato físico. Eu não vou usar de nenhum tipo de violência ou maltratá-la fisicamente. Mas você não tem medo do interrogatório e do que ele pode revelar a seu respeito? Lembre-se de que aqui também não é Solaria. Em Solaria, eu me compadecia de você e estava empenhado em provar sua inocência.

— Você não se compadece de mim agora? — perguntou ela em voz baixa.

— Não se trata de um marido morto desta vez. Você não é suspeita de assassinato. É só um robô que foi destruído e, que eu saiba, você não é suspeita de nada. Em vez disso, o dr. Fastolfe é que é o meu problema agora. É da maior importância para mim, por razões que não preciso explicar, ser capaz de provar a inocência dele. Se o processo acabar prejudicando-a, não poderei evitar. Não tenho nenhuma pretensão de me esforçar para poupá-la da dor. É justo que eu lhe diga isso.

Ela ergueu a cabeça e fixou o olhar nele com arrogância.

— Por que algo me prejudicaria?

— Talvez seja isso que nós trataremos de descobrir agora — disse Baley com frieza —, sem o dr. Fastolfe aqui para interferir. — Ele pegou um dos pequeninos sanduíches do prato com um garfinho (não fazia sentido usar os dedos e talvez tornar o prato inteiro inutilizável para Gladia), passou-o para o próprio prato, colocou-o na boca e depois bebeu o chá.

Ela fez o mesmo, acompanhando-o em cada sanduíche, em cada gole. Se ele ia ser frio, ao que parecia, ela também seria.

— Gladia, é importante que eu saiba qual é a natureza exata da sua relação com o dr. Fastolfe — disse Baley. — Você mora perto dele e vocês têm praticamente um único conjunto de bens robóticos. É óbvio que ele está preocupado com você. Ele não fez esforço algum para defender a própria inocência além de uma simples declaração de que é inocente, mas ele a defende com firmeza quando eu endureço o interrogatório.

Gladia deu um leve sorriso.

— Do que você desconfia, Elijah?

— Não me dê uma resposta evasiva. Não quero desconfiar. Quero saber.

— O dr. Fastolfe mencionou Fanya?

— Sim, mencionou.

— Você perguntou a ele se Fanya é a esposa dele ou apenas uma companheira? Se ele tem filhos?

Baley se remexeu, constrangido. Claro que ele poderia ter feito essas perguntas. Nos espaços fechados da povoada Terra, porém, estimava-se a privacidade, exatamente porque ela quase se perdera. Era praticamente impossível, na Terra, não saber de todos os fatos relacionados à estrutura familiar dos outros, então nunca se perguntava sobre isso e fingia-se não conhecer. Era uma farsa mantida por todos.

Aqui em Aurora, claro, os costumes da Terra não se aplicariam, e Baley, no entanto, os empregara automaticamente. Idiota!

— Não perguntei ainda. Me conte — respondeu ele.

— Fanya é a esposa dele — disse ela. — Ele foi casado várias vezes, de forma consecutiva, claro, embora o casamento simultâneo para um ou ambos os sexos não seja totalmente inexistente em Aurora. — O leve toque de repulsa com o qual ela disse aquilo foi acompanhado de uma defesa igualmente leve: — É algo inexistente em Solaria. Entretanto, o atual casamento do dr. Fastolfe será, provavelmente, desfeito em breve. Ambos estarão livres, então, para estabelecer novas uniões, embora seja frequente que uma das partes ou ambas não espere a dissolução para fazer isso. Não vou dizer que entendo essa maneira casual de tratar a questão, Elijah, mas é assim que os auroreanos constroem seus relacionamentos. Que eu saiba, o dr. Fastolfe é bem puritano. Ele sempre mantém um ou outro casamento e não procura nada fora dele. Em Aurora, isso é visto como algo antiquado e um tanto tolo.

Baley aquiesceu.

— Reuni algumas informações sobre isso durante as minhas leituras. Pelo que entendi, o casamento acontece quando existe a intenção de ter filhos.

— Em tese, é isso mesmo, mas me disseram que quase ninguém leva isso a sério hoje em dia. O dr. Fastolfe já teve duas filhas e não pode mais ser pai, mas ele ainda se casa e solicita um terceiro filho. Seu pedido é recusado, claro, e ele sabe que será. Algumas pessoas nem se preocupam em solicitar.

— Então por que se dar ao trabalho de se casar?

— Há vantagens sociais no casamento. É complicado e, como não sou auroreana, não sei se entendo.

— Bem, esqueça isso. Conte-me sobre as filhas do dr. Fastolfe.

— Ele tem duas filhas de duas mães diferentes. Fanya não é nenhuma das mães, claro. Ele não tem filhos homens. Cada uma das filhas foi incubada no útero da mãe, como é costume em Aurora. Ambas as filhas são adultas agora e têm a própria residência.

— Ele e as filhas são próximos?

— Não sei. Ele nunca fala sobre elas. Uma delas é roboticista e suponho que ele *deva* ter contato com o trabalho dela. Acho que a outra é candidata a um cargo no conselho de uma das cidades ou ela assumiu de fato um cargo. Não sei ao certo.

— Sabe dizer se há alguma tensão familiar?

— Nenhuma que seja do meu conhecimento, o que pode não ser muita coisa, Elijah. Que eu saiba, ele tem uma relação amigável com todas as ex-mulheres. Nenhuma das dissoluções envolveu ressentimentos. Em primeiro lugar, ele não é esse tipo de pessoa. Não consigo imaginá-lo acolhendo qualquer coisa na vida com uma reação mais extrema do que um afável suspiro de resignação. Ele vai fazer piada quando estiver no leito de morte.

Pelo menos isso parecia ser verdade, pensou Baley.
— E a relação do dr. Fastolfe com você? — continuou ele. — A verdade, por favor. Não estamos em condições de nos esquivar da verdade para evitar constrangimento.

Ela ergueu a cabeça e lançou-lhe um olhar direto.

— Não há nenhum constrangimento a ser evitado — disse ela.
— O dr. Han Fastolfe é um amigo muito estimado.

— Quão estimado, Gladia?

— Como eu disse... muito.

— Você está esperando a dissolução do casamento dele para poder ser sua próxima esposa?

— Não — disse ela em um tom muito calmo.

— Vocês são amantes, então?

— Não.

— Já foram?

— Não. Você está surpreso?

— É que eu preciso apenas de informação — respondeu Baley.

— Então, deixe-me responder às suas perguntas interligando as respostas, Elijah, e não as faça de forma ríspida, como se esperasse me surpreender a ponto de me fazer contar algo que, de outro modo, eu manteria em segredo — disse Gladia sem nenhum sinal aparente de raiva. Era quase como se ela estivesse se divertindo.

Baley, enrubescendo um pouco, estava a ponto de dizer que essa não era sua intenção de forma alguma, mas é claro que era e ele não ganharia nada negando esse fato.

— Pois bem, continue — disse ele, resmungando um pouco.

Os restos do chá estavam espalhados pela mesa entre eles. Baley se perguntava se, em circunstâncias normais, ela não teria levantado e flexionado o braço de certa maneira... e se o robô, Borgraf, não teria, então, entrado em silêncio e limpado a mesa.

O fato de que aqueles restos continuavam lá incomodava Gladia... e será que isso deixaria suas reações menos controladas? Se fosse esse o caso, era melhor que continuassem lá... mas Baley, na verdade, não esperava muito, pois não via nenhum sinal de que Gladia estaria perturbada por conta da bagunça ou mesmo de que a teria notado.

Gladia desviara o olhar novamente em direção ao colo, e parecia ter baixado a cabeça ainda mais, seu rosto assumindo um ar um pouco severo, como se estivesse tocando em um passado que ela preferiria apagar.

– Você vislumbrou como era a minha vida em Solaria – disse ela. – Não era uma vida feliz, mas eu não conhecia nenhuma outra. Foi só quando experimentei um pouquinho de felicidade que eu, de repente, soube exatamente até que ponto, e com que intensidade, minha vida anterior não era feliz. A primeira pista veio através de você, Elijah.

– Através de mim? – Baley foi pego de surpresa.

– Sim, Elijah. Nosso último encontro em Solaria... espero que se lembre, Elijah, me ensinou uma coisa. Eu toquei você! Eu tirei a luva, uma luva semelhante à que estou usando agora, e toquei seu rosto. O contato não durou muito. Não sei o que significou para você... não, não me diga, não é importante... mas significou muito para mim.

Ela levantou os olhos, fitando os de Baley em ar de desafio.

– Significou *tudo* para mim. Mudou a minha vida. Lembre-se, Elijah, de que, até aquele momento, depois de uns poucos anos de infância, eu nunca havia tocado um homem, ou, na verdade, qualquer ser humano a não ser meu marido. E eu tocava meu marido muito poucas vezes. Eu havia *olhado* homens por meio de imagens tridimensionais, claro, e, com isso, havia me familiarizado por completo com cada aspecto do físico masculino, cada parte dele. Não tinha nada a aprender nesse sentido.

Mas eu não tinha motivos para achar que um homem era muito diferente do outro ao toque. Eu sabia qual era a sensação de roçar a pele do meu marido, como era o contato de suas mãos quando ele conseguia me tocar, como era... tudo. Eu não tinha motivos para achar que qualquer coisa seria diferente com outro homem. Não havia prazer algum na relação física com meu marido, mas por que deveria haver? Existe algum prazer específico no contato dos meus dedos com essa mesa, a não ser no sentido de que eu poderia apreciar sua superfície lisa? O contato com meu marido fazia parte de um ritual esporádico ao qual ele se submetia porque se esperava isso dele, e, como bom solariano, portanto, ele o realizava seguindo o calendário, o relógio, o período de tempo e o modo descrito pelas normas da boa reprodução. Exceto pelo fato de que, em outro sentido, não correspondia a uma boa reprodução, pois, embora esse contato periódico se desse com o exato propósito de ter uma relação sexual, meu marido não havia solicitado um filho e não estava interessado, creio eu, em fazer um. E eu tinha muita admiração por ele para tomar a iniciativa de solicitar um, como teria sido meu direito. Quando me recordo disso, percebo que a experiência sexual era superficial e mecânica. Nunca tive um orgasmo. Nenhuma vez. Sabia que isso existia por conta de algumas leituras que fiz, mas as descrições apenas me deixavam perplexa e, dado que eram encontradas somente em livros importados (os livros solarianos nunca tratavam de sexo), eu não podia confiar nelas. Pensei que fossem só metáforas exóticas. Nem consegui ter experiências, pelo menos, não bem-sucedidas, com o autoerotismo. Masturbação é, creio eu, o termo usual. De qualquer maneira, ouvi essa palavra ser usada em Aurora. Em Solaria, claro, nenhum aspecto do sexo é discutido, e nenhuma palavra relacionada a sexo é usada em meio à sociedade educada. Nem há outro tipo de sociedade em Solaria. Com base em algo que lia de vez em quando, eu tinha uma ideia de como uma pessoa poderia se masturbar e, em várias ocasiões, sem entusiasmo, tentei fazer o que era descrito. Não consegui ir até o fim. O tabu contra tocar a carne humana fazia até a minha própria carne parecer proibida e desagradável para mim. Eu podia roçar o lado do meu corpo com a mão, cruzar uma perna sobre a outra, sentir a pressão de uma coxa contra a outra, mas eram toques casuais, que não eram levados em consideração. Transformar o ato de tocar em instrumento de prazer proposital era diferente. Cada fibra do meu ser sabia que aquilo não deveria ser feito e, porque eu sabia disso, não sentia prazer. E nunca, nem uma vez, me ocorreu que poderia haver prazer em tocar alguém em outras circunstâncias. Por que deveria me ocorrer tal ideia? Como isso poderia me ocorrer? Até eu tocá-lo aquela vez. Por que fiz aquilo, não sei. Eu me senti tomada de afeto por você porque havia me salvado da condição de assassina. E, além disso, você não era de todo proibido; não era solariano. Você não era, me desculpe, de todo um homem. Era uma criatura da Terra. Era humano na aparência, mas tinha uma vida curta e era suscetível a infecções, algo a ser rejeitado como semi-humano, na melhor das hipóteses. Então, porque você me salvou e não era um homem de verdade, eu podia tocá-lo. Além disso, você não me encarava com a hostilidade e a repulsa do meu marido... ou com a indiferença cuidadosamente treinada de alguém que estivesse me olhando por imagem tridimensional. Você estava bem ali, palpável, e seu olhar era terno e preocupado. Você estremeceu mesmo quando minha mão se aproximou do seu rosto. Eu vi isso. Por que foi assim, não sei. O toque foi tão fugaz e não era possível que a sensação física fosse diferente do que teria sido se eu tivesse tocado meu marido ou qualquer outro homem... ou talvez até mesmo outra mulher. Mas houve algo a mais além da sensação física. Você estava lá, você acolheu o toque, você me mostrou todos os sinais do que eu aceitei como sendo... afeto. E, quando nossa pele... minha mão, seu rosto... entraram em contato, foi como se eu tivesse tocado um fogo brando que subiu pela minha mão e pelo meu braço instantaneamente e me incendiou. Não sei quanto tempo durou... não pode ter sido mais do que um instante ou dois... mas, para mim, o tempo parou. Aconteceu algo comigo que nunca tinha acontecido antes, e relembrando depois de passado muito tempo, quando eu já sabia sobre isso, percebi que havia quase tido um orgasmo. Tentei não demonstrar...

Baley, sem se atrever a olhar para ela, chacoalhou a cabeça.

— Pois bem, eu não demonstrei. Eu disse "Obrigada, Elijah". Agradeci pelo que você havia feito por mim em relação à morte do meu marido. Mas agradeci muito mais por iluminar a minha vida e por me mostrar, mesmo sem saber, o que havia na vida; por abrir uma porta; por revelar um caminho; por mostrar um horizonte. O ato físico em si não foi nada. Só um toque. Mas foi o começo de tudo.

Sua voz desvanecera e, por um momento, ela não disse nada, lembrando.

Então um dedo se ergueu.

— Não. Não diga nada. Eu ainda não terminei. Eu tinha tido fantasias antes, coisas muito vagas e incertas. Eu e um homem, fazendo o que meu marido e eu fazíamos, mas diferente de algum modo... eu não sabia sequer de que jeito era diferente... e sentindo algo diferente, algo que eu não podia sequer imaginar quando imaginava com todas as minhas forças. Eu poderia ter passado a vida inteira tentando imaginar o inimaginável e poderia ter morrido do modo como, suponho, as mulheres em Solaria, e os homens também, com frequência morrem, sem nunca saber, mesmo após três ou quatro séculos. Sem nunca saber. Tendo filhos, mas sem nunca saber. Mas um toque no seu rosto, Elijah, e eu soube. Isso não é incrível? Você me ensinou o que eu deveria imaginar. Não o aspecto mecânico da coisa, não a aproximação tediosa e relutante dos corpos, mas algo que eu jamais teria imaginado que tivesse a ver com isso. Uma expressão em um rosto, um brilho nos olhos, a sensação de... gentileza... delicadeza... algo que eu mal posso descrever... aceitação... a diminuição daquela terrível barreira entre os indivíduos. Amor, creio eu... uma palavra conveniente para abranger tudo isso e outras coisas mais. Senti amor por você, Elijah, porque pensei que você pudesse sentir amor por mim. Não vou dizer que me amou, mas me pareceu que poderia me amar. Eu nunca tive isso e, embora tratassem disso na literatura antiga, eu não sabia o que eles queriam dizer, do mesmo modo que não compreendia quando os homens, naqueles livros, falavam de "honra" e matavam uns aos outros em nome dela. Eu aceitava a palavra, mas nunca entendi seu significado. Ainda não entendo. E foi isso o que aconteceu com a ideia de "amor" até eu tocá-lo. Depois daquilo eu conseguia imaginar... e eu vim para Aurora lembrando-me de você, e pensando em você, e tendo conversas intermináveis com você em minha mente, e pensando que em Aurora eu conheceria um milhão de Elijahs.

Ela fez uma pausa, perdida por um instante em seus pensamentos, e depois continuou de repente:

— Não conheci. Aurora, como acabei percebendo, era, a seu modo, tão ruim quanto Solaria. Em Solaria, sexo era *errado*. Era odiado e todos nós nos afastávamos dele. Não conseguíamos amar por conta do ódio que o sexo despertava. Em Aurora, o sexo era *chato*. Era aceito de forma calma, com facilidade... de forma tão fácil quanto respirar. Se uma pessoa sentisse um impulso, ela se aproximava de qualquer um que parecesse adequado e, se esse indivíduo adequado não estivesse ocupado naquele momento com algo que não pudesse ser deixado de lado, o sexo acontecia da forma que fosse conveniente. Como respirar. Mas onde está o êxtase em respirar? Se alguém estivesse engasgando, então, talvez, a primeira respiração estremecida que se seguisse à privação de ar pudesse ser um deleite e um alívio arrebatadores. Mas e se a pessoa nunca engasgasse? E se uma pessoa nunca ficasse relutantemente sem sexo? E se sexo fosse ensinado aos jovens em pé de igualdade com leituras e programações? E se fosse esperado que eles experimentassem por via de regra, e que os mais velhos ajudassem? Sexo, permitido e livre como a água, não tem nada a ver com amor em Aurora, do mesmo modo como sexo, proibido e motivo de vergonha, não tem nada a ver com amor em Solaria.

Em ambos os casos, os filhos são poucos e só acontecem após um pedido formal. E então, se a permissão for concedida, deve haver um intervalo de sexo destinado apenas à procriação, um intervalo de sexo tedioso e desagradável. Se, após um período de tempo razoável, não ocorrer uma gravidez, a alma se revolta e recorre-se à inseminação artificial. Com o tempo, tal como em Solaria, os bebês de proveta serão a última moda, de modo que a fertilização e o desenvolvimento fetal ocorrerão em genitórios e o sexo será deixado à própria sorte como uma forma de interação social e divertimento cuja ligação com o amor não é maior do que sua relação com o polo espacial. Eu não conseguiria me adaptar a essa atitude auroreana, Elijah. Não fui criada para isso. Aterrorizada, procurei por sexo e ninguém recusou... e ninguém se importou. Os olhos de cada homem ficavam inexpressivos quando eu me oferecia e permaneciam inexpressivos quando eles aceitavam. Mais uma, diziam eles, o que importa? Eles estavam dispostos, mas não mais do que isso. E tocá-los não significou nada. Eu poderia estar tocando meu marido. Aprendi a levar a relação a cabo, a seguir as ações deles, a aceitar sua orientação... e tudo isso ainda não significava nada. Não senti sequer o desejo de fazer isso em mim mesma, de fazer isso sozinha. A sensação que você me causou nunca mais voltou e, com o tempo, eu desisti. Durante todo esse tempo, o dr. Fastolfe foi meu amigo. Só ele, em toda Aurora, sabia de tudo o que aconteceu em Solaria. Pelo menos, é o que eu acho. Sei que a história toda não veio a público e com certeza não apareceu naquele horrível drama em hiperonda sobre o qual ouvi falar... eu me recusei a vê-lo. O dr. Fastolfe me protegeu contra a falta de compreensão por parte dos auroreanos e contra seu desprezo generalizado pelos solarianos. Ele também me protegeu contra o desespero que tomou conta de mim depois de algum tempo. Não, nós não éramos amantes. Eu teria me oferecido, mas na época em que isso me ocorreu eu não achava mais que a sensação que você havia inspirado, Elijah, se daria outra vez.

Achei que poderia ser um truque da memória e desisti. Não me ofereci. Tampouco ele se ofereceu. Não sei por que o doutor não me propôs. Talvez ele conseguisse entender que meu desespero decorria da minha incapacidade de encontrar algo útil no sexo e não quisesse acentuar o desespero ao repetir essa incapacidade. Seria tipicamente gentil da parte dele ter esse tipo de cuidado para comigo... logo, não éramos amantes. Ele foi apenas meu amigo em um momento em que eu precisava muito mais. Aí está, Elijah. Eis a resposta inteira à pergunta que fez. Você queria saber qual era a minha relação com o dr. Fastolfe e disse que precisava de informação. Agora você a tem. Está satisfeito?

Baley tentou não demonstrar sua tristeza.

– Sinto muito, Gladia, que sua vida tenha sido tão difícil. Você me deu a informação de que eu precisava. Talvez tenha me dado mais informação do que imagina.

Gladia franziu a testa.

– Em que sentido?

Baley não respondeu de forma direta.

– Gladia, fico feliz que a lembrança guardada de mim tenha significado tanto para você. Nunca me ocorreu, em nenhum momento em Solaria, que eu causasse tamanha impressão em você, e, mesmo que tivesse me ocorrido, não teria tentado... você sabe.

– Eu sei, Elijah – disse ela, suavizando o tom. – Nem teria lhe servido de nada se tivesse tentado. Eu não teria sido capaz.

– Sei disso. Nem tomo o que você me contou como um convite agora. Um toque, um momento de *insight* sexual, não precisa ser mais do que isso. É muito provável que tal coisa nunca possa se repetir, e sua existência anterior não deve ser arruinada por tolas tentativas de revivê-la. Esse é um dos motivos pelos quais agora eu... não me ofereço. E minha incapacidade em fazê-lo não deve ser interpretada como outro final frustrante para você. Além disso...

– Sim?

— Como disse antes, talvez você tenha me contado mais do que consegue perceber. Você me disse que a história não termina com o seu desespero.

— Por que diz isso?

— Ao me contar sobre a sensação inspirada pelo toque no meu rosto, você disse algo como "relembrando depois de passado muito tempo, quando eu já sabia sobre isso, percebi que havia quase tido um orgasmo". Mas depois você prosseguiu, explicando que o sexo com os auroreanos nunca foi bem-sucedido e, suponho, também nesse momento você não teve um orgasmo. No entanto, se reconheceu a sensação que teve naquela época em Solaria, você *deve* ter tido um, Gladia. Você não poderia relembrar e reconhecer o que foi aquela sensação a não ser que tivesse aprendido a amar com êxito. Em outras palavras, você *teve* um amante e você *vivenciou* o amor. Se devo acreditar que o dr. Fastolfe não é seu amante nem nunca foi, então, como consequência, alguma outra pessoa é... ou era.

— E se for isso mesmo? Por que lhe diz respeito, Elijah?

— Não sei se me diz ou não respeito, Gladia. Diga-me quem é, e, se não for de minha conta, não farei mais perguntas.

Gladia ficou quieta.

— Se não me disser, Gladia, vou ter que dizer a você. Eu lhe avisei antes que não estou em posição de poupar seus sentimentos.

Gladia continuou quieta, os cantos dos lábios embranquecidos pela pressão.

— Deve ser alguém, Gladia, e a sua dor pela perda de Jander é muito grande. Você mandou Daneel sair porque não conseguia olhar para ele por conta da lembrança de Jander que o rosto dele despertava. Se eu estiver errado em concluir que era Jander Panell... — Ele parou por um instante, e depois disse com dureza: — Se o robô, Jander Panell, não era seu amante, diga-me.

— Jander Panell, o robô, não era meu amante — suspirou Gladia. Depois, em voz alta, ela acrescentou com firmeza: — Ele era meu marido!

25

Baley mexeu os lábios sem emitir som, mas a exclamação de quatro sílabas era inconfundível.

— Isso — disse Gladia. — Por Josafá! Você ficou perplexo. Por quê? Você não aprova?

— Não cabe a mim aprovar ou desaprovar.

— O que significa que você desaprova.

— O que significa que estou buscando apenas informações. Como uma pessoa faz a distinção entre marido e amante em Aurora?

— Se duas pessoas moram em uma mesma propriedade por determinado período de tempo, podem se referir um ao outro como "esposa" ou "marido", em vez de "amante".

— Por um período de quanto tempo?

— Isso varia de região para região, pelo que sei, de acordo com a opção local. Na cidade de Eos, esse período de tempo é de três meses.

— Durante esse período de tempo, também é necessário que a pessoa deixe de manter relações sexuais com outros parceiros?

Gladia, surpresa, franziu a testa.

— Por quê?

— Só estou perguntando.

— A exclusividade é algo impensável em Aurora. Trate-se de marido ou de amante, não faz diferença. A pessoa faz sexo à vontade.

— E você fez sexo à vontade enquanto estava com Jander?

— Na realidade não fiz, mas foi escolha minha.

— Outros se ofereceram?

— Às vezes.

— E você recusou?

— Posso recusar quando quiser. Faz parte da não exclusividade.

— Mas você recusou?

— Sim.
— E os que foram recusados sabem por que você os recusou?
— O que você quer dizer?
— Eles sabiam que você tinha um marido robô?
— Eu tinha um *marido*. Não o chame de marido robô. Não existe essa expressão.
— Eles sabiam?

Ela fez uma pausa.

— Não sei se eles sabiam.
— Você contou a eles?
— Que motivo havia para contar a eles?
— Não responda às minhas perguntas com perguntas. Você contou a eles?
— Não.
— Como conseguiu evitar ter que contar isso? Você não acha que teria sido natural dar uma explicação para a sua recusa?
— Nunca é preciso dar explicação alguma. Uma recusa é apenas uma recusa e sempre é aceita. Não entendo aonde quer chegar.

Baley parou para organizar os pensamentos. Gladia e ele não estavam discordando, estavam seguindo linhas paralelas.

— Teria parecido normal em Solaria casar-se com um robô? — começou ele de novo.
— Em Solaria, isso seria impensável e eu nunca teria considerado essa possibilidade. Em Solaria, tudo era impensável. E na Terra também, Elijah. Sua mulher alguma vez se casou com um robô?
— Isso é irrelevante, Gladia.
— Talvez, mas sua expressão já é uma resposta suficiente. Podemos não ser auroreanos, você e eu, mas estamos em Aurora. Moro aqui há dois anos e aceitei seus costumes.
— Quer dizer que as relações sexuais entre humanos e robôs são comuns em Aurora?
— Não sei. Apenas sei que são aceitas porque tudo é aceito no que se refere a sexo... tudo o que é voluntário, que gera satisfação

mútua e que não causa dano físico a ninguém. Que diferença poderia fazer para qualquer outra pessoa o modo como um indivíduo ou uma combinação qualquer de indivíduos encontrou satisfação? Alguém se preocuparia em saber que livro-filmes eu vi, o que comi, a que hora fui dormir ou acordei, se gosto de gatos ou não gosto de rosas? O sexo também é uma questão de indiferença... em Aurora.

— Em Aurora — repetiu Baley. — Mas você não nasceu em Aurora e não foi criada segundo seus costumes. Você me disse agora mesmo que não conseguiria se adaptar exatamente a essa indiferença quanto ao sexo que você agora elogia. Antes, você expressou sua repulsa pelos casamentos múltiplos e pela promiscuidade fácil. Se você não contou àqueles que recusou qual foi o motivo da recusa, pode ter sido porque, em algum recanto escondido do seu ser, você sentia vergonha de Jander ser seu marido. Você deveria saber, ou suspeitar, ou mesmo apenas supor que era incomum nesse aspecto... incomum mesmo em Aurora... e sentiu vergonha.

— Não, Elijah, você não vai me convencer a ter vergonha. Se casar-se com um robô é incomum mesmo em Aurora, é porque robôs como Jander são incomuns. Os robôs que temos em Solaria, ou na Terra... ou em Aurora, exceto por Jander e Daneel, não são projetados para dar nada a não ser o tipo mais primitivo de satisfação sexual. Eles podem ser usados como instrumentos para masturbação, talvez, como um vibrador mecânico, mas nada além disso. Quando o novo robô humaniforme for difundido, também o sexo entre humanos e robôs será difundido.

— Para começar, Gladia, como foi que você obteve Jander? Só existiam dois... ambos na propriedade do dr. Fastolfe. Ele simplesmente deu um dos robôs (metade do total) a você?

— Sim.

— Por quê?

— Por bondade, suponho. Eu me sentia sozinha, desiludida, infeliz, uma estranha em uma terra estranha. O dr. Fastolfe me deu Jander para que ele me fizesse companhia, e nunca saberei como agradecê-lo por isso. Durou apenas seis meses, mas esses seis meses podem ter valido por toda a minha vida.

— O dr. Fastolfe sabia que Jander era seu marido?

— Ele nunca mencionou isso, então não sei.

— *Você* mencionou?

— Não.

— Por que não?

— Não achei necessário. E não, não foi porque eu estava com vergonha.

— Como aconteceu?

— Eu não ter achado necessário?

— Não. O fato de Jander se tornar seu marido.

Gladia ficou tensa.

— Por que tenho que explicar isso? — perguntou ela em um tom hostil.

— Gladia, está ficando tarde — disse ele. — Não discuta comigo a cada etapa do interrogatório. Você se sente angustiada porque Jander está... está morto?

— Precisa perguntar?

— Você quer descobrir o que aconteceu?

— Mais uma vez, precisa perguntar?

— Então me ajude. Preciso de toda informação que eu puder coletar se quiser começar (sequer começar) a avançar na solução de um problema aparentemente insolúvel. Como Jander se tornou seu marido?

Gladia se recostou na cadeira e, de repente, seus olhos estavam marejados de lágrimas. Ela empurrou o prato com as migalhas que haviam sido confeitos e disse, com a voz embargada:

— Os robôs comuns não usam roupas, mas também são projetados de modo a dar a sensação de estarem vestidos. Conheço bem os robôs por ter vivido em Solaria, e tenho certo talento artístico...

— Eu me lembro de suas figuras de luz — disse Baley em voz baixa.

Gladia aquiesceu.

— Fiz alguns desenhos para novos modelos que, na minha opinião, possuiriam mais estilo e despertariam mais interesse do que certos desenhos que eram usados em Aurora. Algumas das minhas pinturas, baseadas naqueles projetos, estão aqui nas paredes. Tenho outras em outros lugares nesta propriedade.

Baley olhou para as pinturas. Ele as tinha visto. Eram representações de robôs, não havia dúvida. Não eram naturalistas, mas pareciam alongadas e estranhamente curvas. Notava agora (olhando para as pinturas sob uma nova perspectiva) que as distorções eram desenhadas de modo a enfatizar, de maneira bastante inteligente, aquelas partes que sugeriam uma vestimenta. De certa forma, causavam a impressão de trajes de serviçais que ele vira uma vez em um livro dedicado à Inglaterra vitoriana. Gladia sabia dessas coisas ou foi só uma semelhança fortuita, ainda que circunstancial? Era, provavelmente, uma questão sem importância, mas não era algo (talvez) para se esquecer.

Quando ele reparou nas pinturas pela primeira vez, pensou que fosse o jeito de Gladia se cercar de robôs, imitando a vida em Solaria. Ela disse que odiava aquela vida, mas isso era apenas um produto de sua mente pensante. Solaria fora o único lar que ela conhecera de fato, e isso não se apaga assim... talvez não se apague nunca. E talvez isso continuasse sendo um elemento de sua pintura, mesmo que sua nova ocupação lhe desse um motivo mais plausível.

— Tive êxito — dizia ela. — Algumas empresas fabricantes de robôs pagaram bem pelos meus projetos e houve vários casos de robôs que receberam uma nova camada exterior de acordo com as minhas instruções. Isso tudo causou certa satisfação que, em pequeno grau, compensou o vazio emocional da minha vida. Quando o dr. Fastolfe me deu Jander, eu tinha um robô que vestia roupas comuns, claro. O prezado doutor, na verdade, fez a gentileza de me dar várias mudas de roupa para Jander. Nenhuma delas apresentava um mínimo de criatividade, e me divertia comprar o que eu considerava vestimentas mais apropriadas. Isso significava tirar medidas bem exatas dele, uma vez que eu pretendia que meus desenhos fossem feitos sob encomenda... e *isso* significava fazê-lo tirar a roupa por etapas. Ele assim fez... e foi só quando estava completamente despido que eu percebi quanto ele se assemelhava a um humano. Não faltava nada, e aquelas partes que se poderia esperar que fossem eréteis eram, de fato, eréteis. Na verdade, elas estavam subordinadas a algo que, em um humano, seria chamado de controle consciente. Jander conseguia intumescê-lo e desintumescê-lo quando recebia ordens. Ele me disse isso quando lhe perguntei se seu pênis era funcional a esse respeito. Eu estava curiosa e ele fez uma demonstração. Você deve entender que, embora ele se parecesse muito com um homem, eu sabia que ele era um robô. Sinto certa hesitação quanto a tocar os homens, entende, e não tenho dúvidas de que isso contribuiu para eu não ser capaz de ter uma relação sexual satisfatória com os auroreanos. Mas não se tratava de um homem, e eu estive com robôs minha vida inteira. Eu podia tocar Jander livremente. Não demorou muito tempo para eu perceber que gostava de tocá-lo, e não demorou muito para Jander perceber que eu gostava daquilo. Ele era um robô muito bem ajustado que seguia as Três Leis da Robótica de forma cautelosa. Deixar de me dar alegria quando ele podia fazê-lo teria sido uma decepção. A decepção poderia ser reconhecida como um dano, e ele não podia ferir um ser humano. Então ele tomou um cuidado infinito para me dar alegria, e, porque eu via nele o desejo de dar alegria, algo que nunca vi nos homens auroreanos, eu estava mesmo alegre e, enfim, descobri plenamente, acho, o que é um orgasmo.

— Então você estava completamente feliz? — perguntou Baley.

— Com Jander? Claro. Completamente.

— Você nunca discutia?
— Com Jander? Como poderia? Seu único objetivo, a única razão de sua existência, era me agradar.
— Será que isso não poderia perturbá-la? Ele só a agradava porque tinha que fazer isso.
— Que motivo alguém teria para ter que fazer alguma coisa a não ser o de que, por uma razão ou por outra, ele tinha de fazê-lo?
— E você nunca desejou tentar uma relação real... experimentar os auroreanos depois de ter aprendido a sentir orgasmo?
— Teria sido um substituto insatisfatório. Eu só queria Jander. Você entende agora o que eu perdi?

A expressão naturalmente séria de Baley tornou-se solene.

— Entendo, Gladia — respondeu ele. — Se eu lhe causei dor antes, por favor, perdoe-me, pois naquele momento eu não entendia de todo.

Mas ela estava chorando e ele esperou, incapaz de dizer mais nada, incapaz de pensar em uma maneira razoável de consolá-la.

Por fim, ela chacoalhou a cabeça e enxugou os olhos com o dorso da mão.

— Algo mais? — murmurou ela.
— Algumas perguntas sobre outro assunto, e depois vou parar de aborrecê-la — disse ele como quem pede desculpas. E acrescentou com cautela: — Por enquanto.
— O que é? — Ela parecia muito cansada.
— Você sabe que há pessoas que acham que o dr. Fastolfe foi o responsável pela morte de Jander?
— Sim.
— Você sabe que o dr. Fastolfe admite que somente ele possuía a perícia para matar Jander do modo como ele foi morto?
— Sim. O caro doutor me disse isso.
— Pois bem, Gladia, você *acha* que o dr. Fastolfe matou Jander?

De forma repentina e brusca, ela levantou os olhos na direção dele e depois disse, com raiva:

— Claro que não. Por que ele faria isso? Para começar, Jander era robô *dele* e o doutor era cheio de cuidados com ele. Você não conhece o doutor como eu conheço, Elijah. Ele é uma pessoa gentil que não machucaria ninguém e que nunca feriria um robô. Supor que ele mataria um robô é o mesmo que supor que uma pedra cairia para cima.

— Não tenho mais perguntas, Gladia, e o único compromisso a cumprir aqui, por enquanto, é ver Jander... o que restou de Jander... se você me permitir.

Ela ficou desconfiada de novo, hostil.

— Por quê? Por quê?

— Gladia! Por favor! Não espero que isso vá servir de alguma coisa, mas devo ver Jander e *saber* que o fato de tê-lo visto não foi de utilidade alguma. Vou tentar não fazer nada que ofenda a sua sensibilidade.

Gladia se levantou. Seu vestido, tão simples a ponto de não ser mais do que um longo bem justo, não era preto (como teria sido na Terra), mas de uma cor sem graça que não tinha brilho em parte alguma. Baley, que não era um especialista em roupas, percebeu como a peça representava bem o luto.

— Venha comigo — murmurou ela.

26

Baley seguiu Gladia, passando por vários cômodos cujas paredes tinham um brilho sem graça. Em uma ou duas ocasiões, ele percebeu algum movimento, que deduziu tratar-se de robôs saindo rapidamente do meio do caminho, uma vez que haviam recebido ordens para não se intrometerem.

Passaram, então, por um corredor e subiram um pequeno lance de escadas, entrando em um cômodo pequeno no qual parte de uma parede brilhava para causar o efeito de um refletor.

O cômodo continha uma maca e uma cadeira... e nenhuma outra decoração.

— Este era o quarto dele — disse Gladia. Depois, como que respondendo aos pensamentos de Baley, ela continuou: — Era tudo de que ele precisava. Eu o deixava sozinho sempre que possível... o dia inteiro, se eu pudesse. Eu não queria nunca me cansar dele.

— Ela chacoalhou a cabeça. — Agora eu gostaria de ter passado cada segundo com ele. Não sabia que nosso tempo seria tão curto... Aqui está ele.

Jander estava deitado na maca e Baley olhou para ele com seriedade. O robô estava coberto com um material macio e brilhante. A parede iluminada lançava seu brilho sobre a cabeça de Jander, que era suave e quase inumana em sua serenidade. Os olhos estavam bem abertos, mas opacos e baços. Ele se parecia com Daneel o bastante para dar razão ao desconforto de Gladia na presença do outro robô humaniforme. O pescoço e os ombros nus de Jander não estavam cobertos pelo lençol.

— O dr. Fastolfe o examinou? — perguntou Baley.

— Sim, de forma minuciosa. Eu fui procurá-lo, em desespero, e, se você o tivesse visto vir correndo para cá, a preocupação que ele tinha, a dor, o... o pânico, nunca pensaria que ele pudesse ter sido o responsável. Não havia nada que ele pudesse fazer.

— Ele está despido?

— Sim. O dr. Fastolfe teve que tirar a roupa para fazer um exame minucioso. Não havia motivo para substituí-las.

— Você me daria permissão para tirar o lençol, Gladia?

— Você precisa?

— Eu não gostaria de ser culpado de negligenciar algum detalhe óbvio da investigação.

— O que você poderia encontrar que o dr. Fastolfe não encontrou?

— Nada, Gladia, mas preciso *saber* que não há nada para eu encontrar. Por favor, coopere.

— Bem, então vá em frente, mas, *por favor*, cubra-o exatamente como ele está agora quando tiver terminado.

Ela deu as costas para ele e para Jander, colocou o braço esquerdo contra a parede e apoiou a cabeça nele. Não se ouvia nenhum som vindo dela, nem se via movimento algum, mas Baley sabia que ela estava chorando de novo.

O corpo talvez não fosse precisamente humano. Os contornos musculares eram, de certo modo, simplificados e um tanto esquemáticos, mas todas as partes estavam lá: mamilos, umbigo, pênis, testículos, pelos púbicos e assim por diante. Até um pouco de pelo claro e fino no peito.

Quantos dias haviam se passado desde a morte de Jander? Veio à cabeça de Baley que ele não sabia, mas tinha sido algum tempo antes de sua viagem a Aurora começar. Mais de uma semana havia se passado e não havia sinal de decomposição, nem em termos visuais nem em termos olfativos. Uma clara diferença robótica.

Baley hesitou e depois colocou um braço debaixo do ombro de Jander e o outro debaixo do quadril, passando-os de todo por baixo do robô. Ele não pensou em pedir ajuda para Gladia... *isso* seria impossível. Ele fez um esforço e, com alguma dificuldade, virou Jander sem jogá-lo para fora da maca.

A maca rangeu. Gladia devia saber o que ele estava fazendo, mas ela não se virou. Embora não tivesse oferecido ajuda, tampouco ela protestou.

Baley recolheu os braços. Jander estava quente ao toque. Presumivelmente, o mecanismo de energia continuava fazendo coisas simples como manter a temperatura, mesmo com o cérebro inoperante. O corpo também parecia firme e resistente. Presumivelmente, ele nunca passara por qualquer etapa análoga ao *rigor mortis*.

Um dos braços estava caído para fora da maca de um jeito bem semelhante ao de um humano. Baley mexeu no braço de leve e o soltou. O braço balançou de um lado para o outro e parou. Ele dobrou um dos joelhos do robô e examinou um pé, depois o outro. As nádegas eram moldadas com perfeição e havia até um ânus.

Baley não conseguia se livrar da sensação de desconforto. A ideia de que ele estava violando a privacidade de um ser humano não lhe saía da cabeça. Se fosse um cadáver humano, a frieza e rigidez o teriam despojado de sua humanidade.

Ele pensou com desconforto: um cadáver robótico era muito mais humano do que um cadáver humano.

Outra vez ele passou os braços por baixo de Jander, levantou-o e virou-o de volta.

Ele alisou o lençol o melhor que pôde, depois cobriu o robô do modo como estava e alisou o tecido. Deu um passo para trás e concluiu que ficara da mesma maneira que antes... ou o mais parecido que ele conseguia deixar.

— Terminei, Gladia — disse ele.

Ela se virou, olhou para Jander com os olhos marejados e disse:

— Podemos ir, então?

— Sim, claro, mas Gladia...

— Sim?

— Você vai mantê-lo assim? Imagino que ele não vá se decompor.

— Importa se eu o mantiver?

— De certa forma, sim. Você deve dar a si mesma a chance de se recuperar. Não pode passar três séculos de luto. O que acabou, acabou. — Suas declarações soavam ocamente aos seus próprios ouvidos. Como teriam soado aos ouvidos dela?

— Sei que você diz isso para o meu bem, Elijah. Fui solicitada a ficar com Jander até a investigação terminar. Então ele será incinerado a meu pedido.

— Incinerado?

— Incendiado por uma tocha de plasma e reduzido a seus elementos básicos, como os cadáveres humanos são. Eu ficarei com hologramas dele... e lembranças. Isso basta para você?

— Claro. Devo voltar à casa do dr. Fastolfe agora.

— Sim. Você descobriu alguma coisa observando o corpo de Jander?

— Eu não esperava descobrir, Gladia.

Ela o encarou.

— E Elijah, quero que você descubra quem fez isso e por quê. Eu preciso saber.

— Mas Gladia...

Ela chacoalhou a cabeça com violência, como que para afastar alguma coisa que não estivesse pronta para ouvir.

— Eu *sei* que você consegue fazer isso.

7 OUTRA VEZ FASTOLFE

27

Baley saiu da casa de Gladia e deparou com o pôr do sol. Ele se voltou para o que imaginou tratar-se do horizonte a oeste e encontrou o sol de Aurora, de um escarlate profundo, coberto por algumas faixas de nuvens avermelhadas contra um céu verde-maçã.

"Por Josafá", sussurrou ele. Obviamente, o sol auroreano, mais frio e alaranjado do que o da Terra, acentuava essa diferença ao se pôr, quando sua luz atravessava a camada mais espessa de Aurora.

Daneel estava atrás dele; Giskard, como da outra vez, estava bem adiante.

– Você está bem, parceiro Elijah? – A voz de Daneel soou ao ouvido do detetive.

– Muito bem – respondeu Baley, satisfeito consigo mesmo.

– Estou administrando bem a Área Externa, Daneel. Consigo até admirar o pôr do sol. Ele é sempre assim?

Daneel fitou friamente o sol se pondo e respondeu:

– Sim. Mas vamos rápido para a propriedade do dr. Fastolfe. Nesta época do ano, o crepúsculo não dura muito, parceiro Elijah, e eu gostaria que você chegasse lá enquanto ainda pode enxergar com facilidade.

— Estou pronto. Vamos. — Baley se perguntava se não seria melhor esperar pela escuridão. Não seria agradável não poder ver, mas isso lhe daria a ilusão de estar em um lugar fechado, e ele não sabia ao certo, em seu íntimo, quanto tempo essa euforia causada por admirar o pôr do sol (um pôr do sol, pense bem, na Área Externa) duraria. Mas essa era uma incerteza covarde e ele não ia confessá-la.

Silenciosamente, Giskard voltou e disse:

— O senhor gostaria de esperar? A escuridão seria mais apropriada para o senhor? Nós não nos sentiríamos incomodados.

Baley notou a presença de outros robôs, a distância, por todos os lados. Gladia dera aos seus robôs de campo a tarefa de montar guarda ou Fastolfe enviara os dele?

Isso enfatizava o modo como todos estavam cuidando dele e, perversamente, ele não admitiria nenhum sinal de fraqueza. Ele disse:

— Não, vamos indo — e disparou a passos rápidos em direção à propriedade de Fastolfe, que ele podia ver em meio às árvores ao longe.

Deixe que os robôs sigam ou não, como quiserem, pensou ele com audácia. Ele sabia que, se se permitisse pensar nisso, algo dentro dele ainda se intimidaria com a ideia de estar na camada mais externa de um planeta, sem proteção alguma entre ele e o grande vácuo a não ser o ar; mas ele *não* ia pensar nisso.

Era a alegria de estar livre do medo que fazia sua mandíbula tremer e seus dentes baterem. Ou era o vento gelado da tardezinha que fazia isso... e que também fazia os pelos dos seus braços se arrepiarem.

Não era a Área Externa.

Não era.

— Até que ponto você conhecia Jander, Daneel? — perguntou ele, tentando descerrar os dentes.

— Nós estivemos juntos por algum tempo. Do momento em que o amigo Jander foi construído até ele passar à propriedade da srta. Gladia, estivemos juntos constantemente.

— Daneel, você se sentia incomodado com o fato de vocês serem tão parecidos?

— Não, senhor. Ele e eu sabíamos nos distinguir um do outro, parceiro Elijah, e o dr. Fastolfe também não nos confundia. Nós éramos, portanto, dois indivíduos diferentes.

— Você conseguia distingui-los também, Giskard? — Os dois robôs estavam mais perto dele agora, talvez porque as tarefas assumidas pelos outros robôs tivessem de ser cumpridas a longa distância.

— Não houve nenhuma ocasião, segundo me lembro, em que fosse importante que eu os distinguisse — respondeu Giskard.

— E se tivesse havido, Giskard?

— Então eu os teria distinguido.

— Qual era a sua opinião sobre Jander, Daneel?

— Minha opinião, parceiro Elijah? A respeito de qual aspecto de Jander você deseja saber minha opinião?

— Ele fazia bem o trabalho dele, por exemplo?

— Com certeza.

— Ele era satisfatório em todos os sentidos?

— Que eu saiba, em todos os sentidos.

— E você, Giskard? Qual é a sua opinião?

— Nunca fui tão próximo do amigo Jander quanto o amigo Daneel, e não seria apropriado emitir uma opinião — respondeu Giskard. — O que posso dizer é que o dr. Fastolfe, que eu saiba, estava no geral satisfeito com o amigo Jander. Ele parecia igualmente satisfeito com o amigo Jander e com o amigo Daneel. Entretanto, não acho que minha programação me permita dar certeza quanto a essas questões.

— E quanto ao período posterior à chegada de Jander à casa da srta. Gladia? Você tinha contato com ele naquele momento, Daneel? — perguntou Baley.

— Não, parceiro Elijah. A srta. Gladia o mantinha em sua propriedade. Nas ocasiões em que ela visitava o dr. Fastolfe, ele nunca estava com ela, até onde sei. Nas ocasiões em que eu acompanhava o dr. Fastolfe em uma visita à propriedade da srta. Gladia, eu não vi o amigo Jander.

Baley ficou um pouco surpreso com isso. Ele se virou para Giskard para fazer a mesma pergunta, fez uma pausa e depois encolheu os ombros. Ele não estava de fato chegando a lugar algum e, como o dr. Fastolfe apontara antes, não é muito útil interrogar um robô. Eles não diriam, de propósito, nada que ferisse um ser humano, nem podiam ser importunados, subornados ou adulados a fim de dizê-lo. Eles não mentiriam abertamente, mas insistiriam teimosamente, embora de forma educada, em dar respostas inúteis.

E... talvez... não importasse mais.

Eles estavam à entrada da casa de Fastolfe agora e Baley sentia que sua respiração estava acelerando. O tremor nos braços e no lábio inferior eram mesmo – ele estava confiante – apenas por conta do vento gelado.

O sol havia desaparecido agora; algumas estrelas estavam visíveis e o céu escurecendo, assumindo um tom estranho de roxo-esverdeado que o fazia parecer machucado, e Baley passou pela porta para encontrar o calor das paredes luminosas.

Ele estava seguro.

Fastolfe o cumprimentou.

– O senhor voltou em boa hora, sr. Baley. Sua reunião com Gladia foi proveitosa?

– Bastante proveitosa, dr. Fastolfe. É possível até que eu tenha nas mãos a chave para encontrar a resposta.

28

Fastolfe apenas deu um sorriso educado, de um modo que não mostrava nem surpresa, nem exaltação, nem descrença. Ele indicou o caminho para um cômodo que era, obviamente, uma sala de jantar, uma sala menor e mais simpática do que aquela onde eles almoçaram.

— O senhor e eu, meu caro sr. Baley, vamos ter um jantar informal a sós — disse Fastolfe em um tom agradável. — Só nós dois. Até os robôs estarão ausentes, se isso for do seu agrado. Nem vamos falar de negócios, a menos que o senhor queira desesperadamente fazer isso.

Baley não disse nada, mas parou para olhar as paredes, perplexo. Elas tinham uma coloração verde luminosa e trêmula, com diferenças de brilho e matiz que progrediam lentamente de baixo para cima. Havia um toque de frondes de um verde mais profundo e de vagos movimentos bruxuleantes aqui e ali. As paredes faziam o cômodo parecer uma gruta bem iluminada no fundo de um braço raso do mar. O efeito era vertiginoso... pelo menos, Baley achava que era.

Fastolfe não teve dificuldade para interpretar a expressão de Baley.

— É um gosto adquirido, sr. Baley, eu admito — disse ele. — Giskard, suavize a iluminação da parede. Obrigado.

Baley deu um suspiro de alívio.

— Eu agradeço *ao senhor*, dr. Fastolfe. Posso visitar o Privativo, senhor?

— Mas é claro.

— O senhor poderia... — disse ele, hesitante.

Fastolfe deu uma risadinha.

— O senhor vai encontrá-lo em condições perfeitamente normais, sr. Baley. Não terá do que reclamar.

Baley fez uma pequena mesura.

— *Muito obrigado.*

Sem aquele faz de conta intolerável, o Privativo (ele acreditava ser o mesmo que usara antes naquele dia) era apenas aquilo que era, e o mais luxuoso e aconchegante que ele já vira. Era incrivelmente diferente dos da Terra, que eram fileiras de unidades idênticas se estendendo indefinidamente, cada qual marcado para o uso de um (e apenas um) indivíduo de cada vez.

Ele brilhava, de certa forma, devido à limpeza e à higiene. Sua camada molecular mais externa poderia ter sido removida após o uso e uma nova camada ter sido aplicada. De uma maneira confusa, Baley sentia que, se ficasse por muito tempo em Aurora, teria dificuldade para se readaptar às multidões da Terra, que relegavam a higiene e a limpeza a segundo plano... como algo a se reverenciar de longe, e não um ideal atingível.

Baley, de pé ali em meio a objetos de marfim e de ouro (não marfim de verdade, sem dúvida, nem ouro de verdade), brilhantes e suaves, de repente se viu tendo calafrios ante a troca casual de bactérias na Terra, e se encolhendo ante a ideia de sua abundante infecciosidade. Não era isso o que os Siderais sentiam? Será que ele podia culpá-los?

Ele lavou as mãos, pensativo, brincando com os comandos sensíveis ao toque aqui e ali ao longo da faixa de controle, a fim de mudar a temperatura. E, no entanto, esses auroreanos eram tão desnecessariamente espalhafatosos em suas decorações interiores, tão insistentes em fingir que estavam vivendo em estado de natureza quando a haviam domesticado e destruído. Ou era apenas Fastolfe?

Afinal, a propriedade de Gladia era bem mais austera. Ou era só porque ela fora criada em Solaria?

O jantar que se seguiu foi uma genuína delícia. De novo, como no almoço, havia uma inconfundível sensação de estar mais próximo da natureza. Os pratos eram numerosos – cada um deles diferente, cada um deles em pequenas porções – e, em vários casos, podia-se notar que os ingredientes haviam sido algum dia parte de plantas e animais. Ele estava começando a ver os inconvenientes – um eventual ossinho, um pouco de cartilagem, filamentos de fibra, que poderiam ter lhe causado repulsa antes – como uma pitada de aventura.

O primeiro prato era um peixinho – um peixinho que se comia inteiro, com quaisquer órgãos internos que ele pudesse ter –, e isso lhe pareceu, à primeira vista, outra forma tola de esfregar a Natureza na cara de alguém com um "N" maiúsculo. Mas, de qualquer modo, ele engoliu o peixinho, como Fastolfe, e o sabor o fez mudar de ideia de imediato. Ele nunca experimentara nada como aquilo. Era como se as papilas gustativas tivessem acabado de ser inventadas e colocadas em sua língua.

Os sabores mudavam a cada prato, e alguns eram claramente estranhos e não muito agradáveis, mas ele descobriu que isso não importava. A emoção de um sabor distinto, de *diferentes* sabores distintos (seguindo instruções de Fastolfe, ele bebia um gole de água levemente saborizada entre um prato e outro) era o que contava... e não o detalhe interior.

Ele tentou não devorar, não concentrar toda a sua atenção na comida, não lamber o prato. Em desespero, ele continuava observando e imitando Fastolfe, e ignorando os olhares amáveis, mas que definitivamente demonstravam que o anfitrião estava se divertindo com a cena.

— Acredito — disse Fastolfe — que o senhor achará isto do seu gosto.

— Muito bom — Baley conseguiu dizer entre uma bocada e outra.

— Por favor, não se sinta forçado a seguir regras de etiqueta inúteis. Não coma nada que lhe pareça estranho ou indigesto. Mandarei trazer porções adicionais de qualquer coisa de que o senhor goste para substituir esses pratos.

— Não é necessário, dr. Fastolfe. Tudo está bom.

— Ótimo.

Apesar da sugestão do dr. Fastolfe de comer sem a presença de robôs, era um robô que estava servindo. (Fastolfe, acostumado com isso, provavelmente nem se deu conta desse fato, pensou Baley... e ele não mencionou o assunto.)

Como era de se esperar, o robô estava em silêncio e seus movimentos eram perfeitos. Seu lindo uniforme parecia ter saído de dramas históricos que Baley vira em hiperonda. Apenas vista bem de perto é que se notava que a vestimenta era uma ilusão de luz, e que o exterior do robô correspondia a um acabamento de metal liso... e nada mais.

— A superfície do garçom foi desenhada por Gladia? — perguntou Baley.

— Sim — respondeu Fastolfe, nitidamente satisfeito. — Como ela vai se sentir lisonjeada ao saber que o senhor reconheceu seu estilo. Ela é boa, não é? Seu trabalho vem ganhando crescente popularidade, e ela preenche um lugar útil na sociedade auroreana.

A conversa durante a refeição fora agradável, porém trivial. Baley não ansiara por "falar sobre negócios" e preferira, na verdade, ficar em silêncio a maior parte do tempo enquanto saboreava a comida, deixando que seu inconsciente (ou qualquer faculdade que predominasse na ausência do raciocínio e da concentração) decidisse como abordar a questão que lhe parecia agora ser o ponto central do problema de Jander.

Em vez disso, Fastolfe se adiantou a ele ao abordar a questão, dizendo:

— E agora que mencionou Gladia, sr. Baley, posso lhe perguntar como é que o senhor partiu rumo à propriedade dela em profundo desespero e voltou quase animado, falando de talvez ter a chave para esse problema todo nas mãos? O senhor descobriu algo novo e, talvez, inesperado na casa de Gladia?

— Isso mesmo — disse Baley, distraído... mas ele estava perdido na sobremesa, que lhe era totalmente inusitada e da qual (após o desejo em seus olhos agir de forma a influenciar o garçom) uma segunda porção pequena foi servida. Ele se sentia cheio. Nunca na vida desfrutara tanto o ato de comer e, pela primeira vez, viu-se ressentido dos limites fisiológicos que tornavam impossível comer para sempre. Ele sentia vergonha de si mesmo por pensar assim.

— E o que foi esse algo novo e inesperado que o senhor descobriu? — perguntou Fastolfe com paciência. — Presumivelmente, algo que eu próprio não saiba?

— Talvez. Gladia me contou que o senhor havia lhe dado Jander há mais ou menos seis meses.

Fastolfe aquiesceu.

— Eu sabia *disso*. É verdade.

— Por quê? — perguntou Baley de forma brusca.

A expressão amável no rosto de Fastolfe desvaneceu-se aos poucos.

— Por que não? — perguntou ele depois.

— Não sei por que não, dr. Fastolfe — respondeu Baley. — Não me importa. A minha pergunta é: por quê?

Fastolfe chacoalhou um pouco a cabeça e não disse nada.

— Dr. Fastolfe, estou aqui para resolver o que parece ser uma confusão das grandes. Nada do que o senhor fez, *nada*, tornou as coisas simples. Em vez disso, o senhor parece ter prazer em me mostrar que se trata de uma confusão enorme e em destruir qualquer conjetura que eu possa apresentar como possível solução. Bem, não espero que os outros respondam às minhas perguntas. Não tenho status oficial neste mundo nem direito de fazer perguntas, muito menos de forçar alguém a me dar respostas. Entretanto, o senhor é diferente. Estou aqui a seu pedido e estou tentando salvar tanto a sua carreira quanto a minha, e, de acordo com seu próprio relato sobre a questão, estou tentando salvar tanto Aurora quanto a Terra. Portanto, espero que o senhor responda às minhas perguntas por completo e com sinceridade. Por favor, não recorra a táticas de impasse, como me perguntar por que não quando eu pergunto por quê. Agora, mais uma vez... e pela última: por quê?

Fastolfe fez um beicinho e parecia emburrado.

— Desculpe-me, sr. Baley. Se hesitei em responder, é porque, relembrando a ocasião, parece não ter havido nenhum motivo muito dramático. Gladia Delmarre... não, ela não quer que o sobrenome seja usado... Gladia é uma estranha neste planeta; ela passou por experiências traumáticas em seu mundo natal, como o senhor

sabe, e experiências traumáticas neste mundo, como talvez o senhor não saiba...
— Eu sei. Por favor, seja mais direto.
— Pois bem, eu tive pena dela. Ela estava sozinha e pensei que Jander a faria se sentir menos solitária.
— Pena dela? Só isso? Vocês são amantes? Já foram?
— Não, de modo algum. Eu não me ofereci. Nem ela. Por quê? Ela lhe disse que nós fomos amantes?
— Não, ela não disse, mas, em todo caso, preciso de uma confirmação independente da afirmação dela. Eu lhe avisarei quando houver uma contradição; o senhor não precisa se preocupar com isso. Como é possível, com o senhor simpatizando tanto com ela e, pelo que deduzo a partir das palavras de Gladia, com ela lhe sendo tão grata, que nenhum dos dois tenha se oferecido? Pelo que entendi, em Aurora, oferecer sexo equivale a comentar sobre o tempo.

Fastolfe franziu a sobrancelha.

— O senhor não sabe nada sobre isso, sr. Baley. Não nos julgue pelos padrões do seu próprio mundo. Sexo não é uma questão de grande importância para nós, mas somos cuidadosos quanto ao modo como o usamos. Pode não lhe parecer assim, mas nenhum de nós o oferece de modo leviano. Gladia, desacostumada com os nossos hábitos e sexualmente frustrada em Solaria, talvez o tenha oferecido de maneira frívola (ou desesperada poderia ser a palavra certa); portanto, pode não ser de surpreender que ela não tenha gostado do resultado.

— O senhor não tentou melhorar as coisas?
— Ao me oferecer? Não sou o que ela precisa e, na verdade, ela não é o que eu preciso. Eu sentia *pena* dela. Eu gosto dela. Admiro seu talento artístico e quero que ela seja feliz. Afinal de contas, sr. Baley, com certeza o senhor concordará que a simpatia de um ser humano por outro não precisa se basear em desejo sexual ou em nada além de um sentimento humano decente. O

senhor nunca quis ajudar alguém por nenhum outro motivo que não a boa sensação de aliviar a tristeza de outra pessoa?

— O que o senhor diz é justo, dr. Fastolfe. Não questiono o fato de que o senhor é um ser humano decente. No entanto, pense comigo. Quando lhe perguntei pela primeira vez por que havia dado Jander a Gladia, o senhor não me disse o que acabou de dizer agora... e com um componente emocional considerável também, devo acrescentar. Seu primeiro impulso foi o de se esquivar, de hesitar, de ganhar tempo me perguntando por que não deveria ter dado o robô a ela. Enfim, se o que o senhor me contou for verdade, o que o deixou constrangido quanto a essa pergunta, para começo de conversa? Que motivo (que o senhor *não* quis admitir) ocorreu-lhe antes de decidir o motivo que *quis* admitir? Perdoe-me por insistir, mas preciso saber... e não por curiosidade minha, lhe garanto. Se o que me disser não for de utilidade alguma para essa lamentável questão, então pode considerá-lo tragado por um buraco negro.

— Com toda a sinceridade, não tenho certeza de por que me esquivei de sua pergunta — disse Fastolfe em voz baixa. — Inesperadamente, o senhor descobriu algo que talvez eu não queira admitir. Deixe-me pensar, sr. Baley.

Eles permaneceram ali sentados, em silêncio. O garçom limpou a mesa e saiu da sala. Daneel e Giskard estavam em algum outro lugar (presumivelmente, protegendo a casa). Baley e Fastolfe se encontravam, enfim, em uma sala sem robôs.

— Não sei o que devo lhe dizer, mas deixe-me voltar no tempo em algumas décadas — disse Fastolfe, por fim. — Eu tenho duas filhas. Talvez o senhor saiba disso. São de duas mães diferentes...

— O senhor preferiria ter tido filhos homens, dr. Fastolfe?

Fastolfe pareceu verdadeiramente surpreso.

— Não. De modo algum. A mãe da minha segunda filha queria um menino, creio eu, mas não dei o meu consentimento para fazer uma inseminação artificial com esperma selecionado, sequer com o meu próprio esperma, e, sim, insisti em jogar os dados genéticos de acordo com a natureza. Antes que me pergunte o motivo, é porque prefiro certa influência do acaso na vida e porque penso, de forma geral, que eu queria a probabilidade de ter uma filha. Eu teria aceitado um filho, entende, mas não queria abandonar a chance de ter uma filha. Eu aprovo a ideia de ter filhas, de certo modo. Bem, minha segunda tentativa resultou em uma menina e esse pode ter sido um dos motivos pelos quais a mãe dissolveu o casamento pouco depois de ela nascer. Por outro lado, uma porcentagem considerável dos casamentos se desfaz após um nascimento, de qualquer modo, então talvez eu não deva procurar por razões especiais.

– Ela levou a criança, presumo eu.

Fastolfe lançou um olhar perplexo em direção a Baley.

– Por que ela faria isso? Mas é que eu esqueço. O senhor é da Terra. Não, claro que não. A criança teria sido criada em uma creche, onde ela seria cuidada de maneira adequada, claro. Mas, na verdade... – ele franziu o nariz como que por conta de um súbito constrangimento causado por uma lembrança específica –, ela não foi colocada lá. Decidi criá-la eu mesmo. Era permitido por lei fazer isso, embora fosse muito incomum. Eu era bastante jovem, claro, não tinha chegado a um século de vida ainda, mas já tinha deixado minha marca na área da robótica.

– O senhor conseguiu?

– O senhor quer dizer criá-la satisfatoriamente? Ah, sim. Passei a gostar muito dela. Eu lhe dei o nome de Vasilia. Era o nome da minha mãe, sabe. – Ele deu uma risadinha, retrospectivo. – Eu tenho esses laivos de sentimento... como minha afeição por meus robôs. Nunca conheci minha mãe, claro, mas o nome dela estava em meus registros. E, que eu saiba, ela ainda está viva, então eu poderia vê-la... mas acho que há algo de repugnante em conhecer alguém em cujo útero se esteve um dia. Onde eu estava?

– O senhor deu à sua filha o nome de Vasilia.

— Sim... e eu a criei e de fato passei a gostar dela. Passei a gostar muito dela. Eu conseguia entender onde estava o encanto de fazer algo assim, mas é claro que eu era uma vergonha para os meus amigos e tinha que mantê-la longe deles enquanto estivéssemos em contato, fosse social ou profissional. Eu me lembro de que uma vez... — Ele fez uma pausa.

— Sim?

— É algo em que não penso há décadas. Ela veio correndo, chorando por algum motivo, e se jogou nos meus braços quando o dr. Sarton estava comigo, discutindo um dos primeiros programas para a formulação de robôs humaniformes. Acho que ela só tinha 7 anos e, claro, eu a abracei, e a beijei, e ignorei o assunto em discussão, o que foi imperdoável de minha parte. Sarton foi embora, tossindo e engasgando... e sentindo-se muito indignado. Demorou uma semana inteira até eu conseguir restabelecer contato com ele e retomar a deliberação. As crianças não deveriam ter esse efeito sobre as pessoas, suponho, mas há bem poucas crianças e elas são vistas raríssimas vezes.

— E sua filha, Vasilia, gostava do senhor?

— Ah, sim... pelo menos até... Ela gostava muito de mim. Eu providenciei sua educação formal e me certifiquei de que sua mente pudesse se expandir ao máximo.

— O senhor disse que ela o estimava até... alguma coisa. Não terminou a frase. Então, chegou uma hora em que ela não gostava mais do senhor. Quando foi isso?

— Ela queria ter sua própria residência quando ficou mais velha. Era natural que quisesse.

— E o senhor não queria?

— O que o senhor quer dizer com eu não queria? Claro que eu queria. O senhor continua supondo que sou um monstro, sr. Baley.

— Devo supor, então, uma vez tendo chegado à idade em que deveria ter a própria casa, ela não sentia mais a mesma afeição que naturalmente sentia pelo senhor quando era efetivamente sua filha, morando em *sua* propriedade como dependente?

— Não é tão simples assim. Na verdade, foi algo bastante complicado. Sabe... — Fastolfe parecia constrangido. — Eu a recusei quando ela se ofereceu para mim.

— Ela se ofereceu para *o senhor*? — perguntou Baley, horrorizado.

— Era natural que isso acontecesse — respondeu Fastolfe com indiferença. — Ela me conhecia bem. Eu tinha lhe explicado sobre sexo, tinha incentivado sua experimentação, a tinha levado aos Jogos de Eros, tinha feito o meu melhor por ela. Isso era de se esperar; fui tolo de não antever e me deixar ser pego de surpresa.

— Mas *incesto*?

— Incesto? Ah, sim, um termo terráqueo — disse Fastolfe. — Em Aurora, isso não existe, sr. Baley. Muito poucos auroreanos conhecem sua família imediata. Naturalmente, se há um casamento em jogo e se filhos são solicitados, ocorre uma busca genealógica, mas o que isso tem a ver com sexo social? Não, não, o que não é natural é o fato de eu não ter aceitado minha própria filha. — Ele enrubesceu... sobretudo suas orelhas ficaram coradas.

— Que bom que recusou — murmurou Baley.

— Eu também não tinha nenhum motivo decente para fazer isso... pelo menos, não tinha nenhum que eu pudesse explicar para Vasilia. Foi cruel de minha parte não prever esse problema e preparar uma base para uma rejeição racional de alguém tão jovem e inexperiente, se fosse necessário, que não a magoasse nem a sujeitasse a uma temível humilhação. Eu me sinto, de fato, extremamente envergonhado por ter assumido a responsabilidade incomum de criar uma filha apenas para submetê-la a uma experiência intragável como essa. Parecia-me que podíamos continuar nossa relação como pai e filha... e como amigos, mas ela não desistiu. Sempre que eu a rejeitava, não importava quão carinhosamente eu tentasse fazê-lo, as coisas ficavam piores entre nós.

— Até que, por fim...

— Por fim, ela quis ter sua própria residência. Eu me opus a princípio, não porque não quisesse que ela tivesse uma, mas porque eu queria restabelecer nossa relação de carinho antes que ela fosse embora. Nada do que eu fazia ajudava. Essa foi, talvez, a época mais difícil da minha vida. Com o tempo, ela simplesmente (e com certa virulência) insistiu em ir embora e eu não pude mais resistir. Vasilia era roboticista profissional naquela época e conseguiu estabelecer o seu próprio negócio sem nenhuma ajuda minha. E eu fico grato por ela não ter abandonado a profissão por aversão a mim. Desde então, nós temos tido pouco contato.

— Pode ser, dr. Fastolfe, que Vasilia não sinta que a relação com o senhor esteja completamente cortada, uma vez que ela *não* abandonou a robótica.

— É o que ela faz melhor e é aquilo em que ela tem mais interesse. Não tem nada a ver comigo. Sei disso porque, de início, pensava como o senhor e procurei, de forma amigável, uma aproximação, mas essa iniciativa não foi aceita.

— O senhor sente saudade dela, dr. Fastolfe?

— Claro que sinto saudade dela, sr. Baley. E isso é um exemplo de que criar um filho é um erro. Você cede a um impulso irracional, a um desejo atávico, e ele o leva a inspirar a criança com o maior sentimento de amor possível, e depois acaba o sujeitando à possibilidade de ter que recusar a primeira oferta dessa criança e a marcá-la emocionalmente pelo resto da vida. E, além do mais, o indivíduo se submete a esse sentimento completamente irracional de remorso, de ausência. É algo que eu nunca senti antes e nunca senti desde então. Tanto ela quanto eu sofremos sem necessidade, e a culpa é toda minha.

Fastolfe ficou meio que remoendo suas ideias e Baley disse, com delicadeza:

— O que tudo isso tem a ver com Gladia?

— Ah! Eu tinha me esquecido — começou Fastolfe. — Bem, é bastante simples. Tudo o que eu disse sobre Gladia é verdade. Eu gostava dela. Simpatizava com ela. Admirava seu talento. Mas, além disso, ela se parece com Vasilia. Notei a semelhança quando vi o primeiro relato em hiperonda de sua chegada de Solaria. Era uma semelhança espantosa e fez eu me interessar. — Ele deu um suspiro. — Quando percebi que ela, como Vasilia, ficara marcada por problemas de ordem sexual, isso era mais do que eu podia suportar. Tomei providências para que ela se estabelecesse aqui perto de mim, como o senhor pôde ver. Tenho sido seu amigo e tenho dado o melhor de mim para suavizar as dificuldades de adaptação a um mundo estranho.

— Ela é uma filha substituta, então.

— De certa forma, sim, suponho que se possa chamar assim, sr. Baley. E o senhor não imagina quanto estou feliz por ela nunca ter metido na cabeça a ideia de se oferecer para mim. Tê-la recusado teria sido reviver minha rejeição a Vasilia. Tê-la aceitado por incapacidade de repetir a rejeição teria amargurado a minha vida, pois então eu sentiria estar fazendo por essa estranha... esse pálido reflexo da minha filha, o que não fiz por minha filha propriamente dita. De qualquer modo... Mas esqueça, o senhor entende agora por que hesitei em lhe dar uma resposta de início. De certa forma, pensar sobre aquela questão me levava de volta a essa tragédia da minha vida pessoal.

— E a sua outra filha?

— Lumen? — perguntou Fastolfe com indiferença. — Nunca tive nenhum contato com ela, embora eu ouça notícias dela de tempos em tempos.

— Ela é candidata a um cargo político, pelo que sei.

— Um cargo político local. Pelo Partido Globalista.

— O que é isso?

— Os globalistas? Eles são favoráveis a Aurora apenas... apenas o nosso próprio globo, entende. Os auroreanos devem assumir a liderança na colonização da Galáxia. Os outros devem ser excluídos, tanto quanto possível, em especial os terráqueos. "Interesse próprio esclarecido", eles o chamam.

– Esse, claro, não é o seu ponto de vista.
– Claro que não. Estou encabeçando o Partido Humanista, o qual acredita que todos os seres humanos têm direito de compartilhar a Galáxia. Quando me refiro a "meus inimigos", estou falando dos globalistas.
– Então, Lumen é um de seus inimigos.
– Vasilia também é. Na verdade, ela é membro do Instituto Auroreano de Robótica – o IAR –, que foi fundado há alguns anos e que é administrado por roboticistas que me veem como um demônio a ser derrotado a todo custo. Entretanto, que eu saiba, minhas várias ex-mulheres são apolíticas, talvez até Humanistas. – Ele deu um sorriso irônico e disse: – Bem, sr. Baley, o senhor fez todas as perguntas que queria fazer?

As mãos de Baley procuraram a esmo os bolsos traseiros de sua macia e larga roupa auroreana... algo que ele vinha fazendo regularmente desde que começara a vesti-la, na nave... e não encontraram nenhum. Ele acabou, como fazia algumas vezes, cruzando os braços.

– Na verdade, dr. Fastolfe, não tenho muita certeza de que o senhor respondeu à primeira pergunta – disse Baley. – Parece-me que o senhor nunca se cansa de se esquivar. *Por que o senhor deu Jander para Gladia?* Vamos esclarecer tudo isso para que possamos enxergar a luz no que até agora parece ser escuridão.

29

Fastolfe enrubesceu de novo. Podia ter sido raiva desta vez, mas ele continuou falando de forma suave.
– Não me provoque, sr. Baley. Eu dei a sua resposta. Eu sentia pena de Gladia e pensei que Jander seria uma companhia para ela. Eu lhe falei com mais sinceridade do que fiz com qualquer outra pessoa, em parte por conta da posição em que me

encontro, em parte porque o senhor não é auroreano. Exijo um mínimo de respeito.

Baley mordeu o lábio inferior. Ele não estava na Terra. Ele não tinha nenhuma autoridade oficial para apoiá-lo e havia mais coisas em jogo além do seu orgulho profissional.

— Desculpe-me, dr. Fastolfe, se feri seus sentimentos — disse Baley. — Não quis dizer que o senhor não está sendo sincero nem cooperativo. Porém, não posso trabalhar sem saber toda a verdade. Deixe-me sugerir a possível resposta que estou procurando e depois o senhor pode me dizer se estou certo, quase certo ou totalmente errado. O senhor não teria dado Jander a Gladia para que ele pudesse servir como foco do desejo sexual dela e para que ela não tivesse a oportunidade de se oferecer para *o senhor*? Talvez esse não fosse o seu motivo consciente, mas pense nisso agora. É possível que esse sentimento tenha contribuído para o presente?

A mão de Fastolfe pegou um enfeite leve e transparente que estava sobre a mesa da sala de jantar. Ele o virou de um lado para o outro repetidas vezes. Exceto por esse movimento, Fastolfe parecia paralisado. Por fim, ele disse:

— Pode ser, sr. Baley. Sem dúvida, depois que emprestei Jander para ela (nunca foi exatamente um presente, a propósito), fiquei menos preocupado com a possibilidade de ela se oferecer para mim.

— O senhor sabe se Gladia usou Jander para fins sexuais?

— O senhor perguntou a Gladia se ela o usou, sr. Baley?

— Isso não tem nada a ver com a minha pergunta. *O senhor* sabe? O senhor testemunhou alguma atividade sexual evidente entre eles? Algum dos seus robôs o informou sobre algo assim? Ela mesma lhe contou?

— A resposta para todas essas perguntas, sr. Baley, é não. Se eu parar para pensar sobre isso, não há nada particularmente estranho sobre o uso de robôs para fins sexuais, tanto por homens quanto por mulheres. Os robôs comuns não são particularmente adaptados para isso, mas os seres humanos são engenhosos a esse respeito. Quanto a Jander, ele é adaptado a isso porque é tão humaniforme quanto nós o pudemos fazer...

— De modo que ele poderia participar de uma relação sexual.

— Não, isso nunca passou pela nossa cabeça. Era o problema abstrato da construção de um robô totalmente humaniforme que afligia o falecido dr. Sarton e a mim.

— Mas esses robôs humaniformes são idealmente projetados para o sexo, não são?

— Suponho que sejam, e, agora que estou me permitindo pensar sobre o assunto (e admito que isso devia estar escondido em minha mente desde o princípio), Gladia poderia muito bem ter usado Jander dessa forma. Se ela o fez, espero que o processo tenha lhe dado prazer. E, se assim foi, eu consideraria meu empréstimo a ela uma coisa boa.

— Será que pode ter sido uma coisa melhor do que o senhor esperava?

— Em que sentido?

— O que o senhor diria se eu lhe contasse que Jander e Gladia eram marido e mulher?

A mão de Fastolfe, ainda segurando o enfeite, fechou-se convulsivamente sobre ele, apertando-o por um instante, e depois o deixou cair.

— O quê? Isso é ridículo. Legalmente, é impossível. Ter filhos está fora de cogitação, portanto é inconcebível que eles sejam solicitados. E se não há intenção de solicitar uma criança, não pode haver casamento.

— Não é uma questão de legalidade, dr. Fastolfe. Gladia é solariana, lembre-se, e não tem o mesmo ponto de vista dos auroreanos. É uma questão emocional. Gladia me disse considerar que Jander fora seu marido. Acho que ela se considera agora viúva e que teve outro trauma sexual... um trauma muito grave. Se, de alguma maneira, o senhor contribuiu conscientemente para esse acontecimento...

— Por todas as estrelas — disse Fastolfe com desabituada emoção. — Não contribuí. O que quer que eu tivesse em mente, nunca imaginei que Gladia pudesse fantasiar um *casamento* com um robô, por mais humaniforme que ele fosse. Nenhum auroreano poderia imaginar uma coisa dessas.

Baley aquiesceu e levantou a mão.

— Eu acredito no senhor. Não acho que seja tão bom ator a ponto de me sufocar com uma falsa sinceridade. Mas eu tinha que saber. Afinal, era possível que...

— Não, não era. Possível que eu previsse essa situação? Que eu criasse essa viuvez abominável de propósito por algum motivo? Nunca. Era inconcebível, então não admiti essa possibilidade. Sr. Baley, o que quer que eu tenha pretendido ao colocar Jander na casa dela, o fiz por bem. Não pretendi nada *disso*. Fazer por bem é uma péssima defesa, eu sei, mas é tudo o que tenho a oferecer.

— Dr. Fastolfe, não falemos mais sobre isso — disse Baley. — O que *eu* tenho a oferecer agora é uma possível solução para o mistério.

Fastolfe respirou fundo e se recostou na cadeira.

— O senhor insinuou isso quando voltou da casa de Gladia. — Ele olhou para Baley com um quê de ferocidade nos olhos. — O senhor não podia ter me contado qual era essa "chave" que encontrou desde o começo? Nós precisávamos falar sobre tudo... isso?

— Sinto muito, dr. Fastolfe. A chave não faz sentido sem tudo... isso.

— Pois bem. Continue.

— Vou continuar. Jander estava em uma situação que o senhor, o maior roboticista teórico do mundo, não previu, como o senhor mesmo admitiu. Ele agradava tanto Gladia que ela estava profundamente apaixonada por ele e o considerava seu marido. Mas e se, ao agradá-la, ele também a estivesse desagradando?

— Não tenho certeza se entendi o que o senhor quer dizer.

— Bem, veja só, dr. Fastolfe. Ela mantinha segredo sobre o assunto. Entendo que, em Aurora, as questões sexuais não são algo que a pessoa esconda a todo custo.

— Nós não divulgamos em programas em hiperonda — disse Fastolfe, seco —, mas não fazemos mais segredo sobre isso do que faríamos sobre outras questões estritamente pessoais. Em geral, sabemos quem foi o último parceiro de quem; se alguém está envolvido com amigos, costumamos ter uma ideia de quão bom, ou quão entusiástico, ou quão ruim um ou outro parceiro (ou ambos) pode ser. Por vezes, isso é assunto de conversas casuais.

— Sim, mas o senhor não sabia nada sobre a ligação de Gladia com Jander.

— Eu suspeitava...

— Não é a mesma coisa. Ela não lhe contou nada. O senhor não viu nada. Ela escondeu isso até do senhor, o melhor amigo dela em Aurora. É evidente que os robôs dela receberam cuidadosas instruções para nunca discutir sobre Jander, e o próprio Jander deve ter recebido instruções minuciosas para não revelar nada.

— Suponho que seja uma conclusão justa.

— Por que ela faria isso, dr. Fastolfe?

— Um senso solariano de privacidade quanto ao sexo?

— Isso não é o mesmo que dizer que ela sentia vergonha?

— Ela não tinha razão para sentir, embora a questão de considerar Jander seu marido tivesse sido motivo de riso.

— Ela poderia ter escondido essa parte com muita facilidade, sem ter escondido tudo. Suponha que, do seu modo solariano, ela sentisse vergonha.

— Pois bem, e daí?

— Ninguém gosta de sentir vergonha... e ela poderia ter culpado Jander por isso, do jeito um tanto irracional que as pessoas têm de procurar atribuir aos outros a culpa por um dissabor que é claramente responsabilidade delas mesmas.

— E?

— Pode ter havido momentos em que Gladia, que tem o pavio curto, tenha caído em prantos, digamos, e censurado Jander por ser a fonte de sua vergonha e tristeza. Essa reação pode ter durado pouco e ela pode ter mudado de comportamento de imediato, com desculpas e carícias, mas Jander não teria chegado à clara conclusão de que ele era, de fato, a fonte da vergonha e da tristeza dela?

— Talvez.

— E isso não poderia ter significado para Jander que, se continuasse a relação, ele a faria infeliz, e se terminasse a relação, ele a faria infeliz? O que quer que ele fizesse, estaria descumprindo a Primeira Lei, e sendo incapaz de agir de qualquer uma dessas formas sem violar a lei, ele só poderia encontrar uma escapatória ao não agir de forma alguma... e assim entrou em um estado de paralisação mental. O senhor se lembra da história que me contou antes, do lendário robô que lia mentes e que foi induzido à estase por aquela pioneira da robótica?

— Por Susan Calvin, sim. Entendi! O senhor está moldando esse cenário com base naquela antiga lenda. Muito engenhoso, sr. Baley, mas não vai funcionar.

— Por que não? Quando o senhor disse que era o único que poderia causar uma paralisação mental em Jander, não fazia a menor ideia de que ele estava tão profundamente envolvido em uma situação tão inesperada. Isso segue em exato paralelo com a situação de Susan Calvin.

— Suponhamos que a história sobre Susan Calvin e o robô que lia mentes não seja apenas uma lenda totalmente fictícia. Vamos levá-la a sério. Ainda assim, não haveria paralelo entre essa história e a situação de Jander. No caso de Susan Calvin, estaríamos lidando com um robô demasiado primitivo, um robô que não alcançaria hoje sequer o status de brinquedo. Ele só conseguia

lidar com essas questões em termos qualitativos: "A" causa tristeza; "não A" causa tristeza; portanto, ocorre uma paralisação mental.
— E Jander? — perguntou Baley.
— Qualquer robô moderno... qualquer robô deste último século examinaria essas questões em termos quantitativos. Qual das duas situações, A ou não A, causaria *mais* tristeza? O robô chegaria a uma rápida decisão e optaria pela tristeza mínima. É pequena a possibilidade de que ele julgasse as duas alternativas como excludentes entre si quanto a causar quantidades exatamente iguais de tristeza, e, mesmo que fosse esse o caso, o robô moderno é fabricado com um fator aleatoriedade. Se A e não A causarem exatamente a mesma quantidade de tristeza, de acordo com a opinião do robô, ele escolhe uma ou outra de um modo totalmente imprevisível e depois a segue sem questionar. Ele *não* entra em estado de paralisação mental.
— O senhor está dizendo que é impossível que Jander entrasse em estado de paralisação mental? *O senhor* afirmou que poderia tê-lo causado.
— No caso do cérebro positrônico humaniforme, há um modo de desviar do fator de aleatoriedade que depende totalmente da maneira como aquele cérebro foi construído. Mesmo que se saiba a teoria básica, é um processo muito difícil e demorado enganar o robô, por assim dizer, com uma habilidosa sucessão de perguntas e ordens para enfim induzir a paralisação mental. É impensável que possa ser feito de forma acidental, e a mera existência de uma aparente contradição como essa, causada por sentimentos simultâneos de amor e vergonha, não daria resultado sem o mais cuidadoso ajuste quantitativo nas condições mais incomuns. O que nos deixa, como venho dizendo, a possibilidade indeterminista como única chance para isso ter acontecido.
— Mas os seus inimigos vão insistir que é mais provável que o senhor seja culpado. Será que nós não poderíamos, por nossa vez, insistir que Jander foi levado a um estado de paralisação mental por conta do conflito provocado pelo amor e pela vergonha de

Gladia? Isso não soaria plausível? E não colocaria a opinião pública a nosso favor?

Fastolfe franziu as sobrancelhas.

— Sr. Baley, o senhor está ansioso demais. Pense seriamente nisso. Se fôssemos tentar resolver o nosso dilema dessa forma um tanto desonesta, qual seria a consequência? Nem vou mencionar a vergonha e a tristeza que isso causaria a Gladia, que sofreria não apenas a perda de Jander, mas a sensação de que ela mesma causara essa perda se, de fato, ela tiver sentido e revelado essa vergonha de algum modo. Eu não ia querer fazer isso, mas vamos deixar essa possibilidade de lado, se for possível. Em vez disso, considere que meus inimigos diriam que emprestei Jander para ela exatamente para ocasionar o que ocorreu. Eu teria feito isso, diriam eles, a fim de desenvolver um método de paralisação mental em robôs humaniformes, enquanto me eximia de qualquer responsabilidade aparente. A situação ficaria pior para nós do que está agora, pois eu seria acusado não só de ser um manipulador dissimulado, como estou sendo no momento, mas também de me comportar de maneira monstruosa com uma mulher incauta de quem eu havia fingido tornar-me amigo, algo de que fui poupado até hoje.

Baley ficou chocado. Ele sentiu o queixo cair e começou a gaguejar.

— Eles com certeza não...

— Sim, eles fariam isso. O senhor mesmo estava meio inclinado a pensar que sim há pouco tempo...

— Apenas como uma remota...

— Meus inimigos não achariam essa possibilidade remota e não a divulgariam como sendo remota.

Baley sabia que tinha corado. Sentiu a onda de calor e percebeu que não podia encarar Fastolfe. Ele pigarreou e disse:

— O senhor está certo. Eu me precipitei em busca de uma saída sem pensar, e tudo o que posso fazer é pedir desculpas. Estou profundamente envergonhado. Não há saída, suponho, a não ser a verdade... se pudermos descobrir qual é.

– Não se desespere – disse Fastolfe. – O senhor já descobriu acontecimentos relacionados a Jander com os quais nunca sonhei. O senhor pode descobrir mais e, com o tempo, o que nos parece um completo mistério pode se revelar e se tornar evidente. O que o senhor planeja fazer a seguir?

Mas Baley não conseguia pensar em nada em meio à vergonha de seu fiasco.

– Eu realmente não sei – respondeu ele.

– Bem, então foi injusto de minha parte perguntar. Não é de surpreender que seu cérebro esteja um pouco lento agora. Por que não descansar, ver um filme, ir dormir? O senhor se sentirá melhor de manhã.

Baley aquiesceu e murmurou:

– Talvez o senhor tenha razão.

Mas, no momento, ele não achava que se sentiria nem um pouco melhor de manhã.

30

O quarto era frio, tanto em termos de temperatura quanto em termos de atmosfera. Baley estremeceu de leve. Uma temperatura tão baixa dentro de um quarto lhe dava a desagradável sensação de estar na Área Externa. As paredes eram de um tom quase branco e (incomum no caso da propriedade de Fastolfe) não eram decoradas. Aos olhos, o chão parecia ser de liso marfim, mas aos pés parecia ser acarpetado. A cama era branca e o cobertor, frio ao toque.

O investigador se sentou na beirada da cama e sentiu que o colchão cedia bem pouco à pressão do seu peso.

— Daneel, você se sente incomodado quando um ser humano conta uma mentira? — perguntou ele para o robô, que entrara com ele no cômodo.

— Estou ciente de que os seres humanos mentem de vez em quando, parceiro Elijah. Às vezes, uma mentira pode ser útil, ou mesmo obrigatória. Minha opinião sobre a mentira depende do mentiroso, da ocasião e do motivo.

— Você sempre consegue distinguir quando um ser humano mente?

— Não, parceiro Elijah.

— Parece-lhe que o dr. Fastolfe mente com frequência?

— Nunca me pareceu que o dr. Fastolfe tivesse mentido.

— Mesmo em relação à morte de Jander?

— Que eu saiba, ele diz a verdade em todos os aspectos.

— Talvez ele o tenha instruído a dizer isso... se eu perguntasse.

— Ele não instruiu, parceiro Elijah.

— Mas talvez ele o tenha instruído a dizer isso também...

Baley fez uma pausa. De novo... de que serviria interrogar um robô? E, nesse caso em especial, ele estava gerando um retrocesso infinito.

De repente ele percebeu que o colchão fora cedendo devagar até envolver metade do seu quadril. Ele se levantou de súbito e perguntou:

— Existe um modo de aquecer o quarto, Daneel?

— Ele ficará mais quente quando você estiver debaixo das cobertas com a luz apagada, parceiro Elijah.

— Ah. — Ele olhou ao redor, desconfiado. — Você pode apagar a luz, Daneel, e ficar no quarto depois de fazer isso?

A luz se apagou quase de imediato e Baley percebeu que sua suposição de que ao menos aquele quarto não era decorado estava totalmente errada. Assim que ficou escuro, ele se sentiu na Área Externa. Havia um suave som de brisa nas árvores e um murmúrio baixinho e sonolento de animais a distância. Havia também uma ilusão de estrelas no alto e, passando ocasionalmente, uma nuvem que mal se podia ver.

— Acenda a luz de novo, Daneel!

O quarto ficou banhado de luz.

— Daneel, não quero nada disso — disse Baley. — Não quero estrelas, nem nuvens, nem sons, nem árvores, nem vento... nem cheiros. Quero escuridão... uma escuridão monótona. Você pode providenciar isso?

— Com certeza, parceiro Elijah.

— Então providencie. E mostre-me como eu mesmo posso apagar a luz quando estiver pronto para dormir.

— Estou aqui para protegê-lo, parceiro Elijah.

— Tenho certeza de que você pode fazer isso estando do outro lado da porta — disse ele, de mau humor. — Imagino que Giskard esteja do lado de fora da janela, se, de fato, houver janelas além das tapeçarias.

— E há. Se cruzar aquela porta, parceiro Elijah, encontrará um Privativo reservado para você. Aquela parte da parede não é concreta e você poderá passar por ela com facilidade. A luz vai acender quando você entrar e vai apagar quando sair... e não há decorações. Você poderá tomar banho, se quiser, ou fazer qualquer outra coisa que tiver vontade antes de se deitar ou depois de acordar.

Baley se virou para a direção indicada. Ele não viu nenhuma abertura na parede, mas o rodapé naquele ponto mostrava um alargamento, como se fosse uma porta.

— Como vou vê-lo no escuro, Daneel? — perguntou ele.

— Aquela parte da parede (que não é uma parede) vai brilhar de leve. Quanto à luz do quarto, há essa depressão aqui na cabeceira da sua cama, e, se você colocar o dedo nela, o ambiente vai escurecer se houver luz... ou se iluminará se estiver escuro.

— Obrigado. Pode sair agora.

Meia hora mais tarde, ele acabou de usar o Privativo e se viu aconchegando-se debaixo do cobertor, com a luz apagada, envolto por uma escuridão acolhedora que acalentava o espírito.

Como dissera Fastolfe, fora um longo dia. Era quase inacreditável que ele houvesse chegado a Aurora naquela mesma manhã. Ele descobrira muita coisa e, no entanto, nada daquilo lhe servira.

Baley ficou deitado no escuro e examinou os eventos do dia em silenciosa sucessão, esperando que pudesse lhe ocorrer algo que tivesse lhe escapado antes... mas nada disso aconteceu.

Nada a ver com o Elijah Baley silenciosamente pensativo, perspicaz e astuto do drama em hiperonda.

Outra vez, o colchão estava meio que o envolvendo e era como um espaço cercado e acolhedor. Ele se mexeu um pouco e o colchão se endireitou debaixo dele, depois se moldou aos poucos para se ajustar à sua nova posição.

Com a mente exausta e sonolenta, não havia motivo para tentar examinar o dia de novo, mas ele não podia deixar de tentar uma segunda vez, refazendo os próprios passos naquele dia, seu primeiro dia em Aurora... do espaçoporto até a propriedade de Fastolfe, depois até a casa de Gladia, depois de volta à casa de Fastolfe.

Gladia... mais bonita do que ele se lembrava, porém rude... havia algo de rude nela... ou será que ela criou uma casca protetora... pobre mulher. Ele pensou calorosamente na reação dela ao pôr a mão no rosto dele... se ele pudesse ter ficado com ela, teria lhe ensinado... auroreanos tolos... atitude repulsivamente casual quanto ao sexo... pode ser qualquer um... o que significa que nada pode, de fato, dar certo... não vale a pena... tolice... para a casa de Fastolfe, para a casa de Gladia, de volta para a casa de Fastolfe... de volta para a casa de Fastolfe.

Ele se mexeu um pouco e então sentiu distraidamente o colchão se reajustar. De volta para a casa de Fastolfe. O que havia acontecido no caminho de volta para a casa de Fastolfe? Algo havia sido dito? Algo havia deixado de ser dito? E na nave, antes mesmo de ele chegar a Aurora... algo que se encaixava...

Baley estava no mundo imaginário dos semiadormecidos, quando a mente se liberta e segue uma lei própria. É como se o corpo voasse, subisse pelo ar, livre da gravidade.

Por iniciativa própria, a mente detinha os eventos... pequenos aspectos que ele não percebera... estava colocando-os juntos... uma coisa somando-se à outra... encaixando-se... formando uma teia... um tecido...

E então lhe pareceu ter ouvido um barulho, e ele voltou a um estado de vigília. Prestou atenção, não ouviu nada, e mergulhou outra vez no semissono para retomar a linha de pensamento... e ela lhe escapou.

Era como uma obra de arte afundando em um pântano. Ele ainda podia ver seus contornos, as inúmeras cores. Elas desbotavam, mas ele sabia que a obra ainda estava lá. E mesmo quando ele se debatia desesperadamente em sua busca, ela desaparecia por completo e ele não se lembrava de nada dela. Nada mesmo.

Será que ele tinha pensado de verdade em alguma coisa ou a própria lembrança de ter pensado era uma ilusão criada por algum absurdo flutuando em uma mente adormecida? E, na realidade, ele estava adormecido.

Quando acordou brevemente durante a noite, Baley pensou consigo mesmo: tive uma ideia. Uma ideia importante.

Mas ele não se lembrava de nada, a não ser de que algo lhe passara pela cabeça.

Ele ficou acordado por um tempo, olhando para a escuridão. Se, de fato, algo lhe passara pela cabeça, voltaria no seu devido tempo.

Ou poderia não voltar. (Por Josafá!)

... E ele dormiu de novo.

8. FASTOLFE E VASILIA

31

Baley acordou sobressaltado e respirou fundo, com uma sensação de forte desconfiança. Havia um cheiro suave e irreconhecível no ar, que desapareceu quando ele respirou de novo. Daneel estava solenemente de pé ao lado da cama.

— Acredito, parceiro Elijah, que tenha dormido bem — disse ele.

Baley olhou ao redor. As cortinas ainda estavam fechadas, mas era evidente que a luz do dia brilhava na Área Externa. Giskard estava dispondo algumas peças de roupa totalmente diferentes, dos sapatos ao casaco, de qualquer coisa que ele tivesse vestido no dia anterior.

— Muito bem, Daneel. Algo me acordou? — perguntou ele.

— Foi injetada antisomnina na circulação de ar do quarto, parceiro Elijah. Ela ativa o sistema do despertar. Nós usamos uma quantidade menor do que o normal, uma vez que não estávamos certos quanto à sua reação. Talvez devêssemos ter usado uma quantidade menor ainda.

— Pareceu mais um tapa na orelha. Que horas são?

— São 7h05 de acordo com a medida de tempo auroreana — respondeu Daneel. — Em termos fisiológicos, o café da manhã estará pronto em meia hora. – Ele disse isso sem nenhum traço de humor, embora um ser humano pudesse ter achado que um sorriso cairia bem.

– Senhor, o amigo Daneel e eu não podemos entrar no Privativo. Se o senhor entrar e precisar de qualquer coisa, avise e nós a traremos de imediato – disse Giskard, sua voz mais inflexível e um pouquinho menos ritmada do que a de Daneel.

– Sim, claro. – Baley levantou-se, virou-se e saiu da cama.

Giskard começou a tirar a roupa de cama sem demora.

– O senhor pode me dar seu pijama?

Baley hesitou por um instante apenas. Era um robô que havia pedido, nada mais. Ele se despiu e entregou a roupa para Giskard, que a pegou com um pequeno e grave aceno em sinal de que a aceitava.

Baley olhou para si mesmo com repulsa. De repente ele se deu conta de um corpo de meia-idade que estava, muito provavelmente, em pior condição do que o de Fastolfe, que era quase três vezes mais velho.

Automaticamente, ele procurou pelos chinelos e não os encontrou. Era provável que não precisasse de chinelos. O piso parecia quente e suave em contato com os pés.

Ele entrou no Privativo e pediu instruções. Do outro lado da parte ilusória da parede, Giskard explicou, de forma solene, o funcionamento do barbeador, da embalagem de pasta de dente, explicou como colocar o mecanismo de descarga no modo automático, como controlar a temperatura do chuveiro.

Tudo tinha uma escala maior e mais elaborada do que qualquer coisa disponível na Terra, e não havia repartições do outro lado das quais ele pudesse ouvir os movimentos e os sons involuntários de outra pessoa, algo que ele tinha que ignorar de forma rigorosa para manter a ilusão de privacidade.

Era afetação, pensou Baley com tristeza conforme realizava o luxuoso ritual, mas era uma afetação com a qual (ele já sabia) podia se acostumar. Se ficasse lá em Aurora por qualquer período de tempo, o choque cultural da volta à Terra seria dolorosamente intenso para ele, *em especial* com relação ao Privativo. Ele esperava que a readaptação não demorasse muito, mas também esperava que os terráqueos que fossem colonizar novos mundos não se sentissem impelidos a se apegar ao conceito de Privativos Comunitários.

Talvez, pensou Baley, assim se devesse definir "afetação": aquilo com o qual uma pessoa pode se acostumar com facilidade.

Baley saiu do Privativo com várias funções terminadas, a barba aparada, dentes brilhantes, corpo limpo e seco.

– Giskard, onde encontro o desodorante? – perguntou ele.

– Não entendi, senhor – respondeu Giskard.

– Quando você ativou o controle de espuma, parceiro Elijah, incluiu o efeito desodorante – interveio Daneel com rapidez. – Peço perdão pelo fato de o amigo Giskard não conseguir entender. Ele não teve a minha experiência na Terra.

Baley levantou as sobrancelhas com ar de dúvida e começou a se vestir com a ajuda de Giskard.

– Vejo que você e Giskard continuam comigo a cada passo – comentou ele. – Houve alguma tentativa de me tirar do caminho?

– Nenhuma até agora, parceiro Elijah – respondeu Daneel.

– Não obstante, seria sensato que o amigo Giskard e eu estivéssemos com você o tempo todo, se isso for possível.

– Por quê, Daneel?

– Por dois motivos, parceiro Elijah. Em primeiro lugar, nós podemos ajudá-lo com qualquer aspecto da cultura ou dos costumes auroreanos que lhe sejam desconhecidos. Em segundo lugar, o amigo Giskard em especial pode gravar e reproduzir cada palavra de cada conversa que você tenha. Isso talvez lhe seja útil. Você deve se lembrar de que houve momentos, tanto durante sua conversa com o dr. Fastolfe quanto com a srta. Gladia, em que o amigo Giskard e eu estávamos a distância ou em outro cômodo...

— De modo que as conversas não foram gravadas por Giskard?

— Na verdade, elas foram, parceiro Elijah, mas com baixa fidelidade... e pode haver partes que não estejam tão claras quanto gostaríamos que estivessem. Seria melhor se ficássemos o mais próximos possível de você, na medida da conveniência.

— Daneel, você acha que eu vou me sentir mais à vontade se pensar em vocês como guias e gravadores, e não como guardas? — perguntou Baley. — Por que não chegar à simples conclusão de que, como guardas, vocês dois são totalmente desnecessários? Já que não houve nenhum atentado contra mim até agora, por que não é possível concluir que não haverá nenhum atentado contra mim no futuro?

— Não, parceiro Elijah, isso seria imprudente. O dr. Fastolfe acha que você é visto com grande apreensão por parte dos inimigos dele. Eles tentaram persuadir o presidente a não dar ao dr. Fastolfe permissão para chamá-lo, e com certeza vão continuar tentando persuadi-lo a mandar você de volta para a Terra o mais rápido possível.

— Esse tipo de oposição pacífica não requer guardas.

— Não, mas, se a oposição tem motivos para temer que você possa inocentar o dr. Fastolfe, é possível que eles sejam levados a atitudes extremas. Afinal de contas, você não é auroreano e as inibições contra a violência no nosso mundo seriam, portanto, mais fracas no seu caso.

— O fato de que estou aqui há um dia inteiro e de que nada aconteceu deveria representar um grande alívio para eles e reduzir consideravelmente a ameaça de violência — disse Baley de forma obstinada.

— Deveria, de fato, ser esse o caso — comentou Daneel sem mostrar nenhum sinal de ter reconhecido a ironia na voz de Baley.

— Por outro lado — continuou Baley —, se ficar parecendo que eu fiz algum progresso, então o perigo aumenta imediatamente para mim.

Daneel parou para refletir e depois disse:
— Essa seria a consequência lógica.
— E, portanto, você e Giskard virão comigo aonde eu for, caso eu consiga fazer o meu trabalho bem demais.

Daneel fez outra pausa e depois comentou:
— Seu modo de se expressar, parceiro Elijah, me confunde, mas você parece estar correto.
— Nesse caso — acrescentou Baley —, estou pronto para tomar o café da manhã, embora meu apetite diminua por saber que a alternativa para o fracasso é uma tentativa de assassinato.

32

Fastolfe sorriu para Baley do outro lado da mesa de café da manhã.
— Dormiu bem, sr. Baley?

Baley examinou a fatia de presunto, fascinado. Fora cortado com uma faca. Tinha uma textura granulosa e uma discreta tira de gordura de cima a baixo em um dos lados. Em suma, não havia sido processado. O resultado é que tinha mais sabor de presunto, por assim dizer.

Havia também ovos fritos, com a semiesfera achatada da gema no centro, cercada de clara, como algumas margaridas que Ben havia lhe mostrado no campo, lá na Terra. Intelectualmente, o investigador sabia como era um ovo antes de ser processado e sabia que ele continha uma gema e uma clara, mas nunca as tinha visto ainda separadas quando prontas para comer. Mesmo na nave a caminho dali, e mesmo em Solaria, quando servidos, os ovos eram mexidos.

Ele olhou atentamente para Fastolfe.
— Como?
— O senhor dormiu bem? — repetiu Fastolfe com paciência.

— Sim. Muito bem. É provável que eu ainda estivesse dormindo se não fosse pela antisomnina.

— Ah, sim. Essa não é bem a hospitalidade que um convidado tem o direito de esperar, mas achei que o senhor poderia querer começar cedo.

— O senhor tem toda razão. E também não sou exatamente um convidado.

Fastolfe comeu em silêncio por um ou dois instantes. Ele tomou um gole de sua bebida quente e depois disse:

— Teve alguma intuição durante a noite? O senhor acordou talvez com alguma perspectiva nova, alguma ideia nova?

Baley olhou desconfiado para Fastolfe, mas o rosto do outro não mostrava nenhum sarcasmo. Enquanto levava sua bebida aos lábios, ele respondeu:

— Acho que não. Tenho tantos resultados agora como tinha ontem.

Ele bebeu um gole e involuntariamente fez uma careta.

— Desculpe-me. O senhor achou a bebida intragável? — perguntou Fastolfe.

Baley resmungou e experimentou-a de novo, com cautela.

— É apenas café, sabe — disse o doutor. — Descafeinado.

Baley franziu as sobrancelhas.

— Não tem gosto de café e... desculpe-me, dr. Fastolfe, não quero começar a parecer paranoico, mas Daneel e eu acabamos de conversar meio que na brincadeira sobre a possibilidade de um ato de violência contra mim... meio que na brincadeira da minha parte, claro, não da de Daneel... e me veio à mente que um dos modos de chegar até mim é...

A voz dele foi sumindo.

Fastolfe ergueu as sobrancelhas, estendeu o braço na direção do café de Baley, murmurando um pedido de desculpas, e sentiu o cheiro. Então ele pegou um pouco de café com uma colher e experimentou.

— Perfeitamente normal, sr. Baley. Isto não é uma tentativa de envenenamento — disse ele.

— Peço desculpas por me comportar de maneira tão tola, uma vez que eu sei que foi preparado por seus próprios robôs... mas o senhor tem certeza?

Fastolfe deu um sorriso.

— Robôs já foram adulterados antes. No entanto, não houve nenhuma adulteração desta vez. É só que o café, embora seja universalmente popular nos vários mundos, vem de estirpes diferentes. É sabido que cada ser humano prefere o café do seu próprio mundo. Sinto muito, sr. Baley, não tenho nenhum café de estirpe terráquea para lhe oferecer. O senhor prefere leite? Isso é relativamente constante de um mundo para o outro. Suco de fruta? O suco de uva de Aurora é considerado de qualidade superior, em geral, por todos os mundos. Há aqueles que insinuam de forma vaga que nós o deixamos fermentar de algum modo, mas isso, claro, não é verdade. Água?

— Vou experimentar seu suco de uva. — Baley olhou para o café, desconfiado. — Acho que deveria tentar me acostumar com isso.

— De maneira alguma — disse Fastolfe. — Por que procurar o que é desagradável quando isso é desnecessário? E então — seu sorriso parecia um pouco tenso quando ele voltou ao comentário anterior —, a noite e o sono não lhe trouxeram nenhuma reflexão útil?

— Sinto muito — respondeu Baley. E depois, franzindo a testa por conta de uma lembrança confusa: — Embora...

— Sim?

— Tenho a impressão de que, pouco antes de adormecer, no limbo das livres associações entre o sono e a vigília, pareceu-me ter encontrado algo...

— É mesmo? O quê?

— Não sei. O pensamento me fez acordar, mas não voltou com a minha consciência. Ou, então, algum som imaginário me distraiu. Não me lembro. Tentei reter esse pensamento, mas não consegui me lembrar dele. Ele desapareceu. *Acho* que esse tipo de coisa não é incomum.

Fastolfe parecia pensativo.

— Tem certeza disso?

— Não muita. O pensamento foi tão tênue, tão rápido, que não pude sequer ter certeza de que o tive de fato. E mesmo que tivesse certeza, ele pode ter parecido coerente para mim apenas porque eu estava semiadormecido. Se ele se repetisse agora, em plena luz do dia, talvez não fizesse sentido nenhum.

— Mas o que quer que tenha sido, e por mais passageiro que tenha sido, ele teria deixado algum sinal, com certeza.

— Imagino que sim, dr. Fastolfe. Nesse caso, ele vai voltar à minha mente. Estou confiante nisso.

— Será que devemos esperar?

— Que outra coisa podemos fazer?

— Existe uma coisa chamada Sonda Psíquica.

Baley se recostou na cadeira e fitou Fastolfe por um momento.

— Já ouvi falar, mas isso não é usado pela polícia na Terra — disse ele.

— Não estamos na Terra, sr. Baley — disse Fastolfe, com delicadeza.

— Ela pode causar dano cerebral. Não estou certo?

— Em mãos apropriadas, é improvável.

— Não é impossível, mesmo sendo feito por mãos apropriadas — disse Baley. — Pelo que entendi, a sonda não pode ser usada em Aurora exceto em circunstâncias claramente definidas. Aqueles submetidos a ela devem ser culpados de um crime grave ou devem...

— Sim, sr. Baley, mas isso se refere aos auroreanos. O senhor não é auroreano.

— Quer dizer que, por eu ser um terráqueo, devo ser tratado como se não fosse humano?

Fastolfe deu um sorriso e estendeu as mãos.

— Ora, sr. Baley. Foi só uma ideia. Ontem à noite o senhor estava desesperado o bastante para sugerir que resolvêssemos o nosso dilema colocando Gladia em uma situação horrível e trágica. Eu me pergunto se o senhor estava desesperado o suficiente para arriscar a si mesmo.

Baley esfregou os olhos e, por um minuto ou pouco mais, permaneceu em silêncio. Depois, com a voz alterada, ele disse:

— Eu estava errado ontem à noite. Admiti isso. Quanto a esta questão de agora, não há garantias de que o que eu pensei quando estava semiadormecido tenha qualquer relevância para o problema. Pode ter sido pura fantasia... uma bobagem sem lógica. Pode não ter havido pensamento algum. Nada. O senhor acharia sensato, por uma probabilidade tão pequena de obter algum ganho, arriscar um dano em meu cérebro, quando é dele que o senhor diz depender para encontrar uma solução para o problema?

Fastolfe aquiesceu.

— O senhor defende o seu lado com eloquência... e eu não estava falando sério.

— Obrigado, dr. Fastolfe.

— Mas aonde vamos agora?

— Para começar, gostaria de falar com Gladia de novo. Há alguns pontos sobre os quais preciso de esclarecimentos.

— O senhor deveria ter tratado desses pontos ontem à noite.

— Deveria mesmo, mas eu tinha mais informações do que podia absorver de forma adequada ontem à noite, e alguns pontos me escaparam. Sou um investigador e não um computador infalível.

— Eu não o estava culpando — disse Fastolfe. — É só que odeio ver Gladia desnecessariamente perturbada. Em vista do que o senhor me contou ontem à noite, só posso supor que ela deva estar em um estado de profundo sofrimento.

— Sem dúvida. Mas ela também está desesperadamente ansiosa para descobrir o que aconteceu... quem, se é que foi alguém, matou aquele que ela via como marido. Isso também é compreensível. Tenho certeza de que ela estará disposta a me ajudar. E gostaria de falar com mais uma pessoa.

— Com quem?

— Com a sua filha Vasilia.

— Com Vasilia? Por quê? Que utilidade isso vai ter?

— Ela é uma roboticista. Gostaria de falar com outro roboticista que não seja o senhor.

— Eu preferiria que não falasse com ela, sr. Baley.

Eles haviam terminado de comer. Baley se levantou.

— Dr. Fastolfe, devo lembrá-lo, de novo, de que estou aqui a seu pedido, não tenho autoridade formal para fazer um trabalho de investigação. Não tenho nenhuma ligação com as autoridades auroreanas. A única chance que tenho de chegar ao fundo dessa terrível confusão é esperar que várias pessoas cooperem comigo de forma voluntária e respondam às minhas perguntas. Se o senhor me impedir de tentar fazer isso, então é óbvio que não vou conseguir chegar mais longe do que estou neste exato momento, que é em lugar nenhum. Vai ficar muito ruim para o senhor e, portanto, para a Terra; por isso eu lhe peço para não ficar no meu caminho. Se o senhor conseguir que eu possa entrevistar qualquer pessoa que eu queira, ou mesmo se apenas tentar tornar isso possível intercedendo por mim, então as pessoas de Aurora, com certeza, vão considerar que se trata de um sinal de inocência autoconsciente de sua parte. Se, por outro lado, o senhor dificultar a minha investigação, a que conclusão eles podem chegar, a não ser a de que o senhor é culpado e teme um escândalo?

— Eu entendo isso, sr. Baley — disse Fastolfe com uma irritação mal contida. — Mas por que Vasilia? Há outros roboticistas.

— Vasilia é sua filha. Ela o conhece. Pode ser que tenha opiniões categóricas quanto à probabilidade de o senhor destruir um robô. Já que ela é membro do Instituto de Robótica e está do lado dos seus inimigos políticos, qualquer evidência favorável que ela possa dar pode ser persuasiva.

— E se ela testemunhar contra mim?

— Vamos lidar com isso quando acontecer. O senhor pode entrar em contato com ela e perguntar se me receberia?

— Vou lhe fazer esse favor, mas o senhor está errado em pensar que eu posso persuadi-la a atendê-lo com essa facilidade. Ela pode estar ocupada demais... ou achar que está. Ela pode não estar em Aurora. Ela pode simplesmente não querer se envolver. Tentei explicar ontem à noite que Vasilia tem motivos... que ela acha que tem motivos... para me tratar com hostilidade. O fato de eu pedir a ela para vê-lo pode, na verdade, levá-la a se recusar, como mero sinal de que está aborrecida comigo.

— O senhor pode tentar, dr. Fastolfe?

Fastolfe deu um suspiro.

— Vou tentar enquanto o senhor estiver na casa de Gladia. Suponho que queira vê-la pessoalmente? Devo salientar que uma conexão por imagem tridimensional seria suficiente. A qualidade da imagem é bastante alta, de modo que o senhor não conseguirá distingui-la da presença pessoal.

— Sei disso, dr. Fastolfe, mas Gladia é solariana e tem associações desagradáveis com a comunicação tridimensional. E, em todo caso, acho que há uma eficácia extra e intangível em estar perto de outra pessoa. A situação atual é delicada demais, e as dificuldades grandes demais, para eu querer desistir da eficácia extra.

— Bem, vou avisar Gladia. — Ele se virou, hesitou, e virou-se de volta. — Mas, sr. Baley...

— Sim, dr. Fastolfe?

— Ontem à noite o senhor me disse que a situação era séria o bastante para que fizesse vistas grossas a qualquer aspecto que pudesse ser conveniente a Gladia. Havia, segundo o senhor ressaltou, coisas maiores em jogo.

— É verdade, mas o senhor pode confiar em mim no sentido de não incomodá-la se isso for possível.

– Não estou falando sobre Gladia agora. Só o estou avisando de que esse seu ponto de vista essencialmente apropriado deveria se estender a mim. Não espero que o senhor se preocupe com a minha conveniência ou com o meu orgulho se tiver a oportunidade de falar com Vasilia. Não tenho expectativas quanto aos resultados, mas, se o senhor falar com ela, vou ter que suportar quaisquer constrangimentos posteriores e o senhor não deve tentar me poupar. Entendeu?

– Para ser completamente franco, dr. Fastolfe, poupá-lo nunca foi a minha intenção. Se eu tiver de contrapesar seu constrangimento ou vergonha com o bem-estar de sua política e o bem-estar do meu mundo, não hesitaria nem um momento em fazê-lo passar vergonha.

– Ótimo!... E, sr. Baley, devemos estender essa atitude também ao senhor. Não devemos permitir que a *sua* conveniência fique no caminho.

– Não houve permissão para isso quando o senhor decidiu me trazer para cá sem me consultar.

– Estou me referindo a outra coisa. Se, depois de um período razoável de tempo... não muito tempo, mas um período razoável, o senhor não tiver feito progressos para chegar à solução, teremos que levar em consideração a possibilidade de uma sondagem psíquica, afinal. Nossa última chance pode ser a de descobrir o que a sua mente sabe que o senhor não sabe que ela sabe.

– Pode ser que eu não saiba de nada, dr. Fastolfe.

Fastolfe olhou para Baley com tristeza.

– Concordo. Mas, como disse o senhor a respeito da possibilidade de Vasilia testemunhar contra mim... vamos lidar com isso quando acontecer.

Fastolfe se virou de novo e saiu da sala.

Baley ficou olhando para ele, pensativo. Parecia-lhe agora que, se fizesse algum progresso, teria de encarar uma represália física de um tipo desconhecido, mas potencialmente perigoso. E, se ele não fizesse, teria de encarar a Sonda Psíquica, que não era nem um pouco melhor.

"Por Josafá!", murmurou para si mesmo.

33

A caminhada até a casa de Gladia pareceu menor do que na vez anterior. O dia estava ensolarado e agradável de novo, mas a vista não parecia a mesma de forma alguma. A luz do sol vinha do lado oposto, é claro, e a coloração parecia levemente diferente. Talvez as plantas parecessem um pouco diferentes de manhã em relação ao período noturno... ou cheirassem diferente. Baley pensara assim, algumas vezes, sobre as plantas da Terra também, recordava-se.

Daneel e Giskard o acompanhavam de novo, mas andavam mais próximos dele e pareciam estar em um estado menos intenso de alerta.

– O sol brilha aqui o tempo todo? – perguntou Baley, despreocupadamente.

– Não, parceiro Elijah – respondeu Daneel. – Se brilhasse, seria desastroso para a flora e, portanto, para a humanidade. A previsão, na verdade, é de que o tempo fique nublado no decorrer do dia.

– O que foi aquilo? – perguntou Baley, perplexo. Um animalzinho marrom-acinzentado estava agachado na grama e, ao vê-los, saiu dali pulando devagar.

– Um coelho, senhor – respondeu Giskard.

Baley relaxou. Ele os havia visto nos campos da Terra também.

Gladia não aguardava por eles à porta desta vez, mas era evidente que os estava esperando. Quando um robô levou-os para dentro, ela não se levantou, mas disse, entre mal-humorada e cansada:

– O dr. Fastolfe avisou que você tinha que me ver de novo. O que foi agora?

Ela estava usando um robe justo ao corpo e obviamente não vestia nada por baixo. Trazia o cabelo preso para trás de um modo disforme e seu rosto estava pálido. Ela parecia mais tensa do que no dia anterior e era evidente que dormira pouco.

Daneel, lembrando-se do que acontecera na última visita, não entrou na sala. Entretanto, Giskard entrou, lançou um olhar aguçado ao redor e depois se recolheu a um dos nichos da parede. Um dos robôs de Gladia estava no outro nicho.

— Sinto muitíssimo, Gladia, por ter de incomodá-la outra vez.

— Eu me esqueci de lhe dizer ontem à noite que, após ser incinerado, Jander será reciclado para uso das fábricas de robô de novo, claro. Imagino que será engraçado, toda vez que eu vir um robô recém-fabricado, ter um tempo para reparar que ele é composto por muitos dos átomos de Jander — disse Gladia.

— Nós mesmos, quando morremos, somos reciclados... e quem sabe quais átomos de quem estão em você e em mim neste exato momento, ou em quem os nossos estarão um dia — disse Baley.

— É verdade, Elijah. E me faz lembrar de como é fácil filosofar sobre a dor dos outros.

— Isso também é verdade, Gladia, mas eu não vim para filosofar.

— Então faça o que veio fazer.

— Preciso fazer perguntas.

— As de ontem não foram suficientes? Você dedicou seu tempo pensando em novas perguntas, desde então?

— Em parte sim, Gladia. Ontem você disse que houve homens que se ofereceram a você mesmo depois que estava com Jander (como marido e mulher), e que você os recusou. É sobre isso que eu preciso perguntar.

— Por quê?

Baley ignorou a pergunta.

— Diga-me — continuou ele —, quantos homens se ofereceram a você durante o tempo em que esteve casada com Jander?

— Eu não tenho isso anotado, Elijah. Três ou quatro.

— Algum deles foi persistente? Alguém se ofereceu mais de uma vez?

Gladia, que vinha evitando os olhos de Baley, olhou agora direto para ele e disse:

— Você conversou com outras pessoas sobre isso?

Baley chacoalhou a cabeça.

— Não conversei sobre esse assunto com ninguém a não ser você. Por sua pergunta, no entanto, suponho que houve pelo menos um persistente.

— Um. Santirix Gremionis. — Ela suspirou. — Os auroreanos têm nomes muito peculiares e ele *era* peculiar... para um auroreano. Nunca conheci um auroreano tão insistente como ele no que se refere a essa questão. Ele era sempre educado, sempre aceitava minha recusa com um sorrisinho e uma reverência solene, e depois era quase certo que tentaria de novo na semana seguinte, ou mesmo no dia seguinte. A simples repetição era uma pequena falta de cortesia. Um auroreano decente aceitaria uma recusa de forma permanente, a não ser que o provável parceiro deixasse razoavelmente claro que houvera uma mudança de ideia.

— Responda-me de novo: aqueles que se ofereceram a você sabiam de sua relação com Jander?

— Não era algo que eu comentasse em conversas casuais.

— Pois bem, pense nesse Gremionis em especial. *Ele* sabia que Jander era seu marido?

— Eu nunca contei a ele.

— Não descarte esse ponto dessa maneira, Gladia. Não é uma questão de ter contado. Diferente dos outros, ele se ofereceu repetidas vezes. Com que frequência você diria que ele se ofereceu, a propósito? Três vezes? Quatro? Quantas?

— Eu não contei — respondeu Gladia, cansada. — Pode ter sido umas dez vezes ou mais. Se, por outro lado, ele não fosse uma pessoa agradável, eu teria feito meus robôs barrarem-no em minha propriedade.

— Ah, mas você não fez isso. E leva tempo para se oferecer múltiplas vezes. Ele veio vê-la. Encontrou com você. Ele teve tempo para notar a presença de Jander e como você se comportava com ele. Será que Gremionis não poderia ter adivinhado qual era a relação?

Gladia chacoalhou a cabeça.

— Acho que não. Jander nunca se intrometia quando eu estava com qualquer ser humano.

— Essas eram as suas instruções? Suponho que devam ter sido.

— Eram. E antes que você sugira que eu tinha vergonha da relação, foi apenas uma tentativa de evitar complicações enfadonhas. Mantive certo instinto de privacidade quanto ao sexo, algo que os auroreanos não têm.

— Pense de novo. Será que ele poderia adivinhar? Aqui está ele, um homem apaixonado...

— Apaixonado! — O som daquela palavra quase a fez bufar. — O que os auroreanos sabem sobre o amor?

— Um homem que se considera apaixonado. Você não está receptiva. Será que ele não poderia, com a sensibilidade e a desconfiança de um amante desapontado, ter adivinhado? Pense nisso! Algum dia ele fez alguma referência indireta a Jander? Qualquer coisa que pudesse lhe causar a mínima suspeita...

— Não! Não! Nunca se ouviu falar de um único auroreano que fizesse um comentário negativo sobre as preferências ou hábitos sexuais de outra pessoa.

— Não precisa ser necessariamente negativo. Um comentário jocoso, talvez. *Qualquer* indicação de que ele suspeitasse da relação.

— Não! Se o jovem Gremionis alguma vez tivesse sussurrado uma palavra nesse sentido, ele nunca mais teria visto o interior da minha propriedade e eu teria me encarregado de que ele nunca mais se aproximasse de mim. Mas ele não fez nada desse tipo. Comigo, ele era a educação em pessoa.

— Você disse "jovem". Quantos anos tem Gremionis?

— Mais ou menos a minha idade. Trinta e cinco. Talvez um ou dois anos mais novo.

— Uma criança – disse Baley em tom de tristeza. – Mais novo até do que eu. Mas, nessa idade... Imagine que ele tenha adivinhado sobre a sua relação com Jander e não disse nada... nadinha de nada. Apesar disso, ele não poderia ter sentido ciúmes?

— Ciúmes? Ocorreu a Baley que a palavra poderia ter pouco significado em Aurora ou em Solaria.

— Ter ficado com raiva porque você preferia outro a ele.

— Eu sei qual é o sentido da palavra "ciúmes" – disse Gladia de forma ríspida. – Eu só a repeti porque me surpreendeu o fato de você achar que algum auroreano fosse ciumento. Em Aurora, as pessoas não sentem ciúmes por causa de sexo. – Havia uma clara expressão de sarcasmo no rosto dela. – Mesmo que ele estivesse com ciúmes, o que importaria? O que ele poderia fazer?

— Não seria possível que ele tivesse dito a Jander que um relacionamento com um robô comprometeria a sua posição em Aurora?

— Não seria verdade!

— Jander poderia ter acreditado se lhe dissessem isso... poderia ter acreditado que a estava pondo em perigo, que estava lhe causando dano. Esse não poderia ter sido o motivo da paralisação mental?

— Jander nunca teria acreditado nisso. Ele me fez feliz todos os dias em que foi meu marido e eu lhe disse isso.

Baley permaneceu calmo. Ela estava compreendendo mal o comentário, e ele simplesmente teria que deixá-lo mais claro.

— Tenho certeza de que Jander acreditava em você, mas ele também poderia se sentir forçado a acreditar em outra pessoa que lhe dissesse o contrário. Se ele ficasse preso em um insuportável dilema por conta da Primeira Lei...

Gladia contorceu o rosto e gritou:

— Isso é *loucura*. Você só está me contando a velha historinha de Susan Calvin e o robô que lia mentes. Ninguém com mais de 10 anos poderia acreditar nisso.

— Não seria possível que...

— Não, não seria. Eu sou de Solaria e conheço o suficiente sobre robôs para saber que não seria possível. Seria necessário um especialista extraordinário para dar um nó em um robô envolvendo a Primeira Lei. Pode ser que o dr. Fastolfe consiga fazer isso, mas esse com certeza não é o caso de Santirix Gremionis. Gremionis é estilista. Ele trabalha com seres humanos. Ele corta cabelos, desenha roupas. Eu faço a mesma coisa, mas, pelo menos, trabalho com robôs. Gremionis nunca tocou em um robô. Ele não sabe nada sobre eles, a não ser mandar que fechem a janela ou algo assim. Você está tentando me dizer que foi a relação entre Jander e eu... eu... — ela apontou para si mesma, batendo um dedo estendido com agressividade no osso esterno, o volume de seus seios pequenos mal aparecendo sob o robe — que causou a morte de Jander?

— Não foi nada que você tenha feito de maneira consciente — disse Baley, querendo parar de interrogar, mas sem conseguir fazê-lo. — E se Gremionis tivesse aprendido com o dr. Fastolfe como se faz...

— Gremionis não conhecia o dr. Fastolfe e, de todo modo, não teria conseguido entender nada que o doutor pudesse ter-lhe dito.

— Você não pode saber com certeza o que Gremionis poderia ou não entender, e, quanto a não conhecer o dr. Fastolfe, Gremionis deve ter estado aqui, em sua propriedade, com frequência se a perseguia tanto assim e...

— E o dr. Fastolfe quase nunca visitava a minha propriedade. Ontem à noite, quando ele veio com você, foi apenas a segunda vez que passou pela minha porta. Ele temia que a proximidade pudesse me afastar dele. O doutor admitiu isso certa vez. Ele perdeu a filha dessa forma, ele pensou... por uma tolice dessas. Sabe, Elijah, quando se vive por vários séculos, tem-se muito tempo para perder *milhares* de coisas. Seja grato por ter uma vida curta, Elijah. – Ela estava chorando descontroladamente.

Baley olhou e sentiu-se impotente.

– Sinto muito, Gladia. Não tenho mais nenhuma pergunta. Devo chamar um robô? Você vai precisar de ajuda?

Ela chacoalhou a cabeça e fez um gesto com a mão, mandando-o sair.

– Apenas vá embora... vá embora – disse ela com a voz embargada. – Vá embora.

Baley hesitou e depois saiu da sala a passos largos, dando uma última e incerta olhada para ela enquanto passava pela porta. Giskard seguiu seus passos e Daneel se juntou a ele quando Baley saiu da casa. O investigador mal notou. Ocorreu-lhe distraidamente que estava começando a aceitar a presença deles como teria aceitado a presença de sua sombra, ou de sua roupa, e que estava chegando a ponto de se sentir nu sem eles.

Baley voltou depressa para a propriedade de Fastolfe, sua mente agitada. Sua vontade de ver Vasilia fora, em princípio, uma questão de desespero, uma falta de qualquer outro objeto de curiosidade, mas agora as coisas haviam mudado. Havia apenas uma chance de ele ter esbarrado em algo vital.

34

O rosto sem graça de Fastolfe tinha um ar soturno quando Baley voltou.

– Fez algum progresso? – perguntou ele.

– Eliminei parte de uma possibilidade... talvez.

– *Parte* de uma possibilidade? Como se elimina a outra parte? Melhor ainda, como se *estabelece* uma possibilidade?

— Descobrir que é impossível eliminar uma possibilidade é o começo para se estabelecer uma.

— E se o senhor achar impossível eliminar a outra parte da possibilidade que misteriosamente mencionou?

Baley encolheu os ombros.

— Antes que percamos o nosso tempo levando isso em consideração, preciso ver a sua filha.

Fastolfe pareceu desanimado.

— Bem, sr. Baley, fiz o que me pediu e tentei entrar em contato com ela. Foi necessário acordá-la.

— O senhor quer dizer que ela está em uma parte do planeta onde é noite? Eu não tinha pensado nisso. — Baley sentiu-se envergonhado. — Acho que sou tolo o bastante para imaginar que ainda estou na Terra. Nas Cidades subterrâneas, dia e noite perdem o significado e o tempo tende a ser uniforme.

— Não é tão ruim assim. Eos é o centro robótico de Aurora, e o senhor encontrará poucos roboticistas que não morem aqui. Ela apenas estava dormindo e, aparentemente, ser acordada não melhorou seu humor. Ela não quis falar comigo.

— Ligue de novo — disse Baley de forma insistente.

— Falei com o robô secretário dela e ocorreu uma desconfortável retransmissão de mensagens. Ela deixou bastante claro que não vai falar comigo de modo algum. Ela foi um pouco mais flexível com o senhor. O robô declarou que ela lhe daria cinco minutos em seu canal particular de comunicação tridimensional se o senhor entrasse em contato — Fastolfe consultou o mostrador de tempo na parede — dentro de meia hora. Ela não o receberá pessoalmente em circunstância alguma.

— As condições, bem como o tempo, não são suficientes. Preciso vê-la em pessoa, uma vez que é necessário. O senhor explicou que isso é importante, dr. Fastolfe?

— Eu tentei. Ela não se importa.

— O senhor é o pai dela. Com certeza...

— Ela está menos inclinada a mudar de decisão por minha causa do que por causa de um estranho escolhido ao acaso. Eu sabia disso, então usei Giskard.

— Giskard?

— Ah, sim. Giskard é seu robô favorito. Quando ela estava estudando robótica na universidade, tomou a liberdade de fazer alguns ajustes referentes a aspectos de menor importância em sua programação, e nada torna a relação com um robô mais próxima do que isso, exceto pelo método de Gladia, claro. Era quase como se Giskard fosse Andrew Martin...

— Quem é Andrew Martin?

— Foi, não é — disse Fastolfe. — O senhor nunca ouviu falar dele?

— Nunca!

— Que estranho! Todas essas nossas lendas antigas têm a Terra como cenário e, no entanto, elas não são conhecidas na Terra. Andrew Martin foi um robô que, aos poucos, passo a passo, teria se tornado humaniforme. Com certeza, houve robôs humaniformes antes de Daneel, mas eram todos meros brinquedos, pouco mais do que autômatos. Contudo, contam-se histórias incríveis sobre as habilidades de Andrew Martin... um claro sinal da natureza lendária da história. Havia uma mulher que fazia parte da história, comumente conhecida como Pequena Mestra. A relação é complicada demais para explicar agora, mas imagino que cada garotinha em Aurora tenha sonhado em ser Pequena Mestra e em ter Andrew Martin como robô. Vasilia sonhou... e Giskard foi seu Andrew Martin.

— Bem, e daí?

— Pedi ao robô para dizer a ela que o senhor iria na companhia de Giskard. Ela não o vê há anos e eu pensei que isso pudesse induzi-la a vê-lo.

— Mas não induziu, presumo eu.

— Não.

— Então precisamos pensar em outra coisa. Deve haver alguma maneira de persuadi-la a me ver.

— Talvez o senhor consiga pensar em uma. Em alguns minutos, o senhor a verá por imagem tridimensional e terá cinco minutos para convencê-la de que deve encontrá-lo pessoalmente — disse Fastolfe.

— Cinco minutos! O que posso fazer em cinco minutos?

— Não sei. Afinal, é melhor do que nada.

35

Quinze minutos depois, Baley estava diante da tela de comunicação tridimensional, pronto para conhecer Vasilia Fastolfe. O dr. Fastolfe havia saído dizendo, com um sorrisinho torto, que sua presença com certeza tornaria sua filha menos aberta à persuasão. Tampouco Daneel estava presente. Apenas Giskard permaneceu lá para fazer companhia a Baley.

— O canal de comunicação tridimensional da dra. Vasilia está aberto. O senhor está pronto?

— Tanto quanto possível — respondeu Baley em um tom soturno. Ele se recusara a sentar-se, achando que poderia parecer mais imponente se estivesse de pé. (Quão imponente poderia ser um terráqueo?)

A tela ficou brilhante enquanto o resto do cômodo escurecia, e uma mulher apareceu... meio fora de foco, em princípio. Ela estava de pé, encarando-o, a mão direita apoiada em uma bancada de laboratório repleta de gráficos. (Sem dúvida, *ela* havia planejado parecer imponente também.)

Quando o foco ficou bem ajustado, as bordas da tela pareceram desvanecer-se e a imagem de Vasilia (se é que era ela) se aprofundou e se tornou tridimensional. Ela estava de pé na sala, com todos os sinais de uma sólida realidade, exceto pelo fato de a decoração da sala em que ela se encontrava não combinar com a da sala em que Baley estava, e a ruptura era brusca.

Ela vestia uma saia marrom-escura que se transformava em uma calça larga e semitransparente, de modo que se podia entrever suas pernas do meio da coxa para baixo. Sua blusa era justa e sem mangas, deixando seus braços descobertos até a altura dos ombros. Seu pescoço era curto e seu cabelo era loiro e bastante enrolado.

Ela não puxara em nada a simplicidade de traços do pai e, com certeza, não tinha suas enormes orelhas. Baley só podia presumir que Vasilia tivera uma bela mãe e sorte na distribuição dos genes.

Ela era baixa e Baley pôde notar uma semelhança impressionante com os traços de Gladia, embora sua expressão fosse muito mais fria e parecesse carregar a marca de uma personalidade dominante.

— O senhor é o terráqueo que veio para resolver os problemas do meu pai? — perguntou ela de forma curta e precisa.

— Sim, dra. Fastolfe — respondeu Baley de forma igualmente curta e precisa.

— Pode me chamar de dra. Vasilia. Não quero ser confundida com o meu pai.

— Dra. Vasilia, preciso de uma chance de conversar com a senhorita cara a cara por um período de tempo razoavelmente longo.

— Não tenho dúvidas de que o senhor ache que tenha de ser assim. Mas, claro, o senhor é um terráqueo e uma indiscutível fonte de infecção.

— Fui medicamente tratado e é bastante seguro estar perto de mim. Seu pai tem estado constantemente comigo por mais de um dia.

— Meu pai finge ser um idealista e deve fazer bobagens, às vezes, para sustentar esse fingimento. Não vou imitá-lo.

— Suponho que não deseje mal a ele. A senhorita vai prejudicá-lo se se recusar a me ver.

— O senhor está perdendo seu tempo. Não vou encontrá-lo exceto desta maneira, e metade do tempo que eu reservei já se foi. Se quiser, podemos terminar isto agora, se lhe parecer insatisfatório.

— Giskard está aqui, dra. Vasilia, e gostaria de encorajá-la a me receber.

Giskard deu um passo à frente, entrando no campo de visão.

— Bom dia, Pequena Mestra — disse ele em voz baixa.

Por um instante, Vasilia pareceu constrangida, e quando falou, foi em um tom mais suave, de certa forma.

— Estou feliz de vê-lo, Giskard, e receberei você quando quiser, mas não vou me encontrar com esse terráqueo, mesmo que me encoraje a fazê-lo.

— Nesse caso — disse Baley, jogando em desespero com todas as suas reservas —, terei de levar a público o caso de Santirix Gremionis sem o favor de tê-la consultado.

Vasilia arregalou os olhos e levantou a mão que estava na bancada, cerrando-a.

— O que Gremionis tem a ver com isso?

— Apenas o fato de que ele é um rapaz bonito e a conhece bem. Devo tratar dessas questões sem ouvir o que a senhorita tem a dizer?

— Vou lhe dizer agora mesmo que...

— Não — disse Baley em voz alta. — Não vai me dizer nada a não ser que nos vejamos cara a cara.

Ela contorceu os lábios.

— Então vou vê-lo, mas não vou ficar com o senhor nem um minuto a mais do que eu determinar. Estou lhe avisando. E traga Giskard.

A comunicação tridimensional foi interrompida com um estalido e Baley ficou tonto com a repentina mudança de cenário ocasionada pela interrupção. Ele caminhou até uma cadeira e se sentou.

Giskard pôs a mão em seu cotovelo, certificando-se de que ele alcançasse a cadeira em segurança.

— Posso ajudá-lo de alguma forma, senhor? — perguntou o robô.

— Estou bem — respondeu Baley. — Só preciso tomar fôlego.

O dr. Fastolfe apareceu diante dele.

— Desculpe-me de novo por ter falhado nos meus deveres como anfitrião. Acompanhei sua conversa em uma extensão que estava equipada para receber, mas não para transmitir imagens. Eu queria ver a minha filha, mesmo que ela não quisesse me ver.

— Entendo — disse Baley, um pouquinho ofegante. — Se as boas maneiras exigem um pedido de desculpas, então eu o perdoo.

— Mas o que isso tem a ver com Santirix Gremionis? Desconheço esse nome.

Baley levantou os olhos em direção a Fastolfe e disse:

— Dr. Fastolfe, ouvi o nome dele da boca de Gladia hoje de manhã. Sei muito pouco sobre ele, mas me arrisquei a dizer o que disse à sua filha mesmo assim. Minhas chances de isso dar certo eram mínimas, mas, ainda assim, o resultado foi o que eu queria. Como o senhor pôde ver, consigo fazer deduções úteis, mesmo quando tenho poucas informações, então seria melhor o senhor me deixar em paz para que eu possa continuar fazendo isso. Por favor, no futuro, coopere ao máximo e não mencione mais a Sonda Psíquica.

Fastolfe se calou e Baley sentiu uma sombria satisfação por ter imposto sua vontade primeiro à filha, depois ao pai.

Por quanto tempo ele poderia continuar impondo sua vontade, ele não sabia.

9   VASILIA

36

Baley parou à porta do aerofólio e disse com firmeza:
— Giskard, eu *não* quero que as janelas sejam opacificadas. Eu *não* quero me sentar atrás. Quero me sentar no banco da frente e observar a Área Externa. Já que vou me sentar entre você e Daneel, devo estar seguro o bastante, a menos que o próprio carro seja destruído. E, nesse caso, todos nós seremos destruídos e não importará se eu estiver na frente ou atrás.

Giskard reagiu ao vigor daquela declaração voltando a um tratamento mais respeitoso:
— Se o senhor se sentir mal...
— Então você vai parar o carro, eu vou passar para o banco de trás e você vai poder opacificar as janelas traseiras. Ou você nem vai precisar parar. Posso passar de um banco ao outro enquanto estivermos em movimento. A questão é, Giskard, que é importante que eu me familiarize com Aurora o máximo possível, e é importante para mim, em todo caso, acostumar-me com a Área Externa. Essa colocação é uma ordem, Giskard.

— O parceiro Elijah está certo em fazer esse pedido, amigo Giskard. Ele vai estar razoavelmente seguro — disse Daneel em voz baixa.

Giskard, talvez de forma relutante (Baley não pôde interpretar a expressão de seu rosto não muito humano), cedeu e assumiu seu lugar diante dos controles. Baley acompanhou e olhou para fora através do vidro transparente do para-brisa sem aquela segurança toda que apresentara na voz. Entretanto, a pressão de um robô de cada lado era reconfortante.

O carro foi suspenso pelos jatos de ar comprimido e balançou um pouco, como se estivesse encontrando uma posição firme. Baley sentiu um enjoo na boca do estômago e tentou não se arrepender da corajosa performance de alguns momentos atrás. Era inútil tentar dizer a si mesmo que Daneel e Giskard não mostravam nenhum sinal de temor e que eram um exemplo a ser imitado. Eles eram robôs e não podiam sentir medo.

E então o carro avançou de repente e Baley sentiu-se impelido com força contra o assento. Dentro de um minuto, ele estava se movendo em uma velocidade tão rápida quanto a que já experimentara na via expressa da Cidade. Uma ampla estrada coberta de grama se estendia diante deles.

A velocidade parecia maior pelo fato de inexistirem as amigáveis luzes e estruturas da Cidade em nenhum dos lados, mas sim grandes reentrâncias de vegetação e formações irregulares.

Baley se esforçou para manter a respiração regular e para falar da forma mais natural que pudesse sobre assuntos neutros.

– Não parece que estamos passando por terras cultivadas, Daneel. Isso parece ser uma área não utilizada – disse ele.

– Este território pertence à cidade, parceiro Elijah – comentou Daneel. – São áreas verdes e propriedades rurais privadas.

– Cidade? – Baley não conseguia aceitar a palavra. Ele sabia o que era uma Cidade.

– Eos é a maior e mais importante cidade em Aurora. Foi a primeira a ser fundada. A Legislatura Mundial Auroreana fica aqui. A propriedade do presidente da Legislatura fica aqui e nós vamos passar por ela.

Não apenas uma cidade, mas a maior delas. Baley olhou dos dois lados.

– Eu havia ficado com a impressão de que as propriedades de Fastolfe e Gladia se localizavam nos arredores de Eos. Pensei que já tivéssemos passado pelos limites da cidade.

– De modo algum, parceiro Elijah. Estamos passando pelo centro da cidade. Os limites estão a sete quilômetros, e nosso destino fica a quase quarenta quilômetros além deles.

– O centro da cidade? Não vejo construções.

– Não são para serem vistas a partir da estrada, mas há uma que você pode avistar por entre as árvores. Aquela é a propriedade de Fuad Labord, um famoso escritor.

– Você conhece todas as propriedades de vista?

– Elas estão em meu banco de memória – respondeu Daneel solenemente.

– Não há tráfego na estrada. Por quê?

– Longas distâncias são percorridas em carros aéreos ou subcarros magnéticos. Conexões tridimensionais...

– Eles chamam isso de visualização, em Solaria – disse Baley.

– E aqui também, em conversas informais, mas CIT é como se diz de modo mais formal. Por fim, os auroreanos gostam de caminhar, e não é raro andar vários quilômetros para uma visita social ou mesmo para reuniões de negócios, quando o tempo não é uma questão importante.

– E nosso destino é longe demais para ir a pé, perto demais para ir de carro aéreo e não queremos utilizar a comunicação tridimensional... então usamos um carro terrestre.

– Um aerofólio, para ser mais exato, parceiro Elijah, mas pode ser classificado como um carro terrestre, suponho eu.

– Quanto tempo vai demorar para chegarmos à propriedade de Vasilia?

– Não muito, parceiro Elijah. Ela está no Instituto de Robótica, como você deve saber.

Seguiu-se um intervalo de silêncio e depois Baley disse:
— Parece estar nublado ali perto do horizonte.

Giskard fez uma curva em alta velocidade, o aerofólio se inclinou em um ângulo de uns trinta graus. Baley abafou um resmungo e se agarrou em Daneel, que passou o braço pelas costas de Baley, segurando-o bem firme, cada mão em um ombro. Aos poucos, Baley soltou a respiração conforme o aerofólio se endireitava.

— Sim, aquelas nuvens trarão chuva mais tarde, segundo a previsão — disse Daneel.

Baley franziu as sobrancelhas. Ele fora pego pela chuva uma vez — *uma* — durante seu trabalho experimental no campo, na Área Externa da Terra. Era como ficar debaixo de um chuveiro de água gelada estando vestido. Sobreviera um pânico absoluto por um instante quando ele percebeu que não podia usar nenhum controle para desligar aquilo. A água continuaria caindo para sempre! Então todos correram, e ele correu com os demais, em direção ao ambiente seco e controlável da Cidade.

Mas aqui era Aurora e ele não fazia ideia de como agia uma pessoa quando começava a chover e não havia uma Cidade para onde fugir. Corria para a propriedade mais próxima? Os refugiados eram automaticamente bem-vindos?

Então houve outra breve virada e Giskard disse:
— Senhor, estamos no estacionamento do Instituto de Robótica. Agora podemos entrar e visitar a propriedade que a dra. Vasilia mantém no terreno do Instituto.

Baley aquiesceu. A viagem havia durado algo entre quinze e vinte minutos (cálculo que ele julgou o mais aproximado da cronometragem da Terra) e ele ficou feliz por ter acabado.

— Quero saber alguma coisa sobre a filha do dr. Fastolfe antes de conhecê-la — disse o investigador um tanto ofegante. — Você não a conhecia, não é, Daneel?

— Na época em que passei a existir, o dr. Fastolfe e sua filha estavam afastados por um período considerável de tempo. Nunca a conheci.

— Mas e quanto a você, Giskard? Você e ela se conheciam bem. Não é verdade?

— Sim, é verdade, senhor — respondeu Giskard de modo impassível.

— E gostavam um do outro?

— Acredito, senhor — continuou Giskard —, que a filha do dr. Fastolfe sentia prazer em estar comigo.

— Você sentia prazer em estar com ela?

Giskard parecia escolher as palavras.

— Estar com qualquer ser humano causa-me uma sensação que acredito corresponder àquela que os seres humanos chamam de "prazer".

— Porém mais intensa com Vasilia, creio eu. Estou certo?

— O prazer que ela sentia por estar comigo, senhor — disse Giskard —, parecia estimular aqueles potenciais positrônicos que produzem em mim ações equivalentes àquelas que o prazer desperta nos seres humanos. Ou pelo menos foi o que o dr. Fastolfe me disse uma vez.

— Por que Vasilia deixou o pai? — perguntou Baley de repente.

Giskard não disse nada.

— Eu lhe fiz uma pergunta, rapaz — disse Baley com o repentino tom autoritário de um terráqueo se dirigindo a um robô.

Giskard virou a cabeça e fitou Baley, que, por um instante, pensou que o brilho nos olhos do robô pudesse estar se tornando uma chama de ressentimento por conta do uso da palavra degradante.

Entretanto, Giskard falou em um tom brando e não havia em seus olhos uma expressão definível quando ele disse:

— Eu gostaria de responder, senhor, mas a srta. Vasilia ordenou, naquela época, que eu não dissesse nada sobre todas as questões que envolveram esse afastamento.

— Mas eu estou mandando você me dizer, e posso realmente lhe dar essa ordem com muita firmeza... se eu quiser.

— Sinto muito — disse Giskard. — A srta. Vasilia, mesmo naquela época, era qualificada em robótica e as ordens que ela me deu foram poderosas o suficiente para permanecer, apesar de qualquer coisa que o senhor possa me dizer.

— Ela devia ser qualificada em robótica, de fato, já que o dr. Fastolfe me disse que ela o reprogramou certa vez — disse Baley.

— Não havia perigo em fazer isso, senhor. Sempre havia a possibilidade de o dr. Fastolfe corrigir qualquer erro.

— Ele precisou corrigir algum?

— Ele não precisou, senhor.

— Qual foi a natureza da reprogramação?

— Aspectos sem importância, senhor.

— Talvez, mas satisfaça minha curiosidade. O que exatamente ela fez?

Giskard hesitou e Baley soube o que aquilo significava de imediato.

— Temo que eu não possa responder quaisquer perguntas sobre a reprogramação — disse o robô.

— Você foi proibido de contar?

— Não, senhor, mas a reprogramação automaticamente apaga o que aconteceu antes. Se eu fosse modificado em algum aspecto em particular, a mim me pareceria que sempre fui daquela forma, e eu não teria nenhuma lembrança do que eu era antes de ser modificado.

— Então, como você sabe que a reprogramação foi algo sem importância?

— Já que o dr. Fastolfe nunca viu necessidade alguma de corrigir o que a srta. Vasilia fez (foi o que ele me disse, certa vez), só posso supor que as alterações foram pequenas. O senhor poderá perguntar à srta. Vasilia.

— Vou perguntar — redarguiu Baley.

— Entretanto, temo que ela não vá responder, senhor.

O coração de Baley se abateu. Até aquele momento, ele havia interrogado apenas o dr. Fastolfe, Gladia e dois robôs; todos eles tinham grandes motivos para cooperar. Agora, pela primeira vez, ele ia encarar um indivíduo hostil.

37

Baley saiu do aerofólio, que estava parado em um gramado, e sentiu certo prazer com a sensação de solidez debaixo de seus pés.

Ele olhou ao redor, surpreso, pois as construções estavam espalhadas em abundância e, à sua direita, havia uma particularmente grande, erguida de forma simples, como se fosse um enorme bloco em ângulo reto feito de metal e vidro.

— Aquele é o Instituto de Robótica? — perguntou ele.

— Este complexo inteiro é o Instituto, parceiro Elijah — respondeu Daneel. — Você está vendo apenas uma parte; ele é mais densamente construído do que é o comum em Aurora por se tratar de uma entidade política independente. O Instituto contém residências, laboratórios, bibliotecas, ginásio comunitário e assim por diante. Essa estrutura grande é o centro administrativo.

— Isso é tão diferente do estilo auroreano, com todos estes edifícios à vista... pelo menos com base no que vi de Eos. Penso que deve ter causado uma considerável desaprovação.

— Acredito que causou, parceiro Elijah, mas o chefe do Instituto tem amizade com o presidente, que tem muita influência, e houve um acordo especial, pelo que eu soube, por conta das necessidades de pesquisa. — Daneel olhou ao redor, pensativo. — De fato, é mais compacto do que eu supunha.

— Do que você *supunha*? Você nunca esteve aqui antes, Daneel?

— Não, parceiro Elijah.

— E você, Giskard?

— Não, senhor — respondeu Giskard.
— Vocês encontraram o caminho para cá sem dificuldades... e parecem conhecer o lugar — comentou Baley.
— Nós fomos adequadamente informados, parceiro Elijah — disse Daneel —, uma vez que era necessário que viéssemos aqui com você.

Baley aquiesceu, pensativo, e depois disse:
— Por que o dr. Fastolfe não veio conosco? — e concluiu, mais uma vez, que não fazia sentido tentar pegar um robô desprevenido. Se fizesse uma pergunta de forma rápida ou inesperada, eles simplesmente aguardariam até a pergunta ser assimilada e depois responderiam. Eles nunca eram pegos de surpresa.

— Como o dr. Fastolfe disse, ele não é membro do Instituto e acha que seria impróprio fazer uma visita sem ser convidado — respondeu Daneel.

— Mas por que ele não é membro?
— Nunca me disseram o motivo pelo qual ele não é membro, parceiro Elijah.

Os olhos de Baley se voltaram para Giskard, que disse de imediato:
— Nem para mim, senhor.

Não sabiam? Mandaram que não soubessem? Baley encolheu os ombros. Não importava. Os seres humanos podiam mentir e os robôs podiam ser instruídos.

Claro, os seres humanos podiam ser intimidados ou manipulados com uma mentira, se o inquiridor fosse hábil o bastante ou desumano o bastante... e os robôs podiam ser manipulados com instruções, se o inquiridor fosse hábil o bastante ou inescrupuloso o bastante... mas as habilidades requeridas eram diferentes e Baley não tinha nenhuma com relação aos robôs.

— Onde poderíamos encontrar a dra. Vasilia Fastolfe? — perguntou ele.

— Esta propriedade bem à nossa frente é dela — respondeu Daneel.

— Então vocês foram instruídos quanto à sua localização?
— Isso foi gravado em nosso banco de memória, parceiro Elijah.
— Pois bem, mostrem o caminho.

O sol alaranjado estava bem no meio do céu agora, evidenciando que era quase meio-dia. Conforme se aproximavam da propriedade de Vasilia, eles chegaram a uma área sombreada da fábrica e Baley se encolheu um pouco quando sentiu a temperatura cair de imediato.

Ele apertou os lábios ao pensar em ocupar e colonizar mundos sem Cidades, lugares onde a temperatura não era controlada e estava sujeita a mudanças imprevisíveis e estúpidas. E, como ele podia notar com facilidade, a linha de nuvens no horizonte havia avançado um pouco. Também podia chover quando bem entendesse, com a água caindo aos borbotões.

Terra! Ele sentia falta das Cidades.

Giskard havia entrado na propriedade primeiro e Daneel estendeu o braço para evitar que Baley o seguisse.

Claro! Giskard estava fazendo o reconhecimento.

E Daneel também, aliás. Seus olhos percorreram a paisagem com uma concentração que nenhum ser humano poderia reproduzir. Baley tinha certeza de que aqueles olhos robóticos não perdiam nada. (Ele se perguntava por que os robôs não eram equipados com quatro olhos igualmente distribuídos em torno do perímetro da cabeça... ou com uma faixa óptica circundando-a por completo.) Não seria de se esperar que Daneel fosse assim, claro, já que ele tinha de ter uma aparência humana; mas por que não Giskard? Ou isso introduzia complicações visuais com as quais as vias positrônicas não conseguiam lidar? Por um instante, Baley teve uma leve percepção das complexidades que sobrecarregavam a vida de um roboticista.

Giskard reapareceu na entrada e acenou com a cabeça. Daneel exerceu uma pressão respeitosa com o braço e Baley avançou. A porta estava entreaberta.

Não existia tranca na propriedade de Vasilia, mas tampouco havia alguma (Baley lembrou de repente) nas de Gladia e Fastolfe. Uma população escassa e dispersa ajudava a garantir a privacidade e, sem dúvida, o costume de não interferir também. E, pensando bem, os ubíquos guardas robôs eram mais eficientes do que qualquer tranca que pudesse existir.

A pressão exercida pela mão de Daneel no braço de Baley o fez parar. Giskard, à frente deles, estava falando em voz baixa com dois robôs, que eram parecidos com Giskard.

Baley sentiu um súbito frio na boca do estômago. E se uma manobra rápida substituísse Giskard por outro robô? Ele seria capaz de reconhecer a substituição? De distinguir esses robôs um do outro? Ele ficaria com um robô sem instruções especiais para protegê-lo? Um robô que poderia inocentemente conduzi-lo ao perigo e depois não reagir rápido o suficiente quando a proteção fosse necessária?

Controlando o tom de voz, ele disse a Daneel, com calma:

– Impressionante a semelhança entre aqueles robôs, Daneel. Você consegue distingui-los?

– Com certeza, parceiro Elijah. O desenho de suas roupas é diferente e seus códigos numéricos também.

– Eles não parecem diferentes para mim.

– Você não está acostumado a notar esse tipo de detalhe.

Baley olhou de novo.

– Que código numérico?

– Eles podem ser vistos com facilidade, parceiro Elijah, quando se sabe onde procurar e quando se tem olhos com uma sensibilidade maior ao infravermelho do que os olhos humanos.

– Bem, então eu estaria em apuros se tivesse que fazer a identificação, não estaria?

– De modo algum, parceiro Elijah. Você só teria que perguntar ao robô seu nome completo e seu número de série. Ele lhe diria.

— Mesmo se fosse instruído a me dar informações falsas?
— Por que qualquer robô seria instruído a fazer isso?
Baley decidiu não explicar.
De qualquer forma, Giskard estava voltando.
— Senhor, ela o receberá. Venha por aqui, por favor — disse o robô a Baley.
Os dois robôs da propriedade iam à frente. Atrás deles vinham Baley e Daneel, este ainda segurando Baley de forma protetora. Por último seguia Giskard.
Os dois robôs pararam diante de uma porta dupla que se abriu, aparentemente de forma automática, para os lados. A sala além da porta era banhada por uma pálida luz acinzentada; a luz do sol penetrava de maneira difusa por uma espessa cortina.
Baley podia distinguir, não com muita clareza, um pequeno vulto humano na sala, meio sentado em uma banqueta alta com um cotovelo apoiado em uma mesa que tinha o comprimento da parede.
Baley e Daneel entraram e Giskard veio logo atrás deles. A porta se fechou, deixando a sala mais escura do que nunca.
— Não chegue mais perto! Fique onde está! — disse uma voz feminina em tom ríspido.
E a sala ficou clara como a luz do dia.

38

Baley piscou e olhou para cima. O teto era de vidro e, através dele, podia-se ver o sol. No entanto, o sol parecia estranhamente opaco, e podia-se olhar para ele, como se isso não parecesse afetar a qualidade da luz lá dentro. Presumivelmente, o vidro (ou o que quer que fosse a substância transparente) difundia a luz sem absorvê-la.
Ele olhou para a mulher, que ainda mantinha sua pose na banqueta, e disse:

— Dra. Vasilia Fastolfe?

— Dra. Vasilia Aliena, se quer o nome completo. Não pego o nome dos outros emprestado. Pode me chamar de dra. Vasilia. É o nome pelo qual costumo ser conhecida no Instituto. — Seu tom de voz, que estivera um tanto ríspido, ficou suave: — E como está você, meu velho amigo Giskard?

Giskard disse em um tom estranhamente distinto do habitual:

— Saudações... — ele fez uma pausa e depois disse: — Saudações, Pequena Mestra.

Vasilia deu um sorriso.

— E este, suponho eu, é o robô humaniforme do qual ouvi falar... Daneel Olivaw?

— Sim, dra. Vasilia — disse Daneel sem demora.

— E, por fim, nós temos... o terráqueo.

— Elijah Baley, doutora — disse Baley em um tom de voz inflexível.

— Sim, estou ciente de que os terráqueos têm nomes e de que Elijah Baley é o seu — retorquiu ela com frieza. — O senhor não se parece nem um pouco com o ator que o representou no filme em hiperonda.

— Sei disso, doutora.

— No entanto, aquele que fez o papel de Daneel era bem semelhante, mas acho que não estamos aqui para discutir o filme.

— Não, não estamos.

— Entendo que estamos aqui, terráqueo, para falar sobre o que quer que o senhor queira dizer sobre Santirix Gremionis e acabar logo com isso. Certo?

— Não de todo — disse Baley. — Esse não é o motivo principal de minha visita, embora eu imagine que vamos chegar a isso também.

— É mesmo? O senhor acha que estamos aqui para travar uma longa e complicada discussão sobre qualquer assunto que escolha tratar?

— Eu acho, dra. Vasilia, que seria aconselhável me deixar conduzir esta entrevista como eu quiser.

— Isso é uma ameaça?

— Não.

— Bem, eu nunca conheci um terráqueo e talvez seja interessante observar seu grau de semelhança com o ator que fez o seu papel... isto é, de um ângulo que não o da aparência. O senhor é mesmo a pessoa hábil que parece ser no filme?

— O filme — disse Baley com evidente aversão — foi excessivamente dramático e exagerou minha personalidade em todos os sentidos. Prefiro que me aceite como sou e que me julgue apenas com base no que lhe pareço neste exato momento.

Vasilia deu risada.

— Pelo menos não parece intimidado por mim. É um ponto a seu favor. Ou o senhor acha que essa coisa que tem em mente sobre Gremionis o coloca em posição de me dar ordens?

— Não estou aqui para fazer outra coisa a não ser descobrir a verdade sobre a questão do robô humaniforme morto, Jander Panell.

— Morto? Então ele esteve algum dia vivo?

— Eu uso uma palavra curta porque prefiro isso a expressões como "fora de funcionamento". O uso da palavra "morto" a deixa confusa?

— O senhor se defende bem — disse Vasilia. — Debrett, traga uma cadeira para o terráqueo. Ele vai se cansar estando de pé, se esta for uma conversa longa. Depois vá para o seu nicho. E você pode escolher um também, Daneel. Giskard, venha aqui do meu lado.

Baley se sentou.

— Obrigado, Debrett. Dra. Vasilia, eu não tenho autoridade alguma para interrogá-la; não tenho meios legais de forçá-la a responder às minhas perguntas. Entretanto, a morte de Jander Panell colocou seu pai em uma situação um tanto...

— Colocou *quem* em uma situação?
— O seu pai.
— Terráqueo, eu às vezes me refiro a certo indivíduo como meu pai, mas ninguém mais o faz. Por favor, use um nome apropriado.
— Dr. Han Fastolfe. Ele é seu pai, não é? Só para constar.
— O senhor está usando um termo biológico — respondeu Vasilia. — Tenho genes em comum com ele de um modo que caracteriza o que *na Terra* seria considerada uma relação pai-filha. Esta questão é indiferente em Aurora, exceto em termos médicos e genéticos. Posso imaginar uma situação em que eu sofra de certas condições metabólicas e em que seria apropriado levar em consideração a fisiologia e a bioquímica daqueles com os quais eu tenho genes em comum: pais, irmãos, filhos e assim por diante. Caso contrário, essas relações não costumam ser mencionadas na sociedade auroreana educada. Estou lhe explicando isso porque o senhor é terráqueo.
— Se ofendi seus costumes — disse Baley —, foi por ignorância e eu peço desculpas. Posso me referir ao cavalheiro em discussão pelo nome?
— Com certeza.
— Nesse caso, a morte de Jander Panell colocou o dr. Han Fastolfe em uma situação um tanto difícil e eu presumo que a senhorita estaria preocupada o bastante para querer ajudá-lo.
— O senhor presume isso? Por quê?
— Ele é seu... Ele a criou. Ele cuidou da senhorita. Havia uma profunda afeição entre os dois. Ele ainda sente uma profunda afeição pela senhorita.
— Ele lhe disse isso?
— Ficou evidente pelos detalhes da nossa conversa... e até mesmo pelo fato de ele se interessar pela mulher solariana, Gladia Delmarre, por conta de sua semelhança com a senhorita.
— Ele lhe disse *isso*?

— Ele me disse, mas, mesmo que não tivesse dito, a semelhança é evidente.

— Não obstante, terráqueo, eu não devo nada ao dr. Fastolfe. Sua suposição não é válida.

Baley pigarreou.

— Além dos sentimentos pessoais que a senhorita possa ou não ter, há a questão do futuro da Galáxia. O dr. Fastolfe deseja que novos mundos sejam explorados e colonizados por seres humanos. Se as repercussões políticas da morte de Jander levarem à exploração e à colonização de novos mundos por robôs, o dr. Fastolfe acredita que isso será catastrófico para Aurora e para a humanidade. Com certeza, a senhorita não vai querer participar dessa catástrofe.

— Sem dúvida que não — disse Vasilia, indiferente, observando-o de perto — se eu concordasse com o dr. Fastolfe. Eu não concordo. Não vejo mal algum no fato de os robôs humaniformes fazerem o trabalho. Estou aqui no Instituto, na verdade, para tornar isso possível. Sou uma globalista. Já que o dr. Fastolfe é um humanista, ele é meu inimigo político.

Suas respostas eram rápidas e diretas, não mais demoradas do que precisavam ser. Em cada uma das vezes, seguia-se um silêncio definido, como se ela estivesse esperando com interesse pela pergunta subsequente. Baley tinha a impressão de que ela estava curiosa quanto a ele, que estava se divertindo e que fazia apostas consigo mesma sobre qual poderia ser a próxima indagação, determinada a dar a ele a mínima informação necessária para forçar outra pergunta.

— Faz muito tempo que a senhorita é membro do Instituto?

— Desde a sua criação.

— Há muitos membros?

— Acredito que em torno de um terço dos roboticistas de Aurora seja membro, embora apenas metade deles, de fato, more e trabalhe no território do Instituto.

— Há outros membros do Instituto que compartilhem de sua opinião sobre a exploração robótica de outros mundos? Todos eles se opõem ao ponto de vista do dr. Fastolfe?

— Suponho que a maioria deles seja globalista, mas, que eu saiba, não fizemos votações sobre essa questão, nem tivemos uma discussão formal sobre isso. Seria melhor o senhor perguntar a cada um deles individualmente.

— O dr. Fastolfe é membro do Instituto?

— Não.

Baley esperou um pouco, mas ela não disse nada além daquela negativa.

— Isso não é surpreendente? Imaginei que, de todas as pessoas, ele seria um membro indispensável — comentou o investigador.

— Acontece que nós não o queremos. E, o que talvez seja menos importante, ele não nos quer.

— Isso não é ainda mais surpreendente?

— Não acho. — E depois, como que instigada a dizer algo mais por conta de uma irritação interior, ela acrescentou: — Ele mora na cidade de Eos. Suponho que conheça o significado do nome, terráqueo.

Baley aquiesceu e disse:

— Eos é a deusa da alvorada da Grécia Antiga, como Aurora é a deusa da alvorada da Roma Antiga.

— Exatamente. O dr. Han Fastolfe vive na Cidade da Alvorada, no Mundo da Alvorada, mas ele próprio não acredita na Alvorada. Ele não entende o método necessário de expansão pela Galáxia, de conversão da Alvorada Sideral em um vasto Dia Galáctico. A exploração robótica da Galáxia é o único modo prático de realizar a tarefa e ele não aceita isso... nem a nós.

— Por que esse é o único método prático? Aurora e os outros Mundos Siderais não foram explorados e colonizados por robôs, mas sim por seres humanos — disse Baley lentamente.

— Uma correção. Por terráqueos. Foi um procedimento arrasador e ineficiente e agora não permitiríamos que os terráqueos servissem como novos colonizadores. Nós nos tornamos Siderais longevos e saudáveis, e temos robôs que são infinitamente mais versáteis e flexíveis do que aqueles à disposição dos seres humanos que colonizaram nossos mundos originalmente. O tempo e as dificuldades são completamente diferentes... e *hoje* apenas a exploração robótica é viável.

– Suponhamos que esteja certa e que o dr. Fastolfe esteja errado. Mesmo assim, ele tem um ponto de vista lógico. Por que ele e o Instituto não aceitam um ao outro? Só porque discordam quanto a esse ponto?

– Não, esse desentendimento é comparativamente menos importante. Há um conflito mais fundamental.

De novo Baley fez uma pausa, e de novo ela não acrescentou nada ao comentário. Ele não se sentiu seguro para demonstrar irritação, então disse em voz baixa, quase de forma experimental:

– Qual é o conflito mais fundamental?

O tom de divertimento na voz de Vasilia chegou mais perto da superfície e suavizou, de certa maneira, as linhas de seu rosto; por um instante, ela se pareceu mais com Gladia.

– O senhor não conseguiria adivinhar, a não ser que lhe explicassem, penso eu.

– É exatamente por isso que estou perguntando, dra. Vasilia.

– Pois bem, terráqueo, disseram-me que os habitantes da Terra vivem pouco. Eu não me enganei quanto a isso, me enganei?

Baley encolheu os ombros.

– Alguns de nós chegam aos 100 anos de idade, na contagem de tempo da Terra. – Ele pensou um pouco. – Talvez uns 130 anos métricos.

– E quantos anos você tem?

– Quarenta e cinco anos no tempo padrão, 60 anos métricos.

– Eu tenho 66 anos métricos. Espero viver mais três séculos métricos pelo menos... se eu for cuidadosa.

Baley fez um gesto largo com as mãos.

— Meus parabéns.
— Há desvantagens.
— Disseram-me esta manhã que, em três ou quatro séculos, existe uma chance de que muitas e muitas perdas se acumulem.
— Temo que sim — disse Vasilia. — E também existe uma chance de que muitos e muitos ganhos se acumulem. De modo geral, há um equilíbrio.
— Quais são, então, as desvantagens?
— O senhor não é cientista, é óbvio.
— Sou investigador... um policial, se quiser.
— Mas talvez o senhor conheça cientistas no seu mundo.
— Conheci alguns — disse Baley, cauteloso.
— Sabe como eles trabalham? Por aqui, dizem que, na Terra, eles cooperam por necessidade. Eles têm, no máximo, meio século de trabalho ativo no curso de suas vidas curtas. Menos de sete décadas métricas. Não se pode fazer muito nesse tempo.
— Alguns de nossos cientistas realizaram muitas coisas em um período consideravelmente menor de tempo.
— Porque tiraram vantagem das descobertas que outros fizeram antes deles, e porque se beneficiaram do uso que podem fazer das descobertas contemporâneas feitas por outros cientistas. Não é mesmo?
— Claro. Temos uma comunidade científica com a qual todos contribuem no decorrer do tempo e do espaço.
— Exatamente. De outra forma, não funciona. Cada cientista, consciente da improbabilidade de realizar muita coisa completamente sozinho, é forçado a participar da comunidade, não pode deixar de tornar-se parte da carteira de compensação. Dessa forma, o progresso se torna muito maior do que seria se isso não existisse.
— Não é esse o caso em Aurora e em outros Mundos Siderais também? — perguntou Baley.
— Em tese é; na prática, não tanto. A pressão em uma sociedade em que se vive muito é menor. Os cientistas aqui têm três

séculos ou três séculos e meio para se dedicar a um problema, de modo que se origina a ideia de que um progresso significativo pode ser alcançado nesse tempo por um único trabalhador. Torna-se possível sentir um tipo de gula intelectual (*querer* realizar algo por conta própria, assumir um direito de propriedade em relação a uma faceta particular do progresso, estar disposto a ver o avanço geral tornar-se mais lento) em detrimento de abrir mão daquilo que se concebe como sendo de uma pessoa só. E, como consequência, o avanço geral *está* mais lento nos Mundos Siderais a ponto de ser difícil de ultrapassar o trabalho feito na Terra, apesar das nossas enormes vantagens.

– Presumo que a senhorita não iria me dizer isso se não fosse para dar a entender que o dr. Han Fastolfe se comporta dessa maneira.

– Ele, sem dúvida, faz isso. É sua análise teórica do cérebro positrônico que tornou o robô humaniforme possível. Ele a usou para construir, com a ajuda do falecido dr. Sarton, o seu amigo robô Daneel, mas não publicou detalhes importantes de sua teoria, nem a disponibiliza a mais ninguém. Dessa forma, ele, e somente ele, tem o controle da produção dos robôs humaniformes.

Baley franziu as sobrancelhas.

– E o Instituto de Robótica se dedica à cooperação entre os cientistas?

– Exatamente. Este Instituto é composto por mais de cem excelentes cientistas de diferentes idades, graus de progresso e habilidades, e esperamos estabelecer filiais em outros mundos e torná-lo uma associação interestelar. Todos nós nos dedicamos a informar nossas descobertas ou suposições individuais para o fundo comum... fazendo de maneira voluntária e para o bem geral o que os terráqueos fazem de maneira forçosa por viverem uma vida curta. Entretanto, isso o dr. Han Fastolfe não faz. Tenho certeza de que o senhor pensa no dr. Fastolfe como um patriota auroreano nobremente idealista, mas ele não compartilha sua propriedade intelectual (que é como ele considera suas descobertas) com o fundo comum e, portanto, ele não nos quer. E porque ele assume um direito de propriedade intelectual sobre as descobertas científicas, nós não o queremos. Imagino que a mútua aversão não lhe pareça mais um mistério.

Baley assentiu e depois disse:

— A senhorita acha que isso vai funcionar... essa desistência voluntária da glória pessoal?

— Tem que funcionar — respondeu Vasilia em um tom de voz implacável.

— E o Instituto conseguiu, por meio do esforço comunitário, reproduzir o trabalho individual do dr. Fastolfe e redescobrir a teoria do cérebro positrônico humaniforme?

— Nós descobriremos a tempo. É inevitável.

— E os membros do Instituto não estão tentando encurtar esse tempo persuadindo o dr. Fastolfe a revelar o segredo?

— Eu acho que estamos a caminho de persuadi-lo.

— Instigando o escândalo de Jander?

— Não acho que o senhor precise mesmo fazer essa pergunta. Bem, eu disse o que o senhor queria saber, terráqueo?

— A senhorita me disse coisas que eu não sabia — respondeu Baley.

— Então está na hora de me falar sobre Gremionis. Por que o senhor mencionou o nome desse barbeiro, relacionando-o a mim?

— Barbeiro?

— Ele se considera um cabeleireiro, entre outras coisas, mas ele é um barbeiro, pura e simplesmente. Fale sobre ele... ou daremos esta entrevista por encerrada.

Baley sentia-se exausto. Parecia-lhe óbvio que Vasilia estava gostando do jogo. Ela lhe dera o suficiente para abrir o apetite e agora ele seria forçado a comprar dados extras com suas próprias informações. Mas ele não tinha nenhuma. Ou pelo menos tinha apenas suposições. E se alguma delas estivesse errada, vitalmente errada, ele estaria acabado.

Portanto, ele fez o próprio jogo.

— A senhorita compreende, dra. Vasilia, que não pode se esquivar fingindo que a ligação entre Gremionis e a senhorita é uma suposição falsa.

— Por que não, quando a suposição *é* falsa?

— Oh, não. Se fosse falsa, a senhorita teria dado risada na minha cara e encerrado o contato tridimensional. O simples fato de a senhorita estar disposta a abandonar seu posicionamento anterior e me receber, o simples fato de a senhorita estar falando comigo por tanto tempo e me contando muitas coisas, é uma clara admissão de que acha que eu posso estar segurando uma faca contra a sua jugular.

Os músculos da mandíbula de Vasilia ficaram tensos e ela disse, em um tom de voz baixo e irritado:

— Escute aqui, seu terraqueozinho, minha posição é vulnerável e o senhor provavelmente sabe disso. Eu *sou* a filha do dr. Fastolfe e há pessoas aqui no Instituto que são tolas o bastante... ou velhacas o bastante... para desconfiar de mim por conta disso. Não sei que tipo de história o senhor ouviu... ou inventou... mas é certo que é algo mais ou menos falso. Apesar disso, não importa quão falso seja, isso pode ser eficientemente usado contra mim. Então estou disposta a fazer uma troca. Eu lhe contei algumas coisas e poderia lhe contar algo mais, mas só se o senhor me disser agora o que tem nas mãos e me convencer de que está dizendo a verdade. Então me diga. Se tentar fazer joguinhos comigo, não vou ficar em uma posição pior do que a que estou se eu o expulsar... e, pelo menos, vou sentir prazer em fazer isso. E vou usar qualquer influência que *eu* tiver com o presidente para fazê-lo revogar a decisão de permitir sua permanência aqui e mandar o senhor de volta para a Terra. Há uma pressão considerável sobre ele agora para fazer isso, e o senhor não vai querer que eu acrescente a minha. Então fale! Agora!

39

O impulso de Baley era o de conduzir a conversa ao ponto crucial, tateando o caminho para ver se estava certo. Mas sentiu que isso não ia funcionar. Ela entenderia o que ele estava fazendo (ela não era boba) e o interromperia. Ele estava na pista de alguma coisa, ele sabia, e não queria estragar isso. O que Vasilia havia dito sobre sua posição vulnerável como consequência de sua relação com o pai até poderia ser verdade, mas ela ainda não estaria assustada o suficiente a ponto de vê-lo se não tivesse suspeitado de que ele tinha alguma informação que não fosse *totalmente* falsa.

Ele tinha que dizer algo, então, algo importante que estabeleceria, de pronto, algum tipo de domínio sobre ela. Portanto... a aposta.

— Santirix Gremionis se ofereceu para a senhorita — disse ele.

E antes que Vasilia pudesse reagir, ele aumentou a aposta dizendo, com um tom adicional de aspereza: — E não uma, mas muitas vezes.

Vasilia entrelaçou os dedos, apoiando as mãos sobre um dos joelhos, depois deu um impulso e sentou-se na banqueta, como que para ficar mais confortável. Ela olhou para Giskard, que permanecia imóvel e inexpressivo ao seu lado.

Depois ela olhou para Baley e disse:

— O idiota se oferece para todo mundo que ele encontra, independentemente da idade ou do gênero. Seria estranho se ele não prestasse atenção em mim.

Baley fez um gesto com a mão como que deixando aquilo de lado. (Ela não havia dado risada. Não havia dado a entrevista por terminada. Não havia sequer tido um ataque de fúria. Ela estava esperando para ver o que ele construiria com base naquela afirmação, então ele tinha pegado *alguma coisa* pelo rabo.)

— Isso é exagero, dra. Vasilia — disse ele. — Entretanto, ninguém, por mais indiscriminador que fosse, deixaria de fazer escolhas; no caso de Gremionis, a senhorita foi escolhida e, apesar de sua recusa em aceitá-lo, ele continuou a se oferecer, um comportamento um tanto alheio ao costume auroreano.

— Fico feliz que tenha percebido que eu o recusei — disse Vasilia. — Há aqueles que acham que, por uma questão de cortesia, qualquer oferta... ou quase qualquer uma... deveria ser aceita, mas não sou dessa opinião. Não vejo nenhum motivo pelo qual devesse me sujeitar a um acontecimento desinteressante que vai apenas me fazer perder tempo. O senhor acha que há algo de censurável nisso, terráqueo?

— Não tenho nenhuma opinião para dar, nem favorável nem desfavorável, com relação aos costumes auroreanos. (Ela ainda estava esperando, o estava ouvindo. O que ela estava esperando? Seria pelo que ele queria dizer, mas ainda não tinha certeza se ele se atreveria?)

— O senhor tem alguma coisa a me oferecer... ou nós terminamos? — perguntou ela, fazendo um esforço para usar um tom suave.

— Não terminamos — disse Baley, que agora era forçado a fazer outra aposta. — A senhorita reconheceu essa perseverança não auroreana em Gremionis e lhe ocorreu que poderia fazer uso dela.

— É mesmo? Que loucura! Que uso eu poderia fazer disso?

— Uma vez que estava claro que ele se sentia muito atraído pela senhorita, não seria difícil fazê-lo se sentir atraído por outra pessoa que se parecesse muito com a senhorita. A senhorita o encorajou, talvez prometendo aceitá-lo se a outra não o aceitasse.

— Quem é essa pobre mulher que se parece tanto comigo?

— A senhorita não sabe? Convenhamos, dra. Vasilia, isso é ingenuidade sua. Estou falando da mulher solariana, Gladia, a qual, como já disse, está sob a proteção do dr. Fastolfe exatamente por se parecer com a senhorita. A senhorita não expressou surpresa alguma quando me referi a isso no início da nossa conversa. É tarde demais para fingir ignorância agora.

Vasilia lançou-lhe um olhar penetrante.

— E a partir do interesse que Gremionis tem por ela, o senhor deduziu que ele deve ter se interessado primeiro por mim? Foi com essa hipótese absurda que o senhor me abordou?

— Não foi uma hipótese inteiramente absurda. Há outros fatores que a fundamentam. A senhorita nega tudo isso?

Ela roçava pensativamente a longa mesa ao seu lado e Baley se perguntava quais detalhes continham aquelas extensas folhas de papel ali em cima. A distância, ele conseguia distinguir a complexidade de padrões que, certamente, não teriam sentido algum para ele, não importava com quanto cuidado e com quanta minúcia examinasse os papéis.

— Estou ficando cansada — disse Vasilia. — O senhor me disse que Gremionis se interessou primeiro por mim, e depois por aquela que se parece comigo, a solariana. E agora o senhor quer que eu negue isso. Por que eu deveria me dar ao trabalho de negar? Qual é a importância disso? Mesmo se fosse verdade, que dano isso me causaria, de qualquer forma? O senhor está dizendo que eu estava irritada por receber atenções que não queria e que eu habilmente me esquivei delas. E daí?

— Não é tanto pelo que a senhorita fez, mas pelo motivo — disse Baley. — A senhorita sabia que Gremionis era o tipo de pessoa persistente. Ele havia se oferecido à senhorita repetidas vezes e se ofereceria a Gladia repetidas vezes.

— Se ela o recusasse.

— Ela era uma solariana, tinha problemas com sexo e estava recusando todas as propostas, algo que, ouso dizer, a senhorita sabia; apesar de toda a desavença com seu pa... com o dr. Fastolfe, imagino que a senhorita tenha sentimentos fortes o bastante para monitorar sua substituta.

— Bem, então, que bom para ela. Se recusou Gremionis, ela mostrou bom gosto.

— A senhorita sabia que não havia um "se" nessa história. A senhorita sabia que ela o recusaria.

— Ainda assim... e daí?

— Repetidas ofertas a ela significariam que Gremionis estaria com frequência na propriedade de Gladia, que ele ficaria grudado nela.

— Pela última vez, e daí?

— E na propriedade de Gladia havia um objeto muito incomum, um dos dois robôs humaniformes existentes, Jander Panell.

Vasilia hesitou e depois disse:

— Aonde o senhor quer chegar?

— Acho que lhe ocorreu que, se de algum modo o robô humaniforme fosse morto em circunstâncias que implicassem o dr. Fastolfe, isso poderia ser usado como arma para forçá-lo a contar o segredo do cérebro positrônico humaniforme. Gremionis, irritado com a persistente recusa de Gladia em aceitá-lo e tendo a oportunidade por conta de sua constante presença na propriedade dela, poderia ser induzido a buscar uma terrível vingança, matando o robô.

Vasilia piscou rapidamente.

— Aquele pobre barbeiro poderia ter vinte motivos desses e vinte oportunidades dessas e isso não importaria. Ele não saberia como mandar um robô dar um aperto de mãos com alguma eficiência. Como ele conseguiria chegar a um ano-luz de distância de causar uma paralisação mental em um robô?

— O que finalmente nos leva, agora, ao xis da questão — disse Baley em um tom suave —, um ponto que, acredito, a senhorita chegou a antever, pois, de certa forma, se controlou para não me expulsar porque precisava se certificar de que eu tinha isso em mente ou não. O que estou dizendo é que Gremionis fez o serviço com a ajuda deste Instituto de Robótica, *por seu intermédio.*

10   OUTRA VEZ VASILIA

40

Era como se um drama em hiperonda tivesse sido capturado em uma fotografia holográfica.

Nenhum dos robôs se mexeu, claro, tampouco Baley ou a dra. Vasilia Aliena o fizeram. Longos segundos — estranhamente longos — se passaram antes de Vasilia soltar a respiração e levantar-se de forma muito lenta.

Seu rosto se retesou em um sorriso insosso e sua voz estava baixa.

— O senhor está dizendo, terráqueo, que eu sou cúmplice da destruição do robô humaniforme?

— Ocorreu-me algo desse tipo, doutora — respondeu Baley.

— Obrigada pela sua opinião. A entrevista está encerrada e o senhor vai embora. — Ela apontou a porta.

— Acho que não quero ir agora — disse Baley.

— Não levo em consideração as suas vontades, terráqueo.

— A senhorita tem que considerá-las, pois de que maneira pode me fazer ir embora contra a minha vontade?

— A um pedido meu, tenho robôs que o colocarão educada, porém firmemente, para fora, e sem ferir nada a não ser a sua autoestima... se o senhor tiver alguma.

— A senhorita tem apenas um robô aqui. Eu tenho dois que não permitirão que isso aconteça.

— Eu tenho vinte de prontidão.

— Dra. Vasilia, por favor, entenda! — disse Baley. — A senhorita ficou surpresa ao ver Daneel. Suponho que, apesar de trabalhar no Instituto de Robótica, onde os robôs humaniformes são prioridade, a senhorita nunca tinha visto um modelo completo e funcionando. Portanto, tampouco seus robôs viram um. Agora olhe para Daneel. Ele parece humano. Mais humano do que qualquer robô que já tenha existido, exceto o falecido Jander. Para os seus robôs, Daneel, com certeza, parecerá humano. Ele saberá dar uma ordem de tal modo que os demais o obedecerão talvez em detrimento da senhorita.

— Se necessário, posso chamar vinte seres humanos daqui do Instituto que o expulsarão, talvez *com* algum dano, e os seus robôs, até mesmo Daneel, não poderão interferir de maneira eficaz — disse Vasilia.

— Como pretende chamá-los, uma vez que meus robôs não permitirão que se mexa? Eles têm reflexos extraordinariamente rápidos.

Vasilia mostrou os dentes de uma forma que não parecia ser um sorriso.

— Não posso falar por Daneel, mas convivi com Giskard por quase toda a minha vida. Não acho que ele vá fazer *qualquer coisa* para me impedir de chamar ajuda, e imagino que impedirá Daneel de interferir também.

Baley tentou evitar que sua voz tremesse enquanto ele andava em uma corda cada vez mais bamba... e ele sabia disso.

— Antes que a senhorita faça qualquer coisa, talvez pudesse perguntar a Giskard o que ele faria se a senhorita e eu déssemos ordens conflitantes — disse ele.

— Giskard? — disse Vasilia com extrema confiança.
Giskard olhou em cheio para Vasilia e disse, com um timbre estranho de voz:
— Pequena Mestra, sou obrigado a proteger o sr. Baley. Ele tem preferência.
— É mesmo? Por ordem de quem? Desse terráqueo? Desse estranho?
— Por ordem do dr. Han Fastolfe — respondeu Giskard.

Os olhos de Vasilia faiscaram e ela se sentou devagar na banqueta de novo. Suas mãos, apoiadas no colo, tremiam, e ela disse por entre lábios que mal se mexiam:
— Ele tirou até *você* de mim.
— Se isso não for suficiente, dra. Vasilia — disse Daneel de repente, falando por iniciativa própria —, eu também colocaria o bem-estar do parceiro Elijah acima do seu.

Vasilia olhou para Daneel com uma amargurada curiosidade.
— Parceiro Elijah? É assim que você o chama?
— Sim, dra. Vasilia. Minha escolha quanto a essa questão (o terráqueo em detrimento da senhorita) origina-se não apenas das instruções do dr. Fastolfe, mas porque o terráqueo e eu somos parceiros nesta investigação e porque... — Daneel fez uma pausa, como que perplexo pelo que estava prestes a dizer, e depois, em todo caso, acrescentou: — somos amigos.
— Amigos? — perguntou Vasilia. — Um terráqueo e um robô humaniforme? Bem, combina. Nenhum dos dois é exatamente humano.
— E, não obstante, estamos ligados por laços de amizade. — disse Baley, de forma brusca. — Pelo seu próprio bem, não teste a força do nosso... — Agora era ele quem fazia uma pausa e, como que surpreso, completou a frase de um modo inacreditável — ... amor.

Vasilia virou-se para Baley.
— O que o senhor quer?

— Informação. Fui chamado a Aurora, a este Mundo da Alvorada, para solucionar um acontecimento que não parece ter uma explicação fácil, um acontecimento do qual o dr. Fastolfe é falsamente acusado, o que pode trazer, portanto, terríveis consequências para o seu mundo e para o meu. Daneel e Giskard entendem muito bem essa situação e sabem que nada, a não ser a Primeira Lei em seu sentido máximo e mais imediato, pode ter preferência sobre os meus esforços para resolver este mistério. Já que ambos ouviram o que eu disse e sabem que talvez a senhorita seja cúmplice daquele incidente, eles entendem que não devem permitir que esta entrevista termine. Portanto, digo outra vez, não corra o risco de obrigá-los a tomar alguma medida caso a senhorita se negue a responder às minhas perguntas. Eu a acusei de ser cúmplice no assassinato de Jander Panell. A senhorita nega a acusação ou não? A senhorita *tem* de responder.

— Eu vou responder. Não tenha medo! — disse Vasilia com amargor. — Assassinato? Alguém deixa um robô inativo e isso é *assassinato*? Pois bem, eu *nego*, seja assassinato ou qualquer outra coisa! Eu nego com todas as forças. Não dei a Gremionis informação sobre robótica com o propósito de permitir que ele desse cabo de Jander. Não tenho conhecimento suficiente para fazer isso e suponho que ninguém no Instituto saiba o bastante.

— Não posso dizer se a senhorita possui conhecimento suficiente para ter ajudado a cometer o crime ou se alguém do Instituto sabe o bastante. Entretanto, podemos discutir o motivo. Em primeiro lugar, a senhorita deve ter carinho por esse Gremionis. Por mais que a senhorita tenha rejeitado suas ofertas, por mais que ele lhe pareça desprezível como um possível amante, seria assim tão estranho supor que a senhorita se sentisse lisonjeada por sua persistência, e lisonjeada o bastante a ponto de estar disposta a ajudá-lo se ele a procurasse com ar suplicante e sem nenhuma exigência sexual com que irritá-la?

— O senhor está sugerindo que ele pode ter me procurado e dito "Vasilia, querida, quero deixar um robô inativo. Por favor, diga-me o que fazer e eu ficarei muito grato a você". E eu teria respondido "Bem, claro, querido, eu adoraria ajudá-lo a cometer um crime". Absurdo! Ninguém, exceto um terráqueo, que não sabe nada sobre os costumes auroreanos, seria capaz de acreditar que algo dessa natureza poderia acontecer. E teria de ser um terráqueo particularmente *estúpido* para tanto, também.

— Talvez, mas todas as possibilidades devem ser consideradas. Por exemplo, como uma segunda possibilidade, será que a senhorita não poderia estar enciumada com o fato de ele ter mudado o objeto de sua afeição, de modo que poderia tê-lo ajudado não por conta de um carinho abstrato, mas por causa de um desejo muito concreto de ganhá-lo de volta?

— Enciumada? Essa é uma emoção terráquea. Não desejo Gremionis para mim; então, como poderia me importar com o fato de ele se oferecer a outra mulher e ela o aceitar, ou, menos ainda, de outra mulher se oferecer a ele e ele aceitar?

— Já me disseram antes que ciúme provocado por sexo é algo desconhecido em Aurora, e estou disposto a admitir que é verdade em teoria, mas essas teorias raras vezes se sustentam na prática. Com certeza, há algumas exceções. E mais, o ciúme é, com grande frequência, uma emoção irracional, e não algo a ser descartado por mera lógica. No entanto, vamos deixar isso de lado por um instante. Como terceira possibilidade, a senhorita poderia estar com ciúmes de Gladia e querer fazer-lhe mal, mesmo sem dar a mínima para Gremionis.

— Ciúme de Gladia? Eu nunca sequer a conheci, exceto uma vez por hiperonda quando ela chegou a Aurora. O fato de as pessoas terem comentado, muito de vez em quando, que ela se parece comigo não me incomodou.

— Será que a incomoda o fato de ela ser a protegida do dr. Fastolfe, de ser a favorita dele, quase a filha que a senhorita foi um dia? Ela a substituiu.

— Essa substituição é *bem-vinda*. Não estou nem aí.

— Mesmo se eles fossem amantes?

Vasilia olhou para Baley com ar de crescente fúria, e gotículas de suor apareceram na linha que contorna o couro cabeludo.

— Não há necessidade de discutir isso — disse ela. — O senhor me pediu para negar a alegação de que fui cúmplice do que chama de assassinato e eu neguei. Eu lhe disse que não tinha a habilidade necessária e não tinha motivo. Fique à vontade para apresentar suas conjeturas para todo o planeta Aurora. Apresente suas tolas tentativas de me atribuir um motivo. Sustente, se quiser, que eu tenho habilidade para fazer isso. O senhor não vai chegar a lugar algum. Absolutamente a lugar algum.

E, mesmo enquanto ela tremia de raiva, parecia a Baley que havia convicção em sua voz.

Ela não tinha medo da acusação.

Ela concordara em vê-lo, então ele *estava* na pista de alguma coisa que ela temia... que talvez temesse desesperadamente.

Mas ela não tinha medo *disso*.

Então, onde ele havia errado?

41

— Suponha que eu aceite sua declaração, dra. Vasilia — disse Baley (agitado, procurando uma saída). — Suponha que eu concorde que a minha suspeita de que a senhorita poderia ter sido cúmplice nesse... roboticídio... estivesse errada. Até mesmo isso não significa que é impossível a senhorita me ajudar.

— Por que eu deveria ajudá-lo?

— Por uma questão de decência humana — respondeu Baley. — O dr. Han Fastolfe nos assegura que não fez aquilo, que ele não é um assassino de robôs, que ele não deixou esse robô em particular, Jander, inoperante. Seria de se supor que a senhorita conhece o dr. Fastolfe melhor do que ninguém. A senhorita teve um relacionamento íntimo com ele como filha amada e em fase de crescimento durante anos. A senhorita o viu em momentos e circunstâncias nos quais ninguém mais o viu. Quaisquer que sejam seus atuais sentimentos com relação a ele, não alteram o passado. Conhecendo-o como a senhorita o conhece, deve ser capaz de testemunhar que tal é o caráter dele que não causaria dano a um robô, com certeza não causaria dano a um robô que é uma de suas maiores conquistas. A senhorita estaria disposta a dar esse testemunho abertamente? A todos os mundos? Isso ajudaria muito.

O rosto de Vasilia pareceu endurecer.

— Entenda-me — disse ela, pronunciando as palavras com nitidez —, eu não vou me envolver.

— A senhorita *precisa* se envolver.

— Por quê?

— A senhorita não deve nada ao seu pai? Ele é o seu pai. Se a palavra significa alguma coisa para a senhorita ou não, existe uma ligação biológica. E, além disso, pai ou não, ele cuidou da senhorita, sustentou-a e criou-a durante anos. A senhorita lhe deve algo por isso.

Vasilia tremia. Era um estremecimento visível e seus dentes rangiam. Ela tentou falar, não conseguiu, respirou fundo, respirou de novo, depois tentou outra vez.

— Giskard, você está ouvindo tudo o que está acontecendo? — perguntou ela.

Giskard fez um aceno com a cabeça.

— Sim, Pequena Mestra.

— E você, humaniforme... Daneel?

— Sim, dra. Vasilia.

— Você está ouvindo tudo isso também?

— Sim, dra. Vasilia.

— Vocês dois entendem que o terráqueo insiste em que eu dê testemunho sobre o caráter do dr. Fastolfe?

Ambos aquiesceram.

— Então vou falar... contra a minha vontade e com raiva. É porque eu senti que devia a esse meu *pai* um mínimo de consideração como portador dos meus genes e, de certa maneira, como aquele que me criou, que *não* dei testemunho. Mas agora vou dar. Terráqueo, escute-me. O dr. Fastolfe, com quem compartilho alguns genes, não cuidou de mim... de mim... de mim como outro ser humano, único. Eu não fui para ele nada além de um experimento, um fenômeno observável.

Baley chacoalhou a cabeça.

— Não foi isso que eu perguntei.

Ela o interrompeu furiosamente.

— O senhor insistiu para que eu falasse e eu *vou* falar... e isso vai lhe dar uma resposta. Há uma coisa que interessa ao dr. Fastolfe. Uma coisa. Só uma coisa. E é o funcionamento do cérebro humano. Ele quer reduzi-lo a equações, a um gráfico de rede elétrica, a um labirinto decifrado, e assim fundar uma ciência matemática do comportamento humano que lhe permita prever o futuro da humanidade. Ele chama essa ciência de psico-história. Não posso acreditar que o senhor tenha falado com ele por uma hora que seja sem que ele a tenha mencionado. É a monomania que o impele.

Vasilia examinou o rosto de Baley e gritou em um violento acesso de alegria:

— Eu sabia! Ele *falou* com o senhor sobre isso. Então ele deve ter-lhe dito que está interessado em robôs na medida em que eles possam levá-lo ao cérebro humano. Ele só está interessado em robôs humaniformes na medida em que eles possam fazê-lo chegar mais perto do cérebro humano. Sim, ele lhe disse isso também. A teoria básica que tornou possível o robô humaniforme surgiu, eu estou certa disso, de sua tentativa de entender o cérebro humano; ele retém essa teoria para si mesmo e não permite que ninguém mais a veja porque quer resolver o problema do cérebro humano completamente sozinho nos dois séculos de vida, ou pouco mais, que ainda lhe restam. Tudo está subordinado a isso. E isso com certeza me incluía.

Baley, tentando fazer frente à torrente de fúria, disse em voz baixa:

— De que forma isso incluía a senhorita, dra. Vasilia?

— Quando eu nasci, deveria ter sido colocada com outros iguais a mim, com profissionais que sabiam cuidar de crianças. Eu não deveria ter ficado sozinha sob a responsabilidade de um amador, pai ou não, cientista ou não. Não deveriam ter permitido que o dr. Fastolfe sujeitasse uma criança a um ambiente assim, e não o teriam feito... se ele fosse qualquer outra pessoa que não Han Fastolfe. Ele usou todo o seu prestígio para fazer isso, cobrou todos os favores que lhe deviam, persuadiu todas as pessoas que pôde, até ter controle sobre mim.

— Ele a amava — murmurou Baley.

— Ele me amava? Qualquer outra criança teria servido, mas nenhuma outra estava disponível. O que ele queria era observar uma criança em fase de crescimento, um cérebro em desenvolvimento. Ele queria fazer um cuidadoso estudo do método de seu desenvolvimento, de sua forma de crescimento. Ele queria um cérebro humano em forma simples tornando-se complexo, de modo que pudesse estudá-lo em detalhes. Com esse propósito, ele me sujeitou a um ambiente anormal e a um experimento sutil, sem consideração alguma para comigo enquanto ser humano.

— Não acredito nisso. Mesmo se estivesse interessado na senhorita como objeto experimental, ele ainda poderia se importar com a senhorita como ser humano.

— *Não*. O senhor fala como terráqueo. Talvez na Terra haja algum tipo de consideração pelas ligações biológicas. Aqui não há. Eu fui um objeto experimental para ele. Ponto final.

— Mesmo que isso fosse verdade no começo, o dr. Fastolfe não poderia deixar de aprender a amar a senhorita, um objeto indefeso que confiaram aos cuidados dele. Mesmo que não houvesse ligação biológica alguma, mesmo que a senhorita fosse um animal, digamos, ele teria aprendido a amá-la.

— Ah, é mesmo? — disse ela com amargura. — O senhor não conhece a força da indiferença em um homem como o dr. Fastolfe. Se acabar com a minha vida elevasse seu conhecimento, ele o teria feito sem hesitar.

— Isso é ridículo, dra. Vasilia. O tratamento que ele dispensou à senhorita foi tão gentil e atencioso que deu origem a um sentimento de amor. Eu sei disso. A senhorita... a senhorita se ofereceu para ele.

— Ele lhe contou isso, não é? Claro que contaria. Nem por um instante, nem mesmo agora, ele pararia para se perguntar se uma revelação dessas não me deixaria embaraçada. Sim, eu me ofereci para ele, e por que não? Ele era o único ser humano que eu conhecia de fato. Ele era superficialmente gentil comigo e eu não entendia seu verdadeiro propósito. Era um alvo natural para mim. Além disso, ele se certificou de que eu fosse iniciada na estimulação sexual em condições controladas... controles estabelecidos por *ele*. Era inevitável que eu acabasse me voltando para ele. Eu tive que me voltar para ele, pois não havia mais ninguém... e ele recusou.

— E a senhorita o odiou por isso?

— *Não*. Não em princípio. Não durante anos. Apesar de meu desenvolvimento sexual ficar atrofiado e distorcido, com efeitos que sinto até hoje, não o culpei. Eu não tinha conhecimento suficiente. Eu encontrei desculpas para ele. Ele estava ocupado. Ele tinha outras parceiras. Ele precisava de mulheres mais velhas. O senhor ficaria espantado com minha inventividade em descobrir motivos para a sua recusa. Foi só anos mais tarde que me dei conta de que algo estava errado, e eu consegui revelar isso abertamente, cara a cara. "Por que me recusou?", eu perguntei. "Conceder-me esse favor poderia ter me colocado no caminho certo, resolvido tudo."

Ela fez uma pausa, engolindo em seco, e por um instante cobriu os olhos. Baley esperou, paralisado pelo constrangimento.

Os robôs não tinham expressão (incapazes, até onde Baley sabia, de vivenciar qualquer equilíbrio ou desequilíbrio das vias positrônicas que produzisse uma sensação minimamente análoga ao constrangimento humano).

— Ele evitou a pergunta pelo tempo que lhe foi possível, mas eu o confrontei repetidas vezes — disse ela, mais calma. — "Por que me recusou?" "Por que me recusou?" Ele não hesitava em fazer sexo. Fiquei sabendo de várias ocasiões. Eu me lembro de ficar pensando se ele simplesmente preferia homens. Nas situações em que não há filhos envolvidos, a preferência pessoal nessas questões não tem importância alguma, e alguns homens podem achar as mulheres desagradáveis, ou vice-versa. No entanto, não era esse o caso do homem que o senhor chama de meu pai. Ele gostava de mulheres, às vezes jovens, tanto quanto eu era a primeira vez que me ofereci. "Por que me recusou?" Ele enfim me deu uma resposta... e o senhor está convidado a adivinhar qual foi.

Ela fez uma pausa e esperou sardonicamente.

Baley se remexeu, embaraçado, e murmurou:

— Ele não quis fazer amor com a filha?

— Ah, não seja tolo. Que diferença isso faz? Considerando que quase nenhum homem em Aurora sabe quem é sua filha, qualquer homem que faça amor com uma mulher algumas décadas mais jovem poderia ser... Mas esqueça, isso é uma questão óbvia. O que ele respondeu... e ah, como eu me lembro das palavras... foi "Sua tola! Se eu me envolvesse com você dessa forma, como poderia manter minha objetividade, e que utilidade teria meu estudo contínuo sobre você?". Veja, naquela época, eu sabia do interesse dele pelo cérebro humano. Eu estava até seguindo seus passos e me tornando uma roboticista pelos meus próprios méritos. Eu trabalhei com Giskard nesse sentido e fiz experiências com sua programação. Eu fiz isso muito bem, não fiz, Giskard?

— Fez sim, Pequena Mestra.

— Mas pude ver que esse homem que o senhor chama de meu pai não me via como ser humano. Ele estava disposto a me ver deformada pelo resto da vida em vez de colocar em risco sua objetividade. Suas observações significavam mais para ele do que a minha normalidade. A partir daquele momento, eu soube o que eu era e o que ele era... e eu o deixei.

Havia um pesado silêncio no ar.

A cabeça de Baley estava latejando um pouco. Ele queria perguntar: a senhorita não poderia levar em consideração o egocentrismo de um grande cientista? A importância de um grande problema? Você não poderia relevar algo dito, talvez, em um momento de irritação por ser forçado a discutir um assunto que não queria discutir? A própria raiva de Vasilia naquele instante não era a mesma coisa? Aquela concentração de Vasilia na própria "normalidade" (o que quer que ela quisesse dizer com isso), a ponto de excluir os dois problemas mais importantes que a humanidade enfrentava – a natureza do cérebro humano e a colonização da Galáxia –, não representava igual egocentrismo com muito menos desculpa?

Mas ele não podia perguntar nenhuma dessas coisas. Ele não sabia como expressá-las de modo que fizessem real sentido para aquela mulher, nem tinha certeza de que a entenderia se ela respondesse.

O que ele estava fazendo naquele mundo? Ele não conseguia entender os costumes de seus habitantes, não importa como eles explicassem. Nem eles conseguiam entender os seus.

— Sinto muito, dra. Vasilia – disse ele, cansado. – Entendo que a senhorita esteja irritada, mas, se deixasse de lado a sua irritação por um instante e levasse em consideração o problema do dr. Fastolfe e do robô assassinado, a senhorita não conseguiria ver que estamos tratando de duas coisas diferentes? Pode ser que o dr. Fastolfe tenha querido observá-la de modo imparcial e objetivo, mesmo à custa da sua infelicidade, e, ainda assim, esteja a anos-luz de querer destruir um avançado robô humaniforme.

Vasilia corou.

— O senhor não entende o que estou dizendo, terráqueo? — gritou ela. — Acha que lhe contei o que acabei de contar porque imagino que o senhor, ou alguém, estaria interessado na triste história da minha vida? Aliás, o senhor acha que eu gosto de me revelar dessa maneira? Estou lhe contando isso apenas para mostrar que o dr. Han Fastolfe... meu pai biológico, como o senhor não se cansa de destacar... *destruiu* Jander. Claro que destruiu. Eu me abstive de dizer isso porque ninguém, até o senhor aparecer, havia sido idiota o bastante para me perguntar, e por conta de algum tolo vestígio de consideração que eu tenho por aquele homem. Mas agora que o senhor me perguntou, estou dizendo isso e, por Aurora, vou continuar afirmando... para qualquer um e para todos. Publicamente, se necessário. O dr. Han Fastolfe *destruiu* Jander Panell. Tenho certeza disso. Está satisfeito agora?

42

Horrorizado, Baley olhou para aquela mulher perturbada. Ele gaguejou e começou de novo.

— Não entendo de modo algum, dra. Vasilia. Por favor, acalme-se e reflita. Por que o dr. Fastolfe destruiria o robô? O que isso tem a ver com a maneira como ele a tratou? Imagina que se trata de algum tipo de retaliação contra a senhorita?

A respiração de Vasilia estava acelerada (Baley notou distraidamente e sem intenção consciente que, embora Vasilia tivesse uma estrutura óssea pequena como a de Gladia, seus seios eram maiores) e ela parecia falsear a voz para mantê-la sob controle.

— Eu lhe disse, terráqueo, que Han Fastolfe estava interessado em estudar o cérebro humano, não disse? — perguntou ela. — Ele não hesitou em submetê-lo a uma situação de estresse a fim de observar os resultados. E ele preferia cérebros que fossem fora do comum... como o de uma criança, por exemplo, para poder analisar seu desenvolvimento. Qualquer cérebro que não fosse banal.

— Mas o que isso tem a ver...

— Pergunte a si mesmo, então, por que ele teve esse interesse pela mulher estrangeira.

— Por Gladia? Eu perguntei a *ele* e ele me respondeu. Ela o fazia lembrar da senhorita, e a semelhança é nítida, de fato.

— E quando o senhor me disse isso mais cedo, eu achei graça e perguntei se acreditava nele. Vou perguntar de novo. O senhor acredita nele?

— Por que não acreditaria?

— Porque não é verdade. A semelhança pode ter chamado a atenção dele, mas a verdadeira chave para o seu interesse é que a mulher estrangeira é... estrangeira. Ela havia sido criada em Solaria, com base em pressuposições e axiomas sociais diferentes dos de Aurora. Ele podia, portanto, estudar um cérebro moldado de forma diferente do nosso e obter uma perspectiva interessante. O senhor não entende? Aliás, por que ele está interessado no *senhor*, terráqueo? Ele é idiota o suficiente para imaginar que o senhor possa resolver um problema auroreano sem saber nada sobre Aurora?

De repente, Daneel interveio de novo e Baley sobressaltou-se ao ouvir a voz do outro.

— Dra. Vasilia, o parceiro Elijah resolveu um problema em Solaria, embora não soubesse nada sobre o planeta.

— Sim — disse Vasilia em um tom mal-humorado —, isso todos os mundos perceberam naquele show em hiperonda. E um raio pode cair também, mas não acho que Han Fastolfe esteja confiante de que ele vá cair duas vezes no mesmo lugar em tão pouco tempo. Não, terráqueo, ele estava atraído pelo senhor, para começar, porque é um terráqueo. O senhor possui outro cérebro alienígena que ele pode estudar e manipular.

— Com certeza a senhorita não acredita que ele arriscaria questões de importância vital para Aurora e chamaria alguém sabidamente inútil apenas para estudar seu cérebro incomum, dra. Vasilia.
— Claro que ele faria isso. Não é esse o propósito do que estou lhe contando? Nenhuma crise que Aurora pudesse estar enfrentando o convenceria, por um instante sequer, de ser tão importante quanto resolver o problema do cérebro. Posso lhe dizer exatamente o que ele diria se o senhor lhe perguntasse. Aurora poderia prosperar ou cair, florescer ou se decompor, e isso seria de pouco interesse quando comparado ao problema do cérebro, pois, se os seres humanos realmente entendessem o cérebro, tudo o que poderia ter sido perdido no decorrer de um milênio de negligência ou de decisões erradas seria recuperado em uma década de desenvolvimento humano habilmente orientado, com base em seu sonho de "psico-história". Ele usaria o mesmo argumento para justificar qualquer coisa (mentiras, crueldade, *qualquer coisa*), apenas dizendo que tudo se destina a servir ao propósito de fomentar o conhecimento sobre o cérebro.

— Não consigo imaginar que o dr. Fastolfe poderia ser cruel. Ele é o mais gentil dos homens.

— É mesmo? Há quanto tempo convive com ele?

— Algumas horas na Terra, três anos atrás. Um dia, aqui em Aurora — respondeu Baley.

— Um dia inteiro. Um dia *inteiro*. Eu convivi com ele durante trinta anos quase constantemente, e tenho acompanhado sua carreira a certa distância com alguma atenção desde aquele tempo. E o senhor conviveu com ele um dia inteiro, terráqueo? Bem, ao longo desse um dia, ele fez algo que o assustasse ou o humilhasse?

Baley ficou calado. Ele pensou no ataque repentino com o porta-tempero do qual Daneel o resgatara; no Privativo que lhe apresentou tanta dificuldade graças ao simulacro de natureza; na extensa caminhada planejada para testar sua habilidade de se adaptar ao espaço aberto.

— Posso ver que ele fez — disse Vasilia. — Sua expressão, terráqueo, não é a máscara que o senhor imagina que seja. Ele o ameaçou com uma Sonda Psíquica?

— Isso foi mencionado — disse Baley.

— Um dia... e isso já foi mencionado. Suponho que tenha feito o senhor se sentir desconfortável.

— Sim, fez.

— E que não havia motivo para mencioná-la.

— Ah, mas havia — respondeu Baley sem demora. — Eu havia dito que, por um instante, tive uma ideia que depois se perdeu, e com certeza era legítimo sugerir que uma Sonda Psíquica poderia me ajudar a reaver esse pensamento.

— Não era não — disse Vasilia. — A Sonda Psíquica não pode ser usada com a delicadeza requerida para essa finalidade... e, se tentassem fazê-lo, haveria uma chance considerável de ocorrer dano cerebral permanente.

— Esse, sem dúvida, não seria o caso se o procedimento fosse controlado por um especialista... pelo dr. Fastolfe, por exemplo.

— Por *ele*? Ele não sabe distinguir uma extremidade da Sonda da outra. É um teórico, não um técnico.

— Por outra pessoa, então. Na realidade, ele não especificou que essa pessoa deveria ser ele mesmo.

— Não, terráqueo. Por *ninguém*. Pense! Pense! Se a Sonda Psíquica pudesse ser usada com segurança nos seres humanos por *qualquer um*, e se Han Fastolfe estivesse tão preocupado com o problema da desativação do robô, por que ele não sugeriu que a Sonda Psíquica fosse usada nele mesmo?

— Nele mesmo?

— Não me diga que isso não lhe ocorreu? Qualquer ser pensante chegaria à conclusão de que Fastolfe é culpado. O único argumento a favor de sua inocência é que ele insiste em ser inocente. Bem, então por que ele não se oferece para provar sua inocência sendo psiquicamente sondado e mostrando que nenhum

traço de culpa pode ser desenterrado dos recônditos do seu cérebro? Ele sugeriu algo assim, terráqueo?
— Não, não sugeriu. Pelo menos, não para mim.
— Porque ele sabe muito bem que é extremamente perigoso. No entanto, ele não hesita em sugerir isso no seu caso, apenas para observar como o seu cérebro funciona sob pressão, como o senhor reage ao pavor. Ou talvez ocorra a ele que, por mais perigosa que a Sonda seja para *o senhor*, ela pode resultar em algum dado interessante para *ele*, no que diz respeito aos detalhes do seu cérebro modelado na Terra. Diga-me, então: isso não é cruel?

Baley pôs a questão de lado fazendo um gesto firme com o braço direito.

— Como isso se aplica ao caso atual... ao roboticídio?
— A mulher solariana atraiu a atenção do meu antigo pai. Ela tinha um cérebro interessante... para os propósitos dele. Portanto, ele deu a ela o robô, Jander, para ver o que aconteceria se uma mulher que não fora criada em Aurora deparasse com um robô que parecia humano em todos os aspectos. Ele sabia que era muito provável que uma mulher auroreana faria uso do robô com fins sexuais de imediato, e que não teria dificuldade alguma em fazer isso. Eu teria certa dificuldade, admito, porque não fui criada de uma maneira normal, mas nenhuma auroreana comum teria. A mulher solariana, por outro lado, teria bastante dificuldade porque fora criada em um mundo extremamente robótico e tinha atitudes mentais estranhamente rígidas quanto aos robôs. A diferença, veja bem, poderia ser muito elucidativa para o meu pai, que tentou, com base nessas variações, construir sua teoria do funcionamento do cérebro. Han Fastolfe esperou um ano e meio até que a mulher solariana chegasse a ponto de poder, talvez, começar a fazer as primeiras abordagens experimentais...

— Seu pai não sabia nada sobre a relação entre Gladia e Jander — interrompeu Baley.

— Quem lhe disse isso, terráqueo? O meu pai? Gladia? Se foi ele, naturalmente estava mentindo; se foi ela, é muito provável que simplesmente não soubesse. O senhor pode ter certeza de que Fastolfe sabia o que estava acontecendo; ele tinha de saber, pois deve ter feito parte de seu estudo sobre como o cérebro humano se flexiona em condições solarianas. E depois ele pensou (e eu tenho certeza disso, como teria se pudesse ler a mente dele): o que aconteceria agora, no momento em que a mulher está começando a confiar em Jander, se, de repente, sem motivo, ela o perdesse? Ele sabia o que uma mulher auroreana faria. Ela sentiria certo desapontamento e depois procuraria algum substituto; mas o que uma mulher solariana faria? Então ele providenciou a desativação de Jander...

— Destruir um robô tão valioso apenas para satisfazer uma curiosidade trivial?

— Monstruoso, não é? Mas é isso que Han Fastolfe faria. Então volte a encontrá-lo, terráqueo, e diga a ele que seu joguinho acabou. Se o planeta como um todo não acredita que ele seja culpado agora, com certeza acreditará depois que eu disser o que tenho a dizer.

43

Por um longo instante, Baley ficou ali, atordoado, enquanto Vasilia olhava para ele com um tipo de prazer sombrio, seu rosto parecendo severo e totalmente diferente do rosto de Gladia.

Parecia não ter nada a ver...

Baley se levantou, sentindo-se velho... muito mais velho do que os seus 45 anos padrão (a idade de uma criança para esses auroreanos). Até agora, tudo o que ele fizera não havia levado a nada; a pior do que nada, pois, a cada um de seus passos, o cerco parecia se fechar em torno de Fastolfe.

Ele olhou para cima, para o teto transparente. O sol estava bem alto, mas talvez tivesse passado de seu zênite, já que se apresentava mais escuro do que nunca. Linhas de nuvens finas o escondiam de forma intermitente.

Vasilia pareceu notar isso pelo fato de ele olhar para cima. Ela passou o braço sobre a parte do grande balcão próxima da qual estava sentada e a transparência do teto desapareceu. Ao mesmo tempo, uma luz brilhante encheu a sala, tendo o mesmo matiz tênue de alaranjado que tinha o próprio sol.

— Acho que a entrevista terminou — disse ela. — Não tenho mais nenhum motivo para vê-lo novamente, terráqueo... ou o senhor para me ver. Talvez fosse melhor deixar Aurora. O senhor causou — ela deu um sorriso sem graça e disse as demais palavras quase que com ferocidade — bastante dano ao meu pai, embora não tenha sido tanto quanto ele merecia.

Baley deu um passo em direção à porta e seus dois robôs se aproximaram dele.

— O senhor está bem? — perguntou Giskard em voz baixa.

Baley encolheu os ombros. Que resposta poderia dar a essa pergunta?

— Giskard! Quando o dr. Fastolfe achar que você não tem mais utilidade para ele, venha se juntar à minha equipe — gritou Vasilia.

Giskard olhou para ela calmamente.

— Se o dr. Fastolfe permitir, farei isso, Pequena Mestra.

Ela deu um sorriso carinhoso.

— Por favor, faça isso, Giskard. Nunca deixei de sentir sua falta.

— Eu sempre penso na senhorita, Pequena Mestra.

Baley se virou ao chegar à porta.

— Dra. Vasilia, a senhorita teria um Privativo que eu pudesse usar?

Vasilia arregalou os olhos.

— Claro que não, terráqueo. Há Privativos Comunitários aqui e ali no Instituto. Seus robôs devem ser capazes de mostrar o caminho.

Ele olhou para ela e chacoalhou a cabeça. Não era de surpreender que ela não quisesse nenhum terráqueo infectando seus cômodos; no entanto, isso o irritava mesmo assim.

— Dra. Vasilia, se eu fosse a senhorita, não falaria sobre a culpa do dr. Fastolfe — disse ele mais por raiva do que por uma opinião racional.

— E o que pode me impedir de fazer isso?

— O perigo de que descubram, de forma generalizada, as suas relações com Gremionis. O perigo para a senhorita.

— Não seja ridículo. O senhor admitiu que não há uma conspiração entre mim e Gremionis.

— Na verdade, não. Eu concordei que parecia haver motivo para concluir que não havia uma conspiração direta entre a senhorita e Gremionis para destruir Jander. Resta a possibilidade de uma conspiração indireta.

— O senhor é louco. O que é uma conspiração indireta?

— Não estou pronto para discutir isso diante dos robôs do dr. Fastolfe... a menos que a senhorita insista. E por que insistiria? A senhorita sabe muito bem o que quero dizer. — Não havia razão para Baley achar que ela aceitaria seu blefe. Isso poderia simplesmente piorar a situação ainda mais.

Mas não piorou. Vasilia pareceu fechar-se em si mesma, franzindo a testa.

Baley pensou: então *há* uma conspiração indireta, o que quer que possa ser, e isso pode contê-la até ela perceber o meu blefe.

— Eu repito: não diga nada sobre o dr. Fastolfe — avisou Baley, animando-se um pouco.

Mas é claro que ele não sabia quanto tempo conseguira ganhar... talvez muito pouco.

11   GREMIONIS

44

Eles estavam sentados no aerofólio de novo... todos os três na frente, com Baley mais uma vez no meio e sentindo a pressão de ambos os lados. Baley estava agradecido pelo cuidado infalível que os robôs lhe devotavam, apesar de serem apenas máquinas, incapazes de desobedecer às instruções.

E ele pensou: Por que menosprezá-los com uma palavra: "máquinas"? Eles são *boas* máquinas em um universo de pessoas às vezes más. Não tenho o direito de favorecer a subcategorização máquinas *versus* pessoas em detrimento da subcategorização bom *versus* mau. E não consigo pensar em Daneel, pelo menos, como máquina.

— Tenho que perguntar de novo, senhor — disse Giskard. — O senhor está se sentindo bem?

Baley afirmou com a cabeça.

— Muito bem, Giskard. Estou feliz de estar aqui fora com vocês dois.

O céu estava, na maior parte, branco... quase branco, na realidade. Soprava uma brisa suave, a qual lhe parecera nitidamente gelada quando eles entraram no carro.

— Parceiro Elijah, eu estava ouvindo com atenção a conversa entre você e a dra. Vasilia — disse Daneel. — Não tenho a intenção de fazer um comentário desfavorável sobre o que a dra. Vasilia disse, mas devo dizer-lhe que, de acordo com minhas observações, o dr. Fastolfe é um ser humano gentil e cortês. Que eu saiba, ele nunca foi cruel de propósito, nem sacrificou, tanto quanto posso julgar, o bem-estar essencial de um ser humano às necessidades de sua curiosidade.

Baley olhou para o rosto de Daneel, que, de algum modo, dava a impressão de resoluta sinceridade.

— Você poderia dizer algo contra Fastolfe, mesmo que ele fosse de fato cruel e descortês? — perguntou ele.

— Eu poderia ficar calado.

— Mas você ficaria?

— Se, ao contar uma mentira, eu fosse causar dano a uma honesta dra. Vasilia atribuindo uma dúvida injustificada à sua honestidade, e se, ao ficar calado, eu fosse causar dano ao dr. Fastolfe fazendo parecer prováveis as verdadeiras acusações contra ele, e se os dois danos fossem, em minha opinião, de intensidade aproximadamente igual, então seria necessário que eu ficasse calado. Em geral, o dano causado por uma ação ativa pesa mais do que o dano provocado pela passividade... se todas as coisas forem aproximadamente iguais.

— Então, apesar de a Primeira Lei declarar que "um robô não pode ferir um ser humano ou, *por inação*, permitir que um ser humano venha a ser ferido", as duas partes da lei não são iguais? — perguntou Baley. — Uma falha por ação é maior do que uma por omissão?

— As palavras da lei são apenas uma descrição aproximada das constantes variações da força positronomotora ao longo das vias cerebrais robóticas, parceiro Elijah. Não tenho conhecimento suficiente para fazer uma descrição matemática da questão, mas sei quais são as minhas tendências.

— E elas são sempre a de escolher a omissão em detrimento da ação, se o dano for aproximadamente igual tanto para um lado quanto para o outro?

— Comumente. E sempre escolher a verdade em detrimento da inverdade, se o dano for aproximadamente o mesmo tanto para um lado quanto para o outro. Em geral, é isso.

— E, nesse caso, já que você fala de modo a refutar a dra. Vasilia e assim causar-lhe dano, você só pode fazer isso porque a Primeira Lei foi atenuada o bastante pelo fato de estar dizendo a verdade?

— Isso mesmo, parceiro Elijah.

— No entanto, a questão é que você diria o que disse mesmo se fosse mentira... contanto que o dr. Fastolfe o houvesse instruído com intensidade suficiente a contar essa mentira quando necessário e a se recusar a admitir que fora instruído dessa forma.

Seguiu-se uma pausa e depois Daneel disse:

— Isso mesmo, parceiro Elijah.

— É uma confusão daquelas, Daneel... mas você ainda acredita que o dr. Fastolfe não matou Jander Panell?

— De acordo com minha experiência com ele, o doutor é honesto, parceiro Elijah, e não faria mal ao amigo Jander.

— E, no entanto, o próprio dr. Fastolfe descreveu um forte motivo para ter feito isso, enquanto a dra. Vasilia descreveu outro completamente diferente, um motivo tão forte e ainda mais desonroso que o primeiro. — Baley se perdeu em pensamentos por um instante. — Se revelassem ao público qualquer um desses motivos, a crença na culpa do dr. Fastolfe seria universal.

Baley se virou de repente para Giskard.

— E você, Giskard? Você conhece o dr. Fastolfe há mais tempo do que Daneel. Você concorda que o dr. Fastolfe não poderia ter cometido esse ato e não poderia ter matado Jander, com base em seu entendimento sobre o caráter dele?

— Concordo, senhor.

Baley olhou para o robô com incerteza. Ele era menos avançado que Daneel. Até que ponto seria possível confiar nele como testemunha? Será que Giskard não se sentiria forçado a seguir Daneel em qualquer direção que Daneel escolhesse seguir?

— Você conhecia a dra. Vasilia também, não conhecia? — perguntou ele.

— Eu a conhecia muito bem — respondeu Giskard.

— E gostava dela, presumo eu?

— Ela esteve sob minha responsabilidade durante muitos anos, e a tarefa não me incomodou de forma alguma.

— Apesar de ela ter mexido em sua programação?

— Ela era muito qualificada.

— Ela mentiria sobre o pai... isto é, sobre o dr. Fastolfe?

Giskard hesitou.

— Não, senhor. Ela não mentiria.

— Então você está dizendo que o que ela disse é verdade.

— Não exatamente, senhor. O que estou dizendo é que ela acredita estar dizendo a verdade.

— Mas por que ela acreditaria que coisas tão más sobre seu pai são verdadeiras se, na realidade, o doutor é uma pessoa tão gentil quanto Daneel acabou de me dizer que é?

— Ela ficou amargurada por conta de vários acontecimentos em sua juventude, acontecimentos pelos quais ela acredita que o dr. Fastolfe seja responsável e pelos quais ele talvez tenha, de fato, sido involuntariamente responsável... de certo modo. Parece-me que não foi intenção dele que os acontecimentos em questão tivessem as consequências que tiveram. Entretanto, os seres humanos não são governados pelas claras leis da robótica. Assim, é difícil julgar as complexidades de suas motivações na maioria das condições — disse Giskard lentamente.

— É verdade — murmurou Baley.

— O senhor considera que a tarefa de provar a inocência do dr. Fastolfe é impossível de ser realizada? — perguntou Giskard.

Baley franziu as sobrancelhas.

— Pode ser. Acontece que não vejo uma saída... e, se a dra. Vasilia falar, como ameaçou fazer...

— Mas o senhor mandou que ela não falasse. O senhor explicou que seria perigoso para ela se falasse.

Baley chacoalhou a cabeça.

— Eu estava blefando. Não sabia mais o que dizer.

— Então o senhor pretende desistir?

— Não! — exclamou Baley com vigor. — Se fosse apenas por Fastolfe, talvez eu desistisse. Afinal de contas, que dano físico o atingiria? Roboticídio não é sequer um crime; aparentemente, é apenas uma ofensa civil. Na pior das hipóteses, ele perderá influência política e talvez fique incapacitado de continuar seu trabalho científico por algum tempo. Eu lamentaria muito se isso acontecesse, mas, se não houver mais nada que eu possa fazer, então não haverá mais nada que eu possa fazer. E, se fosse apenas por mim, eu desistiria também — continuou ele. — O fracasso prejudicaria a minha reputação, mas quem consegue construir uma casa de tijolos sem tijolos? Eu voltaria para a Terra um tanto manchado, levaria uma vida miserável e sem classificação, mas esse é o risco que cada homem e cada mulher terráqueos têm pela frente. Entretanto, é uma questão que envolve a Terra. Se eu fracassar, então, além da perda dolorosa para o dr. Fastolfe e para mim, chegará ao fim qualquer esperança que os terráqueos poderiam ter de sair da Terra e ir a outro lugar da Galáxia em geral. Por esse motivo, não posso fracassar e devo continuar de algum modo, enquanto não for fisicamente expulso deste mundo.

Tendo terminado quase que em um sussurro, ele levantou os olhos de repente e disse em tom de irritação:

— Por que estamos sentados aqui, parados no estacionamento, Giskard? Deu partida só para se divertir?

— Com todo o respeito — respondeu Giskard —, o senhor não me disse aonde levá-lo.

— É verdade! Desculpe-me, Giskard. Primeiro, leve-me ao mais próximo dos Privativos Comunitários que a dra. Vasilia mencionou. Vocês dois podem ser imunes a essas coisas, mas eu tenho uma bexiga que precisa ser esvaziada. Depois disso, encontrem algum lugar aqui por perto onde eu possa comer. Tenho um estômago que precisa ser enchido. E depois disso...

— Sim, parceiro Elijah?

— Para dizer a verdade, Daneel, não sei. No entanto, depois que eu satisfizer essas necessidades puramente físicas, vou pensar em alguma coisa.

Como Baley gostaria de poder acreditar nisso.

45

O aerofólio não deslizou rente ao solo por muito tempo. Ele parou, balançando um pouco, e Baley sentiu aquele estranho aperto no estômago como de costume. Aquela leve instabilidade lembrou-o de que estava em um veículo e afugentou a sensação temporária de estar seguro entre paredes e robôs. Através dos vidros à frente e de ambos os lados (e atrás, se ele virasse o pescoço) estavam a brancura do céu e o verdor da folhagem, o que equivalia à Área Externa... isto é, a nada. Ele engoliu em seco, sentindo-se pouco à vontade.

Eles haviam parado em uma pequena construção.

— Este é o Privativo Comunitário? — perguntou Baley.

— É o mais próximo entre vários no território do Instituto, parceiro Elijah — respondeu Daneel.

— Você o encontrou rápido. Essas construções também estão inclusas no mapa que foi agregado à sua memória?

— Isso mesmo, parceiro Elijah.
— Esse Privativo está em uso agora?
— Pode ser que esteja, parceiro Elijah, mas três ou quatro pessoas podem usá-lo ao mesmo tempo.
— Há espaço para mim?
— É muito provável, parceiro Elijah.
— Bem, então deixem-me sair. Vou até lá para ver...
Os robôs não se mexeram.
— Não podemos entrar com o senhor — disse Giskard.
— Sim, eu sei disso, Giskard.
— Não poderemos protegê-lo de forma adequada, senhor.
Baley franziu a testa. Era natural que o robô inferior tivesse a mente mais rígida, e o investigador percebeu, de repente, o risco de eles simplesmente não permitirem seu afastamento e, portanto, não o deixarem entrar no Privativo. Ele imprimiu um tom de urgência na voz e voltou sua atenção para Daneel, de quem seria possível esperar que entendesse melhor as necessidades humanas.
— Não posso evitar isso, Giskard. Daneel, não tenho escolha quanto a essa questão. Deixem-me sair do carro.
Giskard olhou para Baley sem se mexer e, por um terrível instante, Baley pensou que o robô sugeriria que ele se aliviasse em uma área próxima... no espaço aberto, como um animal.
Esse instante passou.
— Acho que devemos permitir que o parceiro Elijah faça como quiser a esse respeito — disse Daneel.
Após essa intervenção, Giskard disse a Baley:
— Se o senhor puder esperar um pouquinho, vou me aproximar do edifício primeiro.
Baley fez uma careta. Giskard andou devagar em direção à construção e depois circundou-a de forma deliberada. Baley poderia ter previsto o fato de que, uma vez que Giskard tivesse desaparecido, seu próprio senso de urgência aumentaria.

Com essa perspectiva, ele tentou distrair as próprias terminações nervosas olhando ao redor. Depois de examinar um pouco, ele percebeu que havia finos cabos no ar, aqui e ali... fios escuros e delgados contra o céu branco. Ele não os viu de início. O que ele notou primeiro foi um objeto oval deslizando abaixo das nuvens. Ele compreendeu tratar-se de um veículo e percebeu que o objeto não estava flutuando, mas encontrava-se suspenso por um comprido cabo horizontal. Ele seguiu o cabo comprido com os olhos, para a frente e para trás, percebendo outros do mesmo tipo. Depois viu outro veículo mais ao longe... e outro, mais distante ainda. O mais afastado dos três era um pontinho sem graça cuja natureza ele entendeu apenas porque tinha visto os outros que estavam mais próximos.

Sem dúvida, eram carros a cabo para transporte interno de uma parte a outra do Instituto de Robótica.

A que distância tudo aquilo estaria espalhado?, pensou Baley. O Instituto consumia um espaço infinitamente maior do que o necessário.

E, ainda assim, eles não ocupavam a superfície. As construções eram tão espaçadas que a vegetação parecia intocada, e a vida vegetal e animal continuava (imaginou Baley) como deveria no espaço intato.

Solaria, lembrava Baley, era um planeta vazio. Não havia dúvida de que todos os Mundos Siderais eram vazios, uma vez que Aurora, o mais populoso, era tão vazio, mesmo ali na região com mais construções do planeta. Aliás, até a Terra – fora das Cidades – era vazia.

Mas havia as *Cidades* e Baley sentiu uma aguda pontada de saudade, que ele teve de deixar de lado.

– Ah, o amigo Giskard terminou sua inspeção – disse Daneel.

Giskard voltou e Baley perguntou, em tom mordaz:

– E aí? Poderia fazer a gentileza de me dar permissão... – Ele parou. Por que gastar sarcasmo com a carcaça impenetrável de um robô?

— Parece quase certo que o Privativo está desocupado — anunciou Giskard.

— Ótimo! Então saia da minha frente. — Baley escancarou a porta do aerofólio e pisou o cascalho de um caminho estreito. Ele andava rápido, com Daneel logo atrás.

Quando ele chegou à porta do edifício, Daneel indicou o botão que a abriria sem dizer uma palavra. Daneel não se arriscou a tocar o botão. Presumivelmente, pensou Baley, fazer isso sem instruções específicas teria indicado intenção de entrar... e sequer a intenção era permitida.

Baley pressionou o botão e entrou, deixando os dois robôs para trás.

Foi só quando estava lá dentro que ele se deu conta de que Giskard não poderia ter entrado no Privativo para ver se estava desocupado, que o robô devia estar julgando a questão com base na aparência externa... um procedimento duvidoso, na melhor das hipóteses.

E Baley percebeu, com algum desconforto, que, pela primeira vez, estava isolado e afastado de todos os protetores... e os protetores do outro lado da porta não poderiam entrar com facilidade se, de repente, ele tivesse problemas. E se ele não estivesse sozinho no momento? E se algum inimigo tivesse sido avisado por Vasilia, alguém que soubesse que ele estaria à procura de um Privativo? E se esse inimigo estivesse escondido naquele exato instante naquela construção?

De súbito, e com desconforto, Baley reparou que (ao contrário do que teria acontecido na Terra) estava totalmente desarmado.

46

Sem dúvida, a construção não era grande. Havia pequenos mictórios, lado a lado, seis deles; pequenos lavatórios, lado a lado, de novo seis deles. Não havia chuveiros, nenhum perfumador de roupa, nenhum aparelho de barbear.

Havia seis cabines separadas por repartições, cada qual com uma porta. Será que não poderia haver alguém esperando dentro de uma delas...

As portas não chegavam até o chão. Mexendo-se devagar, ele se inclinou e deu uma olhada por baixo de cada uma, procurando qualquer sinal de pernas. Depois se aproximou e checou todas as portas, abrindo-as com os nervos tensos, pronto para fechá-las bruscamente ao menor sinal de adversidade e para sair correndo em direção à Área Externa.

Todas as cabines estavam vazias.

Ele olhou ao redor para se certificar de que não havia nenhum outro esconderijo.

Não conseguiu encontrar nenhum.

Ele foi até a porta que dava para a Área Externa e não encontrou nenhuma indicação de como trancá-la. Ocorreu-lhe que não haveria, naturalmente, nenhuma forma de trancá-la. Era evidente que o Privativo destinava-se ao uso de vários homens ao mesmo tempo. Outros teriam de conseguir entrar, se precisassem.

E ele não podia sair e experimentar outro Privativo, pois o risco existiria em qualquer um deles... além disso, ele não podia demorar mais.

Por um instante, Baley não conseguiu decidir qual dos mictórios deveria usar. Ele podia se aproximar e usar qualquer um. Assim como todas as outras pessoas.

Ele se forçou a escolher um e, ciente de que não estava em uma cabine fechada, foi acometido por um episódio de bexiga tímida. Ele sentiu a vontade, mas teve de esperar impacientemente que a sensação de apreensão, por conta da possível entrada de outros homens, desaparecesse.

Ele não temia mais a entrada de inimigos, apenas a entrada de qualquer pessoa.

E então pensou: os robôs vão, pelo menos, retardar qualquer um que se aproxime.

Com isso, ele conseguiu relaxar...

Ele quase tinha terminado, com grande alívio, e estava prestes a se virar para o lavatório, quando ouviu uma voz moderadamente estridente e um tanto tensa: "O senhor é Elijah Baley?".

Baley ficou paralisado. Depois de toda a sua apreensão e de todas as suas precauções, ele não percebera alguém entrar. No fim, ficara totalmente absorvido com o simples ato de esvaziar a bexiga, algo que não deveria ter ocupado sequer a menor fração de sua consciência. (Será que ele estava ficando velho?)

Sem dúvida, não parecia haver nenhum tipo de ameaça na voz que ele ouvira. Ela parecia não oferecer risco. Poderia ter ocorrido que Baley simplesmente tivesse certeza — e ele tinha plena confiança dentro de si — de que Daneel ao menos, se não Giskard, não teria permitido que algo ameaçador entrasse.

O que incomodava Baley era apenas o fato de alguém ter entrado. Durante toda a sua vida, nenhum homem havia se aproximado dele — nem muito menos o havia abordado — em um Privativo. Na Terra, esse era o mais forte tabu, e em Solaria (e, até agora, em Aurora) ele havia usado Privativos para uma única pessoa.

A voz ressoou de novo. Impaciente.

— Oras! O senhor *deve* ser Elijah Baley.

Baley se virou devagar. Era um homem de estatura mediana, delicadamente vestido com uma roupa bem ajustada em vários tons de azul. Ele tinha pele e cabelo claros, e um bigodinho um tom mais escuro do que o do cabelo. Baley se viu fitando com fascínio a pequena faixa de pelo sobre o lábio superior. Era a primeira vez que via um Sideral de bigode.

— Eu sou Elijah Baley — disse o investigador (e sentiu vergonha de falar em um Privativo). Sua voz, mesmo aos próprios ouvidos, parecia um sussurro áspero e pouco convincente.

Com certeza, o Sideral pareceu achá-lo pouco convincente.

— Os robôs lá fora disseram que Elijah Baley estava aqui dentro, mas o senhor não se parece nem um pouco com o personagem do drama em hiperonda. Nem um pouco — disse ele, estreitando os olhos e fitando o investigador.

"Aquele drama estúpido!", pensou Baley, furioso. Até o fim dos tempos, ninguém o conheceria sem ter sido preliminarmente envenenado por aquela representação impossível. Ninguém o aceitaria como ser humano de início, como um ser humano falível... e, quando descobrissem a falibilidade, desapontados, eles o considerariam um tolo.

Ofendido, ele se virou para o lavatório e acionou a água, depois chacoalhou as mãos no ar de modo vago, enquanto se perguntava onde poderia encontrar o jato de ar quente. O Sideral tocou um painel e pareceu pegar um chumaço de alguma coisa absorvente em pleno ar.

— Obrigado — disse Baley, pegando o chumaço. — Não era eu no show em hiperonda. Era um ator.

— Sei disso, mas poderiam ter escolhido um que se parecesse mais com o senhor, não poderiam? — Aquilo parecia ser fonte de descontentamento para ele. — Quero falar com o senhor.

— Como o senhor passou por meus robôs?

Aparentemente, isso era outra fonte de descontentamento.

— Quase não consegui — respondeu o Sideral. — Eles tentaram me deter e eu só tinha um robô comigo. Tive de fingir que tinha que entrar aqui por conta de uma emergência, e eles me *revistaram*. Eles realmente puseram as *mãos* em mim para ver se eu estava carregando algo perigoso. Eu o processaria... se não fosse um terráqueo. Não se pode dar aos robôs o tipo de ordem que constrange um ser humano.

— Sinto muito — disse Baley de maneira formal —, mas não fui eu quem deu as ordens. Em que posso ajudá-lo?

— Quero falar com o senhor.

– O senhor *está* falando comigo. Quem é o senhor?
O outro pareceu hesitar e depois disse:
– Gremionis.
– Santirix Gremionis?
– Isso mesmo.
– Por que quer falar comigo?
Por um instante, Gremionis fitou Baley com aparente embaraço. Depois ele murmurou:
– Bem, já que estou aqui... se não se importar... eu poderia aproveitar para... – ele deu um passo em direção à fila de mictórios.

Baley percebeu, com o último requinte de uma sensação de horrorizado mal-estar, o que Gremionis pretendia fazer. Ele se virou rapidamente e disse:
– Vou esperá-lo lá fora.
– Não, não, não vá – disse Gremionis em desespero, no que era quase um grunhido. – Isso não vai demorar nem um segundo. Por favor!

O caso era que Baley agora queria, em igual desespero, falar com Gremionis, e não queria fazer nada que pudesse ofender o outro e deixá-lo sem vontade de falar; do contrário, o investigador não teria se disposto a aceitar o pedido.

Ele continuou de costas e entrecerrou os olhos até quase fechá-los, em um tipo de reflexo horrorizado. Foi só quando Gremionis se aproximou dele, as mãos amassando a própria toalha macia, que Baley conseguiu relaxar de novo, de certo modo.

– Por que quer falar comigo? – perguntou ele outra vez.
– Gladia, a mulher de Solaria... – Gremionis pareceu estar com dúvidas e parou.
– Eu conheço Gladia – disse Baley com frieza.
– Gladia me procurou... por imagem tridimensional, sabe, e me disse que o senhor havia feito perguntas sobre mim. E ela me perguntou se eu havia feito algum mal a um robô que ela tinha...

um robô com aparência humana, como um daqueles que estão lá fora.
— Bem, o senhor fez algum mal, sr. Gremionis?
— *Não!* Eu nem sabia que ela tinha um robô desses, até... O senhor disse a ela que eu fiz mal a ele?
— Eu estava apenas interrogando, sr. Gremionis.
Gremionis cerrara o punho direito e estava girando-o nervosamente na palma da mão esquerda.
— Eu não quero ser falsamente acusado de nada — disse ele em tom firme —, sobretudo quando tal acusação falsa pode afetar minha relação com Gladia.
— Como me encontrou? — perguntou Baley.
— Ela me questionou sobre aquele robô e disse que o senhor havia perguntado sobre mim — continuou Gremionis. — Eu fiquei sabendo que o senhor havia sido chamado a Aurora pelo dr. Fastolfe para resolver esse... enigma... do robô. Deu nas notícias em hiperonda. E... — As palavras soavam arrastadas, como se ele as proferisse com a maior dificuldade.
— Prossiga.
— Eu tinha que conversar com o senhor e explicar que não tive nada a ver com aquele robô. *Nada!* Gladia não sabia onde o senhor estava, mas pensei que o dr. Fastolfe saberia.
— Então ligou para ele?
— Oh, não, eu... eu acho que não teria coragem de fazer isso... Ele é um cientista tão importante. Mas Gladia ligou para ele por mim. Ela... é esse tipo de pessoa. Ele contou a ela que o senhor havia ido ver a filha dele, dra. Vasilia Aliena. Isso foi bom porque eu a conheço.
— Sim, eu sei que conhece — disse Baley.
Gremionis parecia constrangido.
— Como o senhor... O senhor perguntou a ela sobre mim também? — Seu constrangimento parecia estar se transformando em tristeza. — Eu liguei, enfim, para a dra. Vasilia e ela disse que

o senhor tinha acabado de sair e que eu, provavelmente, o encontraria em algum Privativo Comunitário... e este aqui é o mais próximo da propriedade dela. Eu tinha certeza de que não haveria motivo para o senhor fazer hora a fim de encontrar outro mais distante. Quero dizer, por que o senhor faria isso?

– Seu raciocínio está correto, mas como é que o senhor chegou aqui tão rápido?

– Eu trabalho no Instituto de Robótica, e minha propriedade fica no território do Instituto. Meu scooter me trouxe até aqui em questão de minutos.

– O senhor chegou até aqui sozinho?

– Sim! Apenas com um robô. O scooter tem dois lugares, sabe?

– O seu robô está esperando lá fora?

– Sim. Eu tinha de me certificar de que o senhor não acredita que tive algo a ver com aquele robô. Eu nunca sequer *ouvi* falar dele até essa coisa toda estourar nos noticiários. Então, posso falar com o senhor *agora*?

– Sim, mas não aqui – disse Baley com firmeza. – Vamos embora.

Como era estranho, pensou Baley, estar tão feliz de sair de um lugar fechado em direção à Área Externa. Havia algo muito mais estranho naquele Privativo do que qualquer outra coisa que ele encontrara, tanto em Aurora como em Solaria. Até mais desconcertante do que seu uso indiscriminado pelo planeta todo, era o horror de alguém poder ser casual e abertamente abordado... de um comportamento que não distinguia aquele lugar e seu propósito de qualquer outro lugar e propósito.

Os livro-filmes que ele vira não informavam nada sobre isso. Era evidente que, como dissera Fastolfe, eles não haviam sido escritos para terráqueos, mas sim para auroreanos e, em menor escala, para possíveis turistas dos outros 49 Mundos Siderais. Afinal de contas, os terráqueos quase nunca iam aos Mundos Siderais, e menos ainda a Aurora. Eles não eram bem-vindos ali. Por que, então, seriam abordados?

E por que os livro-filmes deveriam se estender sobre aquilo que todos sabiam? Deveriam fazer estardalhaço sobre o fato de que Aurora tinha formato esférico, ou de que a água era molhada, ou de que um homem podia se dirigir a outro livremente no Privativo?

No entanto, isso não era zombar com o próprio nome do lugar? Baley não conseguia deixar de pensar nos Privativos Femininos da Terra, onde, segundo Jessie tantas vezes lhe contara, as mulheres falavam sem parar e não sentiam incômodo por conta disso. Por que as mulheres, mas não os homens? Baley nunca pensara seriamente nisso antes, mas aceitara o fato apenas como um costume... como um costume inquebrantável... mas, se as mulheres o faziam, por que não os homens?

Não importava. Esse pensamento afetava somente o seu intelecto e não aquilo em sua mente que, fosse o que fosse, o fazia sentir uma irreprimível e indestrutível aversão pela ideia como um todo.

– Vamos embora – repetiu ele.

– Mas os seus robôs estão lá fora – protestou Gremionis.

– De fato, estão. Qual o problema?

– Mas isso é algo sobre o qual quero falar em particular, de homem para ho-homem. – Ele tropeçou na expressão.

– Suponho que queira dizer de Sideral para terráqueo.

– Se preferir assim.

– Meus robôs são necessários. São meus parceiros na investigação.

– Mas isso não tem nada a ver com a investigação. É o que estou tentando lhe dizer.

– Eu vou decidir isso – retorquiu Baley com firmeza, saindo do Privativo.

Gremionis hesitou e depois o seguiu.

47

Daneel e Giskard estavam esperando... impassíveis, inexpressivos, pacientes. No rosto de Daneel, Baley pensou poder distinguir um sinal de preocupação, mas, por outro lado, ele poderia estar apenas atribuindo tal emoção àquelas feições inumanamente humanas. Giskard, o que se assemelhava menos aos humanos, não demonstrava nada, claro, nem mesmo à pessoa mais disposta a fazer personificações.

Um terceiro robô estava esperando também... presumivelmente, o robô de Gremionis. Ele tinha aparência mais simples até que a de Giskard, e apresentava certo aspecto mal-ajambrado. Era óbvio que Gremionis não era muito bem de vida.

— Estou feliz que esteja bem, parceiro Elijah — disse Daneel com uma entonação que Baley automaticamente supôs tratar-se de entusiasmo causado pelo alívio.

— Muito bem. Entretanto, estou curioso sobre uma coisa: se tivessem me ouvido gritar de lá de dentro, alarmado, vocês teriam entrado?

— De imediato, senhor — respondeu Giskard.

— Apesar de serem programados para não entrar em Privativos?

— A necessidade de proteger um ser humano... o senhor, em particular, seria mais forte.

— Isso mesmo, parceiro Elijah — concordou Daneel.

— Fico feliz de ouvir isso — disse Baley. — Esta pessoa é Santirix Gremionis. Sr. Gremionis, este é Daneel e este é Giskard.

Cada um dos robôs curvou a cabeça de forma solene. Gremionis apenas olhou para eles e levantou uma das mãos em um gesto indiferente de confirmação. Ele não fez nenhuma menção de apresentar o próprio robô.

Baley olhou ao redor. A luz estava nitidamente mais tênue, o vento soprava mais forte, o ar estava mais gelado, as nuvens escondiam o sol por completo. Havia uma melancolia nos arredores que não parecia afetar Baley, que continuava encantado com o feito de ter escapado do Privativo. Vivenciar, de fato, o sentimento de satisfação por estar na Área Externa o deixou incrivelmente entusiasmado. Era um caso excepcional, ele sabia, mas era um começo, e ele não conseguia deixar de considerá-lo um triunfo.

Baley estava prestes a se virar para Gremionis a fim de retomar a conversa quando seus olhos detectaram um movimento. Caminhando pelo gramado, uma mulher se aproximava com um acompanhante robô. Ela estava vindo na direção deles, mas parecia totalmente distraída. Estava claro que ela se dirigia ao Privativo.

Baley estendeu um braço na direção da mulher, como que para detê-la, apesar de ela ainda estar a trinta metros de distância, e murmurou:

– Ela não sabe que este é um Privativo Masculino?

– O quê? – perguntou Gremionis.

A mulher continuou se aproximando, enquanto Baley observava a situação em estado de completa perplexidade. Por fim, o robô da mulher se colocou de lado, para esperar, e ela entrou no edifício.

– Mas ela não pode entrar ali – disse Baley com uma sensação de impotência.

– Por que não? É comunitário – comentou Gremionis.

– Mas é para homens.

– É para pessoas – respondeu Gremionis. Ele parecia totalmente confuso.

– Para ambos os sexos? Não pode estar falando sério.

– Qualquer ser humano. Claro que eu estou falando sério! Como o senhor queria que fosse? Não entendo.

Baley virou de costas. Há poucos minutos, ele pensara que uma conversa aberta no Privativo era o cúmulo do mau gosto, o cúmulo das Coisas que Não se Deviam Fazer.

Se ele tivesse tentado pensar em algo ainda pior, não teria conseguido sequer sonhar com a possibilidade de encontrar uma mulher em um Privativo. Os costumes na Terra requeriam que ele ignorasse a presença de outros indivíduos nos grandes Privativos Comunitários daquele mundo, mas nem todas as convenções já inventadas o teriam impedido de saber se a pessoa que passava por ele era um homem ou uma mulher.

E se uma mulher tivesse entrado no Privativo enquanto ele estava lá dentro, de modo casual e indiferente, como essa tinha acabado de fazer? Ou, pior ainda, e se ele tivesse entrado em um Privativo e encontrado uma mulher em suas dependências?

Ele não conseguia calcular qual seria a sua reação. Ele nunca havia ponderado tal possibilidade, menos ainda deparado com uma situação dessas, mas a ideia pareceu-lhe absolutamente intolerável.

E os livro-filmes tampouco lhe disseram nada sobre isso.

Ele vira aqueles filmes a fim de não abordar a investigação em um estado de total ignorância sobre o modo de vida auroreano... e eles o deixaram em estado de total ignorância quanto a tudo o que era importante.

Então, como ele poderia lidar com esse enigma de três nós que era a morte de Jander se, a cada passo, ele se via perdido em meio à ignorância?

Um momento antes, Baley tivera uma sensação de triunfo por conta de uma pequena conquista contra os horrores da Área Externa, mas agora ele deparava com a sensação de ignorar tudo, ignorar até a natureza de sua ignorância.

Foi nesse instante, enquanto lutava para não imaginar aquela mulher atravessando um espaço há pouco ocupado por ele mesmo, que o investigador quase chegou a um profundo desespero.

48

Outra vez Giskard disse (e de um modo que foi possível perceber a preocupação em suas palavras... se não em seu tom de voz):

— O senhor está se sentindo mal? Precisa de ajuda, senhor?

— Não, não. Estou bem — murmurou Baley. — Mas vamos sair daqui. Estamos no meio do caminho de pessoas que querem usar aquela construção.

Ele andou rapidamente em direção ao aerofólio, que estava parado em um terreno aberto que ficava além da trilha de cascalho. Do outro lado, havia um veículo com dois assentos, um atrás do outro. Baley presumiu tratar-se do scooter de Gremionis.

Baley percebeu que seu sentimento de depressão e tristeza era acentuado pelo fato de estar com fome. Era evidente que já havia passado do horário do almoço, e ele não havia comido.

Ele se virou para Gremionis.

— Vamos conversar... mas, se não se importar, vamos fazer isso durante o almoço. Isto é, se o senhor não tiver almoçado ainda... e se não se importar de almoçar comigo.

— Onde o senhor vai comer?

— Não sei. Aonde as pessoas vão aqui no Instituto?

— Não na Lanchonete Comunitária. Não podemos conversar lá — respondeu Gremionis.

— Há alguma alternativa?

— Venha para a minha propriedade — propôs Gremionis de pronto. — Não é das mais sofisticadas por aqui. Não sou um alto executivo. No entanto, tenho alguns robôs prestativos e podemos preparar uma mesa decente. Vou lhe dizer o que vamos fazer. Vou subir no meu scooter com Brundij, o meu robô, e o senhor vai me seguir. O senhor terá que ir devagar, mas minha propriedade fica a pouco mais de um quilômetro daqui. Vai demorar só dois ou três minutos.

Ele se afastou apressado, denotando ansiedade. Baley o observou e pensou que ele demonstrava certa jovialidade desengonçada. Era realmente difícil julgar sua idade, claro; os Siderais não demonstravam a idade que tinham e Gremionis poderia muito bem ter 50 anos. Mas ele *agia* como um jovem, quase como um adolescente, do ponto de vista terráqueo. Baley não sabia precisar o que havia naquele homem que lhe dava essa impressão.

Baley se virou de repente para Daneel.

— Você conhece Gremionis, Daneel?

— Nunca o vi antes, parceiro Elijah.

— E você, Giskard?

— Eu o vi uma vez, senhor, mas apenas de passagem.

— Sabe alguma coisa sobre ele, Giskard?

— Nada que não seja aparente de longe, senhor.

— Sua idade? Sua personalidade?

— Não, senhor.

— Pronto? — gritou Gremionis. Seu scooter soltava um zunido áspero. Era evidente que o veículo não tinha um sistema de jatos de ar. As rodas não saíam do chão. Brundij se sentou atrás de Gremionis.

Giskard, Daneel e Baley entraram depressa no aerofólio mais uma vez.

Gremionis saiu com o scooter, descrevendo um círculo vago. O cabelo do auroreano esvoaçou para trás com o vento, e Baley teve a súbita percepção de como seria sentir o vento quando se viajava em um veículo aberto como aquele. Ele estava grato por se encontrar totalmente cercado dentro de um aerofólio... que, de repente, lhe pareceu um meio de transporte muito mais civilizado.

O scooter se endireitou e saiu em disparada com um ronco silencioso; Gremionis fez um gesto com a mão para que o seguissem. O robô atrás dele mantinha o equilíbrio com uma facilidade quase negligente e não segurava na cintura de Gremionis, como Baley estava certo de que um ser humano precisaria fazer.

O aerofólio foi atrás. Embora o scooter parecesse avançar em alta velocidade, essa era uma ilusão aparentemente causada pelo tamanho pequeno do veículo. O aerofólio tinha certa dificuldade em manter uma velocidade baixa o suficiente para não passar por cima dele.

— Mesmo assim — disse Baley, pensativo —, uma coisa me intriga.

— O quê, parceiro Elijah? — perguntou Daneel.

— Vasilia se referiu a esse tal de Gremionis depreciativamente como "barbeiro". Aparentemente, ele lida com cabelo, roupas e outras questões de adornos pessoais humanos. Então, como é que ele tem uma propriedade no território do Instituto de Robótica?

(12) OUTRA VEZ GREMIONIS

49

Demorou apenas alguns minutos para Baley se ver na quarta propriedade auroreana visitada desde a sua chegada àquele planeta havia um dia e meio: a de Fastolfe, a de Gladia, a de Vasilia e, agora, a de Gremionis.

A propriedade de Gremionis parecia menor e mais sombria do que as outras, apesar de mostrar, aos olhos de Baley, inexperientes quanto às questões auroreanas, sinais de construção recente. Entretanto, a marca característica do estabelecimento auroreano, os nichos robóticos, estava presente. Ao entrar, Giskard e Daneel se acomodaram rapidamente em dois nichos que estavam vazios e ficaram de frente para a sala, imóveis e em silêncio. O robô de Gremionis, Brundij, se acomodou em um terceiro nicho quase que com a mesma rapidez.

Não houve nenhum sinal de dificuldade em escolher os nichos, nem qualquer tendência à escolha de um mesmo nicho por dois robôs, ainda que por pouco tempo. Baley se perguntou como os robôs evitavam conflito, e concluiu que deveria haver, entre eles, um tipo de comunicação por sinal que era subliminar para os seres humanos. Era algo (contanto que ele se lembrasse) sobre o qual talvez consultasse Daneel.

Gremionis também estava examinando os nichos, notou Baley. O auroreano levou a mão ao lábio superior e, por um instante, alisou o bigodinho com o dedo indicador.

— Seu robô, esse similar a um humano, não parece estar no lugar certo ali no nicho — disse ele em um tom um pouco inseguro. — Trata-se de Daneel Olivaw, não é? O robô do dr. Fastolfe?

— Sim — respondeu Baley. — Ele apareceu no drama em hiperonda também. Ou pelo menos havia um ator... um que combinava mais com o papel.

— Sim, eu me lembro.

Baley percebeu que Gremionis, como Vasilia, e mesmo como Gladia e Fastolfe, mantinha certa distância. Parecia existir um campo de repulsa em torno de Baley — que não se via, não se sentia, não se percebia de modo algum — que impedia que os Siderais chegassem muito perto, que os levava a se esquivar de leve ao passar por ele.

Baley se perguntava se Gremionis tinha consciência disso ou se era uma reação inteiramente automática. E o que Siderais faziam com as cadeiras onde ele se sentava em suas propriedades, com os pratos nos quais ele comia, com as toalhas que usava? Uma lavagem comum bastaria? Haveria procedimentos de esterilização especiais? As propriedades seriam desinfetadas quando ele deixasse o planeta... ou toda noite? E o Privativo Comunitário que ele usou? Eles o demoliriam e o reconstruiriam? E a mulher que entrara ali sem saber, depois que ele saíra? Ou será que ela poderia ser a encarregada da esterilização?

Ele percebeu que estava sendo bobo.

Para o espaço com isso! O que os auroreanos faziam e o modo como lidavam com seus problemas era da conta deles, e Baley não ia se preocupar mais com isso. Por Josafá! Ele tinha os próprios problemas e, naquele exato momento, uma parte deles era especificamente Gremionis... e ele abordaria isso depois do almoço.

O almoço foi bem simples, em grande parte vegetariano, mas, pela primeira vez, Baley teve um pouco de dificuldade. Cada um dos itens tinha um sabor definido de forma nítida demais. As cenouras tinham um gosto forte de cenoura e as ervilhas, de ervilhas, por assim dizer.

Um pouco forte demais, talvez.

Ele comeu de maneira um tanto relutante e tentou não demonstrar que ia aos poucos se empanturrando.

E conforme se empanturrava, percebia que se acostumava com o sabor... como se suas papilas gustativas ficassem saturadas e conseguissem lidar melhor com o excesso. Com certa tristeza, Baley começou a entender que, se sua exposição à comida auroreana continuasse por qualquer período de tempo que fosse, ele voltaria para a Terra sentindo falta daquela nitidez de gosto e ressentindo-se da mistura de sabores da Terra.

Até mesmo o aspecto crocante de vários itens, que o deixara perplexo a princípio – já que, toda vez que mastigava, parecia criar um barulho que, com certeza (pensou ele), deveria interferir na conversa –, havia chegado a parecer-lhe uma evidência emocionante de que estava, de fato, comendo. Haveria um silêncio na refeição da Terra que o faria sentir falta de alguma coisa.

Ele começou a comer com atenção, a examinar os sabores. Talvez, quando os terráqueos se estabelecerem em outros mundos, essa comida à moda Sideral venha a ser o sinal de uma nova dieta, especialmente se não houver robôs para preparar e servir as refeições.

Depois ele pensou com desconforto: não se tratava de quando, mas *se* os terráqueos se estabelecessem em outros mundos... e essa possibilidade dependia dele, do investigador Elijah Baley. Esse fardo lhe pesava.

A refeição havia terminado. Dois robôs trouxeram os guardanapos quentes e umedecidos com os quais podiam limpar as mãos.

Mas não eram guardanapos comuns, pois, quando Baley colocou a pequena toalha no prato, ela pareceu mover-se um pouquinho, ralear e assumir um formato de teia de aranha. Depois, de repente, ergueu-se, imaterial, e foi elevada até uma saída no teto. Baley deu um pulo de leve e olhou para cima, acompanhando, de boca aberta, o item que desaparecia.

— Isso é uma coisa nova que acabei de adquirir. É descartável, sabe, mas não sei se gosto. Alguns dizem que entope a saída de descarte depois de algum tempo, e outros se preocupam com a poluição, porque dizem que uma parte do guardanapo, com certeza, vai entrar no pulmão. O fabricante diz que não, mas...

Baley percebeu, de súbito, que não havia dito uma palavra durante o almoço, e que aquela era a primeira vez que um dos dois havia falado desde o diálogo sobre Daneel antes de a refeição ser servida. E uma conversa fiada sobre guardanapos era inútil.

— O senhor é barbeiro, sr. Gremionis? — perguntou Baley de modo um tanto rude.

Gremionis enrubesceu, sua pele clara ficando vermelha até a linha do couro cabeludo.

— Quem lhe disse isso? — perguntou ele com a voz entrecortada.

— Se essa é uma maneira indelicada de me referir à sua profissão, eu peço desculpas — respondeu Baley. — É uma forma de falar comum na Terra, e não é nenhum insulto por lá.

— Sou cabeleireiro e estilista — redarguiu Gremionis. — É um ramo reconhecido das artes. Na verdade, eu sou um artista de equipes corporativas. — Ele levou a mão ao bigode de novo.

— Notei que tem bigode — disse Baley em um tom sério. — É comum ter bigode em Aurora?

— Não, não é. Espero que se torne comum. Tome por base um rosto masculino... Muitos homens podem ter seus traços reforçados ou melhorados por um habilidoso design do pelo facial. Tudo está no design... isso é parte da minha profissão. Pode-se ir longe demais, claro. No mundo de Pallas, o pelo facial é comum, mas lá é hábito tingi-lo de duas cores. Cada fio de cabelo é tingido separadamente para produzir algum tipo de combinação. Bom, isso é bobagem. Não dura muito, as cores mudam com o tempo e fica horrível. Mas, mesmo assim, é melhor do que a escassez de pelos no rosto, de certo modo. Nada é menos atraente do que um rosto imberbe. Essa expressão é de minha autoria. Eu a uso em minhas conversas pessoais com clientes em potencial, e ela é muito eficaz. As mulheres podem lidar com a ausência de pelos faciais porque elas compensam isso de outras maneiras. No mundo de Smitheus...

Havia uma natureza hipnótica nas palavras rápidas e no tom baixo de Gremionis, e em sua expressão sincera, no modo como arregalava os olhos e os fixava em Baley com uma intensa honestidade. O investigador teve de se libertar quase que com uso de força física.

— O senhor é roboticista, sr. Gremionis? — perguntou ele.

Gremionis pareceu perplexo e um pouco confuso por ter sido interrompido no meio de seu discurso.

— Roboticista?

— Sim. Roboticista.

— Não, de forma alguma. Uso robôs como todos, mas não sei o que tem dentro deles. Não me interessa.

— Mas o senhor mora na área do Instituto de Robótica. Como isso é possível?

— Por que eu não deveria? — A voz de Gremionis ficou significativamente mais hostil.

— Se não é roboticista...

Gremionis fez uma careta.

— Isso é uma besteira! Quando o Instituto foi projetado há alguns anos, pretendia-se que fosse uma comunidade autônoma. Temos nossas próprias oficinas para o conserto dos veículos de transporte, nossas próprias oficinas de manutenção de robôs pessoais, nossos próprios médicos, nossos próprios arquitetos. Nossos funcionários moram aqui e, se eles precisam dos serviços de um artista de equipes corporativas, é um trabalho para Santirix Gremionis, e eu moro aqui também. Há algo errado com a minha profissão, para que eu não deva morar aqui?

— Eu não disse isso.

Gremionis virou as costas com um resto de petulância que a negação apressada de Baley não havia acalmado. Então ele apertou um botão, depois de examinar um painel retangular e multicor, e fez algo extraordinariamente semelhante a um breve tamborilar de dedos.

Uma esfera caiu lentamente do teto e permaneceu suspensa mais ou menos um metro acima da cabeça deles. Ela se abriu como se fosse uma laranja semicortada em gomos e, em seu interior, teve início um jogo de cores junto com uma suave cascata de som.

Cores e som se mesclavam de maneira tão hábil que Baley, observando admirado, descobriu que era difícil distinguir um do outro.

As janelas foram opacificadas e os gomos ficaram mais brilhantes.

— Brilhante demais? — perguntou Gremionis.

— Não — respondeu Baley depois de hesitar um pouco.

— O efeito se destina a compor o pano de fundo, e eu escolhi uma combinação tranquilizadora que vai tornar mais fácil para nós uma conversa civilizada, sabe? — Depois acrescentou bruscamente: — Vamos direto ao ponto?

Baley desviou a atenção do... o que quer que fosse aquilo (Gremionis não tinha dito o nome)... com certa dificuldade, e disse:

— Se assim desejar. Eu gostaria.

— O senhor vem me acusando de ter alguma coisa a ver com a imobilização do robô Jander?

— Venho investigando as circunstâncias do fim do robô.

— Mas o senhor relacionou meu nome a essa morte. Na verdade, ainda há pouco, o senhor me perguntou se eu era roboticista. Sei o que tinha em mente. Estava me induzindo a admitir que eu sabia algo sobre robótica, de modo que o senhor pudesse elaborar uma acusação contra mim como o... o... *finalizador* do robô.

— O senhor pode dizer assassino.

— O assassino? Não se pode matar um robô. Em todo caso, eu não pus fim a ele, ou o matei, ou como o senhor queira chamar isso. Eu lhe disse, não sou roboticista. Não sei *nada* sobre robótica. Como o senhor pode chegar a *pensar* que...

— Tenho que investigar todas as ligações, sr. Gremionis. Jander pertencia a Gladia, a mulher solariana, e o senhor tem amizade com ela. Isso é uma ligação.

— Inúmeras pessoas poderiam ter amizade com ela. Isso não é uma ligação.

— O senhor está disposto a declarar que nunca viu Jander nas ocasiões em que esteve na propriedade de Gladia?

— Nunca! Nenhuma vez!

— O senhor nunca soube que ela tinha um robô humaniforme?

— *Não!*

— Ela nunca o mencionou?

— Ela tinha robôs pra todo lado. Todos robôs comuns. Ela não disse nada sobre ter qualquer outra coisa.

Baley encolheu os ombros.

— Muito bem. Não tenho nenhum motivo, até agora, para supor que isso não seja verdade.

— Então diga isso a Gladia. É por *essa* razão que eu queria vê-lo. Para pedir que o senhor diga a ela. *Insista.*

— Gladia tem algum motivo para pensar o contrário?

— É claro. O senhor envenenou a mente dela. O senhor fez perguntas sobre mim a respeito daquele assunto e ela supôs... ela ficou na dúvida... O fato é que ela me ligou hoje de manhã e me perguntou se eu tinha alguma coisa a ver com o ocorrido. Eu contei isso ao senhor.

— E o senhor negou?

— Claro que neguei, e com muita veemência, porque eu *não* tive nada a ver com esse episódio. Mas não adianta eu negar, não vou convencê-la. Quero que *o senhor* faça isso. Quero que o senhor diga a ela que, na sua opinião, eu não tive nada a ver com esse problema todo. O senhor acabou de dizer que não tive e não pode, sem ter qualquer evidência, destruir a minha reputação. Posso denunciá-lo.

— Para quem?

— Para o Comitê de Defesa Pessoal. Para a Legislatura. O diretor do Instituto é um grande amigo do presidente e eu já enviei um relatório completo sobre essa questão. Não fiquei esperando, entende? Estou tomando medidas.

Gremionis chacoalhou a cabeça com uma atitude que, talvez, pretendesse mostrar agressividade, mas que não denotava grande convicção, considerando a suavidade de seu rosto.

— Veja bem — disse ele —, Aurora não é a Terra. Nós somos *protegidos* aqui. Seu planeta, com sua superpopulação, obriga as pessoas a viver em inúmeras colmeias, inúmeros formigueiros. Os terráqueos espremem-se mutuamente, sufocam uns aos outros... e não importa. Uma vida ou um milhão de vidas... não importa.

— O senhor andou lendo romances históricos — disse Baley, esforçando-se para não mostrar um tom de desdém em sua voz.

— Claro que andei... e eles descrevem as coisas como elas são. Não se pode ter bilhões de pessoas em um único mundo sem que as coisas sejam assim. Em Aurora, todo cidadão é uma vida *valiosa*. Somos protegidos fisicamente, cada um de nós, por nossos robôs, de modo que nunca ocorre uma agressão, muito menos um assassinato, em Aurora.

— Exceto no caso de Jander.

— Isso não é *assassinato*; é só um robô. E somos protegidos de todo tipo de dano, inclusive os mais sutis, por nossa Legislatura. O Comitê de Defesa Pessoal vê com maus olhos... com muito maus olhos qualquer ação que prejudique injustamente a reputação ou o status social de qualquer cidadão em particular. Um auroreano que agisse como o senhor está agindo já teria arranjado problemas suficientes. Quanto a um terráqueo... bem...

— Estou realizando uma investigação a convite, presumo eu, da Legislatura — redarguiu Baley. — Não acho que o dr. Fastolfe poderia ter me trazido para cá sem permissão da Legislatura.

— Talvez, mas isso não lhe daria o direito de ultrapassar os limites de uma investigação justa.

— Então o senhor vai levar isso à Legislatura?

— Vou pedir ao diretor do Instituto...

— A propósito, qual é o nome dele?

— Kelden Amadiro. Vou pedir a ele que leve essa questão à Legislatura... e ele *faz parte* da Legislatura, sabe... ele é um dos líderes do Partido Globalista. Então acho melhor o senhor deixar claro para Gladia que eu sou totalmente inocente.

— Eu gostaria de fazer isso, sr. Gremionis, porque suspeito que o senhor *seja* inocente; mas como posso transformar a suspeita em certeza, a menos que me permita fazer algumas perguntas?

Gremionis hesitou. Depois, com um ar de desafio, ele se recostou na cadeira e colocou as mãos atrás do pescoço, a imagem de um homem completamente incapaz de aparentar que estava à vontade.

— Pergunte — disse ele. — Não tenho nada a esconder. E depois que terminar, terá que ligar para Gladia, usando aquele transmissor tridimensional bem atrás do senhor, e pôr tudo em pratos limpos... ou então terá problemas maiores do que imagina.

— Entendo. Mas primeiro... Há quanto tempo conhece a dra. Vasilia Fastolfe, sr. Gremionis? Ou dra. Vasilia Aliena, se a conhecer por esse nome.

Gremionis hesitou e depois disse, com a voz tensa:

— Por que pergunta? O que isso tem a ver com o assunto?

Baley deu um suspiro e seu rosto austero parecia ficar mais entristecido.

— Devo lembrá-lo, sr. Gremionis, de que o senhor não tem nada a esconder e de que quer me convencer de sua inocência para eu poder convencer Gladia da mesma coisa. Só me diga há quanto tempo a conhece. Se não a conhece, apenas me diga... mas, antes de dizer, é justo contar-lhe que a dra. Vasilia declarou que o senhor a conhecia bem... bem o bastante, pelo menos, para se oferecer a ela.

Gremionis pareceu decepcionado.

— Não sei por que as pessoas têm que dar tanta importância a isso — disse ele com a voz trêmula. — Oferecer-se é uma forma natural de interação social que não diz respeito a mais ninguém. Claro, o senhor é um terráqueo, então *daria* muita importância a isso.

— Fiquei sabendo que ela não aceitou a sua oferta.

Gremionis colocou as mãos no colo com os punhos cerrados.

— Aceitar ou rejeitar depende totalmente dela. Houve pessoas que se ofereceram para mim e *eu* as rejeitei. Não é nada de mais.

— Pois bem. Há quanto tempo a conhece?

— Há alguns anos. Uns quinze.

— O senhor a conheceu quando ela ainda morava com o dr. Fastolfe?

— Eu era apenas um menino nessa época — respondeu ele, corando.

— Como a conheceu?

— Quando terminei meu curso de artista de equipes corporativas, fui chamado para desenhar um guarda-roupa para ela. Ela ficou satisfeita, e depois disso usou meus serviços... exclusivamente nesse sentido.

— Foi por uma recomendação dela, então, que o senhor obteve sua atual posição como, digamos, artista de equipes corporativas oficial dos membros do Instituto de Robótica?

— Ela reconheceu minhas qualificações. Passei por um teste, junto com outros, e conquistei a posição por meus méritos.

— Mas ela o recomendou?

— Sim — respondeu Gremionis de forma breve e com irritação.

— E o senhor achou que a única maneira decente de retribuir era se oferecer a ela?
— Gremionis fez uma careta e passou a língua nos lábios, como se estivesse sentindo um gosto desagradável.
— Isso... é... repugnante! Suponho que um terráqueo pensaria desse modo. Minha oferta significou apenas que fiquei feliz em propô-la.
— Porque ela é atraente e tem uma personalidade afetuosa?
Gremionis hesitou.
— Bem, eu não diria que ela tem uma personalidade afetuosa — disse ele com cautela —, mas, sem dúvida, é atraente.
— Disseram-me que o senhor se oferece para todo mundo... sem distinção.
— Isso é mentira.
— O que é mentira? Que o senhor se oferece para todo mundo ou que me disseram isso?
— Que eu me ofereço para todo mundo. Quem disse tal coisa?
— Que eu saiba, não serviria de nada responder a essa pergunta. O senhor imagina que eu vá citá-lo como fonte de uma informação embaraçosa? O senhor falaria livremente comigo se pensasse que eu faria isso?
— Bem, quem quer que tenha dito é um mentiroso.
— Talvez tenha sido apenas um exagero dramático. O senhor já tinha se oferecido a outras pessoas antes de se oferecer para a dra. Vasilia?
Gremionis desviou o olhar.
— Uma ou duas vezes. Nada que eu tivesse levado a sério.
— Mas levava a dra. Vasilia a sério?
— Bem...
— Fiquei sabendo que o senhor se ofereceu repetidas vezes, o que vai contra o costume auroreano.
— Ah, o costume auroreano... — começou ele em um tom furioso. Depois ele apertou os lábios com firmeza e franziu a

testa. – Olhe aqui, sr. Baley, posso falar com o senhor confidencialmente?

– Sim. Todas as minhas perguntas visam me convencer de que o senhor não teve nada a ver com a morte de Jander. Uma vez que eu esteja convicto disso, o senhor pode ter certeza de que manterei seus comentários em segredo.

– Muito bem, então. Não há nada de errado... nada de que eu me envergonhe, entende? É só que tenho um senso de privacidade muito forte e tenho o direito de fazer isso, não tenho?

– Com certeza – respondeu Baley com palavras de consolo.

– Sabe, eu acho que o sexo social é melhor quando há amor e afeto profundos entre os parceiros.

– Imagino que seja verdade.

– E então não há necessidade de haver outros, o senhor não acha?

– Isso parece... plausível.

– Sempre sonhei em encontrar a parceira perfeita e nunca mais procurar outra pessoa. Chamam isso de monogamia. Não existe em Aurora, mas existe em alguns mundos... e existe na Terra, não existe, sr. Baley?

– Em tese, sr. Gremionis.

– É o que eu quero. Tenho buscado há anos. Das vezes que experimentei o sexo, eu sabia que estava faltando alguma coisa. Então conheci a dra. Vasilia e ela me contou... bem, as pessoas contam segredos para os artistas de equipes corporativas porque é um trabalho *muito* pessoal... e esta é a parte *realmente* confidencial...

– Bem, continue.

Gremionis passou a língua nos lábios.

– Se o que eu disser agora vazar, estarei arruinado. Ela fará o que estiver ao seu alcance para garantir que eu não receba mais nenhuma encomenda. O senhor tem *certeza* de que isso tem a ver com o caso?

— Eu lhe asseguro com toda a força de que sou capaz, sr. Gremionis, que isso pode ser muito importante.

— Bem — Gremionis não parecia muito convencido —, o fato é que eu concluí, a partir de fragmentos do que a dra. Vasilia me contou, que ela é — ele diminuiu o volume da voz ao de um sussurro — virgem.

— Entendo — disse Baley em voz baixa (lembrando-se da certeza que Vasilia tinha de que a recusa de seu pai havia deformado sua vida, e entendendo melhor seu ódio por ele).

— Isso me deixou entusiasmado. Pareceu-me que podia tê-la toda só para mim e que eu seria o único que ela teria. Não consigo explicar quanto isso significou para mim. Fez com que ela parecesse gloriosamente bela aos meus olhos, e eu apenas a queria demais.

— Então o senhor se ofereceu para ela?

— Sim.

— Repetidas vezes. O senhor não se sentiu desencorajado pelas recusas?

— Elas só reforçavam sua virgindade, por assim dizer, e me deixavam mais ansioso. Era mais emocionante por não ser fácil. Não consigo explicar e não espero que entenda.

— Na verdade, sr. Gremionis, eu entendo. Mas chegou um momento em que o senhor parou de se oferecer para a dra. Vasilia?

— Bem, sim.

— E começou a se oferecer para Gladia?

— Bem, sim.

— Repetidas vezes?

— Bem, sim.

— Por quê? Por que a mudança?

— A dra. Vasilia por fim deixou claro que não havia nenhuma chance, e então apareceu Gladia, e ela se parecia com a dra. Vasilia e... e... foi isso — respondeu Gremionis.

— Mas Gladia não é virgem — disse Baley. — Ela era casada em Solaria e, pelo que me informou, teve várias experiências em Aurora.

— Eu sabia disso, mas ela... parou. Sabe, ela é solariana de nascimento, não auroreana, e não entendia muito bem os hábitos deste planeta. Mas parou porque não gosta do que ela chama de "promiscuidade".

— Ela lhe disse isso?

— Sim. Monogamia é o costume em Solaria. Ela não foi feliz no casamento, mas esse ainda é o hábito com o qual ela está acostumada, então ela jamais gostou da tradição auroreana desde que a experimentou... e monogamia é o que eu quero também. Entende?

— Entendo. Mas, para começar, como foi que a conheceu?

— Eu simplesmente a conheci. Ela apareceu nas notícias em hiperonda quando chegou a Aurora, uma romântica refugiada de Solaria. E ela fez parte daquele drama em hiperonda...

— Sim, sim, mas houve alguma coisa a mais, não houve?

— Não sei que outra coisa o senhor procura.

— Bem, deixe-me adivinhar. Não chegou um momento em que a dra. Vasilia disse que o estava recusando para sempre... e lhe sugeriu uma alternativa?

— A dra. Vasilia lhe disse *isso*? — gritou Gremionis em um súbito ataque de fúria.

— Não com essas palavras, mas acho que sei o que aconteceu. Ela não lhe disse que poderia ser vantajoso se o senhor procurasse uma recém-chegada ao planeta, uma jovem de Solaria que estava sob a tutela ou proteção do dr. Fastolfe... o qual o senhor sabe que é pai da dra. Vasilia? A dra. Vasilia não lhe contou que as pessoas achavam que essa jovem, Gladia, era parecida com ela, mas que era mais nova e tinha uma personalidade mais afetuosa? Em suma, a dra. Vasilia não o encorajou a transferir suas atenções para Gladia?

Gremionis estava sofrendo visivelmente. Seus olhos passavam com rapidez para os de Baley e depois se desviavam. Era a primeira vez que Baley via nos olhos de qualquer Sideral uma expressão

de pavor... ou era admiração? (Baley chacoalhou a cabeça de leve. Ele não devia ficar muito satisfeito por ter intimidado um Sideral. Isso prejudicaria a sua objetividade.)
— E então? Estou certo ou errado? — perguntou ele.
— Então aquele show em hiperonda não foi um exagero — disse Gremionis em voz baixa. — O senhor lê mentes?

50

— Eu só faço perguntas — respondeu Baley em um tom calmo.
— E o senhor não respondeu diretamente. Estou certo ou errado?
— Não aconteceu bem assim — corrigiu Gremionis. — Não exatamente assim. Ela falou sobre Gladia, mas... — Ele mordeu o lábio inferior e depois disse: — Bem, equivale ao que o senhor disse. Foi mais ou menos do jeito que descreveu.
— E o senhor não ficou desapontado? O senhor descobriu que Gladia era parecida com a dra. Vasilia?
— De certa forma, era. — Os olhos de Gremionis brilharam.
— Mas não muito. Coloque-as lado a lado e notará a diferença. Gladia tem muito mais delicadeza e graça. Muito mais espírito de... de diversão.
— O senhor se ofereceu para Vasilia desde que conheceu Gladia?
— O senhor ficou louco? Claro que não.
— Mas se ofereceu para Gladia?
— Sim.
— E ela o rejeitou?
— Bem, sim, mas o senhor tem que entender que ela precisa ter certeza, como eu teria que ter. Pense no erro que eu teria cometido se tivesse induzido a dra. Vasilia a me aceitar. Gladia não quer cometer esse erro e eu não a culpo.
— Mas o *senhor* não acha que seria um erro da parte dela aceitá-lo, então se ofereceu de novo... e de novo... e de novo.

Gremionis lançou um olhar inexpressivo para Baley por um instante e depois pareceu estremecer. Ele fez beicinho, como se fosse uma criança rebelde.

— O senhor diz isso de um modo ofensivo...
— Desculpe-me. Não quis ser ofensivo. Por favor, responda à pergunta.
— Bem, eu me ofereci.
— Quantas vezes o senhor se ofereceu?
— Eu não contei. Quatro vezes. Bem, cinco. Ou talvez mais.
— E ela sempre o rejeitou.
— Sim. Caso contrário, eu não teria me oferecido outra vez, teria?
— Ela o rejeitou com raiva?
— Ah, não. Gladia não é assim. Ela foi muito gentil.
— Isso fez com que o senhor se oferecesse a mais alguém?
— O quê?
— Bem, Gladia o rejeitou. Uma maneira de reagir seria oferecer-se para outra pessoa. Por que não? Gladia não o quer...
— *Não*. Eu não quero mais ninguém.
— Por que isso? Por que o senhor pensa assim?
— Como vou saber por quê? — respondeu Gremionis energicamente. — Eu quero Gladia. É um... é um... um tipo de loucura, embora eu ache que é o melhor tipo de insanidade. Eu seria louco de *não* ter esse tipo de loucura. Não espero que entenda.
— O senhor tentou explicar isso a Gladia? Ela poderia entender.
— Nunca. Eu a afligiria. Eu a deixaria constrangida. Não se fala sobre essas coisas. Eu devia procurar um mentologista.
— O senhor procurou?
— Não.
— Por que não?

Gremionis franziu a testa.

— O senhor sempre encontra uma forma de fazer as perguntas mais rudes, terráqueo.

— Talvez porque eu seja um terráqueo. Não sei fazer melhor do que isso. Mas também sou investigador e preciso saber dessas coisas. Por que o senhor não procurou um mentologista?

Supreendentemente, Gremionis riu.

— Eu lhe disse. A cura seria uma loucura maior do que a doença. Eu preferiria estar com Gladia e ser rejeitado a estar com qualquer outra pessoa e ser aceito. Imagine estar com a cabeça fora do lugar e querer *ficar* assim. Um mentologista me submeteria a um tratamento rigoroso.

Baley pensou um pouco e disse:

— O senhor sabe se a dra. Vasilia é uma mentologista, de alguma forma?

— Ela é roboticista. Dizem que é o que há de mais próximo a um mentologista. Se a pessoa sabe como um robô funciona, ela tem uma noção de como um cérebro humano funciona. Pelo menos, é o que dizem.

— Ocorreu-lhe que a dra. Vasilia sabe sobre esses estranhos sentimentos que o senhor tem em relação a Gladia?

Gremionis ficou tenso.

— Eu nunca contei a ela. Quero dizer, nunca com tantos detalhes.

— Não seria possível que ela entendesse os seus sentimentos sem ter que perguntar? Ela sabe que o senhor se ofereceu repetidas vezes a Gladia?

— Bem... ela me perguntava se estava tudo bem. Do modo como perguntam os conhecidos de longa data, sabe? Eu dizia certas coisas. Nada de íntimo.

— O senhor tem certeza de que nunca disse nada de íntimo? Ela não o encorajou a continuar se oferecendo?

— Sabe... agora que o senhor está falando, eu pareço estar vendo tudo de um modo diferente. Não sei exatamente como o senhor conseguiu colocar isso na minha cabeça. São as perguntas que o senhor faz, imagino, mas agora me parece que ela continuou a incentivar minha amizade com Gladia. Ela a apoiava de maneira ativa. – Ele parecia muito constrangido. – Isso nunca me ocorreu antes. Eu nunca tinha pensado nisso.

– Por que o senhor acha que ela o incentivou a se oferecer repetidas vezes para Gladia?

Gremionis contraiu as sobrancelhas com pesar e levou um dedo ao bigode.

– Acho que alguns pensariam que ela estivesse tentando se livrar de mim. Tentando se certificar de que *ela* não seria incomodada. – Ele deu uma risadinha. – Isso não é muito elogioso para mim, não é?

– A dra. Vasilia deixou de ser sua amiga?

– De modo algum. Ela ficou mais minha amiga... se é que se pode dizer isso.

– Ela tentou lhe dizer como obter mais êxito com Gladia? Como mostrar mais interesse pelo trabalho de Gladia, por exemplo?

– Ela não precisou fazer isso. O trabalho de Gladia e o meu são muito parecidos. Eu trabalho com seres humanos e ela com robôs, mas nós dois somos estilistas... artistas... Isso contribui para aproximar as pessoas, sabe? Nós até ajudamos um ao outro às vezes. Quando não estou me oferecendo e sendo rejeitado, somos bons amigos. Significa muito, quando se pensa sobre isso.

– A dra. Vasilia sugeriu que o senhor mostrasse um interesse maior no trabalho do dr. Fastolfe?

– Por que ela sugeriria isso? Não sei nada sobre o trabalho do dr. Fastolfe.

– Gladia poderia se interessar pelo trabalho de seu benfeitor, e essa poderia ser uma maneira de o senhor agradá-la.

Os olhos de Gremionis se estreitaram. Ele se levantou com uma intensidade quase explosiva, caminhou para o outro lado da sala, voltou, parou diante de Baley e disse:

— *Agora... olhe... aqui!* Não sou o maior gênio do planeta, nem mesmo o segundo maior, mas não sou um perfeito idiota. Entendo aonde o senhor quer chegar, sabe?

— Ah, é?

— Todas as suas perguntas me induziram, de certa forma, a dizer que a dra. Vasilia fez com que eu me apaixonasse. É isso — ele parou, surpreso —, estou apaixonado, como nos romances históricos. — Ele pensou sobre aquilo com uma luz de admiração no olhar. Depois a raiva voltou. — A dizer que ela fez com que eu me apaixonasse e continuasse apaixonado para que eu pudesse descobrir coisas do dr. Fastolfe e aprender como imobilizar aquele robô, Jander.

— O senhor não acha que foi esse o caso?

— Não, não foi! — gritou Gremionis. — Eu não sei nada sobre robótica. *Nada.* Não importa quão cuidadosamente me explicassem alguma coisa sobre o assunto, eu não entenderia. E também não acho que Gladia entenderia. Além disso, nunca perguntei sobre isso a ninguém. Nunca me ensinaram nada sobre robótica, nem o dr. Fastolfe nem ninguém. Ninguém jamais sugeriu que eu me envolvesse com robótica. A dra. Vasilia nunca me fez essa sugestão. Sua teoria podre não funciona. — Ele fez um gesto largo com os braços. — Não funciona. Esqueça.

Ele se sentou de novo, cruzou os braços rigidamente sobre o peito e pressionou os lábios, formando uma linha fina, fazendo seu bigodinho se eriçar.

Baley olhou para a laranja semicortada; ela continuava tocando sua melodia suave e agradavelmente cambiante, e seguia mostrando uma delicada mudança de cor enquanto balançava hipnoticamente, descrevendo um pequeno e vagaroso círculo.

Se a explosão de Gremionis havia perturbado sua linha de pensamento, Baley não mostrou nenhum sinal disso.

— Entendo o que o senhor está dizendo, mas, ainda assim, é verdade que vê Gladia com bastante frequência, não é?

— Sim, eu a vejo.
— As suas repetidas ofertas não a ofendem... e as repetidas negativas dela não o ofendem?

Gremionis deu de ombros.

— Minhas ofertas são corteses. As recusas dela são gentis. Por que deveríamos ficar ofendidos?

— Mas como passam o tempo juntos? Sexo está fora de cogitação, obviamente, e os dois não falam sobre robótica. O que fazem?

— E a companhia de alguém se resume a isto: sexo e robótica? Fazemos muitas coisas juntos. Por exemplo, nós conversamos. Ela tem muita curiosidade sobre Aurora e eu passo horas descrevendo o planeta. Ela conhece muito pouca coisa dele, sabe? E ela passa horas me contando sobre Solaria e o inferno que é viver lá. Eu preferiria morar na Terra... não quis ofender. E tem o falecido marido dela. Que figura miserável *ele* era. Gladia teve uma vida difícil, pobre mulher... Nós vamos a concertos, eu a levei ao Instituto de Artes algumas vezes e nós *trabalhamos* juntos. Eu lhe disse isso. Nós examinamos os meus desenhos, ou os dela, juntos. Para ser sincero, não me parece que trabalhar com robôs seja muito gratificante, mas todos nós temos a nossa opinião, sabe? Aliás, ela pareceu achar graça quando eu expliquei por que era tão importante cortar o cabelo de forma correta... o cabelo dela mesma não está *lá muito bem* cortado, sabe? Mas, na maior parte do tempo, nós fazemos caminhadas.

— Caminhadas? Onde?

— Em nenhum lugar em particular. Apenas caminhamos. Esse é um hábito dela... por conta do modo como ela foi criada em Solaria. O senhor já esteve em Solaria? Sim, esteve, é claro. Desculpe-me. Em Solaria existem essas propriedades enormes habitadas por apenas um ou dois seres humanos, ou, caso contrário, por robôs. Pode-se andar quilômetros e estar completamente sozinho, e Gladia disse que isso faz a pessoa sentir que é dona do planeta inteiro. Os robôs estão sempre lá, sem dúvida, de olho em você e tomando conta de você, mas é claro que eles ficam fora de vista. Gladia sente falta dessa sensação de ser dona do mundo aqui em Aurora.

— O senhor quer dizer que ela quer ser a dona do mundo?

— No sentido de ter algum tipo de desejo de poder? Gladia? Isso é loucura. O que ela quer dizer é que sente falta da sensação de estar a sós com a natureza. Eu mesmo não entendo, sabe, mas gosto de entretê-la. Claro que não se pode ter exatamente aquela sensação de Solaria aqui em Aurora. É inevitável que haja pessoas ao redor, em especial na região metropolitana de Eos, e os robôs não foram programados para ficar fora de vista. Na verdade, os auroreanos em geral caminham *com* robôs. No entanto, conheço caminhos que são agradáveis e não muito cheios de gente, e Gladia gosta deles.

— O senhor gosta deles também?

— Bem, gosto desde que esteja com Gladia. Os auroreanos gostam de caminhar também, em linhas gerais, mas devo admitir que eu não aprecio. Fiquei com os músculos doloridos nas primeiras vezes e Vasilia riu de mim.

— A dra. Vasilia sabia que o senhor fazia caminhadas?

— Bem, um dia eu cheguei mancando e com as coxas rangendo, então tive que explicar. Ela riu e disse que era uma boa ideia, e que a melhor forma de fazer um caminhante aceitar uma oferta era caminhar com ele. "Continue", ela disse, "e Gladia vai reconsiderar todas as rejeições antes que você tenha a chance de se oferecer de novo. Ela mesma vai se oferecer." Acontece que Gladia não se ofereceu, mas passei a gostar muito das caminhadas mesmo assim.

Gremionis parecia ter superado seu ataque de raiva e estava agora muito mais à vontade. Ele devia estar pensando nas caminhadas, imaginou Baley, pois exibia um meio sorriso no rosto. Ele parecia amável — e vulnerável — com a mente voltada para sabe-se lá que conversa travada durante uma caminhada que acontecera sabe-se lá onde. Baley quase respondeu com um sorriso.

— Então Vasilia sabia que o senhor continuou com as caminhadas?

— Suponho que sim. Comecei a tirar folgas às quartas e aos sábados porque se ajustavam à programação de Gladia... e Vasilia às vezes fazia brincadeiras sobre as minhas "caminhadas QS" quando eu trazia alguns esboços.

— E alguma vez a dra. Vasilia foi caminhar também?

— Claro que não.

Baley se mexeu no assento e olhou fixamente para as pontas dos dedos enquanto dizia:

— Presumo que havia robôs acompanhando-os em suas caminhadas.

— Com certeza. Um robô meu e um dela. Mas eles se mantinham fora do caminho. Eles não ficavam na nossa cola, comportamento que Gladia chamava de moda auroreana. Ela dizia que queria a solidão solariana. Então cedi à sua vontade, apesar de, no princípio, ter ficado com torcicolo de tanto olhar em volta para ver se Brundij estava comigo.

— E qual robô acompanhava Gladia?

— Não era sempre o mesmo. Qualquer que fosse, ele se mantinha a distância também. Eu não tinha oportunidade de falar com ele.

— E Jander?

Um pouco do aspecto radiante se apagou da expressão de Gremionis.

— O que tem ele? — perguntou o auroreano.

— Alguma vez ele foi junto? Se tivesse ido, o senhor saberia, não saberia?

— Um robô humaniforme? Certamente eu saberia. E ele não nos acompanhou... nenhuma vez.

— O senhor tem certeza?

— Certeza absoluta — respondeu Gremionis com uma carranca. — Imagino que ela pensava que ele era valioso demais para desperdiçá-lo em tarefas que qualquer robô comum poderia realizar.

— O senhor parece irritado. O senhor também pensava assim?

— Ele era o robô dela. Eu não me preocupava com ele.

— E o senhor nunca o via quando estava na propriedade de Gladia?

— Nunca.

— Ela alguma vez disse alguma coisa sobre ele? Comentou sobre ele?

— Não que eu me lembre.

— O senhor não achou isso estranho?

Gremionis chacoalhou a cabeça.

— Não. Por que falar sobre robôs?

Os olhos sombrios de Baley se fixaram no rosto do outro.

— O senhor fazia ideia da relação entre Gladia e Jander?

— Vai me dizer que havia sexo entre eles? — perguntou Gremionis.

— O senhor ficaria surpreso se eu dissesse? — retrucou Baley.

— Acontece — respondeu Gremionis, imperturbável. — Não é raro. A pessoa pode usar um robô, se tiver vontade. E um robô humaniforme... completamente humaniforme, creio eu...

— Completamente — assegurou Baley com um gesto apropriado.

Os cantos da boca de Gremionis se curvaram para baixo.

— Bem, então seria difícil para uma mulher resistir.

— Ela resistiu *ao senhor*. Não o incomoda o fato de Gladia preferir um robô ao senhor?

— Bem, se for esse o caso, pois não sei ao certo se acredito que isso seja verdade... mas, se for, não é nada com que deva me preocupar. Um robô é só um robô. Uma mulher e um robô... é só masturbação.

— Sinceramente, o senhor nunca soube dessa relação, sr. Gremionis? Nunca suspeitou?

— Nunca pensei no assunto — insistiu Gremionis.
— Não sabia? Ou sabia, mas não deu atenção?
Gremionis fez uma carranca.
— O senhor está forçando a barra de novo. O que quer que eu diga? Agora que colocou isso na minha cabeça e me pressionou, parece-me, olhando para trás, que eu possa ter pensado em algo nesse sentido. Mesmo assim, nunca achei que qualquer coisa acontecia antes de o senhor começar a fazer perguntas.
— Tem certeza?
— Sim. Tenho certeza. Não me aborreça.
— Não o estou aborrecendo. Só estou me perguntando se não seria possível que o senhor soubesse que Gladia estava fazendo sexo com Jander com frequência; que o senhor soubesse que nunca seria aceito como amante dela enquanto isso estivesse acontecendo; que o senhor a quisesse tanto que nada o impediria de eliminar Jander; em suma, se não seria possível que o senhor sentisse tanto ciúme que...

Àquela altura, Gremionis (como se alguma mola bem enrolada, mantendo-se contraída com dificuldade por alguns minutos, de repente se soltasse) atirou-se contra Baley soltando um grito alto e incoerente. Baley, pego completamente de surpresa, fez um movimento instintivo para trás e a cadeira virou.

51

De pronto, ele sentiu fortes braços em torno de si. Baley percebeu que o haviam levantado, colocado a cadeira no lugar e que um robô o segurava. Como era fácil esquecer que eles estavam na sala quando ficavam quietos e imóveis em seus nichos.

Entretanto, não foi nem Daneel nem Giskard que veio salvá--lo. Foi o robô de Gremionis, Brundij.

— Senhor — disse Brundij com um tom de voz um pouco anormal —, espero que não esteja machucado.

Onde estavam Daneel e Giskard?

A pergunta se respondeu de pronto. Os robôs haviam dividido o trabalho de forma organizada e rápida. Daneel e Giskard, instantaneamente calculando que uma cadeira virada oferecia menos possibilidade de ferir Baley do que um enlouquecido Gremionis, lançaram-se contra o anfitrião. Brundij, vendo de pronto que não era necessário naquela direção, garantiu o bem-estar do convidado.

Gremionis, ainda de pé e com a respiração ofegante, estava completamente imobilizado pelo duplo e cuidadoso aperto dos robôs de Baley.

— Soltem-me. Já posso me controlar — disse Gremionis, em uma voz que era pouco mais do que um sussurro.

— Sim, senhor — anuiu Giskard.

— Claro, sr. Gremionis — assentiu Daneel quase que com suavidade.

Mas, embora seus braços o tivessem soltado, nenhum dos dois se afastou durante certo tempo. Gremionis olhou para a direita e para a esquerda, alisou a roupa e depois, em um gesto deliberado, sentou-se. Sua respiração continuava acelerada e seu cabelo estava um pouco desalinhado.

Baley agora estava de pé, uma das mãos apoiadas no encosto da cadeira na qual estivera sentado.

— Sinto muito, sr. Baley, por perder o controle — disse Gremionis. — Isso é uma coisa que nunca fiz em minha vida adulta. O senhor me acusou de ser ci-ciumento. É uma palavra que nenhum auroreano de respeito usaria para referir-se a outro, mas eu deveria ter me lembrado de que o senhor é um terráqueo. É uma palavra que *nós* só encontramos em romances históricos e, mesmo assim, costuma ser escrita com um "c" seguido de reticências. Claro que não é esse o caso no seu mundo. Entendo isso.

— Eu também sinto muito, sr. Gremionis — redarguiu Baley em um tom sério —, que meu esquecimento quanto ao costume auroreano tenha me desviado do caminho nessa questão. — Ele

se sentou e acrescentou: – Que eu saiba, não há muito mais a discutir...
Gremionis não parecia estar ouvindo.

– Quando eu era garoto – comentou ele –, às vezes eu empurrava outra criança, e era empurrado por ela, e demorava um pouco até os robôs se darem ao trabalho de nos separar, claro...

– Se me permite explicar, parceiro Elijah – interveio Daneel. – Ficou bem definido que a total supressão da agressividade em indivíduos muito jovens tem consequências indesejáveis. Certa quantidade de exercícios envolvendo a competição física entre os jovens é permitida, e até encorajada, contanto que nenhum dano real esteja envolvido. Os robôs responsáveis pelos jovens são cuidadosamente programados para ser capazes de distinguir a probabilidade e o grau de dano que pode ocorrer. Eu, por exemplo, não sou adequadamente programado nesse quesito e não estaria qualificado como guardião dos jovens a não ser em condições emergenciais durante breves períodos. Nem Giskard.

– Esse comportamento agressivo é interrompido durante a adolescência, imagino eu – comentou Baley.

– De forma gradual – respondeu Daneel –, conforme aumenta o nível de dano que poderia ser causado e conforme a conveniência do autocontrole se torna mais pronunciada.

Gremionis continuou:

– Quando estava pronto para ingressar no ensino superior, eu, como todo auroreano, sabia muito bem que toda competição consistia na comparação da capacidade mental e do talento...

– Sem nenhuma competição física? – perguntou Baley.

– Certamente que sim, mas apenas de um modo que não envolvesse o contato proposital com a intenção de machucar.

– Mas, desde que o senhor se tornou um adolescente...

– Não ataquei ninguém. Claro que não ataquei. Tive ímpeto de fazê-lo em várias ocasiões, com certeza. Acho que eu não seria inteiramente normal se não sentisse isso; porém, até o presente momento, fui capaz de me controlar. Mas ninguém havia me chamado de... *daquilo* antes.

— Em todo caso, de nada adiantaria atacar, se existem robôs para impedi-lo, não é? — propôs Baley. — Presumo que sempre haja um robô ao alcance de ambos os lados da pessoa que ataca e da que é atacada.

— Sem dúvida. Mais um motivo para eu me envergonhar de ter perdido o controle. Espero que isso não tenha que entrar no seu relatório.

— Eu lhe asseguro que não vou contar a ninguém. Não tem nada a ver com o caso.

— Obrigado. O senhor disse que a entrevista terminou?

— Acho que sim.

— Neste caso, vai fazer o que lhe pedi que fizesse?

— E o que foi que me pediu?

— Dizer a Gladia que eu não tive nada a ver com a imobilização de Jander.

Baley hesitou.

— Vou dizer a ela que essa é a minha opinião.

— Por favor, faça uma declaração mais enfática — disse Gremionis. — Quero que ela tenha certeza absoluta de que eu não tive nada a ver com isso, sobretudo se ela gostava do robô do ponto de vista sexual. Eu não poderia suportar que ela pensasse que eu estava com ci-ci... Sendo solariana, ela poderia pensar.

— Sim, ela poderia — comentou Baley, pensativo.

— Mas veja — continuou Gremionis, falando rápido e sério —, não sei nada sobre robôs, e ninguém, nem a dra. Vasilia nem qualquer outra pessoa, me disse nada sobre eles... quero dizer, sobre como eles funcionam. É simplesmente impossível que eu tenha destruído Jander.

Por um instante, Baley pareceu estar em profunda reflexão. Depois ele disse, claramente relutante:

— Não posso deixar de acreditar no senhor. Claro que não sei tudo. E é possível (digo isso sem querer ofender) que ou o senhor ou a dra. Vasilia, ou ambos, esteja mentindo. Sei espantosamente pouco sobre a natureza íntima da sociedade auroreana e talvez possa ser enganado com facilidade. No entanto, não posso deixar de acreditar no senhor. Apesar disso, não posso fazer mais do que dizer a Gladia que, na minha opinião, o senhor é completamente inocente. Entretanto, preciso dizer "em minha opinião". Estou certo de que ela achará isso enfático o bastante.

— Então vou ter de me contentar com isso — disse Gremionis em um tom melancólico. — Ainda assim, se ajudar, eu lhe dou minha palavra de cidadão auroreano de que sou inocente.

Baley deu um leve sorriso.

— Eu sequer sonharia em duvidar de sua palavra, mas meu treinamento me força a confiar apenas em evidências objetivas.

Ele se levantou, fitou Gremionis solenemente por um momento e depois disse:

— O senhor não deveria levar a mal o que vou dizer agora, sr. Gremionis. Entendo que o senhor esteja interessado em que eu dê essa garantia a Gladia porque quer manter a amizade dela.

— Isso é algo que quero muito, sr. Baley.

— E o senhor pretende se oferecer de novo, em alguma ocasião adequada?

Gremionis enrubesceu, engoliu visivelmente em seco e depois disse:

— Sim, pretendo.

— Posso lhe dar um conselho, senhor? Não faça isso.

— O senhor pode guardar seu conselho, se é isso o que tem a me dizer. Não pretendo desistir nunca.

— Quero dizer para não fazê-lo do modo formal, como manda o costume. O senhor poderia pensar em simplesmente... — Baley desviou o olhar, sentindo-se inexplicavelmente constrangido — abraçá-la e beijá-la.

— *Não* — disse Gremionis com seriedade. — *Por favor*. Uma mulher auroreana não suportaria isso. Nem um homem auroreano.

— Sr. Gremionis, lembre-se de que Gladia *não* é auroreana. Ela é solariana e tem outros costumes, outras tradições. Eu tentaria isso, se fosse o senhor.

O olhar direto de Baley escondia uma súbita fúria interior. O que Gremionis era para ele para que lhe desse um conselho desses? Por que dizer a outro que fizesse o que ele próprio desejava fazer?

(13) AMADIRO

52

Baley voltou ao trabalho com um tom de barítono mais profundo do que era comum.

— Sr. Gremionis, o senhor mencionou antes o nome do diretor do Instituto de Robótica — disse ele. — O senhor poderia repeti-lo?

— Kelden Amadiro.

— E haveria alguma maneira de contatá-lo daqui?

— Bem, sim e não — respondeu Gremionis. — O senhor pode falar com o recepcionista ou o assistente dele. Duvido que consiga conversar com ele. Dizem que é uma pessoa reservada. Não o conheço pessoalmente, claro. Eu o vi algumas vezes, mas nunca falei com ele.

— Nesse caso, suponho que ele não use seus serviços como estilista ou para cuidados pessoais.

— Que eu saiba, ele não usa os serviços de ninguém; das poucas ocasiões em que o vi, posso lhe dizer que parece não usar os serviços de ninguém, embora eu prefira que o senhor não repita esse comentário.

— Tenho certeza de que o senhor está certo, mas vou manter isso em segredo — redarguiu Baley com seriedade. — Eu gostaria de tentar falar com ele, apesar de sua reputação de homem reservado. Se tiver um ponto para comunicação tridimensional, o senhor se importaria se eu o usasse para esse fim?

— Brundij pode fazer a ligação para o senhor.

— Não, acho que meu parceiro, Daneel, deveria fazê-la... isto é, se o senhor não se importar.

— Não me importo nem um pouco — disse Gremionis. — O ponto está ali, então siga-me, Daneel. O padrão que deve usar é 75-30-para cima-20.

Daneel fez uma mesura.

— Obrigado, senhor.

A sala com o ponto de comunicação tridimensional estava bastante vazia, exceto por um fino pedestal a um canto. Ele terminava à altura da cintura em uma superfície plana, na qual havia um painel de controle um tanto complicado. O pedestal ficava no centro de um círculo demarcado em um tom neutro de cinza sobre o piso verde-claro. Perto dele havia um círculo idêntico em tamanho e cor, sem nenhum pedestal.

Daneel se aproximou do pedestal e, quando o fez, o círculo onde estava brilhou com um leve resplendor branco. Ele estendeu as mãos sobre o painel, seus dedos movendo-se rápido demais para que Baley pudesse distinguir com clareza o que estavam fazendo. Apenas um segundo depois o outro círculo brilhou exatamente do mesmo modo. Nele apareceu um robô, com aparência tridimensional, mas tremeluzindo muito de leve, o que revelava tratar-se de uma imagem holográfica. Perto dele havia um painel de controle como aquele próximo de onde Daneel estava, mas o equipamento também tremeluzia e também era uma imagem.

— Eu sou R. Daneel Olivaw — disse Daneel, enfatizando vagamente o "R." de maneira que o robô não o confundisse com um ser humano — e represento meu parceiro, Elijah Baley, um investigador da Terra. Meu parceiro gostaria de falar com o mestre roboticista Kelden Amadiro.

— O mestre roboticista Amadiro está em reunião. Falar com o roboticista Cicis seria suficiente?

Daneel deu uma rápida olhada na direção de Baley. O investigador aquiesceu com a cabeça e Daneel acrescentou:

— Essa opção será satisfatória.

— Por favor, peça ao investigador Baley para tomar seu lugar; eu tentarei localizar o roboticista Cicis — disse o robô.

— Talvez fosse melhor se primeiro você... — começou Daneel com delicadeza.

Mas Baley gritou:

— Tudo bem, Daneel. Não me importo de esperar.

— Parceiro Elijah, como representante pessoal do mestre roboticista Han Fastolfe, você assimilou o status social dele, pelo menos temporariamente — explicou Daneel. — Não cabe a você esperar...

— Tudo *bem*, Daneel — disse Baley com ênfase suficiente para evitar maiores discussões. — Não quero ocasionar um atraso por conta de uma disputa sobre etiqueta social.

Daneel saiu do círculo e Baley entrou. Ele sentiu uma ligeira comichão ao entrar (talvez uma comichão puramente imaginária), mas passou rápido.

A imagem do robô, de pé no outro círculo, foi sumindo e desapareceu. Baley esperou pacientemente e, por fim, outra imagem foi surgindo e assumiu um aspecto tridimensional aparente.

— Roboticista Maloon Cicis falando — disse a imagem com um tom de voz penetrante e claro. Ele tinha cabelo curto cor de bronze que, por si só, bastava para dar-lhe o que Baley pensava ser uma aparência tipicamente Sideral, embora houvesse certa assimetria na linha do nariz incomum a seus concidadãos.

— Sou o investigador Elijah Baley, da Terra. Eu gostaria de falar com o mestre roboticista Kelden Amadiro — disse Baley em voz baixa.

— O senhor tem horário marcado, investigador?
— Não, senhor.
— O senhor terá que marcar um horário se quiser vê-lo... e não há horário disponível para esta semana ou a próxima.
— Sou o investigador Elijah Baley, da Terra...
— Foi o que me disseram. Isso não altera os fatos.
— A pedido do dr. Han Fastolfe e com a permissão da Legislatura Mundial Auroreana, estou investigando o assassinato do robô Jander Panell — disse Baley.
— O *assassinato* do robô Jander Panell? — perguntou Cicis de uma forma tão educada a ponto de mostrar desdém.
— O roboticídio, se preferir, então. Na Terra, a destruição de um robô não seria uma questão de tanta importância, mas em Aurora, onde os robôs são tratados mais ou menos como humanos, pareceu-me que a palavra "assassinato" poderia ser usada.
— Apesar disso, seja assassinato, roboticídio ou não seja nada, ainda assim é impossível ver o mestre roboticista Amadiro — respondeu Cicis.
— Posso deixar uma mensagem para ele?
— Pode.
— Vão transmiti-la instantaneamente? Agora?
— Posso tentar, mas é óbvio que não posso dar nenhuma garantia.
— Está bem. Talvez o senhor queira tomar nota.
Cicis deu um leve sorriso.
— Acho que conseguirei me lembrar.
— Em primeiro lugar, onde há um assassinato, há um assassino, e eu gostaria de dar ao dr. Amadiro uma chance de falar em defesa própria...
— O quê? — retrucou Cicis.
(E Gremionis, observando do outro lado da sala, ficou de queixo caído.)
Baley conseguiu imitar o leve sorriso que, de repente, havia desaparecido dos lábios do outro.

— Estou falando rápido demais para o senhor? Gostaria de tomar nota, afinal?

— O senhor está acusando o mestre roboticista de ter alguma relação com esse problema de Jander Panell?

— Ao contrário, roboticista. É porque *não* quero acusá-lo que preciso vê-lo. Eu detestaria insinuar qualquer ligação entre o mestre roboticista e o robô paralisado com base em informação incompleta, quando uma palavra dele poderia deixar tudo claro.

— O senhor é louco!

— Muito bem. Então diga ao mestre roboticista que um louco quer ter uma palavrinha com ele a fim de não acusá-lo de assassinato. Esse é o meu primeiro argumento. Eu tenho um segundo. O senhor poderia dizer a ele que o mesmo louco acabou de finalizar um interrogatório detalhado do artista de Equipes Corporativas Santirix Gremionis e que está ligando da propriedade dele? E o terceiro argumento... estou indo rápido demais para o senhor?

— Não! Termine!

— O terceiro argumento é este. Pode ser que o mestre roboticista, que com certeza tem várias coisas muito importantes em mente, não se lembre de quem é o artista de Equipes Corporativas Santirix Gremionis. Nesse caso, por favor, identifique-o como alguém que mora no território do Instituto e que fez, durante este último ano, muitas longas caminhadas com Gladia, uma mulher de Solaria que agora vive em Aurora.

— Não posso passar uma mensagem tão ridícula e ofensiva, terráqueo.

— Nesse caso, o senhor poderia dizer a ele que eu vou direto à Legislatura e vou anunciar que não posso continuar com a minha investigação porque Maloon Cicis decidiu, por si próprio, me assegurar de que o mestre roboticista Kelden Amadiro não me auxiliará na investigação da destruição do Robô Jander Panell e não se defenderá contra acusações de ser responsável por essa destruição?

Cicis enrubesceu.

– O senhor não *ousaria* fazer nada desse tipo.

– Não? O que eu teria a perder? Por outro lado, como isso vai soar aos ouvidos do público em geral? Afinal de contas, os auroreanos sabem perfeitamente que o dr. Amadiro só fica atrás do dr. Fastolfe em termos de maestria em robótica, e que, se o próprio Fastolfe não foi responsável pelo roboticídio... Preciso continuar?

– O senhor descobrirá, terráqueo, que as leis de Aurora contra difamação são rígidas.

– Sem dúvida, mas, se o dr. Amadiro for de fato difamado, é provável que sua punição seja maior do que a minha. Mas por que o senhor simplesmente não transmite a minha mensagem *agora*? Então, se ele explicar alguns pontos de menor importância, podemos evitar todos os problemas de difamação ou acusação, ou qualquer coisa desse tipo.

– Vou dizer isso ao dr. Amadiro, e vou aconselhá-lo enfaticamente a se recusar a ver o senhor – disse Cicis em um tom inflexível, fazendo cara feia.

Outra vez, Baley esperou pacientemente enquanto Gremionis fazia gestos furiosos e dizia em um sussurro alto: "Você não pode fazer isso, Baley. Não pode fazer isso". O investigador fazia gestos para que ele ficasse quieto.

Depois de uns cinco minutos (pareceu muito mais do que isso para Baley), Cicis ressurgiu, parecendo estar muito irritado. Ele disse:

– O dr. Amadiro tomará meu lugar em alguns minutos e falará com o senhor. Espere!

E Baley disse de pronto:

– Não há motivo para esperar. Irei direto ao escritório do dr. Amadiro e o verei lá.

Ele saiu do círculo cinza e fez um gesto a Daneel para que interrompesse a comunicação, sendo prontamente atendido.

— O senhor não pode falar com o pessoal do dr. Amadiro dessa forma, terráqueo — disse Gremionis um tanto ofegante e com a voz meio estrangulada.

— Acabei de falar — retrucou Baley.

— Ele vai fazer com que o expulsem do planeta em doze horas.

— Se eu não fizer nenhum progresso no sentido de consertar essa bagunça, posso ser expulso do planeta em doze horas de qualquer modo.

— Parceiro Elijah, temo que o pânico do sr. Gremionis seja justificado — comentou Daneel. — A Legislatura Mundial Auroreana não pode fazer mais do que expulsá-lo, já que você não é cidadão auroreano. Contudo, eles podem insistir que as autoridades da Terra o punam severamente, e a Terra fará isso. Seu planeta não poderia resistir a uma exigência de Aurora, nesse caso. Eu não gostaria que você fosse punido dessa maneira, parceiro Elijah.

— Nem eu desejo essa punição, Daneel, mas preciso correr o risco — disse Baley, pesaroso. — Sr. Gremionis, sinto muito por ter tido de dizer que estava ligando de sua residência. Eu tinha de fazer algo para persuadir o dr. Amadiro a me ver, e achei que ele poderia dar importância a esse fato. O que eu disse era, afinal de contas, a verdade.

Gremionis chacoalhou a cabeça.

— Se eu soubesse o que ia fazer, sr. Baley, não teria permitido que ligasse de minha propriedade. Estou certo de que vou perder meu trabalho aqui e... (com amargura) o que o senhor vai fazer para me compensar disso?

— Vou fazer tudo o que estiver ao meu alcance, sr. Gremionis, para garantir que o senhor não perca seu trabalho. Estou convencido de que o senhor não terá problemas. Entretanto, se eu fracassar, sinta-se livre para me descrever como um louco que fez acusações absurdas contra o senhor e o assustou com ameaças de difamação, de modo que o senhor teve de me deixar usar o visualizador. O dr. Amadiro vai acreditar. Afinal, o senhor já enviou a ele um memorando reclamando de que eu o estava difamando, não enviou?

Baley levantou a mão em um gesto de despedida.

— Adeus, sr. Gremionis. Obrigado de novo. Não se preocupe e... lembre-se do que eu lhe disse sobre Gladia.

Como um recheio de sanduíche, tendo Daneel e Giskard à frente e atrás, Baley saiu da propriedade de Gremionis mal notando que se dirigia ao espaço aberto outra vez.

53

Uma vez no espaço aberto, a história era outra. Baley parou e olhou para cima.

— Estranho — disse ele. — Não pensei que tivesse passado tanto tempo, mesmo levando em conta o fato de que o dia auroreano é um pouco menor do que o padrão.

— O que foi, parceiro Elijah? — perguntou Daneel, solícito.

— O sol se pôs. Não pensei que já teria se posto.

— O sol ainda não se pôs, senhor — interveio Giskard. — Faltam mais ou menos duas horas para tanto.

— É a tempestade que está se formando, parceiro Elijah — explicou Daneel. — As nuvens estão engrossando, mas a tempestade não vai cair agora.

Baley estremeceu. O escuro, por si só, não o incomodava. Na verdade, quando estava na Área Externa, a noite, que sugeria paredes ao redor, era bem mais tranquilizadora do que o dia, que ampliava o horizonte e abria o espaço em todas as direções.

O problema era que isso não era nem dia nem noite.

De novo ele tentou se lembrar de como havia sido aquela vez em que chovera quando ele estava na Área Externa.

De repente, ocorreu-lhe que nunca estivera lá fora quando nevava, e que sequer sabia ao certo como era a chuva de água sólida e cristalina. As descrições em palavras com certeza eram insuficientes.

Às vezes, os mais jovens saíam para patinar ou andar de trenó – ou qualquer outra coisa – e voltavam gritando de emoção, mas sempre felizes por estar entre as paredes da Cidade. Ben tentara, certa vez, fazer um par de esquis seguindo as instruções de um ou outro livro antigo, e terminara meio enterrado em um monte daquela matéria branca. E mesmo as descrições de Ben sobre a experiência de ver e sentir a neve eram perturbadoramente vagas e insatisfatórias.

A rigor, ninguém saía quando nevasse de fato, mas apenas quando o material estivesse simplesmente depositado no chão. A essa altura, Baley disse a si mesmo que a única coisa com que todos concordavam era que somente nevava quando fazia muito frio. Não estava tão frio agora; só estava fresco. Essas nuvens *não* significavam que ia nevar. De todo modo, ele se sentia apenas minimamente consolado.

Não era como os dias nublados na Terra, que ele *havia* visto. Na Terra, as nuvens eram mais claras, ele tinha certeza disso; elas exibiam uma coloração branca-acinzentada, mesmo quando cobriam massivamente o céu. Aqui, a luz – o que restava dela – apresentava um bilioso e medonho tom de ardósia amarelado.

Seria porque o sol de Aurora era mais alaranjado do que o da Terra?

– A cor do céu está... estranha? – perguntou ele.

Daneel olhou para o céu.

– Não, parceiro Elijah. É uma tempestade.

– Vocês têm dessas tempestades com frequência?

– Nesta época do ano, sim. Tempestades ocasionais. Não é nenhuma surpresa. Deu na previsão do tempo ontem, e de novo hoje de manhã. Vai terminar bem antes do raiar do dia. Temos tido precipitação abaixo do normal nos últimos tempos.

– E fica frio assim? Isso é normal também?

— Ah, sim. Mas vamos entrar no aerofólio, parceiro Elijah. Ele tem aquecimento.

Baley aquiesceu e caminhou em direção ao aerofólio, que ficara no terreno gramado onde fora estacionado antes do almoço. Ele parou.

— Espere. Eu não pedi a Gremionis instruções para chegar à propriedade de Amadiro, ou ao escritório dele.

— Não é necessário, parceiro Elijah — disse Daneel de imediato, com a mão no cotovelo de Baley, empurrando-o de forma delicada, porém inconfundível, para a frente. — O amigo Giskard tem o mapa do Instituto gravado com clareza nos bancos de memória e nos levará ao prédio da Administração. É muito provável que o dr. Amadiro esteja lá, em seu escritório.

— A informação que tenho é a de que o escritório do dr. Amadiro *fica* no prédio da Administração. Se, por acaso, ele não estiver em seu escritório, e sim em sua propriedade, ela fica ali por perto — disse Giskard.

Outra vez Baley se viu apertado no banco da frente entre os dois robôs. Ele acolhia com prazer a presença de Daneel em particular, com o calor de seu corpo humanoide. Embora a camada mais externa de Giskard, semelhante a um material têxtil, fosse isolante e não tão fria ao toque quanto teria sido o contato direto com o metal, ele era o menos atrativo dos dois no atual estado em que Baley se encontrava: o de alguém com frio.

Baley esteve a ponto de estender o braço e colocar a mão no ombro de Daneel com a intenção de encontrar conforto, fazendo-o aproximar-se ainda mais. Confuso, ele deixou o braço cair no colo.

— Não gosto da aparência daquilo ali — disse Baley.

Daneel, talvez em um esforço para tirar a atenção de Baley do aspecto da Área Externa, perguntou:

— Parceiro Elijah, como sabia que a dra. Vasilia havia encorajado o interesse do sr. Gremionis pela srta. Gladia? Não notei que você tivesse obtido alguma evidência nesse sentido.

— Eu não sabia — respondeu Baley. — Eu estava desesperado o bastante para fazer jogadas arriscadas... isto é, apostar em eventos de baixa probabilidade. Gladia me disse que Gremionis foi a única pessoa suficientemente interessada nela a ponto de se oferecer repetidas vezes. Pensei que ele poderia ter matado Jander por ciúme. Não pensei que ele pudesse saber o bastante sobre robótica para fazer isso, mas então fiquei sabendo que a filha do dr. Fastolfe era roboticista e se parecia fisicamente com Gladia. Fiquei imaginando se Gremionis, estando fascinado por Gladia, não poderia ter sido fascinado antes por Vasilia... e se o assassinato não poderia ter sido resultado de uma conspiração entre os dois. Foi sugerindo para mim mesmo, de forma obscura, a existência dessa conspiração que eu consegui persuadir Vasilia a me ver.

— Mas não havia uma conspiração, parceiro Elijah — interpôs Daneel —, pelo menos no que se refere à destruição de Jander. Vasilia e Gremionis não poderiam ter planejado essa destruição, mesmo que tivessem trabalhado juntos.

— Concordo... e, no entanto, Vasilia ficou nervosa com a insinuação de ter tido uma ligação com Gremionis. Por quê? Quando Gremionis nos disse que se sentira atraído por Vasilia primeiro, e depois por Gladia, fiquei me perguntando se a ligação entre os dois havia sido mais indireta, se Vasilia poderia ter encorajado essa transferência por algum motivo mais distantemente relacionado (mas ainda assim relacionado) à morte de Jander. Afinal de contas, tinha de haver alguma ligação entre os dois. A reação de Vasilia à minha sugestão original mostrou isso. Minha suspeita estava correta. Vasilia havia planejado a transferência de interesse de Gremionis de uma mulher a outra.

Gremionis ficou perplexo com o fato de eu saber disso, o que também foi útil, pois, se esse detalhe fosse totalmente inocente, não haveria razão para mantê-lo em segredo... e era óbvio que se tratava de um segredo. Você se lembra de que Vasilia não mencionou nada sobre instigar Gremionis a se voltar para Gladia. Quando eu disse a ela que Gremionis havia se oferecido a Gladia, ela reagiu como se fosse a primeira vez que ouvia aquilo.

— Mas, parceiro Elijah, qual é a importância disso?

— Talvez consigamos descobrir. Pareceu-me que não tinha importância nenhuma, nem para Gremionis nem para Vasilia. Portanto, se isso tivesse alguma importância, uma terceira pessoa poderia estar envolvida. E se tivesse qualquer coisa a ver com a questão de Jander, então tinha de ser um roboticista ainda mais habilidoso do que Vasilia... e esse roboticista poderia ser Amadiro. Então insinuei a existência de uma conspiração ao destacar, de propósito, que eu havia interrogado Gremionis e que estava ligando da propriedade dele... e isso também funcionou.

— Entretanto, ainda não sei o que tudo isso significa, parceiro Elijah.

— Nem eu... a não ser por algumas conjeturas. Mas talvez descubramos na propriedade de Amadiro. Veja, a nossa situação é tão ruim que não temos nada a perder se fizermos suposições e apostas.

Durante essa conversa, o aerofólio havia sido suspenso por seus jatos e alcançado uma altitude moderada. O veículo transpôs uma fileira de arbustos e estava agora seguindo a toda velocidade outra vez por sobre áreas de gramado e estradas de cascalho. Baley notou que, onde a grama era mais alta, ela era jogada para um lado pelo vento, como se um aerofólio invisível (e muito maior) estivesse passando por cima dela.

— Giskard, você vem gravando as conversas que aconteceram em sua presença, não vem? — perguntou Baley.

— Sim, senhor.

— E pode reproduzi-las se for necessário?

— Sim, senhor.

— E pode localizar com facilidade e reproduzir alguma declaração em particular, dada por determinada pessoa?

— Sim, senhor. O senhor não teria de ouvir a gravação toda.

— E você poderia, se necessário, servir como testemunha em um tribunal?

— Eu, senhor? Não, senhor. — Os olhos de Giskard se fixaram com firmeza na estrada. — Uma vez que um robô pode ser orientado a mentir por meio de um comando habilidoso o bastante e nem todas as admoestações ou ameaças de um juiz poderiam evitar, a lei sabiamente considera um robô uma testemunha inapta.

— Mas, então, para que servem as suas gravações?

— Esse é um caso diferente, senhor. Uma vez realizada, uma gravação não pode ser alterada por um simples comando, embora possa ser apagada. Tal gravação pode, portanto, ser aceita como evidência. Entretanto, não há precedentes sólidos, e se ela será admitida ou não depende do caso e do juiz em questão.

Baley não sabia dizer se aquela declaração era depressiva por si mesma ou se ele estava sendo influenciado pela desagradável luz pálida que banhava a paisagem.

— Você consegue enxergar bem o suficiente para dirigir, Giskard? — perguntou ele.

— Sem dúvida, senhor. Mas eu não precisaria. O aerofólio é equipado com um radar computadorizado que lhe permitiria evitar obstáculos por conta própria, mesmo que eu incompreensivelmente fracassasse em minha tarefa. Foi assim que ele operou ontem de manhã quando viajamos de maneira confortável, embora todos os vidros estivessem opacificados.

— Parceiro Elijah — começou Daneel, de novo desviando a conversa da incômoda consciência que Baley tinha da tempestade que se aproximava —, você tem esperanças de que o dr. Amadiro possa de fato ser útil?

Giskard parou o aerofólio em um amplo gramado diante de um edifício largo, mas não muito alto, com uma fachada esculpida de maneira intrincada e que era evidentemente nova, embora desse a impressão de imitar algo bastante velho.

Sem que lhe dissessem, Baley sabia tratar-se do prédio da Administração.

— Não, Daneel — respondeu Baley —, desconfio que Amadiro seja inteligente demais para nos oferecer algo que nos permita pegá-lo.

— E se for esse o caso, o que pretende fazer em seguida?

— Não sei — respondeu Baley com uma sensação sombria de *déjà-vu* —, mas vou tentar pensar em alguma coisa.

54

Quando Baley entrou no prédio da Administração, a primeira sensação que teve foi de alívio por se afastar daquela luz não natural da Área Externa. A segunda foi um divertimento irônico.

Aqui em Aurora, as propriedades — as moradias particulares — eram estritamente auroreanas. Ele não poderia ter-se imaginado na Terra, nem por um momento, enquanto estava sentado na sala de estar de Gladia, ou tomava café da manhã na sala de jantar de Fastolfe, ou conversava na sala de trabalho de Vasilia, ou usava o aparelho de comunicação tridimensional de Gremionis. Todas as quatro propriedades eram distintas umas das outras, mas todas se encaixavam em certo gênero, muito diferente daquele dos apartamentos subterrâneos na Terra.

O prédio da Administração, no entanto, cheirava a burocracia, e isso, aparentemente, transcendia a variedade humana comum. Ele não pertencia ao mesmo gênero que as moradias de Aurora, da mesma forma que um edifício administrativo na cidade natal de Baley não se assemelhava a um apartamento nos Setores habitacionais... mas os dois edifícios oficiais, em dois mundos de natureza tão diferentes, se pareciam estranhamente um com o outro.

Este era o primeiro lugar de Aurora em que, por um instante, Baley poderia ter se imaginado na Terra. Aqui havia os mesmos corredores longos, frios e despojados, o mesmo menor denominador comum do design e da decoração, com todas as fontes de luz projetadas de tal modo a irritar a menor quantidade possível de pessoas e agradar apenas essa mesma quantidade de pessoas.

Havia alguns toques aqui e ali que poderiam deixar de estar presentes na Terra... os ocasionais vasos de plantas suspensos, por exemplo, florescendo expostos à luz e equipados com aparelhos (supôs Baley) para uma irrigação controlada e automática. Esse toque natural não existia na Terra e sua presença não o deixou encantado. Será que alguns daqueles vasos não caíam de vez em quando? Será que eles não atraíam insetos? Será que não pingavam água?

Faltavam algumas coisas aqui também. Na Terra, quando se estava dentro da Cidade, havia sempre aquele amplo e caloroso zumbido de gente e máquinas... mesmo na mais friamente oficial das construções administrativas. Era o "Vivo Vozerio do Convívio", para usar a expressão popular entre políticos e jornalistas.

Aqui, ao contrário, havia silêncio. Baley não notara particularmente o silêncio nas propriedades que visitara naquele dia e no dia anterior, uma vez que tudo parecera tão anormal que uma estranheza a mais lhe escapara. Na verdade, ele percebera mais o suave sussurro dos insetos lá fora, ou do vento passando pela vegetação, do que a ausência do constante "Murmúrio da Multidão" (outra expressão popular).

Nesse lugar, no entanto, onde parecia haver um quê da Terra, a ausência do "murmúrio" era tão desconcertante quanto o distinto toque alaranjado na luz artificial... que era muito mais notável contra o inexpressivo quase branco das paredes oficiais do que em meio à decoração intensa que marcava as moradias auroreanas.

O devaneio de Baley não demorou muito. Eles haviam acabado de passar pela entrada principal e Daneel estendeu o braço a fim de parar os outros dois companheiros. Passaram-se uns 30 segundos antes de Baley, sussurrando automaticamente em vista do silêncio em toda parte, perguntar: – Por que estamos esperando?

– Porque é aconselhável esperar, parceiro Elijah – respondeu Daneel. – Há um campo de entorpecimento à frente.

– Um o quê?

– Um campo de entorpecimento, parceiro Elijah. Na verdade, o nome é um eufemismo. Ele estimula as terminações nervosas e produz uma dor um tanto aguda. Os robôs podem passar, mas os seres humanos não. Qualquer transgressão, claro, seja de um humano ou de um robô, ativará um alarme.

– Como você sabe que há um campo de entorpecimento? – perguntou Baley.

– Ele pode ser visto, parceiro Elijah, se souber o que procurar. O ar parece cintilar e a parede além daquela área tem uma leve coloração esverdeada em comparação com a parede em frente a ela.

– Não tenho certeza de que consigo ver – redarguiu Baley com indignação. – O que pode impedir que eu, ou qualquer forasteiro inocente, passe por esse campo e sinta dor?

– Os membros do Instituto carregam um aparelho neutralizador; os visitantes quase sempre são atendidos por um ou mais robôs que certamente detectarão o campo de entorpecimento – explicou Daneel.

Um robô estava se aproximando pelo corredor do outro lado do campo. (A cintilação do campo era percebida com mais facilidade pela branda suavidade de sua superfície.) Ele parecia ignorar Giskard, mas, por um instante, hesitou quando olhou de Baley para Daneel e de volta para o primeiro. E então, tendo tomado uma decisão, ele se dirigiu a Baley. (Talvez, pensou Baley, Daneel parecesse humano demais para ser humano.)

– Seu nome, senhor? – perguntou o robô.

– Sou o investigador Elijah Baley, da Terra. Estou acompanhado de dois robôs da propriedade do dr. Han Fastolfe: Daneel Olivaw e Giskard Reventlov.

— Identificação, senhor?

O número de série de Giskard iluminou-se com um brilho levemente fosforescente do lado esquerdo do peito.

— Eu confirmo a identidade dos outros dois, amigo.

O robô examinou o número por um instante, como se estivesse comparando-o com um arquivo em seus bancos de memória. Depois acenou com a cabeça e disse:

— Número de série aceito. Podem passar.

Daneel e Giskard avançaram de pronto, mas Baley se viu dando passos lentos à frente. Ele estendeu um braço como forma de testar a iminência da dor.

— O campo sumiu, parceiro Elijah — esclareceu Daneel. — Ele será religado depois que houvermos passado.

Melhor prevenir do que remediar, pensou Baley, e continuou se arrastando até se distanciar bastante do ponto onde deveria ter existido o campo.

Os robôs, sem mostrar nenhum sinal de impaciência nem de reprovação, esperaram que os relutantes passos de Baley os alcançassem.

Depois seguiram por uma rampa helicoidal cuja largura só oferecia espaço para duas pessoas. O robô seguiu primeiro, sozinho; Baley e Daneel foram lado a lado atrás dele (a mão de Daneel segurava de leve, mas quase que de forma possessiva, o cotovelo de Baley); e Giskard os acompanhou na retaguarda.

Baley se deu conta de que seus sapatos apontavam para cima de maneira um pouquinho incômoda, e teve a vaga sensação de que seria um tanto cansativo subir uma rampa muito íngreme e ter de se inclinar para a frente a fim de evitar um escorregão desajeitado. Ou as solas de seu sapato ou a superfície da rampa — ou ambos — deveriam ter sulcos. Na verdade, nenhum dos dois tinha.

— Sr. Baley — disse o robô que estava à frente, como se avisasse sobre algo, e então, visivelmente, sua mão apertou com mais firmeza o corrimão que segurava.

De pronto, a rampa se dividiu em segmentos que deslizaram uns sobre os outros para formar degraus. Imediatamente depois, a rampa inteira começou a subir. Ela fez uma volta completa, ultrapassando o teto através de uma seção que nele se abrira, e, quando parou, eles estavam no que era presumivelmente o segundo andar. Os degraus desapareceram e os quatro saíram da rampa.

Baley olhou para trás com curiosidade.

— Imagino que a rampa sirva também para aqueles que querem descer; mas, e se houver um momento em que mais pessoas queiram subir do que descer? Ela acabaria ficando pelo meio do caminho, 500 metros para cima ou para baixo.

— Esta é uma hélice ascendente — comentou Daneel em voz baixa. — Há hélices descendentes separadas.

— Mas ela precisa descer de novo, não precisa?

— Ela se estende do teto, ou do chão, dependendo da nossa perspectiva, parceiro Elijah, e, em períodos de não utilização, ela se retrai, por assim dizer. Essa hélice ascendente está descendo agora.

Baley olhou para trás. Aquela superfície lisa podia estar deslizando para baixo, mas não mostrava nenhuma irregularidade ou marca cujo movimento ele pudesse identificar.

— E se alguém quiser usá-la quando ela tiver subido o máximo possível?

— Então a pessoa tem que esperar ela se retrair, o que demoraria menos de um minuto. Há lances de escada convencional também, parceiro Elijah, e a maioria dos auroreanos não reluta em usá-los. Os robôs quase sempre usam as escadas. Já que você é um visitante, ofereceram-lhe a hélice como cortesia.

Eles estavam novamente andando por um corredor, em direção a uma porta mais ornamentada do que as outras.

— Estão me oferecendo uma cortesia, então? — comentou Baley. — Um sinal de esperança.

Talvez fosse outro sinal de esperança que um auroreano agora aparecesse à entrada da porta ornamentada. Ele era alto, tinha pelo menos oito centímetros a mais que Daneel, que tinha uns cinco centímetros a mais que Baley. O homem à entrada da porta era forte também, um tanto corpulento, com rosto redondo, nariz um pouco abatatado, cabelo escuro enrolado, tez morena e um sorriso.

Era o sorriso o que mais se notava. Largo e aparentemente não forçado, ele revelava proeminentes dentes brancos e bem formados.

– Ah, é o sr. Baley, o famoso investigador da Terra, que veio ao nosso pequeno planeta para mostrar que eu sou um terrível vilão – disse ele. – Entre, entre. Seja bem-vindo. Sinto muito se meu hábil ajudante, o roboticista Maloon Cicis, deu-lhe a impressão de que eu não estaria disponível, mas é que ele é cauteloso e se preocupa muito mais com o meu tempo do que eu mesmo.

O homem deu um passo para o lado quando Baley entrou e deu um tapinha de leve, com a palma da mão aberta, na clavícula do investigador quando ele passou. Parecia ser um tipo de gesto de amizade que Baley ainda não experimentara em Aurora.

– Imagino que o senhor seja o mestre roboticista Kelden Amadiro? – perguntou Baley com cautela (será que ele estava exagerando na suposição?).

– Exatamente. Exatamente. O homem que pretende destruir o dr. Han Fastolfe como força política neste planeta... mas isso, como espero persuadi-lo a acreditar, não me torna de fato um vilão. Afinal de contas, não estou tentando provar que o dr. Fastolfe é o verdadeiro vilão apenas por conta do vandalismo que ele cometeu na estrutura de sua própria criação... pobre Jander. Digamos somente que vou demonstrar que Fastolfe está... equivocado.

Ele fez um leve gesto e o robô que os havia conduzido deu um passo à frente e posicionou-se em um nicho, no corredor.

Quando a porta se fechou, Amadiro apontou, com um gesto jovial, uma poltrona estofada para Baley, e, com admirável economia, indicou com o outro braço nichos na parede para Daneel e Giskard também.

Baley percebeu que Amadiro lançou um olhar de cobiça sobre Daneel por um momento, e que, durante esse momento, seu sorriso desapareceu e um ar quase predatório apareceu em seu rosto. Tal fisionomia logo se desfez e ele estava sorrindo de novo. Baley ficou pensando se, talvez, aquela mudança momentânea de expressão havia sido inventada por sua própria imaginação.

– Parece que teremos um tempo moderadamente ruim; portanto, vamos nos virar sem a ineficiente luz do dia com a qual somos agora, de modo incerto, abençoados.

De alguma maneira (Baley não entendeu exatamente o que Amadiro fez no painel de controle em sua mesa), as janelas foram opacificadas e as paredes brilharam com uma suave luz do dia.

O sorriso de Amadiro pareceu ficar mais largo.

– Não temos, de fato, muito sobre o que conversar, sr. Baley. Tomei a precaução de falar com o sr. Gremionis enquanto o senhor estava vindo para cá. Com base no que ele disse, decidi ligar para a dra. Vasilia também. Aparentemente, sr. Baley, o senhor mais ou menos acusou ambos de serem cúmplices na destruição de Jander, e, se eu entendi bem a linguagem, o senhor também me acusou.

– Eu apenas fiz perguntas, dr. Amadiro, como pretendo fazer agora.

– Sem dúvida, mas o senhor é um terráqueo, então não tem consciência da barbaridade de suas ações, e eu sinto muito mesmo que o senhor tenha, contudo, de sofrer as consequências delas. O senhor talvez saiba que Gremionis me enviou um memorando referente às suas difamações contra ele.

– Ele me disse que havia enviado, mas entendeu mal as minhas ações. Não era uma difamação.

Amadiro apertou os lábios como se estivesse refletindo sobre a declaração.

– Ouso dizer que o senhor está certo do seu ponto de vista, sr. Baley, mas não entende a definição auroreana da palavra. Fui forçado a enviar o memorando de Gremionis ao presidente e, em decorrência disso, é muito provável que o senhor receba ordens para deixar o planeta amanhã de manhã. Lamento o fato, claro, mas temo que sua investigação esteja prestes a terminar.

14. OUTRA VEZ AMADIRO

55

Baley foi pego de surpresa. Ele não sabia o que fazer com Amadiro e não esperava essa confusão dentro de si. Gremionis o havia descrito como "reservado". Com base no que Cicis dissera, ele esperava que Amadiro fosse autocrático. Entretanto, em pessoa, Amadiro parecia jovial, extrovertido, até mesmo amigável. Não obstante, se suas palavras fossem confiáveis, Amadiro estava calmamente agindo para acabar com a investigação. Ele estava fazendo isso de forma impiedosa... porém, com algo que parecia ser um sorriso de comiseração.

O que ele era?

Automaticamente, Baley olhou de relance para os nichos onde Giskard e Daneel estavam, o primitivo Giskard, claro, sem expressão; o moderno Daneel, calmo e quieto. Que Daneel tivesse alguma vez encontrado Amadiro em sua curta existência era, nessas circunstâncias, improvável. Giskard, por outro lado, em suas... quantas?... décadas de existência poderia muito bem tê-lo conhecido.

Baley apertou os lábios ao pensar que poderia ter perguntado a Giskard, com antecedência, como se comportaria Amadiro. Ele poderia, nesse caso, ser mais capaz de julgar quanto dessa *persona* atual do roboticista era verdadeira e quanto era inteligentemente calculada.

O investigador se perguntava por que cargas d'água... ou de qualquer outra coisa, não usava esses recursos robóticos de maneira mais inteligente. Ou por que Giskard não oferecia informações voluntariamente... mas não, isso era injusto. Estava claro que Giskard não era apto a executar atividades independentes desse tipo. Ele daria informações se isso lhe fosse pedido, pensou Baley, mas não por iniciativa própria.

Amadiro seguiu o rápido movimento dos olhos de Baley e disse:

— Somos um contra três, eu acho. Como pode ver, nenhum dos meus robôs está aqui em meu escritório (embora vários estejam de prontidão), ao passo que o senhor tem dois dos robôs do dr. Fastolfe: o velho e confiável Giskard e aquela maravilha de projeto, Daneel.

— Vejo que conhece os dois — comentou Baley.

— Por reputação, apenas. Na verdade, eu os estou vendo em... (eu, um roboticista, estava prestes a dizer "em carne e osso") na verdade, eu os estou vendo fisicamente pela primeira vez, embora eu tenha visto Daneel retratado por um ator naquele show em hiperonda.

— Aparentemente, todas as pessoas em todos os mundos viram aquele show em hiperonda — disse Baley com desânimo. — Isso torna a minha vida, como indivíduo real e limitado, difícil.

— Não no que diz respeito a mim — disse Amadiro, seu sorriso ficando mais largo. — Eu lhe garanto que não levei sua representação ficcional a sério de modo algum. Presumi que o senhor fosse limitado na vida real. E o senhor é... ou não teria se permitido fazer acusações não comprovadas em Aurora com tanta liberdade.

— Dr. Amadiro — começou Baley —, eu lhe asseguro que não estava fazendo nenhuma acusação formal. Eu estava apenas realizando uma investigação e considerando possibilidades.

— Não me entenda mal — redarguiu Amadiro com repentina seriedade. — Eu não o culpo. Tenho certeza de que estava se comportando perfeitamente pelos padrões da Terra. Só que o senhor está se defrontando com padrões auroreanos agora. Nós valorizamos a reputação com uma intensidade inacreditável.

— Se fosse esse o caso, dr. Amadiro, então o senhor e os outros globalistas não estariam difamando o dr. Fastolfe com uma suspeita cuja gravidade é muito maior do que qualquer coisinha que eu tenha feito.

— É verdade — concordou Amadiro —, mas eu sou um auroreano eminente e tenho certa influência, enquanto o senhor é um terráqueo e não tem influência alguma. Isso é muito injusto, eu admito, e lamento, mas é assim que os mundos são. O que podemos fazer? Além do mais, a acusação contra Fastolfe pode ser mantida... e *será* mantida; difamação não é difamação quando é verdade. Seu erro foi fazer acusações que simplesmente não podem ser sustentadas. Estou certo de que o senhor deve admitir que nem o sr. Gremionis nem a dra. Vasilia Aliena, nem ambos em parceria, poderiam ter feito o pobre Jander parar de funcionar.

— Não acusei nenhum dos dois formalmente.

— Talvez não, mas o senhor não pode se esconder atrás da palavra "formalmente" em Aurora. É uma pena que Fastolfe não o tenha alertado sobre isso quando o trouxe para assumir essa investigação, ou essa, como temo que seja agora, malfadada investigação.

Baley sentiu os cantos dos lábios se contraírem enquanto pensava que Fastolfe poderia de fato tê-lo alertado.

— Vou ter uma audiência sobre a questão ou já está tudo decidido? — perguntou ele.

— Claro que o senhor vai ter uma audiência antes de ser condenado. Não somos bárbaros aqui em Aurora. O presidente levará em consideração o memorando que eu enviei, junto com minhas sugestões sobre o problema. É provável que ele consulte Fastolfe por ser a outra parte intimamente envolvida; depois providenciará uma reunião entre nós três, talvez amanhã. Pode ser que se chegue a uma decisão nesse momento, ou mais tarde, e ela seria homologada por toda a Legislatura. Todo o devido processo legal será seguido, eu lhe asseguro.

— A lei será seguida ao pé da letra, sem dúvida, mas e se o presidente já tiver se decidido? E se nada do que eu disser for aceito? E se a Legislatura aprovar sem questionar uma decisão predeterminada? Isso é possível?

Amadiro não chegou exatamente a sorrir ao ouvir isso, mas pareceu subitamente achar graça.

— O senhor é realista, sr. Baley. Fico contente com isso. Pessoas que sonham com justiça são tão propensas a se desapontar... e costumam ser pessoas tão maravilhosas que odiamos ver isso acontecer.

O olhar de Amadiro se fixou em Daneel de novo.

— Um trabalho notável, esse robô humaniforme — disse ele. — É surpreendente o quanto Fastolfe se fechou em copas em relação a isso. E é uma pena que Jander tenha sido perdido. Nesse quesito, Fastolfe fez o imperdoável.

— Senhor, o dr. Fastolfe nega estar envolvido de qualquer forma.

— Sim, sr. Baley, claro que ele negaria. Ele diz que *eu* estou envolvido? Ou o meu envolvimento é uma ideia inteiramente sua?

— Não tive uma ideia dessas. Eu apenas quero interrogá-lo sobre a questão. Quanto ao dr. Fastolfe, ele não pode ser objeto de uma de suas acusações de difamação. Ele tem certeza de que o senhor não teve nada a ver com o que aconteceu com Jander porque ele está certo de que o senhor não tem conhecimento e capacidade para imobilizar um robô humaniforme — disse o investigador de forma deliberada.

Se com isso Baley esperava perturbar seu interlocutor, ele falhou. Amadiro aceitou a calúnia sem perder o bom humor e disse:

— Nisso ele está certo, sr. Baley. Habilidade suficiente não pode ser encontrada em nenhum roboticista (vivo ou morto), exceto no próprio Fastolfe. Não é isso o que ele diz, o nosso modesto mestre dos mestres?

— Sim, é o que ele diz.

— Então, como ele explica o acontecido com Jander, eu fico me perguntando?

— Um evento aleatório. Simplesmente o acaso.

Amadiro deu risada.

— Ele calculou a probabilidade de um evento aleatório desses?

— Sim, mestre roboticista. Não obstante, mesmo um acaso extremamente improvável pode acontecer, sobretudo se houver incidentes que aumentem as chances.

— Como o quê?

— É o que espero descobrir. Uma vez que o senhor já conseguiu providenciar que eu seja expulso do planeta, pretende agora evitar o seu próprio interrogatório? Ou posso continuar minha investigação até o momento em que minha atividade a esse respeito esteja legalmente encerrada? Antes que responda, dr. Amadiro, por favor, leve em consideração o fato de que a investigação ainda *não* foi legalmente encerrada, e, em qualquer audiência que possa acontecer, seja amanhã ou depois, eu poderei acusá-lo de se negar a responder minhas perguntas se o senhor insistir em terminar esta entrevista agora. Isso poderia influenciar a decisão do presidente.

— Não influenciaria, meu caro sr. Baley. Não pense que pode me prejudicar de qualquer maneira que seja. Entretanto, o senhor pode me entrevistar pelo tempo que quiser. Eu lhe darei minha inteira cooperação, nem que seja para desfrutar o espetáculo do bom Fastolfe tentando inutilmente se desembaraçar desse infeliz acontecimento. Não sou extraordinariamente vingativo, sr. Baley, mas o fato de Jander ser criação do próprio Fastolfe não lhe dá o direito de destruí-la.

– Não foi legalmente comprovado que ele tenha feito isso, então, o que o senhor acabou de dizer é, pelo menos potencialmente, difamação – disse Baley. – Portanto, vamos deixar isso de lado e seguir em frente com a entrevista. Preciso de informação. Vou fazer minhas perguntas de forma breve e direta, e, se o senhor respondê-las da mesma forma, esta entrevista pode terminar rápido.

– Não, sr. Baley, não será o senhor que estabelecerá as condições para esta entrevista – disse Amadiro. – Suponho que um dos seus robôs, ou ambos, está equipado para gravar a nossa conversa na íntegra.

– Acredito que sim.

– Eu sei que sim. Tenho meu próprio aparelho gravador. Não pense, meu bom sr. Baley, que o senhor vai me levar por um caminho de respostas curtas em direção a algo que sirva ao propósito de Fastolfe. Vou responder como eu quiser e me certificar de que não fui mal interpretado. E a minha própria gravação me ajudará a me certificar de que não fui mal interpretado. – Agora, pela primeira vez, insinuava-se o lobo por trás da atitude amigável de Amadiro.

– Muito bem, então, mas, se suas respostas forem deliberadamente prolixas e evasivas, isso também vai aparecer na gravação.

– É óbvio.

– Estando isso entendido, posso tomar um copo de água, para começar?

– Com certeza. Giskard, queira servir o sr. Baley.

Giskard saiu de seu nicho de imediato. Ouviu-se o inevitável tinido do gelo no bar em uma extremidade da sala e um copo grande de água estava na mesa bem diante de Baley.

– Obrigado, Giskard – disse Baley, e esperou que ele voltasse ao seu nicho.

— Dr. Amadiro, estou correto ao considerá-lo diretor do Instituto de Robótica? — perguntou ele.

— Sim, está.

— E seu fundador?

— Correto. Veja, eu dou respostas curtas.

— Há quanto tempo ele existe?

— Como conceito... há décadas. Venho reunindo pessoas com os mesmos interesses ao longo dos últimos quinze anos, pelo menos. Obtivemos permissão da Legislatura há doze anos. A construção começou nove anos atrás e o trabalho ativo, há seis anos. Em sua forma atual e completa, o Instituto funciona há dois anos e temos planos de longo prazo para uma futura expansão. Eis uma resposta longa, senhor, mas apresentada de maneira razoavelmente concisa.

— Por que o senhor achou necessário fundar o Instituto?

— Ah, sr. Baley. Nesse ponto, o senhor com certeza não espera nada a não ser uma resposta prolixa.

— Como quiser, senhor.

A essa altura, um robô trouxe uma bandeja com pequenos sanduíches e confeitos ainda menores, nenhum dos quais era familiar a Baley. Ele experimentou um sanduíche e descobriu que era crocante e não exatamente desagradável, mas estranho o bastante para terminar de comê-lo apenas com esforço. Ele fez o sanduíche descer com o que havia sobrado da água.

Amadiro o observou com um tipo de ligeiro divertimento e disse:

— O senhor deve entender, sr. Baley, que nós, auroreanos, somos pessoas estranhas. Os Siderais em geral também são, mas falo dos auroreanos em particular agora. Nós somos descendentes dos terráqueos... algo sobre o qual a maioria de nós não pensa de bom grado... mas nós somos autosselecionados.

— O que isso quer dizer, senhor?

— Há muito os terráqueos têm vivido em um planeta cada vez mais apinhado de gente e se agrupado em cidades ainda mais apinhadas de gente que, por fim, se tornaram colmeias e formigueiros a que chamam de Cidades com um "C" maiúsculo. Então, que tipo de terráqueo deixaria a Terra e viajaria a mundos vazios e hostis a fim de construir novas sociedades a partir do nada, sociedades das quais jamais desfrutariam plenamente durante o tempo que durasse a própria vida... árvores que ainda seriam mudas quando morressem, por assim dizer?

– Pessoas um tanto incomuns, suponho eu.

– Bastante incomuns. Para ser mais específico, pessoas que não dependessem tanto das multidões de seus pares a ponto de não ter a capacidade de enfrentar o vazio. Pessoas que até preferissem o vazio, que gostassem de trabalhar por conta própria e enfrentassem os problemas sozinhas, em vez de se esconder na aglomeração e compartilhar o fardo de modo que seu próprio peso não seja quase nada. Individualistas, sr. Baley. Individualistas!

– Entendo.

– E nossa sociedade se baseia nisso. Todas as direções em que os Mundos Siderais se desenvolveram enfatizam ainda mais a nossa individualidade. Nós somos orgulhosamente humanos em Aurora, em vez de ser ovelhas apertadas na Terra. Veja bem, sr. Baley, não uso a metáfora como forma de zombar da Terra. É simplesmente uma sociedade diferente que eu não acho admirável, mas que o senhor, suponho, considera reconfortante e ideal.

– O que isso tem a ver com a fundação do Instituto, dr. Amadiro?

– Até o individualismo orgulhoso e saudável tem suas desvantagens. As mentes mais brilhantes, trabalhando sozinhas, mesmo durante séculos, não podem progredir rapidamente se se recusarem a informar suas descobertas. Um enigma intricado pode atrasar um cientista por um século, quando pode acontecer de um colega já ter a solução e nem saber da existência do enigma que ela pode resolver. O Instituto é uma tentativa (no estreito campo da robótica, pelo menos) de introduzir certa comunhão de pensamento.

— É possível que o enigma intricado que o senhor critica seja especificamente o da construção de um robô humaniforme? Os olhos de Amadiro brilharam.

— Sim, isso é óbvio, não é? Faz 26 anos que o novo sistema matemático de Fastolfe, que ele chama de "análise interseccional", tornou possível projetar robôs humaniformes... mas ele guardou esse sistema para si mesmo. Anos mais tarde, quando todos os detalhes técnicos difíceis foram resolvidos, ele e o dr. Sarton aplicaram a teoria ao projeto de Daneel. Depois Fastolfe, sozinho, completou Jander. Mas todos esses detalhes foram mantidos em segredo também. A maioria dos roboticistas encolheu os ombros e achou que era natural, que eles podiam apenas tentar, individualmente, resolver os detalhes por si mesmos. A mim, por outro lado, ocorreu-me a possibilidade de criar um Instituto no qual os esforços fossem somados. Não foi fácil persuadir outros roboticistas quanto à utilidade do projeto, ou convencer a Legislatura a implementá-lo contra a formidável oposição de Fastolfe, ou perseverar durante anos de esforço, mas aqui estamos.

— Por que o dr. Fastolfe se opôs? — indagou Baley.

— O usual amor-próprio, para começar... e não vejo defeito nisso, entenda. Todos nós temos um amor-próprio muito natural. Ele é inato ao individualismo. A questão é que Fastolfe se considera o maior roboticista da história e também considera o robô humaniforme sua conquista particular. Ele não quer que essa conquista seja reproduzida por um grupo de roboticistas, individualmente anônimos quando comparados a ele. Imagino que Fastolfe tenha visto isso como uma conspiração de seres inferiores para diluir e deformar sua grande vitória.

— O senhor disse que esse foi o motivo da oposição dele "para começar". Isso significa que houve outros motivos. Quais foram?

— Ele também se opõe aos usos que pretendemos dar aos robôs humaniformes.

— Que usos são esses, dr. Amadiro?

— Ah, por favor. Não sejamos ingênuos. O dr. Fastolfe não lhe contou dos planos globalistas de colonizar a Galáxia?

— Isso ele contou; aliás, a dra. Vasilia me falou sobre as dificuldades do avanço científico entre os individualistas. Entretanto, isso não me impede de querer ouvir o seu ponto de vista sobre a questão. Nem deveria impedi-lo de querer me contar. Por exemplo, o senhor quer que eu aceite a interpretação do dr. Fastolfe quanto aos planos dos globalistas como justa e imparcial? E o senhor declararia isso para que conste dos registros? Ou o senhor preferiria descrever os seus planos com as suas próprias palavras?

— Colocando dessa maneira, sr. Baley, o senhor não me deixa escolha.

— Nenhuma, dr. Amadiro.

— Pois muito bem. Eu... nós, devo dizer, pois as pessoas do Instituto pensam o mesmo a esse respeito, olhamos para o futuro e queremos ver a humanidade se expandindo cada vez mais e colonizando um número cada vez maior de planetas. Contudo, não queremos que o processo de autosseleção destrua os planetas mais antigos ou os reduza à condição de moribundos, como é o caso (me perdoe) da Terra. Não queremos que os novos planetas fiquem com os melhores de nós e deixem para trás a escória. O senhor entende isso, não entende?

— Por favor, continue.

— Em qualquer sociedade voltada ao uso de robôs, como é o caso da nossa, a solução mais fácil é enviá-los como colonizadores. Eles construirão a sociedade e o mundo; depois, todos nós poderemos segui-los independentemente de seleção, pois o novo mundo será tão confortável e adaptado a nós quanto os antigos mundos foram, de modo que poderemos ir a outros mundos sem sair de casa, por assim dizer.

— Os robôs não vão criar mundos robóticos em vez de mundos humanos?

— Será exatamente esse o caso, se enviarmos nossos robôs que não são mais do que robôs. Entretanto, temos a oportunidade de enviar robôs humaniformes como Daneel, que, ao criar um mundo para si mesmos, automaticamente criariam mundos para nós. Porém, o dr. Fastolfe se opõe a isso. Ele vê alguma vantagem na ideia de seres humanos criando um novo mundo a partir de um planeta estranho e ameaçador, e não entende que o esforço para fazer isso não apenas custaria muito em termos de vida humana, mas também criaria um mundo modelado por eventos catastróficos e que em nada se pareceria com os mundos que conhecemos.

— Como os Mundos Siderais de hoje são diferentes da Terra e uns dos outros?

Por um instante, Amadiro perdeu a jovialidade e pareceu pensativo.

— Na verdade, sr. Baley, o senhor tocou em um ponto importante. Estou discutindo apenas Aurora. Os Mundos Siderais de fato se diferenciam uns dos outros, e não gosto muito da maioria deles. Está claro para mim, embora eu possa estar sendo preconceituoso, que Aurora, o mais antigo deles, também é o melhor e o mais bem-sucedido. Não quero uma variedade de mundos novos dos quais apenas alguns sejam mesmo de valor. Quero muitas Auroras... incontáveis milhões de Auroras... e por esse motivo quero novos mundos espelhados em Aurora *antes* que os seres humanos cheguem lá. A propósito, é por isso que nos denominamos globalistas. Nós nos preocupamos com este nosso globo, Aurora, e com mais nenhum outro.

— O senhor não vê vantagem alguma na variedade, dr. Amadiro?

— Se as variedades fossem boas por igual, talvez houvesse vantagem; mas se algumas, ou a maioria, são inferiores, como isso poderia beneficiar a humanidade?

— Quando o senhor vai começar esse trabalho?

— Quando tivermos os robôs humaniformes com os quais fazer isso. Até então havia os dois robôs de Fastolfe, mas um foi destruído por ele, deixando Daneel como o único espécime. —

Ele desviou o olhar para Daneel por um breve instante enquanto falava.

— Quando terão robôs humaniformes?

— É difícil dizer. Nós ainda estamos atrasados em relação ao dr. Fastolfe.

— Apesar de ele ser só um e os cientistas do Instituto serem muitos, dr. Amadiro?

Amadiro contraiu de leve os ombros.

— O senhor está desperdiçando seu sarcasmo, sr. Baley. Para começar, Fastolfe estava bem adiantado em relação a nós, e embora o embrião do Instituto existisse há muito tempo, faz apenas dois anos que estamos em pleno funcionamento. Além disso, será necessário não só alcançar Fastolfe, mas superá-lo. Daneel é um bom produto, mas é somente um protótipo, e não é bom o bastante.

— De que maneira os robôs humaniformes devem ser melhorados para que ultrapassem o nível de Daneel?

— Devem ser ainda mais humanos, obviamente. É preciso que existam em ambos os sexos e que haja o equivalente a crianças. Devemos promover uma difusão geracional se quisermos que se construa uma sociedade suficientemente humana nos planetas.

— Acho que consigo ver dificuldades, dr. Amadiro.

— Sem dúvida. Há muitas. Que dificuldades o senhor prevê, sr. Baley?

— Se produzirem robôs tão humaniformes a ponto de conseguirem criar uma sociedade humana, e se eles forem produzidos com vistas a uma difusão geracional em ambos os sexos, como será possível distingui-los dos humanos?

— Isso terá importância?

— Talvez. Se esses robôs forem humanos demais, poderão se mesclar à sociedade auroreana e tornar-se parte de grupos familiares humanos... e podem não ser adequados para servir como pioneiros.

Amadiro riu.

— É evidente que essa ideia lhe veio à mente por conta da ligação de Gladia Delmarre com Jander. Veja bem, fiquei sabendo de alguma coisa sobre sua entrevista com aquela mulher por conta das minhas conversas com Gremionis e com a dra. Vasilia. Devo lembrá-lo de que Gladia é de Solaria e sua noção do que constitui um marido não é necessariamente de natureza auroreana.

— Eu não estava pensando nela em particular. Eu estava pensando que o sexo em Aurora é interpretado de forma bastante ampla, e que ter robôs como parceiros sexuais é algo tolerado mesmo hoje em dia, com robôs que são apenas aproximadamente humaniformes. Se não for possível, de fato, distinguir um robô de um ser humano...

— Há a questão dos filhos. Robôs não podem ser pais nem mães.

— Mas isso levanta outra questão. Os robôs terão vida longa, uma vez que a construção adequada dessa sociedade pode levar séculos.

— Eles teriam que ter vida longa de qualquer forma, se for para se assemelharem aos auroreanos.

— E as crianças... também terão uma longa infância?

Amadiro não respondeu.

— Serão crianças-robô artificiais e nunca envelhecerão... não crescerão nem atingirão a maturidade — disse Baley. — Isso com certeza criará um elemento suficientemente inumano para colocar em dúvida a natureza dessa sociedade.

Amadiro deu um suspiro.

— O senhor é perspicaz, sr. Baley. De fato, nossa ideia é inventar algum artifício por meio do qual os robôs possam produzir bebês que consigam, de algum modo, crescer e atingir a maturidade... pelo menos, por tempo suficiente até que se estabeleça a sociedade que queremos.

— E então, quando os seres humanos chegarem, os robôs podem ser reajustados a fim de assumir comportamentos mais robóticos.

— Talvez... se isso parecer aconselhável.
— E essa produção de bebês? É evidente que seria melhor se o sistema usado fosse o mais próximo possível ao humano, não seria?
— Possivelmente.
— Sexo, fertilização, nascimento?
— Possivelmente.
— E se esses robôs formarem uma sociedade tão humana que não possam ser diferenciados dos seres humanos? Então, quando os verdadeiros humanos chegarem, será que esses robôs não se ressentiriam dos imigrantes e tentariam afastá-los? Será que os robôs não reagiriam aos auroreanos do mesmo modo como os auroreanos reagem aos terráqueos?
— Sr. Baley, os robôs ainda estariam sujeitos às Três Leis.
— As Três Leis falam sobre nunca machucar seres humanos e obedecer aos seres humanos.
— Exato.
— E se os robôs forem tão semelhantes aos seres humanos a ponto de *se* considerarem os seres humanos que deveriam proteger e a quem deveriam obedecer? Eles poderiam, muito acertadamente, colocar-se acima dos imigrantes.
— Meu bom sr. Baley, por que está tão preocupado com todas essas coisas? Elas são para um futuro distante. Haverá soluções conforme progredirmos e entendermos, por meio de observação, quais são, de fato, os problemas.
— Pode ser, dr. Amadiro, que os auroreanos não aprovem muito isso que o senhor está planejando, uma vez que entendam o que é. Pode ser que prefiram o ponto de vista do dr. Fastolfe.
— É mesmo? Fastolfe pensa que, se os auroreanos não puderem colonizar novos planetas diretamente e sem a ajuda de robôs, então os terráqueos deveriam ser encorajados a fazê-lo.
— Parece-me que isso faz sentido — disse Baley.
— Porque o senhor é terráqueo, meu bom Baley. Eu lhe asseguro que os auroreanos não vão achar agradável que os terráqueos

se aglomerem nos novos mundos, construindo novas colmeias e formando algum tipo de Império Galáctico quando chegarem aos trilhões e quatrilhões, e reduzindo os Mundos Siderais a quê? A algo insignificante, na melhor das hipóteses, e à extinção, na pior.

— Mas a alternativa a isso são mundos de robôs humaniformes construindo sociedades quase humanas e não permitindo a presença de verdadeiros seres humanos entre eles. Aos poucos se desenvolveria um Império Galáctico robótico, reduzindo os Mundos Siderais a algo insignificante, na melhor das hipóteses, e à extinção, na pior. Com certeza, os auroreanos preferem um Império Galáctico humano a um robótico.

— O que o faz ter tanta certeza disso, sr. Baley?

— A forma que sua sociedade está tomando agora me dá essa certeza. Disseram-me, quando eu estava a caminho daqui, que não se fazem distinções entre robôs e humanos em Aurora, mas isso não é verdade. Esse pode ser um ideal almejado que os auroreanos, orgulhosamente, acreditam existir, mas ele não existe de fato.

— O senhor está aqui há... o quê?... menos de dois dias, e já se vê em condições de dizer isso?

— Sim, dr. Amadiro. Precisamente por ser um estranho, talvez, é que eu consiga ver com clareza. O costume e os ideais não me cegam. Os robôs não têm permissão para entrar nos Privativos e essa distinção é feita de forma clara. Aos seres humanos é permitido encontrar um lugar onde possam ficar sozinhos. O senhor e eu estamos sentados de modo confortável, enquanto os robôs permanecem de pé em seus nichos, como o senhor pode ver — Baley estendeu o braço em direção a Daneel —, o que é outra distinção. Acho que os seres humanos, mesmo os auroreanos, sempre estarão ansiosos para fazer distinções e preservar sua própria humanidade.

— Impressionante, sr. Baley.

— Não de todo, dr. Amadiro. O senhor perdeu. Mesmo que consiga impingir sua crença de que o dr. Fastolfe destruiu Jander aos auroreanos em geral, mesmo que reduza o dr. Fastolfe a uma condição de impotência política, mesmo que consiga que a Legislatura e o povo auroreano aprovem seu plano de colonização robô, o senhor terá apenas ganhado tempo. Assim que os auroreanos entenderem as implicações de seu plano, eles vão se voltar contra o senhor. Então, seria melhor se o senhor pusesse fim à sua campanha contra o dr. Fastolfe e se encontrasse com ele para chegar a algum tipo de acordo por meio do qual a colonização de novos mundos por terráqueos possa ser organizada, de modo a não representar nenhuma ameaça a Aurora ou aos Mundos Siderais em geral.

— Impressionante, sr. Baley — disse Amadiro uma segunda vez.
— O senhor não tem escolha — afirmou Baley sem rodeios.

Mas Amadiro respondeu em um tom vagaroso, achando graça:
— Quando digo que seus comentários são impressionantes, não me refiro ao conteúdo de suas declarações, e sim apenas ao fato de o senhor estar fazendo todos esses comentários... e de achar que eles valem alguma coisa.

56

Baley observou Amadiro procurar um último pedaço de confeito e colocar metade dele na boca, claramente saboreando-o.
— Muito bom — disse Amadiro —, mas é que gosto muito de comer. O que eu estava dizendo? Ah, sim. Sr. Baley, o senhor acha que descobriu um segredo? Que eu lhe contei algo que o nosso mundo ainda não sabe? Que meus planos são perigosos, mas que eu falo sobre eles a todo recém-chegado? Imagino que o senhor ache que, se conversarmos por tempo suficiente, com certeza vou soltar algum desvario verbal de que o senhor poderá fazer uso. Esteja certo de que não é provável que eu o faça. Meus planos quanto a robôs cada vez mais humaniformes, a famílias de robôs e a uma cultura

tão humana quanto possível estão documentados. Estão à disposição da Legislatura e de qualquer um que se interesse.

— O público em geral sabe? — perguntou Baley.

— Provavelmente, não. O público em geral tem suas próprias prioridades e está mais interessado na próxima refeição, no próximo show em hiperonda, na próxima competição de futebol espacial do que no próximo século ou no próximo milênio. Ainda assim, o público em geral ficará tão feliz em aceitar meus planos quanto os intelectuais que já os conhecem. Aqueles que se opõem não serão numerosos o suficiente para ter importância.

— O senhor tem certeza disso?

— Por estranho que pareça, tenho. O senhor não entende, eu acho, a intensidade dos sentimentos que os auroreanos, e os Siderais em geral, têm em relação aos terráqueos. Veja bem, eu não compartilho desses sentimentos, e me sinto, por exemplo, bem à vontade com o senhor. Não tenho aquele medo primitivo de infecção, não imagino que o senhor cheire mal, não atribuo ao senhor todo tipo de traços de personalidade que eu considero ofensivos, não penso que o senhor e os seus estejam tramando para tirar nossa vida ou roubar nossa propriedade... mas a maioria dos auroreanos tem todas essas convicções. Elas talvez não estejam muito à flor da pele, e os auroreanos podem ser bastante educados com terráqueos que pareçam particularmente inofensivos, mas coloque-os à prova e seu ódio e desconfiança vão aparecer. Diga-lhes que os terráqueos estão se aglomerando em novos mundos e que vão se apropriar da Galáxia, e eles clamarão pela destruição da Terra aos gritos antes que tal coisa possa acontecer.

— Mesmo se a alternativa for uma sociedade robótica?

— Sem dúvida. O senhor também não entende como nos sentimos com relação aos robôs. Estamos familiarizados com eles. Nos sentimos à vontade com eles.

— Não. Eles são seus serviçais. Os auroreanos se sentem superiores a eles e se sentem à vontade com eles apenas enquanto essa superioridade é mantida. Se vocês forem ameaçados por uma reviravolta, por uma situação em que *eles* se tornem seus superiores, reagirão com repulsa.

— O senhor só diz isso porque é assim que os terráqueos reagiriam.

— Não. Os auroreanos os mantêm fora dos Privativos. Isso é um sintoma.

— Eles não precisam desses cômodos. Eles têm suas próprias instalações para se lavar, e eles não excretam. Claro, não são realmente humaniformes. Se fossem, poderíamos não fazer essa distinção.

— Vocês teriam mais medo deles.

— É mesmo? — perguntou Amadiro. — Isso é bobagem. O senhor tem medo de Daneel? Se aquele show em hiperonda for confiável... e admito que não acho que seja, o senhor desenvolveu uma afeição considerável por Daneel. Sente essa afeição agora, não sente?

O silêncio de Baley era eloquente e Amadiro não abandonou sua vantagem.

— Neste exato momento — continuou ele —, o senhor está indiferente ao fato de que Giskard está de pé, quieto e impassível em uma reentrância, mas posso dizer, com base em pequenos exemplos de linguagem corporal, que o senhor está incomodado com o fato de que Daneel está nessa mesma situação. O senhor acha que ele tem uma aparência humana demais para ser tratado como robô. O senhor não tem mais medo dele por conta de sua aparência humana.

— Eu sou terráqueo. Nós temos robôs — disse Baley —, mas não uma cultura robótica. O senhor não pode julgar com base no meu caso.

— E Gladia, que preferiu Jander a seres humanos...

— Ela é solariana. O senhor tampouco pode julgar com base no caso dela.

— Com base em que caso se pode julgar, então? O senhor está apenas formulando uma hipótese. Para mim, parece óbvio que, se um robô fosse humano o bastante, ele seria aceito como humano. O senhor exige alguma prova de que *eu* não sou um robô? O fato é que eu *pareço* humano o bastante. No final das contas, não nos preocuparemos se um novo mundo for colonizado por auroreanos que são humanos de fato ou em aparência, se ninguém for capaz de distinguir a diferença. Mas, sejam humanos ou robôs, os colonizadores serão *auroreanos* de qualquer forma, não terráqueos.

A convicção de Baley esmoreceu.

— E se nunca aprenderem como construir robôs humaniformes? — perguntou ele de forma não muito convincente.

— Por que o senhor acha que não conseguiremos? Note que eu disse "nós". Há muitos de nós envolvidos aqui.

— Pode ser que inúmeras mentes medíocres não cheguem a constituir um gênio.

— Não somos medíocres — retrucou Amadiro abruptamente. — Pode ser que Fastolfe ainda encontre uma vantagem em se juntar a nós.

— Acho que não.

— Acho que sim. Ele não vai gostar de ficar sem poder na Legislatura; e, quando nossos planos para colonizar a Galáxia tiverem prosseguimento e ele vir que sua oposição não nos impediu, vai se juntar a nós. Será apenas uma atitude humana da parte dele.

— Não acho que vão sair vitoriosos — redarguiu Baley.

— Porque o senhor acha que, de algum modo, essa sua investigação vai livrar Fastolfe de culpa e, talvez, me envolver, ou envolver outra pessoa.

— Talvez — disse Baley em desespero.

Amadiro chacoalhou a cabeça.

— Meu amigo, se eu pensasse que o senhor pudesse fazer qualquer coisa que viesse a atrapalhar meus planos, será que eu ainda estaria sentado aqui, esperando a destruição?

— O senhor não está esperando. O senhor está fazendo todo o possível para abortar esta investigação. Por que faria isso se estivesse confiante de que nada do que eu pudesse fazer ficaria no seu caminho?

— Bem — respondeu Amadiro —, o senhor pode ficar no meu caminho ao desmoralizar alguns membros do Instituto. O senhor pode não ser perigoso, mas pode ser irritante... e também não quero isso. Então, se eu puder, vou pôr fim a essa irritação... mas vou fazer isso de um modo razoável, de um modo suave, até. Se o senhor fosse, de fato, *perigoso*...

— O que o senhor faria, dr. Amadiro, nesse caso?

— Eu poderia fazer com que o capturassem e o prendessem até que fosse expulso. Não acho que os auroreanos em geral se preocupariam muito com o que eu faria com um terráqueo.

— O senhor está tentando me intimidar e isso não vai funcionar. O senhor sabe muito bem que não poderia encostar a mão em mim na presença de meus robôs — disse Baley.

— Já lhe ocorreu que eu tenho cem robôs à disposição? O que os seus robôs fariam contra *eles*? — perguntou Amadiro.

— Nem todos os cem poderiam me machucar. Eles não sabem distinguir entre terráqueos e auroreanos. Sou humano no sentido das Três Leis.

— Eles poderiam mantê-lo imobilizado (sem machucá-lo) enquanto seus robôs fossem destruídos.

— Na verdade, não — retrucou Baley. — Giskard pode ouvi-lo e, se fizer um movimento para chamar seus robôs, *o senhor* será imobilizado por ele. Ele se movimenta com muita rapidez e, quando isso acontecer, seus robôs ficarão impotentes, mesmo que consiga chamá-los. Eles entenderão que qualquer movimento contra mim resultará em dano ao senhor.

— Quer dizer que Giskard vai me machucar?

— Para me proteger de algum dano? Com certeza. Ele o matará, se for absolutamente necessário.

— O senhor não está falando sério.
— Estou — disse Baley. — Daneel e Giskard receberam ordens para me proteger. A Primeira Lei, nesse sentido, foi reforçada com toda a habilidade que o dr. Fastolfe pôde imprimir à tarefa... e com respeito a mim, especificamente. Não me disseram isso com essas palavras, mas estou certo de que é verdade. Se meus robôs tiverem de escolher entre um dano causado ao senhor e um dano causado a mim, embora eu seja terráqueo, será fácil para eles decidir por um dano ao senhor. Imagino que saiba que o dr. Fastolfe não está muito ansioso para assegurar o *seu* bem-estar.

Amadiro deu uma risadinha e, em seguida, um sorriso cobriu seu rosto.

— Tenho certeza de que o senhor está certo em todos os sentidos, sr. Baley, mas é bom que diga isso. O senhor sabe, meu caro, que também estou gravando esta conversa, eu lhe disse isso no início; e estou feliz por estar gravando. É possível que o dr. Fastolfe apague a última parte da nossa conversa, mas lhe asseguro que eu não vou. Ficou claro, com base no que o senhor disse, que ele está preparado para inventar uma maneira robótica de me machucar, e até de me matar, se conseguir, ao passo que não se pode dizer, com base em nada nesta conversa, ou em qualquer outra, que eu planeje causar qualquer dano físico a ele ou ao senhor. Qual de nós é o vilão, sr. Baley? Acho que o senhor já estabeleceu isso e acho, então, que esse é um bom momento para terminar a entrevista.

Ele se levantou, ainda sorrindo, e Baley, engolindo em seco, levantou-se também, quase automaticamente.

— Não obstante, ainda tenho uma coisa a dizer — acrescentou Amadiro. — Não tem nada a ver com os nossos pequenos contratempos aqui em Aurora... os de Fastolfe e os meus. Tem a ver com o seu problema, sr. Baley.

— Meu problema?

— Talvez eu devesse dizer o problema da Terra. Imagino que o senhor esteja ansioso por salvar o pobre Fastolfe de seu próprio desvario porque acha que isso vai dar ao seu planeta uma chance de se expandir. Não pense que será assim, sr. Baley. O senhor está enganado, está um tanto pinel, para usar uma expressão vulgar que eu encontrei em algum dos romances históricos do seu planeta.

— Não conheço essa expressão — disse Baley em um tom formal.

— Quero lhe dizer que a situação se inverteu. Veja bem, quando meu ponto de vista sair vitorioso na Legislatura — e note que eu digo "quando" e não "se" —, a Terra será forçada a permanecer em seu próprio sistema planetário, eu admito, mas isso, na verdade, irá beneficiá-la. Aurora terá a possibilidade de se expandir e de estabelecer um império sem fim. Se nós soubermos, então, que a Terra será apenas a Terra e nunca será mais do que isso, que preocupação ela significará para nós? Com a Galáxia à nossa disposição, nós não relutaríamos em entregar aos terráqueos seu único mundo. Nós estaríamos até dispostos a tornar a Terra um mundo tão confortável para o seu povo quanto fosse viável. Por outro lado, sr. Baley, se os auroreanos fizerem o que Fastolfe pede e permitirem que a Terra envie seus grupos de colonizadores, então não vai demorar muito a passar pela mente de um número cada vez maior de nós que a Terra vai assumir o comando da Galáxia e que nós estaremos cercados e confinados, que estaremos condenados a apodrecer e morrer. Depois disso, não haverá nada que eu possa fazer. Meu próprio sentimento de relativa benevolência para com os terráqueos não poderá fazer frente à incitação da suspeita e do preconceito auroreanos, e então ficará *muito* ruim para a Terra. Então, sr. Baley, se o senhor está mesmo preocupado com seu próprio povo, deveria torcer, na verdade, para que Fastolfe *não* conseguisse impor a este planeta seu plano tão mal orientado. O senhor deveria ser um forte aliado meu. Pense nisso. Estou lhe dizendo, eu lhe asseguro isso pela sincera amizade e apreço que sinto pelo senhor e pelo seu planeta.

O sorriso de Amadiro estava tão largo como sempre, mas era todo lobo, agora.

57

Baley e seus robôs seguiram Amadiro para fora do escritório e até o corredor.

Amadiro parou diante de uma porta discreta e perguntou:

— O senhor gostaria de usar as instalações antes de ir embora?

Por um instante, Baley franziu a testa, confuso, pois não entendeu. Depois ele se lembrou da antiquada expressão que Amadiro havia usado, graças às próprias leituras de romances históricos.

— Havia um antigo general, cujo nome esqueci, que, consciente das exigências de uma súbita concentração em questões militares, disse certa vez: "Nunca recuse uma oportunidade de mijar".

Amadiro deu um sorriso largo e disse:

— Excelente conselho. Tão bom quanto meu conselho sobre pensar seriamente no que eu disse. Mas percebo que o senhor hesita ainda assim. Não pode estar achando que lhe preparei uma armadilha. Acredite em mim, não sou um bárbaro. O senhor é meu convidado neste edifício e, por essa simples razão, está perfeitamente seguro.

— Se eu hesito é porque estou pensando se é apropriado usar as suas... ahn... instalações, considerando que sou terráqueo — disse Baley, cauteloso.

— Bobagem, meu caro Baley. Que alternativa o senhor tem? Se for preciso... por favor, use. Que isso seja um símbolo de que eu não estou sujeito ao preconceito auroreano geral e de que desejo o bem para o senhor e para a Terra.

— O senhor poderia ir um pouco além?

— Em que sentido, sr. Baley?

— O senhor poderia me mostrar que também é superior ao preconceito deste planeta contra robôs...

— Não há preconceito contra robôs — retrucou Amadiro sem demora.

Baley fez um gesto solene com a cabeça em um aparente sinal de que aceitava o comentário e completou sua frase:

— ...permitindo que eles entrem no Privativo comigo? Acabei por me sentir desconfortável sem eles.

Por um instante, Amadiro pareceu chocado. Ele se recuperou quase de imediato e disse, com uma expressão que era quase uma carranca:

— Certamente, sr. Baley.

— No entanto, quem quer que esteja lá dentro agora pode se opor vigorosamente. Eu não ia querer causar um escândalo.

— Não há ninguém lá dentro. É um Privativo individual, e se alguém estivesse fazendo uso dele, o sinal de "em uso" indicaria isso.

— Obrigado, dr. Amadiro — disse Baley. — Ele abriu a porta e disse: — Giskard, por favor, entre.

Giskard hesitou claramente, mas não disse nada em contrário e entrou. A um gesto de Baley, Daneel foi atrás, mas, conforme passou pela porta, segurou o cotovelo de Baley e puxou-o para dentro também.

— Vou sair rápido. Obrigado por permitir isso — disse Baley enquanto a porta se fechava após a sua passagem.

Ele entrou no cômodo com tanta indiferença quanto pôde e, no entanto, sentia um aperto na boca do estômago. Haveria alguma surpresa desagradável ali?

58

Baley, porém, encontrou o Privativo vazio. Não havia sequer muito o que revistar. Era menor do que o que havia na propriedade de Fastolfe.

Por fim, ele notou a presença de Daneel e Giskard de pé lado a lado, de costas para a porta, como se estivessem se esforçando para entrar no cômodo o mínimo possível.

Baley tentou falar normalmente, mas o que saiu foi um tênue resmungo. Ele limpou a garganta fazendo um barulho desnecessário e disse:

— Vocês podem vir mais para o meio do cômodo... e não precisa ficar em silêncio, Daneel. (Daneel estivera na Terra. Ele conhecia o tabu terrestre contra conversas no Privativo.) Daneel demonstrou esse conhecimento de pronto. Ele pôs o indicador diante da boca.

— Eu sei, eu sei, mas esqueça isso — disse Baley. — Se Amadiro pode esquecer o tabu auroreano contra a entrada de robôs nos Privativos, eu posso esquecer o tabu terrestre contra manter uma conversa aqui.

— Isso não vai deixá-lo incomodado, parceiro Elijah? — perguntou Daneel em voz baixa.

— Nem um pouco — respondeu Baley em um tom normal de voz. (Na verdade, a sensação de uma conversa com Daneel, um robô, era diferente. O som da fala em um cômodo como esse quando nenhum *ser humano* estava presente não era tão horroroso quanto poderia ser. De fato, não era nem um pouco horroroso quando apenas robôs estavam presentes, por mais humaniforme que um deles fosse. Baley não podia dizer isso, claro. Embora Daneel não tivesse sentimentos que um ser humano pudesse ferir, Baley tinha sentimentos em seu nome.)

E então Baley pensou em outra coisa e teve, de forma bastante intensa, a sensação de ser um grande tolo.

— Ou — disse ele a Daneel em um tom de voz que era mesmo, de repente, muito baixo — você está sugerindo que fiquemos em silêncio porque neste cômodo há escutas? — A última palavra foi pronunciada apenas com o movimento dos lábios.

— Se você quer dizer, parceiro Elijah, que pessoas lá fora podem detectar o que está sendo dito dentro deste cômodo por meio de algum tipo de aparelho, isso é impossível.

— Por que impossível?

O dispositivo do vaso sanitário deu descarga sozinho com uma eficiência rápida e silenciosa, e Baley avançou em direção ao lavatório.

— Na Terra, o denso amontoamento das Cidades torna a privacidade impossível — respondeu Daneel. — Ouvir a conversa alheia é algo tido como líquido e certo, e usar um aparelho para ouvir melhor poderia parecer natural. Se um terráqueo não quiser que o ouçam, ele simplesmente não fala, o que pode ser o motivo pelo qual o silêncio é obrigatório em lugares onde existe uma pretensa privacidade, como nos cômodos que vocês chamam de Privativo. Em Aurora, por outro lado, como em todos os outros Mundos Siderais, a privacidade é uma realidade da vida e é muito valorizada. Você se lembra de Solaria e dos extremos doentios a que a intimidade é levada lá. Mas, mesmo em Aurora, que não é Solaria, cada ser humano é isolado de todos os outros seres humanos por esse tipo de extensão de espaço impensável na Terra, e, além disso, por uma barreira de robôs. Violar a privacidade seria um ato impensável.

— Quer dizer que seria um crime colocar escutas neste cômodo? — perguntou Baley.

— Muito pior, parceiro Elijah. Não seria a atitude de um cavalheiro auroreano civilizado.

Baley olhou ao redor. Daneel, interpretando erroneamente o gesto, puxou do dispensador uma toalha (a qual poderia não estar instantaneamente aparente aos olhos desacostumados do parceiro) e ofereceu-a a Baley.

Baley aceitou a toalha, mas esse não era o objeto da procura que empreendera com o olhar. Era uma escuta que seus olhos procuravam, pois ele achava difícil acreditar que alguém renunciaria a uma vantagem fácil a pretexto de que não seria um comportamento civilizado. Entretanto, a busca foi inútil, e Baley, desanimado, sabia que seria. Ele não conseguiria detectar uma escuta auroreana mesmo que houvesse uma ali. Não saberia o que procurar em uma cultura estranha.

Nesse ponto, ele seguiu o curso de outra suspeita em sua mente.

— Diga-me, Daneel, já que conhece os auroreanos melhor do que eu; por que você acha que Amadiro está fazendo tudo isso por mim? Ele fala comigo sem contrariedade. Ele me acompanha até a porta. Ele me oferece o uso deste cômodo... algo que Vasilia não teria feito. Parece ter todo o tempo do mundo para perder comigo. Bons modos?

— Muitos auroreanos se orgulham de seus bons modos. Pode ser que Amadiro se orgulhe. Ele enfatizou várias vezes que não é um bárbaro.

— Outra pergunta. Por que você acha que ele se dispôs a me deixar trazer você e Giskard para este cômodo?

— Pareceu-me que ele fez isso para desfazer a sua suspeita de que a oferta dele para usar o Privativo poderia esconder uma armadilha.

— Por que ele se daria ao trabalho? Em razão de estar preocupado com a possibilidade de eu vivenciar alguma ansiedade desnecessária?

— Outro gesto de um cavalheiro auroreano civilizado, imagino eu.

Baley chacoalhou a cabeça.

— Bem, se há escutas neste cômodo e Amadiro pode me ouvir, deixe que me ouça. Não o considero um cavalheiro auroreano civilizado. Ele deixou bastante claro que, se eu não abandonar minha investigação, ele se assegurará de que a Terra como um todo sofra. Isso é atitude de um cavalheiro civilizado? Ou de um chantagista incrivelmente cruel?

— Um cavalheiro auroreano pode achar necessário fazer ameaças, mas, se assim fosse, ele o faria com elegância — respondeu Daneel.

— Como fez Amadiro. Então, é o modo como se diz uma coisa, e não o conteúdo do que é dito, que caracteriza um cavalheiro. Mas você, Daneel, é um robô; portanto, não pode, de fato, criticar um ser humano, pode?

— Fazer isso seria difícil para mim — respondeu Daneel. — Mas posso fazer uma pergunta, parceiro Elijah? Por que pediu permissão para trazer a mim e ao amigo Giskard a este cômodo? Pareceu-me que antes você relutava em acreditar que estava em perigo. Você decidiu agora que não está seguro a não ser em nossa presença?

— Não, de forma alguma, Daneel. Estou bastante convencido de que não estou em perigo agora e de que não estava antes.

— No entanto, havia um matiz de nítida suspeita em suas atitudes quando entrou neste cômodo, parceiro Elijah. Você fez uma busca nele.

— Claro! Eu disse que não me vejo em perigo, mas não disse que não há perigo — redarguiu Baley.

— Não entendo a diferença, parceiro Elijah — disse Daneel.

— Discutiremos isso depois, Daneel. Ainda não tenho certeza se este cômodo tem escutas ou não.

Baley já havia terminado.

— Bem, Daneel, cuidei das minhas necessidades com calma, não me apressei nem um pouco. Agora estou pronto para sair de novo e me pergunto se Amadiro ainda está esperando por nós depois de todo este tempo ou se encarregou um subalterno de terminar o dever de nos acompanhar até a porta. Afinal de contas, Amadiro é um homem ocupado e não pode perder o dia todo comigo. O que acha, Daneel?

— Seria mais lógico o dr. Amadiro ter delegado o dever.

— E você, Giskard? O que acha?

— Concordo com o amigo Daneel, embora, na minha experiência, os seres humanos nem sempre façam o que parece ser lógico.

— Eu, por minha vez, acho que Amadiro está nos esperando pacientemente. Se algo o levou a desperdiçar tanto tempo conos-

co, acho que a força motriz, qualquer que seja, ainda não enfraqueceu.
 – Não sei o que poderia ser a força motriz de que você fala, parceiro Elijah – disse Daneel.
 – Nem eu, Daneel – admitiu Baley –, o que me incomoda muito. Mas vamos abrir a porta agora e ver.

59

Amadiro estava esperando por eles do lado de fora da porta exatamente onde Baley o havia deixado. Ele deu um sorriso e não mostrou nenhum sinal de impaciência. Baley não pôde deixar de lançar um olhar do tipo "eu-disse" para Daneel, o qual respondeu com branda impassividade.
 – Lamento que o senhor não tenha deixado Giskard aqui fora quando entrou no Privativo, sr. Baley – disse Amadiro. – Eu poderia tê-lo conhecido em outros tempos, quando Fastolfe e eu tínhamos uma relação mais amigável, mas, por alguma razão, nunca o conheci. Fastolfe foi meu professor um dia, sabe?
 – Ele foi? – perguntou Baley. – Na verdade, eu não sabia disso.
 – Não havia como saber, a não ser que tivessem lhe dito... e, pelo curto período de tempo que está no planeta, o senhor mal deve ter tido tempo de aprender muita coisa sobre esse tipo de trivialidade. Venha, ocorreu-me que o senhor poderá achar que não sou hospitaleiro se eu não aproveitar que está aqui para lhe mostrar o Instituto.
 – Na verdade – disse Baley, retesando-se um pouco –, eu preciso...
 – Eu insisto – disse Amadiro, sua voz apresentando um toque de arrogância. – O senhor chegou a Aurora ontem de manhã e duvido que vá ficar no planeta por muito mais tempo. Esta pode

ser a única oportunidade que terá de dar uma olhada em um laboratório moderno fazendo um trabalho de pesquisa sobre robótica. Ele pegou o braço de Baley e continuou falando de modo amigável. ("Conversa fiada" foi o termo que veio à mente do perplexo Baley.)

— O senhor se limpou — disse Amadiro. — O senhor cuidou de suas necessidades. Pode haver outros roboticistas que o senhor queira interrogar e considero isso bem-vindo, uma vez que estou determinado a mostrar que não pus nenhuma barreira que possa atrapalhar seu caminho no curto período de tempo em que o senhor ainda terá permissão para continuar a conduzir sua investigação. Na verdade, não há nenhum motivo para que o senhor não jante conosco.

— Se me permite interrompê-lo, senhor... — começou Giskard.

— Não permito! — retrucou Amadiro com uma firmeza inconfundível, e o robô se calou.

— Meu caro sr. Baley, eu entendo esses robôs — disse Amadiro. — Quem poderia conhecê-los melhor? Exceto pelo desafortunado Fastolfe, é claro. Estou certo de que Giskard ia lembrá-lo de algum compromisso, alguma promessa, algum trabalho... e não há motivo para seguir adiante com nenhum deles. Já que a investigação está quase terminada, eu lhe garanto, nada do que ele pudesse lembrá-lo teria qualquer significado. Vamos esquecer essa bobagem e, por um breve instante, ser amigos. O senhor deve entender, meu bom Baley, que sou um aficionado da Terra e de sua cultura. Não é dos assuntos mais populares em Aurora, mas eu acho fascinante. Sou particularmente interessado pelo passado da Terra, os dias em que ela tinha centenas de línguas e o Padrão Interestelar ainda não havia se desenvolvido. A propósito, posso fazer um elogio ao seu bom domínio do Interestelar? Por aqui, por aqui — disse Amadiro, virando para um lado do corredor. — Vamos para a sala de simulação de reações bioquímicas, que tem sua própria e estranha beleza, e pode ser que presenciemos uma experiência em andamento. Bastante sinfônica, na verdade... Mas eu estava falando do seu domínio do Interestelar. Uma das muitas superstições auroreanas referentes à Terra é a de que os terráqueos falam uma versão praticamente incompreensível do Interestelar. Quando produziram o show sobre o senhor, muitos disseram que os atores não podiam ser terráqueos porque dava para entendê-los; no entanto, eu consigo entendê-lo.

– Ele sorriu ao dizer isso e continuou, com ar confidencial: – Tentei ler Shakespeare, mas não consigo fazê-lo no original, claro, e a tradução é curiosamente monótona. Não posso deixar de acreditar que a culpa é da tradução e não de Shakespeare. Eu me saio melhor com Dickens e Tolstói, talvez porque seja prosa, embora os nomes dos personagens sejam, em ambos os casos, quase impronunciáveis para mim. O que estou tentando dizer, sr. Baley, é que sou amigo da Terra. Sou mesmo. Quero o que é melhor para ela. O senhor entende? – Ele olhou para Baley e outra vez o lobo se refletiu no brilho de seus olhos.

Baley ergueu a voz, forçando-a a passar por entre as frases do outro, que fluíam suavemente.

– Temo *não poder* aceitar o convite, dr. Amadiro. Devo cuidar das minhas obrigações e não tenho mais perguntas a fazer para o senhor nem para mais ninguém aqui. Se o senhor...

Baley fez uma pausa. Ouviu-se um leve e curioso estrondo no ar. Ele olhou para cima, perplexo.

– O que foi isso?

– O que foi o quê? – indagou Amadiro. – Não percebi nada.

– Ele olhou para os robôs, que os acompanhavam em silêncio. – Nada! – disse ele de forma enfática. – Nada.

Baley reconheceu isso como o equivalente a uma ordem. Nenhum dos robôs podia agora alegar ter ouvido o estrondo em contradição direta com um ser humano, a menos que Baley aplicasse uma pressão contrária... e ele tinha certeza de que não conseguiria fazer isso de modo hábil o suficiente perante o profissionalismo de Amadiro.

Entretanto, não importava. Ele havia ouvido algo e ele não era um robô, não o convenceriam do contrário.

— Com base em sua própria declaração, dr. Amadiro, me resta pouco tempo — disse Baley.

— Mais um motivo pelo qual eu devo...

O ruído de novo. Mais alto.

— Isso, suponho, é exatamente o som que o senhor não ouviu antes e que não está ouvindo agora — disse Baley, com uma intensidade mordaz e incisiva na voz. — Deixe-me ir, senhor, ou pedirei ajuda aos meus robôs.

Amadiro afrouxou o aperto no braço de Baley de imediato.

— Meu amigo, tudo o que tinha a fazer era expressar seu desejo. Venha! Vou levá-lo à saída mais próxima e, se algum dia vier de novo a Aurora, o que parece extremamente improvável, por favor, volte e poderá fazer o passeio que eu lhe prometi.

Eles estavam andando mais rápido. Desceram a rampa espiral, seguiram por um corredor até a espaçosa e agora vazia antessala e até a porta pela qual haviam entrado.

As janelas da antessala mostravam que estava completamente escuro lá fora. Seria possível já estar de noite?

Não estava.

— Mas que mau tempo! — murmurou Amadiro para si mesmo. — Opacificaram as janelas. — E, virando-se para Baley, acrescentou: — Imagino que esteja chovendo. A chuva estava prevista e, normalmente, pode-se confiar nas previsões... sempre se pode, quando são desagradáveis.

A porta se abriu e Baley deu um passo atrás, arquejando. Uma rajada de vento gelado invadiu o lugar. As copas das árvores estavam chacoalhando para a frente e para trás contra o céu, que não era preto, mas de um tom cinza escuro e sem graça.

Havia gotas de água caindo do céu... aos borbotões. E enquanto Baley observava, horrorizado, um raio de luz piscou no céu com um brilho ofuscante e então ouviu-se o estrondo outra vez, agora com um estalido de rachadura, como se o raio de luz tivesse fendido o céu e o estrondo fosse o som produzido por ele.

Baley se virou e voltou para trás pelo caminho que viera, gemendo.

15. OUTRA VEZ DANEEL E GISKARD

60

Baley sentiu que Daneel apertava com firmeza seus braços, pouco abaixo dos ombros. Ele se deteve e se obrigou a parar de fazer aquele som infantil. Ele podia sentir o próprio corpo tremer.

— Parceiro Elijah, é uma tempestade... esperada... prevista... normal — disse Daneel com infinito respeito.

— Sei disso — sussurrou Baley.

Ele sabia mesmo. Tempestades haviam sido descritas inúmeras vezes nos livros que lera, fossem de ficção ou não ficção. Ele as havia visto em hologramas e em shows em hiperonda... som, imagens e tudo.

A coisa em si, no entanto, o som e as imagens reais, nunca haviam penetrado as entranhas da Cidade e nunca na vida ele havia vivenciado, de fato, uma coisa daquelas.

Com tudo o que sabia (intelectualmente) sobre tempestades, ele não podia encarar (visceralmente) a realidade. Apesar das descrições, dos conjuntos de palavras, da imagem em fotos pequenas e telas pequenas, dos sons captados em gravações; apesar de tudo isso, ele não fazia ideia de que os raios fossem tão brilhantes e que cortavam o céu; de que o som era vibratório e grave quando ressoava em um mundo vazio; de que ambos eram tão repentinos; e de que a chuva podia se parecer tanto a um recipiente com água virado para baixo, despejando-a sem parar.

— Não posso sair nessas condições — murmurou ele em desespero.

— Você não terá que fazer isso — respondeu Daneel de imediato. — Giskard vai buscar o aerofólio. O carro será trazido até a porta para você. Nem uma gota de chuva sequer vai cair em você.

— Por que não esperar até a chuva acabar?

— Talvez isso não seja aconselhável, parceiro Elijah. Vai continuar chovendo pelo menos até depois de meia-noite, e se o presidente chegar amanhã de manhã, como o dr. Amadiro disse que ele chegaria, seria sensato passar a noite em reunião com o dr. Fastolfe.

Baley obrigou-se a voltar o rosto para a direção da qual queria fugir e a olhar nos olhos de Daneel. Eles pareciam profundamente preocupados, mas Baley pensou, de forma sombria, que aquilo era apenas o resultado de sua própria interpretação daquele olhar. O robô não tinha sentimentos, só sobretensões positrônicas que imitavam esses sentimentos. (E talvez os seres humanos não tivessem sentimentos, só sobretensões neurônicas que eram interpretadas como sentimentos.)

De algum modo, ele se deu conta de que Amadiro se fora.

— Amadiro me atrasou de propósito... conduzindo-me ao Privativo, falando coisas sem sentido, impedindo que você ou Giskard interrompessem e me alertassem sobre a tempestade — disse ele. — Ele tentou até me persuadir a dar um passeio pelo edifício ou jantar com ele. Ele desistiu apenas quando ouviu a tempestade. Era isso que ele estava esperando.

— É o que parece. Talvez mantê-lo aqui por causa da tempestade fosse o que ele estava esperando.

Baley respirou fundo.

— Você está certo. Devo partir... de alguma maneira.

Relutante, ele deu um passo em direção à porta, que ainda estava aberta, ainda ocupada por uma vista cinzenta de chuva intensa. Outro passo. E outro mais... apoiando-se com força em Daneel. Giskard estava esperando em silêncio à porta. Baley parou e fechou os olhos por um instante. Depois ele disse em voz baixa, mais para si mesmo do que para Daneel: "Preciso fazer isso", e avançou de novo.

61

— O senhor está bem? — perguntou Giskard.

Era uma pergunta boba, ditada pela programação do robô, pensou Baley, embora, nesse caso, não fosse pior do que as perguntas feitas por seres humanos, às vezes com grande impropriedade, alheios à programação da etiqueta.

— Sim — disse Baley com uma voz que ele tentou (e não conseguiu) transformar em algo mais que um sussurro. Era uma resposta inútil à pergunta tola, pois Giskard, por mais que fosse um robô, com certeza conseguia ver que Baley não estava bem e que a resposta dele era uma mentira evidente.

Entretanto, a resposta foi dada e aceita, e isso deixou Giskard livre para o próximo passo.

— Agora vou sair para pegar o aerofólio e trazê-lo até a porta — declarou o robô.

— Ele vai funcionar... com toda essa... essa água, Giskard?

— Sim, senhor. Esta não é uma chuva fora do comum.

Ele saiu, entrando com passos firmes no aguaceiro. Os raios tremeluziam quase continuamente, e os trovões eram um grunhido mudo que se elevava em um crescendo mais ruidoso a cada poucos minutos.

Pela primeira vez na vida, Baley se viu sentindo inveja de um robô. Imagine andar debaixo *daquilo*, ser indiferente à água, à vista e ao som, ser capaz de ignorar o ambiente ao redor e ter uma pseudovida que era absolutamente corajosa, não conhecer o medo da dor ou da morte, porque não havia dor nem morte.

E, no entanto, ser incapaz de ter um pensamento original, ser incapaz de lampejos imprevisíveis de intuição... Será que essas dádivas valiam o que a humanidade havia pagado por elas?

No momento, Baley não sabia dizer. Estava ciente de que, quando não se sentisse mais aterrorizado, saberia que nenhum preço é alto demais a pagar por ser humano. Mas agora que ele não sentia nada além da batida do coração e do colapso de sua vontade, não podia deixar de se perguntar que utilidade poderia ter o fato de ser um humano se a pessoa não conseguia superar esses medos profundos, essa intensa agorafobia.

Entretanto, ele havia estado em espaços abertos a maior parte do tempo durante dois dias, e conseguira se sentir quase confortável.

Mas o medo não havia sido dominado. Ele sabia disso agora. Ele o havia reprimido pensando intensamente em outras coisas, mas a tempestade prevaleceu a toda intensidade de pensamento.

Ele não podia permitir isso. Se todo o resto fracassasse – o pensamento, o orgulho, a vontade –, então ele teria de recorrer à vergonha. Não podia entrar em colapso diante do olhar impessoal e de superioridade dos robôs. A vergonha teria de ser maior do que o medo.

Baley sentiu o braço firme de Daneel em sua cintura e a vergonha o impediu de fazer o que ele mais queria naquele momento: virar-se e esconder o rosto contra o peito robótico. Talvez ele não tivesse sido capaz de resistir se seu parceiro fosse humano.

Ele havia perdido o contato com a realidade, pois estava tomando consciência da voz de Daneel como se ela viesse de uma longa distância. Parecia que o robô estava sentindo algo semelhante a pânico.

– Parceiro Elijah, está me ouvindo?
– Devemos carregá-lo – disse a voz de Giskard, que vinha de um lugar igualmente distante.
– Não – murmurou Baley. – Deixem-me andar.

Talvez eles não o tivessem ouvido. Talvez ele não tivesse falado de fato, e sim apenas pensado que falara. Ele se sentiu ser erguido do chão. Seu braço esquerdo balançava impotentemente e ele se esforçou em levantá-lo para forçá-lo contra o ombro de alguém, para se colocar em uma posição ereta da cintura para cima, para buscar o chão com os pés e ficar de pé.

Mas seu braço esquerdo continuou balançando de modo impotente e seu esforço não serviu de nada.

De alguma maneira, ele tinha ciência de que estava se movendo pelo ar e sentiu um borrifo no rosto. Não era água, exatamente, mas as gotículas suspensas no ar úmido. Depois sentiu a pressão de uma superfície dura contra o lado esquerdo e de uma superfície mais elástica do lado direito.

Ele estava no aerofólio, espremido mais uma vez entre Giskard e Daneel. Aquilo de que ele tinha mais consciência era de que Giskard estava muito molhado.

Ele sentiu um jato de ar quente jorrando sobre si mesmo. Lá fora se viam a quase escuridão e a película de água gotejando sobre o vidro, elas poderiam muito bem ter sido opacificadas... pelo menos era o que Baley pensava até a opacificação ser efetuada de fato e a escuridão total recair sobre eles. O barulho suave do jato, conforme o aerofólio se erguia por sobre a grama e balançava, abafou o som do trovão e pareceu torná-lo inofensivo.

– Lamento pelo desconforto causado pela minha superfície molhada, senhor – disse Giskard. – Vou secar rápido. Vamos esperar aqui por algum tempo até que o senhor se recupere.

Baley estava respirando com mais facilidade. Ele se sentia maravilhosa e confortavelmente cercado. E pensou: "Devolvam-

-me a minha Cidade. Aniquilem todo o Universo e deixem que os Siderais o colonizem. A Terra é tudo de que precisamos".

E mesmo enquanto lhe ocorria esse pensamento, Baley sabia que era sua loucura que acreditava nisso, não ele.

O investigador sentiu que precisava manter a mente ocupada.

— Daneel — disse ele em um tom de voz fraco.

— Sim, parceiro Elijah?

— Sobre o presidente. Em sua opinião, Amadiro estava julgando corretamente a situação ao supor que o presidente poria fim à investigação? Ou talvez estivesse permitindo que seus próprios desejos falassem por ele?

— Pode ser que o presidente de fato se reúna com o dr. Fastolfe e com Amadiro sobre essa questão, parceiro Elijah. Seria um procedimento-padrão para resolver uma disputa dessa natureza. Há vários precedentes.

— Mas por quê? — perguntou Baley com voz fraca. — Se Amadiro foi tão persuasivo, por que o presidente simplesmente não ordena que a investigação pare?

— O presidente está em uma situação política difícil — respondeu Daneel. — No início, ele concordou em permitir que você fosse trazido a Aurora por insistência do dr. Fastolfe, e não pode mudar de ideia de maneira tão brusca em tão pouco tempo sem parecer fraco e indeciso... e sem irritar o dr. Fastolfe, que ainda é uma figura muito influente na Legislatura.

— Então, por que ele simplesmente não rejeitou o pedido de Amadiro?

— O dr. Amadiro também tem influência, parceiro Elijah, e é provável que se torne ainda mais influente. O presidente deve contemporizar ouvindo os dois lados e dando, pelo menos, uma aparência de deliberação antes de chegar a uma decisão.

— Baseado em quê?

— Nos méritos do processo, devemos presumir.

— Então, até amanhã de manhã devo pensar em alguma coisa que convença o presidente a tomar partido em favor de Fastolfe, e não ficar contra ele. Se eu fizer isso, significará que ganhamos?

— O presidente não tem um poder absoluto, mas sua influência é grande — respondeu Daneel. — Se ele der um grande apoio a Fastolfe nas atuais condições políticas, é provável que o dr. Fastolfe ganhe a proteção da Legislatura.

Baley se viu começando a pensar com clareza de novo.

— Essa parece ser uma explicação satisfatória para a tentativa de Amadiro de nos atrasar. Ele deve ter pensado que eu ainda não tinha nada a oferecer ao presidente, e que precisava apenas me atrasar para me impedir de conseguir alguma coisa durante o tempo que me restava.

— É o que parece, parceiro Elijah.

— E só me deixou sair quando pensou que podia confiar na tempestade para continuar a me atrasar.

— Talvez, parceiro Elijah.

— Nesse caso, não podemos deixar que a tempestade nos atrase.

— Para onde o senhor deseja ser levado? — perguntou Giskard calmamente.

— De volta à propriedade do dr. Fastolfe.

— Podemos fazer uma pausa por mais um momento, parceiro Elijah? Você planeja contar ao dr. Fastolfe que não pode continuar a investigação? — perguntou Daneel.

— Por que pergunta isso? — retrucou Baley de forma abrupta. O fato de sua voz soar alta e brava era uma medida de sua recuperação.

— Só temo que você possa ter se esquecido, por um instante, de que o dr. Amadiro insistiu que fizesse isso pelo bem-estar da Terra — respondeu Daneel.

— Eu não me esqueci — disse Baley com veemência —, e estou surpreso que você tenha pensado que isso me influenciaria, Daneel. Fastolfe deve ser inocentado e a Terra deve enviar seus

colonizadores à Galáxia. Se houver perigo nisso por parte dos globalistas, ele deve ser enfrentado.
— Mas, nesse caso, parceiro Elijah, por que voltar à casa do dr. Fastolfe? Não me parece que tenhamos nada de importante para comunicar a ele. Não há nenhuma direção em que possamos continuar nossa investigação *antes* de relatar algo ao dr. Fastolfe?

Baley ajeitou-se no assento e colocou a mão em Giskard, que agora estava inteiramente seco.

— Estou satisfeito com o progresso que fiz até o momento, Daneel — disse ele em um tom de voz normal. — Vamos andando, Giskard. Siga para a propriedade de Fastolfe.

E então, apertando os pulsos e retesando o corpo, Baley acrescentou:

— E mais uma coisa, Giskard: clareie os vidros. Quero encarar a tempestade.

62

Baley prendeu a respiração como maneira de se preparar para a transparência dos vidros. A pequena caixa que constituía o aerofólio não estaria mais inteiramente fechada; não teria mais paredes contínuas.

Conforme os vidros foram clareando, viu-se um raio de luz que brilhou e se apagou rápido demais para fazer qualquer coisa a não ser escurecer o mundo pelo contraste.

Baley não pôde deixar de se encolher conforme tentava se preparar para o trovão, que, depois de um ou dois instantes, vibrava e ressoava.

— A tempestade não vai piorar; em pouco tempo, vai retroceder — disse Daneel em tom conciliatório.

— Não me importo se ela vai retroceder ou não — disse Baley por entre lábios trêmulos. — Andem. Vamos embora. — Ele estava tentando, para o próprio bem, manter a ilusão de que um ser humano é que estava encarregado dos robôs.

O aerofólio se elevou um pouco no ar e de pronto fez um movimento para o lado, inclinando-se de tal modo que Baley se sentiu empurrado contra Giskard.

— Endireite o carro, Giskard! — gritou Baley (ou, mais exatamente, arfou com intensidade).

Daneel passou o braço pelo ombro de Baley e puxou-o de volta com suavidade. Seu outro braço estava segurando uma alça presa à carroceria do aerofólio.

— Não é possível fazer isso, parceiro Elijah — disse Daneel. — O vento está bastante forte.

Baley sentiu-se arrepiar.

— Quer dizer... que vamos ser levados pelo vento?

— Não, claro que não — respondeu Daneel. — Se o carro fosse antigravidade (um tipo de tecnologia que não existe, claro) e se a massa e a inércia fossem eliminadas, então ele seria levado pelo vento como uma pluma no ar. Entretanto, nós conservamos nossa massa total mesmo quando os jatos nos erguem e nos mantêm no ar, de modo que nossa inércia resiste ao vento. Apesar disso, o vento nos faz balançar, mesmo que o carro esteja sob total controle de Giskard.

— Não é o que parece. — Baley se deu conta de um gemido fraco, que imaginou ser o vento fazendo a curva pela lataria do carro enquanto abria caminho em meio a uma atmosfera que protestava. Depois o aerofólio balançou e Baley, que por coisa alguma na vida teria conseguido evitar, passou os braços pelo pescoço de Daneel em desespero.

Daneel esperou um instante. Quando Baley recuperou o fôlego e soltou um pouco os braços, o robô se soltou com facilidade do aperto do humano, enquanto, de algum modo, aumentava a pressão de seu próprio braço que segurava Baley.

— Para manter o curso, parceiro Elijah, Giskard precisa rebater o vento com uma disposição assimétrica dos jatos do aerofólio. Eles são colocados de lado, de modo a fazer o aerofólio se inclinar ao vento, e precisam ser ajustados quanto à intensidade e direção conforme o próprio vento muda de intensidade e direção. Ninguém é melhor nisso do que Giskard, mas, mesmo assim, ocorrem ocasionais sacudidelas e solavancos. Você deve desculpar Giskard se ele não participa da conversa. Toda atenção dele está voltada para o aerofólio.

– Isso é... é seguro? – Baley sentiu o estômago se contrair com a ideia de brincar com o vento dessa maneira. Ele se viu muito feliz de estar sem comer havia algumas horas. Ele não podia, não ousava, passar mal nos estreitos limites do aerofólio. Só de pensar nisso, ficava mais preocupado, e tentou se concentrar em outra coisa.

Ele pensou em correr pelas faixas lá na Terra, em passar de uma faixa em movimento à faixa vizinha mais veloz, e depois à faixa vizinha mais veloz ainda, e depois voltar para as áreas mais lentas, inclinando-se com habilidade ao vento pelo caminho que fosse: em uma direção para os apressadinhos (uma palavra estranha que não era usada por mais ninguém a não ser os usuários de faixas) e na outra para os lerdinhos. Tempos antes, Daneel conseguia fazer isso sem parar e sem errar.

Daneel se adapta a essa necessidade sem problemas, e na única vez em que tiveram de correr pelas faixas juntos, ele o fez com perfeição. Bem, agora era a mesma coisa! O aerofólio estava correndo pelas faixas. Com certeza! Era a mesma coisa!

Não exatamente a mesma coisa, sem dúvida. Na Cidade, a velocidade das faixas era fixa. O vento que havia soprava de maneira absolutamente previsível, uma vez que era apenas o resultado do movimento das faixas. Aqui na tempestade, contudo, o vento tinha vontade própria, ou, antes, dependia de tantas variáveis (Baley estava, de forma proposital, esforçando-se para manter-se racional) que parecia ter vontade própria... e Giskard tinha de levá-las em conta. Isso era tudo. Fora esse aspecto, era apenas correr pelas faixas com uma complicação a mais. As faixas estavam se movendo em velocidades variáveis... e que mudavam de forma brusca.

— E se o vento nos jogar contra uma árvore? — murmurou Baley.

— É muito pouco provável, parceiro Elijah. Giskard é hábil demais para que isso aconteça. E nós estamos só um pouquinho acima do solo, de modo que os jatos são particularmente poderosos.

— Então vamos bater em uma pedra. Ela vai destruir a parte de baixo do carro.

— Não vamos bater em uma pedra, parceiro Elijah.

— Por que não? De qualquer forma, como Giskard consegue ver para onde está indo? — Baley olhou para a escuridão à frente.

— Já é quase o horário do pôr do sol — disse Daneel —, e está passando um pouco de luz por entre as nuvens. É o suficiente para nós vermos com a ajuda dos faróis. E conforme escurecer, Giskard vai aumentar a luz dos faróis.

— Que faróis? — perguntou Baley com rebeldia.

— Nós não os vemos muito bem porque eles têm um forte componente infravermelho, ao qual os olhos de Giskard são sensíveis, enquanto os nossos não são. Além disso, o infravermelho é mais penetrante do que as ondas de luz mais curtas, e, por esse motivo, é mais eficiente sob condições de chuva, neblina e nevoeiro.

Baley conseguiu sentir certa curiosidade, mesmo em meio ao seu desconforto.

— E os *seus* olhos, Daneel?

— Meus olhos, parceiro Elijah, foram projetados para ser tão semelhantes aos dos seres humanos quanto possível. Talvez isso seja lamentável neste momento.

O aerofólio estremeceu e Baley se viu prendendo a respiração de novo. Ele murmurou:

— Os olhos Siderais ainda estão adaptados ao sol da Terra, mesmo que os olhos dos robôs não estejam. É uma coisa boa também, se os ajuda a lembrar que descendem dos terráqueos.

Sua voz desvaneceu. Estava escurecendo. Ele não conseguia ver nada agora e os raios intermitentes tampouco iluminavam. Eles só ofuscavam. Baley fechou os olhos e isso não ajudou. Ele percebeu de forma ainda mais nítida o furioso e ameaçador trovão.

Não seria melhor parar, esperar que o pior da tempestade passasse?

— O veículo não está reagindo de maneira apropriada — disse Giskard, de repente.

Baley sentiu o movimento do carro ficar irregular como se a máquina andasse sobre rodas e estivesse passando sobre saliências.

— Pode ser algum dano causado pela chuva, amigo Giskard? — perguntou Daneel.

— Não parece ser isso, amigo Daneel. Nem parece provável que esta máquina sofresse esse tipo de dano nesta ou em qualquer tempestade.

Baley digeriu a conversa com dificuldade.

— Dano? — murmurou ele. — Que tipo de dano?

— Eu opinaria que o compressor está vazando, senhor, mas lentamente — respondeu Giskard. — Não é o resultado de um furo comum.

— Como aconteceu, então? — indagou Baley.

— Dano proposital, talvez, enquanto estava do lado de fora do prédio da Administração. Percebi há pouco tempo que estamos sendo seguidos e cuidadosamente não ultrapassados.

— Por quê, Giskard?

— Uma possibilidade, senhor, é que estejam esperando que o carro enguice por completo. — O movimento do aerofólio estava se tornando mais irregular.

— Você consegue chegar à propriedade do dr. Fastolfe?

— Ao que parece, não, senhor.

Baley tentou colocar sua mente hesitante em ação.

— Nesse caso, eu interpretei de forma totalmente errônea o motivo de Amadiro para nos atrasar. Ele estava nos mantendo lá para que um ou mais de seus robôs danificasse o aerofólio de modo a nos derrubar em meio à desolação e aos raios.

— Mas por que ele faria isso? — perguntou Daneel, parecendo chocado. — Para capturá-lo? De certa maneira, ele já o tinha.

— Ele não quer a mim. Ninguém quer *a mim* — respondeu Baley com um pouco de raiva. — Quem corre perigo é você, Daneel.

— Eu, parceiro Elijah?

— Sim, *você*, Daneel. Giskard, escolha um local propício para descer, e, assim que o fizer, Daneel precisa sair do carro e ir para um lugar seguro.

— Isso é impossível, parceiro Elijah — retrucou Daneel. — Eu não poderia deixá-lo quando não está passando bem... e menos ainda se há alguém nos perseguindo e pode fazer mal a você.

— Daneel, eles estão perseguindo *você* — disse Baley. — Você *precisa* ir embora. Quanto a mim, ficarei no aerofólio. Não estou correndo perigo.

— Como posso acreditar nisso?

— Por favor! Por favor! Como posso explicar tudo com as coisas girando... Daneel... — A voz de Baley ficou desesperadamente calma. — Você é o indivíduo mais importante aqui, muito mais importante do que eu e Giskard juntos. E digo isso não só porque me importo com você e não quero que lhe causem dano. Toda a humanidade depende de você. Não se preocupe comigo, sou apenas um homem; preocupe-se com *bilhões* de pessoas. Daneel... por favor...

63

Baley podia sentir seu corpo balançando para a frente e para trás. Ou era o aerofólio? Estaria se despedaçando de vez? Ou seria Giskard perdendo o controle? Ou estaria ele se evadindo?

Baley não se importava. Ele não *se importava*! O aerofólio que caísse, que se despedaçasse. Ele acolheria o esquecimento. Qualquer coisa para se ver livre desse medo terrível, dessa total incapacidade de chegar a um acordo com o Universo.

Exceto pelo fato de que ele tinha de se certificar de que Daneel escapasse... em segurança. Mas como?

Tudo era irreal e ele não ia conseguir explicar nada àqueles robôs. A situação era tão clara para ele, mas como transferir seu conhecimento àqueles robôs, àqueles não homens que não entendiam nada além de suas Três Leis e que deixariam toda a Terra e, no longo prazo, toda a humanidade ir para o inferno porque só conseguiam se preocupar com o único homem debaixo de seus narizes?

Por que os robôs haviam sido inventados?

E então, por estranho que parecesse, Giskard, o inferior entre os dois, veio em seu auxílio.

— Amigo Daneel, não posso manter este aerofólio em movimento por muito mais tempo — disse ele em seu tom de voz inexpressivo. — Talvez seja mais adequado fazer o que o sr. Baley sugere. Ele lhe deu uma ordem muito forte.

— Posso deixá-lo quando ele não se sente bem, amigo Giskard? — perguntou Daneel, perplexo.

— Você não pode levá-lo consigo na tempestade, amigo Daneel. Além do mais, ele parece tão ansioso para que você vá embora que pode causar-lhe dano se você ficar.

Baley sentiu-se reanimar.

— Sim... sim... — ele conseguiu dizer com voz rouca. — Como disse Giskard. Giskard, vá com ele, esconda-o, certifique-se de que ele não vá voltar... depois volte para me buscar.

— Isso não pode acontecer, parceiro Elijah — disse Daneel de maneira enfática. — Não podemos deixá-lo sozinho, sem cuidados, sem proteção.

— Não há perigo. Não estou correndo perigo. Faça o que eu digo...

— Aqueles que estão nos seguindo provavelmente são robôs — disse Giskard. — Seres humanos hesitam em sair em meio à tempestade. E robôs não machucariam o sr. Baley.

— Eles poderiam levá-lo embora — disse Daneel.

— Não na tempestade, amigo Daneel, uma vez que isso causaria um dano evidente a ele. Vou fazer o aerofólio parar, amigo Daneel. Você deve estar pronto para fazer o que o sr. Baley mandou. E eu também.

— Ótimo — sussurrou Baley. — Ótimo! — Ele estava grato pelo cérebro mais simples que podia ser impressionado com mais facilidade e que não tinha a habilidade de hesitar e se perder em sutilezas cada vez maiores.

Ele pensou vagamente em Daneel encurralado entre sua percepção do mal-estar de seu parceiro e a urgência da ordem... e de sua mente entrando em colapso por conta do conflito.

Baley pensou: Não, não, Daneel. Apenas faça o que eu disse e não questione.

Faltavam-lhe forças, quase lhe faltava vontade, para articular a frase, e ele deixou a ordem continuar em forma de pensamento.

O aerofólio desceu com um solavanco e um breve e áspero barulho de algo raspando.

As portas se abriram, uma de cada lado, e depois se fecharam com um ruído suave como um suspiro. Em um instante, os robôs se foram. Tendo chegado a uma decisão, não hesitaram e se afastaram a uma velocidade que um ser humano não poderia reproduzir.

Baley respirou fundo e estremeceu. O aerofólio estava firme como uma rocha. Fazia parte do solo.

De repente, ele se deu conta de quanto do seu sofrimento havia sido causado pelo balanço e pelos solavancos do veículo, pela sensação de insubstancialidade, de desconexão com o Universo, de submissão a forças inanimadas e indiferentes.

Agora, no entanto, o carro estava parado e ele abriu os olhos.

Ele não havia percebido que eles estavam fechados.

Ainda havia raios no horizonte e o trovão era um tênue murmúrio, enquanto o vento, encontrando agora um objeto mais resistente e menos instável do que até aquele momento, produzia um lamento mais agudo do que antes.

Estava escuro. Os olhos de Baley não eram mais do que olhos humanos, e ele não via nenhum tipo de luz além da ocasional luminosidade dos raios. O sol devia, com certeza, ter se posto, e as nuvens eram espessas.

E, pela primeira vez desde que Baley saíra da Terra, ele estava sozinho!

64

Sozinho!
Ele havia passado muito mal, tinha estado muito fora de si, para ser coerente. Mesmo agora, ele se via esforçando-se por entender o que devia ter feito e o que teria feito... se houvesse tido espaço em sua mente instável para algo mais do que aquela única ideia de que Daneel precisava ir embora.

Por exemplo, ele não havia perguntado em que lugar estava agora, de onde estava perto, para onde Daneel e Giskard planejavam ir. Ele não sabia como o aerofólio funcionava no solo, ou nenhum de seus componentes. Ele não poderia fazê-lo se movimentar, claro, mas poderia ligar o aquecedor se sentisse frio ou desligá-lo, se ficasse quente demais... isso se ele soubesse mandar a máquina fazer qualquer uma dessas coisas.

Ele não sabia como opacificar as janelas se quisesse se sentir protegido, ou como abrir uma porta se quisesse sair.

A única coisa que podia fazer agora era esperar que Giskard voltasse para buscá-lo. Com certeza era isso o que Giskard esperaria que ele fizesse. A ordem dada a ele havia sido simplesmente: volte para me buscar.

Não houvera nenhuma indicação de que Baley mudaria de lugar, e a mente clara e organizada de Giskard com certeza interpretaria o "volte" supondo que deveria voltar para o aerofólio.

Baley tentou se adaptar a isso. De certa forma, era um alívio apenas esperar, não ter de tomar decisões por algum tempo, pois não havia decisões que ele pudesse tomar. Era um alívio estar firme e sentir-se em repouso, e se livrar dos terríveis clarões e dos perturbadores estrondos.

Talvez ele até se permitisse dormir.

E então ele ficou tenso. Baley se atreveria a fazer isso?

Eles estavam sendo seguidos. Estavam sendo observados. O aerofólio fora sabotado enquanto estava estacionado do lado de fora do prédio da Administração do Instituto de Robótica, e não havia dúvida de que os sabotadores logo estariam diante dele.

Baley também estava esperando por eles, e não apenas por Giskard.

Será que ele havia repensado tudo com clareza em meio ao seu sofrimento? A máquina fora sabotada do lado de fora do prédio da Administração. Isso poderia ter sido feito por qualquer um, porém, mais provavelmente, por alguém que sabia que ela estava lá... e quem saberia disso melhor do que Amadiro?

Amadiro pretendera atrasá-los até a chegada da tempestade. Isso era óbvio. Era para ele viajar no temporal e o carro devia quebrar em meio ao mau tempo. Amadiro estudara a Terra e sua população; ele se gabara disso. Ele saberia claramente da dificuldade que os terráqueos tinham com a Área Externa em geral, e com uma tempestade em particular.

Ele teria certeza de que Baley ficaria reduzido a uma situação de completa impotência.

Mas por que ele ia querer isso?

Para levar Baley de volta ao Instituto? Ele já o tivera lá, mas era um Baley em plena posse de suas capacidades e acompanhado de dois robôs perfeitamente capazes de defendê-lo fisicamente. Agora seria diferente!

Se o aerofólio parasse de funcionar em uma tempestade, Baley estaria emocionalmente incapacitado. Ele estaria até inconsciente, talvez, e com certeza não seria capaz de resistir a ser levado de volta. Nem os dois robôs se oporiam. Com Baley evidentemente debilitado, a única reação apropriada por parte deles seria auxiliar os robôs de Amadiro a socorrê-lo.

Na verdade, os dois robôs teriam de acompanhar Baley e seria inevitável que o fizessem.

E se alguém, alguma vez, questionasse a atitude de Amadiro, ele podia dizer que temera pelo estado de Baley na tempestade, que tentara mantê-lo no Instituto e fracassara, que enviara seus robôs para segui-lo e garantir sua segurança e que, quando o aerofólio falhara em meio à tempestade, esses robôs trouxeram Baley de volta a um abrigo. A menos que as pessoas entendessem que fora Amadiro quem ordenara a sabotagem do aerofólio (e quem acreditaria nisso... e como se poderia provar?), a única reação pública possível seria a de enaltecer Amadiro por seus sentimentos humanitários... ainda mais impressionantes por serem voltados a um terráqueo subumano.

E o que Amadiro faria com Baley, então?

Nada, a não ser mantê-lo em condição de silêncio e impotência por algum tempo. Baley não era a presa. Essa era a questão.

Amadiro também teria os dois robôs, e eles estariam de mãos atadas. Suas instruções os forçavam, da maneira mais intensa, a proteger Baley, e se o investigador estivesse passando mal e recebendo cuidados, tudo o que poderiam fazer seria seguir as ordens de Amadiro se elas fossem dadas clara e aparentemente em benefício de Baley. Nem Baley se sentiria (talvez) bem o bastante para protegê-los de mais ordens... com certeza não, se fosse sedado.

Estava claro! Estava claro! Amadiro já tivera Baley, Daneel e Giskard... mas de maneira inutilizável. Ele os mandara sair em meio à chuva a fim de levá-los de volta e tê-los de novo... de maneira utilizável. Daneel em especial! Daneel é que era a chave.

Com certeza, Fastolfe acabaria procurando por eles e os encontraria também, e os levaria, mas então seria tarde demais, não seria?

E o que Amadiro queria com Daneel?

Baley, com a cabeça doendo, tinha certeza de que sabia... mas como poderia provar?

Ele não conseguia mais pensar. Se conseguisse opacificar as janelas, poderia criar um pequeno mundo interior outra vez, fechado e imóvel, e talvez então conseguisse continuar com seus pensamentos.

Mas ele não sabia opacificar as janelas. Tudo o que podia fazer era ficar ali sentado e ver a tempestade que diminuía para além daqueles vidros, ouvir a chuva batendo contra eles, observar a luz que desvanecia e escutar o murmúrio do trovão.

Ele fechou bem os olhos. As pálpebras formavam uma parede também, mas ele não ousava dormir.

A porta do carro à sua direita se abriu. Ele ouviu o som sussurrante que ela fez. Sentiu a brisa fria e úmida entrar, a temperatura cair, o cheiro nítido de coisas verdes e molhadas invadir o ar e suprimir o cheiro leve e amigável de óleo e estofamento que o fazia lembrar, de certo modo, a Cidade, e se perguntava se a veria outra vez.

Ele abriu os olhos e teve aquela estranha sensação de um rosto robótico fitando-o... e se inclinando para o lado, mas não se movendo de fato. Baley se sentia tonto.

O robô, visto como uma sombra mais escura contra a escuridão, parecia ser grande. De algum modo, ele tinha um ar de competência. Ele disse:

– Com licença, senhor. O senhor não estava em companhia de dois robôs?

— Eles se foram — murmurou Baley, fingindo estar tão mal quanto pôde e ciente de que não precisava fingir. Um raio mais brilhante nos céus penetrou por entre as pálpebras que estavam agora meio abertas.

— Eles se foram! Para onde, senhor? — E depois, enquanto esperava uma resposta, ele perguntou: — O senhor está passando mal?

Baley sentiu uma remota pontada de satisfação naquela fração do seu íntimo que ainda era capaz de pensar. Se o robô não houvesse recebido instruções especiais, teria reagido aos claros sinais de mal-estar de Baley antes de fazer qualquer outra coisa. Ter perguntado primeiro sobre os robôs sugeria ordens rigorosas e firmes quanto à sua importância.

Isso se encaixava.

Ele tentou simular uma força e uma normalidade que não tinha e disse:

— Estou bem. Não se preocupe comigo.

A resposta não poderia ter convencido um robô comum, mas este recebera ordens tão intensas quanto a Daneel (obviamente) que a aceitou. Ele perguntou:

— Para onde foram os robôs, senhor?

— De volta para o Instituto de Robótica.

— Para o Instituto? Por quê, senhor?

— Eles foram chamados pelo mestre roboticista Amadiro e ele mandou que voltassem. Estou esperando por eles.

— Mas por que o senhor não foi com eles?

— O mestre roboticista Amadiro não queria que eu me expusesse à chuva. Ele mandou eu ficar aqui. Estou seguindo as ordens do mestre roboticista Amadiro.

Ele esperava que a repetição daquele nome cheio de prestígio, incluindo a expressão honorífica, junto com a repetição da palavra "ordem", teria efeito no robô e o persuadiria a deixar Baley onde estava.

Por outro lado, se eles tivessem sido instruídos, com cuidado especial, a levar Daneel de volta, e se estivessem convencidos de que Daneel já estava a caminho do Instituto, haveria um declínio na intensidade do dever referente àquele robô. Eles teriam tempo para pensar em Baley outra vez. Eles diriam...

— Mas parece que o senhor não está bem — disse o robô.

Baley sentiu outra pontada de satisfação.

— Eu estou bem — disse ele.

Atrás do robô, ele conseguia vislumbrar uma multidão de vários outros robôs — não conseguia contá-los — com o rosto brilhando sob a ocasional luz de um raio. Conforme os olhos de Baley se adaptavam ao retorno da escuridão, ele podia ver o brilho apagado dos olhos *deles*.

O investigador virou a cabeça. Havia robôs ao lado da porta esquerda também, embora ela permanecesse fechada.

Quantos robôs Amadiro enviara? Baley, Daneel e Giskard deveriam ser levados de volta à força, se necessário?

— As ordens do mestre roboticista Amadiro foram de que meus robôs deveriam retornar ao Instituto e de que eu deveria esperar — disse ele. — Você está vendo que eles estão voltando e que eu estou esperando. Se você foi enviado para ajudar, se tem um veículo, encontre os robôs, que estão a caminho, e transporte-os. Este aerofólio não está mais operando. — Ele tentou dizer isso sem hesitação e com firmeza, como diria um homem que se sentia bem. Ele não foi totalmente bem-sucedido.

— Eles voltaram a pé, senhor?

— Encontre-os. Suas ordens são claras — disse Baley.

Houve hesitação. Uma evidente hesitação.

Baley, enfim, se lembrou de mover seu pé direito... da maneira apropriada, assim esperava. Ele teria feito isso antes, mas seu corpo não estava respondendo de modo adequado a seus pensamentos.

Os robôs ainda hesitavam e Baley lamentou isso. Ele não era um Sideral. Não sabia as palavras corretas, o tom correto, a aparência certa de lidar com os robôs com a devida eficiência. Um roboticista habilidoso poderia, fazendo um gesto, levantando uma sobrancelha, direcionar um robô como se ele fosse uma marionete cujas cordas estivesse segurando. Sobretudo se o robô tivesse sido projetado por ele mesmo.

Mas Baley era apenas um terráqueo.

Ele franziu a testa – isso era fácil de fazer naquela hora de sofrimento – e sussurrou "Vão!" com uma voz cansada, e fez um gesto com as mãos.

Talvez isso tenha acrescentado uma última pequena e necessária quantidade de peso à sua ordem... ou talvez se tenha chegado a uma solução durante o tempo que demorava para as vias positrônicas dos robôs determinarem, por tensão e contratensão, como organizar suas instruções de acordo com as Três Leis.

De qualquer forma, eles haviam se resolvido e, depois disso, não houve mais nenhuma hesitação. Eles voltaram para o veículo, o que quer que fosse e onde quer que estivesse, com tal velocidade que pareceram simplesmente ter desaparecido.

A porta que o robô mantivera aberta agora se fechava por conta própria. Baley havia mexido o pé de maneira a colocá-lo na trajetória da porta que deslizava. Ele se perguntava vagamente se seu pé seria decepado com precisão ou se seus ossos seriam esmagados, mas ele não o tirou dali. Com certeza não projetariam um veículo que possibilitasse uma desventura dessas.

Baley estava sozinho de novo. Ele havia forçado robôs a deixar um ser humano evidentemente adoentado ao jogar com a força das ordens dadas a eles por um competente mestre em robótica que se concentrara em fortalecer a Segunda Lei para seus próprios fins... e o fizera a ponto de as evidentes mentiras do investigador subordinarem a Primeira Lei à Segunda.

Que bom trabalho ele havia feito, pensou Baley com uma vaga satisfação consigo mesmo... e percebeu que a porta que se fechava ainda estava entreaberta, mantendo-se assim por conta de seu pé, e que esse pé não havia sofrido o mínimo dano como consequência.

65

Baley sentiu um ar frio circundando seu pé e um respingo de água gelada. Era uma coisa assustadoramente anormal de se sentir; no entanto, ele não podia deixar a porta se fechar, pois então não saberia abri-la. (Como os robôs abriram aquelas portas? Sem dúvida, não era nenhum enigma para os membros da cultura auroreana, mas, em suas leituras sobre a vida auroreana, não havia nenhuma instrução detalhada sobre como abrir a porta de um aerofólio comum. Tudo de importante é dado como certo. Supõe-se que você já saiba, ainda que, em tese, esteja sendo informado.)

Ele estava procurando os bolsos enquanto pensava isso, e mesmo seus bolsos não eram fáceis de achar; não estavam nos lugares certos e se encontravam fechados, de modo que Baley teve de abri-los manuseando-os de forma desajeitada até encontrar o movimento exato que fazia o fecho ceder. Ele pegou um lenço, enrolou-o e colocou-o entre a porta e o batente a fim de que o espaço não se fechasse por completo. Depois tirou o pé dali.

Agora era pensar... se ele conseguiria. Não havia motivo para deixar a porta aberta a menos que ele pretendesse sair. Entretanto, havia alguma finalidade em sair?

Se esperasse onde estava, Giskard por fim voltaria para buscá-lo e, presumivelmente, para levá-lo a um lugar seguro.

Ele ousaria esperar?

Ele não sabia quanto tempo Giskard levaria para garantir que Daneel estivesse a salvo, e depois retornar.

Mas ele tampouco sabia quanto tempo demoraria até que os robôs perseguidores concluíssem que não encontrariam Daneel e Giskard na estrada que levava de volta ao Instituto. (Com certeza era impossível que Daneel e Giskard tivessem, de fato, voltado para trás em direção ao Instituto na busca por refúgio. Baley, na verdade, não ordenara que eles não... mas, e se aquela fosse a única rota praticável? Não! Impossível!)

Baley chacoalhou a cabeça em uma atitude de silenciosa negação daquela possibilidade, e a sentiu doer como resposta. Ele pôs as mãos na cabeça e rangeu os dentes.

Por quanto tempo os robôs perseguidores continuariam a busca antes de perceber que Baley os havia enganado... ou havia se enganado? Nesse caso, será que voltariam e o levariam sob custódia, com muita educação e muito cuidado para não machucá-lo? Será que ele conseguiria mantê-los longe dizendo que morreria se fosse exposto à tempestade?

Será que eles acreditariam nisso? Eles ligariam para o Instituto para informar a situação? Com certeza fariam *isso*. E será que, então, chegariam seres humanos? *Eles* não ficariam muito preocupados com seu bem-estar.

Se Baley saísse do carro e encontrasse algum esconderijo nas árvores ao redor, seria bem mais difícil para os robôs perseguidores localizarem-no... e ele ganharia tempo com isso.

Também seria mais difícil para Giskard localizá-lo, mas este estaria sob o efeito de uma instrução muito mais intensa de proteger Baley do que a dos robôs perseguidores de encontrá-lo. A principal tarefa de Giskard seria encontrar Baley... e a dos outros robôs, capturar Daneel.

Além disso, Giskard foi programado pelo próprio Fastolfe, e Amadiro, por mais habilidoso que fosse, não era páreo para Fastolfe.

Com certeza, então, se as condições fossem iguais, Giskard regressaria antes que os outros robôs pudessem ter voltado.

Mas será que as condições seriam iguais? Com uma débil tentativa de ceticismo, Baley pensou: "Estou esgotado e não consigo pensar direito. Só estou me agarrando desesperadamente a qualquer coisa que me console".

Ainda assim, o que ele poderia fazer a não ser correr o risco? (Segundo o que ele concebia ser o risco.)

Baley se apoiou contra a porta e saiu. O lenço caiu na grama molhada e espessa e ele, automaticamente, se agachou para pegá-lo, segurando-o na mão conforme se afastava do carro, cambaleante.

Ele estava sufocado pelas rajadas de chuva que ensopavam seu rosto e suas mãos. Pouco tempo depois, suas roupas empapadas estavam coladas ao corpo e o investigador estava tremendo de frio.

Abriu-se uma ampla fenda no céu – rápido demais para ele fechar os olhos – e, depois, um martelar penetrante deixou-o tenso de medo e o fez tapar os ouvidos com as mãos.

Será que a tempestade havia voltado? Ou ela ressoava mais porque ele estava em um espaço aberto?

Ele tinha de se mexer. Tinha de se afastar do carro, de modo que os perseguidores não o encontrassem com tanta facilidade. Ele não devia vacilar e permanecer nos arredores; do contrário, poderia muito bem ter ficado lá dentro... e seco.

Baley tentou enxugar o rosto com o lenço, mas este estava tão molhado quanto seu rosto, e ele deixou isso de lado. Era inútil.

Ele seguiu adiante, as mãos estendidas. Havia uma lua em torno de Aurora? Ele parecia se lembrar de ter ouvido alguma menção a isso; sua luz teria sido bem-vinda. Mas de que importava? Mesmo se a lua existisse e estivesse no céu agora, as nuvens a esconderiam.

Ele sentiu alguma coisa. Não conseguia ver o que era, mas sabia que era o áspero tronco de uma árvore. Sem dúvida uma árvore. Mesmo um homem da Cidade saberia disso.

E então ele se lembrou de que um raio podia atingir árvores e matar pessoas. Ele não conseguia se lembrar se já havia lido alguma descrição de como era ser atingido por um raio ou se havia alguma medida para prevenir isso. Ele não sabia de ninguém na Terra que fora atingido por um.

Ele tateou o caminho circundando a árvore com uma sensação de agonia por conta da apreensão e do medo. Quanto seria o suficiente para chegar do outro lado da árvore, de modo a continuar andando na mesma direção?

Adiante!

A vegetação rasteira era espessa agora, e era difícil passar por ela. Era como dedos ossudos que o agarravam. Ele deu um puxão de forma petulante e ouviu barulho de tecido se rasgando.

Adiante!

Ele rangia os dentes e tremia.

Outro relâmpago. Não foi de todo ruim. Por um instante, ele vislumbrou os arredores.

Árvores! Várias delas. Ele estava em um bosque. Será que várias árvores eram mais perigosas do que uma árvore apenas, no que se referia a raios?

Ele não sabia.

Seria melhor se ele não tocasse em uma?

Ele também não sabia. Morte provocada por raio simplesmente não era uma possibilidade nas Cidades, e os romances históricos (e, às vezes, relatos) que mencionavam isso não entravam em detalhes.

Baley olhou para o céu escuro e sentiu a água caindo. Ele enxugou os olhos molhados com as mãos molhadas.

Ele avançou aos tropeços, tentando dar passos amplos. Em determinado ponto, chegou a um riacho, deslizando pelos pedregulhos que o forravam.

Que estranho! O riacho não o deixava mais molhado do que já estava.

Ele continuou avançando mais uma vez. Os robôs não o encontrariam. Mas e Giskard?

Baley não sabia onde estava. Ou para onde se dirigia. Ou a que distância estava de qualquer coisa.

Se quisesse voltar para o carro, não conseguiria.

Se estivesse tentando encontrar a si mesmo, não conseguiria.

E a tempestade poderia continuar para sempre, e ele, enfim, se dissolveria e desaguaria em um pequeno riacho composto de Baley, e ninguém nunca mais o encontraria de novo.

E suas moléculas dissolvidas flutuariam até o oceano.

Havia um oceano em Aurora?

Claro que havia! Era maior do que o da Terra, mas havia mais gelo nos polos de Aurora.

Ah, ele flutuaria até o gelo e se congelaria ali, brilhando sob o frio sol alaranjado.

Suas mãos estavam tocando uma árvore de novo... mãos molhadas... árvore molhada... estrondo de trovão... engraçado ele não ter visto um relâmpago... o relâmpago vinha antes... ele havia sido atingido?

Ele não sentia nada... a não ser o chão.

Ele estava sobre o solo porque seus dedos escarafunchavam a lama fria. Ele virou a cabeça de maneira que pudesse respirar. Era confortável. Ele não tinha de andar mais. Ele podia esperar. Giskard o encontraria.

De repente, ele teve certeza disso. Giskard teria de encontrá--lo porque...

Não, ele havia esquecido o porquê. Era a segunda vez que esquecia algo. Antes de ele dormir... Será que era a mesma coisa que ele havia esquecido da outra vez? A mesma coisa?

Não importava.

Ia ficar tudo bem... tudo...

E ele permaneceu ali, na chuva, sozinho e inconsciente, ao pé de um tronco de árvore, enquanto a tempestade caía aos borbotões.

(16) OUTRA VEZ GLADIA

66

Mais tarde, recordando e calculando o tempo, pareceria que Baley ficara inconsciente por não menos do que dez minutos, e não mais do que vinte.

Aquele momento, entretanto, poderia ter sido qualquer coisa entre zero e o infinito. Ele percebeu uma voz. Não conseguia distinguir as palavras que ela dizia, ouvia apenas a voz. Ele quebrou a cabeça com o fato de que ela parecia estranha, e resolveu a questão a contento reconhecendo-a como uma voz de mulher.

Sentiu braços envolvendo-o, soerguendo-o, levantando-o. Um braço – o seu braço – balançava. Sua cabeça pendia a um lado.

Ele tentou debilmente se endireitar, mas nada aconteceu. A voz da mulher de novo.

Baley abriu os olhos, exausto. Ele tinha consciência de que estava frio e molhado, e, de repente, percebeu que a água não batia nele. E também que não estava mais escuro, não de todo. Havia uma luz fraca que se espalhava ao redor e, através dela, viu um rosto de robô.

O investigador o reconheceu. "Giskard", sussurrou ele, com isso lembrando-se da tempestade e da fuga. E Giskard havia chegado a Baley primeiro; ele o encontrara antes dos outros robôs.

O humano pensou com satisfação: eu sabia que ele chegaria antes.

Baley deixou os olhos se fecharem de novo e se sentiu movendo-se com rapidez, mas com a leve – e, no entanto, definitiva – irregularidade que significava que era carregado por alguém que estava andando. Depois, uma parada e um demorado ajuste até colocarem-no apoiado em algo quente e confortável. Ele sabia que era o assento de um carro fechado, talvez com uma toalha, mas não se perguntou como sabia.

Então surgiu a sensação de um movimento suave pelo ar e de um tecido macio e absorvente no rosto e nas mãos, de sua camisa se abrindo, do ar gelado em seu peito, e depois a percepção de ser secado e da umidade sendo absorvida de novo.

Depois disso, ele se viu tomado por sensações.

Ele estava em uma propriedade. Havia lampejos de paredes, de iluminação, de objetos (variadas formas de mobília) que ele viu de imediato e depois, quando abriu os olhos.

Sentiu suas roupas sendo retiradas de maneira metódica e fez tentativas débeis e inúteis de cooperar, então sentiu água quente e esfregadelas vigorosas. Aquilo continuou e ele não queria que parasse.

A certa altura, veio-lhe à mente um pensamento e ele agarrou o braço que o estava segurando.

– Giskard! Giskard!

– Estou aqui, senhor. – Ele ouviu a voz de Giskard.

– Giskard, Daneel está em segurança?

– Ele está a salvo, senhor.

– Ótimo. – Baley fechou os olhos e não fez esforço algum para secar-se. Ele se sentiu ser virado repetidas vezes na corrente de ar seco, e depois o estavam vestindo de novo com algo que parecia um robe quente.

Mordomia! Nada desse tipo havia lhe acontecido desde que era uma criancinha, e, de repente, sentiu pena dos bebês para quem se fazia tudo e que não tinham consciência suficiente disso para desfrutar a experiência.

Ou será que tinham? Será que a lembrança oculta daquela regalia de bebê era determinante no comportamento adulto? Será que o que sentia agora era apenas uma expressão do prazer de ser uma criancinha outra vez?

E ele havia ouvido uma voz de mulher. Mãe?

Não, isso não seria possível.

— Mamãe?

Ele estava sentado em uma poltrona agora. Podia perceber, tanto quanto sentir, que aquele curto e feliz período de infância renovada estava chegando ao fim. Tinha de voltar ao triste mundo do ter consciência e do cuidar de si próprio.

Mas houvera uma voz de mulher. Que mulher?

Baley abriu os olhos.

— Gladia?

67

Era uma pergunta, uma pergunta surpreendente, mas, bem lá no fundo, ele não estava surpreso de fato. Relembrando, ele havia, claro, reconhecido a voz dela.

Baley olhou à sua volta. Giskard estava de pé em seu nicho, mas ele o ignorou. As coisas mais importantes em primeiro lugar.

— Onde está Daneel? — perguntou ele.

— Ele se limpou e se secou no cômodo dos robôs, e pôs roupas secas — respondeu Gladia. — Ele está cercado por funcionários da minha casa, que receberam ordens. Posso lhe garantir que nenhum forasteiro vai chegar a cinquenta metros da minha propriedade, em qualquer direção, sem que todos saibamos de imediato. Giskard também se limpou e se secou.

— Sim, estou vendo — disse Baley. Ele não estava preocupado com Giskard, apenas com Daneel. Estava aliviado pelo fato de Gladia parecer aceitar a necessidade de proteger Daneel, e porque ele próprio não teria de encarar as complicações de explicar o problema.

Contudo, havia uma falha nessa muralha de segurança, e um toque de lamúria deixou-se notar em sua voz quando disse:

— Por que você o deixou, Gladia? Sem você por aqui, não havia nenhum ser humano na casa para impedir a aproximação de um bando de robôs de fora. Daneel poderia ter sido levado à força.

— Bobagem — disse Gladia com humor. — Não fazia muito tempo que havíamos saído, e o dr. Fastolfe tinha sido informado. Muitos de seus robôs haviam se juntado aos meus, e ele podia estar no local em questão de minutos, se necessário... eu queria ver qualquer bando de robôs de fora fazer frente a *ele*.

— Você viu Daneel depois que voltou, Gladia?

— Claro! Ele está a salvo, estou lhe dizendo.

— Obrigado! — Baley relaxou e fechou os olhos. Estranhamente, ele pensou: não foi tão ruim.

Claro que não tinha sido. Ele havia sobrevivido, não havia? Quando pensou nisso, algo dentro dele sorriu e se alegrou.

Ele havia sobrevivido, não havia?

— Como me encontrou, Gladia? — perguntou ele, abrindo os olhos.

— Foi Giskard. Eles vieram para cá, os dois, e Giskard me explicou a situação rapidamente. Providenciei a segurança de Daneel, mas ele não saiu do lugar até eu prometer que mandaria Giskard procurá-lo. Ele foi muito eloquente. As reações dele, no que se refere a você, são muito intensas, Elijah. Daneel ficou aqui, claro. Isso o deixou muito infeliz, mas Giskard insistiu que eu o mandasse ficar com todas as minhas forças. Você deve ter dado ordens muito estritas a Giskard. Então entramos em contato com o dr. Fastolfe e, depois disso, pegamos o meu aerofólio pessoal.

Baley chacoalhou a cabeça, exausto.

— Você não devia ter ido junto, Gladia. Seu lugar era aqui, garantindo que Daneel ficasse seguro.

Gladia fez uma cara de desdém.

— E deixar você, até onde sabíamos, morrendo na tempestade? Ou sendo levado pelos inimigos do dr. Fastolfe? Até parece que eu ia deixar isso acontecer. Não, Elijah, minha presença podia ser necessária para manter os outros robôs longe de você se eles o tivessem achado primeiro. Posso não ser muito boa em vários aspectos, mas qualquer solariano consegue lidar com um amontoado de robôs, estou lhe dizendo. Estamos acostumados com isso.

— Mas como me encontrou?

— Não foi tão absurdamente difícil. Na verdade, seu aerofólio não estava muito longe, de modo que poderíamos ter ido andando, não fosse pela tempestade. Nós...

— Quer dizer que nós já tínhamos quase chegado à casa de Fastolfe? — perguntou Baley.

— Sim — respondeu Gladia. — Ou o seu aerofólio, ao ser sabotado, não foi danificado o suficiente para forçá-lo a parar antes, ou a habilidade de Giskard fez o veículo continuar avançando por mais tempo do que os vândalos haviam previsto, o que foi bom. Se tivessem parado mais perto do Instituto, eles poderiam ter pegado todos vocês. De qualquer forma, levamos meu aerofólio até onde o seu estava estacionado. Giskard sabia onde era, claro, e nós saímos...

— E você se molhou toda, não foi, Gladia?

— Nem um pouco — replicou ela. — Eu levava um grande protetor contra chuva e uma esfera de luz também. Meus sapatos ficaram enlameados e meus pés ficaram um pouco úmidos porque não tive tempo de passar spray de látex, mas isso não faz mal nenhum. De qualquer forma, voltamos ao seu aerofólio menos de meia hora depois que Giskard e Daneel o haviam deixado e, claro, você não estava lá.

– Eu tentei... – começou Baley.

– Sim, nós sabemos. Pensei que eles (os outros) o haviam levado porque Giskard disse que vocês estavam sendo seguidos. Mas Giskard encontrou seu lenço a cerca de cinquenta metros do aerofólio e supôs que você devia ter ido naquela direção. Giskard disse que era algo ilógico a se fazer, mas que os seres humanos, com frequência, eram ilógicos, de modo que devíamos procurar por você. Então procuramos, nós dois, usando uma esfera de luz, mas foi ele quem o encontrou. Ele disse que viu o brilho infravermelho do seu corpo na base do tronco de uma árvore, e nós o trouxemos de volta.

– Por que sair do carro era algo ilógico a se fazer? – perguntou Baley com uma faísca de irritação.

– Ele não disse, Elijah. Quer perguntar? – Ela fez um gesto, apontando Giskard.

– Por quê, Giskard? – perguntou Baley.

A impassividade de Giskard foi interrompida de pronto e seus olhos se focaram em Baley.

– Achei que o senhor havia se exposto à tempestade de forma desnecessária – disse ele. – Se o senhor tivesse esperado, nós o teríamos trazido para cá antes.

– Os outros robôs poderiam ter me encontrado primeiro.

– Eles encontraram... mas o senhor os mandou embora.

– Como sabe disso?

– Havia muitas pegadas de robôs em torno das portas dos dois lados, senhor, mas não havia sinal de umidade dentro do aerofólio (como haveria se braços molhados tivessem se estendido para tirá-lo de lá). Supus que o senhor não teria saído do aerofólio por livre vontade a fim de se juntar a eles. E, tendo-os mandado embora, o senhor não precisava temer que eles voltassem em tão pouco tempo, uma vez que era Daneel que eles procuravam, e não o senhor, segundo sua própria avaliação da situação. Além disso, o senhor poderia ter tido a certeza de que *eu* teria voltado em pouco tempo.

– Eu raciocinei exatamente desse modo, mas achei que deixar as coisas mais confusas daria uma ajuda extra – murmurou Baley.

– Fiz o que me parecia melhor e você me achou mesmo assim.

– Sim, senhor.

– Mas por que me trazer para cá? – perguntou Baley. – Se estava perto da propriedade de Gladia, então estávamos a mesma distância, talvez mais perto, da propriedade do dr. Fastolfe.

– Não exatamente, senhor. Esta residência estava um pouco mais perto e achei, com base na urgência de suas ordens, que cada momento contava para garantir a segurança de Daneel. Ele concordou nesse ponto, embora relutasse em deixá-lo. Uma vez que Daneel estava aqui, achei que o senhor ia querer estar aqui também, de modo que pudesse o senhor mesmo, se quisesse, garantir a segurança dele em primeira mão.

Baley aquiesceu e disse, de mau humor (ele ainda estava irritado com o comentário referente à sua falta de lógica):

– Você fez bem, Giskard.

– É importante que você veja o dr. Fastolfe, Elijah? – perguntou Gladia. – Posso chamá-lo para vir aqui. Ou você pode vê-lo por meio de comunicação tridimensional.

Baley se recostou na cadeira. Ele teve tempo livre para perceber que seu raciocínio estava embotado e que estava muito cansado. Não lhe faria bem encarar Fastolfe agora. Ele disse:

– Não. Vou vê-lo amanhã, após o café da manhã – disse ele. – É tempo suficiente. E depois acho que vou ver esse homem, Kelden Amadiro, o diretor do Instituto de Robótica. E uma alta autoridade... como vocês o chamam?... o presidente. *Ele* vai estar lá também, suponho.

– Você parece extremamente cansado, Elijah – comentou Gladia. – Claro, não temos aqueles micro-organismos... aqueles germes e vírus... que vocês têm na Terra; e você foi desinfectado, então não vai pegar nenhuma dessas doenças que existem em toda parte no seu planeta, mas é evidente que você está cansado.

Baley pensou: depois de tudo aquilo, nada de resfriado? Nada de gripe? Nada de pneumonia? Nesse quesito, estar em um Mundo Sideral fazia toda a diferença.

— Admito que estou exausto, mas isso pode ser superado com um pouco de descanso — disse ele.

— Você está com fome? É hora do jantar.

Baley fez uma cara de desagrado.

— Não estou com vontade de comer.

— Não sei se isso é prudente. Talvez não queira uma refeição pesada, mas e uma sopa quente? Vai fazer bem a você.

Baley teve vontade de sorrir. Ela poderia ser solariana, mas, nas circunstâncias apropriadas, soava exatamente como uma mulher da Terra. Ele desconfiava que isso seria verdade também quanto às auroreanas. Há certas coisas que as diferenças culturais não mudam.

— Você tem sopa à disposição? Não quero causar problemas — disse ele.

— Como poderia causar problemas? Tenho uma equipe de funcionários... não uma equipe grande, como em Solaria, mas suficiente para preparar qualquer prato em um curto período de tempo. Agora fique aí e me diga que tipo de sopa quer. Vão cuidar de tudo.

Baley não pôde resistir.

— Canja de galinha?

— Claro. — Depois acrescentou, em tom de inocência: — Exatamente o que eu teria sugerido... com pedaços de galinha, de modo que a sopa seja substancial.

A tigela foi colocada diante dele com uma rapidez surpreendente.

— Você não vai comer, Gladia? — perguntou Baley.

— Eu já comi, enquanto o estavam limpando e tratando.

— Tratando?

— Apenas o ajuste bioquímico de rotina, Elijah. Você havia sofrido um dano psicológico e não queríamos que houvesse repercussões. Coma!

Baley levou uma colher à boca para experimentar. Não era uma canja ruim, embora tivesse a estranha tendência da comida auroreana de ser mais condimentada do que ele gostaria. Ou talvez tivesse sido preparada com temperos diferentes daqueles aos quais estava acostumado.

Ele se lembrou da mãe, de repente... um brusco lampejo de memória que a fez parecer mais jovem do que ele próprio era agora; lembrou-se dela observando-o de perto quando ele se negava a comer sua "sopinha deliciosa".

— Vamos, Lije — ela lhe dizia. — Isso é galinha de verdade e é muito cara. Nem os Siderais têm coisa melhor.

Eles não tinham. Baley gritou para ela em sua mente, depois de todos aqueles anos: Eles não têm, mamãe!

De fato! Se ele pudesse confiar em sua memória e recorrer ao poder das papilas gustativas de um menino, a canja de galinha de sua mãe, quando não embotada pela repetição, era muito melhor.

Ele continuou tomando a sopa... e, quando terminou, murmurou, acanhado:

— Haveria mais um pouco?

— Tanto quanto quiser, Elijah.

— Só mais um pouco.

— Elijah, essa reunião amanhã de manhã... — disse-lhe Gladia quando ele estava terminando.

— Sim, Gladia.

— Quer dizer que sua investigação terminou? Você sabe o que aconteceu com Jander?

— Tenho ideia do que poderia ter acontecido com Jander — disse Baley de forma sensata. — Não acho que eu consiga, com isso, persuadir alguém de que estou certo.

— Então, por que vai participar da reunião?

— Não foi ideia minha, Gladia. Foi ideia do mestre roboticista Amadiro. Ele se opõe à investigação e vai tentar fazer com que me mandem de volta para a Terra.

— Foi ele que sabotou seu aerofólio e orientou os robôs a levar Daneel?

— Acho que foi.

— Bem, ele não pode ser julgado, condenado e punido por isso?

— Com certeza poderia — respondeu Baley com ternura —, não fosse o probleminha de que não posso provar minha suspeita.

— E ele pode fazer tudo isso e escapar impune... e interromper a investigação também?

— Temo que ele tenha uma boa chance de conseguir. Como ele mesmo disse, pessoas que não esperam justiça não ficam desapontadas.

— Mas ele não pode fazer isso. Você não pode deixar que ele consiga. Você tem que terminar a investigação e descobrir a verdade.

Baley deu um suspiro.

— E se eu não conseguir descobrir a verdade? E se eu conseguir... mas não puder fazer as pessoas acreditarem em mim?

— Você *pode* descobrir a verdade. E você *pode* fazer as pessoas o ouvirem.

— É comovente a fé que você tem em mim, Gladia. No entanto, se a Legislatura Mundial Auroreana quiser me mandar de volta e ordenar o fim da investigação, não haverá nada que eu possa fazer a respeito.

— Você certamente não vai querer voltar sem ter conseguido nada.

— Claro que não. Será pior do que apenas não conseguir nada, Gladia. Vou voltar com a minha carreira arruinada e com o futuro da Terra destruído.

— Então não deixe que eles façam isso, Elijah.

— Por Josafá, Gladia, vou tentar não deixar, mas não posso erguer um planeta com as próprias mãos. Você não pode pedir que eu faça milagre — disse ele.

Gladia aquiesceu e, baixando a cabeça, encostou o punho na boca, ficando ali, imóvel, como se estivesse pensando. Demorou um pouco para Baley perceber que ela estava chorando sem fazer barulho.

68

Baley se levantou rapidamente e deu a volta na mesa em direção a Gladia. Ele notou, de maneira distraída — e com certa irritação —, que suas pernas tremiam e que havia um espasmo no músculo de sua coxa direita.

— Gladia — disse ele em um tom de urgência —, não chore.

— Não se preocupe, Elijah — murmurou ela. — Vai passar.

Ele ficou ao lado da mulher, sem ação, estendendo o braço na direção dela, hesitante.

— Não vou tocá-la — disse ele. — Não acho que seria melhor fazer isso, mas...

— Oh, me toque. Me toque. Não ligo tanto assim para o meu corpo e não vou pegar nenhuma doença de você. Não sou mais... o que eu costumava ser.

Então Baley estendeu o braço, tocou o cotovelo dela e alisou-o muito de leve e de maneira muito desajeitada com as pontas dos dedos.

— Vou fazer o que puder, Gladia — disse ele. — Vou dar o melhor de mim.

Ela se levantou ao ouvir isso, virou-se para ele e disse:

— Oh, Elijah.

Automaticamente, sem saber o que estava fazendo, Baley abriu os braços. E de forma igualmente automática, ela se projetou na direção deles; o investigador a estava abraçando enquanto a cabeça dela se aninhava em seu peito.

Ele a envolveu com tanta delicadeza quanto pôde, esperando ela perceber que estava abraçando um terráqueo. (Ela havia, sem dúvida, abraçado um robô humaniforme, mas que não era terráqueo.)

Ela fungou de modo ruidoso e falou enquanto sua boca estava meio tampada pela camisa de Baley:

– Não é justo – disse ela. – É porque sou solariana. Ninguém se importa, de fato, com o que aconteceu com Jander, mas se importariam se eu fosse auroreana. Tudo se resume a preconceito e política.

Baley pensou: os Siderais são *pessoas*. Isso é exatamente o que Jessie diria em uma situação semelhante. E se fosse Gremionis que estivesse abraçando Gladia, ele diria exatamente o que direi... se eu soubesse o que dizer.

E depois ele disse:

– Não é bem assim. Estou certo de que o dr. Fastolfe se importa com o que aconteceu com Jander.

– Não, não se importa. Não de verdade. Ele só quer impor seu ponto de vista à Legislatura, e aquele tal de Amadiro quer impor o *dele*, e qualquer um dos dois trocaria Jander pela prevalência de suas opiniões.

– Prometo a você, Gladia, que não vou trocar Jander por nada.

– Não? Se lhe dissessem que você poderia voltar para a Terra com sua carreira a salvo e nenhuma penalidade ao seu mundo, contanto que esquecesse tudo sobre Jander, o que você faria?

– Não serve de nada ficar propondo situações hipotéticas que não podem ocorrer. Não vão me dar nada em troca por abandonar Jander. Eles vão apenas tentar me mandar de volta com nada além de desgraça para mim e para o meu mundo. Mas, se eles deixassem, eu pegaria o homem que destruiu Jander e me certificaria de que fosse punido de modo adequado.

– O que quer dizer com *se* eles deixassem? *Faça*-os deixar!

Baley deu um sorriso amargo.

— Se acha que os auroreanos não lhe dão atenção porque é de Solaria, imagine como receberia pouca atenção se fosse da Terra, como eu.

Ele a abraçou mais apertado, esquecendo-se de que era da Terra, mesmo quando pronunciou a palavra.

— Mas vou tentar, Gladia. É inútil criar expectativas, mas não tenho as mãos completamente vazias. Vou tentar... — Sua voz desvaneceu.

— Você continua dizendo que vai tentar. Mas *como*? — Ela se afastou um pouco dele para olhá-lo no rosto.

— Bem, eu posso... — disse Baley, perplexo.

— Encontrar o assassino?

— Quem sabe. Gladia, por favor, preciso me sentar.

Ele caminhou em direção à mesa, inclinando-se sobre ela.

— O que foi, Elijah? — perguntou ela.

— Tive um dia difícil, obviamente, e acho que ainda não me recuperei.

— Seria melhor você ir se deitar, então.

— Para dizer a verdade, Gladia, eu gostaria de me deitar.

Ela o soltou; em seu rosto, repleto de preocupação, não havia mais espaço para lágrimas. Ela levantou o braço e fez um movimento rápido; de pronto, ele estava (assim lhe pareceu) cercado de robôs.

E quando estava enfim deitado na cama e o último robô o havia deixado, ele se viu olhando para a escuridão.

Baley não sabia dizer se ainda estava chovendo na Área Externa ou se algum débil relâmpago ainda soltava suas últimas faíscas sonolentas, mas sabia que não estava ouvindo nenhum trovão.

Ele respirou fundo e pensou: O que foi que prometi a Gladia? O que vai acontecer amanhã?

Último ato: Fracasso?

E enquanto Baley vagava em direção à zona fronteiriça do sono, pensou naquela incrível centelha de revelação que lhe havia ocorrido antes de dormir.

69

Duas vezes havia acontecido. Uma vez na noite anterior, quando, como agora, ele estava adormecendo; e novamente mais cedo, nesta mesma noite, quando ele perdeu a consciência debaixo daquela árvore em meio à tempestade. Em cada uma das vezes, algo havia lhe ocorrido, alguma revelação que havia iluminado o problema, como o relâmpago havia clareado a noite.

E a ideia havia permanecido com ele por um tempo tão breve quanto o relâmpago.

O que era?

Será que lhe viria à mente de novo?

Desta vez, ele tentou, conscientemente, apreendê-la, para compreender a elusiva verdade. Ou seria a elusiva ilusão? Seria a fuga da razão consciente e a chegada do atraente absurdo que não se podia analisar apropriadamente na ausência de um cérebro que pensasse de forma apropriada?

No entanto, a busca pelo que quer que fosse, aos poucos, se afastou. Ela não voltaria quando chamada, assim como um unicórnio não acorreria em um mundo onde os unicórnios não existissem.

Era mais fácil pensar em Gladia e em como ela se sentira. Ele experimentara o toque direto da maciez da blusa dela, mas sob o tecido havia os pequenos e delicados braços, as costas suaves.

Teria ele ousado beijá-la se suas pernas não tivessem começado a ceder? Seria ir longe demais?

Ele sentiu que expirava, produzindo um leve ronco e, como sempre, isso o deixou embaraçado. Acordou e pensou em Gladia outra vez. Antes de ir embora, com certeza... mas não se não conseguisse nada para ela em retrib... – Seria isso um pagamento pelos serviços rea... Ele ouviu aquele leve ronco de novo e importou-se menos desta vez.

Gladia... Nunca pensara que a veria outra vez... menos ainda que a tocaria... menos ainda que a abraçaria... abraçá-la... E ele não sabia dizer em que momento passou do pensamento ao sonho.

Ele a estava abraçando de novo, como antes... mas não havia blusa, e a pele dela era quente e macia; ele tateou lentamente o declive formado pela espádua dela, descendo a mão pelas reentrâncias das costelas.

Havia uma aura de completa realidade naquilo. Todos os seus sentidos estavam envolvidos. Ele cheirou os cabelos de Gladia e seus lábios experimentaram o levíssimo sal da pele dela... e agora, de algum modo, eles não estavam mais de pé. Eles haviam se deitado... ou estariam deitados desde o princípio? E o que havia acontecido com a luz?

Sentiu o colchão embaixo de si e a coberta por cima – escuridão –, e ela ainda estava em seus braços, e seu corpo estava nu.

Ele acordou em choque.

– Gladia?

Inflexão ascendente... não acreditando...

– Shhh. Elijah. – Ela colocou os dedos de uma das mãos em seus lábios. – Não diga nada.

Era o mesmo que pedir a ele que interrompesse seu fluxo sanguíneo.

– O que você está *fazendo*? – perguntou ele.

– Não *sabe* o que estou fazendo? – perguntou ela. – Estou na cama com você.

– Mas por quê?

– Porque eu quero. – Seu corpo se moveu sobre o dele.

Ela apertou a parte de cima da roupa de dormir de Baley e a costura que a mantinha fechada se abriu.

Elijah sentiu um calor se agitando por dentro. Ele decidiu não proteger Gladia contra si mesma.

– Não estou *tão* cansado assim, Gladia.

– Não – disse ela de maneira brusca. – Descanse! Quero que descanse. Não se mexa.

Ela prensou os lábios contra os dele como que tentando forçá-lo a ficar quieto. Ele relaxou e passou-lhe rapidamente pela cabeça a ideia de que estava seguindo ordens, de que estava cansado e disposto a deixar que ela o amasse, em vez de fazer amor. E, vermelho de vergonha, ocorreu-lhe que isso atenuava sua culpa. (Não pude evitar, ele se ouvia dizendo. Ela me obrigou.) Por Josafá, que covardia! Que humilhação insuportável!

Mas esses pensamentos também desapareceram. De algum modo, havia uma música suave no ar, e a temperatura aumentara um pouco. A coberta tinha desaparecido, assim como sua roupa de dormir. Sentiu que ela colava o peito à cabeça dele, pressionando-a contra algo macio.

Em um estado de surpresa abstraída, Baley sabia, pela posição de Gladia, que aquela maciez correspondia ao seio esquerdo dela e que este estava centralizado em relação ao seu tórax, em contraste com o mamilo duro que era apertado contra seus lábios.

Ela estava cantando baixinho aquela música, uma melodia preguiçosamente alegre que ele não reconhecia. Ela se movia para a frente e para trás, e as pontas de seus dedos arranhavam o queixo e o pescoço dele. Ele relaxou, contente por não fazer nada, por deixá-la iniciar e executar cada atividade. Quando ela moveu-lhe os braços do lugar, ele não resistiu e os deixou ficar onde ela os colocou.

Ele não ajudou, e quando reagiu com intensificada excitação e com orgasmo, foi apenas por incapacidade de fazer outra coisa.

Gladia não parecia cansada e ele não queria que ela parasse. Além da sensualidade da reação sexual, ele sentiu de novo o que havia sentido antes: a regalia total da passividade de uma criancinha.

Por fim, ele não conseguiu mais reagir, e, ao que parecia, ela não conseguiu mais continuar, deitando-se com a cabeça no ponto em que terminava o ombro esquerdo dele e começava o peito, e com o braço esquerdo sobre as costelas dele, seus dedos alisando ternamente os pelos curtos e enrolados de Baley.

Ele parecia ouvi-la murmurando "obrigada... obrigada...".

Pelo quê?, ele se perguntou.

Ele mal se dava conta da presença dela agora, pois esse final absolutamente suave para um dia difícil era tão soporífero quanto o mítico nepente, e ele conseguia sentir sua consciência escapar, como se seus dedos estivessem se soltando da borda do penhasco da dura realidade a fim de que ele pudesse se deixar cair... cair... por entre as suaves nuvens do sono crescente até o oceano de sonhos que se agitava lentamente.

E conforme ele se deixava cair, o que não havia vindo à sua mente quando chamado chegou por conta própria. Pela terceira vez, a cortina se levantou e todos os eventos ocorridos desde que deixara a Terra se misturaram novamente, em grande concentração. De novo, tudo estava claro. Ele se esforçou por falar, por ouvir as palavras que precisava ouvir, por fixá-las e por torná-las parte de seu processo de reflexão; mas, embora ele se segurasse a tais palavras com cada garra de sua mente, elas passaram por ele e se foram.

Nesse sentido, portanto, o segundo dia de Baley em Aurora terminou de forma bem parecida ao primeiro.

(17) O PRESIDENTE

70

Quando Baley abriu os olhos, foi para encontrar a luz do sol jorrando pela janela, e ela lhe pareceu bem-vinda. Para a sua ainda adormecida surpresa, ela lhe pareceu bem-vinda. Significava que a tempestade havia terminado e era como se ela nunca houvesse acontecido. A luz do sol, quando vista apenas como alternativa à luz suave, difusa, quente e controlada das Cidades, só podia ser considerada inclemente e incerta. Mas, comparando-a com a tempestade, ela era a própria promessa de paz. Tudo é relativo, pensou Baley, e ele sabia que nunca mais pensaria no raio de sol como algo totalmente ruim.

– Parceiro Elijah? – Daneel estava de pé ao lado da cama. Um pouco atrás dele estava Giskard.

O rosto comprido de Baley se desfez em um raro sorriso de puro prazer. Ele estendeu as mãos, uma para cada robô.

– Por Josafá, homens – e ele não tinha, naquele momento, consciência alguma da inadequação da palavra –, quando eu os vi juntos pela última vez, não tinha certeza alguma de que veria um dos dois de novo.

– Com certeza – disse Daneel em um tom suave –, nenhum de nós teria sofrido qualquer dano em circunstância alguma.

– Com a luz do sol entrando pela janela, compreendo isso – replicou Baley. – Mas, ontem à noite, senti como se a tempestade fosse me matar, e estava certo de que você corria um perigo mortal, Daneel. Parecia possível que até mesmo Giskard pudesse sofrer algum dano, tentando me defender contra obstáculos avassaladores. Melodramático, admito, mas eu não estava no meu normal, sabem?

– Nós estávamos cientes disso, senhor – disse Giskard. – Foi por esse motivo que foi difícil para nós deixá-lo, apesar de sua ordem urgente. Esperamos que isso não seja uma fonte de descontentamento para o senhor no presente momento.

– De modo algum, Giskard.

– E nós também sabemos que você foi bem cuidado desde que o deixamos – acrescentou Daneel.

Foi só nesse instante que Baley se lembrou dos eventos da noite anterior.

Gladia!

Ele olhou ao redor em um repentino estado de perplexidade. Ela não estava em parte alguma do quarto. Será que ele havia imaginado?...

Não, claro que não. Isso seria impossível.

E então olhou para Daneel com a testa franzida, como se o parceiro suspeitasse que seu comentário possuísse um caráter libidinoso.

Mas não, isso seria impossível também. Um robô, por mais humaniforme que fosse, não seria projetado para se deliciar com uma insinuação maldosa.

– *Muito* bem cuidado – disse ele. – Mas o que eu preciso no momento é que me mostrem o Privativo.

— Nós estamos aqui, senhor — disse Giskard —, para orientá-lo e ajudá-lo no decorrer da manhã. A senhorita Gladia achou que o senhor se sentiria mais confortável conosco do que com qualquer um dos membros de sua equipe, e ela enfatizou que não devíamos deixar faltar nada para o seu conforto.

Baley parecia ter dúvidas.

— Até onde ela os instruiu a chegar? Eu me sinto muito bem agora, então não preciso que ninguém me lave ou me seque. Posso cuidar de mim mesmo. Espero que ela entenda isso.

— Não precisa temer nenhum constrangimento, parceiro Elijah — disse Daneel com aquele sorrisinho (parecia a Baley) que despontava quando, em um ser humano, seria possível constatar ter surgido um sentimento de afeição. — Devemos apenas garantir o seu conforto. Se, a qualquer instante, você se sentir mais confortável em privacidade, esperaremos a certa distância.

— Nesse caso, Daneel, está tudo resolvido. — Baley saiu apressado da cama. Agradou-o o fato de ver que sentia firmeza nas pernas. O descanso da noite e o tratamento que recebera quando fora trazido de volta (o que quer que pudesse ter sido) havia feito maravilhas. E Gladia também.

71

Ainda nu e úmido o bastante, por conta do banho, apenas para se sentir completamente fresco, Baley, tendo penteado o cabelo, examinou de forma crítica o resultado. Parecia natural que ele tomasse o café da manhã com Gladia, e ele não sabia ao certo como seria recebido. Seria melhor, talvez, agir como se nada tivesse acontecido e ser guiado pelas atitudes dela. E, de alguma maneira, pensou ele, poderia ajudar se ele estivesse com uma aparência razoavelmente boa... contanto que isso fosse possível. Ele fez uma cara de insatisfação diante de seu reflexo no espelho.

— Daneel! — gritou ele.

— Sim, parceiro Elijah.

— Parece que essas roupas que você está usando são novas — disse Baley com a boca cheia de pasta de dente.

— Não são originalmente minhas, parceiro Elijah. Foram do amigo Jander.

Baley franziu as sobrancelhas.

— Ela deixou você usar a roupa de Jander?

— A senhorita Gladia não queria que eu ficasse despido enquanto esperava que minhas roupas ensopadas pela chuva fossem lavadas e secas. Elas estão secas agora, mas ela disse que posso ficar com estas.

— Quando ela disse isso?

— Esta manhã, parceiro Elijah.

— Então ela está acordada?

— Está. Você vai encontrá-la para o café da manhã quando estiver pronto.

Baley apertou os lábios. Era estranho que, naquele momento, ele estivesse mais preocupado com ter de encarar Gladia do que com a reunião com o presidente um pouco mais tarde. A questão do presidente estava, afinal de contas, nas mãos das Senhoras do Destino. Ele havia decidido qual seria a sua estratégia e o que iria funcionar ou não. Quanto à Gladia... ele simplesmente não tinha estratégia.

Bem, ele teria de encará-la.

— E como está a senhorita Gladia esta manhã? — perguntou ele com o ar de indiferença mais cuidadoso que pôde.

— Ela parece bem — respondeu Daneel.

— Alegre? Deprimida?

Daneel hesitou.

— É difícil julgar a disposição interior de um ser humano. Não há nada no comportamento dela que indique alguma agitação interior.

Baley olhou de relance para Daneel e de novo se perguntou se ele se referia aos acontecimentos da noite anterior. E outra vez descartou a possibilidade.

Nem servia de alguma coisa estudar o rosto de Daneel. Não se podia fitar um robô para adivinhar pensamentos com base na expressão facial, pois não havia pensamentos no sentido humano.

Baley entrou no banheiro e olhou para as roupas que haviam arrumado para ele, refletindo cautelosamente e se perguntando se conseguiria vesti-las sem errar e sem precisar da ajuda de robôs.

A tempestade e a noite haviam acabado, e ele queria assumir o manto da maturidade e da independência mais uma vez.

— O que é isso? — perguntou ele, segurando uma comprida faixa com arabescos de um intricado padrão de cores.

— É uma faixa de pijama — disse Daneel. — É puramente ornamental. Ela passa por cima do ombro esquerdo e é amarrada do lado direito da cintura. É usada tradicionalmente para o café da manhã em alguns Mundos Siderais, mas não é muito comum em Aurora.

— Então, por que devo vestir isso?

— A senhorita Gladia achou que ficaria bem em você, parceiro Elijah. O método para amarrá-la é um tanto intricado e eu ficarei feliz em ajudá-lo.

Por Josafá, pensou Baley com pesar, ela quer que eu fique bonito. O que ela tem em mente?

Não pense nisso!

— Deixe pra lá — disse Baley. — Mas escute, Daneel, depois do café da manhã vou até a propriedade de Fastolfe, onde vou me reunir com ele, com Amadiro e com o presidente da Legislatura. Não sei se haverá mais alguém presente.

— Sim, parceiro Elijah. Sei disso. Não acho que vá haver mais alguém presente.

— Pois bem — disse Baley, começando a vestir a roupa de baixo e colocando-a devagar, de modo a não cometer nenhum erro e, dessa forma, não precisar apelar para a ajuda de Daneel –, fale-me sobre o presidente. Sei, com base em minhas leituras, que ele é a figura mais próxima que existe de um diretor executivo em Aurora, mas entendi, a partir dessas mesmas leituras, que o cargo é puramente honorário. Ele não tem poder, suponho eu.

– Acho, parceiro Elijah... – começou Daneel.

– Senhor, tenho mais conhecimento sobre a situação política em Aurora do que o amigo Daneel. Estou em funcionamento há muito mais tempo. O senhor gostaria que eu respondesse à pergunta?

– Bem, com certeza, Giskard. Continue.

– Quando se estabeleceu o governo de Aurora, senhor – começou Giskard de maneira didática, como se uma bobina de informação dentro dele estivesse girando metodicamente –, pretendia-se que o diretor executivo cumprisse apenas deveres cerimoniais. Ele devia saudar dignitários de outros mundos, abrir todas as reuniões da Legislatura, presidir as deliberações e votar apenas para desempatar. Após a Controvérsia do Rio, no entanto...

– Sim, eu li sobre isso – interveio Baley. Havia sido um episódio particularmente tedioso na história auroreana, em que discussões incompreensíveis sobre a divisão apropriada da energia hidroelétrica havia levado à situação mais próxima de uma guerra civil que o planeta já havia visto. – Não precisa entrar em detalhes.

– Não, senhor – concordou Giskard. – Após a Controvérsia do Rio, no entanto, houve uma decisão geral de jamais permitir que uma controvérsia ameaçasse a sociedade auroreana de novo. Tornou-se habitual, portanto, resolver todas as disputas em particular e de maneira pacífica fora da Legislatura. Quando os legisladores votam, por fim, é de comum acordo, de modo que sempre há uma grande maioria de um lado ou de outro. A figura-chave na resolução de disputas é o presidente da Legislatura. Considera-se que ele está acima das desavenças e seu poder – embora seja nulo na teoria, é considerável na prática – vigora apenas enquanto exercer sua posição como tal. O presidente, portanto, resguarda zelosamente sua objetividade e, enquanto conseguir fazer isso, é ele quem geralmente toma a decisão que resolve qualquer controvérsia em um sentido ou outro.

– Quer dizer que o presidente vai ouvir a mim, a Fastolfe e a Amadiro e depois vai chegar a uma decisão? – perguntou Baley.

– É possível. Por outro lado, senhor, ele pode permanecer em dúvida e requerer mais testemunhos, mais tempo para reflexão... ou ambos.

– E se o presidente chegar a uma decisão, Amadiro a acatará, se for contrária aos seus interesses? Ou Fastolfe se submeterá a ela, se for contrária aos *dele*?

– Não é absolutamente necessário que seja assim. Quase sempre há alguns que não aceitam a decisão do presidente, e tanto o dr. Amadiro quanto o dr. Fastolfe são indivíduos teimosos e obstinados... a julgar por suas atitudes. Entretanto, a maioria dos legisladores vai concordar com a decisão do presidente, seja ela qual for. O dr. Fastolfe ou o dr. Amadiro, qualquer um deles que sair derrotado por tal decisão, pode estar certo de que terá o apoio de uma pequena minoria quando fizerem a votação.

– Quão certo, Giskard?

– Quase certo. O tempo de mandato de um presidente é, em geral, de trinta anos, com a possibilidade de ser reeleito pela Legislatura por outros trinta anos. Se, no entanto, uma votação não seguisse a recomendação do presidente, ele seria forçado a renunciar em seguida, e haveria uma crise governamental enquanto a Legislatura, em condições de implacável disputa, tentasse eleger outro presidente. Poucos legisladores estão dispostos a correr esse risco, e a chance de se conseguir que a maioria vote contra o presidente, quando essa é a consequência, é quase nula.

– Então – disse Baley com pesar –, tudo depende da reunião desta manhã.

– É muito provável.

– Obrigado, Giskard.

Melancolicamente, Baley organizou e reorganizou sua linha de pensamento. Parecia-lhe otimista, mas ele não tinha ideia do que Amadiro poderia dizer ou de como poderia ser o presidente. Fora Amadiro quem tomara a iniciativa de fazer a reunião, e *ele* devia se sentir confiante, seguro de si.

Foi então que Baley se lembrou de que, outra vez, quando estava adormecendo com Gladia em seus braços, ele havia entendido – ou pensou que havia entendido, ou imaginou que havia entendido – o significado de todos os eventos em Aurora. Tudo parecia claro... óbvio... certo. E, mais uma vez, pela terceira vez, tudo desapareceu como se nunca tivesse existido.

E, com esse pensamento, suas esperanças pareciam desaparecer também.

72

Daneel levou Baley até a sala onde o café da manhã estava sendo servido... parecia mais íntima do que uma sala de jantar comum. Era pequena e simples, com apenas uma mesa e duas cadeiras em termos de mobília; quando Daneel se retirou, ele não foi para um nicho. Na verdade, não havia nichos e, por um instante, Baley se viu sozinho – completamente sozinho – na sala.

De que não estava de fato sozinho, ele tinha certeza. Haveria robôs imediatamente à disposição. No entanto, era uma sala para dois, uma sala sem robôs, uma sala (Baley hesitou em pensar nisso) para amantes.

Na mesa havia duas pilhas de rolinhos que se pareciam com panquecas e que não cheiravam como panquecas, mas que tinham um cheiro bom. Dois recipientes com algo que parecia manteiga derretida (mas poderia não ser) ladeavam as pilhas. Havia um bule com aquela bebida quente (que Baley havia experimentado e não havia gostado muito) que substituía o café.

Gladia entrou, vestida de forma cerimoniosa e com o cabelo brilhando, como se ela tivesse acabado de passar condicionador. Ela parou por um momento, com um meio sorriso no rosto.

— Elijah?

Baley, pego um pouco de surpresa com sua repentina chegada, levantou-se.

— Como você está, Gladia? — Ele gaguejou um pouco.

Ela ignorou a pergunta. Parecia alegre e despreocupada.

— Se está preocupado com o fato de Daneel não estar por perto, não fique. Ele está completamente seguro e vai continuar assim — disse ela. — Quanto a nós... — Ela caminhou na direção dele, parou perto do terráqueo e, devagar, colocou a mão em seu rosto, como um dia, há muito tempo, fizera em Solaria.

Ela deu uma risadinha.

— Isso foi tudo o que eu fiz naquela época, Elijah. Você se lembra?

Baley aquiesceu em silêncio.

— Você dormiu bem, Elijah? Sente-se, querido.

Ele se sentou.

— Muito bem. Obrigado, Gladia. — Ele hesitou antes de decidir não retribuir o tratamento afetuoso na mesma moeda.

— Não agradeça *a mim* — disse ela. — Tive a melhor noite de sono em *semanas*, e não seria assim se não tivesse saído da cama só depois de me assegurar que você estava dormindo profundamente. Se eu tivesse ficado, como queria fazer, eu o continuaria incomodando antes que a noite terminasse, e você não teria o *seu* descanso.

Ele reconheceu a necessidade de ser nobre.

— Há coisas mais importantes do que o d-descanso, Gladia — disse ele, mas em um tom de tal formalidade que a fez rir de novo.

— Pobre Elijah — disse ela. — Está constrangido.

O fato de ela ter reconhecido seu embaraço o deixou ainda mais constrangido. Baley havia se preparado para encontrar contrição, repugnância, vergonha, uma falsa indiferença, lágrimas... tudo menos a atitude abertamente erótica que ela havia assumido.

— Bem, não sofra assim — disse ela. — Você está com fome. Mal comeu ontem à noite. Ingira algumas calorias e vai se sentir mais vigoroso.

Baley olhou com ar de dúvida para as panquecas, que não tinham um aspecto vigoroso.

— Ah! Você provavelmente não conhece isso — disse Gladia. — São iguarias solarianas. Pachinkas! Tive de reprogramar meu *chef* de cozinha antes que ele conseguisse fazê-las de forma apropriada. Em primeiro lugar, é preciso usar grão solariano importado. Não funciona com as variedades auroreanas. E elas são recheadas. Na verdade, há milhares de recheios que se pode usar, mas este é o meu favorito e eu *sei* que você vai gostar também. Não vou lhe dizer do que é feito o recheio, além de purê de castanha e um toque de mel, mas experimente e me diga o que acha. Você pode comê-las com as mãos, mas tome cuidado para não morder os dedos.

Ela pegou uma pachinka, segurando-a delicadamente com o polegar e o dedo médio de cada mão, depois deu uma mordidinha, devagar, e lambeu o recheio dourado e semilíquido que escorria.

Baley a imitou. A pachinka era dura e não muito quente para segurar. Ele colocou uma ponta na boca com cautela e notou que era difícil de morder. Ele mordeu com mais força; a pachinka se quebrou e ele viu o recheio cair em suas mãos.

— A mordida foi muito grande e com muita força — disse Gladia, dando-lhe sem demora um guardanapo. — Agora dê uma lambida. Ninguém come pachinka sem se sujar. Não tem jeito. Você deve se lambuzar com ela. Idealmente, você deve comê-la despido, depois tomar um banho.

Baley tentou lamber a panqueca, hesitante, e a expressão em seu rosto foi clara o bastante.

— Você gostou, não gostou? — perguntou Gladia.

— É deliciosa — respondeu Baley e mordeu-a lenta e delicadamente. Não era doce demais e parecia amolecer e derreter na boca. Quase não era preciso engolir.

Ele comeu três pachinkas e foi apenas por vergonha que não pediu mais. Lambeu os dedos à vontade e se absteve de usar o guardanapo, pois não queria desperdiçar nem um pouco do recheio em uma coisa inanimada.

— Coloque seus dedos e mãos na loção de limpeza, Elijah — e ela mostrou a ele. O recipiente com "manteiga derretida" era uma lavanda, é óbvio.

Baley fez como lhe foi mostrado e depois secou as mãos. Ele as cheirou e não havia odor algum.

— Você *está* constrangido sobre ontem à noite, Elijah? Isso é tudo o que você sente? — perguntou ela.

O que se podia dizer?, pensou Baley.

Por fim, ele assentiu.

— Acho que estou, Gladia. Não é tudo o que eu sinto, longe disso, mas *estou* constrangido. Pare e pense. Eu sou um terráqueo e você sabe disso, mas, no momento, está desprezando esse fato, e "terráqueo" lhe soa apenas um som trissilábico sem sentido. Ontem à noite você se apiedou de mim, preocupada com o meu problema com a tempestade, sentindo por mim o mesmo que sentiria em relação a uma criança, e, simpatizando comigo (talvez por conta da vulnerabilidade que a sua perda lhe causou), você veio me procurar. Mas esse sentimento vai passar (estou surpreso de não ter passado ainda) e, então, você vai se lembrar de que sou um terráqueo, e vai se sentir envergonhada, humilhada e suja. Vai me odiar pelo que lhe fiz e eu não quero ser odiado. Não quero ser odiado, Gladia. (Se ele transparecesse estar tão infeliz quanto se sentia, então parecia infeliz de fato.)

Ela deve ter pensado que sim, pois se aproximou dele e alisou sua mão.

— Não vou odiar você, Elijah. Por que eu deveria? Você não me fez nada que eu não consentisse. Fui eu que fiz algo com você, e vou ficar feliz pelo resto de minha vida por ter feito. Você me libertou com um toque dois anos atrás, Elijah, e ontem à noite você me libertou outra vez. Eu precisava saber, dois anos atrás, que podia sentir desejo... e ontem à noite eu precisava saber que podia sentir desejo *de novo* depois de Jander. Elijah... fique comigo. Seria...

Ele a interrompeu com um ar sério.

— Como isso seria possível, Gladia? Devo voltar para o meu mundo. Tenho deveres e objetivos lá, e você não pode ir comigo. Você não conseguiria viver o tipo de vida que se vive na Terra. Você morreria de doenças terrestres... se as multidões e o enclausuramento não a matassem primeiro. Com certeza você deve entender.

— Entendo sobre a Terra — disse Gladia com um suspiro —, mas, talvez, você não precise partir de imediato.

— Antes que a manhã termine, pode ser que o presidente ordene minha saída do planeta.

— Não vão ordenar isso — disse ela energicamente. — Você não vai permitir. E se ordenarem, podemos ir a outro Mundo Sideral. Há dezenas para escolhermos. A Terra significa tanto para você que o impediria de viver em um Mundo Sideral?

— Eu poderia dar uma resposta evasiva, Gladia, e salientar que nenhum outro Mundo Sideral me deixaria estabelecer um lar permanente lá... e você sabe que isso é verdade — disse Baley. — No entanto, a maior verdade é que, mesmo se algum Mundo Sideral me *aceitasse*, a Terra é tão importante para mim que eu teria de voltar. Mesmo que isso significasse deixá-la.

— E nunca mais visitar Aurora? Nunca mais me ver?

— Se eu pudesse vê-la de novo, eu a veria — disse Baley, desejoso. — Diversas vezes, acredite em mim. Mas de que serve dizer isso? Você sabe que é pouco provável que me convidem a voltar. E sabe que não posso voltar sem ser convidado.

— Não quero acreditar nisso, Elijah — disse Gladia em voz baixa.

— Gladia, não fique infeliz — disse Baley. — Algo maravilhoso aconteceu entre nós, mas há outras coisas maravilhosas que acontecerão a você também... muitas delas, de muitos tipos, mas não a *mesma* coisa maravilhosa. Espere pelas outras.

Ela estava calada.

— Gladia — começou ele com urgência —, alguém precisa saber o que aconteceu entre nós?

Ela ergueu os olhos na direção dele com uma expressão de mágoa no rosto.

— Você se sente *tão* envergonhado assim?

— Do que aconteceu, sem dúvida que não. Mas, ainda que eu não esteja envergonhado, poderia haver consequências desagradáveis. Essa questão seria comentada. Graças àquele detestável drama em hiperonda, que incluía uma visão distorcida da nossa relação, nós somos notícia. O terráqueo e a mulher solariana. Se houver o mínimo motivo para suspeitarem que existe... amor entre nós, isso vai chegar até a Terra com a velocidade de uma viagem hiperespacial.

Gladia franziu as sobrancelhas com um quê de arrogância.

— E a Terra vai considerá-lo rebaixado? Você fez sexo com uma pessoa de posição inferior?

— Não, claro que não — respondeu Baley, constrangido, pois sabia que esse seria, com certeza, o ponto de vista de bilhões de terráqueos. — Já lhe ocorreu que a minha mulher ouviria falar sobre isso? Sou casado.

— E se ela ouvir? O que é que tem?

Baley respirou fundo.

— Você não entende. Os costumes da Terra não são os costumes Siderais. Houve tempos na nossa história em que os hábitos sexuais eram razoavelmente livres, pelo menos em alguns lugares e para algumas classes. Agora não é assim. Os terráqueos se aglo-

meraram e é preciso uma ética puritana para manter o sistema familiar estável nessas condições.
— Você quer dizer que todos têm um parceiro e ninguém mais?
— Não — respondeu Baley. — Para ser sincero, não é assim. Mas toma-se cuidado para manter as irregularidades suficientemente escondidas, de modo que todos possam... possam...
— Fingir que não sabem?
— Bem, sim, mas, neste caso...
— Tudo vai ser tão público que não se poderá fingir não saber... e sua mulher vai ficar zangada com você e vai agredi-lo.
— Não, ela não vai me agredir, mas vai se sentir humilhada, o que é pior. Ela vai se sentir humilhada e o meu filho também. Minha posição social também vai ser afetada... Gladia, se você não entende, não entende, mas me diga que não vai falar abertamente sobre isso como os auroreanos fazem. — Ele tinha certa consciência de estar fazendo um papel ridículo.
— Não pretendo perturbá-lo, Elijah — disse Gladia, pensativa.
— Você tem sido gentil comigo e eu não deixaria de ser com você, mas... — ela fez um gesto largo com os braços, em desespero — os costumes da Terra não fazem sentido.
— Sem dúvida. Entretanto, eu devo viver com eles... como você tem vivido com os costumes solarianos.
— Sim. — Sua expressão ficou sombria com as lembranças. Depois acrescentou: — Perdoe-me, Elijah. Eu sincera e verdadeiramente peço desculpas. Quero o que não posso ter e desconto em você.
— Tudo bem.
— Não, não está tudo bem. Por favor, Elijah, preciso lhe explicar uma coisa. Acho que você não entendeu o que aconteceu ontem. Você vai ficar mais constrangido se eu explicar?
Baley se perguntava como Jessie se sentiria e o que ela faria se pudesse ouvir a conversa. Ele estava ciente de que sua atenção deveria estar voltada para o iminente confronto com o presidente,

e não para seu próprio dilema marital. Ele deveria estar focado no perigo que a Terra corria e não em sua mulher, mas, na realidade, ele estava pensando em Jessie.

— É provável que eu vá me sentir constrangido, mas, de qualquer forma, explique — disse ele.

Gladia arrastou a cadeira, abstendo-se de chamar um dos seus funcionários robôs para fazer isso. Baley esperou nervosamente que ela o fizesse, não se oferecendo para arrastar a peça.

Ela colocou a cadeira bem perto da dele, posicionando-a de frente, de tal forma que estava olhando diretamente para Baley quando se sentou. E, ao se sentar, Gladia estendeu sua mãozinha e colocou-a na mão dele, e ele sentiu sua mão pressionar a dela.

— Sabe — disse ela —, eu não tenho mais medo do contato. Não estou mais na etapa em que tudo o que consigo fazer é roçar seu rosto por um instante.

— Pode ser, mas isso não a afeta como aquele simples toque, afeta, Gladia?

Ela aquiesceu.

— Não, não me afeta daquele modo, mas, de qualquer maneira, eu gosto. Acho que isso é um progresso, na verdade. Virar do avesso por conta de um único instante que durou um toque mostra o quanto era anormal a forma como eu havia vivido e por quanto tempo. Agora está melhor. Posso lhe contar? O que acabei de lhe dizer é, na verdade, um prólogo.

— Diga-me.

— Eu queria que estivéssemos na cama e estivesse escuro. Eu poderia falar mais abertamente.

— Estamos sentados e está claro, Gladia, mas estou ouvindo.

— Sim... Em Solaria, Elijah, não havia o que se falar sobre sexo. Você sabe disso.

— Sim, eu sei.

— Eu não vivenciei nada num sentido real. Em algumas ocasiões, apenas algumas, meu marido se aproximava de mim por uma questão de dever. Não vou sequer descrever como era, mas você vai acreditar em mim quando eu disser que, recordando aquela época, era pior do que não ter sexo algum.

— Acredito em você.

— Mas eu sabia algo sobre sexo. Eu lia sobre isso. Discutia isso com outras mulheres às vezes, e todas elas fingiam que era um odioso dever que os solarianos deviam cumprir. Se tivessem chegado ao limite da cota de filhos, sempre diziam que estavam encantadas de nunca mais ter de se ocupar de sexo de novo.

— Você acreditava nelas?

— Claro que acreditava. Nunca tinha ouvido nada diferente disso, e os poucos relatos não solarianos que li eram condenados como falsas distorções. Meu marido encontrou alguns livros que eu tinha, chamou-os de pornografia e fez com que fossem destruídos. E depois, também, sabe, as pessoas acabam acreditando em qualquer coisa. Acho que as mulheres solarianas acreditavam no que diziam e, de fato, *desprezavam* o sexo. Elas certamente pareciam sinceras e me faziam sentir que havia algo terrivelmente errado comigo porque eu tinha uma espécie de curiosidade sobre isso... e sensações estranhas que não conseguia entender.

— Naquela época, você não usava robôs para nenhum tipo de alívio?

— Não, não me ocorreu usá-los. Tampouco algum objeto inanimado. Ouviam-se cochichos ocasionais sobre essas coisas, mas com tal horror, ou com um horror fingido, que eu nunca *sonharia* em fazer algo assim. Claro, eu tinha sonhos e, às vezes, recordando disso agora, sentia algo que devem ter sido orgasmos incipientes, e que me faziam acordar. Eu nunca os entendi, claro, nem ousava falar sobre o assunto. Eu sentia muita vergonha deles, na verdade. Pior, eu ficava assustada com o prazer que me davam. E depois, evidentemente, eu vim para Aurora.

— Você me contou sobre isso. O sexo com os auroreanos não era satisfatório.

— Sim. Isso me fez pensar que os solarianos estavam certos, no final das contas. O sexo não se parecia nada com os meus sonhos. Foi só depois da experiência com Jander que eu entendi. Não é sexo o que eles fazem em Aurora; é... é... coreografia. Cada etapa do sexo é ditada pela moda, desde o método de aproximação até o momento da partida. Não há nada de inesperado, nada espontâneo. Em Solaria, uma vez que havia tão pouco sexo, não se dava nem se recebia nada. E, em Aurora, o sexo era tão estilizado que, por fim, tampouco se dava ou se recebia alguma coisa. Entende?

— Não sei ao certo, Gladia, pois nunca experimentei sexo com uma mulher auroreana e, diga-se de passagem, porque estou longe de ser um homem auroreano. Mas não é necessário explicar. Tenho uma pálida ideia do que você quer dizer.

— Você está se sentindo terrivelmente constrangido, não está?

— Não a ponto de não ser capaz de ouvir.

— Mas então eu conheci Jander e aprendi a usá-lo. Ele não era um homem auroreano. Seu único propósito, o único propósito que ele poderia ter, era me agradar. Ele dava e eu recebia, e, pela primeira vez, vivenciei o sexo do modo como ele devia ser vivenciado. Você entende *isso*? Consegue imaginar como deve ser a pessoa descobrir, de repente, que não é louca, nem desvirtuada, nem pervertida, nem simplesmente errada? Descobrir que é uma mulher e que tem um parceiro sexual satisfatório?

— Acho que posso imaginar.

— E então, depois de um período tão curto de tempo, ver tudo isso ser tirado de mim. Pensei... pensei... que fosse o fim. Eu estava condenada. Nunca mais teria, no decorrer de séculos de vida, uma boa relação sexual outra vez. Não ter tido uma experiência aceitável para começar... e depois nunca ter tido uma experiência agradável, afinal... era ruim o bastante. Mas conseguir, contra todas as expectativas, ter uma boa relação sexual para depois *perdê-la* e voltar ao nada... *isso* é insuportável. Você entende, portanto, como ontem à noite foi importante?

— Mas por que eu, Gladia? Por que não outra pessoa?
— Não, Elijah, *tinha* de ser você. Nós fomos e encontramos você, Giskard e eu, e você estava desamparado. Verdadeiramente desamparado. Você não estava inconsciente, mas não comandava o próprio corpo. Teve de ser erguido e carregado e colocado no carro. Eu estava lá quando o aqueceram e você passou pelo tratamento, quando o lavaram e o secaram, desamparado do começo ao fim. Os robôs fizeram tudo com uma eficiência maravilhosa, determinados a cuidar de você e impedir que sofresse algum dano, mas sem sentimentos verdadeiros. Eu, por outro lado, observava e *sentia*.

Baley baixou a cabeça, cerrando os dentes ao pensar em seu estado público de desamparo. Ele havia se deleitado com aquilo quando acontecera, mas agora só conseguia sentir a desgraça de ser observado em tais condições.

— Eu queria fazer tudo por você — continuou ela. — Eu me ressentia dos robôs por se reservarem o direito de ser gentis com você... e de cuidar de você. E enquanto me imaginava fazendo tudo aquilo, eu sentia uma crescente excitação sexual, algo que não havia sentido depois da morte de Jander. E então me ocorreu que, em minha única experiência sexual bem-sucedida, o que eu havia feito fora receber. Jander dava o que eu quisesse, mas nunca recebia. Ele não era capaz de receber, uma vez que sua única satisfação estava em me satisfazer. E nunca me ocorreu a ideia de dar porque fui criada em meio aos robôs, e sabia que eles não poderiam receber. E conforme eu observava, ocorreu-me que eu só conhecia metade do sexo e queria, desesperadamente, vivenciar a outra metade. Mas então, mais tarde, quando estávamos à mesa de jantar e você tomava sua sopa quente, parecia recuperado, parecia forte. Estava forte o suficiente para me consolar. E porque eu havia tido aquele sentimento quando você estava recebendo cuidados, não tive mais medo do fato de você ser da Terra, e desejava me envolver no seu abraço. Eu *queria* isso. Mas, mesmo enquanto você me abraçava, tive uma sensação de perda, pois eu estava recebendo de novo, e não dando. E você me disse: "Gladia, por favor, preciso me sentar". Oh, Elijah, foi a coisa mais maravilhosa que você poderia ter me dito.

Baley sentiu o rosto enrubescer.

– Isso me deixou muito constrangido naquele momento. Uma confissão de fraqueza dessas.

– Era exatamente o que eu queria. Isso me deixou louca de desejo. Eu o forcei a se deitar, fui até você e, pela primeira vez na vida, eu dei. Eu não recebi nada. E o feitiço de Jander passou, pois eu soube que ele também não havia sido o suficiente. Deve ser possível fazer as *duas* coisas, dar e receber. Elijah, fique comigo.

Baley chacoalhou a cabeça.

– Gladia, se eu dividisse meu coração em dois, isso não mudaria os fatos. Não posso ficar em Aurora. Devo voltar para a Terra. Você não pode ir para a Terra.

– Elijah, e se eu *puder* ir para a Terra?

– Por que você diz uma bobagem dessas? Mesmo se pudesse, eu envelheceria rápido e em pouco tempo não teria serventia alguma para você. Em vinte anos, trinta no máximo, eu serei um velho, provavelmente estarei morto, enquanto você vai continuar como está durante séculos.

– Mas é isso o que eu quero dizer, Elijah. Na Terra, vou pegar as suas infecções e vou envelhecer rápido também.

– Você não ia querer isso. Além do mais, a velhice não é uma infecção. Você vai apenas envelhecer doente, de forma muito rápida, e vai morrer. Gladia, você pode encontrar outro homem.

– Um auroreano? – perguntou ela com desdém.

– Você pode ensinar. Agora que você sabe dar e receber, ensine a eles como fazer as duas coisas também.

– Se eu ensinar, será que eles vão aprender?

– Alguns vão. Com certeza, alguns vão. Você tem tanto tempo para encontrar alguém que aprenda. Há... (Não, pensou ele, não é prudente mencionar Gremionis agora, mas, talvez, se ele a procurar... de maneira menos educada e com um pouco mais de determinação...)

Ela parecia pensativa.

— Isso é possível? — Depois, olhando para Baley, com os olhos azul-acinzentados úmidos, acrescentou: — Oh, Elijah, você se lembra de alguma coisa da noite passada?

— Devo admitir — disse Baley em um tom um pouco tristonho — que algumas partes estão lastimosamente nebulosas.

— Se você se lembrasse, não ia querer me deixar.

— Não é que eu queira deixá-la, Gladia. É que eu devo ir.

— E depois — disse ela — você pareceu tão serenamente feliz, tão descansado. Eu fiquei aninhada em seu ombro e senti seu coração bater rápido, a princípio, e então cada vez mais devagar, exceto quando você se sentou de repente. Você se lembra disso?

Baley se sobressaltou e se inclinou um pouco para outro lado, um tanto afastado dela, olhando em seus olhos com desvario.

— Não, eu não me lembro disso. O que quer dizer? O que eu fiz?

— Eu já lhe disse. Você se sentou de repente.

— Sim, mas o que mais? — Seu coração estava batendo rápido agora, tão rápido quanto devia ter batido no despertar do sexo da noite anterior. Por três vezes, algo que parecia ser a verdade lhe viera à mente, mas nas duas primeiras ele estava completamente sozinho. Na terceira vez, no entanto, Gladia estava com ele. Ele tinha uma testemunha.

— Mais nada, na verdade — respondeu ela. — Eu disse: "O que foi, Elijah?", mas você não prestou atenção em mim. Você disse: "Eu encontrei. Eu encontrei". Você não falava com clareza e seus olhos não estavam fixos em nada. Foi um pouco assustador.

— Isso foi tudo o que eu disse? Por Josafá, Gladia! Eu não disse mais nada?

Gladia franziu as sobrancelhas.

— Eu não lembro. Mas depois você se deitou e eu disse: "Não fique assustado, Elijah. Não fique assustado. Você está seguro agora". E eu o afaguei e você se recostou de novo e dormiu... e *roncou*... Eu nunca ouvi ninguém roncar antes, mas deve ter sido isso... pelo que dizem as descrições. — Estava claro que o pensamento a divertiu.

— Ouça-me, Gladia — disse Baley. — O que eu disse? "Eu encontrei. Eu encontrei." Eu disse o que foi que encontrei?

Ela franziu as sobrancelhas de novo.

— Não, eu não me lembro... Espere. Você disse uma coisa em um tom de voz muito baixo. Você disse: "Ele chegou lá primeiro".

— "Ele chegou lá primeiro." Foi isso o que eu disse?

— Sim. Supus que você pretendia dizer que Giskard chegou lá antes dos outros robôs, que estava tentando superar seu medo de ser levado, que estava revivendo aquele momento na tempestade. Sim! Foi por isso que eu o afaguei e disse: "Não fique assustado, Elijah. Você está a salvo agora", até você relaxar.

— "Ele chegou lá primeiro." "Ele chegou lá primeiro"... Não vou me esquecer disso agora. Gladia, obrigado por ontem à noite. Obrigado por conversar comigo agora.

— Há algo importante sobre você dizer que Giskard o encontrou primeiro — disse Gladia. — Ele *encontrou*. Você sabe disso.

— Não pode ser isso, Gladia. Deve ser algo que eu *não* sei, mas que consigo descobrir apenas quando minha mente está totalmente relaxada.

— Mas o que quer dizer, então?

— Não sei ao certo, mas, se foi isso o que eu disse, deve significar alguma coisa. E eu tenho pouco mais de uma hora para descobrir. — Ele se levantou. — Preciso ir agora.

Ele havia dado alguns passos em direção à porta, mas Gladia correu até ele e o abraçou.

— Espere, Elijah.

Baley hesitou, depois abaixou a cabeça para beijá-la. Por um longo instante, eles ficaram juntinhos.

— Eu vou ver você outra vez, Elijah?
— Não sei dizer. Espero que sim — respondeu Baley com tristeza.

E ele saiu para encontrar Daneel e Giskard, de modo que pudesse fazer os preparativos para o confronto que estava prestes a acontecer.

73

A tristeza de Baley persistiu enquanto ele caminhava pelo longo gramado até a propriedade de Fastolfe.

Os robôs andavam um de cada lado dele. Daneel parecia estar tranquilo, mas Giskard, fiel à sua programação e aparentemente incapaz de relaxá-la, vigiava os arredores com atenção.

— Qual é o nome do presidente da Legislatura, Daneel? — perguntou Baley.

— Não sei dizer, parceiro Elijah. Nas ocasiões em que foi mencionado na minha presença, referiram-se a ele apenas como "o presidente". As pessoas se dirigem a ele como "sr. presidente".

— Ele se chama Rutilan Horder, senhor, mas o nome nunca é mencionado oficialmente — acrescentou Giskard. — Usa-se só o título. Isso serve para dar a impressão de continuidade no governo. Os ocupantes humanos do cargo têm, individualmente, mandatos fixos, mas "o presidente" sempre existe.

— E esse presidente em particular... quantos anos ele tem?

— Ele tem bastante idade, senhor. Trezentos e trinta e um — respondeu Giskard, que normalmente tinha estatísticas disponíveis.

— Goza de boa saúde?

— Não sei de nada em contrário, senhor.

— Alguma característica notável para a qual seria bom eu estar preparado?

Isso pareceu fazer Giskard parar.

— É difícil dizer, senhor — respondeu o robô, após uma pausa.
— Ele está em seu segundo mandato. É considerado um presidente eficiente que trabalha muito e obtém resultados.
— Ele se irrita com facilidade? Tem paciência? É dominador? Compreensivo?
— O senhor deve julgar essas coisas por si próprio — disse Giskard.
— Parceiro Elijah, o presidente está acima de partidarismos. Ele é justo e imparcial por definição.
— Tenho certeza disso — murmurou Baley —, mas definições são abstratas, como é o caso de "o presidente", enquanto presidentes individualizados, com nomes, são concretos e podem ter uma mente que lhes corresponda.

Ele chacoalhou a cabeça. Sua própria mente, ele podia jurar, tinha uma forte medida do que era concreto. Tendo pensado três vezes em alguma coisa e três vezes perdido esse pensamento, Baley deparava agora com o comentário que ele mesmo fizera no momento em que esse pensamento lhe ocorrera, e isso *ainda* não o ajudava.

"Ele chegou lá primeiro."

Quem chegou lá primeiro? Quando?

Baley não tinha respostas.

74

Baley encontrou Fastolfe o esperando à porta de sua propriedade, com um robô atrás de si que parecia estar em um estado de grande inquietação robótica, como se fosse incapaz de realizar sua inerente função de cumprimentar um visitante e estivesse chateado com esse fato.

(Por outro lado, alguém sempre estava vendo motivações e reações humanas em robôs. A verdade mais provável era que não havia nenhuma inquietação – nenhum sentimento de tipo algum –, apenas uma leve oscilação de potenciais positrônicos resultantes do fato de que suas ordens eram cumprimentar e inspecionar todos os visitantes, e que ele não conseguia realizar a tarefa sem passar por Fastolfe com um empurrão, coisa que ele tampouco podia fazer, na ausência de uma necessidade prioritária. Então ele ensaiou algumas tentativas, uma após a outra, e isso o fez parecer inquieto.)

Baley se viu fitando o robô de forma distraída e só com dificuldade conseguiu voltar a olhar para Fastolfe. (Ele estava pensando em robôs, mas não sabia por quê.)

– Estou feliz em vê-lo outra vez, dr. Fastolfe – disse ele, estendendo a mão. Depois de seu encontro com Gladia, era um tanto difícil lembrar que os Siderais relutavam em ter contato físico com um terráqueo.

Fastolfe hesitou por um instante e depois, como os bons modos venceram a prudência, ele pegou a mão que lhe fora oferecida, apertando-a de leve e por pouco tempo, e soltou-a.

– Eu estou ainda mais feliz em vê-lo, sr. Baley – replicou o roboticista. – Fiquei bastante alarmado com a sua experiência de ontem à noite. Não foi uma tempestade particularmente forte, mas, para um terráqueo, deve ter parecido devastadora.

– Então o senhor sabe sobre o que aconteceu?

– Daneel e Giskard me passaram informações detalhadas quanto a isso. Eu teria me sentido melhor se eles tivessem vindo direto para cá e, por fim, tivessem trazido o senhor com eles, mas a decisão deles foi baseada no fato de que a propriedade de Gladia estava mais próxima do ponto onde o carro quebrou e de que suas ordens foram extremamente intensas, e que haviam colocado a segurança de Daneel à frente de sua própria segurança. Eles não o interpretaram mal?

– Não interpretaram, não. Eu os forcei a me deixarem lá.

– Será que isso foi prudente? – Fastolfe seguiu na frente, mostrando o caminho, e apontou uma cadeira.

Baley se sentou.

— Parecia ser a coisa certa a fazer. Nós estávamos sendo seguidos.

— Foi o que relatou Giskard. Ele também informou que...

— Dr. Fastolfe, por favor — interveio Baley. — Tenho muito pouco tempo e preciso fazer algumas perguntas para o senhor.

— Continue, por favor — disse Fastolfe de pronto, com seu costumeiro ar de cortesia infalível.

— Sugeriram que o senhor coloca o seu trabalho sobre o funcionamento cerebral acima de todas as coisas, que o senhor...

— Deixe-me terminar, sr. Baley. Que eu não permito que nada fique no meu caminho, que sou totalmente cruel, alheio a qualquer consideração quanto à imoralidade ou ao mal, que não me deteria por nada, que eu perdoaria tudo, todas essas coisas em nome da importância do meu trabalho.

— Sim.

— Quem lhe disse isso, sr. Baley? — indagou Fastolfe.

— Isso importa?

— Talvez não. Além do mais, não é difícil adivinhar. Foi minha filha Vasilia. Tenho certeza disso.

— Talvez — disse Baley. — O que eu quero saber é se essa avaliação do seu caráter está correta.

Fastolfe deu um sorriso triste.

— O senhor espera uma resposta sincera de minha parte sobre o meu próprio caráter? De certa maneira, as acusações contra mim são verdadeiras. Eu *considero* meu trabalho a questão mais importante que existe e *tenho* o ímpeto de sacrificar toda e qualquer coisa por ele. Eu *ignoraria* noções convencionais de maldade e imoralidade se elas ficassem no meu caminho. A questão, contudo, é que não o faço. Não consigo. E, em particular, se fui acusado de matar Jander porque isso traria de algum modo avanços ao meu estudo do cérebro humano, eu nego. Não é verdade. Eu não matei Jander.

— O senhor sugeriu que eu me submetesse a uma Sonda Psíquica para extrair alguma informação no meu cérebro que não consigo acessar de outra forma — disse Baley. — Já lhe ocorreu que, se *o senhor* se submetesse a uma Sonda Psíquica, sua inocência poderia ser demonstrada?

Fastolfe chacoalhou a cabeça de maneira pensativa.

— Imagino que Vasilia tenha sugerido que o fato de eu não ter me oferecido para me submeter a uma sondagem era prova de minha culpa. Não é verdade. A Sonda Psíquica é perigosa e fico tão nervoso com a possibilidade de me submeter a ela quanto o senhor. No entanto, eu o teria feito, apesar de meus medos, não fosse pelo fato de que isso é o que os meus oponentes mais querem que eu faça. Eles argumentariam contra qualquer evidência da minha inocência, e a Sonda Psíquica não é um instrumento sutil o bastante para demonstrar a inocência de forma inquestionável. Mas o que eles *conseguiriam* com o uso da sondagem seriam informações sobre a teoria e a criação de robôs humaniformes. É *isso* o que eles querem e é *isso* o que eu não vou dar.

— Muito bem — disse Baley. — Obrigado, dr. Fastolfe.

— De nada — respondeu Fastolfe. — E agora, se me permite voltar ao que eu estava dizendo, Giskard relatou que, depois que o deixaram sozinho no aerofólio, o senhor foi abordado por robôs estranhos. Pelo menos, o senhor falou de robôs estranhos, de modo um tanto incoerente, após ter sido encontrado inconsciente e exposto à tempestade.

— Os robôs estranhos *de fato* me abordaram, dr. Fastolfe. Eu consegui enganá-los e os mandei embora, mas achei prudente sair do aerofólio em vez de esperar que voltassem. Pode ser que eu não estivesse pensando com clareza quando cheguei a essa decisão. Giskard disse que eu não estava.

Fastolfe deu um sorriso.

— Giskard tem uma visão simplista do Universo. O senhor tem alguma ideia de quem era o dono desses robôs?

Baley se remexeu, agitado, e pareceu não encontrar um modo de se ajustar ao assento de maneira confortável.

— O presidente já chegou? — perguntou ele.

— Não, mas vai estar aqui a qualquer momento. Assim como Amadiro, o diretor do Instituto, que o senhor conheceu ontem, segundo me contaram os robôs. Não tenho certeza de que isso foi sensato. O senhor o irritou.

— Eu precisava vê-lo, dr. Fastolfe, e ele não parecia irritado.

— Isso não serve como base no caso de Amadiro. Como consequência do que ele chama de suas calúnias e de sua insuportável prática difamatória contra reputações profissionais, ele obrigou o presidente a tomar uma providência.

— Em que sentido?

— É o trabalho do presidente encorajar uma reunião das partes contrárias e trabalhar em prol de um acordo. Se Amadiro quer se encontrar comigo, o presidente não pode, por definição, desencorajar tal encontro, muito menos proibi-lo. Ele deve fazer a reunião e, se Amadiro conseguir encontrar evidência suficiente contra o senhor, e é fácil encontrar evidências contra um terráqueo, isso vai pôr um fim à investigação.

— Talvez, dr. Fastolfe, o senhor não devesse ter chamado um terráqueo para ajudar, considerando o quanto é vulnerável a nossa posição.

— Talvez não, sr. Baley, mas eu não conseguia pensar em mais nada que pudesse fazer. Ainda não consigo, então devo deixar por sua conta a tarefa de convencer o presidente do nosso ponto de vista... se o senhor puder.

— A responsabilidade é minha? — perguntou Baley, desalentado.

— Inteiramente sua — respondeu Fastolfe em um tom suave.

— Só nós quatro estaremos presentes? — perguntou Baley.

— Na verdade, nós três: o presidente, Amadiro e eu — respondeu Fastolfe. — Nós somos os dois outorgantes e o agente intermediador, por assim dizer. O senhor estará lá como uma quarta parte, sr. Baley, e sua presença será apenas tolerada. O presidente pode mandar que o senhor saia se ele quiser, então espero que o senhor não faça nada para irritá-lo.

— Tentarei não fazer, dr. Fastolfe.

— Por exemplo, sr. Baley, não lhe ofereça a mão... se me perdoa a indelicadeza.

Baley sentiu uma onda de calor invadi-lo por conta do constrangimento gerado por seu gesto anterior.

— Não oferecerei.

— E seja sempre cortês. Não faça acusações furiosas. Não insista em declarações para as quais não existe uma base...

— O senhor quer dizer que não devo tentar forçar alguém a trair a si mesmo. Amadiro, por exemplo.

— Sim, não faça isso. O senhor estará cometendo difamação e isso será contraproducente. Portanto, seja cortês! Se a cortesia mascarar um ataque, não discutiremos quanto a isso. E tente não falar, a não ser que falem com o senhor.

— Por que, dr. Fastolfe, o senhor está cheio de conselhos cuidadosos agora e, no entanto, nunca me advertiu dos perigos da difamação antes? — perguntou Baley.

— A culpa, de fato, é minha — disse o dr. Fastolfe. — Era uma questão de conhecimento tão básico para mim que nunca me ocorreu que teria de ser explicada.

— Sim, pensei que fosse esse o caso — resmungou Baley.

Fastolfe ergueu a cabeça de repente.

— Ouvi um aerofólio lá fora. Mais do que isso, posso ouvir os passos de algum dos meus funcionários indo em direção à entrada. Presumo que o presidente e Amadiro estejam por perto.

— Juntos? — perguntou Baley.

— Sem dúvida. Veja bem, Amadiro sugeriu minha propriedade como local da reunião, dando-me, assim, a vantagem de jogar no meu próprio campo. Ele teve, portanto, a chance de se oferecer, por uma questão de aparente cortesia, para ir buscar o presidente e trazê-lo aqui. Afinal de contas, ambos precisam vir para cá. Isso lhe dará alguns minutos para falar em particular com o presidente e reforçar seu ponto de vista.

— Isso não é muito justo — disse Baley. — O senhor não podia ter impedido essa vantagem?

— Eu não quis impedi-la. Amadiro está correndo um risco calculado. Ele pode dizer algo que vá irritar o presidente.

— O presidente é particularmente irritadiço por natureza?

— Não. Não mais do que qualquer presidente na quinta década de seu mandato. Ainda assim, a necessidade de aderir estritamente ao protocolo, a necessidade extra de nunca tomar partido e a realidade do poder arbitrário se conjugam para tornar inevitável certa irritabilidade. E Amadiro nem sempre é sensato. Seu sorriso jovial, seus dentes brancos, sua benevolência excessiva podem ser extremamente irritantes quando aqueles com os quais ele os esbanja não estão de bom humor por algum motivo. Mas devo ir ao encontro deles, sr. Baley, e oferecer o que acredito ser uma versão mais substancial do que seja cordialidade. Por favor, fique aqui e não saia dessa cadeira.

Baley não podia fazer nada a não ser esperar, agora. Ele pensou, de maneira irrelevante, que estava em Aurora havia pouco menos de cinquenta horas padrão.

(18) OUTRA VEZ O PRESIDENTE

75

O presidente era baixo, surpreendentemente baixo. Amadiro era quase trinta centímetros mais alto que ele. Entretanto, uma vez que a maior parte de sua baixa estatura se concentrava nas coxas, o presidente, quando estavam todos sentados, não era notadamente menor do que os outros. Na verdade, ele era atarracado, com um peito e ombros maciços, e parecia quase poderoso nessas condições.

Ele também tinha uma cabeça grande, mas seu rosto era enrugado e estava marcado pela idade. Nem suas rugas eram do tipo gentilmente esculpidas pela risada. Tinha-se a impressão de que elas foram impressas nas bochechas e na testa pelo exercício do poder. Seu cabelo era branco e esparso, e havia uma careca no ponto em que os cabelos teriam se encontrado em uma espiral.

Sua voz combinava com ele: profunda e decisiva. A idade havia lhe tirado algo de seu timbre, talvez, e havia lhe emprestado um pouco de severidade, mas, em um presidente (pensou Baley), isso poderia ajudar em vez de atrapalhar.

Fastolfe realizou todo o ritual de saudação, trocando comentários carinhosos e sem sentido, e ofereceu comida e bebida. Enquanto acontecia tudo isso, não se fez nenhuma menção ao forasteiro e não se prestou atenção nele.

Só quando as preliminares haviam acabado e todos estavam sentados é que Baley (um pouco mais distante do centro do que os outros) foi apresentado.

— Sr. presidente — disse ele sem estender a mão. Depois, com um aceno improvisado, continuou: — E, claro, já conheço o dr. Amadiro.

O sorriso de Amadiro não foi abalado com o toque de insolência na voz de Baley.

O presidente, que não havia dado atenção à saudação de Baley, colocou as mãos nos joelhos, com os dedos abertos, e disse:

— Vamos começar e vejamos se não podemos fazer com que isso seja tão breve e produtivo quanto possível. Deixem-me salientar, em primeiro lugar, que eu gostaria de superar essa questão do mau comportamento, ou possível mau comportamento, de um terráqueo e atacar instantaneamente o cerne do problema. Nem estamos falando, ao tratar do cerne do problema, dessa questão exagerada do robô. Interromper a atividade de um robô é um problema para os juizados cíveis: pode resultar no julgamento da violação dos direitos de propriedade e na imposição de uma multa, mas nada além disso. Ademais, se se deve provar que o dr. Fastolfe inutilizou o robô, Jander Panell, é preciso considerar que se trata de um robô que ele, afinal, ajudou a projetar, cuja construção ele supervisionou e que era de propriedade dele na época em que ficou inoperante. Não há pena passível de ser aplicada, já que uma pessoa pode fazer o que quiser com o que é seu. O que está em causa, de fato, é o problema da exploração e colonização da Galáxia: se nós de Aurora vamos realizar isso sozinhos, se o faremos em colaboração com outros Mundos Siderais ou se o deixaremos a cargo da Terra. O dr. Amadiro e os globalistas defendem que

Aurora deve carregar esse fardo nos ombros sozinha; o dr. Fastolfe quer deixar isso por conta da Terra. Se conseguirmos resolver essa questão, então poderemos deixar o problema do robô para as cortes cíveis, e é provável que o caso do comportamento do terráqueo deixe de ter relevância, e possamos simplesmente nos livrar dele. Portanto, deixem-me começar perguntando se o dr. Amadiro está preparado para aceitar a posição do dr. Fastolfe a fim de que alcancemos uma decisão unânime ou se o dr. Fastolfe está preparado para aceitar a posição do dr. Amadiro, tendo em vista a mesma finalidade.

Ele fez uma pausa e esperou.

– Sinto muito, sr. presidente, mas devo insistir que os terráqueos fiquem confinados em seu planeta e que a Galáxia seja colonizada só pelos auroreanos – disse Amadiro. – Eu estaria disposto a ceder, entretanto, a ponto de permitir que outros Mundos Siderais participem da colonização, se isso evitasse brigas desnecessárias entre nós.

– Entendo – comentou o presidente. – E o senhor, dr. Fastolfe, em vista dessa declaração, abandonará sua posição?

– A proposta do dr. Amadiro mal apresentou alguma substância, sr. presidente – disse Fastolfe. – Estou disposto a oferecer um acordo de maior significação. Por que não deixar os mundos da Galáxia à disposição de Siderais e terráqueos? A Galáxia é grande e haveria espaço para ambos. Eu estaria disposto a aceitar esse acordo.

– Sem dúvida – retorquiu Amadiro rapidamente –, pois isso não é um acordo. A população de mais de oito bilhões de pessoas da Terra é 150% maior do que a de todos os Mundos Siderais juntos, mais até. Os terráqueos vivem pouco e estão acostumados a substituir rápido suas perdas. Eles não têm o nosso respeito pela vida humana individual. Eles vão se aglomerar em novos mundos a qualquer custo, multiplicando-se como insetos, e vão se apropriar da Galáxia enquanto nós estivermos apenas começando.

Oferecer à Terra uma chance supostamente igual nesse projeto é o mesmo que entregar a Galáxia *a eles*... e isso não é igualdade. Os terráqueos devem ficar confinados à Terra.

– E o que o senhor tem a dizer, dr. Fastolfe?

Fastolfe deu um suspiro.

– Meu ponto de vista está documentado. Tenho certeza de que não preciso repeti-lo. O dr. Amadiro planeja usar robôs humaniformes para construir os mundos colonizados nos quais os auroreanos vão ingressar, deixando-os previamente preparados; no entanto, ele sequer tem robôs humaniformes. Ele não pode construí-los e o projeto não funcionaria, mesmo que ele os tivesse. Nenhum acordo é possível a não ser que o dr. Amadiro concorde com o princípio de que os terráqueos podem, ao menos, participar na tarefa da colonização de novos mundos.

– Então nenhum acordo é possível – redarguiu Amadiro.

O presidente pareceu descontente.

– Temo que um dos dois *deva* ceder. Não pretendo ver Aurora dilacerada em uma orgia emocional por conta de uma questão dessa importância.

Ele olhou para Amadiro de forma inexpressiva, cuidadosamente, sem significar favorecimento nem desfavorecimento.

– O senhor pretende usar a inutilização do robô, Jander, como argumento contra o ponto de vista de Fastolfe, não pretende?

– Sim – respondeu Amadiro.

– Um argumento puramente emocional. O senhor vai alegar que Fastolfe está tentando destruir o seu ponto de vista fazendo com que os robôs humaniformes falsamente pareçam menos úteis do que são de fato.

– É exatamente isso que ele *está* tentando fazer...

– Calúnia! – interpôs Fastolfe em voz baixa.

– Não se eu puder provar, coisa que posso fazer – disse Amadiro. – O argumento pode ser emocional, mas será eficaz. O senhor entende isso, não entende, sr. presidente? Meu ponto de vista com certeza sairá vitorioso, mas, por si só, causará muito sofrimento. Sugiro que o senhor convença o dr. Fastolfe a aceitar uma inevitável derrota e poupar Aurora da enorme tristeza de um espetáculo que enfraquecerá nossa posição entre os Mundos Siderais e abalará nossa crença em nós mesmos.

— Como pode provar que o dr. Fastolfe inutilizou o robô?

— Ele próprio admite que é o único ser humano que poderia fazer tal coisa. O senhor sabe disso.

— Eu sei — disse o presidente —, mas queria ouvi-lo dizer isso, não para o seu eleitorado, não para a mídia, mas para mim... em particular. E o senhor disse.

Ele se virou para Fastolfe.

— E o que o senhor diz, dr. Fastolfe? O senhor é o único homem que poderia ter destruído o robô?

— Sem deixar marcas físicas? Que eu saiba, sou sim. Não acredito que o dr. Amadiro tenha habilidade na área de robótica para fazer isso, e eu sempre fico impressionado que, após ter fundado o Instituto de Robótica, ele esteja tão ansioso para anunciar sua própria incapacidade, mesmo com todos os seus associados apoiando-o... e para fazê-lo publicamente. — Ele sorriu para Amadiro, não totalmente sem malícia.

O presidente deu um suspiro.

— Não, dr. Fastolfe. Sem truques de retórica agora. Dispensemos o sarcasmo e ataques astutos. Qual é a sua defesa?

— Bem, apenas a de que não causei nenhum dano a Jander. Não digo que alguém tenha feito. Foi o acaso, o princípio da incerteza operando nas vias positrônicas. Pode acontecer de vez em quando. Considere que o dr. Amadiro meramente admita que foi o acaso, que ninguém seja acusado sem provas, e então podemos discutir as propostas concorrentes sobre a colonização por seus próprios méritos.

— Não — retrucou Amadiro. — A possibilidade de uma destruição acidental é pequena demais para ser levada em consideração, muito menor do que a chance de o dr. Fastolfe ser o responsável... é tão menor que faz o ato de ignorar a culpa do dr. Fastolfe ser falta de responsabilidade. Não vou ceder e vou sair vitorioso. Sr. presidente, o senhor sabe que vou vencer e parece-me que o único passo racional a ser dado é forçar o dr. Fastolfe a aceitar sua derrota em nome da unidade global.

— E isso me leva à questão da investigação que pedi que o sr. Baley, da Terra, fizesse — disse Fastolfe rapidamente.

— Uma iniciativa à qual eu me opus desde que foi sugerida pela primeira vez — contrapôs Amadiro, com igual rapidez. — O terráqueo pode ser um investigador inteligente, mas não tem familiaridade com Aurora e não vai conseguir realizar nada aqui. Isto é, nada além de distribuir calúnias e expor nosso planeta em condições indignas e ridículas perante os Mundos Siderais. Houve sátiras sobre o assunto em meia dúzia de importantes noticiários Siderais em hiperonda, divulgadas em meia dúzia de mundos diferentes. Gravações dessas sátiras foram enviadas para o seu escritório.

— E chamaram a minha atenção — disse o presidente.

— E houve rumores aqui em Aurora — continuou Amadiro.

— Seria de meu interesse egoísta permitir que a investigação prosseguisse; está custando ao dr. Fastolfe o apoio da população e os votos dos legisladores. Quanto mais ela se estender, mais certo estarei de minha vitória, mas está prejudicando Aurora, e não quero realçar a minha certeza à custa de prejuízo ao meu mundo. Sugiro, com todo o respeito, que o senhor encerre a investigação, sr. presidente, e convença o dr. Fastolfe a dignamente se sujeitar agora ao que terá, enfim, de aceitar depois... a um preço muito maior.

— Concordo que ter permitido que o dr. Fastolfe iniciasse essa investigação *pode* ter sido insensato — disse o presidente. — Eu disse "*pode*". Admito que me sinto tentado a encerrá-la. E, no entanto, o terráqueo — ele não deu nenhuma indicação de saber que Baley estava na sala — já está em nosso mundo há algum tempo...

Ele fez uma pausa, como que para dar a Fastolfe a chance de uma corroboração, e Fastolfe a aproveitou, dizendo:

— Este é o terceiro dia de investigação, sr. presidente.

— Nesse caso — prosseguiu o presidente —, antes de encerrar a investigação, seria justo, creio eu, perguntar se houve descobertas significativas até agora.

Ele fez outra pausa; Fastolfe olhou rapidamente para Baley e fez um leve aceno com a cabeça.

Baley disse em voz baixa:

— Não gostaria, sr. presidente, de intervir com quaisquer observações sem que me perguntem. Pode-se considerar que me fizeram uma pergunta?

O presidente franziu a testa.

— Estou pedindo ao sr. Baley, da Terra, que nos diga se fez alguma descoberta significativa.

Baley respirou fundo. Aquela era a hora.

76

— Sr. presidente — começou ele. — Ontem à tarde, eu estava interrogando o dr. Amadiro, que foi muito cooperativo e de grande utilidade para mim, quando minha equipe e eu...

— Sua equipe? — perguntou o presidente.

— Eu fui acompanhado por dois robôs em todas as etapas de minha investigação, sr. presidente — explicou Baley.

— Robôs que pertencem ao dr. Fastolfe? — perguntou Amadiro.

— Pergunto para que fique registrado.

— Para que fique registrado, eles são sim — respondeu Baley. — Um é Daneel Olivaw, um robô humaniforme, e o outro é Giskard Reventlov, um robô mais antigo e não humaniforme.

— Obrigado — disse o presidente. — Continue.

— Quando saímos do território do Instituto, descobrimos que o aerofólio que usávamos fora sabotado.
— Sabotado? – perguntou o presidente, perplexo. – Por quem?
— Não sabemos, mas aconteceu no território do Instituto. Estávamos lá a convite, portanto, os funcionários do Instituto sabiam de nossa presença no local. Além do mais, é pouco provável que mais alguém estivesse lá sem a anuência e o conhecimento da equipe do Instituto. Se tal situação fosse concebível, seria necessário concluir que a sabotagem só poderia ter sido feita por algum funcionário do Instituto, e isso seria, de qualquer forma, impossível... a não ser seguindo instruções do próprio dr. Amadiro, o que também seria impensável.
— O senhor parece pensar muito no impensável – comentou Amadiro. – O aerofólio foi examinado por um técnico qualificado para ver se foi de fato sabotado? Não poderia ter sido uma falha natural? – perguntou Amadiro.
— Não, senhor – respondeu Baley –, mas Giskard, que é qualificado para dirigir um aerofólio e que dirigiu com frequência aquele aerofólio em especial, defende que ele foi sabotado.
— E esse robô faz parte da equipe do dr. Fastolfe, foi programado por ele e recebe ordens diárias dele – disse Amadiro.
— O senhor está sugerindo... – começou Fastolfe.
— Não estou sugerindo nada. – Amadiro ergueu a mão em um gesto afável. – Só estou declarando um fato... para que fique registrado.
O presidente se remexeu.
— O sr. Baley, da Terra, poderia continuar, por favor?
— Quando o aerofólio quebrou, havia outros nos seguindo – disse Baley.
— Outros? – perguntou o presidente.
— Outros robôs. Eles chegaram e, àquela altura, meus robôs já haviam ido embora.
— Um momento – interrompeu Amadiro. – Qual era a sua condição naquele instante, sr. Baley?

— Eu não estava muito bem.
— Não estava muito bem? O senhor é um terráqueo e não está acostumado a viver em um ambiente que não seja o cenário artificial de suas Cidades. O senhor se sente desconfortável em espaços abertos. Não é verdade, sr. Baley? – perguntou Amadiro.
— Sim, senhor.
— E havia uma forte tempestade acontecendo ontem à noite, como estou certo de que o presidente se recorda. Não seria correto dizer que o senhor se sentia muito mal? Semiconsciente, se não pior?
— Eu estava passando muito mal – respondeu Baley, relutante.
— Então, como é que os seus robôs haviam ido embora? – perguntou o presidente de forma abrupta. – Eles não deveriam ter ficado com o senhor enquanto não estava bem?
— Eu os mandei embora, sr. presidente.
— Por quê?
— Pensei que era o melhor a fazer – respondeu Baley – e vou explicar... se tiver permissão para continuar.
— Continue.
— Nós estávamos, de fato, sendo seguidos, pois os robôs perseguidores chegaram pouco depois que meus robôs saíram. Os perseguidores me perguntaram onde estavam os meus robôs, e eu lhes disse que os havia mandado embora. Só depois disso eles me perguntaram se eu estava passando mal. Eu disse que não, e eles me deixaram a fim de continuar sua busca pelos meus robôs.
— A busca por Daneel e Giskard? – perguntou o presidente.
— Sim, sr. presidente. Ficou claro para mim que eles haviam recebido ordens veementes para encontrar os robôs.
— Em que sentido isso ficou claro?
— Embora fosse evidente que eu estava passando mal, eles me perguntaram sobre os robôs antes de perguntar sobre mim. Então, depois, eles me abandonaram com meu mal-estar para procurar meus robôs. Eles devem ter recebido ordens absurdamente fortes

para encontrar aqueles robôs, caso contrário não lhes teria sido possível desconsiderar um ser humano notoriamente doente. Na verdade, eu havia previsto essa busca por meus robôs e foi por isso que os mandei embora. Achei de suma importância mantê-los longe de mãos não autorizadas.

– Sr. presidente, posso continuar a questionar o sr. Baley quanto a esse ponto, a fim de demonstrar a inutilidade de sua declaração? – perguntou Amadiro.

– Pode.

– Sr. Baley, o senhor estava sozinho depois que os robôs o deixaram, não estava? – perguntou ele.

– Sim, senhor.

– Então o senhor não tem nenhuma gravação dos eventos? Não dispõe de equipamentos para gravá-los por si próprio? Não tem nenhum gravador?

– Não para as três perguntas, senhor.

– E o senhor estava passando mal?

– Sim, senhor.

– Confuso? Possivelmente doente demais para se lembrar com clareza?

– Não, senhor. Eu me lembro com bastante clareza.

– É o que o senhor iria pensar, suponho, mas pode muito bem ter tido um delírio ou uma alucinação. Nessas condições, parece claro que o que os robôs disseram ou, na verdade, se eles chegaram a aparecer, seria um dado altamente duvidoso.

– Concordo – disse o presidente, pensativo. – Sr. Baley da Terra, supondo que o que o senhor lembra, ou alega lembrar, esteja correto, qual é a sua interpretação dos eventos que está descrevendo?

– Eu hesito em dizer-lhe o que penso sobre o assunto, sr. presidente – disse Baley –, com medo de caluniar o digno dr. Amadiro.

– Já que o senhor fala a meu pedido, e já que seus comentários estão confinados a esta sala – o presidente olhou ao redor;

os nichos das paredes não tinham robôs –, a calúnia está fora de questão, a menos que me pareça que o senhor fala com malícia.

– Nesse caso, sr. presidente – disse Baley –, eu havia pensado ser possível que o dr. Amadiro tivesse me mantido em seu escritório, discutindo algumas questões, por um período maior, talvez, do que o necessário, no intuito de ganhar tempo para danificar a minha máquina; depois ele me reteve um pouco mais a fim de que eu saísse quando a tempestade já tivesse começado, certificando-se, assim, de que eu passaria mal durante a viagem. Ele havia estudado as condições sociais da Terra, como me disse várias vezes, de forma que saberia qual poderia ser a minha reação à tempestade. Pareceu-me que fazia parte de seus planos mandar seus robôs atrás de nós e, quando chegassem ao nosso aerofólio parado, fazer com que nos levassem a todos de volta ao território do Instituto, presumivelmente para que eu fosse tratado por conta de minha doença, mas, na verdade, para que pudesse ter os robôs do dr. Fastolfe.

Amadiro deu uma risada mansa.

– Que motivo deveria eu ter para fazer tudo isso? Como pode ver, sr. presidente, trata-se de suposições em cima de suposições, e seriam julgadas como calúnias por qualquer corte em Aurora.

– O sr. Baley da Terra tem alguma coisa para corroborar essas hipóteses? – perguntou o presidente em um tom severo.

– Uma linha de raciocínio, sr. presidente.

O presidente se levantou, perdendo de pronto um pouco de sua presença, uma vez que sua altura não chegava a ser muito maior do que era quando estava sentado.

– Deixem-me fazer uma breve caminhada, de maneira que eu possa refletir sobre o que ouvi até agora. Vou voltar logo.

Fastolfe se inclinou na direção de Baley, que foi ao seu encontro. (Amadiro olhou com um ar de casual despreocupação, como se pouco se importasse com o que eles pudessem ter a dizer um ao outro.)

— O senhor tem algo melhor a dizer? — sussurrou Fastolfe.

— Acho que sim, se tiver a oportunidade adequada de dizê-lo, mas o presidente não parece estar solidário — respondeu Baley.

— Ele não está. Até agora o senhor só deixou as coisas piores, e eu não me surpreenderia se ele desse os procedimentos por encerrados quando voltasse.

Baley chacoalhou a cabeça e olhou para os sapatos.

77

Baley ainda estava olhando para os sapatos quando o presidente voltou, sentou-se de novo e lançou um olhar duro e ameaçador ao terráqueo.

— Sr. Baley da Terra — começou ele.

— Sim, sr. presidente.

— Acho que o senhor está desperdiçando o meu tempo, mas não quero que digam que eu não ouvi tudo o que os dois lados tinham a dizer, mesmo quando parecia perda de tempo. O senhor pode me dar um motivo que explique por que o dr. Amadiro agiu desse modo insano que o senhor o acusa de ter agido?

— Sr. presidente — disse Baley em um tom que beirava o desespero —, há um motivo, com efeito... um motivo muito bom. Ele se baseia no fato de que o plano do dr. Amadiro de colonizar a Galáxia não resultará em nada se ele e seu Instituto não puderem criar robôs humaniformes. Até agora ele não produziu nenhum, e não pode fazê-lo. Pergunte-lhe se ele está disposto a deixar que um comitê legislativo inspecione seu Instituto em busca de qualquer indicação de que robôs humaniformes bem-sucedidos estejam sendo produzidos ou projetados. Se ele estiver disposto a afirmar que máquinas humaniformes efetivas estão nas linhas de montagem ou mesmo nas pranchetas de desenho, ou até em uma formulação teórica adequada, e se ele estiver preparado para demonstrar esse fato a um comitê qualificado, não direi mais nada e admitirei que minha investigação nada encontrou. – Ele segurou a respiração.

O presidente olhou para Amadiro, cujo sorriso desvanecera.

– Admito que não temos nenhum robô humaniforme em vista, no momento – declarou Amadiro.

– Então vou continuar – disse Baley, retomando a respiração que havia sido interrompida com algo muito semelhante a um arquejo. – O dr. Amadiro pode, é claro, encontrar todas as informações de que precisa para seu projeto se ele pedir ao dr. Fastolfe, que as tem todas na cabeça, mas o dr. Fastolfe não vai cooperar dessa forma.

– Não, não vou – murmurou Fastolfe –, sob nenhuma condição.

– Mas, sr. presidente – continuou Baley –, o dr. Fastolfe *não* é o único indivíduo que detém o segredo do projeto e da construção de robôs humaniformes.

– Não? – perguntou o presidente. – Quem mais sabe? O dr. Fastolfe parece atônito perante o seu comentário, sr. Baley. (Pela primeira vez, ele não acrescentou o "da Terra".)

– De fato, eu estou atônito – comentou Fastolfe. – Que eu saiba, com certeza sou o único. Não sei o que o sr. Baley quer dizer.

– Suspeito que o sr. Baley tampouco saiba – disse Amadiro, com um leve sorrisinho.

Baley se sentiu encurralado. Ele passou os olhos de um homem para o outro e percebeu que nenhum deles, nenhum, estava do seu lado.

– Não é verdade que qualquer robô humaniforme saberia como fazer? – perguntou ele. – Talvez não de maneira consciente, não de modo a ser capaz de dar instruções sobre o assunto, mas a informação estaria ali dentro dele, não estaria? Se um robô humaniforme fosse adequadamente interrogado, suas respostas e reações revelariam seu próprio projeto e construção. Por fim, no devido tempo e com perguntas estruturadas de forma adequada, um robô humaniforme daria informações que possibilitariam fazer o projeto de outros robôs. Para resumir, nenhuma máquina pode ser um projeto secreto se a própria máquina estiver disponível para um estudo suficientemente intenso.

Fastolfe parecia surpreso.

— Entendo o que quer dizer, sr. Baley, e o senhor está certo. Eu nunca havia pensado nisso.

— Com todo o respeito, dr. Fastolfe — disse Baley —, devo dizer que o senhor, como todos os auroreanos, tem uma presunção peculiarmente individualista. O senhor está orgulhoso demais em ser o melhor roboticista, o único roboticista que pode construir robôs humaniformes... então não vê o óbvio.

O presidente abriu um sorriso.

— Ele o pegou nessa, dr. Fastolfe. Eu fiquei me perguntando por que o senhor estava tão ávido por sustentar que era o único com conhecimento para destruir Jander, quando isso enfraquecia tanto a sua causa política. Vejo com clareza, agora, que o senhor preferiria ver sua causa política arruinada a perder sua imprescindibilidade.

Fastolfe ficou visivelmente irritado.

Quanto a Amadiro, ele franziu as sobrancelhas e disse:

— Isso tem algo a ver com o problema em discussão?

— Tem sim — disse Baley, mais confiante. — O senhor não pode arrancar nenhuma informação diretamente do dr. Fastolfe. Seus robôs não podem receber ordens para causar dano a ele, para torturá-lo até que ele revele seus segredos, por exemplo. O senhor mesmo não pode machucá-lo abertamente perante a proteção que o dr. Fastolfe receberia dos próprios funcionários dele. Entretanto, o senhor pode isolar um robô e fazer com que seja levado por outros robôs quando o ser humano presente está doente demais para tomar as medidas necessárias para impedi-lo. Todos os eventos de ontem à tarde faziam parte de um plano improvisado às pressas para pôr as mãos em Daneel. O senhor vislumbrou sua oportunidade assim que eu insisti em vê-lo no Instituto. Se eu não tivesse mandado meus robôs embora, se eu não me sentisse bem o bastante para insistir que estava bem e mandar os robôs seguirem a direção errada, o senhor o teria conseguido. E enfim o senhor poderia ter entendido o segredo dos robôs humaniformes por meio de uma longa análise do comportamento e das reações de Daneel.

— Sr. presidente, eu protesto — disse Amadiro. — Nunca ouvi uma calúnia expressa de forma tão mal-intencionada. Isso tudo se baseia nas fantasias de um homem doente. Nós não sabemos, e talvez jamais possamos saber, se o aerofólio foi de fato danificado; e, se foi, por quem; não sabemos se algum robô realmente seguiu o aerofólio e se, de fato, falou com o sr. Baley ou não. Ele está apenas acumulando inferências, todas baseadas em um depoimento duvidoso referente a acontecimentos dos quais ele foi a única testemunha... e isso em um momento em que ele estava meio fora de si por conta do medo, e talvez estivesse tendo alucinações. Nada disso pode se sustentar por um instante em um tribunal.

— Isto não é um tribunal, dr. Amadiro — redarguiu o presidente —, e é meu dever ouvir tudo o que possa estar relacionado a uma questão em disputa.

— Isso não está relacionado, sr. presidente. Isto é uma armadilha.

— No entanto, de algum modo ela é coerente. Não parece que o raciocínio do sr. Baley seja claramente ilógico. Se se admite o que ele alega ter vivenciado, então suas conclusões fazem algum sentido. O senhor nega tudo isso, dr. Amadiro? O dano ao aerofólio, a perseguição, a intenção de se apropriar do robô humaniforme?

— Nego! Sem sombra de dúvida! Nada disso é verdade! — exclamou Amadiro. Já havia se passado um período de tempo perceptível desde que ele sorrira. — O terráqueo pode apresentar uma gravação de todo o nosso diálogo e, com certeza, ele ressaltará que eu o estava atrasando ao detalhar a conversa, ao convidá-lo para um passeio pelo Instituto, ao convidá-lo para jantar... mas tudo isso pode ser igualmente interpretado como um esforço para ser cortês e hospitaleiro. Fui traído por certa simpatia que tenho pelos terráqueos, talvez, nada mais que isso. Eu nego suas inferências e nada do que ele diz pode se manter perante a minha negação. Minha reputação é sólida o bastante para impedir que uma simples especulação possa persuadir alguém de que eu sou o tipo de conspirador desleal que este terráqueo diz que sou.

O presidente coçou o queixo, pensativo, e disse:
— Sem dúvida, não estou disposto a acusá-lo com base no que o terráqueo disse até agora. Sr. Baley, tudo o que o senhor tem não deixa de ser interessante, mas é insuficiente. Há mais alguma coisa de substancial a dizer? Eu o previno de que, se não houver, já gastei todo o tempo que podia nessa questão.

78

— Há mais um assunto que eu gostaria de mencionar, sr. presidente — disse Baley. — Talvez o senhor tenha ouvido falar de Gladia Delmarre... ou Gladia Solaria. Ela se denomina simplesmente Gladia.

— Sim, sr. Baley — disse o presidente com um quê de irritação na voz. — Ouvi falar dela. Vi o show em hiperonda no qual o senhor e ela desempenham papéis notáveis.

— Ela teve uma relação com o robô, Jander, durante muitos meses. Na verdade, nos últimos tempos, ele era marido dela.

O olhar contrariado do presidente em direção a Baley se tornou severo.

— Ele era *o quê* dela?
— Marido, sr. presidente.

Fastolfe, que havia começado a se levantar, sentou-se de novo, parecendo perturbado.

— Isso é ilegal — disse o presidente com dureza. — Pior, isso é ridículo. Um robô não poderia engravidá-la. Não poderia haver filhos. O status de marido, ou de esposa, nunca é concedido sem alguma declaração da intenção de ter filhos, se for permitido. Até mesmo um terráqueo, penso eu, saberia disso.

— Estou ciente disso, sr. presidente — disse Baley. — Estou certo de que Gladia também está. Ela não usou a palavra "marido" no sentido legal, mas no sentido emocional. Ela considerava Jander o equivalente a um marido. Ela sentia por ele o que se sente por um marido.

O presidente se virou para Fastolfe.

— O senhor sabia disso, dr. Fastolfe? Ele era um dos robôs da sua equipe.

— Eu sabia que ela gostava dele — respondeu Fastolfe, claramente constrangido. — Suspeitava que ela o usava para fins sexuais. Entretanto, não sabia nada sobre essa farsa ilegal até o sr. Baley me contar sobre isso.

— Ela é solariana — retomou Baley. — Seu conceito de "marido" não é auroreano.

— É óbvio que não — comentou o presidente.

— Mas ela tinha senso de realidade suficiente para manter isso em segredo, sr. presidente. Ela nunca contou sobre essa farsa, como disse o dr. Fastolfe, a nenhum auroreano. Ela me contou antes de ontem porque queria me incentivar em minha investigação sobre algo que significava muito para ela. Ainda assim, imagino que Gladia não teria usado a palavra se não soubesse que sou terráqueo e que a entenderia no sentido que ela atribuía ao termo, e não em um sentido auroreano.

— Muito bem — disse o presidente. — Vou reconhecer que ela tem um mínimo de bom senso... para uma solariana. Era esse o assunto que o senhor gostaria de mencionar?

— Sim, sr. presidente.
— Nesse caso, isso é totalmente irrelevante e não pode fazer parte das nossas deliberações.
— Sr. presidente, há uma pergunta que eu ainda tenho de fazer. Uma pergunta. Uma dúzia de palavras, senhor, e então terei terminado. — Ele disse isso da maneira mais séria que pôde, pois tudo dependia disso.

O presidente hesitou.
— De acordo. Uma última pergunta.
— Sim, sr. presidente. — Baley teria gostado de gritar as palavras, mas se conteve. Tampouco ergueu a voz. Tudo dependia disso. Tudo tinha levado a isso e, no entanto, ele se lembrava do aviso de Fastolfe, e o disse quase com casualidade: — Como o dr. Amadiro sabia que Jander era marido de Gladia?

— O quê? — O presidente ergueu as sobrancelhas brancas e grossas, surpreso. — Quem disse que ele sabia alguma coisa sobre isso?

Sendo-lhe feita uma pergunta direta, Baley podia continuar.
— Pergunte a ele, sr. presidente.

E Baley simplesmente acenou na direção de Amadiro, que havia se levantado da cadeira e olhava para o investigador, obviamente horrorizado.

79

Baley disse outra vez, em um tom de voz bem suave, relutando em desviar a atenção de Amadiro:
— Pergunte a ele, sr. presidente. Ele parece perturbado.
— O que é isso, dr. Amadiro? — perguntou o presidente. — O senhor sabia alguma coisa sobre o robô como suposto marido dessa mulher solariana?

Amadiro gaguejou, depois apertou os lábios por um instante e tentou de novo. A palidez que tomara conta dele havia desaparecido e dado lugar a um vago tom vermelho.

— Fui pego de surpresa por essa acusação sem sentido, sr. presidente — disse ele. — Não sei do que se trata tudo isso.

— Posso explicar, sr. presidente? De forma muito breve? — perguntou Baley. (Será que ele seria interrompido?)

— É melhor que explique — retrucou o presidente em um tom severo. — Se o senhor tiver alguma explicação, eu com certeza gostaria de ouvi-la.

— Sr. presidente — começou Baley. — Tive uma conversa com o dr. Amadiro ontem à tarde. Porque era intenção dele me segurar até que a tempestade caísse, ele falou com mais detalhes do que gostaria e, aparentemente, de maneira menos cuidadosa. Ao se referir a Gladia, ele fez uma menção casual ao robô, Jander, como marido dela. Estou curioso para saber como ele sabia desse fato.

— Isso é verdade, dr. Amadiro? — perguntou o presidente.

Amadiro ainda estava de pé, quase com a aparência de um prisioneiro diante do juiz.

— Se é verdade ou não, é irrelevante para a questão em causa — disse ele.

— Talvez não — disse o presidente —, mas fiquei perplexo com a sua reação à pergunta quando ela foi feita. Ocorre-me que há um significado nisso que tanto o sr. Baley quanto o senhor entendem, e eu não. Portanto, também quero entender. O senhor sabia ou não sabia sobre essa relação impossível entre Jander e a mulher solariana?

— Eu não poderia saber — disse Amadiro com uma voz estrangulada.

— Isso não é resposta — replicou o presidente. — Isso é um equívoco. O senhor está fazendo um julgamento de valor quando eu estou lhe pedindo que me apresente uma lembrança. O senhor fez ou não fez o que essa declaração lhe atribui?

— Antes que ele responda — interrompeu Baley, sentindo-se mais seguro do terreno onde pisava, agora que o presidente estava dominado pelo ultraje moral —, é justo de minha parte para com o dr. Amadiro lembrá-lo de que Giskard, um robô que também estava presente na reunião, pode, se pedirmos a ele, repetir a conversa inteira, palavra por palavra, usando a voz e a entonação de ambas as partes. Em suma, a conversa foi gravada.

Amadiro teve uma espécie de acesso de raiva.

— Sr. presidente, Giskard, o robô, foi projetado, construído e programado pelo dr. Fastolfe, que declara ser o melhor roboticista que existe e que se opõe veementemente a mim. Será que podemos confiar em uma gravação feita por esse robô?

— Talvez o senhor devesse ouvir a gravação e chegar à sua própria conclusão, sr. presidente — disse Baley.

— Talvez eu devesse — redarguiu o presidente. — Não estou aqui, dr. Amadiro, para que tomem decisões por mim. Mas deixemos isso de lado por um instante. Independentemente do que a gravação diz, dr. Amadiro, o senhor quer declarar, para que fique registrado, que não sabia que a mulher solariana considerava o robô como marido e que o senhor nunca se referiu a ele como marido dela? Por favor, lembre-se (como deveriam se lembrar ambos, sendo legisladores) de que, embora nenhum robô esteja presente, toda esta conversa está sendo gravada no meu próprio aparelho. — Ele deu uma batidinha em uma pequena protuberância no bolso da camisa. — Dê uma resposta direta então, dr. Amadiro. Sim ou não?

— Sr. presidente, sinceramente não consigo me lembrar do que eu disse em uma conversa casual — respondeu Amadiro com um toque de desespero na voz. — Se eu mencionei essa palavra, e não admito que mencionei, deve ter sido resultado de alguma outra conversa casual em que alguém mencionou o fato de que Gladia demonstrava estar apaixonada pelo robô, como se ele fosse marido dela.

— E com quem o senhor teve essa outra conversa casual? Quem lhe disse isso? — perguntou o presidente.
— No momento, não sei dizer.
— Sr. presidente, se o dr. Amadiro fizer a gentileza de enumerar toda e qualquer pessoa que *poderia* ter lhe dito essa palavra, podemos interrogar cada uma a fim de descobrir quem consegue se lembrar de ter feito tal comentário — propôs Baley.
— Espero, sr. presidente, que o senhor considere o efeito disso no moral do Instituto, se esse tipo de coisa for feito — disse Amadiro.
— Espero que o senhor leve isso em consideração também, dr. Amadiro, e pense em uma resposta melhor à nossa pergunta, para que não sejamos forçados a adotar medidas extremas — disse o presidente.
— Um instante, sr. presidente — disse Baley da forma mais obsequiosa que pôde. — Ainda resta uma pergunta.
— De novo? Outra? — O presidente olhou para Baley sem sinal de boa vontade. — O que é?
— Por que o dr. Amadiro está se esforçando para não admitir que sabia sobre a relação entre Jander e Gladia? Ele diz que é irrelevante. Nesse caso, por que não dizer que estava a par do relacionamento e acabar logo com isso? *Eu* digo que é relevante e que o dr. Amadiro sabe que admitir isso poderia ser usado para demonstrar uma atividade criminosa de sua parte.
— Fiquei ofendido com a expressão e exijo um pedido de desculpas! — vociferou Amadiro.
Fastolfe deu um leve sorriso e Baley apertou os lábios sombriamente.
O rosto do presidente assumiu um tom quase preocupante de vermelho, e ele disse com furor:
— O senhor exige? O senhor *exige*? A quem o senhor exige? Eu sou o presidente. Eu ouço todos os pontos de vista antes de decidir o melhor a se fazer. Deixe-me ouvir o que o terráqueo

tem a dizer sobre a interpretação dele quanto aos seus atos. Se ele o estiver difamando, será punido, o senhor pode ter certeza, e eu vou examinar os estatutos sobre difamação da maneira mais ampla também, o senhor pode ter certeza. Mas *o senhor*, Amadiro, não tem o direito de fazer exigências a mim. Continue, terráqueo. Diga o que tem a dizer, mas seja extraordinariamente cuidadoso.

— Obrigado, sr. presidente — retomou Baley. — Na verdade, há um auroreano a quem Gladia *contou* o segredo de sua relação com Jander.

— Bem, e quem é? — interrompeu o presidente. — Não use seus truques de hiperonda comigo.

— Não tenho intenção de fazer nada além de uma declaração franca, sr. presidente. O auroreano em questão é o próprio Jander, claro. Ele pode ter sido um robô, mas era um habitante de Aurora e pode ser visto como auroreano. Gladia deve, sem dúvida, em um momento de paixão, ter se dirigido a ele como "meu marido". Já que o dr. Amadiro admite que pode ter ouvido de alguma outra pessoa uma afirmação a respeito da condição de Jander como marido para com Gladia, não é uma questão de lógica supor que ele ouviu isso do próprio Jander? Será que o dr. Amadiro estaria disposto agora a declarar, para que fique registrado, que nunca falou com Jander durante o período em que esse robô fez parte da equipe de funcionários de Gladia?

Amadiro abriu a boca duas vezes, como se fosse falar. Duas vezes ele não produziu som algum.

— Bem — perguntou o presidente —, o senhor falou com Jander durante esse período, dr. Amadiro?

Ainda não houve resposta.

— Se ele falou, é totalmente relevante para a questão em causa — disse Baley em um tom suave.

— Estou começando a notar que deve ser, sr. Baley. Bem, dr. Amadiro, mais uma vez... sim ou não?

— Que evidência esse terráqueo tem contra mim quanto a esse ponto? — começou Amadiro de modo impetuoso. — Ele possui a gravação de alguma conversa que eu tenha tido com Jander? Ele tem testemunhas que estejam dispostas a dizer que me viram com Jander? De que dados ele dispõe, a não ser meras declarações interesseiras?

O presidente se virou para olhar para Baley, que disse:

— Sr. presidente, se eu não tenho nada a oferecer, então o dr. Amadiro não deveria hesitar em negar, para que fique registrado, qualquer contato com Jander... mas ele não faz isso. Acontece que, no decorrer da minha investigação, conversei com a dra. Vasilia Aliena, a filha do dr. Fastolfe. Também conversei com um jovem auroreano chamado Santirix Gremionis. Nas gravações de ambas as entrevistas, ficará claro que a dra. Vasilia encorajou Gremionis a cortejar Gladia. O senhor pode interrogar a dra. Vasilia quanto a seu propósito ao fazer isso, e se esse ato foi sugerido a ela pelo dr. Amadiro. Parece também que era costume de Gremionis fazer longas caminhadas com Gladia, coisa de que ambos gostavam e durante as quais não eram acompanhados pelo robô, Jander. O senhor pode verificar isso se quiser.

— Eu posso fazer isso — disse o presidente secamente —, mas se for tudo como o senhor diz, o que esse fato mostra?

— Eu afirmei que, salvo o próprio dr. Fastolfe, o segredo do robô humaniforme poderia ser obtido a partir de Daneel — disse Baley. — Antes da morte de Jander, o segredo podia, com igual facilidade, ser obtido a partir dele. Se, por um lado, Daneel fazia parte da propriedade do dr. Fastolfe e não podia ser facilmente contatado, por outro, Jander fazia parte da propriedade de Gladia e ela não tinha um conhecimento tão avançado quanto o dr. Fastolfe para cuidar da proteção de um robô. Não é provável que o dr. Amadiro tenha aproveitado as ausências periódicas de Gladia da propriedade dela, quando estava caminhando com Gremionis, para conversar com Jander, talvez por meio de comunicação tridimensional, para estudar suas reações, para submetê-lo a vários testes e depois apagar qualquer sinal de suas entrevistas, de modo que ele nunca pudesse informá-las a Gladia? Pode ser que ele tenha chegado perto de descobrir o que queria saber... antes que a tentativa terminasse quando Jander ficou incapacitado. Sua concentração, então, recaiu sobre Daneel. Ele achou que talvez lhe restassem apenas alguns testes e observações a fazer, e por isso preparou a armadilha de ontem à tardezinha, como eu disse antes em meu... meu depoimento.

– Agora tudo se encaixa. Sou quase forçado a acreditar – disse o presidente meio que sussurrando.

– Mais uma questão final e eu, de fato, não terei mais nada a dizer – disse Baley. – Ao examinar e testar Jander, é perfeitamente possível que o dr. Amadiro tenha, de forma acidental e sem qualquer intenção deliberada, paralisado o robô e cometido assim o roboticídio.

– Não! Nunca! – gritou Amadiro, enlouquecido. – Nada do que eu fiz àquele robô poderia tê-lo paralisado!

– Eu concordo. Sr. presidente, também acho que o dr. Amadiro não paralisou Jander – interveio Fastolfe. – Entretanto, sr. presidente, a declaração que o dr. Amadiro acaba de fazer parece uma admissão implícita de que ele estava trabalhando com Jander... e que a análise que o sr. Baley fez da situação está essencialmente correta.

O presidente aquiesceu.

– Sou forçado a concordar com o senhor, dr. Fastolfe. Dr. Amadiro, o senhor pode insistir em uma negação formal de tudo o que foi dito e isso pode me obrigar a iniciar uma investigação completa, o que poderia prejudicá-lo bastante, qualquer que seja o resultado... e suspeito, a esta altura, que é provável que resulte em grande desvantagem para o senhor. Minha sugestão é de que o senhor não me obrigue a isso... que o senhor não prejudique sua própria posição na Legislatura e, talvez, a capacidade de Aurora de continuar seguindo um percurso político tranquilo. Do modo como vejo as coisas, antes que surgisse o problema da paralisação de Jander, o dr. Fastolfe tinha a maioria dos legisladores ao seu lado, não uma ampla maioria, quanto à questão da colonização galáctica. O senhor teria conseguido que um número suficiente de legisladores passasse para o seu lado insistindo na questão da suposta responsabilidade do dr. Fastolfe pela paralisação de Jander, e assim teria obtido a maioria. Mas agora, se ele quiser, o dr. Fastolfe pode virar o jogo acusando *o senhor* dessa paralisação e, além do mais, de ter tentado atribuir uma acusação falsa ao seu oponente também... e o senhor perderia. Se eu não interferir, então pode ser que o senhor, dr. Amadiro, e o senhor, dr. Fastolfe, levados pela teimosia ou até por vingança, passem a mobilizar suas forças e a se acusar mutuamente de todo tipo de coisa. Nossas lideranças políticas e nossa opinião pública também ficariam irremediavelmente divididas, e até fragmentadas, para nosso infinito prejuízo. Acredito que, nesse caso, a vitória do dr. Fastolfe, embora inevitável, custaria muito caro, de modo que seria meu dever como presidente canalizar os votos a favor dele, para começar, e pressionar o senhor e seus partidários, dr. Amadiro, a aceitar a vitória de Fastolfe com tanta elegância quanto possível, e a fazê-lo agora... para o bem de Aurora.

— Não estou interessado em uma vitória esmagadora, sr. presidente — disse Fastolfe. — Proponho outra vez um acordo através do qual Aurora, os outros Mundos Siderais e também a Terra tenham a liberdade de colonizar a Galáxia. Em troca, ficarei feliz em me juntar ao Instituto de Robótica, em colocar meu conhecimento sobre robôs humaniformes à disposição e assim facilitar o plano do dr. Amadiro, se ele, por sua vez, concordar em renunciar a toda ideia de retaliação contra a Terra em qualquer momento no futuro, e em colocar isso em um tratado que terá a nós e a Terra como signatários.

O presidente assentiu.

— Uma sugestão sensata e digna de um líder político. O senhor aceita isso, dr. Amadiro?

Amadiro agora estava sentado. Seu rosto era um perfeito exemplo da derrota.

— Eu não quis poder pessoal ou a satisfação da vitória — disse ele. — Eu queria o que sei ser o melhor para Aurora, e estou convencido de que esse plano do dr. Fastolfe significará o fim de nosso mundo um dia. No entanto, reconheço que agora fiquei de mãos atadas contra o trabalho desse terráqueo — ele lançou um rápido e venenoso olhar para Baley — e sou forçado a aceitar a sugestão do dr. Fastolfe, embora eu vá pedir permissão para falar com a Legislatura sobre o assunto e declarar, para que fique registrado, meus receios quanto às consequências.

— E nós, claro, consentiremos — disse o presidente. — E se me permite uma orientação, dr. Fastolfe, mande esse terráqueo embora do nosso planeta o mais rápido possível. Ele fez com que o seu ponto de vista ganhasse, mas não será um parecer muito popular se os auroreanos tiverem tempo para cismar que se trata de uma vitória terráquea sobre os auroreanos.

— O senhor está certo, sr. presidente, e o sr. Baley irá embora logo... com a minha gratidão e, acredito eu, com a sua também.

— Bem — disse o presidente, não de todo elegante —, já que a engenhosidade dele nos salvou de uma dolorosa batalha política, ele tem a minha gratidão. Obrigado, sr. Baley.

⑲ OUTRA VEZ BALEY

80

A certa distância, Baley os viu partir. Embora Amadiro e o presidente tivessem vindo juntos, eles agora se retiravam separadamente.

Fastolfe voltou depois de tê-los acompanhado até a porta sem sequer tentar esconder seu grande alívio.

— Venha, sr. Baley — disse ele. — O senhor vai almoçar comigo e depois, assim que for possível, vai voltar para a Terra.

Sua equipe de robôs claramente estava agindo com tal instrução em mente.

Baley assentiu e falou com sarcasmo:

— O presidente conseguiu me agradecer, mas as palavras pareceram estar presas na garganta.

— O senhor não tem ideia de como foi agraciado — disse Fastolfe. — O presidente raras vezes agradece alguém, mas ninguém tampouco agradece o presidente. Sempre se deixa a cargo da história exaltar os presidentes, e esse presidente está no cargo há mais de quarenta anos. Ele ficou mal-humorado e resmungão, como sempre ficam os presidentes em suas décadas finais. No entanto, sr. Baley, outra vez *eu* o agradeço e, através de mim, Aurora o agradecerá. O senhor viverá para ver terráqueos indo para o espaço, mesmo em seu curto período de vida, e nós o ajudaremos com a nossa tecnologia. Como o senhor conseguiu desfazer esse nó, sr. Baley, em menos de dois dias e meio, eu não posso imaginar. O senhor é um prodígio. Mas venha, deve estar querendo se lavar e se refrescar. Pelo menos, é o que eu quero.

Pela primeira vez desde que o presidente chegou, Baley teve tempo para pensar em algo além de sua próxima frase.

Ele ainda não sabia o que lhe havia ocorrido naquelas três vezes: a primeira quando estava prestes a dormir, a segunda quando estava prestes a perder a consciência e, por fim, no relaxamento pós-coito.

"Ele chegou primeiro!"

Ainda não fazia sentido; no entanto, ele havia explicado claramente seu ponto de vista ao presidente e lhe expusera tudo sem aquilo. Teria algum significado, então, se fazia parte de um mecanismo que não se encaixava e não parecia ser necessário? Seria bobagem?

Essa ideia perturbava-o em um canto da mente. Ele ia almoçar vitorioso sem ter a sensação apropriada de vitória. De certo modo, sentia que havia perdido algo de vista.

Por outro lado, será que o presidente se manteria fiel à sua determinação?

Amadiro havia perdido a batalha, mas não parecia ser o tipo de pessoa que desistiria de vez, em circunstância alguma. Dê-lhe crédito e suponha que ele tenha dito a verdade, que fora levado não por vaidade pessoal, mas por seu conceito de patriotismo auroreano. Se assim fosse, de fato, ele não poderia desistir.

Baley achou necessário alertar Fastolfe.

— Dr. Fastolfe — disse ele —, acho que não acabou. O dr. Amadiro vai continuar a lutar para excluir a Terra.

Fastolfe assentiu enquanto os pratos eram servidos.

– Sei que ele vai. Espero que o faça. Contudo, não tenho o que temer enquanto desconsiderarem o problema da imobilização de Jander. Sendo isso deixado de lado, tenho certeza de que posso vencê-lo na Legislatura. Não tema, sr. Baley, a Terra vai seguir em frente. O senhor tampouco precisa temer represálias de um vingativo Amadiro. O senhor terá saído deste planeta e estará a caminho da Terra antes do pôr do sol... e Daneel vai acompanhá-lo, claro. Além disso, o relatório que enviaremos com o senhor vai lhe assegurar, outra vez, uma saudável promoção.

– Estou ansioso para ir – disse Baley –, mas espero ter tempo para as minhas despedidas. Gostaria de ver Gladia mais uma vez e de me despedir de Giskard, que pode ter salvado a minha vida ontem à noite.

– Sem dúvida, sr. Baley. Mas, por favor, coma alguma coisa, sim?

Baley fazia os movimentos próprios do comer, mas não desfrutava a refeição. Assim como o confronto com o presidente e a vitória que se seguiu, a comida estava estranhamente sem sabor.

Ele não deveria ter ganhado. O presidente deveria tê-lo interrompido. Amadiro, se necessário, deveria ter negado categoricamente. A negação teria sido aceita em detrimento da palavra, ou do raciocínio, de um terráqueo.

Mas Fastolfe estava exultante.

– Eu temi o pior, sr. Baley – disse ele. – Temi que a reunião com o presidente fosse prematura e que nada que o senhor dissesse salvaria a situação. No entanto, o senhor se saiu tão bem. Fiquei completamente admirado ouvindo-o. A qualquer instante, eu esperava que Amadiro exigisse que acreditassem em sua palavra contra a de um terráqueo que, afinal de contas, estava em um constante estado de quase loucura por encontrar-se em um planeta estranho e em um espaço aberto...

– Com todo o respeito, dr. Fastolfe, eu não estava em um estado constante de quase loucura – disse Baley, friamente. – Ontem, a noite foi fora do comum, mas foi a única vez que perdi o controle. Durante o resto de minha estada posso ter me sentido desconfortável algumas vezes, mas em perfeito estado de consciência. – Um pouco da raiva que ele reprimira com muito custo no confronto com o presidente estava se deixando expressar agora. – Apenas durante a tempestade, senhor, exceto, claro – disse ele, recordando-se –, por um ou dois instantes na espaçonave quando ela se aproximava...

Ele não sabia ao certo de que maneira o pensamento – a lembrança, a interpretação – veio-lhe à mente, ou em que velocidade. Em um momento, essa ideia não existia; no momento seguinte, surgia de forma detalhada em sua mente, como se sempre tivesse estado ali e precisasse apenas do estouro da película de uma bolha de sabão para revelá-la.

– Por Josafá! – exclamou ele em um murmúrio apavorado. Depois, batendo o pulso na mesa e chacoalhando os pratos, repetiu: – Por Josafá!

– O que foi, sr. Baley? – perguntou Fastolfe, perplexo.

Baley olhava para ele e só tardiamente ouviu a pergunta.

– Nada, dr. Fastolfe. Eu estava apenas pensando no descaramento dos infernos do dr. Amadiro de causar dano a Jander e depois se esforçar para que a culpa recaísse sobre o senhor, de providenciar um modo para que eu ficasse quase louco na tempestade ontem à noite e depois usar isso para colocar minhas declarações em dúvida. Eu só fiquei bravo por um instante.

– Bem, não precisa ficar, sr. Baley. E, na verdade, é impossível que o dr. Amadiro tenha paralisado Jander. Ainda é simplesmente um acontecimento fortuito. Com certeza, é possível que a investigação de Amadiro tenha ampliado as chances de um evento fortuito desses acontecer, mas eu não quis discutir o assunto.

Baley ouviu essa declaração sem prestar muita atenção. O que ele acabara de dizer a Fastolfe era uma invenção, e o que Fastolfe estava dizendo não importava. Era (como teria dito o presidente) irrelevante. Na verdade, tudo o que acontecera, tudo o que Baley explicara, era irrelevante. Mas nada precisava ser mudado por conta disso.

Exceto uma coisa... mais tarde.

Por Josafá!, murmurou ele no silêncio de sua mente e voltou, de repente, sua atenção ao almoço, comendo com gosto e alegria.

81

Mais uma vez, Baley atravessou o gramado entre as propriedades de Fastolfe e de Gladia. Ele a veria pela quarta vez em três dias, e (seu coração parecia se comprimir, formando um nó no peito), agora, pela última vez.

Giskard estava com ele, mas a certa distância, mais atento do que nunca aos arredores. Com certeza, tendo o presidente tomado conhecimento de todos os fatos, deveria haver um abrandamento de qualquer preocupação com a segurança de Baley... se é que havia existido alguma, por direito, quando era Daneel que estivera em perigo. Presumivelmente, Giskard ainda não havia sido instruído sobre o assunto.

Somente uma vez o robô se aproximou de Baley, e foi nesse momento que o investigador gritou:

– Giskard, onde está Daneel?

Rapidamente, Giskard percorreu o espaço entre eles, como se relutasse em falar de qualquer outro modo que não fosse em voz baixa.

– Daneel está a caminho do espaçoporto, senhor, em companhia de vários outros robôs da equipe, a fim de fazer os preparativos de sua viagem à Terra. Quando o senhor for levado ao espaçoporto, ele o encontrará lá e o acompanhará na nave, dando-lhe o último adeus na Terra.

— Boa notícia. Valorizo muito cada dia na companhia de Daneel. E você, Giskard? Vai nos acompanhar?

— Não, senhor. Fui instruído a permanecer em Aurora. Contudo, Daneel o atenderá bem, mesmo na minha ausência.

— Estou certo disso, Giskard, mas sentirei sua falta.

— Obrigado, senhor — disse Giskard, afastando-se de forma tão rápida quanto se aproximara. Baley fitou-o especulativamente por um instante ou mais.

Não, primeiro as coisas mais importantes. Ele tinha de ver Gladia.

82

Ela deu alguns passos para cumprimentá-lo... e que diferença radical havia acontecido em dois dias. Ela não estava alegre, não estava dançando, não estava transbordando de entusiasmo; ainda havia aquela aparência grave de quem sofreu um choque e uma perda... mas aquela aura de apreensão em torno dela se dissipara. Havia uma espécie de serenidade agora, como se ela tivesse se dado conta de que a vida continuava, afinal, e que poderia, por vezes, ser doce.

Ela conseguiu dar um sorriso, cálido e amigável, enquanto avançava na direção dele e estendia a mão.

— Oh, pegue-a, pegue-a, Elijah — disse ela quando ele hesitou. — É ridículo você duvidar e fingir que não quer me tocar depois de ontem à noite. Sabe, eu ainda me lembro e não me arrependo. Muito pelo contrário.

Baley realizou o ato incomum (para ele) de sorrir de volta.

— Eu também me lembro, Gladia, e também não me arrependo. Eu até gostaria de fazer de novo, mas vim me despedir.

Uma sombra cobriu o rosto dela.

— Então vai voltar para a Terra. No entanto, as informações que recebi por meio da rede de robôs, que está sempre em funcionamento entre a propriedade de Fastolfe e a minha, foram de que tudo correu bem. Você *não pode* ter fracassado.

— Não fracassei. Na verdade, o dr. Fastolfe teve uma vitória arrasadora. Não acredito que haverá qualquer insinuação de que ele tenha tido algum envolvimento com a morte de Jander.

— Por conta do que você tinha a dizer, Elijah?

— Creio que sim.

— Eu sabia. — Havia um tom de autossatisfação no que disse.

— Eu sabia que você ia fazer isso quando sugeri a eles que o colocassem no caso. Mas, então, por que o estão mandando para casa?

— Precisamente porque o caso está resolvido. Se eu ficar aqui por mais tempo, serei um fator externo irritante no corpo político, pelo visto.

Ela olhou para ele com ar de dúvida por um momento e disse:

— Não sei ao certo o que você quer dizer com isso. Parece-me uma expressão da Terra. Mas deixe pra lá. Você conseguiu descobrir quem matou Jander? Essa é a parte importante.

Baley olhou em volta. Giskard estava em um nicho, um dos robôs de Gladia estava no outro.

Gladia interpretou aquele olhar sem dificuldades.

— Bem, Elijah, você deve aprender a parar de se preocupar com os robôs — disse ela. — Você não se preocupa com a presença da cadeira ou dessas cortinas, se preocupa?

Baley negou com a cabeça.

— Bem, Gladia, sinto muito... sinto muito mesmo... mas tive de contar a eles o fato de que Jander era seu marido.

Ela arregalou os olhos e ele se apressou em continuar.

— Eu *tive* de fazer isso. Era essencial para o caso, mas prometo que não vai afetar seu status em Aurora. — Da forma mais breve que pôde, ele resumiu os eventos referentes ao confronto e concluiu: — Então, veja bem, ninguém matou Jander. A paralisação foi o resultado de uma mudança fortuita nas vias positrônicas, embora os fatos ocorridos possam ter aumentado a probabilidade de essa mudança fortuita acontecer.

— E eu nunca soube — gemeu ela. — Eu nunca soube. Fui *conivente* com esse plano sórdido de Amadiro. E ele também é responsável, como se tivesse deliberadamente despedaçado Jander a marteladas.

— Gladia — disse Baley, sério —, isso é injusto. Ele não teve a intenção de causar dano a Jander, e o que estava fazendo, aos próprios olhos, era para o bem de Aurora. Do jeito como as coisas estão, ele está sendo punido. Ele foi derrotado, seu plano está arruinado e o Instituto de Robótica passará para o controle do dr. Fastolfe. Você mesma não conseguiria elaborar uma punição mais adequada, por mais que tentasse.

— Vou pensar nisso — disse ela. — Mas o que eu faço com Santirix Gremionis, esse jovem e bonito bajulador cujo trabalho era me afastar daqui? Não é de estranhar que ele parecesse se agarrar a um fio de esperança, apesar de minhas repetidas rejeições. Bem, ele virá aqui de novo e eu terei o prazer de...

Baley chacoalhou a cabeça com violência.

— Gladia, *não*. Eu o interroguei e lhe *asseguro* que ele não tinha conhecimento do que estava acontecendo. Ele foi tão enganado quanto você. Gremionis não era persistente porque sabia da importância de mantê-la afastada de casa. Ele só foi útil a Amadiro *porque* era tão persistente... e essa persistência provinha da afeição que ele sente por você. Foi por amor, se a palavra significar em Aurora o que ela significa na Terra.

— Em Aurora, isso se chama coreografia. Jander era um robô e você é um terráqueo. É diferente com os auroreanos.

— Foi o que você explicou. Mas, Gladia, você aprendeu, com Jander, a receber; comigo, aprendeu (não que eu tenha tido a intenção) a dar. Se você se beneficia com o que aprendeu, não é certo e justo que você ensine, por sua vez? Gremionis se sente suficientemente atraído por você para estar disposto a aprender. Ele já desafia as convenções auroreanas ao persistir diante da sua rejeição. E desafiará mais. Você pode ensiná-lo a dar e a receber, e vai aprender a fazer os dois alternadamente ou ao mesmo tempo, junto com ele.

Gladia olhou nos olhos dele de forma penetrante.

— Elijah, você está tentando se livrar de mim?

Baley, aos poucos, confirmou com a cabeça.

— Sim, Gladia, estou. É a sua felicidade que eu quero neste momento, mais do que jamais quis para mim ou para a Terra. Eu não posso lhe dar felicidade, mas, se Gremionis puder, vou ficar tão feliz... *quase* tão feliz quanto se fosse eu mesmo a dar esse presente. Gladia, ele pode surpreendê-la com a avidez com que vai romper com a coreografia quando você lhe mostrar como fazê-lo. E, de alguma forma, o comentário vai se espalhar, de modo que outros virão se jogar aos seus pés... e Gremionis poderá achar que é possível ensinar a outras mulheres. Gladia, pode ser que você revolucione o sexo em Aurora antes que chegue o fim. Você ainda tem três séculos para fazer isso.

Gladia olhou para ele e, depois, começou a dar risada.

— Você só pode estar brincando. Está sendo tolo de propósito. Eu não teria pensado nisso, Elijah. Você sempre parece tão sério e circunspecto. Por Josafá! (E, com esta última expressão, ela tentou imitar o tom sombrio de barítono do terráqueo.)

— Talvez eu esteja brincando um pouco, mas falei sério em essência. Prometa-me que dará uma chance a Gremionis.

Ela se aproximou dele sem hesitar e ele a abraçou. Ela colocou os dedos nos lábios dele e ele fez um leve movimento de beijo.

— Você não gostaria de ficar comigo, Elijah? — perguntou ela em um tom suave.

— Gostaria sim, Gladia — respondeu ele de maneira igualmente doce (e incapaz de não notar a presença dos robôs na sala). — Tenho vergonha de dizer que, neste momento, ficaria contente de ver a Terra se despedaçando se pudesse ter você... mas não posso. Em algumas horas, vou partir de Aurora, e é impossível que seja autorizada a ir comigo. Acho que jamais receberei permissão para voltar a este planeta, nem é possível que você algum dia visite a Terra. Nunca mais verei você, Gladia, mas também jamais vou esquecê-la. Vou morrer dentro de algumas décadas e, quando isso ocorrer, você continuará tão jovem quanto é agora, de modo que a hora da despedida não tardaria a chegar, o que quer que imaginássemos que estivesse acontecendo.

Ela encostou a cabeça no peito dele.

– Oh, Elijah, duas vezes você entrou em minha vida, cada uma delas só por algumas horas. Duas vezes você fez muito por mim e depois se despediu. Da primeira vez, tudo o que pude fazer foi tocar seu rosto, mas que diferença isso fez? Da segunda vez, fiz muito mais... e, de novo, que diferença isso fez? Nunca vou esquecê-lo, Elijah, ainda que eu viva mais séculos do que possa contar.

– Então não deixe que esse seja o tipo de lembrança que acaba com a sua felicidade – disse Baley. – Aceite Gremionis e faça-*o* feliz... e deixe que ele a faça feliz também. E, lembre-se, não há nada que a impeça de se corresponder comigo. O hipercorreio entre Aurora e a Terra existe.

– Vou escrever, Elijah. E você, vai escrever para mim também?

– Vou, Gladia.

Depois, seguiu-se um silêncio e, relutantes, eles se afastaram um do outro. Ela permaneceu de pé no meio da sala; quando ele caminhou até a porta e se virou, ela ainda estava lá com um leve sorriso. Baley mexeu os lábios, formando a palavra *adeus*. E então, porque não estava sendo pronunciado – ele não conseguiria dizê--lo em voz alta –, acrescentou *meu amor*.

E ela mexeu os lábios também. *Adeus, meu amor.*

Então ele se virou e saiu, e sabia que nunca mais a veria na forma tangível, que nunca mais a tocaria.

83

Demorou um tempo antes que Elijah conseguisse pensar sobre a tarefa que ainda tinha pela frente. Ele havia caminhado em silêncio, talvez durante metade do percurso de volta para a propriedade de Fastolfe, antes de parar e levantar o braço.

O observador Giskard se pôs a seu lado em um instante.

– Quanto tempo falta para eu partir para o espaçoporto, Giskard? – perguntou Baley.

– Três horas e dez minutos, senhor.

Baley pensou por um instante.

– Eu gostaria de andar até aquela árvore ali, me sentar apoiando as costas no tronco e ficar algum tempo sozinho. Com você, claro, mas longe de outros seres humanos.

– No espaço aberto, senhor? – A voz do robô não era capaz de expressar surpresa ou choque, mas, de algum modo, Baley teve a sensação de que, se Giskard fosse humano, aquelas palavras expressariam esses sentimentos.

– Sim – respondeu Baley. – Tenho de pensar, e, depois de ontem à noite, um dia calmo como este... ensolarado, sem nuvens, ameno, nem parece perigoso. Vou para um espaço fechado se sentir agorafobia. Prometo. Então, você vem comigo?

– Sim, senhor.

– Ótimo. – Baley foi à frente. Eles chegaram à árvore e Baley tocou o tronco com cuidado, e depois olhou para o dedo, que continuava perfeitamente limpo. Tendo se certificado de que sentar-se contra o tronco não o sujaria, ele examinou o chão e depois se sentou com cautela, apoiando as costas contra a árvore.

Não era, nem de perto, tão confortável quanto o encosto de uma cadeira, mas havia uma sensação de paz (estranhamente) que ele talvez não tivesse tido dentro de uma sala.

Giskard continuava de pé e Baley disse:

– Você não quer se sentar também?

— Sinto-me confortável de pé, senhor.
— Sei disso, Giskard, mas vou pensar melhor se não tiver que olhar para cima para ver você.
— Eu não poderei protegê-lo contra um possível dano de forma tão eficiente se estiver sentado, senhor.
— Sei disso também, Giskard, mas não há nenhum perigo no momento. Minha missão aqui acabou, o caso está resolvido, a posição do dr. Fastolfe está segura. Você pode se arriscar a se sentar e eu ordeno que o faça.

Giskard sentou-se de pronto, de frente para Baley, mas seus olhos continuavam a vagar nessa e naquela direção, e estavam sempre alertas.

Baley olhou para o céu por entre as folhas da árvore, verde contra azul, ouviu o sussurro dos insetos e, ao canto repentino de um pássaro, notou um movimento no gramado ali por perto (que poderia ter significado um animalzinho passando) e de novo pensou em como era tudo estranhamente pacífico, e em como essa paz era diferente do clamor da Cidade. Esta era uma paz silenciosa, uma paz sem pressa, uma paz distante.

Pela primeira vez, Baley teve uma vaga ideia de como seria preferir a Área Externa à Cidade. Ele se viu agradecendo pelas experiências que tivera em Aurora, pela tempestade acima de tudo... pois sabia, agora, que seria capaz de deixar a Terra e encarar as condições de qualquer mundo novo onde pudesse vir a se estabelecer; ele e Ben... e talvez Jessie.

— Ontem à noite, na escuridão da tempestade, eu me perguntava se poderia ver o satélite de Aurora se não fosse pelas nuvens — disse ele. — O planeta tem um satélite, se me lembro corretamente das minhas leituras.

— Na verdade, são dois, senhor. O maior é Tithonus, mas ainda é tão pequeno que parece apenas uma estrela de brilho médio. O menor não é visível a olho nu e é chamado simplesmente de Tithonus II, quando alguém se refere a ele.

— Obrigado. E obrigado, Giskard, por me resgatar ontem à noite. — Ele olhou para o robô. — Não sei como agradecê-lo de forma correta.

— Não é necessário me agradecer. Eu estava apenas seguindo o que determina a Primeira Lei. Eu não tinha escolha nessa questão.

— Não obstante, pode ser que eu até lhe deva a minha vida, e é importante que você saiba que entendo isso. E agora, Giskard, o que eu devo fazer?

— Em relação a quê, senhor?

— Minha missão está terminada. O ponto de vista do dr. Fastolfe está garantido. O futuro da Terra pode estar assegurado. Parece que não tenho mais nada a fazer e, no entanto, há a questão de Jander.

— Não entendo, senhor.

— Bem, parece resolvido que ele morreu por conta de uma mudança fortuita do potencial positrônico em seu cérebro, mas Fastolfe admite que a chance de isso acontecer é mínima. Mesmo com as ações de Amadiro, a chance, embora possivelmente fosse maior, seguiria sendo mínima. Pelo menos, é o que pensa Fastolfe. Continua me parecendo, então, que a morte de Jander foi um roboticídio proposital. Entretanto, não me atrevo a levantar essa questão agora. Não quero revolver questões que chegaram a uma conclusão tão satisfatória. Não quero comprometer Fastolfe outra vez. Não quero deixar Gladia infeliz. Não sei o que fazer. Não posso falar sobre isso com um ser humano, então estou falando com você, Giskard.

— Sim, senhor.

— Sempre posso mandar que você apague qualquer coisa que eu tenha dito e que não se lembre mais disso.

— Sim, senhor.

— Na sua opinião, o que devo fazer?

— Se há um roboticídio, senhor, deve haver alguém capaz de cometer esse ato — disse Giskard. — Apenas o dr. Fastolfe é capaz de cometê-lo, e ele diz que não o fez.

— Sim, nós começamos com essa situação. Acredito no dr. Fastolfe e estou certo de que ele não fez isso.

— Então, como pode ter havido um roboticídio, senhor?

— Suponhamos que mais alguém sabia tanto sobre robôs quanto o dr. Fastolfe, Giskard.

Baley dobrou os joelhos e passou os braços ao redor deles, unindo as mãos. Ele não olhou para Giskard e parecia perdido em pensamentos.

— Quem poderia ser essa pessoa, senhor? — perguntou Giskard.

E, finalmente, Baley chegou ao ponto crucial.

— Você, Giskard — respondeu ele.

84

Se Giskard fosse humano, ele poderia simplesmente ter ficado olhando, quieto e chocado; ou poderia ter tido um acesso de fúria; ou ter se encolhido de medo; ou ter tido qualquer uma entre uma dezena de reações. Porque ele era um robô, não mostrou nenhum sinal de emoção que fosse, e disse apenas:

— Por que diz isso, senhor?

— Tenho certeza, Giskard, de que você sabe exatamente como eu cheguei a essa conclusão, mas fará o favor de me permitir, neste lugar quieto e neste curto período de tempo que antecede a minha partida, explicar a questão em meu benefício próprio. Eu gostaria de me ouvir falar sobre isso. E gostaria que você me corrigisse se eu estiver errado.

— Sem dúvida, senhor.

— Imagino que meu erro inicial tenha sido o de supor que você é um robô menos complicado e mais primitivo do que

Daneel só porque parece menos humano. Um ser humano sempre vai supor que, quanto mais humano for um robô, mais avançado, complicado e inteligente ele será. Com certeza, um robô como você é projetado com facilidade, e um robô como Daneel, que pode ser feito apenas por um gênio da robótica como Fastolfe, é um grande problema para homens como Amadiro. Entretanto, a dificuldade em projetar Daneel está, creio eu, em reproduzir todos os aspectos humanos, tais como expressão facial, entonação de voz, gestos e movimentos que são extraordinariamente intricados, mas que, na verdade, não têm nada a ver com a complexidade da mente. Estou certo?

— Está certo, senhor.

— Então eu, automaticamente, subestimei você, como todos fazem. No entanto, você se traiu antes mesmo de aterrissarmos em Aurora. Talvez você se lembre de que, durante a aterrissagem, fui tomado por um espasmo agorafóbico e fiquei, por um instante, mais impossibilitado de agir do que estava ontem à noite na tempestade.

— Eu me lembro, senhor.

— Naquele momento, Daneel estava na cabine comigo, enquanto você se encontrava do lado de fora da porta. Eu estava entrando em uma espécie de estado catatônico sem fazer barulho algum; ele talvez não estivesse olhando para mim, e por isso não sabia de nada. Você estava fora da cabine e, contudo, foi você quem entrou correndo e desligou o visualizador que eu estava segurando. Você chegou lá primeiro, antes de Daneel, embora os reflexos dele sejam mais rápidos que os seus, estou certo... como ele demonstrou quando impediu o dr. Fastolfe de me agredir.

— Com certeza, o dr. Fastolfe não iria, de fato, agredir o senhor.

— Não iria. Ele estava apenas demonstrando os reflexos de Daneel. E, no entanto, como eu disse, quando estávamos na cabine, você chegou primeiro. Eu mal estava em condição de reparar nesse fato, mas fui treinado para reparar e não fico totalmente fora de ação, nem por um momento de pavor agorafóbico, como mostrei ontem à noite. Notei que você chegou lá primeiro, embora eu tendesse a esquecer esse fato. Existe, é claro, somente uma solução lógica.

Baley fez uma pausa, como se esperasse que Giskard concordasse, mas o robô não disse nada.

(Anos mais tarde, era isso que vinha à mente de Baley primeiro quando pensava em sua estadia em Aurora. Não a tempestade. Nem mesmo Gladia. Em vez disso, o que lhe vinha à mente era, sem dúvida, aquele momento calmo debaixo da árvore, com as folhas verdes contra o céu azul, a brisa suave, o som baixinho dos animais e Giskard diante dele com os olhos brilhando de leve.)

– Parece que você pôde, de alguma maneira, detectar meu estado de espírito e, mesmo do outro lado da porta, distinguir que eu estava tendo algum tipo de convulsão. Ou, para colocar as coisas de forma breve e talvez simplista, você pode ler mentes.

– Sim, senhor – respondeu Giskard em voz baixa.

– E você pode, de algum modo, influenciar mentes também. Acredito que você percebeu que eu havia descoberto isso e que você ocultou o fato em minha mente, a fim de que eu, de certo modo, não me lembrasse ou não entendesse o significado... se eventualmente me recordasse da situação. No entanto, você não o fez de maneira totalmente eficiente, talvez porque seus poderes sejam limitados...

– Senhor, a Primeira Lei é suprema. Eu tinha de ir resgatá-lo, embora percebesse que isso poderia me trair. Tive de turvar sua mente de maneira muito sutil a fim de não danificá-la de modo algum – disse Giskard.

Baley aquiesceu.

– Vejo que você tem as suas dificuldades. Turvou de maneira muito sutil... de forma que eu me lembrei do ocorrido quando minha mente estava relaxada o bastante e podia pensar por meio de livre associação. Pouco antes de perder a consciência na tem-

pestade, eu sabia que você me encontraria primeiro, como havia feito na nave. Você pode ter me encontrado por meio de radiação infravermelha, mas todos os mamíferos e pássaros irradiavam da mesma maneira, e isso poderia ser confuso... mas você também podia detectar atividade mental, mesmo que eu estivesse inconsciente, e isso o ajudaria a me encontrar.
 — Com certeza ajudou — replicou Giskard.
 — Assim que eu me lembrava, quando estava prestes a dormir ou a ficar inconsciente, eu me esquecia de novo quando estava totalmente consciente. Ontem à noite, contudo, me lembrei pela terceira vez e não estava sozinho. Gladia estava comigo e pôde repetir o que eu havia dito, que foi "ele chegou primeiro". E mesmo *nesse momento* eu não pude me lembrar do significado, até que um comentário casual do dr. Fastolfe me levou a pensar em algo que transpassou aquela camada turva. Então, uma vez que essa ideia despontou, eu me lembrei de outras coisas. Por exemplo, enquanto eu ainda questionava se, de fato, estávamos aterrissando em Aurora, você me assegurou de que nosso destino era Aurora antes que eu realmente perguntasse. Presumo que você não permita que ninguém saiba de sua habilidade de ler mentes.
 — Isso é verdade, senhor.
 — Por quê?
 — O fato de ler mentes me dá uma habilidade singular para obedecer à Primeira Lei, senhor, então valorizo sua existência. Posso evitar danos aos seres humanos de maneira muito mais eficiente. Entretanto, pareceu-me que nem o dr. Fastolfe nem nenhum outro ser humano toleraria por muito tempo um robô que lê mentes, então mantenho essa habilidade em segredo. O dr. Fastolfe adora contar a lenda do robô que lia mentes e que foi destruído por Susan Calvin, e eu não ia querer que ele reproduzisse essa façanha.
 — Sim, ele me contou essa lenda. Desconfio que ele saiba, de forma subliminar, que você lê mentes, caso contrário não insisti-

ria tanto em repeti-la. E é perigoso que ele faça isso, creio eu, no que se refere a você. A história, sem dúvida, ajudou a colocar essa ideia na minha cabeça.

— Faço o que posso para neutralizar o perigo sem mexer desnecessariamente com a mente do dr. Fastolfe. Ele sempre enfatiza a natureza lendária e impossível da história quando a conta.

— Sim, eu me lembro disso também. Mas, se Fastolfe não sabe que você consegue ler mentes, deve ser porque não foi projetado originalmente com esses poderes. Então, como é que você os tem? Não, não me diga, Giskard. Deixe-me sugerir uma explicação. A srta. Vasilia tinha um fascínio especial por você quando era jovem e começava a se interessar por robótica. Ela me disse que havia feito experimentos programando-o sob uma supervisão um tanto distante de Fastolfe. Será possível que, em algum momento, por acidente, ela fez algo que lhe deu esse poder? Isso está correto?

— Está correto, senhor.

— E você sabe o que é esse algo?

— Sim, senhor.

— Você é o único robô do Universo que lê mentes?

— Até agora sim, senhor. Haverá outros.

— Se eu lhe perguntasse o que foi que a dra. Vasilia fez para lhe dar esses poderes, ou se o dr. Fastolfe perguntasse, você nos contaria devido à Segunda Lei?

— Não, senhor, pois, na minha opinião, saber tal coisa lhes causaria dano, e minha recusa em contar-lhes prevaleceria com base na Primeira Lei. Entretanto, esse problema não viria à tona, pois eu saberia que alguém ia fazer a pergunta e dar a ordem, e eu subtrairia tal impulso da mente dessa pessoa antes que ela pudesse tomar essas atitudes.

— Sim — concordou Baley. — Na noite de antes de ontem, enquanto caminhávamos entre a propriedade de Gladia e a de Fastolfe, perguntei a Daneel se ele tivera algum contato com Jander durante a permanência deste último com Gladia, e ele respondeu apenas que não. Depois eu me virei para fazer a você a mesma pergunta e, de algum modo, nunca fiz. Você anulou meu impulso de perguntar, suponho.

— Sim, senhor.

— Porque, se eu tivesse perguntado, você teria tido de dizer que o conhecia bem naquela época, e não estava preparado para que eu soubesse disso.

— Eu não estava, senhor.

— Mas, durante esse período de contato com Jander, você sabia que ele estava sendo testado por Amadiro porque, presumo, você podia ler a mente de Jander ou detectar seus potenciais positrônicos...

— Sim, senhor, a mesma habilidade abrange tanto a atividade mental robótica quanto a humana. Os robôs são muito mais fáceis de entender.

— Você não aprovava as atividades de Amadiro porque concordava com o dr. Fastolfe sobre a questão de colonizar a Galáxia...

— Sim, senhor.

— Por que você não impediu Amadiro? Por que não subtraiu da mente dele o impulso de testar Jander?

— Senhor, eu não manipulo mentes, nem de leve — respondeu Giskard. — A determinação de Amadiro era tão profunda e complexa que, para subtraí-la, eu teria de ter feito muita coisa... e a mente dele é avançada e importante, e eu relutaria em danificá-la. Deixei aquela situação continuar por bastante tempo, durante o qual ponderei sobre qual ação atenderia melhor às minhas necessidades quanto à Primeira Lei. Por fim, decidi quanto à maneira apropriada de corrigir o andar dos acontecimentos. Não foi uma decisão fácil.

— Você decidiu paralisar Jander antes que Amadiro pudesse descobrir o método para projetar um verdadeiro robô humaniforme. Você sabia como fazer isso, uma vez que havia adquirido, ao longo dos anos, um perfeito entendimento das teorias de Fastolfe a partir da própria mente dele. Isso está correto?

— Exatamente, senhor.

— De modo que Fastolfe não era o único, afinal de contas, com conhecimento suficiente para imobilizar Jander.

— De certa forma, ele era, senhor. Minha própria habilidade é apenas o reflexo, ou a extensão, da dele.

— Mas ela existe. Você não percebeu que essa paralisação colocaria Fastolfe em grande perigo? Que seria natural que ele fosse suspeito? Você planejava admitir o que fizera e revelar suas habilidades, se fosse necessário para salvá-lo?

— De fato, percebi que o dr. Fastolfe ficaria em uma situação dolorosa, mas não tinha a intenção de admitir minha culpa — disse Giskard. — Eu esperava utilizar a situação como primeiro passo para trazer o senhor para Aurora.

— Para *me* trazer para cá? Isso foi *sua* ideia? — Baley estava estupefato.

— Sim, senhor. Com sua permissão, eu gostaria de explicar.

— Por favor, explique — disse Baley.

— Eu sabia sobre o senhor por conta da srta. Gladia e do dr. Fastolfe, não apenas com base no que eles diziam, mas com base no que estava na mente deles — explicou Giskard. — Fiquei sabendo sobre a situação na Terra. Estava claro que os terráqueos vivem atrás de paredes das quais acham difícil escapar, mas ficou igualmente claro, para mim, que os auroreanos vivem atrás de paredes também. Os auroreanos vivem atrás de paredes feitas de robôs, máquinas os protegem de todas as vicissitudes da vida e que, segundo os planos de Amadiro, construiriam sociedades protegidas para cercar os auroreanos em sua missão colonizadora de novos mundos. Os auroreanos também vivem por trás de paredes feitas de suas próprias vidas longas, que os fazem sobrevalorizar a individualidade e os impedem de conjugar seus recursos científicos. Eles tampouco se entregam ao caos de uma controvérsia, mas sim, por meio de seu presidente, exigem que se resolva toda incerteza e que se chegue às soluções antes que os problemas se tornem públicos. Eles não podiam se incomodar com um real debate em busca de melhores soluções. O que eles queriam eram soluções *silenciosas*. As paredes dos terráqueos são toscas e literais, de modo que sua existência é importuna e óbvia... e sempre há aqueles que desejam escapar. As paredes dos auroreanos são imateriais e não são sequer vistas como paredes, de modo que ninguém pode conceber a ideia de escapar. Pareceu-me, então, que deveriam ser os terráqueos, e não os auroreanos, ou quaisquer outros Siderais, a colonizar a Galáxia e estabelecer o que algum dia se tornará o Império Galáctico. Tudo isso fazia parte do raciocínio do dr. Fastolfe, e eu concordava com ele. No entanto, o dr. Fastolfe estava satisfeito com esse raciocínio, enquanto eu, dadas as minhas habilidades, não podia me satisfazer. Eu tinha de examinar a mente de pelo menos um terráqueo, diretamente, a fim de verificar minhas conclusões, e o senhor era o terráqueo que eu pensava poder trazer a Aurora. A paralisação de Jander serviu tanto para deter Amadiro quanto para ensejar a sua visita. Eu dei um leve empurrãozinho para que a srta. Gladia sugerisse a sua vinda ao dr. Fastolfe; induzi o doutor, por sua vez, bem de leve, para que ele sugerisse isso ao presidente; e influenciei o presidente de forma bem sutil para que concordasse com ele. Uma vez que o senhor chegou, eu o estudei e fiquei satisfeito com o que descobri.

Giskard parou de falar e ficou roboticamente impassível de novo.

Baley franziu a testa.

— Ocorreu-me que não tive nenhum crédito pelo que fiz aqui. Você deve ter se certificado de que eu encontrasse o caminho até a verdade.

— Não, senhor. Pelo contrário. Eu coloquei barreiras no seu caminho... barreiras razoáveis, claro. Eu me recusei a deixar que reconhecesse minhas habilidades, apesar de ter sido forçado a me revelar. Eu me certifiquei de que o senhor sentisse desânimo e desespero de vez em quando. Eu o incentivei a se arriscar no espaço aberto a fim de estudar suas reações. No entanto, o senhor encontrou o caminho por entre todos esses obstáculos e por sobre eles, e fiquei satisfeito. Descobri que o senhor ansiava pelas paredes de sua Cidade, mas reconhecia que devia aprender a se virar sem elas. Descobri que o senhor sofria com a visão de Aurora a partir do espaço e com a exposição à tempestade, mas que nenhuma das duas coisas o impediu de pensar nem o afastou de seu problema. Descobri que o senhor aceita suas fraquezas e sua vida curta... e que o senhor não foge da controvérsia.

— Como você sabe que eu represento os terráqueos em geral? — perguntou Baley.

— Sei que não representa. Mas, com base em sua mente, sei que há alguns como o senhor e vamos construir novos mundos com eles. Eu me certificarei disso... e agora que sei, claramente, o caminho que deve ser seguido, prepararei outros robôs como eu... e eles se certificarão disso também.

— Quer dizer que robôs que leem mente irão à Terra? — perguntou Baley de repente.

— Não, não foi o que quis dizer. E o senhor está certo em ficar alarmado. Envolver os robôs diretamente significará a construção das mesmas paredes que estão condenando Aurora e os Mundos Siderais à paralisia. Os terráqueos terão de colonizar a Galáxia sem robôs de qualquer tipo. Isso significará dificuldades, perigos e danos desmedidos... coisas que os robôs se esforçariam por impedir se estivessem presentes... mas, no fim, os seres humanos ficarão melhor tendo trabalhado por conta própria. E talvez algum dia, algum dia distante no futuro, os robôs poderão intervir uma vez mais. Quem sabe?

— Você prevê o futuro? — perguntou Baley com curiosidade.

— Não, senhor, mas, estudando as mentes como estudo, posso dizer vagamente que há leis que regem o comportamento humano tal como as Três Leis da Robótica regem o comportamento robótico; e com elas pode ser que se consiga lidar com o futuro, de certo modo... algum dia. As leis humanas são muito mais complicadas do que as Leis da Robótica, e eu não faço ideia de como elas podem ser organizadas. Talvez elas sejam essencialmente estatísticas, de forma que não possam ser proveitosamente expressas exceto quando se trata de populações enormes. Pode ser que a ligação entre essas leis seja imprecisa, de maneira que elas não venham a fazer sentido a não ser que essas populações enormes desconheçam seu funcionamento.

– Diga-me, Giskard, é a isso que o dr. Fastolfe se refere como sendo a futura ciência da "psico-história"?

– Sim, senhor. Eu introduzi delicadamente essa ideia na mente dele a fim de que o processo de elaboração dessa ciência comece. Ela será necessária algum dia, agora que a existência dos Mundos Siderais como uma cultura robotizada de longa expectativa de vida está chegando ao fim, e que uma nova onda de expansão humana empreendida por seres humanos de vida curta, sem robôs, começará. E agora – Giskard levantou-se – eu acho, senhor, que devemos ir à propriedade do dr. Fastolfe e preparar a sua partida. Tudo o que dissemos aqui não será repetido, claro.

– É estritamente confidencial, eu lhe asseguro – disse Baley.

– De fato – disse Giskard em um tom calmo. – Mas o senhor não precisa temer a responsabilidade de ter de manter silêncio. Vou permitir que se lembre, mas o senhor nunca sentirá desejo de repetir o assunto... nem um pouco.

Baley franziu as sobrancelhas em sinal de resignação e disse:

– Mais uma coisa, Giskard, antes que você tome alguma medida em relação a mim. Você pode se certificar de que Gladia não seja perturbada neste planeta, de que ela não seja tratada de modo indelicado porque é solariana e tomou um robô como marido e... e de que ela aceite as ofertas de Gremionis?

– Ouvi sua conversa final com a srta. Gladia, senhor, e eu entendo. Vou cuidar disso. Agora posso me despedir do senhor enquanto ninguém está vendo? – Giskard estendeu a mão no gesto mais humano que Baley já o vira fazer.

Baley a apertou. Os dedos eram duros e frios ao toque.

– Adeus... amigo Giskard.

– Adeus, amigo Elijah, e lembre-se de que, embora as pessoas apliquem a expressão a Aurora, deste momento em diante, a própria Terra é o verdadeiro Mundo da Alvorada.

TIPOLOGIA:	Bembo 11x14,9 [texto]
	Quicksand 14x16,4 [entretítulos]
PAPEL:	Pólen Soft 80g/m² [miolo]
	Cartão Supremo 250g/m² [capa]
IMPRESSÃO:	Gráfica Paym [julho de 2020]
1ª EDIÇÃO:	julho de 2015 [1 reimpressão]